國家社科基金項目『明清戲曲序跋全編』（11BZW065）

國家出版基金項目

明清戲曲序跋纂箋

一

郭英德 李志遠 纂箋

人民文學出版社

圖書在版編目（CIP）數據

明清戲曲序跋纂箋：1—12冊/郭英德，李志遠纂箋. —北京：人民文學出版社，2021
ISBN 978-7-02-016762-3

Ⅰ. ①明… Ⅱ. ①郭… ②李… Ⅲ. ①古代戲曲—序跋—文學研究—中國—明清時代 Ⅳ. ①I207.37

中國版本圖書館CIP數據核字(2020)第253029號

責任編輯 葛雲波 杜廣學
裝幀設計 李思安
責任印製 王重藝

出版發行 人民文學出版社
社　　址 北京市朝内大街166號
郵政編碼 100705

印　　刷 河北鵬潤印刷有限公司
經　　銷 全國新華書店等

字　　數 5000千字
開　　本 880毫米×1230毫米 1/32
印　　張 199.125 插頁12
印　　數 1—3000
版　　次 2021年5月北京第1版
印　　次 2021年5月第1次印刷

書　　號 978-7-02-016762-3
定　　價 980.00圓(全十二册)

總目

前言
凡例
卷一　戲曲劇本　宋元戲文
卷二　戲曲劇本　金元雜劇
卷三　戲曲劇本　明清雜劇傳奇一（明洪武至隆慶）
卷四　戲曲劇本　明清雜劇傳奇二（明萬曆至天啓）
卷五　戲曲劇本　明清雜劇傳奇三（明崇禎至清順治）
卷六　戲曲劇本　明清雜劇傳奇四（清康熙）
卷七　戲曲劇本　明清雜劇傳奇五（清雍正、乾隆）
卷八　戲曲劇本　明清雜劇傳奇六（清嘉慶、道光）
卷九　戲曲劇本　明清雜劇傳奇七（清咸豐至光緒）
卷十　戲曲劇本　明清地方戲

卷十一　戲曲選集
卷十二　曲話曲目
卷十三　曲譜曲韻
卷十四　附　諸宮調與散曲集
參考文獻
後記
附錄
一、本書戲曲文獻名目索引
二、本書所收序跋作者人名字號綜合索引

前言

『序跋』一詞在實際使用中，包含廣、狹兩層含義。狹義的『序跋』，僅指附載於文獻正文前後、以『序』或『跋』命名的文字。廣義的『序跋』，則統稱附載於文獻正文前後，並對文獻正文有所說明、評論的各種文字。本書所謂『明清戲曲序跋』，取『序跋』一詞的廣義，指明清時期（一三六八—一九一二）撰寫的附載於戲曲文獻（如戲曲劇本、戲曲選集、曲話曲目、曲譜曲韻等）正文前後，並對戲曲文獻正文有所說明、評論的各種文字。凡附載於戲曲文獻正文前後的序（或稱敍、序言、弁言）、引（或稱小引、引論、引語、引言）、題詞（或稱題辭、題詩）、跋（或稱後序、後敍、書後、題後）、總論（或稱總評）、題識（或稱題語、識語、題跋）、凡例（或稱發凡、例言、弁語）、讀法、贈言、問答等，皆屬戲曲序跋的范疇。至於附載於戲曲文獻正文前後的目錄、附錄、本事（或本事考）、傳記、書信之類文字，則不屬於戲曲序跋的范疇。

中國古代戲曲序跋具有極其重要的學術價值，這一點學界已有共識。早在三十多年前，謝柏梁《一個豐富的戲曲理論寶庫——古代戲曲序跋小議》、吳毓華《古典戲曲序跋的美學價值》等論文〔二〕，就對古代戲曲序跋重要的文獻價值、歷史價值、文學價值、美學價值等，予以充分的肯定和簡要的評論。迄今爲止，以中國古代戲曲序跋作爲研究對象的碩士學位論文，有孫立羣《清人戲曲序跋研究》、李雪鳳《明代戲曲序跋研究》、劉佳蕾《古代曲譜序跋研究》等〔三〕，博士學位論文有李志遠《明清戲曲序跋研究》〔三〕，專著有羅麗蓉《清人戲曲序跋研究》、謝柏梁《中華戲曲文化學·戲曲序跋學》、李志遠《明清戲曲序跋研究》等〔四〕。此外各種學術期刊還發表了大量有關古代戲曲序跋個案研究的論文。

隨著戲曲研究的廣泛開展與精深發掘，中國古代戲曲序跋的學術價值愈益得以突顯。僅就古代戲曲序跋與古代戲曲研究的關係而言，其重要的學術價值就有以下數端：

第一，古代戲曲序跋是構建中國古典戲曲理論體係的重要資源。學術界早已取得共識，戲曲理論著作、戲曲序跋和戲曲評點是中國古典戲曲理論的三大形態。古代戲曲序跋體現出戲曲作

〔二〕謝柏梁《一個豐富的戲曲理論寶庫——古代戲曲序跋小議》，《光明日報》一九八四年十一月二十七日第三版；吴毓華《古典戲曲序跋的美學價值》，《戲曲研究》第一六輯，文化藝術出版社，一九八五。

〔三〕孫立羣《清人戲曲序跋研究》，蘭州大學碩士學位論文，二〇〇七；李雪鳳《明代戲曲序跋研究》，蘭州大學碩士學位論文，二〇一二；劉佳蕾《古代曲譜序跋研究》，河北大學碩士學位論文，二〇一六。

〔三〕李志遠《明清戲曲序跋研究》，北京師範大學博士學位論文，二〇〇九。

〔四〕羅麗蓉《清人戲曲序跋研究》，里仁書局，二〇〇二；謝柏梁《中華戲曲文化學·戲曲序跋學》，南京師範大學出版社，二〇〇四；李志遠《明清戲曲序跋研究》，知識產權出版社，二〇一一。

者的創作心態、創作過程和藝術見解，揭示出戲曲舞臺演出和歌場演唱的藝術規律，反映出戲曲藝術接受的歷時性變化，包含著相當豐富的戲曲理論、戲曲批評、戲曲藝術的學術資源。因此，全面、深入地搜羅、解讀古代戲曲序跋，無疑是構建中國古典戲曲理論體係的重要一環。

第二，充分運用古代戲曲序跋資料，有助於完善和深化中國古代戲曲文學史研究。現存的古代戲曲作品，有相當一部分由於創作者本人故意隱藏本名或其他流播過程的原因，在中國戲曲史上被列爲無名氏作品，創作年代也有待詳考。而戲曲序跋，特別是戲曲作者的親朋好友撰寫的戲曲序跋，總會或多或少地保留戲曲作者的生平信息，爲考知戲曲作品的編創者及編創年代提供了直接的佐證和豐富的資料。此外，通過戲曲序跋，還可以鉤輯歷來戲曲目錄專著未見著錄的一些戲曲作家、戲曲作品，充實對戲曲文學史的認識，進而推進戲曲文學史研究。

第三，充分運用古代戲曲序跋資料，有利於研究歷代戲曲生態及戲曲流布狀況。戲曲序跋的內容往往涉及當時戲曲的生存狀態。例如，明天啓間馮夢龍《曲律敘》，反映出明代萬曆年間傳奇創作風氣『忽熾』，呈現出玉石雜陳的狀況〔二〕；清康熙初袁志學《南音三籟題詞》，揭示出當時戲曲舞臺搬演時，『歌者不諳律呂，率意加減』的現狀〔三〕；清乾隆間徐孝常《夢中緣序》，稱當時京

〔二〕馮夢龍《曲律敘》，《中國古典戲曲論著集成》第四册《曲律》卷首，中國戲劇出版社，一九五九，第四七頁。

〔三〕袁志學《南音三籟題詞》，王秋桂《善本戲曲叢刊》第四輯影印本《南音三籟》卷首，學生書局，一九八七，第九〇八—九〇九頁。

城觀衆『所好惟秦聲囉弋，厭聽吴騷，聞歌崑曲，輒哄然散去』〔一〕。諸如此類的『時代記録』，無疑成爲研究特定時代戲曲生態及戲曲流布狀況的重要歷史文獻。

第四，古代戲曲序跋生動而深刻地展示了戲曲作者和序跋作者的戲曲觀。戲曲序跋的撰寫，往往直接反映出戲曲作者和序跋作者對待戲曲藝術的心態和思考。如果一位作者撰寫了多篇戲曲序跋，就可以作爲珍貴的文獻資料，借以立體地考察該作者的戲曲藝術觀。例如杜桂萍就曾通過蔣士銓的戲曲序跋，研究其戲曲創作過程和戲曲觀念，並稱『借助於有關序跋題詞的分析闡釋，可以深入理解蔣士銓的戲曲觀念，推究其創作心態與藝術追求』〔二〕。

但是，在迄今爲止的中國古代戲曲研究領域中，相對於戲曲序跋研究成果的日益增多，戲曲序跋的文獻整理卻較爲滯後，仍然是一片有待精耕細作的沃土。二十世紀八十年代末、九十年代初，相繼出版了蔡毅《中國古典戲曲序跋彙編》、吴毓華《中國古代戲曲序跋集》兩部戲曲序跋整理的成果〔三〕，成爲後繼學人展開學術研究時主要的文獻徵引源。例如孫立羣稱其《清人戲曲序跋研究》是以『蔡毅的《中國古典戲曲序跋彙編》爲資料來源』（見《論文摘要》），李雪鳳稱其《明人戲曲

〔一〕徐孝常《夢中緣序》，清乾隆間《玉燕堂四種曲》本《夢中緣》卷首。

〔二〕杜桂萍《序跋題詞與蔣士銓的戲曲創作》，《文藝理論研究》二〇一一年第六期。

〔三〕蔡毅《中國古典戲曲序跋彙編》，齊魯書社，一九八九；吴毓華《中國古代戲曲序跋集》，中國戲劇出版社，一九九〇。

序跋研究》是以『吳毓華《中國古代戲曲序跋集》爲資料來源』(見《論文摘要》)。但是,由於當時搜集戲曲文獻條件的局限以及其他原因,這兩部著作收録的古代戲曲序跋都頗多闕漏。吳毓華編著《中國古代戲曲序跋集》,『擇選側重在有關戲曲理論批評史的序跋』,『特别注意輯録有關戲曲舞臺藝術的序跋資料』〔二〕,顯然屬於『戲曲序跋選』的性質。而蔡毅《中國古典戲曲序跋彙編》一書,雖然旨在廣搜博取,所收序跋數量遠遠超過《中國古代戲曲序跋集》,但仍然存在《中國古代戲曲序跋集》收録而其漏收的現象。這兩部著作剔除重複,所録明清戲曲序跋僅兩千三百餘條,遺漏的序跋爲數甚夥。同時,《中國古典戲曲序跋彙編》一書所收序跋,未能注明依據的版本,令讀者難以核實迻録或辨識所致訛誤,以至於不敢用甚至不能用,這在很大程度上影響了其使用的可靠性。

關於這兩部著作整理古典戲曲序跋過程中存在的一些問題,已有多位學者撰文加以評述。例如,吳曉鈴在充分肯定《中國古典戲曲序跋彙編》彙集諸多序跋之功的基礎上,明確指出:『也有必要向蔡毅先生提一點兒意見,這主要是關於考訂上的問題。如:對於一些序跋作者的姓名、字號、籍貫和生卒年月的「不詳」是可以「詳」的,稍加考求便能解決。又如:顧隨先生是現代雜劇作家和名教授,不應在小傳上只寫「字羨季,號苦水」六字。《紅樓眞夢》的撰人係郭則澐,不

〔二〕 吳毓華《中國古代戲曲序跋集·前言》,第一頁。

姓劉。特別是記黃嘉惠本《西廂記諸宮調》把王筠的名下加了個「和」字，應刪，這是誤讀王氏跋文下面的圖章「王筠私印」而致誤。』〔二〕劉世傑《讀〈中國古典戲曲序跋彙編〉劄記》一文〔三〕，則就該書中的誤字、衍字、標點失誤等訛誤，就目之所及一一加以指正，並稱該書把陳繼儒《麒麟罽小引》中『空門潛蹤』逕錄辨識作『空二潛蹤』，把佚名《題汪無如投桃記序》中的『旁通於聲律』逕錄辨識作『窮通於聲律』等，皆是因序跋原文爲草書，整理者識辨不確而致誤。鄧長風《〈中國古典戲曲序跋彙編〉簡評——兼談清代曲家曲目著錄的若干問題》一文〔三〕，也指出《中國古典戲曲序跋彙編》存在『疏於考訂』、『徵引未周』、『文字、句讀舛誤』、『體例不純』、『不注出處』等不足之處。范志新《〈中國古代戲曲序跋集〉瑣議》一文指出：『瀏覽全書，則不能不令人遺憾：這是一部必須重新整理、標點，方可放心使用的資料彙編。竊以爲是編之失有四：曰標點訛誤、曰失校、曰失考、曰編次無序。』並一一加以例舉〔四〕。從這些評論文章可以看出，爲了充分發揮古典戲曲序跋的學術價值，完全有必要重新整理古代戲曲序跋文獻，增補遺漏，糾正訛誤，注明版本，詳加考訂，爲

〔二〕吳曉鈴《力行近乎仁——讀〈中國古典戲曲序跋彙編〉》，《人民日報》一九九一年五月三十一日第八版。

〔三〕劉世傑《讀〈中國古典戲曲序跋彙編〉劄記》，《文獻》一九九三年第一期。

〔三〕鄧長風《〈中國古典戲曲序跋彙編〉簡評——兼談清代曲家曲目著錄的若干問題》，《文獻》一九九六年第二期。

〔四〕范志新《〈中國古代戲曲序跋集〉瑣議》，《古籍整理出版情況簡報》一九九二年第二五七期。

學界提供豐富全備、信實可靠、足資實用的古代戲曲序跋文獻。

正是有見於此，我們在二〇一一年申請了該年度國家社會科學基金項目『明清戲曲序跋全編』，並獲準立項（批準號一一BZW〇六五）。歷時七年，含辛茹苦，終於編纂完成這部四百多萬字的《明清戲曲序跋纂箋》。

統觀中國古代戲曲序跋類資料，我們不難發現，明代之前的戲曲序跋留存甚少，而現存於世的基本上都是明清時期撰寫的戲曲序跋。而且明代之前的戲曲序跋，《中國古典戲曲序跋彙編》、《中國古代戲曲序跋集》二書已基本收錄，爲學人所熟知。因而重新整理古代戲曲序跋，重點與難點顯然都集中在明清時期。這是我們選擇編著《明清戲曲序跋纂箋》一書的主要緣由。同時，爲了保證戲曲序跋類資料的相對完備且有裨考證，我們酌情選錄部分撰寫於明洪武元年（一三六八）之前或民國元年（一九一二）之後的戲曲序跋類資料，作爲附錄。

在整理明清戲曲序跋時，我們基本遵循以下四項原則：

第一，要完整全備。蔡毅《中國古典戲曲序跋彙編》、吴毓華《中國古代戲曲序跋集》兩部著作收錄的戲曲序跋，除去重複，約有二千五百餘條，其中撰寫於明清時期的戲曲序跋約有二千三百餘條。這一數量雖然已經相當可觀，但是兩部著作遺漏的明清戲曲序跋仍然不勝枚舉。爲了給戲曲史、戲曲文學、戲曲藝術、戲曲理論研究者提供完整而全備的第一手文獻資料，在上述兩部著作的基礎上，我們前往各地圖書館，查閱了大量珍貴的戲曲文獻以及衆多別集、總集、筆記、方志、目錄等文獻，盡可能全面地搜集海内外現存的明清戲曲序跋資料，總共鉤輯補充了兩千多條戲曲序跋，使明清戲曲序跋資料達到四千三百餘條。這一數目雖然仍非明清戲曲序跋的全部，遺珠在所難免，補苴有待後賢，但這無疑已經足以相當全面地呈現明清戲曲序跋的完整面貌。

第二，要信實可靠。這一原則具體化爲三個方面。首先，整理戲曲序跋所依據的底本，盡量采用較早的或較好的版本，對每條序跋資料都一一注明版本依據，以備研究者查考，並且盡可能地複製或掃描底本，以便在整理過程中隨時核查校對。其次，戲曲序跋的文字差異，既存在於不同版本的戲曲文獻之間，也存在於戲曲文獻與别集、總集等文獻之間。我們對有明顯版本差異的序跋一一進行校勘，並出校記，提供較爲豐富的異文資料，以備讀者進一步斟酌考覈。三是盡力保證戲曲序跋文字標點的準確性。與一般古籍文獻的整理相同，戲曲序跋資料的標點需要校點者具有豐富而扎實的歷史、地理、職官、掌故、語言等方面的知識。而同一般古籍文獻的整理不同，戲曲序跋資料往往跟戲曲作品中的人物、情節等内容息息相關，因此還要求校點者必須熟讀戲曲作品，否則一不留神就會產生標點錯訛。因此，爲了準確地標點戲曲序跋資料，我們認眞地閱讀每一部戲曲作品，並覈查相關文獻資料，盡可能地避免標點訛誤。

第三，要豐富詳實。《中國古典戲曲序跋彙編》僅爲戲曲文獻作者撰寫簡介，未能考證戲曲序跋作者；《中國古代戲曲序跋集》雖爲序跋作者撰寫簡介，但文字簡略，信息量少，而且多有遺漏或訛誤。我們不僅爲每一位戲曲文獻作者撰寫文字較詳的小傳，注明傳記資料來源，而且著錄戲曲文獻的現存版本、研究成果等內容，以便讀者查考。同時，我們盡可能深入細緻地考察每位戲曲序跋作者的生平事蹟，對戲曲序跋作者的生卒年、姓名字號、籍里、生平經歷、著述等，一一加以箋證，並附注相關傳記資料來源，以便讀者進一步考索。戲曲序跋的作者、作期等如有疑問，也在箋證中一一加以說明。我們還就戲曲序跋文字中，凡是與戲曲文獻及序跋資料的撰寫、鈔刻、流傳等相關的時間、人物、事件等事項，均酌情加以簡要箋證，或附注參考文獻，以裨讀者參考。這一工作雖然極其繁複艱巨，也難免挂一漏萬或誤讀誤解，但是足以爲讀者提供豐富詳實的文獻資料，這無疑將有助於進一步開拓戲曲文獻與戲曲史的研究。

第四，要明晰實用。這部四百多萬字的《明清戲曲序跋纂箋》，很少有讀者能够逐字逐句地閱讀全書，因此如何提升其使用的便利性，便顯得尤爲重要。爲此，我們對全書進行了精心的設計編排。我們按照古籍整理規範，用現代標點符號對所搜集的序跋進行標點，分出段落，以便於讀者閱讀。在戲曲序跋排序上，我們按照戲曲劇本、戲曲選集、曲話曲目、曲譜曲韻劃分爲四大類，附以諸宮調和散曲集類；每類之中，以序跋所附戲曲文獻的作者（或編者）的時代先後爲序；同一戲曲文獻的多篇序跋，先著錄戲曲文獻作者（或編者）之序跋，然後以版本先後或寫作時間先後爲序著錄其他序跋，以便清晰地體現戲曲序跋的時代性。同時，書末附有『本書戲曲文獻名目索引』、『本書所收序跋作者人名字號綜合索引』，爲研究者提供閱讀檢索的便利和進一步研究的線索。

明清戲曲序跋的内容極其豐富，涉及戲曲作家的生平事蹟、編撰動機、編撰過程，涉及戲曲文獻的編輯方式、出版過程、流傳情況，也涉及對戲曲作家及其著作的評價、對戲曲發展史的認識、對戲曲藝術特徵的發微、對戲曲作品綜合評判體係的構建。可以毫不夸張地説，明清戲曲序跋是一座取之不盡而又常取常新的『學術富礦』。不難預期，本書的完成將有助於學術界充分發掘古代戲曲序跋的學術價值，爲中國戲曲史和戲曲理論研究、中國古代文學藝術理論研究、中國文藝美學研究等提供極爲豐富完備而信實可靠的文獻資料，從而推進中國古代戲曲文獻、戲曲史、戲曲學、文藝學等領域的學術研究。

二〇一八年五月三日

凡例

一、本書盡可能全備地纂錄明清時期鈔寫與刊刻之戲曲文獻的序跋類資料。

二、本書據以纂錄序跋類資料之戲曲文獻，其編撰時代，下限爲清宣統三年（一九一一）。凡宣統三年以前編撰之戲曲文獻，皆屬收錄範圍；凡民國元年（一九一二）及其後編撰之戲曲文獻，一般不予收錄；個別戲曲家兼跨清朝與民國，酌情收錄其民國所撰戲曲文獻，作爲附錄。

三、本書將明清戲曲文獻分爲戲曲劇本、戲曲選集、曲話曲目、曲譜曲韻四類，並附錄與戲曲關係密切的諸宫調與散曲集。戲曲劇本，指一位戲曲家創作的戲曲文獻，包括單部劇本與劇本合集，分爲戲文、雜劇、傳奇、地方戲四種戲曲體制樣式。戲曲選集，指收錄兩位以上戲曲家創作的戲曲文獻，包括全本戲選集和折子戲選集，也包括折子戲與散曲合選集。曲話曲目，包括曲論、曲話、曲律、曲品、曲目等戲曲批評文獻。曲譜，指記錄曲牌格律體式和曲牌唱腔唱法的書譜，主要包括格律譜（俗稱平仄譜）和宫譜（俗稱工尺譜）；曲韻，指明清收錄曲韻的專書。散曲集，包括一位作家的散曲別集，也包括收錄兩位以上作家散曲作品的散曲選集。

四、本書主要纂録附置於戲曲文獻正文前後的序跋類資料，既包括序（或稱敍、序言、弁言）、引（或稱小引、引論、引語、引言）、題詞（或稱題辭、題詩）、跋（或稱後序、後敍、書後、題後），也包括總論（或稱總評）、題識（或稱題語、識語、題跋）、凡例（或稱發凡、例言、弁語）、讀法、贈言、問答等。置於戲曲文獻正文前後的目録、附録、本事（或本事考）、傳記、書信之類文字，一般不予纂録，僅將少數極其珍貴、有裨考證之助者，附録於該書序跋類資料之末。此外，明清人編撰之别集、總集、筆記、方志、目録等文獻中，亦時有收録戲曲文獻序跋，兹就閲讀所及，盡可能予以纂録。至於明清人編撰之别集、總集、筆記、方志、目録等文獻中，收録大量戲曲題詞（或稱題辭、題詩）或觀劇感詠，其體當屬『詠劇詩』，故而一律不予收録。

五、本書纂録戲曲文獻序跋類資料的寫作時間，起於明洪武元年（一三六八），止於清宣統三年（一九一一）。爲保證戲曲序跋資料的相對完備、有裨考證，酌情選録部分撰寫於明洪武元年之前或民國元年（一九一二）之後的戲曲序跋類資料，作爲附録。至於其他寫作於民國元年之後的戲曲序跋類資料，數量甚夥，將俟將來收録於《民國戲曲序跋纂箋》中。

六、本書纂録戲曲文獻序跋類資料，以戲曲劇本、戲曲選集、曲話曲目、曲譜曲韻、諸宫調與散曲集五類先後爲序。其中戲曲劇本數量龐大，因據體制及時代，釐爲十卷，依次爲：宋元戲文、金元雜劇、明清雜劇傳奇一（明洪武至隆慶）、明清雜劇傳奇二（明萬曆至天啓）、明清雜劇傳奇三（明崇禎至清順治）、明清雜劇傳奇四（清康熙）、明清雜劇傳奇五（清雍正、乾隆）、明清雜劇傳奇六（清嘉慶、道光）、明清雜劇傳奇七（清咸豐至光緒）、明清地方戲。戲曲選集、曲話曲目、曲譜曲韻各爲一卷。最後附録諸宫調與散曲集爲一卷。全書凡十四卷。

七、本書每卷之中，均以戲曲文獻列目，略以戲曲文獻作者（或編者）生年先後爲序。作者（或編者）生年無法考定的戲曲文獻，以作者（或編者）活動時間爲據，並參考戲曲文獻鈔刻時間、序跋寫作時間或戲曲目録著録時間，置於相應位置。作者（或編者）活動時間無法考定或佚名之戲曲文獻，則參考戲曲文獻鈔刻時間、序跋寫作時間或戲曲目録著録時間，置於相應位置。每一種戲曲文獻的序跋類資料，先録戲曲文獻作者（或編者）的序跋，然後以每種戲曲文獻不同版本的刊刻時間爲序，並參照原版刻中序跋類資料排序，依次纂録其他序跋類資料。

八、本書所收戲曲文獻，均於文獻名目之下撰寫簡明解題，以供讀者參考。解題内容包括該戲曲文獻之作者（或編者）、異名、著録、版本等，間附有助考證的參考文獻。

九、本書纂録序跋類資料，凡有不同版本者，就搜羅之所及，以目驗爲依據，盡可能選擇較好或較早之版本作爲底本，並酌情選擇一二種别本加以校勘，略作校記。凡底本不誤而他本誤者，一律不出校記；凡底本與他本有異文且兩通者，照録底本，出校異文。凡底本文字有訛、脱、衍、倒者，有他本可校，即據他本加以刊正，並出校異文，注明出處；無他本可校，則改正底本，出校説明依據。凡底本文字明顯係鈔寫或版刻錯誤，根據上下文可斷定是非者，不論有無版本依據，録定時一律徑改，不出校記。這些文字主要有：『已』、『己』與『巳』，『母』與『毋』，『日』與『曰』，

『末』與『未』，『人』與『入』，『戊』、『戌』與『戍』，『衹』（只）與『袛』等。如底本避本朝名諱或作者家諱者，一般回改，闕筆字均補足筆畫，不出校記。個別影響理解文義之避諱字，則出校記説明。作者引用古書而避當朝名諱者，均據原書回改，亦出校記説明。校記置於每一篇序跋之後，標【校】。校記碼用圈碼（①②③……），置於正文中應校文字之後。

一〇、戲曲文獻所載序跋類資料，常用行書、草書、隸書、篆書等字體書寫，時或難以辨識。凡文字無法識認者，一字均用一『□』標識，並出校記説明。原文闕字，或鈔寫、刷印模糊難辨、漶漫不清者，亦一字用一『□』標識，並酌情出校記，説明可據原文或文義補某字。

一一、本書纂録序跋類資料，凡原文表示恭敬之抬頭與側書，均依現代漢語表述通例，平抬頭處取消提行，挪抬頭處刪除空格，側書處改回正書，均不出校。凡原文爲單行或雙行小字注者，一律改爲單行小字括注。

一二、本書以通行繁體字録定。底本中之通假字，一律照録，不加改易，亦不出校記。如係等同異體字，一律徑改爲通行繁體字；如係非等同異體字，則酌情處理，或保留原字，或改定爲相應的通行繁體字；凡古籍書名、著者名以及某些地名和習語，使用某一異體字由來已久，往往有其獨特原因，均不作改動。凡此，均不出校記。

一三、本書纂録序跋類資料，均酌情劃分段落，並依據一九九〇年國家語委和新聞出版署共同修訂發布的《標點符號用法》，加以新式標點。

一四、本書纂錄序跋類資料，均依底本原題名題署。如原本僅題『序』、『跋』、『題詞』等，則前置括號，補題戲曲文獻本名，以便於辨識。如原本無題名，則酌情補題，並作箋證。凡序跋類資料附於戲曲文獻正文之前者，一般補題爲『序』或『題識』；附於戲曲文獻正文之後者，一般補題爲『跋』。箋證碼用六角括號（〔一〕、〔二〕、〔三〕……），置於正文中表示停頓的標點前。如同時有校記碼和箋證碼，則箋證碼置於校記碼之後。每條資料如同時有校記與箋證，則在文後先列校記，標【校】；後列箋證，標【箋】。

一五、本書纂錄序跋類資料的作者，均用作者本名（或通用名），署於每一篇序跋類資料題名之後。凡序跋類資料作者及序跋類資料中所述人物之姓名、籍里、生平、著述等可以考知者，均於首次出現時，作簡要箋證；如見於戲曲文獻解題中，則説明參見該解題；凡人物再次出現，除酌情據字號箋證其本名者以外，一律不再述其生平，讀者可據書末附錄『本書所收序跋作者人名字號綜合索引』查證。箋證內容包括作者生卒年、姓名字號、仕履經歷、著述等，並盡可能詳備地附注相關傳記文獻及研究論著名目，以備讀者查考。序跋類資料作者無從考知，則標示爲闕名。序跋類資料作者、作期如有疑問，亦在箋證中説明。

一六、本書解題與箋證中，凡人物能考知生卒年者，均加括注公元紀年；凡人物生卒年未詳或不可考者，均付闕如，一律不括注『生卒年未詳』。人物仕履經歷，僅擇其要著錄。人物與戲曲文獻或序跋類資料撰寫相關的仕履經歷，酌情加以標注説明。本書中凡朝代紀元已標出年號者，均不作箋證； 凡僅標甲子者（如『辛亥閏月十九日』之類），或用攝提格者（如『歲在上章攝提格』、『萬曆旃蒙單閼之歲』之類），則箋證朝代紀元，並括注公元紀年。

一七、本書纂錄序跋類資料，均於正文之末，注明纂錄原文之版本。版本說明一般包括朝代、年號、年份、出版者、出版方式（鈔本、刊本、石印本等）等。版本如須考訂者，亦作簡要箋證。

一八、本書纂錄序跋類資料中，凡與戲曲文獻及序跋類資料撰寫、出版、流傳相關之時間、人物與事件，均酌情加以簡要箋證，或附注參考文獻，以裨讀者參考，但不作詳細考證。

一九、爲方便讀者使用，全書之末，附錄『本書戲曲文獻名目索引』、『本書所收序跋作者人名字號綜合索引』，均以索引條目首字音序加以編排。

二〇、本書引用及參考文獻，在行文中一般不列版本，所據版本參見書末附錄『參考文獻』。凡屬其他經、史、子、集各部文獻，除隨文標注版本者之外，均見通行本，恕不注明版本。

目錄

卷一 戲曲劇本

宋元戲文

荊釵記（柯丹丘？）

荊釵記總評……闕名 一
荊釵記引……臧懋循 三
原本王狀元荊釵記跋……黃丕烈 四
原本王狀元荊釵記跋……孫雲鴻 六
原本王狀元荊釵記跋……翁同龢 六
附 荊釵記跋……吳梅 八
附 荊釵記跋……金兆蕃 一〇
附 荊釵記小序……吳梅 一一
附 荊釵記跋……吳梅 一二

拜月亭（施惠？）

拜月亭序……李贄 一四
序拜月西廂傳……李贄 一五
拜月亭序……陳繼儒 一七
拜月亭總評……闕名 一八
拜月亭傳奇跋……凌延喜 一九
附 拜月亭記跋……王立承 二〇
羅懋登注拜月亭跋……王國維 二二
附 拜月亭跋……吳梅 二三

琵琶記（高明）

舊題校本琵琶記後……陸貽典 二五
手錄元本琵琶記題後……陸貽典 二七
（琵琶記）附錄……闕名 二八
新刊巾箱蔡伯喈琵琶記跋……黃丕烈 三一

新刊巾箱蔡伯喈琵琶記跋……吴翌鳳 三二
新刊巾箱蔡伯喈琵琶記跋……翁同龢 三三
琵琶記序……汪光華 三五
新校琵琶記始末凡例……闕名 三六
刻重校琵琶記序……河間長君 三八
重校琵琶記凡例……闕名 四〇
重校琵琶記始末總評……闕名 四一
附 音律指南……闕名 四二
删正琵琶記序……張鳳翼 四四
琵琶記題詞……黄正位 四六
琵琶序……陳繼儒 四六
琵琶記總評……闕名 四七
重訂慕容喈琵琶記序……白雲散仙 四八
琵琶記凡例……淩濛初 五〇
琵琶記跋……淩延喜 五二
題琵琶記改刻定本……翔鴻逸士 五三
蔡伯喈題辭……枕流翁 五六
琵琶記餘論……楫山浪叟等 五七
詞壇評……適適生 五八
伯喈蘇秦論……張鳴愚 五九
玩琵琶記評……徐奮鵬 六〇
改琵琶定議……闕名 六三
蔡伯喈考據……徐奮鵬 六七
附 蔡邕女事……六八
琵琶記序……徐奮鵬 六九
題琵琶記……鄭鄤 七〇
（第七才子書）自序……闕名 七一
第七才子書序……尤侗 七五
第七才子書序……彭瓏 七七
繪風亭評第七才子書琵琶記題識……古香樓 七九

重刻繡像七才子書序 …… 程士任 八〇
（第七才子書）總論 …… 闕名 八二
（第七才子書）參論 …… 毛宗崗 一〇二
（第七才子書）自序 …… 費錫璜 一一〇
跋葉蒼舒序毛聲山批評琵琶記 …… 許濬 一一二
（琵琶記）敍 …… 巴縣山父 一一三
附 譯本琵琶記序 …… 王國維 一一四
附 琵琶記跋 …… 吳梅 一一六

卷二 戲曲劇本 金元雜劇

關大王獨赴單刀會（關漢卿）
關大王獨赴單刀會跋 …… 闕名 一一九
望江亭中秋鱠切旦（關漢卿）
望江亭中秋鱠切旦跋 …… 趙琦美 一二〇
錢大尹智寵謝天香（關漢卿）
錢大尹智寵謝天香跋 …… 闕名 一二一
包待制智斬魯齋郎（關漢卿）
包待制智斬魯齋郎題注 …… 闕名 一二二
包待制智斬魯齋郎跋 …… 趙琦美 一二三
包待制三勘蝴蝶夢（關漢卿）
包待制三勘蝴蝶夢跋 …… 趙琦美 一二三
鄧夫人苦痛哭存孝（關漢卿）
鄧夫人苦痛哭存孝跋 …… 趙琦美 一二四

山神廟裴度還帶（關漢卿）
山神廟裴度還帶跋……………………趙琦美　一二五
劉夫人慶賞五侯宴（關漢卿）
劉夫人慶賞五侯宴跋……………………趙琦美　一二五
董秀英花月東牆記（白樸）
董秀英花月東牆記跋……………………趙琦美　一二六
蘇小小夜月錢塘夢（白樸）
錢塘夢跋……………………閔齊伋　一二七
附　錢塘夢跋……………………劉世珩　一二七
莊周夢蝴蝶（史九敬先）
莊周夢蝴蝶跋……………………趙琦美　一二九

張子房圯橋進履（李文蔚）
張子房圯橋進履跋……………………趙琦美　一三〇
破苻堅蔣神靈應（李文蔚？）
破苻堅蔣神靈應跋……………………趙琦美　一三一
呂蒙正風雪破窯記（王實甫）
呂蒙正風雪破窯記跋……………………趙琦美　一三一
西廂記（王實甫）
新刊奇妙全相注釋西廂記
牌記……………………闕　名　一三二
新刻出像釋義大字北西廂
記引……………………謝世吉　一三三
重刻西廂記序……………………徐逢吉　一三五

崔氏春秋序……………………程巨源 一三六
刻重校北西廂記序………………焦竑 一三八
重校北西廂記總評………………闕名 一四〇
重校北西廂記凡例………………陳邦泰 一四二
王實父西廂記敍…………………金鑾 一四四
西廂記考跋………………………陳繼儒 一四六
西廂記考據………………………闕名 一四七
刻李王二先生批評北西廂序……………曹以杜 一四八
新校北西廂記考…………………闕名 一四九
（新校北西廂記）凡例……………闕名 一五〇
附 元本出相北西廂記跋……………吴梅 一五二
題評閱北西廂……………………徐渭 一五三
西廂序……………………………徐渭 一五五
（重刻訂正元本批點畫意北西廂）凡例……………闕名 一五六
（重刻訂正元本批點畫意北西廂）序……………諸葛元聲 一五八
題唐伯虎所畫鶯鶯圖次韻………………史槃 一六〇
徐文長先生批評西廂敍…………………澂園主人 一六〇
（徐文長先生批評西廂）跋語……………闕名 一六二
新校注古本西廂記自序…………………王驥德 一六二
新校注古本西廂記序……………毛以燧 一六五
（新校注古本西廂記）例…………闕名 一六七
（新校注古本西廂記）附評語……………王驥德 一七四

崔娘遺照……闕　名　一七八
明唐寅題崔娘像……王驥德　一八〇
明徐渭和唐伯虎題崔氏眞題記……王驥德　一八〇
王實甫關漢卿考……闕　名　一八一
附　劉麗華題辭……劉麗華　一八二
新校注古本西廂記跋……朱朝鼎　一八三
附　詞隱先生手札二通……沈　璟　一八五
附　千秋絕豔賦有序……王驥德　一八八
附　新校注古本西廂記題識……吳　梅　一九〇
北西廂記序……何　壁　一九〇
（北西廂記）凡例四條……闕　名　一九二
西廂序……陳繼儒　一九三
（鼎鐫陳眉公先生批評西廂記）跋……黃　人　一九四
重刻北西廂記序……文秀堂　一九五
（新刻魏仲雪先生批評西廂記）總批……魏浣初　一九六
詞壇清玩小引……徐奮鵬　一九七
詞壇清玩西廂記敍……槃薖碩人　一九八
玩西廂記評……闕　名　二〇〇
刻西廂定本凡例……闕　名　二〇二
槃薖碩人增改定本西廂記題記……闕　名　二〇六
西廂記序……徐奮鵬　二〇七
西廂記凡例……凌濛初　二〇七
西廂記雜說……凌濛初　二一一
西廂記跋……劉世珩　二一三
董王西廂記跋代……繆荃孫　二一七
西廂記題識……劉世珩　二一九

附 西廂記校記……吳 梅 二二八
崔娘遺照跋……閔振聲 二三二
硃訂西廂記總評……闕 名 二三四
北西廂題辭……陳洪綬 二三五
西廂序……董 玄 二三七
西廂敍……魯 濬 二三九
徐文長先生批評北西廂記
凡例……李廷謨 二四〇
（北西廂）跋語……李廷謨 陳洪綬 二四二
北西廂記跋……范石鳴 二四三
（張深之正北西廂祕本）
敍……馬權奇 二四四
祕本西廂略則……張道濬 二四五
附 北西廂祕本跋……朱 澐 二四六
較正北西廂譜自序……闕 名 二四七
（較正北西廂譜）凡例……張聘夫 二四九
北西廂譜序……鄒 律 二五一
北西廂譜序……胡世定 二五二
北西廂譜序……浦 庚 二五三
五劇箋疑識語……閔齊伋 二五五
（西廂記）雜說……李 贄 二五六
題卓老批點西廂記……醉香主人 二五八
書十美圖後……西湖古狂生 二五九
李卓吾先生批點西廂記眞本
總評……闕 名 二六一
合評北西廂序……王思任 二六一
讀西廂記類語……李 贄 二六三
湯若士先生敍……湯顯祖 二六四
王實甫西廂序……王思任 二六五
詎庵評西廂記題詞……黎遂球 二六六
北西廂古本序……張明弼 二六七
題北西廂記……鄭 鄤 二七〇
跋西廂記……羅明祖 二七一

詳校元本西廂記序 …… 黃培 二七二
（貫華堂第六才子書西廂記）
序一曰慟哭古人 …… 金聖歎 二七三
（貫華堂第六才子書西廂記）
序二曰留贈後人 …… 金聖歎 二七八
讀第六才子書西廂記法 …… 金聖歎 二八〇
貫華堂第六才子書西廂記
總評 …… 金聖歎 二九三
題聖歎批點西廂序 …… 汪溥勳 二九五
重刻繪像第六才子書序 …… 呂世鏞 二九七
聖歎六才子書刪評序 …… 余扶上 二九八
附 貫華堂第六才子
書西廂記題識 …… 郭象升 三〇〇
合訂西廂記文機活趣全
解序 …… 鄧溫書 三〇一
題合訂西廂記文機活趣
全解序 …… 何聞廣 三〇二
（箋注第六才子書釋解）
凡例 …… 闕名 三〇四
讀西廂記法 …… 毛奇齡 三〇九
（成裕堂繪像第六才子
書西廂記）序 …… 程士任 三一二
樓外樓訂正妥注第六才子
書序 …… 闕名 三一三
樓外樓訂正妥注第六才子
書凡例 …… 闕名 三一五
西廂記序 …… 朱璐 三一七
讀西廂記法 …… 朱璐 三一九
西廂記識語 …… 闕名 三二〇
（朱景昭批評西廂記）鍾氏
原序 …… 鍾□□ 三二一
西廂記序 …… 錢錀 三二三
錄西廂記序 …… 張珩 三二四
（朱景昭批評西廂記）題跋 …… 陳正治 三二五

論定西廂記自序……毛奇齡 三二九
崔孃遺照跋……毛奇齡 三三一
（毛西河論定西廂記）序……吳興祚 三三二
西廂記考實……闕名 三三三
西廂記雜論十則……毛奇齡 三三七
論定西廂記跋……毛奇齡 三四〇
（毛西河論定西廂記）後跋……陸進 三四一
西來意序……金堡 三四二
序西來意……徐繼恩 三四三
梅巖手評西廂序……查嗣馨 三四五
西來意小引……蔣薰 三四七
（西來意）序……褚廷琯 三四八
西廂說意序……俞汝言 三四九
西廂說意……潘廷章 三五一
西廂三大作法……闕名 三五四
西廂只有三人……闕名 三五七
讀西廂須其人……潘廷章 三五九
附 西廂辨僞……褚元勛 三六一
跋會眞記後……翁嵩 三六二
（西來意）附記語錄一則……王廷昌 等 三六三
（西來意）記事……潘景曾 等 三六四
元本北西廂序……任以治 三六七
元本北西廂序……闕名 三六八
金評西廂正錯序……任以治 三六九
西廂記演劇序……李書雲 三七〇
西廂記序……闕名 三七二
滿漢西廂記識語……刳鴨 三七三
增訂西廂序……闕名 三七四
（此宜閣增訂金批西廂）例言……闕名 三七五
贈古人上篇……闕名 三七六
贈古人下篇……闕名 三七九
哭後人上篇……闕名 三八一

哭後人下篇……闕名　三八三
西廂辨……闕名　三八六
序西廂……闕名　三八七
序西廂……闕名　三九〇
（蘇州西廂）識語……蘇州文起堂　三九三
（桐華閣校本西廂記）敍……吳蘭修　三九四
（桐華閣校本西廂記）附論
十則……闕名　三九五
（桐華閣校本西廂記）跋……邵詠　四〇〇
（桐華閣校本西廂記）跋……秀琨　四〇一
汪鐵樵小楷西廂記跋……汪士驤　四〇一
汪鐵樵小楷西廂記題簽……寶石齋主　四〇二
汪鐵樵小楷西廂記題簽……周兆之　四〇三
汪鐵樵小楷西廂記跋……董鎏　四〇三
附　汪鐵樵小楷西廂記
題識……許福昺　四〇四
附　汪鐵樵小楷西廂記跋……許福昺　四〇五
附　汪鐵樵小楷西廂記跋……許福昺　四〇六
西廂詮注序……味蘭軒主人　四〇七
（西廂詮注）例言……闕名　四〇八
（西廂引墨）序……戴問善　四一〇
書西廂後……戴問善　四一一
第六才子書釋解序……夢畹生　四一三
第六才子書釋
解識語……守間居士亦僧氏　四一五
（繪像增注第六才子書釋解）
繪像跋……惜紅生　四一五
馬丹陽三度任風子（馬致遠）
（任風子）跋……趙琦美　四一六
江州司馬青衫淚（馬致遠）
（青衫淚）跋……闕名　四一七

羅李郎大鬧相國寺（張國賓）
（羅李郎）題注…………………… 闕　名　四一八
相國寺公孫汗衫記（張國賓）
（汗衫記）跋…………………… 趙琦美　四一八
西遊記（吴昌齡）
西遊記小引…………………… 彌伽弟子　四二〇
楊東來先生批評西遊記
總論…………………… 蘊空居士　四二一
布袋和尚忍字記（鄭廷玉）
（忍字記）題注…………………… 趙琦美　四二四
楚昭公疏者下船（鄭廷玉）
疏者下船跋…………………… 趙琦美　四二五
疏者下船跋…………………… 闕　名　四二五
看財奴買冤家債主（鄭廷玉）
冤家債主跋…………………… 趙琦美　四二六
冤家債主跋…………………… 何　煌　四二六
宋上皇御斷金鳳釵（鄭廷玉）
（金鳳釵）跋…………………… 趙琦美　四二七
好酒趙元遇上皇（高文秀）
遇上皇跋…………………… 清常道人　四二八
劉玄德獨赴襄陽會（高文秀）
（襄陽會）跋…………………… 趙琦美　四二八
保成公徑赴澠池會（高文秀）
（澠池會）跋…………………… 趙琦美　四二九

大婦小婦還牢末（李致遠）

還牢末題注 …………………… 闕名 四三〇

還牢末跋 …………………… 闕名 四三〇

降桑椹蔡順奉母（劉唐卿）

（降桑椹）題注 …………………… 闕名 四三一

（降桑椹）跋 …………………… 趙琦美 四三一

河南府張鼎勘頭巾（孫仲章）

（勘頭巾）題注 …………………… 闕名 四三二

（勘頭巾）跋 …………………… 趙琦美 四三三

張孔目智勘魔合羅（孟漢卿）

（魔合羅）跋 …………………… 趙琦美 四三三

魔合羅跋 …………………… 何煌 四三四

尉遲恭單鞭奪槊（尚仲賢）

（單鞭奪槊）題注 …………………… 闕名 四三五

蘇子瞻風雨貶黄州（費唐臣）

（貶黄州）跋 …………………… 闕名 四三五

立成湯伊尹耕莘（鄭光祖）

（立成湯伊尹耕莘）跋 …………………… 趙琦美 四三六

鍾離春智勇定齊（鄭光祖）

（智勇定齊）題注 …………………… 闕名 四三七

程咬金斧劈老君堂（鄭光祖）

（老君堂）跋 …………………… 闕名 四三八

醉思鄉王粲登樓（鄭光祖）
醉思鄉王粲登樓跋 …………… 闕名 四三八
醉思鄉王粲登樓跋 …………… 何煌 四三九
死生交范張雞黍（宮天挺）
（范張雞黍）題注 …………… 趙琦美 四四〇
死生交范張雞黍跋 …………… 何煌 四四〇
紅梨記（張壽卿）
紅梨花雜劇跋 …………… 闕名 四四一
雁門關存孝打虎（陳以仁）
（存孝打虎）跋 …………… 趙琦美 四四二
東堂老勸破家子弟（秦簡夫）
（東堂老）跋 …………… 趙琦美 四四二
陶母剪髮待賓（秦簡夫）
（剪髮待賓）跋 …………… 闕名 四四三
孝義士趙禮讓肥（秦簡夫）
（趙禮讓肥）跋 …………… 趙琦美 四四四
劉玄德醉走黃鶴樓（朱凱）
（黃鶴樓）跋 …………… 趙琦美 四四四
講陰陽八卦桃花女（王曄）
（桃花女）題注 …………… 闕名 四四五
（桃花女）跋 …………… 趙琦美 四四六
宋太祖龍虎風雲會（羅貫中）
（風雲會）題注 …………… 闕名 四四七

呂洞賓三度城南柳（谷子敬）
（城南柳）跋 …………………… 趙琦美 四四八
馬丹陽度脫劉行首（楊訥）
（劉行首）題注 …………………… 闕　名 四四九
圍棋闖局（詹時雨）
（圍棋闖局）識語 ………… 閔齊伋 四五〇
附 圍棋闖局跋 ……………… 劉世珩 四五〇
諸葛亮博望燒屯（無名氏）
（博望燒屯）跋 ………………… 趙琦美 四五二
錦雲堂美女連環記（無名氏）
（連環記）跋 ………………… 趙琦美 四五二
鄭月蓮秋夜雲窗夢（無名氏）
（雲窗夢）跋 …………………… 趙琦美 四五三
硃砂擔滴水浮漚記（無名氏）
（浮漚記）跋 …………………… 趙琦美 四五三
劉千病打獨角牛（無名氏）
（劉千病打獨角牛）跋 ………… 趙琦美 四五四
施仁義劉弘嫁婢（無名氏）
（劉弘嫁婢）跋 ………………… 趙琦美 四五五
王脩然斷殺狗勸夫（無名氏）
（王脩然斷殺狗勸夫）題注 … 顧何之 四五五
狄青復奪衣襖車（無名氏）
（狄青復奪衣襖車）跋 ……… 趙琦美 四五六

摩利支飛刀對箭（無名氏）
（飛刀對箭）跋 …………… 趙琦美 四五七
閥閱舞射柳蕤丸記（無名氏）
（閥閱舞射柳蕤丸記）跋 …… 趙琦美 四五七
逞風流王焕百花亭（無名氏）
（百花亭）跋 …………… 董其昌 四五八
趙匡義智娶符金錠（無名氏）
（趙匡義智娶符金錠）題注 … 闕　名 四五九
（趙匡義智娶符金錠）跋 …… 趙琦美 四五九
包待制智賺生金閣（闕名）
（生金閣）題注 …………… 闕　名 四六〇
（生金閣）跋 …………… 趙琦美 四六〇
張公藝九世同居（無名氏）
（九世同居）跋 …………… 趙琦美 四六一
十八國臨潼鬪寶（無名氏）
（臨潼鬪寶）跋 …………… 趙琦美 四六二
田穰苴伐晉興齊（無名氏）
（田穰苴伐晉興齊）跋 ……… 趙琦美 四六二
後七國樂毅圖齊（無名氏）
（後七國樂毅圖齊）跋 ……… 趙琦美 四六三
運機謀隋何騙英布（無名氏）
（運機謀隋何騙英布）跋 …… 趙琦美 四六三

隋何賺風魔蒯徹（無名氏）
（隋何賺風魔蒯徹）跋……趙琦美　四六四
韓元帥暗渡陳倉（無名氏）
（暗渡陳倉）跋……趙琦美　四六五
司馬相如題橋記（無名氏）
（司馬相如題橋記）跋……趙琦美　四六五
馬援撾打聚獸牌（無名氏）
（馬援撾打聚獸牌）跋……趙琦美　四六六
雲臺門聚二十八將（無名氏）
（雲臺門聚二十八將）跋……趙琦美　四六七
鄧禹定計捉彭寵（無名氏）
（鄧禹定計捉彭寵）跋……趙琦美　四六七
陽平關五馬破曹（無名氏）
（陽平關五馬破曹）跋……趙琦美　四六八
走鳳雛龐掠四郡（無名氏）
（走鳳雛龐掠四郡）跋……趙琦美　四六八
周公瑾得志娶小喬（無名氏）
（周公瑾得志娶小喬）跋……趙琦美　四六九
張翼德單戰呂布（無名氏）
（張翼德單戰呂布）跋……趙琦美　四七〇

關雲長大破蚩尤（無名氏）
（關雲長大破蚩尤）跋 ……… 趙琦美 四七〇
陶淵明東籬賞菊（無名氏）
（陶淵明東籬賞菊）跋 ……… 趙琦美 四七一
立功勳慶賞端陽（無名氏）
（立功勳慶賞端陽）跋 ……… 趙琦美 四七一
衆僚友喜賞浣花溪（無名氏）
（衆僚友喜賞浣花溪）跋 …… 趙琦美 四七二
徐茂公智降秦叔寶（無名氏）
（徐茂公智降秦叔寶）跋 …… 趙琦美 四七三
小尉遲將鬭將將鞭認父（無名氏）
（小尉遲將鬭將將鞭認父）跋 ……… 趙琦美 四七三
八大王開詔救忠臣（無名氏）
（八大王開詔救忠臣）跋 …… 趙琦美 四七四
十探子大鬧延安府（無名氏）
（延安府）跋 ……… 趙琦美 四七四
張于湖誤宿女眞觀（無名氏）
（張于湖誤宿女眞觀）跋 …… 趙琦美 四七五
趙匡胤打董達（無名氏）
（趙匡胤打董達）跋 ……… 趙琦美 四七六

海門張仲村樂堂（無名氏）
（海門張仲村樂堂）跋……趙琦美　四七六
認金梳孤兒尋母（無名氏）
（認金梳孤兒尋母）跋……闕　名　四七七
王文秀渭塘奇遇記（無名氏）
（王文秀渭塘奇遇記）跋……趙琦美　四七八
秦月娥誤失金環記（無名氏）
（秦月娥誤失金環記）跋……趙琦美　四七八
梁山五虎大劫牢（無名氏）
（梁山五虎大劫牢）跋……趙琦美　四七九
梁山七虎鬧銅臺（無名氏）
（梁山七虎鬧銅臺）跋……趙琦美　四七九
王矮虎大鬧東平府（無名氏）
（王矮虎大鬧東平府）跋……趙琦美　四八〇

卷三　戲曲劇本　明清雜劇傳奇一

（明洪武至隆慶）

金童玉女嬌紅記（劉兌）
嬌紅記序……丘汝乘　四八一
鐵拐李度金童玉女（賈仲明）
（鐵拐李）題注……闕　名　四八三
（鐵拐李）跋……趙琦美　四八四

呂洞賓桃柳昇仙夢（賈仲明）
（昇仙夢）題注……闕名 四八四
蕭淑蘭情寄菩薩蠻（賈仲明）
（菩薩蠻）題注……闕名 四八五
（菩薩蠻）跋……闕名 四八五
荊楚臣重對玉梳記（賈仲明）
（玉梳記）題注……闕名 四八六
劉晨阮肇誤入天台（王子一）
（劉阮天台）跋……趙琦美 四八七
黃廷道夜走流星馬（黃元吉）
（黃廷道夜走流星馬）跋……闕名 四八八
卓文君私奔相如（朱權）
（卓文君私奔相如）跋……趙琦美 四八九
沖漠子獨步大羅天（朱權）
（沖漠子獨步大羅天）跋……趙琦美 四八九
張天師明斷辰鈎月（朱有燉）
張天師明斷辰鈎月引……朱有燉 四九一
張天師明斷辰勾月跋……趙琦美 四九一
張天師明斷辰勾月題記……王國維 四九二
附 誠齋樂府跋……吳梅 四九二
附 辰鈎月跋……吳梅 四九四
甄月娥春風慶朔堂（朱有燉）
春風慶朔堂傳奇引……闕名 四九五
附 慶朔堂跋……吳梅 四九六

惠禪師三度小桃紅（朱有燉）
惠禪師三度小桃紅引 …………闕名 四九八
附 小桃紅跋 …………吴梅 四九八
神后山秋獮得騶虞（朱有燉）
神后山秋獮得騶虞傳奇引 …闕名 五〇〇
附 得騶虞跋 …………吴梅 五〇一
李亞仙花酒曲江池（朱有燉）
李亞仙花酒曲江池引 ……闕名 五〇二
附 曲江池跋 …………吴梅 五〇三
關雲長義勇辭金（朱有燉）
關雲長義勇辭金傳奇引 ……闕名 五〇五
李妙清花裏悟眞如（朱有燉）
李妙清花裏悟眞如引 …………闕名 五〇六
附 悟眞如跋 …………吴梅 五〇七
羣仙慶壽蟠桃會（朱有燉）
羣仙慶壽蟠桃會引 …………朱有燉 五〇九
附 蟠桃會跋 …………吴梅 五一〇
洛陽風月牡丹仙（朱有燉）
洛陽風月牡丹仙引 …………闕名 五一一
（洛陽風月牡丹仙）跋 …………趙琦美 五一二
附 牡丹仙跋 …………吴梅 五一三
天香圃牡丹品（朱有燉）
天香圃牡丹品傳奇引 ………闕名 五一五
附 牡丹品跋 …………吴梅 五一五

美姻緣風月桃源景（朱有燉）
美姻緣風月桃源景傳奇引……闕名 五一六
附 桃源景跋……吴梅 五一七
瑤池會八仙慶壽（朱有燉）
瑤池會八仙慶壽引……朱有燉 五一九
附 八仙慶壽跋……吴梅 五一九
孟浩然踏雪尋梅（朱有燉）
踏雪尋梅引……闕名 五二〇
附 踏雪尋梅跋……吴梅 五二一
趙貞姬身後團圓夢（朱有燉）
貞姬身後團圓夢傳奇引……朱有燉 五二三
附 團圓夢跋……吴梅 五二四
劉盼春守志香囊怨（朱有燉）
劉盼春守志香囊怨序……朱有燉 五二五
附 香囊怨跋……吴梅 五二六
紫陽仙三度常椿壽（朱有燉）
紫陽仙三度常椿壽引……朱有燉 五二八
附 常椿壽跋……吴梅 五二九
黑旋風仗義疏財（朱有燉）
黑旋風仗義疏財傳奇引……朱有燉 五三一
附 仗義疏財跋……吴梅 五三二
豹子和尚自還俗（朱有燉）
豹子和尚自還俗傳奇引……朱有燉 五三三
附 豹子和尚跋……吴梅 五三四

清河縣繼母大賢（朱有燉）
繼母大賢傳奇引 …… 朱有燉 五三六
附　繼母大賢跋 …… 吴　梅 五三七
呂洞賓花月神仙會（朱有燉）
呂洞賓花月神仙會引 …… 朱有燉 五三八
南極星度脱海棠仙（朱有燉）
詠懷慶海棠嶺上海棠花吟有引 …… 朱有燉 五三九
（海棠仙）題注 …… 闕　名 五四〇
（海棠仙）跋 …… 趙琦美 五四一
河嵩神靈芝慶壽（朱有燉）
河嵩神靈芝慶壽傳奇引 …… 朱有燉 五四二
（靈芝慶壽）題注 …… 闕　名 五四二
（靈芝慶壽）跋 …… 闕　名 五四三
蘭紅葉從良烟花夢（朱有燉）
烟花夢傳奇引 …… 闕　名 五四三
附　烟花夢跋 …… 吴　梅 五四四
搊搜判官喬斷鬼（朱有燉）
搊搜判官喬斷鬼傳奇引 …… 闕　名 五四六
附　喬斷鬼跋 …… 吴　梅 五四七
小天香半夜朝元（朱有燉）
小天香半夜朝元引 …… 闕　名 五四九
附　半夜朝元跋 …… 吴　梅 五五〇
文殊菩薩降獅子（朱有燉）
附　文殊菩薩降獅子序 …… 史寶安 五五一

東華仙三度十長生（朱有燉）
附（東華仙三度十長生）序……史寶安 五五三
四時花月賽嬌容（朱有燉）
附（四時花月賽嬌容）序言……史寶安 五五五
性天風月通玄記（蘭茂）
性天風月通玄記題詞……蘭茂 五五七
性天風月通玄記引……闕名 五五七
性天風月通玄記序……坦弱道人 五五八
五倫全備記（丘濬）
五倫全備序……丘濬 五六一
五倫全備記凡例……闕名 五六二
五倫全備記序……玉山高並 五六三
五倫全備記跋……葉疊 五六五
伍倫全備注釋諺解序……高時彥 五六七
（伍倫全備注釋諺解）凡例……闕名 五六九
香囊記（邵燦）
香囊記總評……闕名 五七二
附 香囊記跋……吳梅 五七二
五福記（徐時敏）
五福記自敘……徐時敏 五七三
杜子美沽酒遊春記（王九思）
題紫閣山人子美遊春傳奇……康海 五七五

遊春記後跋……友山道人　五七六
附　杜子美沽酒遊春記跋……吳　梅　五七七
中山狼（王九思）
中山狼院本序……張宗孟　五七八
中山狼傳題詞……康　海　五七九
中山狼傳奇序……陳爾茀　五七九
南西廂記（李日華）
李日華西廂序……梁辰魚　五八一
南西廂記識語……閔齊伋　五八三
附　南西廂記跋……劉世珩　五八三
洞天玄記（楊慎）
洞天玄記序……玄都浪仙　五八五
洞天玄記前序……楊　悌　五八六
洞天玄記後序……楊際時　五八八
洞天玄記跋……張天粹　五八九
明珠記（陸采）
明珠記總評……李　贄　五九一
明珠記引……野烋子居　五九一
附　明珠記跋……吳　梅　五九二
南西廂記（陸采）
南西廂記自序……陸　采　五九四
南西廂記敍……梁辰魚　五九五
附　陸天池南西廂記跋……劉世珩　五九六
附　南西廂記跋……吳　梅　五九七
八義記（徐元）
古八義記序……李夢陽　五九九
古八義記考異……陳邦泰　六〇〇

一笑散院本（李開先）
一笑散序……李開先 六〇二
園林夢打啞禪二院本總跋……李開先 六〇三
園林夢打啞禪二院本總跋……崔元吉 六〇四
園林夢打啞禪二院本總跋……楊善 六〇四
園林午夢（李開先）
園林午夢院本跋語……李開先 六〇六
附 李伯華園林午夢跋……劉世珩 六〇六
打啞禪（李開先）
打啞禪院本跋語……李開先 六〇八
寶劍記（李開先）
寶劍記序……蘇洲 六〇九
寶劍記後序……姜大成 六一二
書寶劍記後……王九思 六一四
紅線金盒記（胡汝嘉）
金盒記題辭……鴻江子 六一六
目連救母勸善記（鄭之珍）
（勸善記）序……鄭之珍 六一七
敍勸善記……葉宗春 六一八
勸善記序……陳昭祥 六二〇
讀鄭山人目連勸善記……倪道賢 六二二
勸善記評……陳瀾 六二四
勸善記跋……葉柳沙 六二五
勸善記跋……胡天祿 六二五

勸善記原序……馮□□　六二六
浣紗記（梁辰魚）
序浣紗記……朱其輪　六二八
浣紗記總評……秃翁　六二九
附　浣紗記跋……吴梅　六三〇
陽春六集（張鳳翼）
陽春堂五傳跋……徐𤊹　六三二
紅拂記（張鳳翼）
紅拂序……李贄　六三四
紅拂序……陳繼儒　六三五
（紅拂記）總評……闕名　六三五
附　紅拂記跋……吴梅　六三六
灌園記（張鳳翼）
灌園小引……茅茹　六三八
祝髮記（張鳳翼）
祝髮記序……蔣子徵　六三九
祝髮記……鄭鄤　六四一
附　祝髮記跋……許之衡　六四二
四聲猿（徐渭）
四聲猿引……鍾人傑　六四四
徐文長集序……黄汝亨　六四六
四聲猿序……劉志選　六四七
敍四聲猿……李成林　六四八
四聲猿引……澂道人　六五〇
讀四聲猿（調寄【沁園春】）……闕名　六五一
四聲猿跋……澂道人　六五二

四聲猿跋……………………………磊珂居士　六五三
四聲猿跋……………………………盤　譚　六五三
四聲猿跋……………………………西寧子長公　六五四
四聲猿跋……………………………雙柏砦學人　六五五
附　四聲猿校記……………………吴　梅　六五六
（狂鼓史漁陽三弄）音釋……………闕　名　六五八
（玉禪師翠鄉一夢）音釋……………闕　名　六五九
（雌木蘭替父從軍）音释……………闕　名　六五九
（女狀元辭凰得鳳）音釋……………闕　名　六六〇
歌代嘯（徐渭？）
（歌代嘯）序…………………………袁宏道　六六一
（歌代嘯）敍…………………………脱　士　六六二
歌代嘯題辭…………………………慧業髮僧　六六四
（歌代嘯雜劇）凡例…………………沖和居士　六六五
歌代嘯雜劇題識……………………蔡名衡　六六六
附　歌代嘯雜劇跋…………………柳詒徵　六六七
附　歌代嘯雜劇跋…………………吴　梅　六六八
芙蓉記（江楫）
芙蓉記原序…………………………江　楫　六六九
（芙蓉記）序…………………………江鼎金　六六九
詞場合璧（陳完）
詞場合璧小引………………………陳　完　六七一
還金記（張瑀）
還金記序……………………………張　瑀　六七三
大雅堂雜劇（汪道昆）
大雅堂序……………………………東圃主人　六七四
蔡趵踏（汪道昆？）
方外司馬雜劇序……………………陳弘緒　六七六

玉簪記（高濂）
玉簪記序……李　贄　六七八
玉簪序……陳繼儒　六七九
玉簪記總評……闕　名　六八〇
玉簪記・陳妙常改妝跋……徐奮鵬　六八〇
玉簪記序……蕃仙散人　六八一
附　玉簪記跋……吴　梅　六八三
何文秀玉釵記（陳則清）
玉釵記敍……姚之典　六八四
陳山人玉釵記序……莊持本　六八五
玉釵記引……倪道賢　六八七
玉釵記敍……葉道訓　六八八
雷澤遇仙記（闕名）
（雷澤遇仙記）跋……趙琦美　六九〇
風月南牢記（闕名）
（風月南牢記）跋……趙琦美　六九〇
月夜淫奔記（闕名）
（月夜淫奔記）跋……趙琦美　六九一
釋迦佛雙林坐化（闕名）
（釋迦佛雙林坐化）跋……闕　名　六九二
觀音菩薩魚籃記（闕名）
（觀音菩薩魚籃記）跋……趙琦美　六九二
許眞人拔宅飛昇（闕名）
（許眞人拔宅飛昇）跋……趙琦美　六九三

孫眞人南極登仙會（闕名）
（孫眞人南極登仙會）跋……趙琦美 六九四
呂翁三化邯鄲店（闕名）
（呂翁三化邯鄲店）跋……趙琦美 六九四
呂純陽點化度黃龍（闕名）
（呂純陽點化度黃龍）跋……趙琦美 六九五
邊洞玄慕道昇仙（闕名）
（邊洞玄慕道昇仙）跋……趙琦美 六九六
李雲卿得悟昇眞（闕名）
（李雲卿得悟昇眞）跋……趙琦美 六九六
太乙仙夜斷桃符記（闕名）
（太乙仙夜斷桃符記）跋……趙琦美 六九七
二郎神鎖齊天大聖（闕名）
（二郎神鎖齊天大聖）跋……趙琦美 六九八
灌口二郎斬健蛟（闕名）
（灌口二郎斬健蛟）跋……趙琦美 六九八
二郎神射鎖魔鏡（無名氏）
（二郎神射鎖魔鏡）題注……闕名 六九九
（二郎神射鎖魔鏡）跋……趙琦美 六九九
奉天命三寶下西洋（闕名）
（奉天命三寶下西洋）跋……趙琦美 七〇〇

寶光殿天眞祝萬壽（闕名）
（寶光殿天眞祝萬壽）跋……趙琦美 七〇一
眾羣仙慶賞蟠桃會（闕名）
（眾羣仙慶賞蟠桃會）跋……趙琦美 七〇一
祝聖壽金母獻蟠桃（闕名）
（祝聖壽金母獻蟠桃）跋……趙琦美 七〇二
降丹墀三聖慶長生（闕名）
（降丹墀三聖慶長生）跋……趙琦美 七〇三
眾神聖慶賀元宵節（闕名）
（眾神聖慶賀元宵節）跋……趙琦美 七〇四
眾神聖慶賀元宵節跋……闕名 七〇四
祝聖壽萬國來朝（闕名）
（祝聖壽萬國來朝）跋……闕名 七〇五
爭玉板八仙過滄海（闕名）
（爭玉板八仙過滄海）跋……趙琦美 七〇六
慶豐年五鬼鬧鍾馗（闕名）
（慶豐年五鬼鬧鍾馗）跋……趙琦美 七〇六
紫微宮慶賀長春壽（闕名）
（紫微宮慶賀長春壽）跋……趙琦美 七〇七
賀萬壽五龍朝聖（闕名）
（賀萬壽五龍朝聖）跋……趙琦美 七〇八

眾天仙慶賀長生會（闕名）
（眾天仙慶賀長生會）跋……趙琦美 七〇八
慶冬至共享太平宴（闕名）
（慶冬至共享太平宴）跋……趙琦美 七〇九
慶千秋金母賀延年（闕名）
（慶千秋金母賀延年）跋……趙琦美 七一〇
廣成子祝賀齊天壽（闕名）
（廣成子祝賀齊天壽）跋……趙琦美 七一〇
黃眉翁賜福上延年（闕名）
（黃眉翁賜福上延年）跋……趙琦美 七一一
守貞節孟母三移（無名氏）
（守貞節孟母三移）跋……趙琦美 七一二
（守貞節孟母三移）跋……闕名 七一二
吳起敵秦挂帥印（闕名）
吳起敵秦挂帥印題識……丁丙 七一三
吳起敵秦挂帥印題識……王國維 七一三
漢公卿衣錦還鄉（無名氏）
（漢公卿衣錦還鄉）跋……趙琦美 七一四
漢姚期大戰邳仝（無名氏）
（漢姚期大戰邳仝）跋……趙琦美 七一五
十八學士登瀛洲（無名氏）
（十八學士登瀛洲）跋……趙琦美 七一六

飛虎峪存孝打虎(無名氏)
(飛虎峪存孝打虎)跋……趙琦美　七一六
宋大將岳飛精忠(無名氏)
(宋大將岳飛精忠)跋……趙琦美　七一七
女姑姑說法陞堂記(無名氏)
(女姑姑說法陞堂記)跋……趙琦美　七一八
女學士明講春秋(無名氏)
(女學士明講春秋)跋……趙琦美　七一八
龍濟山野猿聽經(無名氏)
(龍濟山野猿聽經)題注……闕　名　七一九
魯智深喜賞黃花峪(無名氏)
(魯智深喜賞黃花峪)跋……闕　名　七二〇
金丸記(闕名)
附　金丸記跋……許之衡　七二一
金印記(闕名)
金印記總評……禿　翁　七二二
附　金印記跋……吴　梅　七二三
鳴鳳記(闕名)
鳴鳳記總評……闕　名　七二四
繡襦記(闕名)
繡襦記序……余文熙　七二五
繡襦記總評……闕　名　七二六

繡襦記總評……闕名　七二七
荔鏡記（闕名）
荔鏡記題記……闕名　七二八

卷四　戲曲劇本　明清雜劇傳奇二

（明萬曆至天啓）

夢磊記（史槃）
（夢磊記）敍……馮夢龍　七三二
夢磊記總評……闕名　七三二
芙蓉屏記（邊三崗）
刻芙蓉屏記引……冉夢松　七三三
青衫記（顧大典）
青衫記序……張鳳翼　七三五
題紅記（王驥德）
題紅記敍……屠隆　七三七
重校題紅記例目……闕名　七三八
曇花記（屠隆）
曇花記序……屠隆　七四〇
曇花記凡例……闕名　七四二
曇花記小序……臧懋循　七四四
曇花記跋……金紹倫　七四四
曇花記跋……金紹綸　七四六
重訂曇花記傳奇序……金兆燕　七四六
附　繡刻曇花記定本跋……吴梅　七四七
附　曇花記跋……吴梅　七四八
詅癡符（陳與郊）
詅癡符序……齊懿　七五〇

詩癡符凡例……闕名 七五一
櫻桃夢（陳與郊）
櫻桃夢序……夢夢生 七五三
鸚鵡洲（陳與郊）
鸚鵡洲序……削仙□ 七五四
附 鸚鵡洲傳奇跋……許之衡 七五五
麒麟罽（陳與郊）
麒麟罽小引……陳繼儒 七五六
附 麒麟罽跋……吴梅 七五七
靈寶刀（陳與郊）
靈寶刀序……逢明生 七五九
靈寶刀跋……闕名 七五九
附 寶刀傳奇跋……許之衡 七六〇
崑崙奴（梅鼎祚）
崑崙奴傳奇自題……梅鼎祚 七六二
題徐文長點改崑崙奴
雜劇……陳繼儒 七六三
題崑崙奴雜劇後……徐渭 七六五
（崑崙奴）題辭……王驥德 七六七
（崑崙奴雜劇）題後……梅守箕 七六七
崑崙奴雜劇題後……江左小謝 七六九
（崑崙奴雜劇）跋……劉雲龍 七七〇
崑崙奴……李贄 七七〇
玉合記（梅鼎祚）
玉合記序……李贄 七七二
玉合記序……湯顯祖 七七三
玉合記跋……闕名 七七五

玉合記序……梅守箕 七七五
章臺柳玉合記敍……屠隆 七七七
附 玉合記跋……吴梅 七七九
附 玉合記題識……闕名 七八〇
長命縷（梅鼎祚）
長命縷記序……梅鼎祚 七八一
錦箋記（周履靖）
錦箋記引……陳邦泰 七八三
錦箋記總評……闕名 七八五
玉茗堂四夢（湯顯祖）
玉茗堂樂府總序……吴之鯨 七八六
玉茗堂傳奇引……臧懋循 七八八
玉茗堂傳奇敍……沈際飛 七八九
（玉茗堂傳奇）集諸家評語……七九一
（玉茗堂傳奇）附述……岑德亨 七九四
玉茗堂傳奇跋……吴梅 七九五
附 四夢傳奇總跋……吴梅 七九六
紫釵記（湯顯祖）
紫釵記題詞……湯顯祖 七九八
紫釵記總評……闕名 八〇〇
題紫釵記……闕名 八〇一
紫釵記序……闕名 八〇二
附 紫釵記跋……劉世珩 八〇二
附 紫釵記跋……吴梅 八〇四
附 紫釵記跋……吴梅 八〇七
臧改本紫釵記題識……吴梅 八〇八
附 紫釵記傳奇序……許之衡 八〇九

牡丹亭（湯顯祖）

牡丹亭還魂記題辭……湯顯祖　八一〇
書牡丹亭還魂記……石林居士　八一一
批點牡丹亭記序……茅元儀　八一二
題牡丹亭記……茅暎　八一四
（牡丹亭記）凡例……闕名　八一五
批點玉茗堂牡丹亭詞敍……王思任　八一六
王季重批點牡丹亭題詞……陳繼儒　八一九
牡丹亭跋……張弢　八二〇
清暉閣批評玉茗堂還魂記
　凡例……張弘　八二三
牡丹亭題詞……沈際飛　八二四
牡丹亭序……徐日曦　八二五
明刻臧晉叔改訂湯若士還
　魂記題識……葉德輝　八二六
還魂記題序……林以寧　八三〇
還魂記序……吴人　八三二
還魂記序……陳同　八三四
還魂記序……談則　八三五
還魂記序……錢宜　八三七
還魂記或問……吴人　錢宜　八三八
還魂記紀事……錢宜　八四五
跋麗娘小照……馮嫺　八四七
還魂記跋……李淑　八四八
還魂記跋……顧姒　八四九
還魂記跋……洪之則　八五〇
附　三婦評還魂記題識……吴梅　八五一
附　三婦評還魂記跋……吴梅　八五二
三婦評牡丹亭雜紀題跋……楊復吉　八五四
鈕少雅格正牡丹亭序……胡介祉　八五五
附　格正還魂記詞調跋……劉世珩　八五六
批才子牡丹亭序……程瓊　八五八

刻才子牡丹亭序……吴震生　八六一
批才子牡丹亭序後……吴震生　八六三
附　南都耍曲秦炙箋……闕　名　八六六
附　才子牡丹亭題識……吴　梅　八六八
冰絲館重刻還魂記敍……快雨堂　八六九
附　冰絲館本還魂記跋……吴　梅　八七〇
附　冰絲館本還魂記跋……吴　梅　八七一
重刻清暉閣批點牡丹亭
凡例……闕　名　八七二
玉茗堂還魂記跋……劉世珩　八七四
玉茗堂還魂記圖題識……傅春姍　八七六
附　牡丹亭跋……吴　梅　八七七
附　怡府本還魂記跋……吴　梅　八七九
南柯夢（湯顯祖）
南柯記題辭……湯顯祖　八八一
題南柯夢……沈際飛　八八三
南柯夢記總評……闕　名　八八四
附　玉茗堂南柯記跋……劉世珩　八八五
附　玉茗堂南柯記跋……吴　梅　八八七
附　南柯記跋……吴　梅　八八八
邯鄲夢（湯顯祖）
邯鄲夢記題辭……湯顯祖　八九〇
（邯鄲夢）題辭……劉志禪　八九一
（邯鄲夢）小引……閔光瑜　八九三
（邯鄲夢）凡例……闕　名　八九四
邯鄲夢記總評……闕　名　八九四
題邯鄲夢……沈際飛　八九六
邯鄲夢總評……闕　名　八九七
附　邯鄲夢跋……吴　梅　八九八
附　邯鄲記跋……吴　梅　八九八
附　（邯鄲夢）跋……劉世珩　八九九

驚鴻記（吴世熙）
敍驚鴻……沈肇元 九〇一
驚鴻記敍……吴叔華 九〇二
觀燈記（林章）
題觀燈記……俞彦 九〇四
觀燈記後序……林古度 九〇五
青虯記（林章）
青虯記引……林章 九〇七
（青虯記）後序……闕名 九〇八
義俠記（沈璟）
義俠記序……吕天成 九〇九
墜釵記（沈璟）
（串本墜釵記）識語……闕名 九一二
（一種情傳奇）識語……王獻若 九一三
附 一種情題識……姚華 九一三
附 一種情補目識語……姚華 九一四
附 一種情傳奇識語……姚華 九一五
附 一種情傳奇跋……姚華 九一六
附 炳靈公題記……姚華 九一七
雙魚記（沈璟）
附 雙魚記跋……闕名 九一九
附 雙魚記跋……許之衡 九二〇
附 雙魚記跋……吴曉鈴 九二二
附 雙魚記跋……吴梅 九二二
附 （雙魚記）書評……王玉章 九二三

博笑記（沈璟）
刻博笑記題詞……茗柯生 九二五
附 詞隱先生論曲……沈 璟 九二六
附 博笑記跋……鄭振鐸 九二八
八珠環記（鄧志謨）
（八珠環記）凡例……鄧志謨 九三〇
（八珠環記）敍……倪士選 九三〇
玉連環記（鄧志謨）
（玉連環記）凡例……鄧志謨 九三一
鳳頭鞋記（鄧志謨）
鳳頭鞋記凡例……鄧志謨 九三二
敍鳳頭鞋記……周孔訓 九三二
瑪瑙簪記（鄧志謨）
瑪瑙簪記凡例……鄧志謨 九三四
並頭蓮記（鄧志謨）
並頭蓮記凡例……鄧志謨 九三四
紅梨記（徐復祚）
（紅梨記）小引……徐復祚 九三五
題紅梨花傳奇……施成嘉 九三六
素秋遺照引……淩性德 九三八
（紅梨記）跋……闕 名 九三九
紅梨記序……徐守愚 九四〇
附 紅梨記跋……吴 梅 九四一
附 新刻趙狀元三錯認紅梨記題識……鄭振鐸 九四二

丹管記（汪宗姬）
丹管記題詞……梅鼎祚　九四三
玉局新劇二种（吴奕）
劇引……山水間人　九四五
劇原……吴奕　九四六
雙修記（葉憲祖）
雙修記序……闕名　九四七
竹林小記（鄧雲霄）
竹林小記序……張萱　九四九
量江記（佘翹）
量江記題……佘翹　九五三
量江記序……馮夢龍　九五四
獅吼記（汪廷訥）
獅吼記小引……闕名　九五六
（獅吼記）又敍……汪廷訥　九五七
長生記（汪廷訥）
（長生記）自序……汪廷訥　九五八
（長生記）序……陳弘世　九五八
義烈記（汪廷訥）
（義烈記）序……薛應和　九五九
威鳳記（汪廷訥）
（威鳳記）序……馬翼如　九六〇

同昇記（汪廷訥）
（同昇記）序 …………………… 冶城老人 九六一
彩舟記（汪廷訥）
彩舟記敍 …………………… 夏尚忠 九六三
投桃記（汪廷訥）
題汪無如投桃記序 ………… 闕　名 九六四
三祝記（汪廷訥）
敍三祝記 …………………… 陳昭遠 九六六
附　三祝記題詞 …………… 姚　華 九六七
附　三祝記題識 …………… 吳　梅 九六八
紅蓮記（陳汝元）
紅蓮記小引 ………………… 陳汝元 九七〇
冬青記（卜世臣）
冬青記凡例 ………………… 闕　名 九七一
（冬青記）附談詞 ………… 闕　名 九七二
凌雲記（韓上桂）
凌雲記凡例八款 …………… 闕　名 九七五
附　凌雲記序 ……………… 鄧　鍔 九七六
再生緣（吳大山）
題李夫人再生緣雜劇 ……… 黃汝亨 九七七
新灌園（馮夢龍）
（新灌園）敍 ……………… 馮夢龍 九七九
新灌園總評 ………………… 馮夢龍 九八〇

雙雄記（馮夢龍）
雙雄記敍……馮夢龍　九八一
雙雄記總評……馮夢龍　九八三
萬事足（馮夢龍）
萬事足敍……馮夢龍　九八四
萬事足總評……馮夢龍　九八五
酒家傭（馮夢龍）
（酒家傭）敍……馮夢龍　九八六
酒家傭總評……闕　名　九八七
女丈夫（馮夢龍）
女丈夫序……馮夢龍　九八八
女丈夫總評……馮夢龍　九八九
楚江情（馮夢龍）
楚江情敍……馮夢龍　九八九
精忠旗（馮夢龍）
精忠旗敍……馮夢龍　九九一
精忠旗自序……馮夢龍　九九一
風流夢（馮夢龍）
（風流夢）小引……馮夢龍　九九二
風流夢總評……闕　名　九九三
旗亭記（鄭之文）
董元卿旗亭記序……湯顯祖　九九五

橘浦記（許自昌）
題橘浦記……葉　晝　九九六
橘浦傳奇敍……穢道比丘　九九七
種玉記（許自昌）
序種玉記……劉元起　九九八
附　種玉記跋……吴　梅　九九九
節俠記（許自昌）
題節俠記……淳齋主人　一〇〇一
節俠記總評……闕　名　一〇〇一
三桂記（紀振倫）
（三桂記）序……闕　名　一〇〇三
折桂記（紀振倫）
折桂記敍……紀振倫　一〇〇三
分金記（葉良表）
分金記引……祝世禄　一〇〇五
李丹記（劉志選）
李丹記題辭……陳繼儒　一〇〇七
李丹記凡例……闕　名　一〇一〇
焚香記（王玉峯）
（焚香記）序……袁于令　一〇一一
焚香記總評……闕　名　一〇一二
金合記（呂天成）
金合記題詞……梅鼎祚　一〇一四

戒珠記（呂天成）
戒珠記題詞……梅鼎祚 一〇一五
神女記（呂天成）
神女記題詞……梅鼎祚 一〇一五
識英雄紅拂莽擇配（淩濛初）
紅拂雜劇小引……淩濛初 一〇一七
書紅拂雜劇……孫超都 一〇一九
識英雄紅拂莽擇配跋……淩濛初 一〇二〇
太室山房四劇（祁麟佳）
太室山房四劇及詩稿序……祁彪佳 一〇二一
紅梅記（周朝俊）
敍紅梅記……王穉登 一〇二三

紅梅記總評……湯顯祖 一〇二四
附 紅梅記跋……吳 梅 一〇二五
歲寒操（陳箴言）
歲寒操傳奇序……朱一是 一〇二七
呂眞人黃粱夢境記（蘇元儁）
呂眞人黃粱夢境序……張國維 一〇二九
東郭記（孫鍾齡）
東郭記引……孫鍾齡 一〇三一
齊人生本傳贊……闕 名 一〇三二
附 時義一首（『齊人有一妻』至『驕其妻妾』）……蕭伯玉 一〇三二
附 東郭記題識……鄭振鐸 一〇三四
附 東郭記題跋……吳 梅 一〇三五
東郭記跋……悟飛子 一〇三六

（東郭記）序一……………三十六灣釣徒　一〇三六
（東郭記）序二……………桃花源外史　一〇三八
附　東郭記跋……………吴　梅　一〇三九
醉鄉記（孫鍾齡）
刻醉鄉記序……………王克家　一〇四一
附　醉鄉記跋……………鄭振鐸　一〇四二
帝妃遊春（程士廉）
帝妃遊春跋……………泥蟠齋　一〇四四
陌花軒雜劇（黄方胤）
陌花軒雜劇敍……………馬麗華　一〇四五
衍莊新調（王應遴）
自題衍莊新調……………王應遴　一〇四六
衍莊新調引……………常新道人　一〇四八
（衍莊新調）凡例八則……………闕　名　一〇四九
天函記（文九玄）
天函記序……………米萬鍾　一〇五〇
天函記序……………陳端明　一〇五一
丹青記（徐肅穎）
丹青記題辭……………湯顯祖　一〇五二
丹桂記（徐肅穎）
敍丹桂記……………王穉登　一〇五三
丹桂記識語……………寶珠堂　一〇五四
灑雪堂（梅孝巳）
灑雪堂小引……………梅孝巳　一〇五五
灑雪堂總評……………闕　名　一〇五六

碧珠記（王國柱）
碧珠記序……………………高陽生 一〇五七
香山記（羅懋登？）
香山記序……………………羅懋登 一〇五八
張子房椎秦記（王伯揆）
王伯揆張子房椎秦記序……方應祥 一〇五九
餘慈相會（顧思義）
餘慈相會總評………………白 牛 一〇六〇
藍橋玉杵記（雲水道人）
藍橋玉杵記敘………………虎耘山人 一〇六二
（藍橋玉杵記）凡例 ………闕 名 一〇六三

筌篌記（證聖陳生）
（筌篌記）自敘 ……………闕 名 一〇六四
（筌篌記）自傳 ……………闕 名 一〇六五
櫻桃宴（愚溪漁者）
讀櫻桃宴雜劇………………顧夢麟 一〇六六
紅杏記（闕名）
紅杏記題詞…………………王驥德 一〇六八

卷五 戲曲劇本 明清雜劇傳奇三
（明崇禎至清順治）

春燈謎（阮大鋮）
（春燈謎）自序 ……………阮大鋮 一〇七二
春燈謎記序…………………阮大鋮 一〇七三

（春燈謎）敘……王思任 一〇七四
附 春燈謎題識……葉德輝 一〇七五
附 春燈謎跋……吴 梅 一〇七六
燕子箋（阮大鋮）
（燕子箋）序……闕 名 一〇七八
燕子箋原敘……闕 名 一〇七九
燕子箋序……韋佩居士 一〇八〇
燕子箋跋……劉世珩 一〇八二
附 燕子箋跋……董 康 一〇八四
附 燕子箋跋……吴 梅 一〇八五
附 燕子箋跋……吴 梅 一〇八六
雙金榜（阮大鋮）
（雙金榜）小序……阮大鋮 一〇八七
附 雙金榜跋……吴 梅 一〇八八
附 雙金榜跋……許之衡 一〇九〇
牟尼合（阮大鋮）
（牟尼合）題詞……漳川吏行者 一〇九二
（牟尼合）序……曹履吉 一〇九三
（牟尼合）題詞……文震亨 一〇九五
附 牟尼合跋……王立承 一〇九七
附 牟尼合跋……吴 梅 一〇九八
花筵賺（范文若）
花筵賺序……范文若 一一〇〇
花筵賺凡例……范文若 一一〇一
花筵賺序……空谷玉人 一一〇二
花筵賺題識……思玄子 一一〇三
花筵賺總評……闕 名 一一〇四
附 花筵賺跋……吴 梅 一一〇五
附 花筵賺傳奇跋……許之衡 一一〇五

夢花酣（范文若）
夢花酣序……范文若　一一〇七
夢花酣題詞……鄭元勳　一一〇八
鴛鴦棒（范文若）
鴛鴦棒序……范文若　一一〇九
鴛鴦棒題詞……鄭元勳　一一一〇
百寶箱（郭濬）
百寶箱傳奇引……卓人月　一一一二
蝴蝶夢（謝弘儀）
蝴蝶夢凡例……謝弘儀　一一一四
蝴蝶夢敍……陸夢龍　一一一五
鵲橋記（孟熙）
題鵲橋記……艾南英　一一一七
一笠庵四種曲（李玉）
一笠庵四種曲序……揆八愚　一一一九
人獸關（李玉）
人獸關敍……馮夢龍　一一二一
人獸關總評……闕　名　一一二二
人獸關上卷總評……椒　園　一一二三
人獸關下卷總評……椒　園　一一二四
附　人獸關跋……吴曉鈴　一一二四
永團圓（李玉）
（永團圓）敍……馮夢龍　一一二五
永團圓總評……闕　名　一一二六

（永團圓）總批……………………椒　園　一一二七
附　永團圓題識……………………鏡　清　一一二八
太平錢（李玉）
太平錢傳奇引……………………胡介祉　一一二九
眉山秀（李玉）
（眉山秀）題詞……………………闕　名　一一三〇
兩鬚眉（李玉）
（兩鬚眉）敍……………………萬山漁叟　一一三二
清忠譜（李玉）
（清忠譜）序……………………吴偉業　一一三四
西樓記（袁于令）
題西樓記……………………陳繼儒　一一三八
（楚江情）原敍……………………陳繼儒　一一三九
西樓記序言……………………石　佀　一一四〇
西樓記序……………………沈最羣　一一四一
附　西樓劍嘯跋……………………吴　梅　一一四二
附　西樓劍嘯跋……………………吴　梅　一一四三
禪隱四劇（周懋宗）
周因仲禪隱四劇序……………………來集之　一一四四
桃花劇（孟稱舜）
孟子若桃花劇序……………………倪元璐　一一四六
殘唐再創（孟稱舜）
殘唐再創題詞……………………孟稱舜　一一四八
孟子塞殘唐再創雜劇
小引……………………卓人月　一一四九

嬌紅記（孟稱舜）
（嬌紅記）題詞……孟稱舜 一一五一
鴛鴦冢題詞……馬權奇 一一五二
鴛鴦冢序……王業浩 一一五三
節義鴛鴦冢嬌紅記序……陳洪綬 一一五五
二胥記（孟稱舜）
（二胥記）題詞……孟稱舜 一一五七
二胥記題詞……馬權奇 一一五八
二胥記敍……宋之繩 一一六〇
附 二胥記題識……闕 名 一一六一
貞文記（孟稱舜）
（貞文記）題詞……孟稱舜 一一六二
（貞文記）敍……祁彪佳 一一六四
附 貞文記識語……張玉森 一一六六
綠牡丹（吴炳）
綠牡丹總評……闕 名 一一六八
書綠牡丹傳奇後……張 鑒 一一六九
附 綠牡丹跋……吴 梅 一一七〇
附 綠牡丹跋……吴 梅 一一七一
附 綠牡丹跋……劉世珩 一一七二
附 綠牡丹跋……吴 梅 一一七四
療妒羹（吴炳）
附 療妒羹跋……吴 梅 一一七五
附 療妒羹跋……劉世珩 一一七六
畫中人（吴炳）
畫中人跋……馬振伯 一一七八
畫中人跋……方 本 一一七九

附　畫中人跋……吴　梅　一一八一
西園記（吴炳）
附　西園記跋……吴　梅　一一八二
情郵記（吴炳）
情郵說……吴　炳　一一八四
情郵小引……無疾子　一一八五
（情郵記）總評……闕　名　一一八六
附　情郵記跋……吴　梅　一一八六
附　情郵記跋……吴　梅　一一八八
歸元鏡（釋智達）
淨土傳燈歸元鏡序……嚴而和　一一九一
淨土傳燈歸元鏡序……孟良胤　一一九二
歸元鏡規約……釋智達　一一九三
（歸元鏡卷上）總評……闕　名　一一九五
（歸元鏡卷下）總評……闕　名　一一九七
淨土傳燈歸元鏡跋……闕　名　一一九八
問答因緣……闕　名　一二〇〇
戲劇供通……闕　名　一二〇二
客問決疑……闕　名　一二〇四
（歸元鏡）後跋……丁立誠　一二〇五
附　淨土傳燈歸元鏡曲譜
歸元鏡曲譜序……張樹幟　一二〇八
歸元鏡曲譜序……趙戴文　一二一〇
博浪椎（張公琬）
博浪椎傳奇序……張　岱　一二一三
喬坐衙（張岱）
張宗子喬坐衙劇題辭……陳洪綬　一二一五

紅梨花記(王元壽)
梨花記序……闕名 一二一六
梨花記總評……闕名 一二一七
(快活庵批評紅梨花記)
總評……闕名 一二一七
異夢記(王元壽)
異夢記序……蘭畹居士 一二一八
異夢記總評……闕名 一二一九
鶴釵夢(王元功)
鶴釵夢傳奇序……來集之 一二二一
化人遊(丁耀亢)
化人遊詞序……龔鼎孳 一二二二
(化人遊)總評……宋琬 一二二三
赤松遊(丁耀亢)
作赤松遊本末……丁耀亢 一二二五
赤松遊題辭……丁耀亢 一二二六
赤松遊序……查繼佐 一二二八
赤松遊引……傅維鱗 一二三〇
附 嘯臺偶著詞例
數則……闕名 一二三一
西湖扇(丁耀亢)
(西湖扇傳奇)敍……丁耀亢 一二三三
重刻西湖扇傳奇始末……丁慎行 一二三四
表忠記(丁耀亢)
表忠記題識……丁耀亢 一二三五
(表忠記)弁言……郭菉 一二三六

詩次忠愍原韻……………………丁耀亢　一二三八
（表忠記）題辭　…………張炳堃 等　一二三九
表忠記傳奇書後…………………丁守存　一二四一

蝴蝶夢（陳一球）

蝴蝶夢自序………………………陳一球　一二四三
蝴蝶夢傳奇又序…………………闕　名　一二四四
蝴蝶夢傳奇序……………………林增志　一二四五
（蝴蝶夢）傳奇總評　……………闕　名　一二四七
蝴蝶夢傳奇跋……………………林啓亨　一二四八
蝴蝶夢傳奇跋……………………劉之屏　一二五〇
附　蝴蝶夢傳奇識語……………梅泠生　一二五二
附　蝴蝶夢傳奇跋………………高　誼　一二五二

春波影（徐士俊）

春波影自序………………………徐士俊　一二五四
小青雜劇序………………………卓人月　一二五五
花舫緣春波影二劇序……………卓人月　一二五七
題春波影雜劇……………………卓人月　一二五七
題春波影　………………張之鼎 等　一二五八
春波影小引………………………徐旭旦　一二五九

全節記（祁彪佳）

全節記序…………………………闕　名　一二六二
祁司李玉節傳奇序………………倪元璐　一二六四

賈閬仙（葉承宗）

賈閬仙跋…………………………葉承宗　一二六六
賈閬仙跋…………………………田御宿　一二六七

紅情言（王翃）

（紅情言）自敍　…………………王　翃　一二六九
紅情言敍…………………………鄭士毅　一二六九

兩紗（來集之）
讀兩紗小引……朱永昌 等 一二七一
兩紗劇小引……朱永圖 等 一二七二
跋紅紗碧紗……來道程 等 一二七四
紅紗碧紗題辭……來道程 等 一二七五
兩紗例……闕 名 一二七六
女紅紗塗抹試官（來集之）
紅紗自序附題辭……來集之 等 一二七七
（女紅紗塗抹試官）總評……闕 名 一二七九
禿碧紗炎涼秀士（來集之）
碧紗自序附題辭……來集之 等 一二八〇
小青娘挑燈閒看牡丹亭（來集之）
（小青挑燈劇）評……來 榮 一二八二
秋風三疊（來集之）
（秋風三疊）敍……毛萬齡 一二八三
（藍采和）總評……闕 名 一二八四
（英雄淚）總評……闕 名 一二八四
（俠女新聲）總評……闕 名 一二八五
一瓣香（謝命侯）
一瓣香序……來集之 一二八五
柳毅傳書（毛遠公）
柳毅傳書傳奇序……來集之 一二八七
鸚鵡記（李師婁）
鸚鵡傳奇序……鄭賡唐 一二八九
三忠記（李師婁）
三忠記序……鄭賡唐 一二九〇

皖人傳奇（闕名）
皖人傳奇序……………………鄭賡唐　一二九一
擬尋夢（王鑨）
尋夢自序……………………王　鑨　一二九二
三弟擬尋夢曲序………………王　鐸　一二九三
擬尋夢總評……………………闕　名　一二九六
雙蝶夢（王鑨）
雙蝶夢序……………………王　鐸　一二九七
華山緣（王鑨）
華山緣傳奇序…………………王　鐸　一三〇〇
司馬衫（王鑨）
三弟撰司馬衫傳奇序…………王　鐸　一三〇一
秋虎丘（王鑨）
（秋虎丘）序……………………董　訥　一三〇三
秋虎丘序……………………薛奮生　一三〇四
秋虎丘題識……………………嚴廷中　一三〇五
想當然（王光魯）
盧次楩本敍……………………王光魯　一三〇六
批點想當然序…………………譚元春　一三〇八
（想當然）成書雜記…………繭室主人　一三一一
想當然題識　…………心印吟室主人　一三一三
紅羅鏡（傅山）
紅羅鏡序……………………傅　山　一三一四
晉陽川方言……………………張赤幟　一三一五
新西廂記（卓人月）
新西廂記序……………………卓人月　一三一七

文犀櫃（張淑）
文犀櫃院本序……………………毛奇齡　一三一九
風流院（朱京藩）
風流院敍……………………朱京藩　一三二〇
（風流院）敍　……………………柴紹然　一三二二
風流院敍……………………蟣衲牧幻　一三二三
附　吊小青詩……………………聖　昭　一三二四
附　風流院題識……………………吴　梅　一三二五
附　風流院又題識……………………吴　梅　一三二六
問霞閣山水情詞（魏方炳）
晉詞史序……………………孟稱舜　一三二七
魂清史……………………闕　名　一三二八
（問霞閣山水情詞）題辭　……魏方炳　一三三一
（問霞閣山水情詞）凡例　……闕　名　一三三二
雪庵小劇（李文生）
敍李文生雪庵小劇……………………魏方炳　一三三四
天馬媒（劉方）
（天馬媒）自題　……………………劉　方　一三三五
題天馬媒……………………止園居士　一三三七
天馬媒題辭……………………周裕度　一三三八
天馬媒引語……………………張積祥　一三三九
三社記（其滄）
三社記題辭……………………洪九疇　一三四一
蘇門嘯（傅一臣）
蘇門嘯小引……………………胡麒生　一三四四
（蘇門嘯）序　……………………金　堡　一三四五
（蘇門嘯）又序　……………………茹□禧　一三四七
蘇門嘯序……………………汪大年　一三四八

（蘇門嘯）小引……汪漸鴻　一三四九
買笑局金跋……傅一臣　一三五〇
賣情紥囤跋……傅一臣　一三五一
沒頭疑案跋……傅一臣　一三五二
截舌公招跋……傅一臣　一三五二
智賺還珠跋……傅一臣　一三五三
錯調合璧跋……傅一臣　一三五四
賢翁激壻跋……傅一臣　一三五四
義妾存孤跋……傅一臣　一三五五
人鬼夫妻跋……傅一臣　一三五六
死生寃報跋……傅一臣　一三五七
蟾蜍佳偶跋……傅一臣　一三五七
鈿盒奇姻跋……傅一臣　一三五八
磨忠記（范世彥）
磨忠記序……范世彥　一三五九
（磨忠記）序……范玠　一三六〇
磨忠記跋……闕名　一三六〇
附　磨忠記跋……陳乃乾　一三六一
回春記（朱葵心）
回春記敍……朱葵向　一三六三
回春記題識……闕名　一三六四
梅村樂府二種（吴偉業）
梅村樂府二種跋……吴梅　一三六五
附　梅村樂府二種跋……鄭振鐸　一三六六
臨春閣（吴偉業）
臨春閣題辭……沈修　一三六八
通天臺（吴偉業）
通天臺題辭……沈修　一三七一

秣陵春（吴偉業）
（秣陵春）序……吴偉業 一三七三
秣陵春序……李宜之 一三七五
五倫鏡（雪簑道人）
五倫鏡小引……張三異 一三七八
五倫鏡引……思樵子 一三七九
（五倫鏡）凡例……闕名 一三七九
鴛鴦縧（路迪）
鴛鴦縧記敘……朱敬一 一三八一
（鴛鴦縧）偈言……路迪 一三八三
附 鴛鴦縧記跋……王立承 一三八四
李氏五種（李漁）
李氏五種總序……孫治 一三八六
李笠翁傳奇敘……錢謙益 一三八八
憐香伴（李漁）
憐香伴序……虞巍 一三九〇
風箏誤（李漁）
風箏誤敘……虞鏤 一三九二
（風箏誤）總評……闕名 一三九三
意中緣（李漁）
意中緣序……范驤 一三九四
（意中緣）又序……黄媛介 一三九六
（意中緣）跋……徐林鴻 一三九七
蜃中樓（李漁）
蜃中樓序……孫治 一三九八
（蜃中樓）總評……孫治 一三九九

奈何天（李漁）
奈何天序……胡介　一四〇〇
（奈何天）總評……徐士俊　一四〇二
玉搔頭（李漁）
（玉搔頭）序……黄鶴山農　一四〇四
（玉搔頭）總評……杜濬　一四〇六
比目魚（李漁）
比目魚傳奇敍……王端淑　一四〇七
凰求鳳（李漁）
凰求鳳序……杜濬　一四〇九
（凰求鳳）總評……張貢孫　一四一一
慎鸞交（李漁）
慎鸞交傳奇序……郭傳芳　一四一二
巧團圓（李漁）
巧團圓序……樗道人　一四一五
（巧團圓）總評……闕名　一四一七
人天樂（黄周星）
（人天樂）自序……黄周星　一四一九
附　製曲枝語……黄周星　一四二一
純陽呂祖命序……馭雲仙子　一四二四
書呂祖序後……梅華外臣　一四二五
（人天樂）題詞……磨崖漫士　一四二六
人天樂跋……闕名　一四二七
附　人天樂跋……吴梅　一四二八
錦纏玉（方以智）
錦纏玉跋……方中通　一四三〇

拈花笑（徐石麒）
拈花笑引……闕名　一四三三
鴛鴦夢（葉小紈）
（鴛鴦夢）小序……沈自徵　一四三五
白玉樓記（陳子升）
白玉樓記序……張萱　一四三七
祭皋陶（宋琬）
（祭皋陶）弁語……杜濬　一四四〇
（祭皋陶）題詞……隨緣居士　一四四二
寄愁軒（宋徵璧）
寄愁軒雜劇小序……宋徵輿　一四四三
鴛鴦湖（余懷）
余澹心鴛鴦湖傳奇序……陳維崧　一四四六
續牡丹亭（陳軾）
（續牡丹亭傳奇）題詞……陳于侯 等　一四四九
鴛鴦夢（薛旦）
（鴛鴦夢）敍……蹄涔子　一四五一
續情燈（薛旦）
續情燈敍……薛旦　一四五二
（續情燈）題詞……薛旦　一四五四
醉月緣（薛旦）
醉月緣序……餐英主人　一四五五

龍女書（薛旦）
題薛既揚龍女書雜劇……嚴繩孫　一四五七
西堂樂府（尤侗）
（西堂樂府）自序……尤　侗　一四五九
（西堂樂府）序……吴偉業　一四六一
（西堂樂府）題詞……曹爾堪　一四六二
（西堂樂府）題詞……李　瀅　一四六三
寄懷悔庵先生並題新樂
府四絕句……王士禛　一四六四
附　西堂樂府跋……鄭振鐸　一四六五
讀離騷（尤侗）
讀離騷題詞……王士祿　一四六七
讀離騷題詞……丁　澎　一四六八
讀離騷題詞……彭孫遹　一四七〇
讀離騷題詞……吴　綺　一四七一
弔琵琶（尤侗）
弔琵琶題詞……彭孫遹　一四七二
桃花源（尤侗）
桃花源題詞……彭孫遹等　一四七三
黑白衛（尤侗）
黑白衛題詞……彭孫遹　一四七四
清平調（尤侗）
清平調序……尤　侗　一四七五
梁玉立先生評……梁清標　一四七六
李白登科記題詞……杜　濬　一四七七
鈞天樂（尤侗）
（鈞天樂）自記……闕　名　一四七九
（鈞天樂）序……鄭祇謨　一四八一

（鈞天樂）序……閬峯　一四八三
鈞天樂題詞……閬峯　一四八四
紅薇館傳奇采珍序……李東陽　一四八五
鈞天樂序……周權　一四八六
龍舟會（王夫之）
（龍舟會）音釋……王夫之　一四八八
美唐風（沈謙）
美唐風傳奇自序……沈謙　一四八九
瑤臺夢（趙進美）
（瑤臺夢）序……王光魯　一四九一
立地成佛（趙進美）
書立地成佛劇後……丁耀亢　一四九三
芙蓉舍（顧景星）
芙蓉舍塡詞序……顧景星　一四九四
虎媒劇（張公卜）
虎媒劇引……顧景星　一四九六
附　虎媒篇題贈張子……顧景星　一四九七
破夢鵑（李雯）
破夢鵑自序……李雯　一四九八
破夢鵑序……徐芳　一五〇一
破夢鵑序……李青　一五〇五
附　破夢鵑雜劇書後……路朝鑾　一五〇七
附　破夢鵑雜劇書後……任訥　一五〇八
附　破夢鵑雜劇書後……易忠籙　一五〇九
夢夢記（傅萬子）
夢夢記序……徐芳　一五一〇

文星現（朱素臣）
文星現題識……………………雲石主人　一五一二
秦樓月（朱素臣）
（秦樓月）序……………………吴綺　一五一四
題情感天水生事戲爲代賦…………吴綺　一五一五
辛亥冬仲讀薗次曲卽書
秦樓月卷首……………………吴梅　一五一七
附　秦樓月跋……………………王立承　一五一八
牡丹圖（朱佐朝）
牡丹圖跋……………………姚燮　一五二〇
雙冠誥（陳二白）
雙冠誥題跋……………………陳二白　一五二一
三報恩（畢魏）
（三報恩）序……………………馮夢龍　一五二二
二奇緣（許恆）
（二奇緣）小引……………………倪倬　一五二三
魔境禪（盧不文）
盧不文魔境禪傳奇序……………………王大經　一五二五
青樓恨（張幼學）
題張詞臣青樓恨傳奇序……………………陸舜　一五二七
倒鴛鴦（朱英）
倒鴛鴦敍……………………朱英　一五三〇

鬧烏江（朱英）
鬧烏江序……田大奇 一五三一
領頭書（袁聲）
領頭書自序……袁聲 一五三三
合劍記（劉鍵邦）
合劍記題詞……李調元 一五三四
雲石會（包燮）
雲石會傳奇序……聞性道 一五三五
雲石會因……喬缽 一五三八
雲石會傳奇跋……朱益采 一五三九
乘龍鼎（姜二公）
乘龍鼎劇本題辭……葉燮 一五四一
午夜鐘（孟太和）
午夜鐘敍……李柏 一五四三
李家湖雜劇（鄭野臣）
李家湖雜劇引……金堡 一五四五
五湖秋（徐大銓）
五湖秋題詞……閔鉞 一五四六
改四聲猿（董木公）
董木公改四聲猿序……李鄴嗣 一五四七
陽燧珠（林子）
陽燧珠傳奇序……李鄴嗣 一五四九

鹽梅記（青山高士）
鹽梅記小引……墨禪居士　一五五一
（鹽梅記）總批……闕名　一五五二
峨冠子總批……一五五三
胡子藏院本（胡子藏）
胡子藏院本序……黄宗羲　一五五四
何孝子（謝氏）
何孝子傳奇引……毛奇齡　一五五五
雨蝶痕（浣霞子）
（雨蝶痕）序……薛寀　一五五七
雨蝶痕跋……汪台山　一五五九
雨蝶痕跋……程庶咸　一五六〇
雨蝶痕跋……程永孚　一五六一
雨蝶痕自記……浣霞子　一五六一
花萼樓（昭亭有情癡）
（花萼樓）自敍……醉月主人　一五六二
花萼樓凡例……昭亭有情癡　一五六三
雙龍墜（筆花齋）
雙龍墜序……雪山野樵　一五六五

卷六　戲曲劇本　明清雜劇傳奇四

（清康熙）
香草吟（徐沁）
香草吟題詞……徐沁　一五六八
香草吟傳奇序……李漁　一五六九
香草吟序……醉侯　一五七二
香草吟自序……徐沁　一五七三

三奇記（許纘曾）
三奇記前序……………………許纘曾　一五七四
三奇記後序……………………許纘曾　一五七七
情文種（謝士鶚）
情文種雜劇序…………………詹　賢　一五七九
玉蝴蝶（謝士鶚）
玉蝴蝶傳奇序…………………詹　賢　一五八〇
緣外緣（何聖符）
緣外緣塡詞序…………………詹　賢　一五八二
清風劍（冷士嵋）
清風劍題辭……………………冷士嵋　一五八四
神仙東（安箕）
神仙棗題詞……………………安致遠　一五八五
巢松樂府（王抃）
巢松樂府序並跋附刻…………黃與堅　一五八七
巢松樂府序……………………葉　燮　一五九〇
浩氣吟（王抃）
題樂府浩氣吟後………………王　抃　一五九一
經鋤堂樂府（葉奕苞）
葉九來樂府序…………………尤　侗　一五九二
芙蓉樓（汪光被）
芙蓉樓序………………………闕　名　一五九五

易水歌（汪光被）
易水歌序……南陽遠峯氏 一五九六
風流棒（萬樹）
（風流棒）序……吴秉鈞 一五九七
（風流棒）序……吴棠禎 一六〇〇
風流棒跋……吴秉鈞 一六〇二
空青石（萬樹）
（空青石）序……吴棠禎 一六〇三
念八翻（萬樹）
（念八翻）序……吕洪烈 一六〇六
銅虎媒（董元愷）
銅虎媒傳奇序……沈受宏 一六〇九
雙南記（周金然）
（雙南記）小引……周金然 一六一二
（雙南記）序……尤侗 一六一三
（雙南記）題詞……王灝 一六一五
一線天（陳見智）
一線天演文序……孔貞瑄 一六一六
漱玉堂三種傳奇（孫郁）
漱玉堂三種傳奇序……汪森 一六一九

雙魚珮（孫郁）
（雙魚珮）凡例記略……孫郁 一六二一
雙魚佩傳奇敘……袁佑 一六二二
天寶曲史（孫郁）
天寶曲史凡例……孫郁 一六二四
天寶曲史序……竇遴奇 一六二五
天寶曲史敍……袁佑 一六二七
（天寶曲史）題詞……沈珩 一六二八
天寶曲史序……趙澐 一六二九
（天寶曲史）題詞……朱□□ 一六三一
平津閣（汪士鋐）
平津閣劇題詞……王煒 一六三三
迎天榜（黄祖顓）
（迎天榜）自序……黄祖顓 一六三五
（迎天榜）序……陸世儀 一六三六
掖生符（李文驥）
李文驥掖生符傳奇序……俞公穀 一六三八
桃花飯（俞公穀）
桃花飯自序……俞公穀 一六四〇
桃花飯傳奇序……陸繁弨 一六四三
揚州夢（嵇永仁）
（揚州夢）自題……嵇永仁 一六四五
（揚州夢）引言……李琯 一六四六
揚州夢傳奇引……周亮工 一六四七
附 揚州夢跋……吴梅 一六四九

雙報應（嵇永仁）
（雙報應）序……沈上章 一六五一
雙報應跋……王龍光 一六五三
附 雙報應跋……吳梅 一六五四
續離騷（嵇永仁）
（續離騷）引……闕名 一六五六
書續離騷後……范承謨 一六五六
讀續離騷……王龍光等 一六五七
（續離騷）序……竹崖樵叟 一六五八
附 續離騷跋……鄭振鐸 一六五九
萬全記（范希哲）
富貴仙自序……范希哲 一六六三
十醋記（范希哲）
滿牀笏弁言……范希哲 一六六四
補天記（范希哲）
（小江東）小說……范希哲 一六六六
雙瑞記（范希哲）
中庸解序說……范希哲 一六六八
偷甲記（范希哲）
偷甲記序……范希哲 一六七〇
四元記（范希哲）
四元記序……范希哲 一六七一

雙鍾記（范希哲）
雙鍾記序……………………范希哲　一六七三
魚籃記（范希哲）
魚籃記序……………………范希哲　一六七五
拜針樓（王墅）
拜針樓序……………………楊天祚　一六七七
擬元詞兩劇（王叔盧）
擬元兩劇序…………………毛奇齡　一六七八
馮驩市義（周樹）
周次修馮驩市義劇序………來集之　一六八〇
（馮驩市義）自記…………周　樹　一六八二
（馮驩市義）總評…………闕　名　一六八三
玉馬珮（路衍淳）
（玉馬珮）引言……………路衍淳　一六八四
玉馬珮凡例…………………路衍淳　一六八五
（玉馬珮）題辭……………闕　名　一六八七
（玉馬珮）跋………………闕　名　一六八八
兒孫福（朱雲從）
兒孫福傳奇序………………孫慧遠　一六八九
范性華雜劇（范性華）
范性華雜劇題詞……………杜　濬　一六九一
芙蓉城（龍燮）
芙蓉城記引…………………龍　燮　一六九三
（芙蓉城記）題詞…………蔣士銓　一六九五

題芙蓉城感石樓公作……… 蓮池漁隱 一六九五
瓊花夢（龍燮）
詹允龍雷岸瓊花夢劇序……… 趙士麟 一六九七
（江花夢）序 ……… 蔣士銓 一七〇一
江花夢詩 ……… 高珩等 一七〇三
江花夢跋……… 許之衡 一七一〇
壺中蹟（王封溁）
蒙春園主人壺中蹟傳奇序……… 王封溁 一七一二
耆英會記（喬萊）
耆英會題詞……… 喬載繇 一七一五
耆英會跋……… 喬瑜 一七一六
天山雪（馬羲瑞）
天山雪自敍……… 馬羲瑞 一七一八
（天山雪）序 ……… 古吳三江漁父 一七二〇
天山雪序……… 雍永祚 一七二一
天山雪凡例……… 馬羲瑞 一七二三
（天山雪）題詞 ……… 劉烒 一七二四
跋天山雪傳奇八首……… 郭人麟 一七二五
繡當壚（裘璉）
裘子蔗村繡當壚傳奇序……… 闕名 一七二七
醉書箴（裘璉）
醉書箴傳奇自序……… 裘璉 一七二九
明翠湖亭四韻事（裘璉）
明翠湖亭四韻事弁言……… 裘璉 一七三一

四韻事敘…………馮家楨　一七三二
（四韻事）序…………胡亦堂　一七三三
（四韻事）跋…………溪上散人　一七三五
附　四韻事跋…………鄭振鐸　一七三六
昆明池（裘璉）
昆明池小敘…………裘　璉　一七三七
集翠裘（裘璉）
集翠裘小敘…………裘　璉　一七三八
鑒湖隱（裘璉）
鑒湖隱小敘…………裘　璉　一七三九
旗亭館（裘璉）
旗亭館小敘…………裘　璉　一七四〇
女崑崙（裘璉）
（女崑崙）自敘…………裘　璉　一七四一
女崑崙題識…………裘姚崇　一七四二
五夜鐘（裘璉）
五夜鐘傳奇序…………曹　章　一七四三
附　索序五夜鐘傳奇啓…………裘　璉　一七四五
萬壽無疆昇平樂府（裘璉）
萬壽無疆昇平樂府序…………闕　名　一七四五
雙叩閽（張薿）
（雙叩閽）小序…………張　薿　一七四七

鬧高唐（洪昇）
（鬧高唐）自序……洪昇 一七四九
長生殿（洪昇）
（長生殿傳奇）自序……洪昇 一七五〇
（長生殿傳奇）例言……洪昇 一七五一
長生殿序……吴人 一七五四
長生殿序……徐麟 一七五五
長生殿序……汪熷 一七五六
長生殿識語……初僧 一七五八
長生殿序……尤侗 一七五九
長生殿院本序……毛奇齡 一七六一
長生殿序……朱襄 一七六三
長生殿序……朱彝尊 一七六五
長生殿序……王廷謨 一七六六
長生殿序……胡榮 一七七〇
長生殿序……蘇輪 一七七一
長生殿題辭……吴向榮等 一七七三
附 楊太眞像題識……劉世珩 一七七七
長生殿原跋……王晫 一七七八
長生殿原跋……胡梁 一七七九
長生殿原跋……吴牧之 一七七九
長生殿原跋……吴作梅 一七八〇
附 重刻長生殿跋……劉世珩 一七八一
長生殿時劇序……四樂齋主人 一七八三
附 長生殿記跋……吴梅 一七八三
織錦記（洪昇）
織錦記自序……洪昇 一七八五
四嬋娟（洪昇）
四嬋娟題詞……惠潤 一七八六

雙星圖（鄒山）
雙星圖小引……………………鄒　山　一七八八
海烈婦（沈受宏）
海烈婦傳奇自序……………沈受宏　一七八九
此丈夫題辭…………………盛　敬　一七九二
此丈夫題辭……………林屋洞山樵　一七九三
海烈婦傳奇小序……………王　育　一七九五
重刻海烈婦傳奇序…………戈　載　一七九六
海烈婦傳奇跋………………蔣文勳　一七九八
附　海烈婦祠堂歌跋………蔣文勳　一八〇〇
桃花扇（孔尚任）
（桃花扇）小引……………孔尚任　一八〇二
（桃花扇）凡例……………孔尚任　一八〇四
桃花扇綱領跋………………孔尚任　一八〇六
（桃花扇）本末……………孔尚任　一八〇六
（桃花扇）小識……………孔尚任　一八一二
桃花扇序……………………顧　彩　一八一三
桃花扇題辭…………………田　雯等　一八一五
桃花扇總評…………………闕　名　一八二三
（桃花扇）跋語……………黄元治等　一八二四
桃花扇後序…………………吴　穆　一八二五
附　（桃花扇傳奇後序
詳注）弁言…………………花庭閒客　一八三一
附　桃花扇傳奇後序詳
注……………………………花庭閒客　一八三二
附　桃花扇跋………………吴　梅　一八四〇
重刊桃花扇小引……………沈成垣　一八四一
桃花扇傳奇跋語……………沈　默　一八四二
桃花扇傳奇跋語……………沈成垣　一八四三
桃花扇序……………………王縈緒　一八四三

（桃花扇）題辭 王榮緒 一八四六
（桃花扇）删改緣由 王縈緒 一八四七
桃花扇跋 王縈緒 一八四八
桃花扇傳奇書後 王縈緒 一八四九
（桃花扇傳奇）識語 李國松 一八五〇
桃花扇題辭 侯銓 一八五一
書桃花扇傳奇後 包世臣 一八五一
附 桃花扇跋 吴梅 一八五三
醉高歌（張雍敬）
（醉高歌）序 張雍敬 一八五五
（醉高歌）序 潘耒 一八五九
（醉高歌）敍 張翊清 一八六〇
文體一致題辭 闕名 一八六二
（醉高歌）總論 闕名 一八六四
醉高歌目録識語 闕名 一八六五
（醉高歌）總評 闕名 一八六六
小忽雷（顧彩）
小忽雷序 吴穆 一八六九
小忽雷題辭 孔尚任等 一八七一
小忽雷題識 孔尚任等 一八七四
小忽雷題識 孔尚任 一八七六
題小忽雷 孔尚任 一八七六
小忽雷編記跋 孔尚任 一八七七
小忽雷色目跋 孔尚任 一八七七
附 博古閒情 孔尚任 一八七八
附 小忽雷開場 孔尚任 一八八〇
小忽雷記 桂馥等 一八八二
小忽雷跋 劉世珩 一八八四
陰陽判（查慎行）
陰陽判傳奇序 張錫懌 一八八九

陰陽判傳奇序…………長松下散人　一八九一
題瞟城朱孝子名翊陰
陽判…………王　標　一八九三
陰陽判題詞…………鄒元斗　等　一八九三
陰陽判跋…………長松下散人　一八九五
附　陰陽判傳奇跋…………許之衡　一八九五
附　陰陽判跋…………張玉森　一八九六
洛神廟（呂履恒）
（洛神廟）自序…………呂履恒　一八九八
（洛神廟）序…………笠澤漁長　一八九八
（洛神廟）序…………毛奇齡　一九〇〇
筆歌（張潮）
筆歌序…………吳　綺　一九〇二
元正嘉慶（陳夢雷）
元正嘉慶總評…………陳夢雷　一九〇四
八仙慶壽（陳夢雷）
八仙慶壽總評…………陳夢雷　一九〇四
鞭督郵（邊汝元）
雜劇敘…………龐　塏　一九〇五
（鞭督郵）敘…………邊汝元　一九〇六
鞭督郵自記…………邊汝元　一九〇七
鞭督郵評…………龐　塏　一九〇八
傲妻兒（邊汝元）
（傲妻兒）敘…………邊汝元　一九〇八
傲妻兒自記…………邊汝元　一九〇九
傲妻兒評…………龐　塏　一九一〇

傲妻兒評……懶雲 一九一〇
四友堂里言（黄鉽）
（四友堂里言）自記……黄鉽 一九一二
（四友堂里言）自題……黄鉽 一九一三
（四友堂里言）敘……陳燦 一九一三
（四友堂里言）序……汪上薇 一九一五
（四友堂里言）序……吕璟烈 一九一七
（四友堂里言）敘……丁有庚 一九二〇
珊瑚玦（周稚廉）
珊瑚玦傳奇序……張而是 一九二二
元寶媒（周稚廉）
（元寶媒）序……張憲漢 一九二四
（元寶媒）序……范纘 一九二五
雙忠廟（周稚廉）
（雙忠廟）序……瞿天潢 一九二七
玉山記（謝一鶚、劉坤）
玉山記題辭……李來泰 一九二九
太平樂事（曹寅）
太平樂事序……曹寅 一九三一
太平樂事題詞……洪昇 一九三三
太平樂事題詞……朱彝尊 一九三四
（太平樂事）跋……曹寅 一九三四
太平樂事第九齣題記……立亭 一九三五
北紅拂記（曹寅）
北紅拂記自識……曹寅 一九三六
題北紅拂記……尤侗 一九三八

題北紅拂記……毛際可 一九三九
北紅拂記跋……胡其毅 一九四〇
北紅拂記跋……杜 琰 一九四一
北紅拂記跋……王 裕 一九四二
北紅拂記跋……程麟德 一九四三
北紅拂記跋……朱彝尊 一九四五
北紅拂記跋……闕 名 一九四五
廣陵仙（胡介祉）
廣陵仙傳奇序……胡介祉 一九四七
鴛鴦札（胡介祉）
鴛鴦札傳奇序……胡介祉 一九四九
翻西廂（秦之鑒）
翻西廂本意……秦之鑒 一九五一
（翻西廂）題辭……何 絜 一九五二
附 翻西廂跋……朱希祖 一九五五
四名家傳奇摘齣（車江英）
四名家傳奇摘齣序……浚儀散人 一九五七
續四聲猿（張韜）
續四聲猿題辭……張 韜 一九五九
續四聲猿跋……黄丕烈 一九五九
附 續四聲猿跋……鄭振鐸 一九六〇
附 續四聲猿題識……吴 梅 一九六二
四才子（黄之雋）
四才子序……陳元龍 一九六四
四才子序……叢 澍 一九六五
四才子序……沈樹本 一九六七
四才子序……王吉武 一九六八

四才子題詞……………………王鳳詔　一九七〇
忠孝福（黄之雋）
忠孝福序……………………陳元龍　一九七一
附　唐堂樂府題識…………吴　梅　一九七三
情中俠（倪蜕）
情中俠題詞…………………倪　蜕　一九七四
乾坤圈（張令儀）
乾坤圈題辭…………………張令儀　一九七五
覺夢闗（張令儀）
夢覺闗題辭…………………張令儀　一九七七
因緣夢（石龐）
因緣夢塡詞自序……………石　龐　一九七八
壺中天（石龐）
壺中天塡詞自序……………石　龐　一九八二
無因種（石龐）
無因種塡詞自序……………石　龐　一九八三
詩囊恨（石龐）
詩囊恨塡詞自序……………石　龐　一九八四
薄命緣（石龐）
薄命緣塡詞自序……………石　龐　一九八五
後西廂（石龐）
後西廂塡詞自序……………石　龐　一九八七

揚州夢（岳端）
（揚州夢傳奇）序……尤侗 一九九〇
（揚州夢傳奇）序……洪昇 一九九一
揚州夢跋……朱襄 一九九二
附 揚州夢跋……吴梅 一九九三
附 揚州夢跋……許之衡 一九九四
附 揚州夢題識……吴曉鈴 一九九五
盟鷗傳奇（林長嵩）
盟鷗傳奇序……魏運昌 一九九六
仙遊閣（陸弘祚）
仙遊閣傳奇序……李世倬 一九九八
仙遊閣傳奇敍……□論 一九九九
（仙遊閣傳奇）序……紀邁宜 二〇〇二
仙遊閣敍……胡南豹 二〇〇三
五鹿塊（許廷錄）
五鹿塊傳奇自敍……許廷錄 二〇〇五
五鹿瑰序……許士良 二〇〇七
五鹿瑰序……許登壽 二〇〇八
兩鍾情（許廷錄）
兩鍾情序……許廷錄 二〇〇九
兩鍾情跋……許昭 二〇一〇
蓬壺院（許廷錄）
傳奇蓬壺院後跋……許廷錄 二〇一一
蓬壺院序……馮武 二〇一四
蓬壺院序……徐淑 二〇一六
蓬壺院跋……許昭 二〇一七

軟羊脂（孔傳鋕）
軟羊脂題詞……西峯樵人 二〇一八
附 軟羊脂傳奇跋……闕名 二〇一九
軟錕鋙（孔傳鋕）
軟錕鋙題詞……西峯樵人等 二〇二〇
蟾宮操（程鑣）
蟾宮操傳奇塡詞畢復題二律……程鑣 二〇二二
蟾宮操紀夢……程鑣 二〇二三
題蟾宮操傳奇……沈顥 二〇二三
程瀛鶴蟾宮操傳奇序……吴燿 二〇二六
蟾宮操傳奇序……徐發 二〇二八
蟾宮操傳奇序……劉肇鍈 二〇三〇
蟾宮操傳奇序……徐喆 二〇三一
（蟾宮操傳奇）評林……趙執信等 二〇三二
題十二紅演蟾宮操古體一首……古旗亭客 二〇三八
題蟾宮操十二紅……陶璋 二〇三九
題瀛鶴蟾宮操傳奇……劉珠嚴 二〇四〇
鴛鴦冢（沈玉亮）
鴛鴦冢序……德滋 二〇四一
（鴛鴦冢）彙評……式如等 二〇四二
巧十三傳奇（張瀾）
巧十三傳奇筆意……張瀾 二〇四五
張猷巧十三傳奇識後……張瀾 二〇四六
萬花臺（張瀾）
萬花臺自識……張瀾 二〇四七
萬花臺敍……昝蔚林 二〇四八

封禪書（張偉烈）
（封禪書）序……………………朱瑞圖　二〇五〇
（封禪書）序……………………朱　勳　二〇五三
錄今之二…………………………張偉烈　二〇五五
（封禪書）題名…………………闕　名　二〇六四
封禪書卷三跋……………………朱瑞圖　二〇六五
（封禪書）跋尾…………………闕　名　二〇六六
赤壁記（姜鴻儒）
（赤壁記）序……………………吴士玉　二〇六七
（赤壁記）序……………………黄之雋　二〇六八
（赤壁記）序……………………方桑如　二〇六九
風前月下（曹巖）
（風前月下塡詞）瑣言…………闕　名　二〇七〇
（風前月下塡詞）指疵…………闕　名　二〇七二
風前月下塡詞題辭………………闕　名　二〇七三
後一捧雪（胡雲壑）
後一捧雪序………………………任弘業　二〇七四
西廂印（程端）
西廂印自敍………………………程　端　二〇七六
西廂印雜記………………………程　端　二〇七七
雙龍墜（新都筆花齋）
雙龍墜序…………………………雪山野樵　二〇七九
虎口餘生（遺民外史）
虎口餘生敍………………………遺民外史　二〇八〇
附　虎口餘生題跋………………直　翁　二〇八二
附　虎口餘生傳奇跋……………直　翁　二〇八二

氾黄濤（思齊主人）
（氾黄濤）小引……………………思齊主人　二〇八四
廣寒香（蒼山子）
（廣寒香傳奇）弁言……………………寒水生　二〇八五
名花譜（種花儂）
名花譜序……………………白恭己　二〇八六
康熙萬壽雜劇（闕名）
（玉燭均調）序……………………闕　名　二〇八七
（羆虎韜威）序……………………闕　名　二〇八八
（文明應候）序……………………闕　名　二〇八八
（律呂正度）序……………………闕　名　二〇八八
（璿璣授時）序……………………闕　名　二〇八九
（金母獻環）序……………………闕　名　二〇八九
（雲師衍數）序……………………闕　名　二〇九〇
（蒼史研書）序……………………闕　名　二〇九〇
（百穀滋生）序……………………闕　名　二〇九一
（萬方仁壽）序……………………闕　名　二〇九一
（鳳麟翔舞）序……………………闕　名　二〇九二
（長幼歌風）序……………………闕　名　二〇九二
附　康熙萬壽雜劇題記……………………鄭　騫　二〇九二
碧玉串（闕名）
碧玉串傳奇引……………………胡介祉　二〇九四

卷七　戲曲劇本　明清雜劇傳奇五

（清雍正、乾隆）

新曲六種（夏綸）
（惺齋）五種自序……………………夏　綸　二〇九六

（惺齋）五種總序……徐夢元　二〇九七
（惺齋）五種總跋……查昌甡 等　二一〇〇
新曲六種跋……徐夢元　二一〇二
新曲六種跋……吳兆鼎　二一〇二
撚髭圖記……龔 淇　二一〇三
撚髭圖贊並序……東湖樵謙　二一〇四
無瑕璧（夏綸）
無瑕璧題辭……壺天隱叟　二一〇五
無瑕璧題詞……壺天隱叟　二一〇七
杏花村（夏綸）
杏花村題辭……壺天隱叟　二一〇八
杏花村題詞……壺天隱叟　二一一一
瑞筠圖（夏綸）
瑞筠圖題辭……壺天隱叟　二一一二
瑞筠圖題詞……壺天隱叟　二一一四
廣寒梯（夏綸）
廣寒梯題辭……壺天隱叟　二一一五
廣寒梯題詞……壺天隱叟　二一一七
南陽樂（夏綸）
南陽樂跋……夏 綸　二一一八
南陽樂題辭……壺天隱叟　二一一九
南陽樂後序……彝道人　二一二〇
（南陽樂）符月亭先生評……符月亭　二一二二
（南陽樂）張欠夫先生評……張欠夫　二一二二
南陽樂題詞……壺天隱叟　二一二三
南陽樂贈言……陸 獻 等　二一二四
花萼吟（夏綸）
先賢名訓跋……夏 綸　二一三一

花萼吟題辭……壺天隱叟 二一三二
花萼吟贈言……陳彙芳 二一三四
花萼吟贈言……章日謇 二一三五
花萼吟贈言……姚鈐 二一三六
花萼吟贈言……夏璣 二一三七
花萼吟題詞……壺天隱叟 二一三八

白頭花燭（李天根）

白頭花燭序……毛秋繩 二一三九

夢中緣（張堅）

夢中緣自敍……張堅 二一四二
江上女子……張堅 二一四四
（夢中緣）序……唐英 二一四五
夢中緣序……楊楫 二一四六
附 江南一秀才歌
漱石自嘲……張堅 二一四八
夢中緣序……徐孝常 二一四九
夢中緣序……陳震 二一五一
夢中緣序……吴定璋 二一五三
夢中緣序……韓縉 二一五四
夢中緣序……朱奕曾 二一五六
夢中緣序……金門詔 二一五七
（夢中緣）跋……芮賓王 二一五八
（夢中緣）題詞依贈言先後爲序……張廷樂等 二一六一

梅花簪（張堅）

梅花簪自序……張堅 二一六九
梅花簪序……柴才 二一六九
梅花簪序……吴禹洛 二一七一

懷沙記（張堅）
（懷沙記）自敍……………………張　堅　二一七三
（懷沙記）凡例……………………張　堅　二一七四
懷沙記序……………………沈大成　二一七七
懷沙記序……………………王　俊　二一七九
（懷沙記）題詞……………………傅王露　二一八〇
懷沙記識語……………………懷德堂主人　二一八一
玉獅墜（張堅）
（玉獅墜）自敍……………………張　堅　二一八二
玉獅墜敍……………………張龍輔　二一八三
玉獅墜敍……………………王汝衡　二一八四
笳騷（唐英）
笳騷題辭……………………唐　英　二一八七
附《歸夏圖》舊作二首……唐　英　二一八八
三元報（唐英）
（三元報）題辭……………………蔣士銓　二一八九
蘆花絮（唐英）
（蘆花絮）題辭……………………蔣士銓　二一九一
傭中人（唐英）
傭中人傳奇序……………………董　榕　二一九三
傭中人樂府題詞……………………商　盤　二一九五
清忠譜正案（唐英）
清忠譜正案題……………………董　榕　二一九六
女彈詞（唐英）
女彈詞題辭……………………董　榕　二一九八

虞兮夢（唐英）
恭跋蝸寄居士虞兮夢填詞卷後…………王文治　二一九九
巧换緣（唐英）
巧换緣題詞…………董榕　二二〇〇
天緣債（唐英）
天緣債題辭…………董榕　二二〇一
轉天心（唐英）
轉天心自序…………唐英　二二〇二
轉天心樂府序…………董榕　二二〇三
轉天心樂府序並詩…………商盤　二二〇五
再生緣（吴蕖）
（再生緣）序…………于振　二二〇七
再生緣凡例…………吴蕖　二二〇九
再生緣題詞…………吴蕖　二二一一
再生緣識語…………闕名　二二一三
擊筑記（李鍇）
李鐵君徵君擊筑記傳奇跋…………銘岳　二二一四
金玉記（沈岐陽）
金玉記序…………錢元昌　二二一六
勸善金科（張照）
勸善金科序…………闕名　二二一八
勸善金科題詞…………闕名　二二一九

勸善金科凡例…………闕　名　二三二〇
渡世津梁序…………闕　名　二三二二
昇平寶筏序…………亨　壽　二三二三
蓮花島（程廷祚）
程綿莊先生蓮花島傳奇序…………金兆燕　二三二四
迎鑾新曲（吴城、厲鶚）
迎鑾新曲序…………全祖望　二三二七
迎鑾新曲序…………杭世駿　二三二九
迎鑾新曲題辭…………金志章 等　二三三二
（迎鑾新曲）跋…………汪曾唯　二三三八
寒香亭（李凱）
（寒香亭傳奇）序…………范　梧　二三四〇
（寒香亭傳奇）序…………羅有高　二三四二
（寒香亭傳奇）跋…………錢維喬　二三四四
（寒香亭傳奇）題詞…………周塤琴　二三四五
寒香亭傳奇總評…………闕　名　二三四五
寒香亭傳奇跋…………李　鈞　二三四六
太平樂府（吴震生）
（太平樂府）序…………厲　鶚　二三四八
奉題可堂先生太平樂府…………厲　鶚　二三五〇
太平樂府自序…………闕　名　二三五一
（太平樂府）演習凡例…………闕　名　二三五二
玉勾十三種書後…………吴震生　二三五六
地行仙（吴震生）
地行仙藏本序…………程　瓊　二三五八
地行仙總評…………闕　名　二三六二

玉田樂府（袁棟）
玉田樂府自序……袁棟　二三六三
玉田樂府題識……闕名　二三六五
烟花債（崔應階）
烟花債小引……崔應階　二三六六
烟花債贈言……朱繡　二三六七
烟花債序……任應烈　二三六九
烟花債題詞……許佩璜　二三七一
烟花債序……龔崧林　二三七二
奉題烟花債後……嚴遂成　二三七四
奉題烟花債後……吴燴文　二三七五
情中幻（崔應階）
情中幻序……硯林居士　二三七六
情中幻序……裴宗錫　二三七八
情中幻題詞……小須彌山頭陀和南　二三八〇
情中幻序……岳夢淵　二三八一
情中幻跋……來鶴軒主人　二三八三
奉題情中幻後……挹華齋主人　二三八四
奉題情中幻後……東園居士　二三八五
奉題情中幻後……得樹樓主人　二三八五
奉題情中幻後……熊之渙　二三八六
情中幻跋……王昇　二三八七
奉題情中幻後……聚芳亭主人　二三八八
奉題情中幻後……艋畫溪居士　二三八九
奉題情中幻後……吟崗夔　二三九〇
奉題情中幻後……鄭位　二三九一
奉題情中幻詞後……闕名　二三九一
雙仙記（崔應階）
雙仙記序……崔應階　二三九三

雙仙記題詞……梁翥鴻 二二九四
雙仙記題詞……徐 績 二二九六
雙仙記題詞……吴恒宣 二二九七
雙仙記跋語……胡德琳 二二九八
夢釵緣（黄圖珌）
夢釵緣序……楊錫履 二三〇〇
解金貂（黄圖珌）
解金貂題詞……白雲來 二三〇二
温柔鄉（黄圖珌）
温柔鄉傳奇序……王空世 二三〇四
雷峯塔（黄圖珌）
（雷峯塔）序……黄圖珌 二三〇五
棲雲石（黄圖珌）
（棲云石）序……黄圖珌 二三〇七
棲雲石書後……張廷樂 二三〇八
棲雲石題辭……陸汝欽 二三〇九
雙痣記（黄圖珌）
雙痣記……黄圖珌 二三一〇
石恂齋傳奇（石琰）
石恂齋傳奇序……張 鵬 二三一一
附 敬題先大父恂齋公新樂府……石 鈞 二三一三
一笑回春（伊小癡）
伊小癡一笑回春樂府序……黄圖珌 二三一四

玉劍緣（李本宣）
（玉劍緣）序……田倬 二三一六
（玉劍緣）敍……吴敬梓 二三一七
（玉劍緣）敍……寧楷 二三一八
議大禮（劉翬）
議大禮劇題詞……劉翬 二三二〇
（議大禮）序……方廷熹 二三二一
介山記（宋廷魁）
（介山記）或問……宋廷魁 二三二四
介山記跋……宋廷魁 二三二六
（介山記）敍……方苞 二三二九
介山記敍……張正任 二三三〇
（介山記）敍……彭遵泗 二三三二
介山記敍……李文炳 二三三五
介山記題詩……徐開第等 二三三六
竹溪先生像贊……姜廷鏐 二三三七
介山記跋……孫人龍 二三三八
吟風閣雜劇（楊潮觀）
吟風閣自序……楊潮觀 二三四〇
吟風閣題識……楊文叔 二三四一
（吟風閣）小序……闕名 二三四一
吟風閣題詞……闕名 二三四五
吟風閣雜劇序……楊懋 二三四六
附 吟風閣傳奇序……陳俠君 二三四七
恰好處藏板吟風閣雜劇題識……闕名 二三四九
魚水緣（周書）
魚水緣自敍……周書 二三五〇
（魚水緣）序……王永熙 二三五二

魚水緣傳奇序……凌存淳 一三五三
袖珍魚水緣傳奇序……譚尚忠 一三五五
繡像魚水緣序……曾 萼 一三五七
魚水緣跋……陳世熙 一三五八
（魚水緣）題詞……項又新 等 一三六〇

芝龕記（董榕）

芝龕記凡例……闕 名 一三六七
芝龕記序……黃叔琳 一三七一
（芝龕記）序……邵大業 一三七三
芝龕記引訓……王陽明 等 一三七四
（芝龕記）題詞……湯 聘 等 一三七七
題董恆巖觀察芝龕記……沈廷芳 一三七八
芝龕記題詞……蔣 衡 一三七九
芝龕記題詞……黃爲兆 一三八〇
芝龕記題詞……曹秀先 一三八二
（芝龕記）題詞……蔣士銓 一三八三
芝龕記題詞……陳士璠 一三八四
芝龕記題詞……柏 超 一三八五
（芝龕記）題句……吳世賢 等 一三八七
（芝龕記）題詞……張 香 等 一三八九
芝龕記序……石光熙 一三九二
芝龕記序……高培穀 一三九三
芝龕記序……路朝霖 一三九四
芝龕記題詞……秦 黌 等 一三九五
芝龕記跋……范泰恆 一三九九
芝龕記跋……董象垚 一四〇〇
重刊芝龕記書後……郭世嶔 一四〇〇
重刊芝龕記跋……董耀焜 一四〇三
題重刊芝龕記後……張炳昌 一四〇四
重刊芝龕記跋……吳家栂 一四〇五
芝龕記跋……闕 名 一四〇六
重刊芝龕記題詞……姚重光 一四〇七

重刊芝龕記跋……劉受爵 二四〇八
遺眞記（廖景文）
遺眞記序……廖景文 二四〇九
遺眞記題詞……廖景文 等 二四一〇
（遺眞記）後序……廖羨行 二四三三
月中人（章傳蓮）
月中人拈花記引端……普 圓 二四三五
月中人拈花記
緣起……月鑒主人 等 二四三七
月中人影照……印潭方式 二四四〇
廣陵勝蹟（周壎）
廣陵勝蹟傳奇題識……闕 名 二四四一
南山法曲（韓錫胙）
南山法曲跋……金昌世 二四四三
砭眞記（韓錫胙）
砭眞記自敍……韓錫胙 二四四五
砭眞記凡例……闕 名 二四四八
漁邨記（韓錫胙）
漁邨記序……韓錫胙 二四五〇
（漁邨記）自序……韓錫胙 二四五一
漁邨記凡例十則……韓錫胙 二四五二
（漁邨記）吳序……吳 鉞 二四五五
（漁邨記）劉序……劉 泰 二四五七
（漁邨記）秦序……秦錫淳 二四五八
漁邨記後序……姚大源 二四六〇
附 與韓湘巖明府書……周鳳岐 二四六一

跋魚邨記六首……程有勳　二四六三
回春夢（顧森）
（回春夢）自序……顧　森　二四六四
回春夢序……王元常　二四六五
題回春夢並序……張寶樹　二四六七
（回春夢）題詞……張鳳詔　等　二四七〇
附　雲庵先生傳……楊　坊　二四七四
回春夢題詞……王元常　二四七六
回春夢總評……戴　紱　二四七七
鴛鴦帕（張應楸）
鴛鴦帕序……董光熺　二四七八
鴛鴦帕弁言……郝　鑒　二四七九
（鴛鴦帕）題辭……董光熺　等　二四八一
桃花緣（朱景英）
（桃花緣傳奇）小引……朱景英　二四八四
旗亭記（金兆燕）
旗亭記序……盧見曾　二四八五
（旗亭記）長洲沈歸愚先生
題詞……沈德潛　二四八七
旗亭記凡例……闕　名　二四八八
寧都盧端臣先生跋……盧明楷　二四九一
嬰兒幻（金兆燕）
嬰兒幻傳奇序……金兆燕　二四九二
一簾春（周大榜）
一簾春自序……周大榜　二四九四

十出奇（周大榜）
十出奇自序……周大榜　二四九五
晉春秋（周大榜）
（晉春秋傳奇）凡例……周大榜　二四九七
晉春秋傳奇腳色……闕　名　二五〇二
六如亭（張九鉞）
六如亭序……雲門山樵　二五〇五
六如亭序……蝶園居士　二五〇七
六如亭序……譚光祜　二五〇九
（六如亭）題詞一……張九鉞　二五一〇
（六如亭）題詞二……宋鳴琦等　二五一一
（六如亭）題詞……程恩澤　二五一四
六如亭後序……湯元珪　二五一五
六如亭刊印緣起……張家栻　二五一六
石榴記（黄振）
（石榴記）小引……黄　振　二五一七
（石榴記）凡例……黄　振　二五二〇
石榴記序……蔣宗海　二五二二
石榴記序……顧　雲　二五二四
（石榴記）題辭……謝家梁等　二五二五
石榴記跋……黄　畯　二五三五
一片石（蔣士銓）
一片石自序……蔣士銓　二五三七
題墓圖詩……蔣士銓　二五三九
（一片石）題詞……彭家屏等　二五三九
一片石題詞……蔣士銓等　二五四八
四絃秋（蔣士銓）
（四絃秋）序……蔣士銓　二五五〇

（四絃秋）序……江　春　二五五一
（四絃秋）序……張景宗　二五五二
（四絃秋）題詞……錢世錫　等　二五五三
（四絃秋）詩餘……高文照　等　二五五六
第二碑（蔣士銓）
（第二碑）自序……蔣士銓　二五五九
（第二碑）敍……王　均　二五六一
（第二碑）序……阮龍光　二五六二
（第二碑）題詞……王　堂　等　二五六三
（第二碑）書後……阮龍光　等　二五六九
空谷香（蔣士銓）
空谷香傳奇自序……蔣士銓　二五七一
（空谷香）題詞……蔣士銓　二五七二
空谷香序……張三禮　二五七四
（空谷香）題詞……劉文蔚　等　二五七五
空谷香總評……高文照　二五七八
桂林霜（蔣士銓）
桂林霜傳奇自序……蔣士銓　二五七九
（桂林霜）書後……蔣士銓　二五八一
（桂林霜）序……張三禮　二五八二
（桂林霜）題詞……王亶望　等　二五八三
臨川夢（蔣士銓）
臨川夢自序……蔣士銓　二五九一
臨川夢題詞……闕　名　二五九三
雪中人（蔣士銓）
雪中人塡詞自序……蔣士銓　二五九四
采樵圖（蔣士銓）
采樵圖傳奇自序……蔣士銓　二五九五

采石磯（蔣士銓）
采石磯傳奇自序…………蔣士銓　二五九六
冬青樹（蔣士銓）
（冬青樹）自序…………蔣士銓　二五九七
（冬青樹）序…………張　塤　二五九八
香祖樓（蔣士銓）
（香祖樓）自序…………蔣士銓　二五九九
（香祖樓）後序…………陳守詒　二六〇一
（香祖樓）論文一則…………羅　聘　二六〇四
（香祖樓）題詞…………馮廷丞　等　二六〇五
八寶箱（夏秉衡）
（八寶箱）序…………夏秉衡　二六一〇
八寶箱序…………廖景文　二六一一
（八寶箱）題詞…………趙　虹　等　二六一三
雙翠圓（夏秉衡）
（雙翠圓）序…………夏秉衡　二六一六
雙翠圓跋…………闕　名　二六一七
詩中聖（夏秉衡）
（詩中聖）序…………夏秉衡　二六一八
頤情閣五種曲（曹錫黼）
頤情閣五種曲序…………葉　承　二六二〇
頤情閣五種曲序…………葉鳳毛　二六二一
頤情閣五種曲序…………施　潤　二六二二
四色石（曹錫黼）
題雀羅庭…………闕　名　二六二四

題曲水宴……………………闕　名　二六二四
題滕王閣……………………闕　名　二六二五
題同谷歌……………………闕　名　二六二五
離騷影（楊宗岱）
離騷影題詞…………………楊宗岱　二六二六
離騷影題詞…………………任　鑒　二六二七
離騷影題詞　………………周大澍等　二六二八
離騷影跋……………………王　澍　二六三三
離騷影跋……………………龍　軒　二六三四
（離騷影）跋　……………趙孝英　二六三五
附　和烈女詩原韻　………陳子承等　二六三六
五虎記（永恩）
五虎記引……………………程蔭棟　二六三八
五虎記題辭…………………姚　鼐　二六四〇
海岳圓（宮鼎基）
（海岳圓）題辭　…………宮鼎基　二六四一
義貞記（吴恆宣）
（義貞記）序　……………傅　巖　二六四二
貞義引爲程允元夫婦作……荊如棠　二六四四
識義貞記後例………………闕　名　二六四五
義貞記序……………………李起翀　二六四六
迎鑾新曲（王文治）
迎鑾新曲雜劇跋……………梁　森　二六四八
（迎鑾樂府）跋　…………梁廷枏　二六四九
浙西迎鑾樂府跋……………梁廷枏　二六五〇

碧玉釧樂府（任蕃）

碧玉釧自序……………………任　蕃　二六五一
碧玉釧樂府題辭…………段　琦等　二六五二
附　碧玉釧跋…………………闕　名　二六五三

珊瑚鞭（胡業宏）

（珊瑚鞭）自序…………………胡業宏　二六五四
珊瑚鞭例言………………………胡業宏　二六五五
（珊瑚鞭）序……………………蔣士銓　二六五八
跋珊瑚鞭傳奇卷後……………富森布　二六六〇
珊瑚鞭序…………………………多陶武　二六六一
珊瑚鞭序…………………………吴人驥　二六六二
珊瑚鞭序…………………………王嵩齡　二六六三
（珊瑚鞭）題詞…………………張鴻恩等　二六六五

雷峯塔（方成培）

（雷峯塔）自敘…………………方成培　二六六八
（雷峯塔）題辭…………………汪宗沺等　二六七〇
（雷峯塔）跋……………………洪筆泰　二六七一
雷峯塔跋…………………………吴　梅　二六七二

青衿俠（紀聖宣）

青衿俠跋…………………………李之雍　二六七三

鏡光緣（徐爔）

（鏡光緣）自敘…………………徐　爔　二六七六
鏡光緣敘…………………………顧詒燕　二六七七
附　秋蓉傳………………………余　集　二六七八
（鏡光緣）凡例…………………闕　名　二六七九
拂塵十二絕並序…………………徐　爔　二六八〇

（鏡光緣）題詞 …………… 沈德潛　等　二六八一
寫心雜劇（徐爔）
寫心雜劇自序 …………… 徐　爔　二六八七
寫心雜劇自記 …………… 徐　爔　二六八八
（寫心雜劇）題詞凡題詞隨到隨刻，不拘齒爵 …………… 袁　枚　等　二六八八
玉環緣（周昂）
玉環緣小引 …………… 周　昂　二七〇〇
調倚金縷曲奉題少霞周三兄先生玉環緣傳奇後即請拍正 …………… 陳士林　二七〇一
玉環緣跋 …………… 陸景鎬　二七〇一
玉環緣跋 …………… 朱　麐　二七〇三
玉環緣題詞 …………… 姚齊宋　二七〇三
（玉環緣）代序 …………… 周　昂　二七〇四
西江瑞（周昂）
西江瑞傳奇（序） …………… 周　昂　二七〇五
紅牙小譜（戴全德）
紅牙小譜敍 …………… 戴全德　二七〇七
一江風（和邦額）
一江風傳奇序 …………… 郭　焌　二七〇八
（一江風）序 …………… 陳鵬程　二七一〇
一江風序 …………… 宋　弼　二七一一
（一江風）凡例 …………… 闕　名　二七一二
（一江風）後序 …………… 恩　普　二七一三
後四聲猿（桂馥）
後四聲猿序 …………… 王定柱　二七一六
後四聲猿跋 …………… 憐芳居士　二七一七

後四聲猿題詞……李元滬等　二七一八
後四聲猿題詞……吴　桓等　二七二一
後四聲猿題詞……王承垚　二七二三
附　後四聲猿跋……吴　梅　二七二三
附　後四聲猿散套跋……吴　梅　二七二五
放楊枝（桂馥）
放楊枝散套小引……桂　馥　二七二六
題園壁（桂馥）
題園壁散套小引……桂　馥　二七二七
謁府帥（桂馥）
謁府帥散套小引……桂　馥　二七二八
投圂中（桂馥）
投圂中散套小引……桂　馥　二七二九
齊人記（熊超）
齊人記凡例……熊　超　二七三〇
齊人記序……熊　華　二七三一
（齊人記）總論……熊　華　二七三三
館中問答……闕　名　二七三六
豁堂自記……熊　超　二七三九
黄鶴樓（周塏）
黄鶴樓自序……周　塏　二七四一
（黄鶴樓）敍……曹浩勖　二七四二
（黄鶴樓）凡例……闕　名　二七四三
黄鶴樓題辭……熊文富等　二七四四
滕王閣（周塏）
滕王閣填詞敍……程　瀚　二七四七

雨花臺（徐昆）
（雨花臺）敍…………楊維棟　二七五〇
（雨花臺）序…………崔桂林　二七五一
（雨花臺）題詞…………安清翰　等　二七五二
（雨花臺）跋…………崔桂林　二七五四
碧天霞（徐昆）
碧天霞序…………王棚鰲　二七五五
（碧天霞）序…………常庚辛　二七五六
（碧天霞）題詞…………吴克成　等　二七五七
小滄桑（潘照）
小滄桑序…………潘　照　二七五九
小滄桑題辭…………潘　照　二七六〇
夢花影（潘照）
夢花影題詞…………潘　照　二七六一
夢花影傳奇序…………孫藹春　二七六一
烏闌誓（潘照）
烏闌誓自序…………潘　照　二七六三
烏闌誓序…………秦　基　二七六五
烏闌誓序…………王　訢　二七六六
烏闌誓題詞…………袁　枚　等　二七六八
烏闌題詞…………鐵　保　等　二七七三
烏闌誓跋…………袁　枚　等　二七七八
烏闌誓傳奇跋…………潘　照　二七七九
烏闌誓傳奇跋…………吴　鼒　二七八〇
續琵琶記（高宗元）
續琵琶記序…………闕　名　二七八二

高伯陽續琵琶記樂府序……吴錫麒　二七八三
續琵琶記總評……沈赤然　二七八四
增改玉簪記（高宗元）
增改玉簪自序……高宗元　二七八五
碧落緣（錢維喬）
碧落緣傳奇序……錢維喬　二七八六
鸚鵡媒（錢維喬）
（鸚鵡媒）序……錢維喬　二七八七
（鸚鵡媒）序……楊芳燦　二七八八
（鸚鵡媒）序……童　梁　二七九二
（鸚鵡媒）序……錢維城　二七九三
（鸚鵡媒）題詞……趙　彬等　二七九五
乞食圖（錢維喬）
（乞食圖）序……錢維喬　二七九九
（乞食圖）序……楊夢符　二八〇〇
（乞食圖）題詞……錢大昕等　二八〇二
沈蕡漁四種曲（沈起鳳）
沈氏四種傳奇序……石韞玉　二八一〇
樂府解題四則……石韞玉　二八一一
報恩緣（沈起鳳）
報恩緣跋……吴　梅　二八一二
才人福（沈起鳳）
才人福跋……吴　梅　二八一四

文星榜（沈起鳳）

文星榜跋……吴　梅　二八一七

伏虎韜（沈起鳳）

伏虎韜跋……吴　梅　二八一八

雲龍會（沈起鳳）

雲龍會序……沈起鳳　二八二〇

新西廂（張錦）

新西廂自序……張　錦　二八二二

新西廂序……王大樞　二八二三

新西廂序……范建杲　二八二五

新西廂題詞……成錫田　二八二八

新西廂跋……范建杲　二八三一

駁元稹會眞記……闕　名　二八三三

新琵琶（張錦）

新琵琶傳奇序……成錫田　二八三四

琵琶記駁……闕　名　二八三五

新琵琶傳奇凡例……闕　名　二八三六

新琵琶總評……成錫田　二八三八

新琵琶自跋……張　錦　二八三九

晉春秋（蔡廷弼）

致蔡廷弼……蔣士銓　二八四〇

晉春秋傳奇凡例……闕　名　二八四一

晉春秋題識……半農山人　二八四五

夢裏緣（汪柱）

夢裏緣序……王　寬　二八四七

詩扇記（汪柱）
詩扇記自序……汪　柱　二八四九
詩扇記傳奇序……吴　佺　二八五〇
詩扇記跋……珠　安　二八五〇
（詩扇記）阮跋……阮學濬　二八五一
御爐香（李漫翁）
御爐香序……張　怡　二八五三
梅花詩（李應桂）
（梅花詩）序……項　度　二八五五
錫六環（孫埏）
錫六環序……孫　埏　二八五八
附　（錫六環）跋……孫　鏘　二八五九
附　布袋和尚傳……孫　埏　二八六一
附　摩訶傳……闕　名　二八六二
琵琶重光記（蔡應龍）
潛莊自敘……蔡應龍　二八六三
（琵琶重光記）載述……闕　名　二八六六
（琵琶重光記）小引……闕　名　二八六九
分演全琵琶重光記
目次開場說……闕　名　二八七〇
潛莊補正全琵琶重光
記敘……徐紹楨　二八七一
（琵琶重光記）敘……清溪耕還散人　二八七二
（琵琶重光記）序……蔡星臨　二八七四
（琵琶重光記）跋……蔡象坤　二八七六
（琵琶重光記）摘錦弁言……闕　名　二八七七

紫玉記（蔡應龍）
（潛莊刪訂增補紫玉記）
弁言……蔡應龍 二八七八
（潛莊刪訂增補紫玉記）
縷述……闕名 二八八〇
（潛莊刪訂增補紫玉記）
序……徐紹楨 二八八一
（潛莊刪訂增補紫玉記）
序……蔡星臨 二八八二
歲寒交（吳業溥）
吳立三歲寒交劇本序……倪蛻 二八八四
風車慶（吳業溥）
吳立三風車慶劇本跋……倪蛻 二八八六
鴛鴦俠（吳業溥）
鴛鴦俠傳奇序……倪蛻 二八八八
兩代奇（孫爲）
兩代奇序……孫爲 二八八九
幻姻緣（胡寯年）
幻姻緣弁言……胡寯年 二八九一
鳳凰樓（燕都）
鳳凰樓序……燕都 二八九二
（鳳凰樓）題詞……王諤 二八九四
附 鳳凰樓跋……李大翀 二八九五
陶然亭（許名崙）
（陶然亭）序……許名崙 二八九七

（陶然亭）凡例……………………許名崙　二八九九
（陶然亭）關目……………………許名崙　二九〇一
（陶然亭）證引……………………許名崙　二九〇七
（陶然亭）砌末……………………闕　名　二九〇九
（陶然亭）評言……………………詞峯樵者　二九一〇
富貴神仙（鄭含成）
富貴神仙自敍……………………鄭含成　二九一一
雙忠節（郭宗林）
雙忠節傳奇序……………………趙熟典　二九一二
笳聲拍（葉溶）
笳聲拍傳奇跋……………………葉　溶　二九一四
百花夢（張新梅）
百花夢序……………………張新梅　二九一六
（百花夢）跋……………………竹幽侍史　二九一七
西廂後傳（王基）
後西廂序……………………袁　枚　二九一八
梅齋自序……………………王　基　二九二〇
西廂前後傳異同讀法……………………闕　名　二九二二
梅花亭（畢乃謙）
梅花亭傳奇序……………………呂肇齡　二九二四
綵毫緣（謝庭）
（綵毫緣）序……………………謝　庭　二九二五
綵毫緣跋……………………徐墨謙　二九二七
百寶箱（黃標）
（百寶箱）序……………………黃　標　二九二八
（百寶箱）序……………………黃文燀　二九二九

（百寶箱）題詞……江　崑等　二九三〇
臘盡春回（金廷標）
小螺齋臘盡春回傳奇序……玉几生　二九三六
天孫錦（嚴華祝）
天孫錦自敍……嚴華祝　二九三七
揚州鶴（三原雙生）
（揚州鶴）序……松石間人　二九三九
（揚州鶴）序……于　振　二九四〇
也春秋（花村居士等）
也春秋傳奇序……赤柏子　二九四二
也春秋跋……藥園灌夫　二九四三
闔邑紳士恭頌葛父母除虎
（德政詩詞錄後……汪士鍠等　二九四四
點金丹（西泠詞客）
點金丹小引……西泠詞客　二九五一
點金丹凡例……闕　名　二九五三
孫月溪敍……孫　謐　二九五五
（點金丹）賈雲莊序……賈季超　二九五六
奎星見（積石山樵）
奎星見題詞……耐　人　二九五八
如意緣（癯道人）
如意緣序……癯道人　二九五九
天人怨（牧奴子）
天人怨序……牧奴子　二九六〇
天人怨序……楊雲鶴　二九六一

天人怨序……陳鴻業　二九六二
溫柔鄉（星堂主人）
節錄板橋雜記跋……星堂主人　二九六三
溫柔鄉傳奇綱領……星堂主人　二九六四
畫圖緣（汾上誰庵）
畫圖緣序……吴元熯　二九六八
畫圖緣序……劉大懿　二九六九
夢中因（尤泉山人）
夢中因傳奇序……尤泉山人　二九七一
（夢中因）填詞凡例……尤泉山人　二九七三
夢中因傳奇序……文峯氏　二九七五
譜定紅香傳（雲臥山人）
譜定紅香傳自記……雲臥山人　二九七七
譜定紅香傳題詞……李懿曾 等　二九七八
譜定紅香傳讀後……紉蘭芬 等　二九八一
（譜定紅香傳）跋……冒瑞和　二九八二
譜定紅香傳跋……馮雲鵬　二九八二
桂香雲影（秋綠詞人）
（桂香雲影）序……鷗夢詞人　二九八四
蓮花幕傳奇（尚論堂主人）
蓮花幕傳奇序……倪蛻　二九八六
千秋鑒（闕名）
續編千秋鑒下卷小引……闕名　二九八七
進瓜記（闕名）
進瓜記識語……許葉芬　二九八九

育嬰堂新劇（闕名）
（育嬰堂新劇）凡例……闕　名　二九九一
讀育嬰堂柴善人傳奇題後……崔應階　等　二九九二

卷八　戲曲劇本　明清雜劇傳奇六

（清嘉慶、道光）
玄圭記（瞿頡）
（玄圭記）自敍……瞿　頡　二九九四
題玄圭記傳奇……周　昂　等　二九九五
鶴歸來（瞿頡）
（鶴歸來）自序……闕　名　二九九六
（鶴歸來）題詞……言朝楫　等　二九九八
（鶴歸來）題詞……蔣攸銛　等　三〇〇二
（鶴歸來）總評……周　昂　三〇〇七
鶴歸來題詞……闕　名　三〇〇八
（鶴歸來）跋……胡鳴謙　三〇〇九
雁門秋（瞿頡）
題雁門秋傳奇……邵葆祺　等　三〇一二
紫霞巾（陳烺）
紫霞巾序……吴斯勃　三〇一五
紫霞巾序……鄭振圖　三〇一七
紫霞巾傳奇題詞……林　煐　等　三〇二〇
附　紫霞巾跋……吴　梅　三〇二六
花月痕（陳烺）
花月痕傳奇序……林賓日　三〇二七
花月痕傳奇序……陳登龍　三〇二八

(花月痕傳奇)題辭……林 芳等 三〇三一
(花月痕)評辭……闕 名 三〇三四
槎合記(劉可培)
槎合記序……劉可培 三〇三九
七夕圓槎合記序……董達章 三〇四〇
七夕圓槎合記題詞……趙 彬等 三〇四三
青溪笑(張曾虔)
青溪笑序……張曾虔 三〇四八
青溪笑序……浦 銑 三〇四九
(青溪笑)題辭……淩廷煜等 三〇五〇
青溪笑傳奇序……劉敦元 三〇五七
附 題張蠡秋青溪三笑傳奇……趙懷玉 三〇五九
璿璣錦(孔廣林)
璿璣錦自序……孔廣林 三〇六〇
南仙呂宮桂枝香套自題《璿璣錦》雜劇……孔廣林 三〇六一
鬬雞懺(孔廣林)
鬬雞懺敍……孔廣林 三〇六二
鬬雞懺跋……孔廣林 三〇六四
女專諸(孔廣林)
女專諸自序……孔廣林 三〇六五
松年長生引(孔廣林)
松年長生引自序……孔廣林 三〇六六

赤城緣（江周）
（赤城緣）自記……闕　名　三〇六七
赤城緣傳奇序……江　蘭　三〇六九
赤城緣傳奇序……汪端光　三〇七〇
赤城緣傳奇序……許　珩　三〇七二
赤城緣傳奇題詞……黄文暘 等　三〇七四
赤城緣傳奇後序……縉雲山樵　三〇七八
附　赤城緣題識……王季烈　三〇七九
附　赤城緣識語……闕　名　三〇八二
漁家傲（吴錫麒）
漁家傲樂府自序……吴錫麒　三〇八四
鴛鴦鏡（傅玉書）
（鴛鴦鏡傳奇）自序……傅玉書　三〇八六
鴛鴦鏡傳奇題詞……唐　金　三〇八八

（鴛鴦鏡傳奇）跋……傅達源　三〇八八
繡錦臺（丁秉仁）
繡錦臺傳奇自序……丁秉仁　三〇九二
繡錦臺序……潘肇豊　三〇九四
繡錦臺序……徐　澧　三〇九五
附　鳳書侯文藻手函……侯文藻　三〇九七
（繡錦臺傳奇）題詞……吴安祖 等　三〇九七
（繡錦臺傳奇）題詞……楊登璐 等　三一〇〇
（繡錦臺傳奇）題詞……楊登璐 等　三一〇一
（繡錦臺傳奇）題詞……楊登璐 等　三一〇二
（繡錦臺傳奇）題詞……楊登璐 等　三一〇二
（繡錦臺傳奇）題詞……楊登璐 等　三一〇三
燈戲（丁秉仁）
燈戲小引……丁秉仁　三一〇四

南山法曲傳奇（丁秉仁）
南山法曲傳奇自序……丁秉仁 三一〇五
百花上壽（丁秉仁）
百花上壽塡詞自序……丁秉仁 三一〇七
東海記（陳寶）
（東海記）凡例……闕名 三一〇九
書東海記後……陳梅庵 三一一〇
題東海記傳奇……畢旦初等 三一一二
繁華夢（王筠）
繁華夢序……張鳳孫 三一一九
（繁華夢）畢太夫人題詞……張藻 三一二一
（繁華夢）宮允曹習庵先生題詞……曹仁虎 三一二一
繁華夢後序……王元常 三一二三
繁華夢題後……朱珪 三一二四
（繁華夢）跋……王百齡 三一二四
全福記（王筠）
全福記序……朱珪 三一二六
紅樓夢傳奇（仲振奎）
紅樓夢傳奇自序……仲振奎 三一二八
（紅樓夢傳奇）凡例……仲振奎 三一二九
紅樓夢傳奇序……韓蘩 三一三一
紅樓夢傳奇題辭……李學穎 三一三二
（紅樓夢傳奇）都轉賓谷夫子題辭……曾燠 三一三三
（紅樓夢傳奇）題辭……蔣知讓等 三一三三
紅樓夢題詞……劉赤江 三一四〇

憐春閣（仲振奎）
憐春閣傳奇自序……………仲振奎　三一四一
（憐春閣傳奇）題詞　……姜鳳喈等　三一四二
附　憐春閣傳奇跋………程青岳　三一四七
卍字闌傳奇（仲振奎）
卍字闌傳奇自序…………仲振奎　三一四八
火齊環傳奇（仲振奎）
火齊環傳奇自序…………仲振奎　三一四九
紅襦溫酒傳奇（仲振奎）
紅襦溫酒傳奇自序………仲振奎　三一五一
懊情儂傳奇（仲振奎）
懊情儂傳奇自序…………仲振奎　三一五二
看花緣傳奇（仲振奎）
看花緣傳奇自序…………仲振奎　三一五三
雪香樓傳奇（仲振奎）
雪香樓傳奇自序…………仲振奎　三一五四
霏香夢傳奇（仲振奎）
霏香夢傳奇自序…………仲振奎　三一五五
香囊恨傳奇（仲振奎）
香囊恨傳奇自序…………仲振奎　三一五六
畫三青傳奇（仲振奎）
畫三青傳奇自序…………仲振奎　三一五七

風月斷腸吟傳奇（仲振奎）
風月斷腸吟傳奇自序……仲振奎　三一五八
後桃花扇傳奇（仲振奎）
後桃花扇傳奇自序……仲振奎　三一五九
牟尼恨傳奇（仲振奎）
牟尼恨傳奇自序……仲振奎　三一六〇
水底鴛鴦傳奇（仲振奎）
水底鴛鴦傳奇自序……仲振奎　三一六一
一斛珠（程枚）
一斛珠傳奇序……凌廷堪　三一六三
歲星記（李斗）
歲星記自題……李斗　三一六五
歲星記識語……焦循　三一六六
歲星記傳奇序……焦循　三一六七
奇酸記（李斗）
（奇酸記傳奇）緣起……李斗　三一六八
（奇酸記傳奇）凡例……李斗　三一六九
（奇酸記傳奇）跋……苧樵山長　三一七〇
豆棚圖（曾衍東）
附（小豆棚筆記）序……曾衍東　三一七四
附（小豆棚筆記）敍……項震新　三一七五
蘭桂仙（左潢）
（蘭桂仙傳奇）自序……左潢　三一七七

附　與左潢書……湯金釗　三一七九
蘭桂仙傳奇序……恩　普　三一八〇
蘭桂仙傳奇序……廖　寅　三一八一
蘭桂仙傳奇序……趙文楷　三一八二
蘭桂仙傳奇序……吴甸華　三一八四
蘭桂仙傳奇序……程秉銓　三一八五
（蘭桂仙傳奇）凡例……左　潢　三一八七
附　奉謝左巽轂先生惠賜蘭桂仙傳奇瑞芝堂四六文小啓……吴兆萱　三一九一
（蘭桂仙傳奇）題辭……周升桓等　三一九三
（蘭桂仙傳奇）詩餘……馬春田等　三二〇七
（蘭桂仙傳奇）後序……左　潢　三二〇九
蘭桂仙跋……沈起鳳　三二一二
讀伯兄蘭桂仙傳奇書後……左其年　三二一三

桂花塔（左潢）
桂花塔跋……湯金釗　三二一四
桂花塔傳奇序……蔣榮昌　三二一五
（桂花塔傳奇）序……吴甸華　三二一六
（桂花塔）題辭……錢　端等　三二一七

琵琶俠（董達章）
（琵琶俠）自序……董達章　三二二八
（琵琶俠）序……楊芳燦　三二三〇
（琵琶俠）題辭……董達章　三二三三
（琵琶俠）題辭……楊　煒等　三二三四

康衢新樂府（吕星垣）
（康衢新樂府）序……師亮采　三二三八
題康衢新樂府後集杜少陵詩句……錢　泳　三二四〇

桃花影（范鶴年）
桃花影傳奇弁言……劉大懿 三二四一
桃花影題辭……劉大懿 等 三二四二
龍沙劍（程煐）
龍沙劍傳奇序……夢熊子 三二四四
龍沙劍傳奇序……二吾居士 三二四五
讀曲偶評……程 煐 三二四七
龍沙劍傳奇色目以各色所扮登場先後爲次……闕 名 三二四八
（龍沙劍傳奇）跋……程屺山 三二五〇
（龍沙劍傳奇）跋……程虞卿 三二五一
（龍沙劍傳奇）題詞……范毓祥 等 三二五三
一亭霜（劉永安）
（一亭霜）序……杜 鈞 三二五五
冰心冊（劉永安）
冰心冊序……吳詒澧 三二五六
（冰心冊）題詞……伯 麟 等 三二五七
鴛鴦扇（劉永安）
（鴛鴦扇）序……福 海 三二六〇
（鴛鴦扇）題詞……張寶鑑 等 三二六二
皇華記（饒重慶）
皇華記塡詞自序……饒重慶 三二六五
集杜句自跋皇華記曲譜後……饒重慶 三二六七
（皇華記）題詞……戚學標 等 三二六八
跋皇華記……饒重熙 三二七一
跋皇華記曲譜後步李璞庵刺史元韻……饒 炳 三二七四

芙蓉樓（張衢）
（芙蓉樓）自敍……張衢 三二七三
芙蓉樓傳奇偶言……張衢 三二七四
芙蓉樓序……姚權 三二七七
摹妙孃遺像識語……張衢 三二七七
題妙孃繡像……陸以南 三二七八
玉節記（張衢）
（玉節記）自敍……張衢 三二七九
玉節記傳奇序……蔣焜 三二八〇
玉節記傳奇序……張翱 三二八二
玉節記傳奇序……端木國瑚 三二八三
（玉節記傳奇）自跋……張衢 三二八五
玉節記傳奇題詞……王昶 三二八六
自題玉節記塡詞呈錢塘蔣秀才書奴兼志謝……闕名 三二八六
玉節記題詞……俞興瑞等 三二八七
鳳棲亭（厲口口）
鳳棲亭傳奇敍……休休居士 三二八九
鳳棲亭傳奇跋……蘭坡 三二九〇
鴛水仙緣（楊雲璈）
鴛水仙緣自序……楊雲璈 三二九一
鴛水仙緣題識……楊介盧 三二九四
（鴛水仙緣）跋……仿湖主人 三二九五
（鴛水仙緣）馮倩娘序……馮倩娘 三二九六
附 鴛水仙緣題識……闕名 三二九八
（鴛水仙緣）偶拈……闕名 三二九八
紅樓夢（石韞玉）
（紅樓夢）吳序……吳雲 三三〇二
紅樓夢樂府題辭……懺摩居士等 三三〇三

花間九奏（石韞玉）
（花間九奏）題詞……石韞玉 三三〇四
南枝鶯囀（汪應培）
南枝鶯囀題詞……盧元錦 三三〇六
催生帖（汪應培）
催生帖小序……汪應培 三三〇七
催生帖題詞……之定 三三〇八
（催生帖）題辭……姜志望等 三三〇九
（催生帖）總評……孟長炳 三三一一
（催生帖）跋……趙曰佩 三三一二
不垂楊（汪應培）
自題清夜遊一章……汪應培 三三一三
不垂楊傳奇序……汪應培等 三三一四
不垂楊跋……孟長炳 三三一六
簾外秋光（汪應培）
簾外秋光自序……汪應培 三三一七
附 和高玉亭大兄受卷暇日偶成原韻……汪應培 三三一九
附 讀周鄰川大兄擬墨並承賜評闈遺詞奉贈……汪應培 三三二〇
附 和朱韞山大兄見贈原韻……汪應培 三三二一
附 簾差告竣自省旋署途次作……汪應培 三三二二
簾外秋光跋……朱鳳森 三三二三
簾外秋光跋……孟長炳 三三二三
附 朱蘊山札……朱鳳森 三三二四

讀簾外秋光謹呈七律六首並序……李崢嶸　三三二四
簾外秋光跋……周百順　三三二七
棠讌曲（汪應培）
棠讌曲題辭……呢瑪善 等　三三二八
（棠讌曲）評……孟長炳　三三三三
（棠讌曲）跋……趙生覺　三三三三
驛亭槐影（汪應培）
驛亭槐影跋……汪應培　三三三五
寬大詔（王訢）
寬大詔序……王祁　三三三六
寬大詔跋……陳孝寬　三三三七
六觀樓北曲六種（許鴻磐）
六觀樓北曲六種識語……闕名　三三四〇
儒吏完城（許鴻磐）
儒吏完城北曲弁言……許鴻磐　三三四一
守濬記北曲小序……李兆元　三三四二
（守濬記）序……何文明　三三四三
女雲臺（許鴻磐）
女雲臺北曲弁言……許鴻磐　三三四四
雁帛書（許鴻磐）
雁帛書北曲弁言……許鴻磐　三三四六

孝女存孤（許鴻磬）
孝女存孤北曲弁言……許鴻磬 三三四七
西遼記（許鴻磬）
西遼記北曲序……許鴻磬 三三四八
三釵夢（許鴻磬）
三釵夢北曲小序……許鴻磬 三三四九
雙鴛祠（仲振履）
（雙鴛祠傳奇）弁言……汪雲任 三三五一
（雙鴛祠傳奇）序言……顧元熙 三三五二
題蔡安人遺像……李澐 三三五三
雙鴛祠傳奇題詞……戴錫綸 等 三三五四
雙鴛祠傳奇後序……劉士棻 三三六二
雙鴛祠書後……劉華東 三三六四
附 雙鴛祠跋……陳冕父 三三六六
一合相（沈觀）
（一合相）引……沈觀 三三六七
名篇說……闕名 三三六八
（一合相）弁言……張元襄 三三六九
（一合相）序……尤維熊 三三七一
（一合相）題詞……徐咏初 等 三三七二
題一合相傳奇……蔣霖遠 三三七八
丹桂傳（江義田）
（丹桂傳）序……黃以旂 三三七九
（丹桂傳）敍……萬榮恩 三三八一
（丹桂傳）敍……彭邦疇 三三八二
（丹桂傳）序……楊兆璜 三三八三
（丹桂傳）序……陳懋齡 三三八五

（丹桂傳）題詞……孫星衍等　三三八六
（丹桂傳）題詞詩餘……朱綬等　三三九三
紅樓夢（陳鍾麟）
紅樓夢凡例……闕名　三三九六
紅樓夢集古題詞……俞思謙　三三九七
卓女當壚（舒位）
卓女當壚題詞……汪適孫　三四〇〇
樊姬擁髻（舒位）
樊姬擁髻題詞……汪適孫　三四〇一
樊姬擁髻跋……汪適孫　三四〇二
西陽修月（舒位）
西陽修月題詞……汪適孫　三四〇三
博望訪星（舒位）
博望訪星題詞……汪適孫　三四〇四
琵琶賺（舒位）
琵琶賺傳奇序……舒位　三四〇六
陸判記（夏大觀）
夏楓江陸判記傳奇序……湯誥　三四〇七
髡髮記（茅慰萱）
髡髮記傳奇自序……茅慰萱　三四一〇
花間樂（司馬章）
（花間樂）題詞……袁枚等　三四一二
花間樂後跋……顧椿年　三四一三

雙星會（司馬章）
雙星會傳奇序…………王　芾　三四一四
雙星會序言…………白　銘　三四一五
雙星會傳奇序…………任　康　三四一六
（雙星會）詩餘…………馬光祖等　三四一七
（雙星會）題詞…………嚴　觀等　三四一八
鳳凰琴（椿軒居士）
鳳凰琴序…………王承華　三四二二
（鳳凰琴）跋…………何一山　三四二三
鳳凰琴題詞…………椿軒居士　三四二五
（鳳凰琴）題詞三十二首集本詞句…………長秋山人　三四二八
雙龍珠（椿軒居士）
（雙龍珠）題詞八首集本詞句…………闕　名　三四三一
金榜山（椿軒居士）
金榜山序…………壽　亭　三四三三
金榜山序…………華日來　三四三四
（金榜山）題詞八十首集本詞句…………蒲泉漁叟　三四三六
四賢配（椿軒居士）
（四賢配）題詞四首集本詞句…………闕　名　三四四一
孝感天（椿軒居士）
孝感天序…………雷承厚　三四四二

（孝感天）題詞八句集本詞句……長秋山人　三四四四
天感孝（椿軒居士）
天感孝序……雷承厚　三四四五
（天感孝）題詞集本詞句……長秋山人　三四四六
柴桑樂（方輪子）
（柴桑樂）序……南園抱瓮子　三四四七
遊仙夢（劉熙堂）
遊仙夢序……劉熙堂　三四四九
醒石緣（萬榮恩）
紅樓夢傳奇序……萬榮恩　三四五一
離恨歌……萬榮恩　三四五二
（醒石緣）敍……車持謙　三四五三
（醒石緣）題詞……李　菼等　三四五五
俚句塡贈玉卿賢妹丈瀟
湘怨傳奇……俞用濟　三四五六
六喻箴（四中山客）
六喻箴傳奇自序……四中山客　三四五八
三星圓（王懋昭）
三星圓自敍……王懋昭　三四六〇
三星圓自敍……王懋昭　三四六一
（三星圓）例言……闕　名　三四六二
三星圓敍……陳綺樹　三四六五
三星圖敍……朱亦東　三四六六
三星圓題詞……王　煦　三四六八
三星圓贊……陳　焜　三四六九
（三星圓）跋語……胡樹本　三四六九

（三星圓）乩序……………………采荷老人　三四七一
（三星圓）題辭　…………徐超羣 等　三四七二
（三星圓）總評人品說　……沈德林　三四七三
題三星圓傳奇　…………胡崑元 等　三四七五
演戲慶壽說…………………王懋昭　三四七六
附　勸孝戒淫文序……………朱亦棟　三四七七
昭代簫韶（王庭章）
昭代簫韶序…………………闕　名　三四七八
（昭代簫韶）凡例　………闕　名　三四七九
紅樓夢散套（吴鎬）
自題紅樓夢散套……………吴　鎬　三四八二
紅樓夢散套序………………聽濤居士　三四八二
紅樓夢散套跋………………彭兆蓀　三四八三
紅樓夢散套題詞……………畢耀曾　三四八四
豫忠（胡梅影）
豫忠總評……………………胡梅影　三四八五
董孝（胡梅影）
董孝總評……………………胡梅影　三四八六
十快記（沈壽生）
十快記序……………………王以銜　三四八七
萬蕉園十快記跋……………王菊存　三四八九
萬蕉園十快記題辭…………陸　堃　三四九〇
萬蕉園十快記題識…………世　瑛　三四九一
避債臺（鄧祥麟）
避債臺敍……………………鄧祥麟　三四九三

避債臺敘……許桂林 三四九四
（避債臺）題詞……朱承澧 三四九五
鴛鴦劍（徐子冀）
（鴛鴦劍）自序……徐子冀 三四九六
自題鴛鴦劍……徐子冀 三四九七
鴛鴦劍自跋……徐子冀 三四九八
鴛鴦劍自識……徐子冀 三四九八
鴛鴦劍初稿甫脱偶吟
四絕解嘲……徐子冀 三四九九
鴛鴦劍序……亦道人 三五〇〇
鴛鴦劍題詞……余丰玉 三五〇二
鴛鴦劍題評……鮑蒓等 三五〇二
洞庭緣（陸繼輅）
洞庭緣傳奇敘……何兆瀛 三五一〇
洞庭緣題辭……李廷敬等 三五一一
蕩婦愁思（孔昭虔）
蕩婦秋思自題……孔昭虔 三五二一
片雲悟道人題詞……片雲悟道人 三五二三
蕩婦秋思題詞……孔昭薰 三五二三
葬花（孔昭虔）
葬花題識……孔昭薰 三五二四
韞山六種曲（朱鳳森）
韞山六種曲序……朱鳳森 三五二五
才人福（朱鳳森）
才人福自跋……朱鳳森 三五二六
才人福傳奇序……許鴻磐 三五二七

十二釵(朱鳳森)
十二釵題詞……朱鳳森 三五三〇
輞川圖(朱鳳森)
輞川圖評……闕名 三五三一
平鋘記(朱鳳森)
平鋘記序……朱鳳森 三五三二
絳蘅秋(吳蘭徵)
絳蘅秋序……許兆桂 三五三四
吳香倩夫人絳蘅秋傳
奇敍……萬榮恩 三五三六
絳蘅秋序……俞用濟 三五三八
玉門關(汪仲洋)
玉門關題辭……查元偁等 三五四〇
逍遙巾(湯貽汾)
逍遙巾敍……湯貽汾 三五四二
逍遙巾跋……藜乙 三五四四
逍遙巾跋……黄憲臣 三五四四
(逍遙巾)題詞……黄憲臣等 三五四六
附 逍遙巾附贈答詩……湯貽汾等 三五四七
附 逍遙巾敍……湯滌 三五五〇
紫蘭宫(蔣學沂)
紫蘭宫序……蔣學沂 三五五二

麒麟閣（蔣學沂）
麒麟閣序……蔣學沂　三五五三
遇合奇緣記（鈕祜祿氏）
遇合奇緣記序……闕　名　三五五四
遇合奇緣記凡例編列於左，計開十六條……存　華　三五五六
遇合奇緣記後跋……存　華　三五五八
黃河遠（謝堃）
黃河遠小引……謝　堃　三五六〇
傳奇自序……謝　堃　三五六一
補天石傳奇（周樂清）
補天石傳奇八種自序……周樂清　三五六二
補天石傳奇八種凡例……周樂清　三五六四
（補天石傳奇）敍……陳階平　三五六六
（補天石傳奇）序……譚光祜　三五六七
（補天石傳奇）序……邱開來　三五六八
（補天石傳奇）跋……呂恩湛　三五七〇
（補天石傳奇）題詞……歐陽紹洛　等　三五七二
（補天石傳奇）題詞……李聯璧　等　三五七三
影梅庵（彭劍南）
（影梅庵傳奇）跋……彭劍南　三五七七
（影梅庵傳奇）敍……李蟠根　三五七八
（影梅庵傳奇）敍……楊文蓀　三五八〇
（影梅庵傳奇）敍……馮調鼎　三五八二
書影梅庵後……陳裴之　三五八四
（影梅庵傳奇）題詞……史　炳　等　三五八六
（影梅庵傳奇）題詞……葉紹棻　等　三五九九
影梅庵傳奇識語……何兆瀛　三六〇二

香畹樓（彭劍南）
（香畹樓）自敘……彭劍南　三六〇三
（香畹樓）敍……馮調鼎　三六〇五
（香畹樓）題詞……孫如金等　三六〇六
蝶歸樓（黃治）
蝶歸樓傳奇自序……黃治　三六一二
（蝶歸樓傳奇）題詞……蔣鳳翽等　三六一三
附（蝶歸樓傳奇）跋……陳栩　三六一四
味蔗軒春燈新曲（黃治）
（味蔗軒春燈新曲）自序……黃治　三六一七
（味蔗軒春燈新曲）
題辭……張鳳翽等　三六一八
（味蔗軒春燈新曲）跋……李堋　三六二一
遺臭碑政績（徐信）
遺臭碑政績序……闕名　三六二三
（遺臭碑政績）凡例……闕名　三六二四
附（遺臭碑政績）跋……仲一侯　三六二四
廣寒秋（吳嘉淦）
自題廣寒秋樂府……吳嘉淦　三六二六
鏡裏花（蔣世鼎）
（鏡裏花傳奇）題詞……蔣世鼎　三六二七
鏡裏花傳奇題後……王吉人　三六二八
鏡裏花總評……王吉人　三六二八
紅羅記（秦城）
（紅羅記）序……管華　三六三一
（紅羅記）序……李光瑛　三六三三

（紅羅記）序……………………宦振聲　三六三五
（紅羅記）題辭……………………汪桂林 等　三六三六
如意珠（秦城）
如意珠題詞……………………汪承鐸 等　三六三九
秋聲譜（嚴廷中）
（秋聲譜）自記……………………嚴廷中　三六四四
（秋聲譜）再記……………………嚴廷中　三六四四
（秋聲譜）序……………………周樂清　三六四五
（秋聲譜）跋……………………朱蔭培　三六四六
（秋聲譜）題辭……………………陸　葆 等　三六四七
附　秋聲譜跋……………………鄭振鐸　三六五〇
鉛山夢（嚴廷中）
鉛山夢序……………………李於陽　三六五一
盂蘭夢（嚴保庸）
（盂蘭夢）序……………………周恩綬　三六五四
盂蘭夢跋……………………張祥河 等　三六五七
盂蘭夢跋……………………顧　夔 等　三六六〇
盂蘭夢題詞……………………管庭芬　三六六三
（盂蘭夢）題詞……………………袁祖光 等　三六六四
附　盂蘭夢跋……………………柳詒徵　三六六五
江梅夢（梁廷枏）
江梅夢自題……………………梁廷枏　三六六七
（江夢梅）繡子李夫子
題詞……………………李黼平　三六六九
圓香夢（梁廷枏）
圓香夢序……………………龔　沅　三六七一
圓香夢題詞……………………李黼平 等　三六七四

圓香夢跋……藕香水榭 三六七七
圓香夢跋……畸農 三六七八
曇花夢（梁廷枏）
（曇花夢）自序……梁廷枏 三六七九
斷緣夢（梁廷枏）
（斷緣夢）自序……梁廷枏 三六八〇
了緣記（梁廷枏）
了緣記傳奇自序……梁廷枏 三六八二
附　謝同人爲題了緣記院本……梁廷枏 三六八三
鹿葉夢（李湘賓）
鹿葉夢傳奇序……梁廷枏 三六八四
東海記（王曦）
東海記序……王曦 三六八七
東海記跋……周履端 三六八九
東海記後序……包世臣 三六八九
東海記跋……張琦 三六九一
東海記總評……佚名 三六九二
南唐雜劇（管庭芬）
南唐雜劇序……穗嫣外史 三六九四
（南唐雜劇）題辭……蔣光煦 三六九六
南唐雜劇跋……管庭芬 三六九六
南唐雜劇跋……闕名 三六九七
梅花夢（陳森）
梅花夢事說……陳森 三六九八
梅花夢序……劉承寵 三七〇一

梅花夢題識……張盛藻　三七〇三
梅花夢跋……張盛藻　三七〇三
梅花夢題辭……江繩熙　三七〇四
梅花夢題辭……吴企寬等　三七〇四
附　梅花夢題辭……冒廣生　三七〇七
附　梅花夢題辭……莊藴寬　三七〇八
酬紅記（趙對澂）
（酬紅記）序……王　城　三七〇九
（酬紅記）序……盧先駱　三七一一
（酬紅記）題詞……張　丙　三七一二
（酬紅記）題詞……吴慶恩等　三七一三
酬紅記題詞……釋定志等　三七二五
（酬紅記）題詞……潘精一等　三七二七
酬紅記題詞……丁兆奎等　三七三二
（酬紅記）題後【賀新涼】……袁誠格　三七三三
業海扁舟（金連凱）
業海扁舟序……金連凱　三七三四
業海扁舟識語……惇　順　三七三七
業海扁舟題詩……闕　名　三七三八
奉題蓮池居士敬世保嬰法曲（調【西江月】）……金連凱　三七四〇
謹題吉善居士惠贈業海扁舟勉成七言截句十四首……金連凱　三七四二
癸巳孟秋月朔夜宿愛吾廬夢中口占二截句醒時猶記前一首其二已忘之矣因信筆續成命題曰勸戒詞八首……金連凱　三七四四
附　僧無際咏走馬燈詩……僧無際　三七四五
甲午清明前六日自題業海

扁舟曲譜調西江月
二首……金連凱 三七四五
（業海扁舟）題詩……闕　名 三七四六
（業海扁舟）題詩……金連凱 三七四七
業海扁舟題詩……闕　名 三七四八
（業海扁舟）題詩……金連凱 三七四九
花裏鐘（劉伯友）
花裏鐘傳奇序……劉伯友 三七五〇
花裏鐘序……朱鳳鳴 三七五一
花裏鐘題詞……張　持等 三七五二
桃園記（顧春）
【金縷曲】題桃園記傳奇……顧　春 三七五四
梅花引（顧春）
梅花引序……沈善寶 三七五五
梅花引題詩……奕　霨 三七五六
喬影（吴藻）
喬影跋……葛慶曾 三七五八
喬影跋……吴載功 三七五九
（喬影）題辭……許乃穀等 三七六〇
（喬影）閨秀題辭……汪　端等 三七六四
青燈淚（蔣恩瀛）
（青燈淚傳奇）自序……蔣恩瀛 三七六七
書錢唐某女事略後……蔣恩瀛 三七六八
附　事略……葉　襄 三七六九
青燈淚傳奇序……吴之驥 三七七一
青燈淚傳奇敘……郭　儼 三七七二
青燈淚題詞……駱敏修等 三七七四
青燈淚傳奇敘……余嘉穀 三七七五
自題青燈淚傳奇……闕　名 三七七七

（青燈淚）詩餘……蔣春龍　三七七七
青燈淚傳奇跋……蔣春龍　三七七八
玉指環（張夢祺）
（玉指環）敍……趙春元　三七八〇
附　玉指環傳奇序……吴　梅　三七八二
千金壽（沈筠）
千金壽填辭小識……沈　筠　三七八四
（千金壽）序……劉東藩　三七八六
千金壽題詞隨得即刊，未編爵齒……朱　樽等　三七八七
紅樓夢塡辭（褚龍祥）
紅樓夢塡辭自序……褚龍祥　三七九三
紅樓夢塡詞題詞……褚龍祥　三七九七
紅樓夢傳奇題辭……趙　霽等　三七九八
浣紗石（林仲東）
林子萊浣紗石傳奇序……林昌彝　三七九九
玉田春水軒雜齣（張聲玠）
玉田春水軒雜齣題詞……淩玉垣　三八〇二
玉田春水軒雜齣題詞……胡　湘　三八〇四
安市跋……闕　名　三八〇五
玉田春水軒雜齣跋……徐　灝　三八〇五
桃花魂（張聲玠）
張玉夫明府聲玠桃花魂傳奇序……高繼珩　三八〇七
紫荊花（李文瀚）
（紫荊花）自敍……李文瀚　三八一〇
紫荊花序……金寶樹　三八一一

（紫荊花）凡例……闕名　三八一四
紫荊花題詞……陳僅等　三八一五

胭脂舄（李文瀚）

（胭脂舄傳奇）自序……李文瀚　三八一八
胭脂舄傳奇序……許麗京　三八一九
胭脂舄傳奇序……周賡盛　三八二一
胭脂舄題詞……趙之燀等　三八二三
胭脂舄題詞……張訓銘等　三八二四
胭脂舄總評……張籛　三八二六
附　胭脂舄跋……吳梅　三八二七

銀漢槎（李文瀚）

銀漢槎自序……李文瀚　三八二八
（銀漢槎）凡例……闕名　三八二八
銀漢槎序……周騰虎　三八三〇
銀漢槎序……武澄　三八三二
銀漢槎傳奇序……雲安小隱　三八三三
銀漢槎題詞……徐元潤等　三八三五
銀漢槎題詞……張籛等　三八三七
銀漢槎總評……闕名　三八三九

鳳飛樓（李文瀚）

鳳飛樓傳奇自序……李文瀚　三八四一
（鳳飛樓傳奇）凡例……闕名　三八四二
鳳飛樓傳奇序……馬國翰　三八四三
鳳飛樓傳奇序……李錫淳　三八四四
鳳飛樓題詞……梅曾亮等　三八四六

茂陵絃（黃燮清）

（茂陵絃）自序……黃燮清　三八四九
（茂陵絃）序……黃曾　三八五〇
（茂陵絃）序……瞿世瑛　三八五二

（茂陵絃）序……吴德旋 三八五三
茂陵絃題詞……康葉封 等 三八五四
（茂陵絃）評語……汪仲洋 等 三八五五
帝女花（黃燮清）
（帝女花）自序……黃燮清 三八五七
帝女花序……許麗京 三八五九
帝女花傳奇序……陳其泰 三八六二
（帝女花）跋……黃際清 三八六四
（帝女花）跋……朱泰修 三八六五
帝女花跋……錢人麐 三八六六
附 帝女花跋……吴梅 三八六七
帝女花自題……黃燮清 三八六八
（帝女花）題辭……萬立衡 等 三八六八
帝女花題詞……錢人麐 三八七七
脊令原（黃燮清）
脊令原傳奇序……陳用光 三八七八
鴛鴦鏡（黃燮清）
（鴛鴦鏡）跋……黃燮清 三八八〇
鴛鴦鏡傳奇序……陳用光 三八八一
（鴛鴦鏡）題辭……陸璣 三八八一
鴛鴦鏡跋……麟光 三八八二
凌波影（黃燮清）
凌波影傳奇序……陳其泰 三八八四
桃谿雪（黃燮清）
桃谿雪自序……黃燮清 三八八六
（桃谿雪）序……胡程 三八八八
桃谿雪後序……關鍈 三八九二

桃谿雪敍……………………闕　名　三八九四
桃谿雪題詞十二首…………彭玉麐　三八九五
桃谿雪題詞　……………孫恩保等　三八九七
桃谿雪題詞　……………秦緗業等　三八九八
補桃谿雪傳奇下場詩跋……許奉恩　三九〇九
桃谿雪傳奇跋………………吴廷康　三九一〇
桃溪雪跋……………………丁文蔚　三九一一
附　桃谿雪題識……………藏　一　三九一二

居官鑒（黄燮清）
（居官鑒）跋　……………馮肇曾　三九一四

玉臺秋（黄燮清）
玉臺秋自序…………………黄燮清　三九一六
（玉臺秋）序　……………楊葆光　三九一七
（玉臺秋）題詞　…………徐維城　三九一九
補玉臺秋下場詩跋…………楊葆光　三九二〇

支機石（蔡榮蓮）
（支機石傳奇）序　………蔡榮蓮　三九二一
（支機石傳奇）跋　………蔡希邠　三九二二
（支機石傳奇）題辭　……杜　湘等　三九二三

梅心雪（姚燮）
湘文小傳　…………………厲　志等　三九二五

秣陵秋（徐昫）
秣陵秋自序…………………徐　昫　三九二八
附　秣陵秋傳奇題識………陳畏人　三九二九
秣陵秋傳奇跋………………吴　涑　三九三〇

禱河冰（羅瀛）
禱河冰譜序…………………耿維祜　三九三一

（禱河冰）題詞……汪仲洋　三九三二
雙緣帕（于有聲）
（雙緣帕）自序……于有聲　三九三四
（雙緣帕）序……于尚齡　三九三五
（雙緣帕）序……金清彥　三九三六
（雙緣帕）序……馮　樞　三九三七
（雙緣帕）題辭……于喬齡　三九三八
（雙緣帕）題辭……馮　杰等　三九三九
仙合曲譜（何兆瀛）
仙合曲譜序……吳寶鈞　三九四一
續西廂記（劉恭壁）
續西廂記序……劉恭壁　三九四四
（續西廂記）後序……李少榮　三九四五
續西廂記題詞……劉恭壁　等　三九四六
天上有（黃璞）
（天上有傳奇）序……布星符　三九四七
附　天上有傳奇序……吳曉鈴　三九四八
四喜緣（春橋）
四喜緣弁言……春　橋　三九四九
附　四喜緣雜劇題識……鄭　騫　三九五〇
紅樓佳話（周宜）
紅樓佳話跋……趙麟趾　三九五二
東廂記（湯世瀠）
（東廂記）自序……湯世瀠　三九五三
（東廂記）復序……湯世瀠　三九五五
（東廂記）凡例……闕　名　三九五六

東廂記序……澹寧居士　三九五九
（東廂記）李序……李島　三九六一
（東廂記）引訓……闕名　三九六三
（東廂記）先輩駁語……闕名　三九六四
（東廂記）傳聞四說……闕名　三九六六
鶯鶯答張生書……湯世瀠　三九六九
三字緣（汪闓）
三字緣序……陳琮　三九七一
護花記（朱□□）
護花記題辭……王衍梅　三九七二
夢花因（鷗波亭長）
自題夢花因曲本……闕名　三九七四
（夢花因）序……李兆洛　三九七五
夢花因題詞……劉連穀　三九七六
夢花因題詞……左輔等　三九七七
夢花因題詞……宜蘭　三九八三
鸞鈴記（儀亭氏）
鸞鈴記自序……儀亭氏　三九八四
（鸞鈴記）參論……闕名　三九八六
鸞鈴記題記……至明書屋主人　三九八七
賢星聚（孤嶼學人）
賢星聚序……孤嶼學人　三九八八
賢星聚序……子虛子　三九八九
合浦珠（芙蓉山樵）
（合浦珠）自序……芙蓉山樵　三九九一
（合浦珠）題詞……阮亨等　三九九二
（合浦珠）題後……貴正辰　三九九七

梅花福（臥園居士）
（梅花福）序……闕名　三九九八
蟎虎釧（闕名）
蟎虎釧題識……陳金雀　四〇〇〇
樊榭記（闕名）
樊榭源流……闕名　四〇〇一
樊榭記題識……臥虹子　四〇〇二
訂夜宴（闕名）
訂夜宴梨園序仿李白《春夜宴桃李園序》……張淳等　四〇〇三

卷九　戲曲劇本　明清雜劇傳奇七

（清咸豐至宣統）

南征記（杜文瀾）
南征記傳奇序（代）……劉毓崧　四〇〇六
空山夢（范元亨）
（空山夢）序……范元亨　四〇〇八
（空山夢）題詞……種秫天農　四〇〇九
空山夢題詞……范元亨　四〇〇九
（空山夢）題辭……問園種菊秋農等　四〇一〇
賞春歌（黃雲鵠）
賞春歌跋……黃雲鵠　四〇一二

梨花夢（何珮珠）
（梨花夢）題辭……程 鍔 等 四〇一三
梨花夢題辭……陸 湣 等 四〇一四
暗香媒（王增年）
暗香媒序言……王增年 四〇一六
（暗香媒）題詞……徐嵩年 等 四〇一七
暗香媒題詞……朱啓福 四〇一八
梅花夢（張道）
梅花夢自敍……張 道 四〇一九
梅花夢雜言……闕 名 四〇二〇
刻梅花夢後跋……張 預 四〇二二
梅花夢自題……張 道 四〇二三
梅花夢題詞……秦緗業 等 四〇二四
玉獅堂傳奇十種（陳烺）
（玉獅堂傳奇前集）總序……俞 樾 四〇三〇
（玉獅堂傳奇後集）總序……譚廷獻 四〇三一
（玉獅堂傳奇十種）後序……劉炳照 四〇三四
（玉獅堂傳奇十種）後序……徐光鎣 四〇三五
仙緣記（陳烺）
（仙緣記）自序……陳 烺 四〇三六
（仙緣記）序……吳唐林 四〇三七
（仙緣記）題詞……錢元涪 等 四〇三九
蜀錦袍（陳烺）
（蜀錦袍）序……宗 山 四〇四二
（蜀錦袍）題詞……宗得福 等 四〇四三

燕子樓（陳烺）
（燕子樓）序……………………俞廷瑛　四〇四六
（燕子樓）序……………………汪學瀚　四〇四七
（燕子樓）題詞…………………束允泰　等　四〇四九
海虯記（陳烺）
（海虯記）序……………………宗　山　四〇五二
（海虯記）題詞…………………吴唐林　等　四〇五三
梅喜緣（陳烺）
（梅喜緣）序……………………查亮采　四〇五五
（梅喜緣）題詞…………………鄧嘉純　等　四〇五六
同亭宴（陳烺）
（同亭宴）序……………………俞　樾　四〇五八
（同亭宴）題詞…………………李維翰　等　四〇五九
迴流記（陳烺）
（迴流記）序……………………吴唐林　四〇六一
（迴流記）題詞…………………俞廷瑛　等　四〇六二
海雪吟（陳烺）
（海雪吟）序……………………楊葆光　四〇六三
（海雪吟）題詞…………………劉　鼎　等　四〇六五
負薪記（陳烺）
負薪記序…………………………俞廷瑛　四〇六七
（負薪記）題詞…………………司馬湘　等　四〇六八
錯姻緣（陳烺）
（錯姻緣）序……………………俞　樾　四〇六九
（錯姻緣）題詞…………………祝　良　等　四〇七〇

甕中天（陳祖昭）
甕中天傳奇序……………………朱鳳毛　四〇七一
瘞雲巖（許善長）
瘞雲巖序……………………鄭忠訓　四〇七四
瘞雲巖序……………………王天璧　四〇七六
（瘞雲巖）跋…………………海陽逸客　四〇七八
瘞雲巖傳奇題辭…………黄明灼 等　四〇七九
瘞雲巖傳奇題詞…………張德容 等　四〇八二
茯苓仙（許善長）
茯苓仙自序……………………許善長　四〇八八
茯苓仙跋……………………許德滋　四〇八九
集唐自題……………………許善長　四〇九〇
茯苓仙題詞…………………汪世澤 等　四〇九〇
靈媧石（許善長）
靈媧石自敍……………………許善長　四〇九二
靈媧石跋……………………許善長　四〇九四
靈媧石序……………………趙之謙　四〇九五
靈媧石題辭…………………汪世澤 等　四〇九六
神山引（許善長）
神山引自跋詞…………………許善長　四〇九七
（神山引）題辭………………汪世澤 等　四〇九八
胭脂獄（許善長）
胭脂獄自敍……………………許善長　四〇九九
風雲會（許善長）
風雲會自敍……………………許善長　四一〇一
風雲會序……………………王鳳池　四一〇二

風雲會傳奇題詞……彭玉麟 等 四一〇四

如夢緣(陸和鈞)

如夢緣傳奇自敘……陸和鈞 四一〇七

海濱夢(胡盍朋)

海濱夢傳奇自序……胡盍朋 四一〇九

海濱夢傳奇序……胡翹漢 四一一一

(海濱夢傳奇)總評……闕 名 四一一二

汨羅沙(胡盍朋)

汨羅沙傳奇自序……胡盍朋 四一一三

汨羅沙傳奇後序……胡盍朋 四一一四

附 汨羅沙附詩……胡盍朋 等 四一一六

汨羅沙傳奇例言……闕 名 四一一七

汨羅沙傳奇序……王 詡 四一二〇

附 汨羅沙傳奇補序……湯潤略 等 四一二一

胡香仙先生嵩林汨羅沙題句……胡嵩林 四一二五

汨羅沙樂府題詞戊申作……張潤珍 四一二六

鴛鴦印(黃鈞宰)

鴛鴦印傳奇始末……黃鈞宰 四一二八

附 十二紅……黃鈞宰 四一三二

附 劍秋題詞……黃鈞宰 四一三三

佛門緣(楊組榮)

(佛門緣)序……方濬頤 四一三四

(佛門緣)新序……趙酌蓉 四一三六

霧中人(鄭由熙)

霧中人序……程秉銛 四一三九

(霧中人)序……張檢之 四一四〇

(霧中人)跋 …… 胡承謨 四一四一
(霧中人)題辭 …… 甘菊傭 等 四一四二
鴈鳴霜(鄭由熙)
(鴈鳴霜)序 …… 鄭由熙 四一四三
鴈鳴霜跋 …… 鄭由熙 四一四四
(鴈鳴霜)序 …… 劉光煥 四一四五
(鴈鳴霜)跋 …… 余瑞璋 四一四七
(鴈鳴霜)題辭 …… 許善長 等 四一四九
木樨香(鄭由熙)
(木樨香)序 …… 鄭由熙 四一五〇
(木樨香)後序 …… 余瑞璋 四一五一
(木樨香)題辭 …… 范金鏞 四一五三
輓辭・木樨香曲(《晚學齋詩集》) …… 闕名 四一五四
桃花聖解盦樂府(李慈銘)
桃花聖解盦樂府外集
自記 …… 李慈銘 四一五六
舟覯(李慈銘)
舟覯跋 …… 李慈銘 四一五七
舟覯跋 …… 漚老譽 四一五八
秋夢(李慈銘)
秋夢跋 …… 漚公 四一五九
秋夢后跋 …… 漚公 四一六〇
秋夢識語 …… 籀齋 四一六一
梅花夢(汪敍疇)
梅花夢傳奇序 …… 吉唐道人 四一六三
梅花夢贅言十四則 …… 龔墨園 四一六四

梅花夢傳奇總評……闕　名　四一六七
儒酸福（魏熙元）
（儒酸福）例言……闕　名　四一六八
（儒酸福）跋……魏熙元　四一六九
（儒酸福）序……倪星垣　四一七〇
返魂香（宣鼎）
（返魂香傳奇）序……宣　鼎　四一七一
紅羊劫傳奇（朱紹頤）
（紅羊劫）自序……朱紹頤　四一七四
（紅羊劫）序……聽秋道人　四一七九
（紅羊劫）題詞……耐庵道人　四一八二
紅羊劫題識……聽秋道人　四一八三
筆談劇本（秦雲）
（筆談劇本）序……秦　雲　四一八四
（筆談劇本）題詞……秦　雲　四一八五
筆談劇本跋……蓉湖漁隱　四一八六
蘇臺雪（文光）
蘇臺雪傳奇題詞……劉嘉淑　四一八七
附　蘇臺雪序……王蘊章　四一八九
蘇臺雪傳奇題詞……張　絢　四一九〇
梅影樓（文光）
梅影樓後序……闕　名　四一九一
梅影樓題詞……石汝礪　四一九四
媲嫿封（楊恩壽）
（媲嫿封）自序……楊恩壽　四一九五

（姽嫿封）序……王先謙　四一九六
桂枝香（楊恩壽）
（桂枝香）自序……楊恩壽　四一九九
（桂枝香）序……王先謙　四二〇〇
理靈坡（楊恩壽）
（理靈坡）自敍……楊恩壽　四二〇一
（理靈坡）楊敍……楊彝珍　四二〇三
桃花源（楊恩壽）
（桃花源）自敍……楊恩壽　四二〇四
再來人（楊恩壽）
（再來人）自敍……楊恩壽　四二〇六
麻灘驛（楊恩壽）
（麻灘驛）自敍……楊恩壽　四二〇八
雙清影（楊恩壽）
（雙清影）自序……闕　名　四二〇九
後緹縈（汪宗沂）
後緹縈敍……劉貴曾　四二一二
後緹縈題辭……陳作霖等　四二一五
後緹縈跋……袁　錦　四二二二
乘龍佳話（何鏞）
乘龍佳話序……何　鏞　四二二四
小蓬萊仙館傳奇（劉清韻）
小蓬萊仙館傳奇序……俞　樾　四二二六

小蓬萊仙館傳奇跋…………俞　樾　四二二八

梨花雪（徐鄂）

（梨花雪）自序…………徐　鄂　四二二九
烈女黃婉梨詩並序跋…………徐　鄂　四二三〇
（梨花雪）敍…………楊　頤　四二三二
（梨花雪）序…………秦本楨　四二三三
（梨花雪）題詞…………太璞山人等　四二三五
梨花雪跋…………徐鼎襄　四二三八
（梨花雪）題詞…………秋元朗等　四二三九

白頭新（徐鄂）

白頭新序…………徐　鄂　四二四〇
白頭新本事按語…………徐　鄂　四二四一
（白頭新）跋…………秦本楨　四二四二

俠女記（龍繼棟）

（俠女記）自序…………闕　名　四二四四
俠女記題詞…………闕　名　四二四五
（俠女記）主人雜記…………闕　名　四二四五

烈女記（龍繼棟）

烈女記傳奇序…………韋業祥　四二四七
烈女記傳奇跋…………闕　名　四二五〇

再來緣（洪炳文）

再來緣樂府自敍…………洪炳文　四二五三
再來緣樂府凡例…………闕　名　四二五四

水巖宮（洪炳文）

水巖宮樂府自敍…………洪炳文　四二五五
水巖宮樂府緣起…………洪炳文　四二五六

（滴水巖胡烈母祠記）存
疑一則……………………洪炳文　四二五八
水巖宮胡烈婦碑記跋并
詩二首…………………洪炳文　四二五九
水巖宮樂府凡例…………闕　名　四二六〇
撻秦鞭（洪炳文）
（撻秦鞭）自序……………洪炳文　四二六二
（撻秦鞭）例言……………闕　名　四二六三
撻秦鞭題詞………………李遂賢　等　四二六五
信香夢（洪炳文）
洪炳文贈李仲都…………洪炳文　四二六九
李仲都贈洪炳文…………李遂賢　四二七一
芙蓉孽（洪炳文）
芙蓉孽樂府自序…………洪炳文　四二七三
（芙蓉孽）例言……………闕　名　四二七四
芙蓉孽題詞………………陳祖綬　等　四二七七
懸嶴猿（洪炳文）
自題本傳奇（懸嶴猿）
卷首……………………洪炳文　四二八〇
懸嶴猿傳奇題詞…………陳茗香　等　四二八一
警黃鐘（洪炳文）
（警黃鐘）自序……………闕　名　四二八三
（警黃鐘）例言……………闕　名　四二八四
自題警黃鐘樂府…………洪炳文　四二八五
跋警黃鐘…………………洪炳文　四二八六
後南柯（洪炳文）
後南柯傳奇自序…………洪炳文　四二八七
（後南柯）又序……………洪炳文　四二八八

（後南柯）例言……闕名　四二八九
（後南柯）題詞……王嶽崧　四二九〇
電球遊（洪炳文）
（電球遊）自序……洪炳文　四二九一
信香重夢曲譜自序……洪炳文　四二九二
（電球遊）例言……闕名　四二九四
電球遊總評……夢史氏　四二九五
古殷鑒（洪炳文）
（古殷鑒）小引……闕名　四二九七
（古殷鑒）例言……闕名　四二九七
古殷鑒跋……闕名　四二九八
秋海棠（洪炳文）
秋海棠傳奇自序……洪炳文　四二九九
（秋海棠）例言……闕名　四三〇〇
題秋海棠傳奇……水心居士　四三〇一
自題秋海棠傳奇……洪炳文　四三〇二
吉慶花（洪炳文）
（吉慶花）例言……闕名　四三〇三
白桃花（洪炳文）
附（白桃花）跋語……薛拱斗　四三〇四
天水碧（洪炳文）
附（天水碧）小引……洪炳文　四三〇五
附　天水碧跋……闕名　四三〇六
木鹿居（洪炳文）
附（木鹿居）跋……洪炳文　四三〇七

目錄

壺庵五種曲（胡薇元）
（壺庵五種曲）題詞……馮煦 四三〇九
（壺庵五種曲）題詞……陳亙 四三一〇
壺庵論曲……胡薇元 四三一〇
壺庵五種曲跋……半聾居士 四三一四
壺庵五種曲跋……陳亙 四三一五
續西廂（吳國榛）
續西廂序……吳國榛 四三一六
附 續西廂跋……任訥 四三一七
武陵春（陳時泌）
（武陵春傳奇）自序……陳時泌 四三一八
（武陵春傳奇）序……閻鎮珩 四三一九
武陵春傳奇序……鄭藻 四三二〇
（武陵春傳奇）題詞……李瑞清等 四三二一
非熊夢（陳時泌）
（非熊夢傳奇）序……陳時泌 四三二四
（非熊夢傳奇）題詞……張通典等 四三二五
滄桑豔（丁傳靖）
（滄桑豔）序……丁傳靖 四三二九
滄桑豔題詞……繆荃孫等 四三三〇
霜天碧（丁傳靖）
（霜天碧）提綱……闕名 四三三四
俠情記傳奇（梁啓超）
俠情記傳奇跋……梁啓超 四三三五

瞿園雜劇（袁蟫）
瞿園雜劇初編序……袁　蟫　四三三七
瞿園雜劇題辭……袁　蟫　四三三八
瞿園雜劇題辭……沈宗畸　等　四三三九
瞿園雜劇續編敍……袁　蟫　四三四二
東家顰（袁蟫）
東家顰題詞……金綬熙　等　四三四四
望夫石（袁蟫）
望夫石跋……袁　蟫　四三四六
（望夫石）題辭……黄甲第　等　四三四六
三割股（袁蟫）
三割股跋……闕　名　四三四七
玉鉤痕（龐樹松、歐陽淦）
玉鉤痕傳奇敍……歸宗鄁　四三四九
附　玉鉤痕傳奇説明……陳無我　四三五〇
軒亭冤（韓茂棠）
（軒亭冤）敍事……韓茂棠　四三五三
丁未九月九日軒亭冤傳奇告成因題七絶八首於後……韓茂棠　四三五五
（軒亭冤）序……丁癡曇　四三五六
（軒亭冤）書後……蠡城劍俠　四三五七
秋女士贊並序……韓紫宸　四三五八
（軒亭冤）題詞用秋瑾女士原韻，詩見遺稿……謝企石　等　四三五九

風洞山（吳梅）
（風洞山）自序……吳梅 四三六三
風洞山傳奇例言……吳梅 四三六四
風洞山傳奇題詞……竹泉生等 四三六八
風洞山跋……闕名 四三七二
煖香樓（吳梅）
煖香樓樂府題詞……吳梅 四三七四
煖香樓樂府題詞……高祖同 四三七五
（煖香樓樂府）題詞……朱錫梁等 四三七七
觀演湘眞閣次梅溪韻……張茂炯等 四三七九
落茵記（吳梅）
落茵記題記……吳梅 四三八〇
落溷記評……栽芝 四三八一
附 落溷記跋……張士樑 四三八二
附 落茵記跋……香雪 四三八三
附 落茵記題詞……惲樹珏 四三八三
雙淚碑（吳梅）
附 雙淚碑傳奇自序……吳梅 四三八五
附 （雙淚碑傳奇）序……任光濟 四三八六
綠窗怨記（吳梅）
附 綠窗怨記序……吳梅 四三八八
無價寶（吳梅）
附 無價寶自敘……吳梅 四三八九
附 無價寶敍……孫德謙 四三九〇
附 （無價寶）題詞……曹元忠等 四三九二
附 無價寶識語……屈爔 四三九七

惆悵爨（吴梅）
附　惆悵爨自序……吴　梅　四三九九
霜厓三劇（吴梅）
附　霜厓三劇自序……吴　梅　四四〇一
附　霜厓三劇歌譜自序……吴　梅　四四〇二
附　霜厓三劇序……張茂炯　四四〇四
碧血花（王蘊章）
碧血花跋……王蘊章　四四〇六
香桃骨（王蘊章）
附　香桃骨跋……王蘊章　四四〇八
綠綺臺（王蘊章）
附　綠綺臺跋……王蘊章　四四〇九
碧血碑（龐樹柏）
碧血碑自敍……龐樹柏　四四一一
夫子撰碧血碑成題此三絶句……程嘉秀　四四一二
鏡圓記（章慶恩）
（鏡圓記）自敍……章慶恩　四四一三
（鏡圓記）跋……章慶恩　四四一四
雙旌記（陳學震）
雙旌記原序……陳學震　四四一五
（雙旌記）序……胡士珍　四四一七
（雙旌記）序……高承慶　四四一九

（雙旌記）序……王炳奎　四四二一
雙旌記題詞……梁法等　四四二二
生佛碑（陳學震）
生佛碑傳奇原序……陳學震　四四二八
生佛碑傳奇題詞……梁德沛等　四四二九
芙蓉碣（張雲驤）
芙蓉碣傳奇自序……張雲驤　四四三三
芙蓉碣自題詞……張雲驤　四四三五
（芙蓉碣）序……樊增祥　四四三六
芙蓉碣跋……吴孝緒　四四三八
芙蓉碣總評……闕名　四四四〇
（芙蓉碣）題辭……劉滙煒等　四四四〇
附　芙蓉碣題跋……吴梅　四四四三
桃花源記詞曲（李崇恕）
桃花源記詞曲小序……李崇恕　四四四四
桃花源詞曲後序……李崇恕　四四四五
（桃花源記）題詞……了因　四四四六
海棠夢（孫大武）
海棠夢敍……孫大武　四四四七
（海棠夢）題詞……楊益之等　四四四八
太守桑（吴寶鎔）
太守桑跋……李瀚昌　四四五二
（太守桑）題辭……吴正濂　四四五三
隔葉花（金綬熙）
（隔葉花）自序……金綬熙　四四五四
（隔葉花）評語……梅生等　四四五六

隔葉花題辭……周竣圻　四四五七
附　隔葉花傳奇題詞……何樹檳　四四五九
附　隔葉花傳奇題詞
　　並序……劉子良　四四五九
附　讀隔葉花傳奇賦題……熊伯乾　四四六一
附　勺園隔葉花傳奇題詞四首
　　小引……許鈞平　四四六二
青樓烈（金綬熙）
（青樓烈傳奇）跋……金綬熙　四四六三
青樓烈傳奇後序……蕭亮飛　四四六四
（青樓烈）題詞……袁　蟫等　四四六五
春坡夢（支碧湖）
（春坡夢）序……夢生子虛氏　四四六九
鏡中圓（管興寶）
（鏡中圓）自序……管興寶　四四七〇
（鏡中圓）凡例六則……管興寶　四四七二
鏡中圓傳奇序……董　標　四四七六
（鏡中圓）序……紀昌文　四四七八
雙奇傳（沈振照）
雙奇傳序……沈振照　四四八〇
雙奇傳序……孫福申　四四八一
顛倒鳳（謝曉）
顛倒鳳序……沈　奎　四四八二
扶鸞戲（林芝雲）
（扶鸞戲）題詞……林芝雲　四四八三

靈山會（幻園居士）
靈山會傳奇序……幻園居士 四四八四
靈山會傳奇題詞……懺癡道人 四四八五
金陵恨（浮槎仙客）
（金陵恨傳奇）敍……浮槎仙客 四四八六
醉吟秋（醉吟鄉里人）
（醉吟秋）自序……醉吟鄉里人 四四八七
（醉吟秋）跋……佘銳 四四八八
（醉吟秋）題詞……倪星垣等 四四九〇
養怡草堂樂府（東仙）
養怡草堂樂府自序……東仙 四四九二
書養怡草堂樂府自序後……黃之驥 四四九三
（養怡草堂樂府）題詞……王堃 四四九五
兩世因（洗心道人）
（兩世因）序……洗心道人 四四九六
（兩世因）跋……悟誤居士 四四九七
心田記（漁莊釣徒）
（心田記）自序……漁莊釣徒 四四九九
（心田記）題句……半禪 四四九九
附 心田記跋……闕名 四五〇〇
崖山哀（漢血、愁予）
崖山哀亡國痛導言……漢血愁予 四五〇一
海天嘯（劉鉦）
海天嘯傳奇序……劉鉦 四五〇五
（海天嘯傳奇）例言……闕名 四五〇七

海天嘯傳奇自跋……劉鈺 四五〇八
海國英雄記（浴日生）
（海國英雄記）序言……浴日生 四五〇九
六月霜（嬴宗季女）
六月霜序……嬴宗季女 四五一一
（六月霜）題詞……嬴宗季女等 四五一二
蒼鷹擊（傷時子）
（蒼鷹擊）題詞……闕名 四五一四
開國奇冤（華偉生）
（開國奇冤）旨例……闕名 四五一五
指南夢（孤）
指南夢序……闕名 四五一七
百花亭（闕名）
百花亭新劇跋……闕名 四五一八
潛龍佩（闕名）
潛龍佩跋……玉芝亭主人 四五一九
雙義緣（闕名）
（雙義緣）凡例……闕名 四五二〇
達觀記（闕名）
達觀記總評……福仲等 四五二三
勵堂樂府（闕名）
勵堂樂府跋……勵堂氏 四五二四

卷十　戲曲劇本　明清地方戲

錯中錯（紀樹森）
（錯中錯）偶識……紀樹森　四五二七
錯中錯序……郭彬圖　四五二九
錯中錯小引……周道昌　四五三〇
錯中錯跋……曾守鋭　四五三二
錯中錯跋……應錫介　四五三三
錯中錯題詞……熊夢吉 等　四五三五
藥會圖（郭廷選）
藥會圖自序……郭廷選　四五三八
（藥會圖）序……丘世俊　四五三九
題藥會圖……周寓莊 等　四五四〇
尋鬧（弋腔金瓶梅）（褚龍祥）
（尋鬧弋腔金瓶梅）自跋……褚龍祥　四五四二
極樂世界（惰園主人）
（極樂世界傳奇）自序……惰園主人　四五四三
（極樂世界傳奇）凡例……闕名　四五四四
（極樂世界）跋……譽道人　四五四五
庶幾堂今樂（余治）
（庶幾堂今樂）自序……余治　四五四七
（庶幾堂今樂）題辭……余治　四五四九
（庶幾堂今樂）引占……闕名　四五五四
（庶幾堂今樂）例言……余治　四五五九
（庶幾堂今樂）答客問……余治　四五六〇
（庶幾堂今樂府）序……俞樾　四五六五

庶幾堂今樂跋……謝家福 四五六六
庶幾堂今樂跋……鄭官應 四五六八
庶幾堂今樂初集小序……闕名 四五七〇
庶幾堂今樂二集小序……闕名 四五七四

施公案新傳（史松泉）

（施公案新傳）原序……史松泉 四五七八

留仙鏡（無我道人）

新編留仙鏡皮黃調緣起詞……無我道人 四五七九
（留仙鏡）序……王增年 四五八〇
（留仙鏡）題詞……吴春煊 四五八〇

四書巧合記（闕名）

新刻四書巧合記序……震明 四五八一

藥性巧合記（闕名）

藥性巧合記叙……闕名 四五八三

溫生才打孚琦（闕名）

溫生才暗殺孚將軍序
原序……闕名 四五八五

卷十一 戲曲選集

盛世新聲（臧賢）

盛世新聲引……闕名 四五八八

雍熙樂府（郭勛）

雍熙樂府序……王言 四五八九
雍熙樂府序……朱顯榕 四五九一

雍熙樂府跋…………王國維 四五九三
雍熙樂府序…………荊 聚 四五九五
附（雍熙樂府）跋…………張元濟 四五九六
詞林摘豔（張祿）
詞林摘豔序…………張 祿 四五九八
詞林摘豔序…………劉 楫 四五九九
南北小令引…………張 祿 四六〇〇
南九宮引…………張 祿 四六〇〇
中呂引…………張 祿 四六〇一
仙呂引…………張 祿 四六〇一
雙調引…………張 祿 四六〇二
正宮引…………張 祿 四六〇二
商調引…………張 祿 四六〇三
南呂引…………張 祿 四六〇三
黄鍾附大石調引…………張 祿 四六〇四
越調引…………張 祿 四六〇四
詞林摘豔後跋…………吴子明 四六〇五
重刊增益詞林摘豔敍…………張 祿 四六〇五
重刊詞林摘豔序…………闕 名 四六〇六
附 重刊增益詞林摘豔跋…………施維藩 四六〇七
改定元賢傳奇（李開先）
改定元賢傳奇序…………李開先 四六〇八
改定元賢傳奇後序…………李開先 四六一〇
脈望館鈔校本古今雜劇（趙琦美）
元明雜劇書後…………張 遠 四六一二
脈望館鈔校本古今雜劇跋…………黄丕烈 四六一三

古今雜劇選（息機子）
刻雜劇選序……息機子　四六一五
陽春奏（黄正位）
陽春奏序……于若瀛　四六一六
新刻陽春奏凡例……黄正位　四六一八
古雜劇（王驥德）
古雜劇序……王驥德　四六一九
詞林一枝（黄文華）
詞林一枝題識……葉志元　四六二一
月露音（凌虚子等）
月露音序……清餘居士　四六二二
月露音凡例……静常齋主人　四六二三
選古今南北劇（徐渭）
選古今南北劇敍……徐　渭　四六二五
（選古今南北劇）序……陶望齡　四六二六
合併西廂（周居易）
新刻合併西廂敍……張鳳翼　四六二八
樂府紅珊（紀振倫）
校正樂府紅珊序……紀振倫　四六三一
樂府紅珊凡例二十條……闕　名　四六三二
四太史雜劇（焦竑、孫學禮）
四太史雜劇題辭……焦　竑　四六三五
四太史雜劇引……程　涓　四六三六
四太史雜劇跋後……孫學禮　四六三八

詞林白雪（竇彥斌）
詞林白雪序……………………竇彥斌　四六三九
吳歈萃雅（周之標）
（吳歈萃雅）題辭……………周之標　四六四一
（吳歈萃雅）題辭……………周之標　四六四二
吳歈萃雅小引…………………周之標　四六四三
吳歈萃雅選例…………………周之標　四六四四
敘吳歈萃雅……………………周之標　四六四五
樂府珊珊集（周之標）
增訂珊珊集小引………………周之標　四六四七
（增訂珊珊集）凡例…………周之標　四六四八
元曲選（臧懋循）
元曲選序………………………臧懋循　四六五〇
元曲選序………………………臧懋循　四六五二
元曲選跋………………………王國維　四六五四
二刻李卓吾評五種傳奇（闕名）
合論五部曲白介諢……………卓　老　四六五五
合論五生………………………禿　翁　四六五六
合論五旦………………………禿　翁　四六五七
合論諸從人……………………卓　吾　四六五七
合論諸從旦……………………禿　翁　四六五八
合論五家親戚…………………卓　吾　四六五九
李卓吾評傳奇五種（闕名）
三刻五種傳奇總評……………禿　翁　四六六〇

附　李卓吾評傳奇五種跋……鄭振鐸　四六六一
賽徵歌集（闕名）
賽徵歌集序……闕　名　四六六二
樂府名詞（闕名）
樂府名詞凡例……闕　名　四六六三
六合同春（闕名）
六曲奇序……余文熙　四六六五
二刻六合同春（闕名）
二刻六合同春小引……情癡子　四六六九
詞林逸響（許宇）
詞林逸響序……鄒迪光　四六七一

詞林逸響凡例……闕　名　四六七二
附　崑腔原始……闕　名　四六七三
萬壑清音（止雲居士）
萬壑清音題詞……止雲居士　四六七六
萬壑清音序……十二樓居主人　四六七七
萬壑清音敍……聽瀨道人　四六七八
北調萬壑清音凡例……止雲居士　四六七九
詞壇雙豔（梁臺卿）
詞壇雙豔敍……鄒迪光　四六八一
（詞壇雙豔）凡例六則……梁臺卿　四六八二
萬錦嬌麗（白雲道人）
萬錦嬌麗序……玉茗堂主人　四六八四

纏頭百練（方汝浩）
纏頭百練序……空觀子 四六八六
纏頭百練二集（方汝浩）
百練二集引……陸雲龍 四六八七
選曲（鄭鄤）
題選曲……鄭鄤 四六九〇
盛明雜劇（沈泰）
盛明雜劇凡例……沈泰 四六九二
（盛明雜劇）序……張元徵 四六九三
（盛明雜劇）序……徐翽 四六九四
（盛明雜劇）序……程羽文 四六九六
爲林宗詞兄敍明劇……袁于令 四六九七
盛明雜劇二集序……徐翽 四六九九
盛明雜劇二集序……卓人月 四七〇〇
名家雜劇序……柴紹炳 四七〇三
盛明雜劇初集跋……王國維 四七〇四
古今名劇合選（孟稱舜）
古今名劇合選序……孟稱舜 四七〇六
會眞六幻（閔齊伋）
會眞六幻序……閔齊伋 四七〇九
六十種曲（毛晉）
演劇首套弁語……閱世道人 四七一二
題演劇二套……得閒主人 四七一三
題演劇三套……靜觀道人 四七一四
題演劇四套……閒閒道人 四七一五
題演劇五套……思玄道人 四七一六

玄雪譜（鋤蘭忍人）
玄雪譜凡例……闕　名　四七一七
玄雪譜序……聲隱道人　四七一八
玄雪譜題辭……笑癡子　四七一九
南音三籟（淩濛初）
南音三籟敘……淩濛初　四七二〇
南音三籟凡例……闕　名　四七二三
（南音三籟）序言……李　玉　四七二五
（南音三籟）序……袁于令　四七二六
（南音三籟）題詞……袁志學　四七二八
歌林拾翠（粲花主人）
歌林拾翠敘……何　約　四七三〇
歌林拾翠題識……竹軒主人　四七三一
新鐫歌林拾翠凡例……西湖漫史　四七三一
傳奇麗則（顧景星）
傳奇麗則序……顧景星　四七三三
萬錦清音（方來館主人）
（萬錦清音）序……方來館主人　四七三五
醉怡情（菰蘆釣叟）
醉怡情雜劇敘……闕　名　四七三七
醉怡情題識……闕　名　四七三八
來鳳館精選古今傳奇（邀月主人）
來鳳館精選古今傳奇
序……來鳳館主人　四七三九

雜劇三集(鄒式金、鄒漪)
(雜劇三集)小引……鄒式金 四七四一
雜劇三集序……吳偉業 四七四四
(雜劇新編)跋……鄒 漪 四七四六
笠翁十二種曲(耦塘居士)
十二種曲小引……耦塘居士 四七四七
崑弋雅調(江湖知音)
崑弋雅調跋……憨 老 四七四九
綴白裘合選(鬱岡樵隱、積金山人)
綴白裘合選敍……華陽山人 四七五〇
綴白裘合選題識……闕 名 四七五二
綴白裘全集(石渠閣主人)
(綴白裘全集)序……陳二球 四七五三
橡谷傳奇(丁紀範)
橡谷傳奇題識……丁紀範 四七五五
綴白裘(錢德蒼)
綴白裘新集序……李克明 四七五七
繪圖綴白裘初集序……郭維瑄 四七五九
綴白裘二集序……李 宸 四七六〇
綴白裘三集序……許仁緒 四七六一
綴白裘四集序……陸伯焜 四七六二
綴白裘五集序……沈 瀛 四七六三
綴白裘六集序……葉宗寶 四七六四
新鐫綴白裘合集序……程大衡 四七六五
綴白裘七集序……朱祿建 四七六七

綴白裘七集序……………………周家璠　四七六八
求作白裘序啓　…………錢德蒼　等　四七六九
綴白裘八集序…………許永昌　四七七〇
綴白裘八集序…………晴浦居士　四七七二
綴白裘九集序…………時元亮　四七七三
綴白裘十集序…………朱鴻鈞　四七七五
綴白裘十集序…………朱鴻鈞　四七七六
白裘外集序…………許苞承　四七七七
綴白裘十二集序…………葵園居士　四七七八
綴白裘新集合編識語…………寶仁堂　四七八〇
繪圖綴白裘跋…………西湖七生生　四七八〇
（改良全圖綴白裘十二集
全傳）跋…………夢遴生　四七八二
鷗夢館消夏小鈔（周昂）
少霞私議…………周　昂　四七八四
臨川夢次韻題詞　…………周　昂　等　四七八四
鷗夢館消夏小鈔題詞　…　瞿　頡　等　四七八六
審音鑒古錄（闕名）
審音鑒古錄序…………琴隱翁　四七八八
續綴白裘新曲九種（劉赤江）
續綴白裘新曲九種序…………劉赤江　四七九〇
訪期錄（趙謝青）
訪期錄敍…………平捷三　四七九二
時劇集錦（趙謝青）
時劇集錦序…………闕　名　四七九三
時劇集錦敍…………胡　瑄　四七九五

梨園集成（李世忠）
（梨園集成）自序……李世忠　四七九七
（梨園集成）自序……李世忠　四七九八
樂府新聲（福持齋主人）
（樂府新聲）自序……福持齋主人　四八〇〇
改製皮黄新詞（遊戲主人）
（皮黄新詞）序……遊戲主人　四八〇二
（皮黄新詞）序……關西鐵綽板道人　四八〇三
（皮黄新詞）序……香蕪氏　四八〇四
（皮黄新詞）序……聽琴散客　四八〇五
（皮黄新詞）例言……闕名　四八〇七

卷十二　曲話曲目

樂府雜録（段安節）
樂府雜録跋……錢熙祚　四八一三
附　（樂府雜録）原序……段安節　四八一五
碧雞漫志（王灼）
碧雞漫志跋……闕名　四八一六
碧雞漫志跋……張丑　四八一七
碧雞漫志漫記……百帖主人　四八一八
碧雞漫志跋……錢曾　四八二〇
碧雞漫志跋……陸紹曾　四八二一
碧雞漫志跋……闕名　四八二二
附　碧雞漫志序……王灼　四八二二
附　碧雞漫志跋……沈曾植　四八二三

錄鬼簿（鍾嗣成）

錄鬼簿跋……吳門生　四八二五
書錄鬼簿後……賈仲明　四八二六
錄鬼簿跋……夢覺子　四八二七
錄鬼簿序……尤貞起　四八二八
錄鬼簿跋……劉世珩　四八二九
錄鬼簿跋……王國維　四八三〇
錄鬼簿跋……王國維　四八三一
附　錄鬼簿跋……羅振常　四八三二
附　錄鬼簿序……鍾嗣成　四八三三
附　（錄鬼簿）後序……朱凱　四八三六
附　錄鬼簿跋……邵元長　四八三九
附　錄鬼簿題詞……周誥　四八四一
附　題錄鬼簿蟾宮曲……朱經　四八四二

青樓集（夏庭芝）

青樓集後序……朱武　四八四四
（青樓集）後敍……張冐　四八四五
（青樓集）識語……趙魏　四八四五
（青樓集）志語……鳳藻　四八四六
附　青樓集志……闕名　四八四七
附　青樓集序……邾經　四八五〇
附　青樓集敍……張擇　四八五三
附　青樓集跋……夏邦彦　四八五五

曲律（魏良輔）

崑腔原始序……闕名　四八五六

詞謔（李開先）

跋一笑散……錢謙益　四八五八

曲論（何良俊）
曲論序…………何良俊　四八五九
南詞引正校正（吳嶔）
南詞引正後敍…………曹大章　四八六〇
南詞敍錄（徐渭）
南詞敍錄序…………徐　渭　四八六二
曲藻（王世貞）
欣賞曲藻序…………王世貞　四八六三
題詞評曲藻後…………茅一相　四八六四
秦淮劇品（潘之恒）
秦淮劇品序…………潘之恒　四八六六
曲律（王驥德）
曲律自序…………王驥德　四八六七
敍曲律…………馮夢龍　四八六九
曲律後語…………毛以燧　四八七一
附　別毛以燧…………王驥德　四八七二
附　哭王伯良先生詩十三首…………毛以燧　四八七三
曲律跋…………錢熙祚　四八七四
曲品（呂天成）
曲品自敍…………呂天成　四八七六
曲品新傳奇品跋…………王國維　四八七八
曲品新傳奇品跋…………王國維　四八七九
曲品傳奇品跋…………陳玉祥　四八八〇
曲品傳奇品跋…………劉世珩　四八八〇

遠山堂曲品（祁彪佳）
（遠山堂）曲品序……祁彪佳　四八三
（遠山堂）曲品凡例……祁彪佳　四八四
絃索辨訛（沈寵綏）
（絃索辨訛）序言……沈寵綏　四八六
絃索辨訛凡例……闕　名　四八七
（絃索辨訛）續序……沈　標　四八九
度曲須知（沈寵綏）
（度曲須知）序言……沈寵綏　四九一
度曲須知凡例……闕　名　四九二
（度曲須知）序……顔俊彦　四九三
指迷十六觀（葉華）
指迷十六觀序……葉　華　四九六
指迷十六觀跋……睡庵居士　四九六
新傳奇品（高奕）
新傳奇品序……高　奕　四九八
製曲枝語（黄周星）
製曲枝語小引……張　潮　五〇〇
製曲枝語跋……張　潮　五〇一
南曲入聲客問（毛先舒）
南曲入聲客問題辭……張　潮　五〇二
（南曲入聲客問）跋……張　潮　五〇三
傳奇彙考（闕名）
傳奇彙考·四奇觀
識語……紅拂主人　五〇四

海漚小譜(趙執信)
(海漚小譜)自題二絕句……趙執信 四九〇六
海漚小譜自序……趙執信 四九〇六
海漚小譜跋……趙執信 四九〇七
海漚小譜跋……趙執信 四九〇七

樂府傳聲(徐大椿)
(樂府傳聲)序……徐大椿 四九〇九
(樂府傳聲)序……胡彥穎 四九一一
樂府傳聲敘……王保玠 四九一三
樂府傳聲序……李瀚章 四九一四
(樂府傳聲)序……唐紹祖 四九一五
(樂府傳聲)序……黄之雋 四九一六
樂府傳聲序……無我道人 四九一七

笠閣批評舊戲目(吴震生)
笠閣批評舊戲目跋……闕名 四九一八

看山閣閒筆(黄圖珌)
看山閣閒筆·文學部·詞曲序……黄圖珌 四九二一
看山閣閒筆·文學部·詞曲跋……黄圖珌 四九二三

觀劇絶句(金德瑛)
觀劇絶句三十首序……金德瑛 四九二四
檜門觀劇絶句序……葉德輝 四九二四
檜門觀劇絶句跋……金孝柏 四九二六
檜門觀劇絶句跋……陳鴻壽 四九二七
檜門觀劇絶句跋……王蘇 四九二八
檜門觀劇絶句跋……趙魏 四九二九

檜門觀劇絕句跋……金衍宗　四九三〇
檜門觀劇絕句跋……朱休度　四九三一
檜門觀劇絕句跋……胡　重　四九三二
檜門觀劇絕句跋……白謙卿　四九三三
檜門觀劇絕句跋……朱昌頤　四九三三
檜門觀劇絕句跋……沈維鐈　四九三四
檜門觀劇絕句跋……林則徐　四九三五
檜門觀劇絕句跋……張迎煦　四九三六
檜門觀劇絕句跋……湯貽汾　四九三六
檜門觀劇絕句跋……龐際雲　四九三七
檜門觀劇絕句跋……孫葆元　四九三七
檜門觀劇絕句跋……麟　桂　四九三八
檜門觀劇絕句跋……查文經　四九三九
檜門觀劇絕句跋……金安瀾　四九四〇
檜門觀劇絕句跋……鮑源深　四九四〇
檜門觀劇絕句跋……薛書堂　四九四一
檜門觀劇絕句跋……王大經　四九四二
檜門觀劇絕句跋……李煥文　四九四三
檜門觀劇絕句跋……吳郁生　四九四四
檜門觀劇絕句跋……端　方　四九四四
檜門觀劇絕句跋……劉心源　四九四五
檜門觀劇絕句跋……金兆棨　四九四六
檜門觀劇絕句跋……王先謙　四九四六
檜門觀劇絕句跋……皮錫瑞　四九四七
檜門觀劇絕句跋……朱益濬　四九四八
檜門觀劇絕句跋……葉德輝　四九四九
倚聲雜說（朱夰）
倚聲雜說序……沈大成　四九五一
尋聲要覽（吳翀）
尋聲要覽敍……吳　翀　四九五三

燕蘭小譜（吳長元）
（燕蘭小譜）弁言……吳長元　四九五五
（燕蘭小譜）題詞……西塍外史　四九五六
（燕蘭小譜）例言……闕名　四九五七
（燕蘭小譜）跋……竹酣居士　四九五九
重刻燕蘭小譜序……葉德輝　四九六〇
附　重刻燕蘭小譜跋……葉德輝　四九六二
秦雲擷英小譜（嚴長明 等）
秦雲擷英小譜跋……嚴長明　四九六四
秦雲擷英小譜序……王昶　四九六五
（秦雲擷英小譜）題詞……徐晉亨　四九六六
秦雲擷英小譜跋……袁祖志　四九六七
附　重刊秦雲擷英小譜序……葉德輝　四九六八
秦雲擷英小譜跋……楊復吉　四九七一
雨村曲話（李調元）
雨村曲話序……李調元　四九七二
雨村劇話（李調元）
劇話序……李調元　四九七四
曲海目（黃文暘）
曲海目序……闕名　四九七六
重訂曲海總目（闕名）
重訂曲海總目跋……管庭芬　四九七八
雜劇待考（汪汲）
雜劇待考序……闕名　四九七九

詞名集解（汪汲）
（詞名集解）序……談　泰　四九八〇
看西廂（高國珍）
看西廂總敍……高國珍　四九八二
看西廂又敍……高國珍　四九八三
讀西廂辨……闕　名　四九八四
勸讀西廂文……闕　名　四九八五
勸細讀西廂文……闕　名　四九八六
讀西廂條例……闕　名　四九八六
西廂捷錄……闕　名　四九八七
看西廂支分節解敍……高國珍　四九八九
看西廂句解序……高國珍　四九八九
蛇足西廂敍……高國珍　四九九〇
蛇足西廂又敍……高國珍　四九九一
看西廂文評敍……高國珍　四九九二
西廂文總批……闕　名　四九九三
西廂碎評敍……高國珍　四九九四
劇說（焦循）
劇說自記……焦　循　四九九五
花部農譚（焦循）
花部農譚自序……焦　循　四九九六
顧誤錄（王德暉、徐沅瀓）
（顧誤錄）序……周　棠　四九九八
顧誤錄跋……蔡國俊　四九九九
顧誤錄又跋……蔡國俊　五〇〇一
律呂或問（蔡國俊）
（律呂或問）小引……蔡國俊　五〇〇二

明心鑑（吴永嘉）
明心鑑序……闕名 五〇〇三
（鈔梨園原序）序……陳金雀 五〇〇五
梨園原（葉元清 等）
胥園居士贈黄旙綽先生
梨園原序……莊肇奎 五〇〇七
梨園原序……鄭錫瀛 五〇〇八
修正增補梨園原序……葉元清 五〇〇九
梨園原跋……葉元清 五〇一一
附 重修梨園原序……夢菊居士 五〇一一
消寒新咏（鐵橋山人 等）
消寒新咏弁言……問津漁者 五〇一三
消寒新咏序……擷芳道人 五〇一五
消寒新咏題詞……石坪居士 五〇一六
（消寒新咏）題詞……杜君玉 等 五〇一七
（消寒新咏）凡例……三益山房 五〇一九
消寒花鳥咏卷末題詩
十絶……問津漁者 五〇二〇
消寒新咏跋後……石坪居士 五〇二一
（消寒新咏）跋後……鐵橋山人 五〇二二
日下看花記（小鐵笛道人）
（日下看花記）自序……小鐵笛道人 五〇二三
（日下看花記）題詞……畫眉仙史 等 五〇二四
日下看花記後序……餐花小史 五〇二五
附 再續燕蘭小譜序……羣玉山樵 五〇二七
附 再續燕蘭小
譜跋……小鐵笛道人 五〇二八

片羽集（來青閣主人）
片羽集敍集元微之詩文……陪尾山樵　五〇二九
片羽集序集遺山文…………芙蓉山人　五〇三〇
片羽集自序集遺山文……來青閣主人　五〇三一
片羽集例言……………來青閣主人　五〇三二
片羽集自序……………來青閣主人　五〇三三
自題片羽集後十首……來青閣主人　五〇三四
聽春新咏（留春閣小史）
（聽春新咏）緣起………留春閣小史　五〇三六
聽春新咏序……………小南雲主人　五〇三七
（聽春新咏）弁言……天涯芳草詞人　五〇三八
（聽春新咏）題詞………峴仙氏　等　五〇三九
聽春新咏例言………………闕　名　五〇三九
聽春新咏跋……………………吳興仲子　五〇四一
鶯花小譜（半標子）
（鶯花小譜）自敍…………半標子　五〇四二
鶯花小譜題辭…………藝香居士　五〇四四
（鶯花小譜）題情…………半標子　五〇四四
（鶯花小譜）題詞…………判花人　五〇四五
眾香國（眾香主人）
（眾香國）敍…………眾香主人　五〇四七
（眾香國）凡例………眾香主人　五〇四八
眾香國題詞…………月府仙樵　等　五〇五〇
眾香國跋…………………眾香主人　五〇五三
燕臺鴻爪集（楊維屏）
燕臺鴻爪集題詞……粟海庵居士　等　五〇五四

曲話（梁廷枏）
曲話跋……………………梁廷枏　五〇五八
曲話序……………………李黼平　五〇五九
靈臺小補（金連凱）
靈臺小補序………………金連凱　五〇六〇
是書成名靈臺小補復自題
四截句……………………金連凱　五〇八六
靈臺小補自題……………金連凱　五〇八六
靈臺小補自題……………金連凱　五〇八七
曲目新編（支豐宜）
曲目新編小序……………錢　泳　五〇八九
（曲目新編）題詞………嚴保庸等　五〇九一
題曲目新編後……………錢　泳　五〇九四
金臺殘淚記（張際亮）
金臺殘淚記自敍…………闕　名　五〇九六
金臺殘淚記題詞…………劉家謀等　五〇九七
金臺殘淚記跋……………闕　名　五〇九九
花天塵夢録（種芝山館主人）
（花天塵夢録）題詞……春　帆等　五一〇一
（花天塵夢録）例言……闕　名　五一〇七
鳳城花史原序……………種芝山館主人　五一〇九
鳳城花史小引……………綠綺外史　五一一〇
鳳城花史上編識語………闕　名　五一一一
鳳城花史下編識語………闕　名　五一一二
鳳城花史續編識語………闕　名　五一一二
評花韻語序………………蘭士氏　五一一三
續評花韻語序……………種芝山館主人　五一一四
評花韻語跋………………闕　名　五一一五

評花韻語跋……闕名　五一一六

續評花韻語跋……闕名　五一一六

續評花韻語跋……闕名　五一一七

燕臺花鏡詩跋……種芝山館主人　五一一七

京塵雜錄（楊懋建）

楊掌生孝廉京塵雜錄序……徐鴻復等　五一一九

京塵雜錄跋……倪鴻　五一二〇

辛壬癸甲錄（楊懋建）

辛壬癸甲錄序……楊懋建　五一二一

長安看花記（楊懋建）

長安看花記序……楊懋建　五一二六

長安看花記序……楊懋建　五一二七

長安看花記序……闕名　五一二七

丁年玉筍志（楊懋建）

丁年玉筍志序……楊懋建　五一二八

夢華瑣簿（楊懋建）

夢華瑣簿自序……楊懋建　五一三一

評花軟語（西溪雲客）

（評花軟語）序……灑然亭長　五一三三

評花軟語題辭……桂馥等　五一三四

一十二花譜序……沈清瑞等　五一三八

一十二花譜跋……香道人　五一三八

（評花軟語）跋……闕名　五一三九

戲寄（何兆瀛）

戲寄自序……何兆瀛　五一四〇

戲寄自題……何兆瀛 五一四一
戲寄序……夏埮 五一四一
三十六聲粉鐸圖咏（宣鼎）
鐸餘逸韻題記……闕名 五一四三
鐸餘逸韻跋……宣鼎 五一四四
三十六聲粉鐸圖咏題辭……傅福增等 五一四四
燕市羣芳小集（譚獻）
燕市羣芳小集序……王詒壽 五一四六
燕市羣芳小集題詞……王眘子等 五一四八
附 增補菊部羣英跋……姚華 五一五一
羣英續集（譚獻）
羣英續集跋……陶方琦 五一五四
樂府本事（平步青）
樂府本事序……平步青 五一五六
詞餘叢話（楊恩壽）
（詞餘叢話）序……裴文禩 五一五七
曲曲（茅恆）
（曲曲）自序……茅恆 五一六〇
（曲曲）敍……李暎庚 五一六一
蓮湖花榜（朱庭珍）
蓮湖花榜序……朱庭珍 五一六三
蓮湖花榜跋……闕名 五一六四
蓮湖花榜後序……李坤 五一六四
（蓮湖花榜）題詞……陳鷳等 五一六六

擷華小録（余嵩慶）
（擷華小録）自序……余嵩慶　五一六七
擷華小録序……好麗殷勤客　五一六八
燕臺花選（染雲主人）
（燕臺花選）序……染雲主人　五一七〇
瑤花夢影録（朱慕庵）
瑤華夢影記……笙月詞人　五一七一
瑤華夢影録跋……邊琬　五一七三
鞠部羣英（王小鐵）
鞠部羣英自序……王小鐵　五一七四
（鞠部羣英）凡例……闕名　五一七五
日下梨園百咏（醉薇居士）
（日下梨園百咏）自序……闕名　五一七六
（日下梨園百咏）凡例……闕名　五一七七
（日下梨園百咏）敍……伴仙道人　五一七八
（日下梨園百咏）跋……避塵盦主　五一七九
曇波（四不頭陀）
（曇波）自敍……四不頭陀　五一八〇
（曇波）敍……勉齋　五一八二
（曇波）序……羅浮癡琴生　五一八三
（曇波）題詞……李洽等　五一八五
曇波跋……南國生　五一八七
法嬰袐笈（雙影盦生）
法嬰袐笈序……雙影盦生　五一八八
法嬰袐笈跋……雙影盦生　五一八九

目　録

明僮合録（餘不釣徒、殿春生）
明僮合録序…………………劍石主人　五一九〇
明僮小録序…………………餘不釣徒　五一九二
明僮小録題辭……………挹翠主人 等　五一九四
明僮續録序…………………殿春生　五一九六
明僮續録跋…………………餘不釣徒　五一九七
明僮續録題辭……………蔡爾康 等　五一九八
明僮合録跋…………………碧里生　五一九九
鞠部明僮選勝録（李鍾豫）
鞠部明僮選勝録序…………李鍾豫　五二〇一
鞠部明僮選勝録跋…………竺生小謝　五二〇二
評花新譜（藝蘭生）
評花新譜序…………………香溪漁隱　五二〇三
評花新譜序…………………鐵花岩主　五二〇五
評花新譜題辭………………惜花老人 等　五二〇六
（評花新譜）自跋……………藝蘭生　五二一〇
評花新譜跋…………………藝蘭生　五二一一
附　鴻雪軒紀豔
四種題詞…………………飯顆山樵　五二一二
側帽餘譚（藝蘭生）
側帽餘譚敍…………………鐵笛生　五二一三
側帽餘譚敍…………………藝蘭生　五二一五
宣南雜俎（藝蘭生）
（宣南雜俎）跋……………平陽酒徒　五二一六
鳳城品花記（香溪漁隱）
鳳城品花記序………………藝蘭生　五二一七

懷芳記(蘿摩庵老人)
懷芳記序……………………雲居山人 五二一八
情天外史(情天外史)
情天外史自序…………情天外史 五二一九
(情天外史)凡例…………闕名 五二二〇
情天外史後(序)…………闕名 五二二一
附 京華消遣記………情天外史 五二二二
新情天外史(天恨生)
(新情天外史)敘…………天恨生 五二二五
燕臺集豔(播花居士)
燕臺集豔二十四花品序
集《選》……………………播花居士 五二二六
燕臺集豔二十四花品
題辭集唐……………………播花居士 五二三二
燕臺集豔跋……………………播花居士 五二三三
燕臺花史(蜃橋逸客等)
燕臺花史序……………………寄齋寄生 五二三四
燕臺花史題詞……………寄齋寄生 五二三六
燕臺花史跋……………………圓嶠花主 五二三六
燕臺花史跋……………………閑閑道人 五二三七
燕臺花事錄(王增祺)
(燕臺花事錄)序…………王增祺 五二三九
瑤臺小咏(鑁鍵軒主)
瑤臺小咏序……………………王韜 五二四〇

瑤臺小咏跋……王　韜　五二四二

粉墨叢談（黄協塤）

粉墨叢談序……黄協塤　五二四四

自題粉墨叢談……黄協塤　五二四七

檀青引（楊圻）

（檀青引）跋……易順鼎　五二四八

曲録（王國維）

曲録序……王國維　五二五〇

曲録序……王國維　五二五一

優語録（王國維）

優語録序……王國維　五二五三

宋元戲曲考（王國維）

附　宋元戲曲考序……王國維　五二五四

奢摩他室曲話（吴梅）

奢摩他室曲話自序……吴　梅　五二五六

杏林擷秀（謝素聲）

杏林擷秀序……謝素聲　五二五八

海上梨園新歷史（趙苕狂）

（海上梨園新歷史）自序……趙苕狂　五二六一

（海上梨園新歷史）序……傖　楚　五二六三

海上梨園雜志（慕優）

海上梨園雜志序……思魯氏　五二六四

評花（緝香氏）
（評花）總序……緝香氏 五二六六
（評花）題詞……常月卿等 五二六六
評花題詞……常月卿 五二六八
梨園聲價錄（滬上寓公）
（梨園聲價錄）小引……孫點 五二七〇
（梨園聲價錄）凡例……闕名 五二七一
（梨園聲價錄）序……少玉溪生 五二七二
（梨園聲價錄）序……璀皋頑絶生 五二七三
梨園聲價序……闕名 五二七四
鈞天儷響（譚芝林）
鈞天儷響自序……譚芝林 五二七六
（鈞天儷響）序……李希聖 五二七七
（鈞天儷響）序……江遠舉 五二七八
同光梨園紀略（哀梨老人）
（同光梨園紀略）自序……哀梨老人 五二八〇
滬江色藝指南（上海公益書社）
（滬江色藝指南）
敍言……上海公益書社 五二八一
（滬江色藝指南）例言……闕名 五二八二
梨雲影（石君、冷佛）
（梨雲影）序……勉齋 五二八四
（梨雲影）序……闕名 五二八五
（梨雲影）題辭一……南國生 五二八七
（梨雲影）題辭二……鳳凰客 五二八七
（梨雲影）題辭三……勉齋 五二八八
（梨雲影）題辭四……希葳山人 五二八八
（梨雲影）題辭五……南海生 五二八八

（梨雲影）跋一……南國生 五二八九
（梨雲影）跋……冷佛 五二九〇
（梨雲影續編）序……石君 五二九一
（梨雲影續編）題辭一……石君 五二九一
（梨雲影續編）題辭二……隱盦 五二九二
羣芳譜（闕名）
（羣芳譜）凡例……闕名 五二九二
海上羣芳譜（懺情侍者）
（海上羣芳譜）自序……懺情侍者 五二九三
（海上羣芳譜）贅言……闕名 五二九五
（海上羣芳譜）序……紫薇舍人 五二九六
（海上羣芳譜）序……顧曲詞人 五二九七
讀海上羣芳譜書後……王韜 五二九九
海上羣芳譜序……闕名 五三〇〇
海上羣芳譜（孫玉聲）
海上羣芳譜序……孫玉聲 五三〇一
燕臺樂部小錄（蘇蔚生）
燕臺樂部小錄序……梁紹壬 五三〇三
西廂辨僞（闕名）
西廂正錯序……闕名 五三〇四

卷十三　曲譜曲韻

中州樂府音韻類編（卓從之）
中州樂府音韻類編識語……闕名 五三〇七
附　中州樂府音韻類編序……盧前 五三〇八

附　中州樂府音韻類
編序……………………夏敬觀　五三〇九
附　中州樂府音韻類
編序……………………吴　梅　五三一〇
太和正音譜（朱權）
太和正音譜序……………闕　名　五三一一
（太和正音譜）序　……………康　海　五三一三
附　太和正音譜跋…………孫毓修　五三一四
北雅題詞……………………張　萱　五三一五
序黛玉軒北雅………………馮夢禎　五三一八
舊編南九宮十三調曲譜（蔣孝）
南小令宮調譜序……………蔣　孝　五三二〇
太和正音南九宮詞總序……何　釪　五三二一
南九宮十三調曲譜（沈璟）
南曲全譜題辭………………李維楨　五三二四

南詞全譜原敍……………………李　鴻　五三二六
嘯餘譜（程明善）
書南詞全譜後…………………徐大椿　五三二八
嘯餘譜序………………………程明善　五三二九
題嘯餘譜序……………………馬鳴霆　五三三〇
嘯餘譜凡例……………………闕　名　五三三二
重訂嘯餘譜序…………………張　漢　五三三四
嘯餘譜題識……………………闕　名　五三三六
北詞譜（徐迎慶）
（北詞譜）凡例　……………闕　名　五三三七
（北詞譜）臆論　……………闕　名　五三四〇
一笠庵北詞廣正譜（徐迎慶　等）
（一笠庵北詞廣正譜）序　…吴偉業　五三四九

南曲九宮正始（徐迎慶、鈕少雅）
（南曲九宮正始）自序……鈕少雅 五三五一
南曲九宮正始序……馮旭 五三五五
南曲九宮正始序……吴亮中 五三五七
南曲九宮正始序……姚思 五三六〇
彙纂元譜南曲九宮正始
臆論……闕名 五三六一
（彙纂元譜南曲九宮正始）
凡例……闕名 五三六三
北西廂訂律（胡周冕）
（北西廂訂律）自序……胡周冕 五三六九
（北西廂定律）凡例……闕名 五三六九
南詞新譜（沈自晉）
重定南九宮新譜序……沈自南 五三七三
重輯南九宮十三調詞
譜述……沈自繼 五三七五
重定南詞全譜凡例……沈自晉 五三七六
重定南詞全譜凡例續記……沈自晉 五三八一
南詞新譜後敘……沈永隆 五三八四
寒山堂新定九宮十三攝
南曲譜（張彝宣）
新定南曲譜凡例……張彝宣 五三八七
九宮譜定（查繼佐 等）
九宮譜定序……查繼佐 五三九一
九宮譜定總論……查繼佐 五三九三
九宮譜定凡例……鴛湖逸者 五三九八
音韻須知（李書雲）
問奇一覽音韻須知自序……李書雲 五四〇〇

北曲司南（張遠）
北曲司南序……………………張　遠　五四〇二
新定十二律京腔譜（王正祥）
新定十二律京腔譜序……王正祥　五四〇四
新定十二律京腔譜總論……闕　名　五四〇六
新定十二律京腔譜凡例……闕　名　五四〇八
新定十二律京腔譜題識……闕　名　五四二三
新定十二律崑腔譜（王正祥）
新定十二律崑腔譜序……王正祥　五四二四
新定十二律崑腔譜總論……闕　名　五四二九
新定十二律崑腔譜凡例……闕　名　五四三一
新定十二律崑腔譜題識……闕　名　五四四二
新定宗北歸音（王正祥）
（新定宗北歸音）序　……盧鳴鑾　五四四三
新定宗北歸音凡例…………闕　名　五四四六
新定宗北歸音題識…………闕　名　五四五三
南九宮譜大全（胡介祉）
南九宮譜大全序……………胡介祉　五四五四
御定曲譜（王奕清　等）
御定曲譜凡例………………闕　名　五四五七
新編南詞定律（呂士雄　等）
新編南詞定律序……………胤　禛　五四六〇
（新編南詞定律）敍　………呂士雄　五四六二
（新編南詞定律）序　………楊　緒　五四六三
（新編南詞定律）序　………劉　璜　五四六四

新編南詞定律序……………………金殿臣　五四六五
（新編南詞定律）凡例　……………………闕名　五四六六
新編南詞定律題識…………………………闕名　五四七〇

太古傳宗（湯斯質　等）

太古傳宗原序……………………………湯斯質　五四七一
太古傳宗原序……………………………孫鵬　五四七二
太古傳宗序………………………………允祿　五四七四
太古傳宗序………………………………朱珩　五四七五
太古傳宗序………………………………朱廷璋　五四七六
太古傳宗後序　……徐興華　朱廷鏐　五四七八
太古傳宗凡例……………………………闕名　五四七八
太古傳宗琵琶調說………………………闕名　五四八〇
（太古傳宗）絃索調時劇
　新譜凡例………………………………闕名　五四八二

曲譜大成（闕名）

曲譜大成總論……………………………闕名　五四八四
曲譜大成北曲論說………………………闕名　五四九〇
曲譜大成南曲論說………………………闕名　五四九三
曲譜大成凡例……………………………闕名　五四九八

新定九宮大成南北詞
　宮譜（周祥鈺　等）

新定九宮大成序…………………………允祿　五五〇二
（九宮大成南北詞宮譜）
　序………………………………………于振　五五〇四
新定九宮大成序…………………………周祥鈺　五五〇六
分配十二月令宮調總論…………………闕名　五五〇八
新定九宮大成南詞宮譜
　凡例……………………………………闕名　五五一〇

新定九宮大成北詞宮譜
凡例……………………闕名 五五一四
附 新定九宮大成北
詞宮譜序…………吴梅 五五一九
附 新定九宮大成北
詞宮譜識語…………俞宗海 五五二一
中州全韻（范善溱）
中原全韻敍…………袁晉 五五二三
范昆白北詞韻正小引…………俞肇元 五五二四
附 中州全韻識語…………連夢星 五五二六
中州音韻輯要（王鵕）
（中州音韻輯要）序言……王鵕 五五二七
（中州音韻輯要）例言……闕名 五五二八
韻學驪珠（沈乘麐）
（曲韻驪珠）序…………周昂 五五三〇
曲韻驪珠弁辭…………芥舟 五五三三
韻學驪珠凡例…………闕名 五五三五
（韻學驪珠）序…………何鏞 五五三七
韻學驪珠序…………沈祥龍 五五三九
牡丹亭曲譜（馮起鳳）
牡丹亭曲譜序…………石韞玉 五五四一
長生殿曲譜（馮起鳳）
長生殿曲譜序…………石韞玉 五五四二
崑曲曲譜（馮起鳳）
（崑曲曲譜）跋…………古鳳 五五四四

（崑曲曲譜）又跋 …………… 古　鳳　五五四四
納書楹四夢全譜（葉堂）
納書楹四夢全譜自序………… 葉　堂　五五四六
納書楹四夢全譜凡例………… 闕　名　五五四七
納書楹玉茗堂四夢曲
譜序………………………… 王文治　五五四八
納書楹曲譜（葉堂）
納書楹曲譜自序………… 葉　堂　五五五〇
納書楹曲譜凡例………… 闕　名　五五五一
納書楹曲譜序………… 王文治　五五五二
納書楹補遺曲譜（葉堂）
納書楹補遺曲譜自序………… 葉　堂　五五五四
納書楹西廂記全譜（葉堂）
納書楹重訂西廂記譜序……… 葉　堂　五五五五
納書楹西廂記譜序………… 許寶善　五五五六
由心集（趙允桓）
由心集序………………… 賓汝珽　五五五八
由心集凡例………………… 闕　名　五五五九
由心集題詞………………… 王炎烈　五五六二
由心集題詞………………… 王士光　五五六二
附　由心集題識………… 懺因居士　五五六三
蘭桂仙曲譜（左潢）
（蘭桂仙曲譜）自序 ………… 左　潢　五五六四
蘭桂仙曲譜凡例………… 闕　名　五五六五
蘭桂仙曲譜序………… 白守廉　五五七三
蘭桂仙曲譜序………… 李振翥　五五七四

六觀樓曲譜（許鴻磐）
六觀樓曲譜小引……許鴻磐　五五七六
曲譜六種（馮雲章）
曲譜六種序……曹文瀾　五五七七
曲譜六種跋……曹文瀾　五五七八
眘山秀·十二紅詞譜（曹文瀾）
十二紅詞譜跋……陳嘉樑　五五七九
崑曲工尺譜（醉六山房主人）
崑曲工尺譜序……醉六山房主人　五五八〇
崑曲工尺譜跋……□宇　五五八二
曲譜（樗林散人）
曲譜·彈詞識語……樗林散人　五五八三
自怡齋崑曲譜（蔡國俊）
自怡齋崑曲譜序……蔡國俊　五五八四
南曲曲譜（闕名）
南曲曲譜序……楊澥　五五八五
遏雲閣曲譜（王錫純）
（遏雲閣曲譜）序……王錫純　五五八七
附　題自輯遏雲閣傳奇後……王錫純　五五八七
曲譜（陸玉亭）
曲譜序……吳署翰　五五八八
曲譜跋……吳署翰　五五八九
曲譜序……吳署翰　五五九〇
曲譜序……吳署翰　五五九〇

曲譜跋……………………吴署翰　五五九一
附　玉亭二兄大人
屬正………………吴署翰　五五九二
曲譜序……………………吴　坤　五五九三
曲譜序……………………愛詞人　五五九三
曲譜序……………………顧秋亭　五五九四
曲譜序……………………顧秋亭　五五九五
曲譜序……………………顧　影　五五九五
曲譜跋……………………影秋生　五五九六
瘞雲巖曲譜（汪家億）
韻諧塾瘞雲巖曲譜自序……汪家億　五五九七
韻諧塾瘞雲巖曲譜序……靈巖山樵　五五九八
仿香祖樓楔子步沁園
春詞原韻………………靈巖山樵　五五九九
繹如曲譜（梁繼魚）
（繹如曲譜）自序　…………梁繼魚　五六〇〇
繹如曲譜跋……………………李士震　五六〇一
蔬香書館納時音（陳味根）
蔬香書館納時音序…………烟波散吏　五六〇三
中州切音譜（劉禧延）
中州切音譜贅論…………………劉禧延　五六〇四
夢園曲譜（徐治平）
夢園曲譜序…………………徐治平　五六〇五
夢園曲譜敍…………………葉其紳　五六〇六
梯月主人題魏良輔曲律
小引…………………………徐治平　五六〇八
附　夢園曲譜題識　……姜玉笙　等　五六〇九

附　夢園曲譜序……蘇少卿　五六一二
附　（夢園曲譜）序……高漢聲　五六一四
附　夢園曲譜跋……徐仲衡　五六一五
孫臏詐瘋曲譜（闕名）
孫臏詐瘋曲譜跋……闕名　五六一六
遏雲仙館曲譜（李瑞卿）
遏雲仙館曲譜序……盧傳忠　五六一七
香上記曲（闕名）
香上記曲跋……古鳳　五六一九
天韻社曲譜（吳畹卿）
附　天韻社曲譜題識……劉公魯　五六二〇
讀曲例言……吳畹卿　五六二一
霓裳文藝全譜（王慶華）
霓裳文藝全譜序……王慶華　五六二三
霓裳文藝全譜序……闕名　五六二四
異同集（聽濤主人）
異同集序……聽濤主人　五六二六
六也曲譜（殷溎深、張芬）
六也曲譜初集序……吳梅　五六二八
六也曲譜序……吳門替花愁主人　五六三〇
附　（增輯）六也曲譜序……碧桃花館主人　五六三一
附　（增輯六也曲譜）序……永齋主人　五六三三

崑曲粹存初集（殷溎深）
崑曲粹存序……汪洵 五六三四
崑曲粹存序……嚴觀濤 五六三五
（崑曲粹存）序……方還 五六三七
崑曲粹存初集序……王慶祉 五六三八
（崑曲粹存）凡例……嚴觀濤 五六四〇
霓裳新詠譜（周蓉波）
（霓裳新詠譜）例言……周蓉波 五六四二
半角山房曲譜（王瀚）
半角山房曲譜題詞……闕名 五六四三
半角山房曲譜題識……王瀚 五六四四
半角山房曲譜識語……王瀚 五六四五
附 半角山房曲譜題識……闕名 五六四五
附 半角山房曲譜題識……闕名 五六四六

卷十四 附 諸宮調與散曲集

董解元西廂記（董解元）
古本西廂記序……張羽 五六四八
古本董解元西廂記題識……楊循吉 五六五四
董解元西廂題辭……湯顯祖 五六五五
董解元西廂引……黃嘉惠 五六五六
董解元西廂記題識……王鈞 五六五七
題西廂……閔齊伋 五六五八
董西廂跋……焦循 五六五九
董本西廂記說……施國祁 五六六一
董西廂題識……劉世珩 五六六二
附 董西廂校記……吳梅 五六六五
附 董西廂跋……吳梅 五六六七
董西廂跋（代）……繆荃孫 五六六九

雲莊樂府（張養浩）
雲莊休居自適小樂府引……艾　俊　五六七〇
書張文忠公雲莊樂府後……金　潤　五六七二
張小山北曲聯樂府（張可久）
張小山小令序……李開先　五六七四
張小山小令後序……李開先　五六七五
張小山小令跋……毛　扆　五六七七
新刊張小山北曲聯樂府題識……闕　名　五六七八
喬夢符小令（喬吉）
喬夢符小令序……李開先　五六八〇
喬夢符小令後序……李開先　五六八一
喬夢符小令跋……厲　鶚　五六八二
樂府新編陽春白雪（楊朝英）
陽春白雪跋……錢謙益　五六八三
陽春白雪跋……樸學老人　五六八四
陽春白雪跋……黄丕烈　五六八四
陽春白雪跋……密娱軒　五六八五
陽春白雪跋……黄丕烈　五六八六
樂府新編陽春白雪題跋……黄丕烈　五六八八
陽春白雪跋……黄丕烈　五六八九
朝野新聲太平樂府（楊朝英）
朝野新聲太平樂府跋……黄丕烈　五六九二
朝野新聲太平樂府跋……黄丕烈　五六九三
誠齋樂府（朱有燉）
誠齋樂府引……朱有燉　五六九四

陳大聲樂府全集（陳鐸）
精訂陳大聲樂府全集序……湯有光 五六九五
汪昌朝精訂陳大聲全集序……曹學佺 五六九七
刻陳大聲全集自序……汪廷訥 五六九八
南峯樂府（楊循吉）
南峯樂府跋……黃丕烈 五七〇〇
樂府餘音（楊廷和）
樂府餘音小序……曾璵 五七〇二
碧山樂府（王九思）
碧山樂府序紫閣山人近體……康海 五七〇四
碧山續稿序……王九思 五七〇五
碧山新稿自敍……王九思 五七〇六
敍碧山新稿……吴孟祺 五七〇六
彙次碧山樂府小敍……王⿰王畢 五七〇七
附（碧山樂府）跋……王和等 五七〇八
南曲次韻（王九思）
南曲次韻序……王九思 五七〇九
伯虎雜曲（唐寅）
伯虎雜曲序……何大成 五七一一
伯虎雜曲序……何大成 五七一三
雍熙樂府序……朱顯榕 五七一四
王西樓樂府（王磐）
刊王西樓先生樂府序……張守中 五七一七
附 王西樓樂府跋……鄭振鐸 五七一九

泃東樂府（康海）
泃東樂府序……………………康　海　五七二〇
泃東樂府跋……………………康　浩　五七二一
泃東樂府後錄（康海）
泃東樂府後錄序………………康　海　五七二二
淮海新聲（朱應辰）
淮海新聲小引…………………吴敏道　五七二四
淮海新聲跋……………………朱永世　五七二五
校正淮海新聲跋………………朱士彦　五七二五
校正淮海新聲跋………………朱士彦　五七二七
陶情令（楊應奎）
陶情令識………………………楊　銘　五七二八
西郊野唱北樂府（劉良臣）
西郊野唱引……………………劉良臣　五七三〇
陶情樂府（楊慎）
陶情樂府序……………………楊南金　五七三一
陶情樂府序……………………簡紹芳　五七三二
陶情樂府序……………………張　含　五七三四
陶情樂府續集小序……………簡紹芳　五七三五
陶情續集跋……………………王　畿　五七三六
楊夫人樂府詞餘（黃峨）
（楊夫人樂府）序……………徐　渭　五七三七
楊夫人樂府詞餘引……………楊禹聲　五七三八
洞雲清響（吴廷翰、吴國寶）
洞雲清響小引…………………劉汝佳　五七四〇

臥病江皋（李開先）
臥病江皋序……高應玘 五七四二
臥病江皋後序……王 階 五七四三
中麓小令（李開先）
中麓山人小令引……李開先 五七四四
中麓小令跋語……謝九容 等 五七四五
四時悼内（李開先）
四時悼内小序……李開先 五七八七
附 劉嵩陽復書郎爲後序……劉 繪 五七八八
王十嶽樂府（王寅）
樂府小序……王 寅 五七九〇
雙溪樂府（張鍊）
（雙溪樂府）跋……張 鍊 五七九二
海浮山堂詞稿（馮惟敏）
山堂詞稿引……馮惟敏 五七九三
息柯餘韻（陳鶴）
曲序……徐 渭 五七九五
秦詞正訛（秦時雍）
秦詞正訛序……陳良金 五七九六
附 秦詞正訛跋……鄭振鐸 五七九七
江東白苧（梁辰魚）
江東白苧小序……張鳳翼 五七九九

明農軒樂府（殷士儋）
刻明農軒樂府小敍……朱宙楨　五八〇〇
重刻明農軒樂府序……許邦才　五八〇一
詞臠（劉效祖）
（詞臠）序……劉芳躅　五八〇三
（詞臠）跋……胡介祉　五八〇五
附　詞臠跋……吴　梅　五八〇五
醉鄉小稿（高應玘）
（醉鄉小稿）自序……高應玘　五八〇七
醉鄉小稿序……李開先　五八〇八
北宫詞紀（陳所聞）
題北宫詞紀……焦　竑　五八〇九
北宫詞紀小引……朱之蕃　五八一〇
刻北宫詞紀凡例……闕　名　五八一一
附　古今品詞大旨……五八一二
南宫詞紀（陳所聞）
題南宫詞紀……俞　彦　五八一五
刻南宫詞紀凡例……闕　名　五八一六
閲藎卿所集詞紀漫賦……顧起元　五八一七
適暮稿（王克篤）
適暮稿小引……王克篤　五八一九
題菊逸先生集後……王志超　五八一九
又集唐人句四首……王志超　五八二〇
小令（丁綵）
（小令）序……丘雲嵻　五八二一

林石逸興（薛論道）
林石逸興序……………………薛論道　五八二四
林石逸興序……………………胡汝欽　五八二五
跋林石逸興……………………俞　鍾　五八二七
林石逸興引……………………吴　京　五八二八
三徑閒題（杜子華）
三徑閒題自序…………………杜子華　五八三〇
三徑閒題序……………………王穉登　五八三一
鶴月瑶笙（周履靖）
鶴月瑶笙敍……………………姚弘誼　五八三二
芳茹園樂府（趙南星）
（芳茹園樂府）小序……………新周居士　五八三五
南詞韻選（沈璟）
刻南詞韻選凡例………………闕　名　五八三六
南詞韻選敍……………………相居居士　五八三七
筆花樓新聲（顧正誼）
筆花樓新聲跋…………………顧正誼　五八三九
筆花樓新聲題詞………………楊繼禮　五八四〇
題筆花樓新聲…………………陳繼儒　五八四一
筆花樓新詞跋…………………王穉登　五八四二
續小令集（丁惟恕）
續小令序………………………劉元偕　五八四三
（續小令集）序…………………鍾羽正　五八四五
（小令）跋………………………山　樓　五八四七

曲典（王化隆）

諺謨曲典序……王化隆 五八四八

絡緯吟（徐媛）

絡緯吟小引……范允臨 五八五〇

范夫人絡緯吟敍……錢希言 五八五二

徐姊范夫人詩序……董斯張 五八五五

絡緯吟題辭……徐洌 五八五八

太霞新奏（馮夢龍）

太霞新奏序……馮夢龍 五八六〇

太霞新奏發凡……馮夢龍 五八六二

太霞新奏序……沈璟 五八六四

山歌（馮夢龍）

敍山歌……馮夢龍 五八六六

步雪初聲（張瘦郎）

（步雪初聲）序……馮夢龍 五八六七

太平清調迦陵音（葉華）

迦陵音序……釋如德 五八六九

迦陵音序……陳拱壁 五八七一

迦陵音跋……園隱主人 五八七二

秋水庵花影集（施紹莘）

秋水庵花影集序……施紹莘 五八七三

秋水庵花影集敍……陳繼儒 五八七五

秋水庵花影集序……顧胤光 五八七七

秋水庵花影集序……沈士麟 五八七九

秋水庵花影集序……顧乃大 五八八一

秋水庵花影集雜紀……闕名 五八八二

鞠通樂府（沈自晉）

鞠通樂府序……沈自南　五八八六

吳騷合編（張琦、張旭初）

吳騷合編小序……張　琦　五八八八

吳騷合編序……許當世　五八九〇

吳騷合編題識……闕　名　五八九一

（吳騷合編）跋……張旭初　五八九二

序吳騷初集……陳繼儒　五八九三

序吳騷二集……許當世　五八九四

序吳騷三集……張旭初　五八九六

（吳騷合編）凡例……張　琦　五八九七

附　衡曲麈譚……闕　名　五八九九

吳騷合編跋……張旭初　五九〇七

吳騷合編跋……劉　峙　五九〇八

情籟（騎蝶軒主人）

情籟序……陳繼儒　五九〇九

情籟敍……少梁氏　五九一〇

詞籟序……霜巢守　五九一一

曲編序後……筆洞生　五九一二

情籟跋……雪屋主人　五九一三

情籟跋……畢水漁郎　五九一四

青樓韻語（朱元亮、錫蘭）

青樓韻語凡例……張錫蘭　五九一六

（青樓韻語）跋……張錫蘭　五九一七

韻語序……在杭子　五九一七

韻語小引……玄度子　五九一九

青樓韻語題詞……許當世　五九二〇

韻語畫品……鄭應台　五九二一

吴姬百媚（周之標）
百媚小引……周之標　五九二三
二太史樂府聯璧（張吉士）
（二太史樂府聯璧）跋……張吉士　五九二五
昔昔鹽（魏之皋）
題情詞昔昔鹽序……魏之皋　五九二六
晚宜樓雜曲（毛瑩）
晚宜樓雜曲自識……毛　瑩　五九二七
彩筆情辭（張栩）
彩筆情辭敍……張　栩　五九二九
彩筆情辭識語……張　栩　五九三〇
彩筆情辭引……張　沖　五九三一
彩筆情辭凡例……闕　名　五九三二
金陵百媚（李雲翔）
（金陵百媚）序……李雲翔　五九三四
（金陵百媚）凡例……葉一夔　五九三五
（金陵百媚）跋……馮夢龍　五九三六
六院女史清流北調詞曲（李雲翔）
（六院女史清流北調詞曲）序……李雲翔　五九三七
（六院女史清流北調詞曲）凡例……龐應石　五九三八
（六院女史清流北調詞曲）附言……龐應石　五九三九
附　徵文啓……龐應石　五九三九

青樓韻語廣集(方悟)
廣青樓韻語引……………………方　新　五九四一
青樓韻語凡例……………………闕　名　五九四二
棣萼香詞(宋存標)
(棣萼香詞)敍　………………宋徵壁　五九四四
醒夢戲曲(高珩)
醒夢戲曲序………………………韓　沖　五九四六
醒夢戲曲題詞……………………豹岩居士　五九四八
七筆勾跋語………………………闕　名　五九五〇
(山坡羊)跋語　…………………闕　名　五九五〇
嶺歈(陳子升)
嶺歈題詞…………………………陳子升　五九五一
附　舊刻雜劇弁言………………陳子升　五九五二
毛詩樂府(劍叟)
(毛詩樂府)小引　………………劍　叟　五九五四
洄溪道情(徐大椿)
道情序……………………………徐大椿　五九五五
洄溪道情跋………………………徐　培　五九五六
霓裳續譜(顏自德、王廷紹)
(霓裳續譜)序　…………………王廷紹　五九五七
(霓裳續譜)序　…………………盛　安　五九五九
(霓裳續譜)跋　…………………葛　霖　五九六〇
香髓閣小令(崇恩)
香髓閣小令跋……………………崇　恩　五九六二

江山風月譜（許光治）
江山風月譜序……許光清 五九六四
江山風月譜序……闕名 五九六五
附 讀許兄龍華遺稿
感賦……蔣光煦 五九六六
昨非曲（劉熙載）
曲自序……闕名 五九六八
滿江紅曲本（笠樵氏）
滿江紅序……笠樵氏 五九六九

參考文獻……五九七一
後記……五九八一

附錄

一、本書戲曲文獻名目索引……一
二、本書所收序跋作者人名字號
綜合索引……三七

卷一　戲曲劇本

宋元戲文

荆釵記（柯丹丘？）

《荆釵記》，一名《王十朋》，全名《王十朋荆釵記》或《王狀元荆釵記》，《南詞敘錄·宋元舊篇》著錄。《寒山堂曲譜》引注：『吳門學究敬先書會柯丹丘著。』《古人傳奇總目》、《曲海目》、《今樂考證》從之。《南詞敘錄》著錄明人編本，注爲『李景雲編』。影鈔《新刻原本王狀元荆釵記》題下署：『溫泉子編集，夢仙子校正。』柯丹丘，字號、籍里、生平均未詳。

現存影鈔明初姑蘇葉氏刻本（《古本戲曲叢刊初集》據以影印）、萬曆間金陵繼志齋刻屠赤水評本、萬曆間虎林容與堂刻李卓吾評本、萬曆間唐氏富春堂刻本、明末毛氏汲古閣原刻本、光緒間劉氏暖紅室刻本等。

荆釵記總評〔一〕

闕　名〔二〕

傳奇第一關棙子，全在結構。結構活則節節活，結構死則節節死。一部死活，只繫乎此。如

《荊釵》之結構，今人所不及也，所稱節節活者也。遭夫婦之變，乃後母爲祟耳，此意人人能道之。獨万俟强贅，孫子謀婚，俱從夫婦上横起風波，卻與後母處照應，眞絕妙結構也。又生出王士弘改調一段，於是夫既以妻爲亡，妻亦以夫爲死，各各情節，驀地横生；一旦相逢，方成苦離歡合，乃足傳耳。至其曲白之眞率，直如家常茶飯，絕無一點文人伎倆，乃所以爲作家也。

噫！《荊》、《劉》、《拜》、《殺》，四大名家，其來遠矣，後有繼其響者誰也？噫！筆墨之林，獨一《荊釵》爲絕響已哉！

（《日本藏稀見中國戲曲文獻叢刊》第一輯影印明萬曆間虎林容與堂刻本《李卓吾先生批評古本荊釵記》卷首）

【箋】

（一）中國國家圖書館藏明刻本《李卓吾先生批評古本荊釵記》（鄭振鐸舊藏）卷首亦有此文，首闕一頁，文字從『段於是』起至末，全同。

（二）此文當爲李贄撰。李贄（一五二七—一六〇二），初姓林，名載贄，後改姓李，名贄，字宏甫，號卓吾，别號溫陵居士、百泉居士等，晉江（今屬福建）人。嘉靖三十一年壬子（一五五二）舉人，三十五年授河南共城知縣。官至雲南姚安知府。萬曆六年（一五七八）棄官，寄寓湖北黄安、麻城。三十年，被誣下獄，自刎死。著有《焚書》、《續焚書》、《藏書》、《續藏書》等，批評小説《忠義水滸傳》，戲曲《西廂記》、《荊釵記》、《拜月亭》等。傳見袁中道《珂雪齋集前集》卷一六《李溫陵傳》、《明史》卷二二一等。參見容肇祖《李贄年譜》（民國二十六年上海商務印書館排印本《李卓吾評傳》附，一九五七年北京三聯書店排印本）。

荊釵記引

臧懋循〔一〕

今樂府盛行於世，皆知王大都《西廂》、高東嘉《琵琶》爲元曲，無敢置左右袒。然予觀《琵琶》，多學究語耳，瑕瑜各半，於曲中三昧，尚隔一頭地，而得與《西廂》並稱者，何也？往遊梁，從友人王思延氏得周府所藏《荊釵》祕本〔二〕，云是丹丘生手筆〔三〕，構調工而穩，運思婉而匝，用事雅而切，布格圓而整，今坊本大異。循環把玩，幾至忘肉。乃知元人所傳，總一衣鉢，分南北二宗，世人自暗見解，繆相祖述，尊臨濟而薄曹溪，蔽也久矣。

夫璧有兩，色澤皆同，而價懸絕特甚，惟識玉者能就其側而辨之，何況彼此相形、低昂立判者哉！尹夫人一望見邢夫人，心折氣沮，直欲自毀其面。於乎！此觀《荊釵》、《琵琶》之喻也。

（《續修四庫全書》第一三六一册影印明天啓元年臧爾炳刻本《負苞堂文選》卷三）

【箋】

〔一〕臧懋循（一五五〇—一六二〇）：生平詳見本書卷十一《元曲選》條解題。

〔二〕王思延：字號、籍里、生平均未詳。周府：明太祖朱元璋（一三二八—一三九八）第五子朱橚（一三六一—一四二五），洪武三年（一三七〇）封吳王，十一年改封周王，十四年就藩開封（今屬河南）。其嫡長子即周憲王朱有燉（一三七九—一四三九），生平詳見本書卷三《張天師明斷辰鉤月》條解題。此『《荊釵》祕本』或爲朱有燉原藏。

〔三〕丹丘生：即明寧獻王朱權（一三七八—一四四八），字臞仙，號丹丘先生，生平詳見本書卷十三《太和正音譜》條解題。

原本王狀元荊釵記跋〔一〕

黄丕烈〔二〕

余藏詞曲多舊本。《蔡伯喈琵琶記》巾箱本，已從郡故家收得，而爲之裝潢藏弆矣。昨歲歲除，有書估以青蚨二分拾，得舊刻《原本王狀元荊釵記》，示余。余出番餅一枚易之，重其希有也。先是，裝潢某有子出闠門，見諸冷攤，忽視之，未之取。適余介渠裝潢，與《琵琶記》合裝，索余一番餅，至是竟成奇貨。『賤日豈殊衆，貴來始晤希』，夫物則亦有然者矣。今春二月，小畫始裝成，因記。復翁〔三〕。

是書卷末，有『姑蘇葉氏戊卄梓行』八字，則此蓋郡中刊本也，然世鮮流傳者。故此書間有缺文，無別本可補。偶取坊間通行元曲本手補一二，已不全矣。書之難得如此。姑蘇葉氏，有明一代，崑山文莊家最著，此外有洞庭葉家，林宗昆仲是也。今『戊卄』字，未知其的，志之備諗來者。復翁〔四〕。

上下二卷，通計百丹七番。

嘉慶辛未冬〔五〕，收士禮居，重裝。復翁閱，歲壬申記〔六〕。

【箋】

〔一〕底本無題名。

〔二〕黄丕烈（一七六三—一八二五）：字紹武，一字承之，號蕘圃、紹圃，别署復翁、佞宋主人、秋清居士、知非子、抱守主人、求古居士、宋廛一翁、陶陶軒主人、學山海居主人、秋清逸叟、半恕道人、黄氏仲子、民山山民、龜巢老人、復見心翁、長梧子、書魔、獨樹逸翁等，長洲（今江蘇蘇州）人。乾隆五十三年戊申（一七八八）舉人。嘉慶六年（一八〇一），大挑簽發直隸知縣，不赴。納貲得分部主事，旋歸里，專一著述、校書。藏書室名『百宋一廛』，著有《百宋一廛書録》、《蕘圃雜著》等。善校讎，輯刊《士禮居黄氏叢書》。後人輯有《士禮居藏書題跋記》、《續記》、《再續記》、《續編》、《補録》，《蕘圃藏書題識》、《續録》等。傳見《清史列傳》卷七二、《碑傳集三編》卷三七、《清代七百名人傳》、《昭代名人尺牘續集小傳》卷三、《清儒學案小傳》卷一三、《清代樸學大師列傳》卷一九、《皇清書史》卷一七等。參見江標《黄蕘圃先生年譜》（光緒二十三年元和江氏長沙刻本）、王大隆《黄蕘圃先生年譜補》（一九二九年刊行《蘇州圖書館館刊》第一期）。

〔三〕題署之後有陽文印章『蕘圃』。

〔四〕題署之後有印章二枚：陰文方章『丕』，陽文方章『烈』。

〔五〕嘉慶辛未：嘉慶十六年（一八一一）。是年歲除，公元已入一八一二年。以上二條底本書於翁同龢跋語之後。

〔六〕壬申：嘉慶十七年（一八一二）。

原本王狀元荊釵記跋〔一〕

孫雲鴻〔二〕

辛亥閏月十九日〔三〕，觀於舟次。龍溪孫雲鴻〔四〕。

【箋】

〔一〕底本無題名。

〔二〕孫雲鴻（一七九六—一八六二）：字逵侯，號儀國、復生，龍溪（今福建漳州）人。清道光二年（一八二二），蔭襲騎都衛。官至福建南澳鎮總兵。著有《嘉禾海道說》、《公餘雜錄》等。參見陳揚富主編《福州戍臺名將・孫雲鴻》（海潮攝影藝術出版社，二〇〇九）。

〔三〕辛亥：咸豐元年（一八五一）。

〔四〕題署之後有印章二枚：陰文方章『雲』，陽文方章『鴻』。

原本王狀元荊釵記跋〔一〕

翁同龢〔二〕

道光壬寅〔三〕，海上有警，吾邑福山始設鎮臺，孫公雲鴻來居是職。公三世將門，而風雅特甚，龢嘗識之〔四〕。

光緒戊戌〔五〕，同龢被旨放歸田里。方治裝，一二友人有以書畫贈行者，自非昵好，皆不受也。

此書及元刻《琵琶記》，爲午橋觀察端方所貽〔六〕。觀察爲桂蓮舫侍郎之猶子，收金石最富，八旗中雅人也。是年五月十日，同龢記。

午橋之友，曰盛君伯羲、王君蓮生，蓋無日不相見者。二君亦余至好也。余出京後，伯羲病殁。迨庚子七月〔七〕，蓮生殉洋兵之難。獨午橋以《勸善歌》被殊遇，由京卿陟堅司，今開府鄂中矣。二君贈行詩畫，具在篋中。因觀此冊，不勝棖觸。壬寅六月十二日〔八〕，瓶居士。

（以上均《古本戲曲叢刊初集》影印影鈔明初姑蘇葉氏刻本《新刻原本王狀元荊釵記》卷末）

【箋】

〔一〕底本無題名。

〔二〕翁同龢（一八三〇—一九〇四）：字叔平，號松禪，別署均齋、瓶笙、并眉居士、天放閒人等，晚號瓶庵居士、瓶居士，常熟（今屬江蘇）人。咸豐六年丙辰（一八五六）狀元，官至協辦大學士、戶部尚書參機務。先後擔任同治、光緒兩代帝師。卒後追謚文恭。著有《瓶廬詩稿》、《瓶廬文鈔》、《翁文恭公日記》等。傳見孫雄《舊京文存》卷一《別傳》、《清史稿》卷四三六、《清史列傳》卷六三、《碑傳集補》卷一、《碑傳集三編》卷二、《同光風雲錄》卷上、《近世人物志》、《近代人物小傳·官吏》、《清代七百名人傳》、《昭代名人尺牘續集小傳》卷二一、《國朝鼎甲徵信錄》卷四、《皇清書史》卷一等。參見朱尚文《翁同龢先生年譜》（一九七五年臺灣商務印書館排印本）。

〔三〕道光壬寅：道光二十二年（一八四二）。

〔四〕此句之後有陽文長方章『同龢』。

〔五〕光緒戊戌：光緒二十四年（一八九八）。

〔六〕端方（一八六一—一九一一）：托忒克氏，字午橋，號陶齋，滿洲正白旗人。光緒八年壬午（一八八二）舉人，歷督湖廣、兩江、閩浙。宣統元年（一九〇九），調直隸總督。三年，任川漢、粵漢鐵路督辦，爲起義新軍所殺。謚忠敏。著有《陶齋吉金錄》、《端忠敏公奏稿》等。傳見《清史稿》卷四六九。按《翁同龢日記》（中西書局，二〇一二）記載，端方贈書於光緒二十四年五月初七（一八九八年六月二五日）。

〔七〕庚子：光緒二十六年（一九〇〇）。

〔八〕壬寅：光緒二十八年（一九〇二）。

附　荊釵記跋〔一〕

吴　梅〔二〕

丙子季冬〔三〕，訪居子逸鴻於海上〔四〕。因晤平湖葛君芃吉〔五〕，出屠緯眞（隆）校刊《荊釵》，爲君家傳樸堂舊物，三世寶藏，爲之欽仰不已。余見赤水所作，如《曇花》、《綵毫》、《修文》三傳，穠麗有餘，獨少本色。至其評校古曲，止有董詞、王詞，他未寓目。芃吉示我此帙，亦今歲眼福也。

書中上下方，校記頗詳，不知出自誰手。細核之，殊有見地。其云『萃雅』者，《吴歈萃雅》也；其云『三籟』者，《南音三籟》也；其云『臧本』者，臧晉叔（懋循）改本也。晉叔改《臨川四夢》，余有藏本，不知更有《荊釵》也；其云『新譜』者，吴江沈寧庵之姪自晉著有《南詞新譜》也；其云『馮稿』者，馮夢龍有《南曲譜》，徐靈昭評訂《長生殿》，曾一引證也；其云『李批』者，李卓吾（贄）評刻本也。諸書或顯或不顯，而并集一書中，豈非盛舉乎？

余荒齋藏弆，有卓吾評刻本，而獨無此種。今得縱覽一過，實出芃吉之賜。因記簡末，爲他日詞林掌故云。

丙子除夕，霜厓吳梅〔六〕。

【箋】

〔一〕底本無題名。

〔二〕吳梅（一八八四—一九三九）：生平詳見本書卷九《風洞山》條解題。

〔三〕丙子：民國二十五年（一九三六）。是年除夕，爲公元一九三七年二月十日。

〔四〕居逸鴻：即居益鋐（一八八六—一九五八後），字逸鴻，以字行，海寧（今屬浙江）人。民國間，歷任浙江地方實業銀行部司賬、北京政府財政部庫藏司科長、中國銀行總司賬、金城銀行總司賬、上海中國銀行副總經理等職。善唱曲，崑曲家劉富樑（一八七五—一九三六）弟子，上海著名崑曲社嘯社主持人。編有《鴛湖記曲錄》、《乙亥嘯社六十同期紀念刊》等。

〔五〕葛君芃吉：即葛昌楝（一八八九—一九八一），一名楝，又名昌樸，字輔唐，號芃吉，別署當湖江楓散人，平湖（今屬浙江）人。葛金烺（一八三七—一八九〇）孫，葛嗣浵（一八六七—一九三五）長子。清光緒末諸生。上海文史館館員。著有《古代戰區比節考》。參見上海市文史館辦公室編《上海市文史館建館三十五周年紀念：一九五三—一九八八館員名錄》（上海市文史館，一九八八）。據明刻本《古本荊釵記》藏書印，此書曾由葛氏傳樸堂三世遞藏。

〔六〕題署之後有印章二枚：陰文方章『吳梅之印』，陽文方章『瞿庵』。

附　荊釵記跋〔一〕

金兆蕃〔二〕

吾縣葛氏守先閣，藏書三世，無慮數十萬卷，精槧名鈔，指不勝屈。其尤美備者，爲有清一代别集及府州縣志。丁丑冬〔三〕，縣被兵，閣災書燼，并其藏書畫之室愛日吟廬，亦付一炬。書有五厄，惟秦爲自燔，其四皆兵火，不幸蹈其轍。

葛氏家法謹，子弟讀閣中書，讀竟必還閣。坐是，書之逭劫者蓋鮮。獨此書，芃吉攜置行篋，亦明刻罕見之本也。書中校語，吳瞿庵跋已提其要。瞿庵今曲學專家，芃吉與同嗜，展對遺編，遂成絕調。屬綴言卷末，他日有敦牧齋題《太清樓帖》者，當不勝其慨嘆矣。

戊寅夏五〔四〕，金兆蕃。

（以上均中國國家圖書館藏明刻本《古本荊釵記》卷末）

【箋】

〔一〕底本無題名。

〔二〕金兆蕃（一八六九—一九五一）：原名義襄，字籛孫，號藥夢老人，秀水（今浙江嘉興）人，後移居平湖。光緒十五年（一八八九）舉人，授内閣中書，曾著《各國訂約始末記》，傾心於變法。後膺清廷經濟特科之選，爲一時名流。曾任江蘇度支公所莞榷科科長。辛亥後任北京政府財政部僉事，擢財政部會計司、賦稅司司長。後入清史館，參修清史。著有《建州事實》、《安樂鄉人詩》、《藥夢詞》等。參編《檇李詩繫》、《檇李文繫》、《嘉禾徵獻錄》等。

〔三〕丁丑：民國二十六年（一九三七）。

〔四〕戊寅：民國二十七年（一九三八）。

附　荊釵記小序

吴　梅

元刊《荊釵記》，題丹丘先生撰，世皆以爲柯敬仲，不知爲寧獻王權也。王爲太祖第十六子，洪武二十四年就封大甯；永樂元年改封南昌。晚慕沖舉，自號臞仙，涵虚子、丹丘先生，皆其别號也。王作曲甚多，有《辨三教》、《勘妒婦》、《烟花判》、《瑶天笙鶴》、《白日飛昇》、《九合諸侯》、《私奔相如》、《豫章三害》、《肅清瀚海》、《客窗夜話》、《獨步大羅天》、《楊姨復落娼》諸種，而以《荊釵》爲最著。此《記》曲本不佳，惟以藩邸之尊，而能洞明音吕，故一時傳唱，遍於旗亭，實則在明曲中尚是下里。

梅溪受誣，與蔡中郎同。有謂梅溪爲御史，彈劾丞相史浩，史門客因作此記。玉蓮乃梅溪女，孫汝權爲梅溪同榜進士，史客故謬其説，以聳人聽聞也。夫宋時安得有傳奇？此言殊不足辯。又有謂玉蓮實錢氏，本倡家女，王初與之狎，後王及第歸，不復顧錢，錢憤投江死。又有謂玉蓮宋名妓，後適孫汝權。此皆緣傳奇傅會之，亦不足辨。記中純用本色語，確爲明初人筆。惟《赴試》、《閨念》、《憶母》諸齣，摹仿《琵琶》，太覺形似。蓋孝陵酷愛東嘉之作，至比之布帛菽粟。王作此記，亦曲從時尚也。

吴中道和曲社，已一年矣。今歲，用晬同人，奏《荊釵》全本。余孤處京師，未與盛會。猶記梨園中有『唱死《琵琶》，做死《荊釵》』之語，諸君獨不畏難邪？嗟乎！少年盛氣，多於牛腰；來日大難，味如鷄肋。余早棲塵俗，離羣索居，南皮之游，西園之讌，簪紱滿座，獨遺鯫生。重以畿甸傳烽，倉皇風鶴，湖山費淚，絲竹凋年，俯仰身世，蓋亦自傷遲暮矣。

壬戌四月〔一〕，長洲吴梅識於京都絨線胡同。

（民國十一年蘇州振新書社、上海天一書局石印本《道和曲譜·荊釵記》卷首）

【箋】

〔一〕壬戌：民國十一年（一九二二）。

附　荊釵記跋〔一〕

吴　梅

《荊釵》曲本不佳，惟以藩邸之尊，而能洞明音吕，故一時傳唱，遍於旗亭，實則明曲中，尚是下里也。

梅溪受誣，與中郎同，而爲梅溪辨冤者，亦不乏人。有謂梅溪爲御史，彈劾丞相史浩，史門客因作此記。玉蓮乃梅溪女，孫汝權爲梅溪同榜進士，史客故謬其説，以聳人聽聞也。夫宋時安得有傳奇？此言殊不足辨。又有謂玉蓮實錢氏，本倡家女。初，王與之狎，錢心已許嫁。後王狀元及第歸，不復顧錢，錢憤投江死。又有謂玉蓮宋名妓，從孫汝權，某寺落成，梁上題『信士孫汝權同妻錢玉蓮喜捨』，此亦以玉蓮爲伎。而前則以失愛於王，憤而投江；後則以委身孫氏，布施僧寺，蓋皆緣傳奇傅會之，亦不足辨。明代皆以丹丘爲柯敬仲，不知爲寧獻王道號，一切風影之談，皆因是而起也。世傳梅溪《祭玉蓮文》，有『巫山一朵雲，閬苑一堆雪。桃源一枝花，瑶臺一輪月』四句，云出於楊大年。今傳刻本亦無此文，恐此曲已經後人改削矣。

（民國十九年上海商務印書館排印本吳梅《曲選》卷一）

【箋】

〔一〕底本無題名。

拜月亭（施惠？）

施惠，字君美，杭州（今屬浙江）人。元朝後期居吳山城隍廟前，以坐賈爲業。著有《古今砌話》。一説君美姓沈，見《録鬼簿》曹楝亭本。參見俞爲民《南戲〈拜月亭〉作者和版本考略》（《文獻》一九八六年第一期）。

《拜月亭》，全名《王瑞蘭閨怨拜月亭》，一作《蔣世隆拜月亭》，或作《幽閨怨佳人拜月亭記》，明人改本或稱《幽閨記》。《永樂大典·戲文二十五》、《南詞敍録·宋元舊篇》等著録。現存明萬曆十七年（一五八九）金陵唐氏世德堂刻重訂本（《古本戲曲叢刊初集》、《中華再造善本（明代編·集部）》均據以影印）、萬曆間虎林容與堂刻李卓吾評本（《古本戲曲叢刊初集》據以影印）、明末吳興淩延喜刻朱墨套印本（民國間陶氏《喜詠軒叢書》本據以石印）、明金陵唐氏文林閣刻本、明末書林蕭騰鴻師儉堂刻陳眉公評本、明末德壽堂刻羅懋登注釋本、明末毛氏汲古閣原刻本、清康熙五十五年（一七一六）沈兆熊鈔本、清末劉氏暖紅室刻本等。

拜月亭序〔一〕

李　贄

此記關目極好，說得好，曲亦好，眞元人手筆也。首似散漫，終致奇絕。以配《西廂》，不妨相追逐也，自當與天地相終始。有此世界，卽離不得此傳奇，肯以爲然否？縱不以爲然，吾當自然其然。詳試讀之，當使人有兄兄、妹妹、義夫、節婦之思焉。蘭比崔重名，猶爲閒雅，事出無奈，猶必對天盟誓，願終始不相背負，可謂貞正之極矣。興福投竄林莽，知恩報恩，自是常理。而卒結以良緣，許之歸妹，興福爲妹丈，世隆爲妻兄，無德不酬，無恩不答。天地之報施善人，又何其巧與？

溫陵卓吾李贄撰。

（《古本戲曲叢刊初集》影印明萬曆間虎林容與堂刻本《李卓吾先生批評幽閨記》卷首）

【箋】

〔一〕此文收入《李溫陵文集》卷八《雜述》，題爲《拜月》，無題署，見《續修四庫全書》第一三五二冊影印明刻本。

序拜月西廂傳〔一〕

李贄

《拜月》、《西廂》，化工也；《琵琶》，畫工也。夫所謂畫工者，以其能奪天地之化工，而其孰知天地之無工乎？今夫天之所生，地之所長，百卉具在，人見而愛之矣，至覓其工，了不可得，豈其智固不能得之與？要之，造化無工，雖有神聖，亦不能識知化工之所在，而其誰能得之？由此觀之，畫工雖巧，已落第二義矣。文章之事，寸心千古，可悲也夫！

且吾聞之，追風逐電之足，決不在於牝牡、驪黄之間；聲應氣求之夫，決不在於尋行數墨之士；風行水上之文，決不在於一字一句之奇。若夫結構之密，偶對之切，依於理道，合乎法度，首尾相應，虚實相生，種種禪病，皆所以語文，而皆不可以語於天下之至文也。

雜劇、院本，此遊戲之上乘也。《西廂》、《拜月》，何工之有？蓋工莫工於《琵琶》矣。彼高生者，固已殫其力之所能工，而極吾才於既竭。惟作者窮巧極工，不遺餘力，是故語盡而意亦盡，詞竭而味索然亦隨以竭。吾嘗攬《琵琶》而彈之矣，一彈而嘆，再彈而怨，三彈而向之怨嘆無復存者。此其故何耶？豈其似眞非眞，所以入人之心者不深邪？蓋雖工巧之極，其氣力限量，只可達於皮膚血骨之間，則其感人僅僅如是，何足怪哉！

《西廂》、《拜月》，乃不如是。意者宇宙之内，本自有如此可喜之人，如化工之於物，其工巧自不可思議爾。且夫世之眞能文者，比其初，皆非有意於爲文也。其胷中有如許無狀可怪之事，其喉間有如許欲吐而不敢吐之物，其口頭又時時有許多欲語而莫可所以告語之處，蓄極積久，勢不能遏，一旦見景生情，觸目興嘆，奪他人之酒杯，澆自己之壘磈，訴心中之不平，感數奇於千載。既已噴玉唾珠，昭回雲漢，爲章於天矣，遂亦自負發狂，大叫流涕，慟哭不能自止。寧使見者聞者，切齒咬牙，欲殺欲割，而終不忍藏於名山，投之水火。予覽斯記，想見其爲人，當其時必有大不得意於君臣朋友之間者，故借夫婦離合因緣以發其端，於是焉喜佳人之難得，羨張生之奇遇，比雲雨之翻覆，嘆今人之如土。

其尤可笑者，小小風流一事耳，至比之張旭、張顛、羲之、獻之，而又過之。堯夫云：『唐虞揖讓三杯酒，湯武征誅一局棋。』夫征誅揖讓何等也，而以一杯一局覷之，至眇小矣。嗚呼！今古豪傑，大抵皆然。小中見大，大中見小，舉一毛端，建寶王刹；坐微塵裏，轉大法輪。此自至理，非干戲論。倘爾不信，中庭月下，木落秋空，寂寞書齋，獨自無賴，試取琴心，一彈再鼓，其無盡藏不可思議，工巧固可思也。嗚呼！若彼作者，吾安能見之與？

（《景印文淵閣四庫全書》第一四〇六冊明賀復徵《文章辨體彙選》卷三二七）

【箋】

〔一〕此文又見《李溫陵文集》卷八《雜述》，題爲《雜說》，見《續修四庫全書》集部第一三五二冊影印明刻本。

拜月亭序

陳繼儒〔一〕

蔣生因遭兵災，偕妹逃生，徬徨途次，以瑞蓮、瑞蘭一字之誤，遂獲好逑之托。招商店裏，雲雨正濃，無奈其父識面，强迫歸寧，丟蔣生於半途，至淒切於愁楚矣。詎意瑞蘭流移黄□①，獲與瑞蓮爲姊妹，興福及第同榜，得與瑞蓮結絲蘿，使世隆琴瑟和鳴，塤篪協奏，亦天地間勝事哉！拜月亭中，訴②盡衷曲，千載流傳，共作一場勝話。余因品藻及之，有盡筆舌，不盡情趣。

雲間陳繼儒題〔二〕。

（明末書林蕭騰鴻師儉堂刻本《鼎鐫陳眉公先生批評幽閨記》卷首）

【校】

①底本此字難以辨識。

②訴，底本作『訢』，據文義改。

【箋】

〔一〕陳繼儒（一五五八—一六三九）：字仲醇，一作中醇，號眉公，又號麇公，别署眉道人，華亭（今上海松江）人。萬曆六年（一五七八）諸生。十四年，棄科舉，布衣終生。屢奉詔徵用，皆以疾辭。編刻《寶顔堂祕笈》等。著有《陳眉公先生全集》、《晚香堂集》、《白石樵眞稿》、《妮古錄》、《皇明書畫史》等，批評《西廂記》、《拜月亭》、《琵琶記》等戲曲。傳見《明史》卷二九八。參見陳夢蓮《眉公府君年譜》（明崇禎間吳震元刻本《陳眉公先生全集》附）、李鳳萍《晚明山人陳眉公研究》（臺灣東吳大學碩士學位論文，一九八五）、張靜秋《陳繼儒與晚明山人文化》（南京師範大學碩士學位論文，一九九七）、李斌《陳眉公研究》（中山大學博士學位論文，二〇〇三）、馮勇《陳繼儒書法年表及相關問題研究》（南京師範大學碩士學位論文，二〇〇六）、高明《陳繼儒研究：歷史與文獻》（附錄《陳繼儒年譜》，復旦大學博士學位論文，二〇〇八）等。

〔二〕題署之後有印章二枚：陰文方章『陳繼儒印』，陽文方章『中醇』。

拜月亭總評〔一〕

闕　名〔二〕

《拜月》曲都近自然，委是天造，豈曰人工。妙在悲歡離合，起伏照應，線索在手，弄調如意。興福遇蔣，一奇也，即伏下賊寨逢迎，文武並贅。曠野兄妹離而夫妻合，即伏下拜月緣由。商店夫妻離而父子合，驛舍而子母夫妻俱合，又應前曠野之離。商店兄弟合，又起下文武團圓，夫妻兄妹總成奇逢結局。豈曰人力，蓋天合也，命曰『天合記』。

（《不登大雅文庫珍本戲曲叢刊》第一三冊影印明末書林蕭騰鴻師儉堂刻本《鼎鐫陳眉公先生批評幽閨記》卷末）

【箋】

〔一〕底本無題名。

〔二〕此文當爲陳繼儒撰。

拜月亭傳奇跋

淩延喜〔一〕

《拜月亭》一記，屬元詞四大家之一。王元美先生訾其有三病〔二〕，然詞林家至今膾炙之，何也？蓋其度曲不以駢麗爲工，而樸眞藴古，動合本色，與中原紫氣之習判不相入，非近日作手所能振腕者。獨歲月久湮，迄無善本，舛錯較他曲滋甚。

乃家仲父卽空觀主人〔三〕，素與詞隱生伯英沈先生善〔四〕，雅稱音中塤篪。每晤時，必相與尋宮摘調，訂疑考誤。因得渠所鈔本，大約時本所紕繆者，十已正七八；而眞本所不傳者，十亦缺二三。或止存牌名，不悉其詞；或姑仍沿習，不核其寔。余竊有志，蔑由正焉。

今茲刻悉遵是本，板眼悉依《九宮譜》。至臆見確有證據者，亦間出之，以補詞隱生之不及。其缺疑猶是也。儻世謂予除此記一塵劫，予何敢任？若謂予不獲聯此記於全璧，猶留餘誤以俟後人，予亦何敢辭？

西吴椒雨齋主人三珠生題。

（明末吴興淩延喜刻朱墨套印本《幽閨怨佳人拜月亭記》卷首）

【箋】

〔一〕淩延喜：卽淩瑞森（一五九五—一六三八），字延喜，號三珠，別署三珠生、椒雨齋主人，烏程（今屬浙江湖州）人。淩濛初（一五八〇—一六四四）從兄菘初（一五五六—一六四一）子。

〔二〕王元美：即王世貞（一五二六—一五九〇），生平詳見本書卷十二《曲藻》條解題。其嘗《拜月亭》有三病，文見《曲藻》。

〔三〕卽空觀主人：卽淩濛初（一五八〇—一六四四），別署卽空觀主人，生平詳見本書卷四《識英雄紅拂莽擇配》條解題。

〔四〕詞隱生伯英沈先生：卽沈璟（一五五三—一六一〇），字伯英，別署詞隱生，生平詳見本書卷四《義俠記》條解題。

附　拜月亭記跋〔一〕

王立承〔二〕

《拜月亭記》四卷，明吳興淩延喜校刊，朱墨本。延喜，字三珠，又號椒雨齋主人，濛初從子。濛初，字初成，又號卽空觀主人，曾校刊《西廂》、《琵琶》二記。其自度曲，有《北紅拂》、《顛倒因緣》、《喬合衫襟記》，均見著錄。（《喬合衫襟記》，見延喜《琵琶記序》，疑卽《顛倒因緣》，抑另是一曲，無可考。）《衡曲麈譚》稱其『清言楚楚，詞林之彥』。焦里堂《劇說》引西堂題《紅拂記》云〔三〕：『初成更爲北劇，筆墨排奡，睥睨前人。』其爲世所推重如此。

按是書雖延喜所編刻，然評語實多出於初成之手。原《跋》謂：『家仲父得之詞隱鈔本。』而末折【尾】曲：『中郎兔穎端溪硯，闕處完成斷處連，從此人家盡可搬。』《琵琶記凡例》謂：『非君美之舊。』此本雖未刪削，但仍存初成語於其上，是其證也。

卷中每錄詞隱論評，曲名襯字，多所釐正，允推善本。如首卷第二折【月上海棠】一曲，引詞隱之說，並加按語曰：『「此折【月上海棠】二曲，皆生獨唱。至十一折【緱山月】引子，則生唱一闋，旦唱一闋，繼以【玉芙蓉】、【刷子序】各二曲，及聞遷都報後，乃以【薄媚衮】終焉。今坊本並【緱山月】半曲、【玉芙蓉】、【刷子序】於此，而廢【月上海棠】二曲，謬矣。」據所云【月上海棠】有二曲，此止存其一，惜爲優人省去，無從獲覩。』其說足證羅懋登、陳眉公諸本之誤。然近日海寧王氏跋暖紅室刻本（即景刻羅氏本），獨謂汲古閣本將第二折【緱山月】以下五闋，移入第十一折，關目亦異，且以其本較毛刻爲古；並謂《嘯餘譜》所載【喜遷鶯】、【杏花天】、【小桃紅】三闋，無可考見。不知子晉正自有據，而【喜遷鶯】至【江頭送別】共十曲，已爲淩氏收刻於附錄之中。惜未見此書，共相參證也。

癸亥五月〔四〕，潞河王立承題記〔五〕。

（民國間陶氏《喜詠軒叢書》石印明末淩延喜朱墨印本《幽閨怨佳人拜月亭記》卷末）

【箋】

〔一〕底本無題名。

〔二〕王立承（一八八三—一九三六）：字孝慈，號鳴晦，別署鳴晦廬主人，通縣（今北京通州區）人。清末監生，廣西法政學堂畢業，曾在民國政府任職，官至國務院祕書廳僉事。著名收藏家。著有《聞歌述憶》、《仙麗餘瀋》、《英秀集》等。

〔三〕焦里堂：即焦循（一七六三—一八二〇），字里堂，生平詳見本書卷十二《劇説》條解題。西堂：即尤侗（一六一八—一七〇四），號西堂，生平詳見本書卷五《西堂樂府》條解題。《紅拂記》：指曹寅（一六五八—一七一二）《北紅拂記》雜劇，參見本書卷六該條解題。尤侗《題北紅拂記》，見本書卷六。

〔四〕癸亥：民國十二年（一九二三）。

〔五〕題署之後有陽文方章『立承』。

羅懋登注拜月亭跋〔一〕

王國維〔二〕

世之論傳奇者，輒曰《荊》、《劉》、《拜》、《殺》，皆明初人作也。《白兔》不識何人所撰，《荊釵》出於寧獻王（權），《殺狗》出於徐仲由（畛）。《拜月亭》則元王實父、關漢卿均有雜劇，而南曲本相傳出於元施君美（惠），何元朗、臧晉叔、王元美均謂如此；然元鍾嗣成《錄鬼簿》但謂『君美詩酒之暇，唯以塡詞和曲爲事，有《古今砌話》，編成一集』，而不言其有此本。元朗諸家之言，不知何據。今案此本第四折中，有『雙手劈開生死路』一句，此乃用明太祖微行時爲閹豕者題春聯語，可證其爲明初人之作也。

《拜月亭》，明毛子晉刻入《六十種曲》，題曰《幽閨記》。今取毛刻與此本相校，則第一折中之【繽山月】以下五闋，毛本移入第十一折，而闋目之名亦自不同，可知此本較毛本爲古。然明程明善《嘯餘譜》南曲中所選【喜遷鶯】、【杏花天】、【小桃紅】三闋，此本亦無之，則此本雖古於毛本，亦經明中葉以後刪改者。然在今日，可云第一善本矣。

宣統紀元正月三日〔三〕。

（一九八三年上海古籍出版社影印一九四〇年商務印書館《海寧王靜安先生遺書》影印本《王國維遺書》之《觀堂別集》卷三）

【箋】

〔一〕此文係王國維跋暖紅室刻本（即景刻羅氏本）。

〔二〕王國維（一八七七—一九二七）：生平詳見本書卷十二《曲錄》條解題。

〔三〕宣統紀元：宣統元年（一九〇九）。

附　拜月亭跋〔一〕

吴　梅

《幽閨》本關漢卿《拜月亭》而作，記中《拜月》一折，全襲原文，故爲全書最勝處，餘則頗多支離叢脞。余嘗謂《拜月》多僻調，令人無從訂板。魏良輔僅定《琵琶》板式，不及《幽閨》，於是作譜者咸取《琵琶》，而《拜月》諸牌，如【恤刑兒】、【醉娘兒】、【五様錦】等，腔板格式，各無一定矣。又如《旅婚》、《請醫》諸折，科白鄙俚，聞之噴飯，而嗜痂者反以爲美，於是劇場惡諢日多一日。此明嘉、隆間梅禹金、梁少白輩作劇，所以用駢句入科白，亟革此陋習也。

明人盛稱《結盟》、《驛會》兩折，殊不見佳。《結盟》折惟【雁兒落】一支頗勝，然襲用鄧玉賓小令，其詞見《北詞廣正譜》『秋風蜀道難』下，鄧氏原文，尚有『休干，誤殺英雄漢；看看，星星兩鬢斑』四句，今《幽閨》作『險些兒誤殺了個英雄漢，淒淒冷冷，埋冤世間』，至不合【得勝令】格式。此恐沿習之誤，不知毛刻所據何本也。《驛會》【銷金帳】六支，情文差勝。顧湯若士《紫釵·女俠輕財》折，卽依據此折，持較此曲，若分霄壤，不止出藍而已也。今摘錄二折，略見一斑。霜崖。

（民國十九年上海商務印書館排印本吴梅《曲選》卷一）

【箋】

〔一〕底本無題名。

琵琶記（高明）

高明（一三〇七？—一三六〇），字則誠，一字晦叔，號菜根道人，後人稱東嘉先生，瑞安（今屬浙江）人。元至正五年乙酉（一三四五）進士，授處州錄事。歷任翰林國史院典籍官、福建行省都事等。十二年，解官歸鄉。後旅居寧波，尋病卒。著有《柔克齋集》。撰戲文二種，《琵琶記》今存，《閔子騫單衣記》已佚。傳見《明史》卷一五九、嘉靖《瑞安縣志》卷八、嘉靖《溫州府志》卷七等。參見錢南揚《〈琵琶記〉作者高明傳》（收入《漢上宧文存》，上海文藝出版社，一九八〇）、胡雪岡《高則誠生平及其作品考略》（《溫州師範學院學報》一九八四年第一期）、侯百朋《高則誠和〈琵琶記〉》（陝西人民出版社，一九八四）、黃仕忠《高則誠卒年考辨》（《文獻》一九八七年第四期）、劉禎《〈琵琶記〉作者高明生年考略》（《渤海大學學報》一九九三年第一期）、徐朔方《高明年譜》（《文史》第三十九輯，中華書局，一九九四）、徐永明《高則誠生平行實新證》（《文學遺産》二〇〇六年第二期）等。

《琵琶記》，《南詞敘録·宋元舊篇》著録，現存康熙十三年（一六七四）陸貽典據元本及嘉靖二十七年（一五四八）蘇州翻刻本鈔校本（《古本戲曲叢刊初集》據以影印），另有嘉靖間蘇州坊刻本、嘉靖間寫本（一九五八年廣東省揭陽縣出土）、嘉靖間書林詹氏進賢堂梓行《全家錦囊》所收本（西班牙聖·勞倫佐圖書館藏）、萬曆元年（一五七三）閩建書林種德堂熊成冶刻本、萬曆間虎林容與堂刻本等數十種明刻本和清刻本。參見侯百朋《琵琶記資料彙編》附録《琵琶記版本知見録》、俞爲民《南戲〈琵琶記〉版本及其流變考述》（《文學遺産》一九九四年第六期）、［韓］金英淑《琵琶記版本流變研究》（中華書局，二〇〇三）。

舊題校本琵琶記後

陸貽典〔一〕

書之失古也，六經三史，源同流異，矧稗官野乘，率易爲竄易者哉？《會眞》、《琵琶》爲傳奇鼻祖，刻者無慮千百家，幾於一本一稿，求其元物，昭陵永閟，蓋已久矣。

適錢子遵王出示《琵琶》一編〔二〕，係嘉靖戊申刻之郡肆者〔三〕。已，又手一册示余，首脱一葉有奇，末脱二葉，上下刓敝，僅存墨闌，而字刻頗類歐、顔，紙色亦極蒼古。計葉二十八行，行三十字。分上下二卷，每卷自首至尾，盡卷爲度，别無折數名目，曲白尤與今本逕庭。下卷首行標『元本琵琶記』，信未經後人改竄者也。用較郡刻，元本首簡脱處，郡本居然滿列，尋其行墨，巧相配合。自此以後，兩本某字某處，毫髮無爽。祇末第三葉後幅，元本横裂其半，方有異同。考之存字部位，亦不相合。始知郡本即從此本翻刻，踵殘闕而補綴之，并前後三葉，俱屬補入，或未足深據也。

按元本文三橋識云〔四〕：『嘉靖戊申七月四日重裝。』而郡本亦云：『嘉靖戊申歲刊。』又郡本識云：『蘇州閶門中街路書鋪依舊本重刊。』而三橋實爲郡人，其所從來，益可信不誣云。

戊戌三月五日〔五〕，虞山陸貽典識。

【箋】

〔一〕陸貽典（一六一七—一六八六）：一名典，早年名行，又名芳原，字敕先，號覿庵，常熟（今屬江蘇）人。藏書樓曰玄要齋、頤志堂。明諸生，入清不仕。校刻《虞山詩約》、《唐詩鼓吹》、《樂府詩集》等，著有《覿庵詩鈔》等。傳見《漁洋山人感舊集》卷四、《初月樓聞見録》卷九、《皇清書史》卷三〇、雍正《昭文縣志》卷七、光緒《常昭合志稿》卷三二等。

〔二〕錢子遵王：即錢曾（一六二九—一七〇一），字遵王，號也是翁，别署貫花道人、述古堂主人、述古主人、籛後人，虞山（今江蘇常熟）人。明諸生，入清未仕。江南藏書名家，藏書室先後命名爲述古堂、也是園、莪匪樓。著有《讀書敏求記》、《述古堂藏書目》、《也是園書目》以及詩集《懷園集》、《判春集》、《奚囊集》、《今吾集》等。今有謝正光箋校、嚴志雄編訂《錢遵王詩集箋校（增訂版）》（臺北文哲研究所出版社，二〇〇七）。傳見《國朝耆獻類徵初編》卷四二七、《國朝詩人徵略初編》卷五、《新世説》卷七。參見錢大成《錢遵王年譜稿》（民國三十六年九月刊行《中央圖書館館刊》第一卷第三號）。

〔三〕嘉靖戊申：嘉靖二十七年（一五四八）。

〔四〕文三橋：即文彭（一四九八—一五七三），字壽承，號三橋，别署漁陽子、三橋居士、國子先生等，長洲（今江蘇蘇州）人。文徵明（一四七〇—一五五九）長子。以明經廷試第一，授秀水訓導。改順天府學訓導，陞國子學錄、南京國子監博士。能詩，工書畫，尤精篆刻。著有《博士詩集》。傳見《明史》卷二八七。

〔五〕戊戌：順治十五年（一六五八）。

手錄元本琵琶記題後

陸貽典

向借遵王《元本琵琶記》，校之别本，距今十七年矣。遵王固有二本，其一元本，其一郡肆翻刻本，後俱歸之太興季滄葦〔一〕。滄葦又作故人，此書已不可復見。而余書籍散亡，校本尚存，斯已幸矣。方余校時，定遠亟稱花邊本〔二〕，已從求赤得之〔三〕，附入行間。丹黄塗乙，展卷棘目，雖予亦熟視乃辨，令他人觀之，頭目眩暈，當抵棄之不遑。則此元本者，求不爲《廣陵散》，其可得哉？

每撫塵編，輒擬謀之副墨，忽忽未爲。秋冬之交，齋居偶暇，奮筆錄之。然性不耐書，舉筆輒誤，欲中止者數四，勉爾卒業，以存元本之舊。後之覽者，毋以《虞初》九百忽之也。

甲寅仲冬廿七日〔四〕，覿庵記。

【箋】

〔一〕季滄葦：即季振宜（一六三〇—一六七四），字詵兮，號滄葦，泰興（今屬江蘇）人。順治四年丁亥（一六四七）進士，授蘭谿知縣。官至浙江道御史、巡視河東鹽政。藏書富甲天下，有《季滄葦書目》。參見任長正《季振宜簡明年表》（一九五九年四月臺灣刊行《幼獅學報》第一卷第二期《季振宜日記注其生卒年月考》附）。

〔二〕定遠：即馮班（一六〇四—一六七一），字定遠，號鈍吟，別署鈍吟老人，常熟（今屬江蘇）人。明末諸生。從錢謙益（一五八二—一六六四）學詩，少與兄馮舒（一五九三—一六四五）齊名，人稱『海虞二馮』。入清未仕。著有《鈍吟集》、《鈍吟老人遺稿》、《鈍吟雜錄》等。傳見《清史稿》卷四八四、《清史列傳》卷七〇、《國朝耆獻類徵初編》卷四二九、《國朝先正事略》卷三八、《文獻徵存錄》卷一、《國朝詩人徵略初編》卷三、《漁洋山人感舊集》卷四、《國朝書人輯略》卷一、《皇清書史》卷一等。參見沈道乾《馮鈍吟年譜稿》（華東師範大學史學所藏鈔本）。

〔三〕求赤：即錢孫保（一六二四—一六七一），一名容保，字求赤，號匪庵，別署木訥野人，常熟（今屬江蘇）人。錢謙益姪。繼承其父錢謙貞（一五九三—一六四六），精於校讎，富於藏書，樂於刻書。其家藏書樓名懷古堂、竹深堂、未學庵。評明代詩文，有《匪庵選本》。傳見雍正《昭文縣志》卷七、光緒《常昭合志稿》卷三二、民國《重修常昭合志》卷二〇等。

〔四〕甲寅：康熙十三年（一六七四）。

《琵琶記》附錄

闕　名〔一〕

元本上卷末有童子像，手執一牌：『忠孝兩全之書』。像之右有方罫：『板共三十七塊』。

像之左有方罫：『書共六十九張』。下之右方，墨書云：『嘉靖戊申七月四日重裝。三橋彭記。』並有中吳錢氏收藏印，蓋錢磬室圖記也。下之左方，又有文嘉印。

下卷前半葉像，高堂捲簾，池荷盛開，伯喈右向撫琴，牛氏對坐，右階下一婦執壺，一婢執饌，若相語者，意其爲老姥姥惜春也。推此則上卷前亦必有像已。

翻本上下卷前幅無像，下卷末童子執牌，牌書云云，與元本同。像之下方，右記『板共三十三塊』，左記『書共六十四張』。蓋因元本殘缺，故就減損也。

元本曲名俱白文。『前腔』或書或不書，或用圈間，或空一字，或連上文。錄本『前腔』一遵元本。其圈間、空白處，俱誤連寫，一用朱圈印記。其元本連文應斷者，照時本段落，並從此例，仍以○⊙別之。（元本從⊙，時本從○。）

元本曲中襯字襯句，多不區分。翻本有明晰處，錄從之。

落場語，或有或無，或四句或二句，或加襯白，初無定例。截然四句，今本甚拘。俱不應作大字。錄時惑於時板，改從白例爲允。

每折之末，著『並下』二字，或一『下』字，空一字寫次折云①。今本標目折數，皆後人蛇足也。

插科處止著『介』字，任人搬演。今人硬作差排，未免死句。元本『介』多作『个』，翻本改正，今從之。

元本曲白字樣，多無大小之區。而白中間作小字，如『沒』字、『嘈』字、『唧唧』字，當是插科，非白語。

時本「張太公」，元本皆作「大公」，「伯喈」多作「伯喈」，「首飾」多作「首飭」，「兀」多作「骨」，「做」多作「佐」，「媳」多作「息」，「圓」作「員」，「捱」多作「睚」，「龐」作「厖」，「瞧」作「噍」，「蹭」作「擗」，「憐」從「怜」，「攀」從「扳」，「閒」從「閑」，「魔」作「磨」，他如「猶」作「尤」，「教」作「交」之類甚多，不及盡書。

上卷前數葉有破損處，補寫字樣，雖不經意，骨格自存，翻本一從之。其餘未補者，想此本在當時已不易得。而翻本所補，又未知何本也。

翻本較元本，已少五葉，不知何故②。錄本較翻本，又少二葉者。二本插科處，上下俱小空，此則連文耳。

（以上均《古本戲曲叢刊初集》影印清康熙十三年陸貽典鈔校本《新刊原本蔡伯喈琵琶記》卷末）

【校】

①云，底本作「去」，據文義改。

②故，底本作「物」，據文義改。

【箋】

〔一〕此文附於《手錄元本琵琶記題後》之後，當爲陸貽典撰。

新刊巾箱蔡伯喈琵琶記跋〔一〕

黄丕烈

余向從華陽橋顧氏得陸勑先手鈔《琵琶記》，其標題曰『新刊元本蔡伯喈琵琶記』，後有覯庵跋云：『遵王固有二本，其一元本，其一郡肆翻刻本。』蓋元本者，文三橋識云『嘉靖戊申七月四日重裝本』也。郡肆翻刻本者，蘇州府閶門内中街路書鋪依舊本命工重刊印行之本，亦嘉靖戊申歲刊者也。然鈔本照元本繕録，計葉二十八行，行三十字，與此刻異矣。此刻楮墨古雅，疑是元刻，卻與遵王所藏不同，詞句亦多與陸鈔本間異，未敢定彼是而此非。此本亦爲顧氏物，最後散出。卷端有陸貽裘冶先印，當是陸貽典勑先兄弟行，何覯庵跋語未之及？惟云『定遠亟稱花邊本，已從求亦得之』。而此本有錢孫保印，未知卽此本否。以余並藏鈔刻，可云合璧，未容軒輊於其間。裝成，因志數語於後。

嘉慶乙丑春二月四日〔二〕，蕘翁黄丕烈識。

《明詩綜》云：『高明，字則誠，元至正進士，爲處州録事。聞則誠塡詞夜，案燒雙燭，塡至「喫糠」一齣，句云：「糠和米本一處飛」，雙燭花交爲一，洵異事也。』今檢此本，句云：『糠和米本是兩倚依』，又有異文，未知此果原本否也。詞曲舊刻，世不多見，志此俟考。

壬申二月小晦日〔三〕，復翁識〔四〕。

陸務觀詩云：『斜陽古道趙家莊，負鼓盲翁正作場。死後是非誰管得，滿村聽説蔡中郎。』據此，則南渡日已演作小説矣。不知宋本流傳，尚在天壤否？

復翁〔五〕。

録畢，知『古道』『道』字乃『柳』字之誤，復筆之，俾知原詩如是。

【箋】

〔一〕底本無題名。

〔二〕嘉慶乙丑：嘉慶十年（一八〇五）。

〔三〕壬申：嘉慶十七年（一八一二）。

〔四〕題署之後有陰文方章『蓉鏡過眼』。『蓉鏡』即張蓉鏡（一八〇二—？），小名長恩，字芙川，一字伯元，別署蘿藦亭長，常熟（今屬江蘇）人。候補同知。與妻姚畹眞（號芙初女史）皆喜藏書，因名藏書樓爲『雙芙閣』，一名小嫏嬛仙館，書室名味經書屋。著有《湖海詩瓢》、《焦桐集》等。傳見民國《重修常昭合志稿》卷二〇、李玉安與黃正雨《中國藏書家通典·清》。

〔五〕題署之後有陽文方章『老蕘』。

新刊巾箱蔡伯喈琵琶記跋〔一〕

吴翌鳳〔二〕

余舊聞『喫糠』句云：『糠和米本是同根氣，有誰來簸揚你作兩處飛』，與竹垞《詩話》中語各異〔三〕，未知孰是也。

嘉慶乙亥秋日〔四〕，枚庵記。

【箋】

〔一〕底本無題名。

〔二〕吳翌鳳（一七四二—一八一九）：字伊仲，號枚庵，又號漫士，晚號漫叟，吳縣（今江蘇蘇州）人。書室名古歡堂。諸生。曾主瀏陽南臺書院。工詩文，擅書畫，好藏書，手自校勘。著有《吳梅邨詩集箋注》、《分稽齋叢稿》等。傳見石韞玉《獨學廬四稿》卷五《墓志銘》、《清史列傳》卷七三、《墨林今話》卷七、《皇清書史》卷六、《清畫家詩史》壬上、《畫林新詠》卷三補遺、民國《吳縣志》卷七〇上。

〔三〕竹垞：即朱彝尊（一六二九—一七〇九），字錫鬯，號竹垞，別署金風亭長、長蘆釣叟、小長蘆釣魚師等，秀水（今浙江嘉興）人。康熙十八年己未（一六七九），舉博學鴻詞科，授檢討，充《明史》纂修。後罷歸，著述以終。著有《經義考》、《靜志居詩話》、《日下舊聞》、《曝書亭集》等。傳見《清史稿》卷四八九、《清史列傳》卷七一、《碑傳集》卷四五、《國朝耆獻類徵初編》卷一一八、《國朝先正事略》卷三九、《文獻徵存錄》卷二、《清代七百名人傳》、《清儒學案小傳》卷四、《清代樸學大師列傳》卷一九、《國史文苑傳稿》卷一等。參見楊謙《朱竹垞先生年譜》（清嘉慶間刻本《曝書亭集詩注》卷首）、張宗友《朱彝尊年譜》（鳳凰出版社，二〇一四）。

〔四〕嘉慶乙亥：清嘉慶二十年（一八一五）。

新刊巾箱蔡伯喈琵琶記跋〔一〕

翁同龢

是書流傳吾鄉久矣，陸貽裘、錢謙孝、錢孫保皆邑人也。自歸士禮居，遂歸汪閬源家〔二〕。既而張芙川、趙次公收得〔三〕，復來虞鄉。初不意既入京師，而友人轉以贈余也。楚人之弓，可稱奇事。

壬寅六月十三日〔四〕，雨後仍大熱，病中偶識。松禪。

辛亥閏月十九日舟次觀〔五〕。雲鴻〔六〕。

此孫總戎題字也。總戎雅尚儒術，嘗刊香光《筆勢論》，今求之，弗可得矣〔七〕。

光緒戊戌五月〔八〕，余歸田，午橋觀察端方以此本及元刻《荊釵記》見贈。重是吾鄉舊物，乃受而藏之。是月十一日，同龢記。

（以上均《古本琵琶記彙編》第二册影印民國間武進董氏誦芬室影印本《新刊巾箱蔡伯喈琵琶記》卷末）

【箋】

〔一〕底本無題名。

〔二〕汪閬源：即汪士鍾（約一七八六—？），字春霆，號閬源，又作閬原、朗園，别署藝芸主人、三十五峯園主人，長洲（今江蘇蘇州）人。曾官觀察使、戶部侍郎。家善藏書，藏書處名藝芸書舍，黄丕烈所藏書多歸之，編撰《藝芸書舍宋元本書目》。喜刻書，刻宋本《孝經義疏》、《儀禮單疏》、《劉氏詩話》、《郡齋讀書志》等，版刻精美，校讎精審。

〔三〕張芙川：即張蓉鏡（一八〇二—？）。趙次公：即趙宗建（一八二七—一九〇〇），字次侯，一字次公，亦作次山，别署非昔居士、花田農，常熟（今屬江蘇）人。例授太常寺博士。編有《舊山樓書目》，著有《夢鷗筆記》、

《非昔日記》、《舊山樓詩錄》、《林屋紀遊詩》等。其藏書多爲鈔校稿本、宋元刻本、明刻本、汲古閣本等，曾收藏明趙琦美脈望館鈔校本《古今雜劇》。傳見翁同龢《瓶廬文鈔・清故太常寺博士趙君墓志銘》。參見趙飛鵬《趙宗建及其舊山樓藏書》（收入淡江大學中文系等編《昌彼得教授八秩晉五壽慶論文集》，學生書局，二〇〇五）。

〔四〕壬寅：光緒二十八年（一九〇二）。

〔五〕辛亥：咸豐元年（一八五一）。

〔六〕題署之後有印章二枚：陰文方章『雲』，陽文方章『鴻』。雲鴻：即孫雲鴻（一七九六——一八六二），亦即下文所云『孫總戎』。

〔七〕末鈐陰文方章『松禪』。

〔八〕光緒戊戌：光緒二十四年（一八九八）。

琵琶記序

汪光華〔一〕

不佞偶讀皖城胡伯玉先生《尚書義序》〔二〕，自謂『生平爲文，得《西廂記》微趣耳』，犁然於不佞有同嗜焉。時業已探討漢卿、實甫暨諸名家之詞，而傳諸棗木矣。論者稍稍曰：『自《三百篇》之變，而爲律爲絕，爲歌爲行，爲詞曲。詞曲之於金元，尤稱長技哉。大抵其立意在聽者不厭，言者無罪，故巧爲靡曼，雄其滑稽，雖去古益遠，要亦一代之精神也。若東嘉高氏南曲之《琵琶》，方之王、關二氏北曲之《西廂》，即如虞音有擊有拊，唐詩有李有杜，宜庚並舉，詎謂不可無一、不可有二已已乎？』不佞既聞而嘻，曰：『論亦休矣。』遂檢笥中藏本，亦按節想像而付之剞劂，庶俾攬者見子孝妻賢則思勵，見私昵暗約則思懲而臥者鮮矣，於大道未必無少助云。

丁酉蠟日〔三〕，玩虎軒主人敍並書〔四〕。

【箋】

〔一〕汪光華：名雲鵬，字光華，別署玩虎軒主人，新安（今安徽黃山一帶）人。遷居金陵（今江蘇南京）。刻書藝人，書坊名玩虎軒。明萬曆間刻《元本出相北西廂記》、萬曆二十八年（一六〇〇）刻《有像列仙全傳》等。

〔二〕皖城胡伯玉先生：即胡瓚，字伯玉，號心澤，桐城（今屬安徽）人。萬曆二十三年乙未（一五九五）進士，授都水主事。二十五年，分司南旺司，駐濟寧。累官至江西左參政。告歸，久之卒。著有《史弈》、《尚書過庭雅言》、《解慍堂集》等。傳見《明史》卷二二三。

〔三〕丁酉：萬曆二十五年（一五九七）。

〔四〕題署之後有印章二枚：陽文方章『汪光華印』，陰文方章『玩虎軒』。

新校琵琶記始末凡例

闕　名〔一〕

一、考《大圜索隱》云：『高則誠，字東嘉，與王四相友善。王四亦當時知名士，後以顯達離操，遂易其妻周氏，而坦腹於時相不花氏家。東嘉欲挽捄，不可得，乃作此奇以諷之。而托姓蔡者，以王四少賤，常爲人傭菜也；趙五娘者，以姓傳自趙至周而恰五也；牛丞相者，以不花家居牛渚也；記以「琵琶」名，以其中有四「王」字也；所謂張太公者，蓋東嘉以大公自寓耳。奇出，都人士咸快誦之。東嘉繇此益知名當代，發解胡元也。』

一、《推蓬剩語》：『東嘉因見唐蔡節度墓銘而作此奇。初蔡未達時，得從相國牛僧孺之子遊，後復同登進士第。牛欲以女弟字蔡，蔡已有婦趙矣，力辭不解。後牛能將順於趙，趙亦無妨於牛，爲一時美談焉。』二說未果孰是。

一、有《眞細錄》云：『高皇帝定鼎金陵，偶見《琵琶記》而異之，後廉知其爲王四，遂執王四而付諸法曹。』

一、考本奇諸家刻本，凡七十餘種，固是否萬殊。而首編問題：『東嘉作此，初以蔡中郎爲不忠不孝，無何，夢接蔡中郎而謂之曰：「子能塡我於善行，當有美報，可乎？」東嘉覺而奇之，遂易爲全忠全孝。後東嘉果爾發解。』但此語罕見記載，姑備錄之。

一、校梓以元本爲主，而元本亦不免差訛數字，故參酌諸本以掩其瑕，如『窮秀才』、『一秀才』之類是也。

一、點板黜浙依崑，審經名校。

一、題評聊見讎校大意，唯俟博識去存。

（以上均明萬曆二十五年新安汪光華玩虎軒刻本《琵琶記》卷首〔二〕）

【箋】

〔一〕此文或爲汪光華撰。按明末黃氏尊生館刻本《琵琶記》卷首，亦有《新校琵琶記始末凡例》，與此文前四款文字全同。

〔二〕明萬曆間集義堂刻本《重校琵琶記》據此本重校翻刻，首有汪光華《琵琶記序》，現存日本蓬左文庫。見黃仕忠《日藏中國戲曲文獻綜錄》頁七八。

刻重校琵琶記序

河間長君〔一〕

古宮中之樂，有俳①優之戲，而所奏之樂，則有詩焉。故樂辭謂之詩，詩聲謂之歌。詩則編之樂府，詩必合樂，而非專歌也。若夫秦青之餞薛譚，悲歌拊節而響遏行雲；車子之合溫胡，引箛迭和而哀感頑豔，是則以聲歌專稱矣。

爰迨宋、元以來，尤尚聲歌，更爲戲曲，時亦比之樂府，然苛濫自此極矣。世代悠邈，尟覩傳載。而陶宗儀言，金時有董生《西廂記》最爲絕唱，然皆北音，可以比之絲管，而不可以南音歌之。獨高則誠所著此記，雖云專用南音，而移之北音，亦罕稱乖調。且其爲曲，流麗清圓，豐藻緜密，探采雋語，塡綴新腔，觸事附情，因緣轉化。儷偶則以反正爲工，聲律則以飛沉致巧。事盡而思無乏趣，言淺而情彌次骨。回環靡曼，通變無方。信樂府之新聲，詞林之逸秀也。是以欣戚異感，靡不激於天眞；愚智同情，咸用希其苦節。

比好事者競相私鋟，職務新異，各以隙照，妄爲臆說。其於字之陰陽（聲之清而亮者爲陰，以其宜於女也；濁而宏者爲陽，以其宜於男也。如「東」、「江」二字一韻，「東」屬陰，「江」屬陽；「恐」、「怕」二字一義，「恐」屬陽，「怕」屬陰之類），韻之高下（如一折中，有韻腳用平、上、去字不一，取諧聲，不取叶韻者），音之長短（有字多聲少，有字少聲多者），疏漏抵捂，莫可勝原。而優人傳習，口相師祖，聲訛義舛，罔解研求，宫商戾均，首尾判體，殊亦未之思也。

余鉛槧之暇，頗涉獵斯記，限以狹見，未遑寓管。往歲嘗於南都偶得國初寫本，及續得諸家録本，凡四十餘種（寫本、京本、吳本、徽本、浙本、閩本），同異既多，妍媸浸廣。隨就尋源討流，參覈證引，旁搜博覽，義在甄明，因而銓品釋音，依條辨析，諧音今調，統之九宫，庶冀音義相宜，情文增煥。第其才瀾浩漫，有非淺學所該，既慚休奕之創定，仍劣延年之增損。尚俟洽識，儻垂削稿云爾。

嘉靖戊午玉峯河間長君撰〔二〕。萬曆戊戌大來甫重録〔三〕。

【校】

①俳，底本作『排』，據文義改。

【箋】

〔一〕河間長君：玉峯（今屬浙江東陽）人。姓名、生平均未詳。

〔二〕嘉靖戊午：嘉靖三十七年（一五五八）。

〔三〕萬曆戊戌：萬曆二十六年（一五九八）。大來甫：即陳邦泰，字大來，别署繼志齋主人，金陵（今江蘇南京）人。繼志齋書坊主人。題署之後有印章二枚：陽文方章『大來』，陰文方章『陳邦泰印』。鄭振鐸原藏此本，《劫中得書記》云：『《重刊河間長君校本琵琶記》，元高明撰，二卷二册，明萬曆二十六年陳大來刊本。《琵琶記》明刊本最多，今所見者亦不下十數本。武進某氏影印之《琵琶記》，號爲元刊本，與《荊釵》爲雙璧，均傳奇最古刊本。原本曾藏士禮居，後歸暖紅室。今則在適園。然實亦嘉靖間刊本，非元本也。北平圖書館得尊生館本，最精，余欣羨不已。然二十年來，余亦得精本不少。玩虎軒刊本，號爲「元本《琵琶記》」，淩初成朱墨本亦自云據元本。別有容與堂刊李卓吾評本，金陵唐晟刊「出像標注」本，則通行本也。劫中，又得魏仲雪評本一種。然大略均不甚相歧。頃復於富晉書社收得陳大來重刊嘉靖戊午河間長君校元本，刊刻至精。唐晟本亦云出河間長君本，然奪去《凡例》、《總評》及《音律指南》。河間長君序亦不署年日。此本獨備，似尤勝尊生館本。細校之，知玩虎軒本所云「元本」者，實亦據此本。而評語注釋多攘竊之迹，而又妄事臆改，不若此本之忠實。此本爲朱惠泉物，本欲求售於余，乃爲富晉所奪。余必欲得之，乃以二倍之價歸於余。今所見諸明本《琵琶記》，於適園藏嘉靖本外，當以此爲最精良矣。』（《鄭振鐸全集》第六卷，頁八三三）

重校琵琶記凡例

闕　名〔一〕

一、校定以元本爲主。今諸家本多有删改，而音義仍未相諧，及有訛缺者，一據元本補訂之。

一、元本與諸家本字句不同者，大體雖從元本，而元本間有未穩者，亦參諸家本校定之，不敢泥也。

一、此記中多采取常語，揑合入腔，故間出緊搶帶疊字，其宛轉微妙，非諸家所能擬，而抑揚閃賺，歌者難之。今於此等，皆居中細書，稍加殊別，庶臨詞者易爲調停耳。其有應按腔板者，則仍大書，不敢混也。

一、標題中有所謂枝者，指一齣而言，如於全樹中掇取一大枝也；所謂折者，指一曲而言，如於大枝中又摘取一小枝也，皆元本面目字。

一、考定元本與諸家本字句，雖自期於精覈乃止，仍慮或有未當者，隨注其額，以俟博識詳擇。

一、點板黜浙從崑，審經名校。

【箋】

〔一〕此文無署名，據前錄《刻重校琵琶記序》，當亦爲陳邦泰擬定。

重校琵琶記始末總評

闕　名〔一〕

《巵言》云：高則誠《琵琶記》，欲①以譏當時一士大夫，而托名伯喈②，不知其說。偶閱《說郛》所載唐人小說，牛相國僧孺之子繁，與同學蔡生邂逅文字交，尋同舉進士。才蔡生，欲以女弟適之。蔡已有妻趙矣，力辭不得。後牛氏與趙處，能卑順自將。蔡仕至節度副使。其姓事相同，一至於此。則誠何不直舉其人，而顧誣嶬賢者至此耶？

謂則誠元本止《書館相逢》，又謂『賞月』、『掃松』二闋爲朱教諭所補，亦好奇之談，非實錄也。則誠所以冠絕諸家③者，不唯其琢句之工，使事之美而已。其體貼人情，委曲必盡；描寫物態，彷彿如生；問答之際，了不見扭造，所以佳耳。至於腔調微有未諧，譬④見鍾、王迹，不得其合處，當精思求詣，不當執末以議本也。

何元朗嘗謂《拜月亭》勝《琵琶》，此大謬也。無⑤詞家大學問，一短也；無⑥裨風教，二短也；歌演終場，不能令⑦人墮淚，三短也。故南曲當以《琵琶》壓卷⑧。

【校】

①『欲』字前，《中國古典戲曲論著集成》第四册本《曲藻》有『其意』二字。
②『伯』字前，《曲藻》有『蔡』字。
③家，《曲藻》作『劇』。
④『譬』字後，《曲藻》有『如』字。
⑤『無』字前，《曲藻》有『中間雖有一二佳句然』九字。
⑥『無』字前，《曲藻》有『既無風情又』五字。
⑦令，《曲藻》作『使』。
⑧『故南曲當以琵琶壓卷』九字，《曲藻》無。

【箋】

〔一〕此《總評》節錄自王世貞《藝苑卮言》，見《中國古典戲曲論著集成》第四册《曲藻》，文字稍有删略改易。

附　音律指南

闕　名〔一〕

聲音各應律呂，分六宮十一調：

仙呂清新綿邈　　南呂感嘆傷悲　　中呂高下閃賺
黄鍾富貴纏綿　　正宫惆悵雄壯　　道宫飄逸清幽
大石調風流蘊藉　　小石調旖旎嫵媚　　高平調條拗滉漾
般涉調拾掇坑塹　　歇指調急併虚喝　　商角調悲傷宛轉
雙調健捷激裊　　商調淒愴怨慕　　角調嗚咽悠揚
宫調典雅沉重　　越調陶寫冷笑

名同韻律不同者一十六章：

水仙子（黄鍾、雙調）　寨兒令（黄鍾、越調）　端正好（正宫、仙呂）　袄神急（仙呂、雙調）　上京馬（仙呂、商調）　鬬鵪鶉（中呂、越調）　紅芍藥（中呂、南呂）　醉春風（中呂、雙調）

句字不拘，可以增損者一十四章：

正宫（端正好、貨郎兒、煞尾）　仙呂（混江龍、後庭花、青歌兒）　南呂（草池春、鵪鶉兒、黄鍾尾）　中呂（道和）　雙調（新水令、折桂令、梅花酒、尾聲）

按周德清《中原音韻》所載十七宫調（一），南北并同。後二條雖專論北調，而南調寔不出其範圍。此記中如【江兒水】、【五供養】、【醉太平】等調，前後自相別。其【雙鸂鶒】、【啄木兒】、【鏵鍬兒】、【點絳脣】、【混江龍】、【青歌兒】等調，又與他記不同。則知調雖有南北，而若此類者，大略相去不遠。特金元時專尚北調，故周公偏詳之，非謂南調又自有一機局也。今并舉以見例。至於

《瀛洲律髓》、《詩人玉屑》所謂『體』、所謂『格』，與夫《事林廣記》所謂『旋宫法』，《輟耕録》所謂『唱曲病』，皆詞家之要旨也，有志於知音者，其詳考諸。

（以上均《日本所藏稀見中國戲曲文獻叢刊》第一輯影印明萬曆二十六年秣陵陳氏繼志齋刻《重校琵琶記》卷首〔三〕）

【箋】

〔一〕此文無署名，據前録《刻重校琵琶記序》，當爲河間長君擬定。

〔二〕周德清（一二七七—一三六五）：字日湛，號挺齋，高安（今屬江西）人。工樂府，善音律。泰定元年（一三二四）撰成《中原音韻》，至正元年（一三四一）刊行，現存明正統六年（一四四一）訥庵刻本等。參見冀伏《周德清生卒年與〈中原音韻〉初刻時間及版本》（《吉林大學學報（社會科學版）》一九七九年第二期）、周維培《周德清評傳》（《戲劇藝術》一九九二年第二期）。

〔三〕此本與《重校北西廂記》合刻，藏日本内閣文庫。

删正琵琶記序

張鳳翼〔一〕

《琵琶》一記，膾炙萬口，傳自勝國，蔚爲詞宗。敷揚綺麗，語語傳神；描寫酸楚，言言次骨。故能令德色於耰鋤者，發愛日之誠；俾貽譏於塵尾者，慕小星之義。白雲在望，羈旅興懷於異鄉；黔首協和，里閈還淳於同井。誠感發人心之一機，而裨益風教之要物也。

顧相沿既久，翻本轉多。貌肖者病於豕亥，響鈞者錯於庚青。添蛇之足，混石於瑜；續貂之尾，亂雅以鄭。效顰笑於西子，學步武於東嘉。人罕問奇，市惟災木。古調榛荊，賞音寂寞。日復一日，訛以傳訛。不有正之，曷其有極？

大梁儒俠，醉心引商；武林仙尉，留神和郢。薊門傾蓋，等三笑於同聲；茂苑班荊，審八音於合志。遇公瑾當推其顧曲，在尼父必反其善歌。乃援帙嗟吁，遂彙編參伍。片言期於復古，隻字必於宜今。考辭正言，匪傾俗耳；刪科襲諢，猶捧衆腹。探移易之本旨，務得兔而忘蹄；略宮商之故步，惡刻舟而求劍。緩急協度，繁簡適中。還面目於本來，通聲音於政理。厥意微矣，厥功茂矣。

若乃命名本於王四，牛姓駕夫不花，夢蔡之徵，交花之瑞，則事或傳於稗家，語或得於塗說，所當存而不論，論而不議者也。

（《續修四庫全書》第一三五三册影印明萬曆刻本《處實堂續集》卷二）

【箋】

〔一〕張鳳翼（一五二七—一六一三）：生平詳見本書卷三《紅拂記》條解題。

琵琶記題詞

黄正位〔一〕

南歌北曲，由來尚矣。語千古絕技者，非中郎傳奇乎？彼其所謂九宫十一調，各有體裁。近世刻者率多魯魚亥豕，序者又復數白論黄，雖欲博周郎一顧，難之矣！不佞學慚窺豹，詎敢蚓鳴續貂，惟率由舊章，屬之剞劂，而更新之耳。

新都黄正位著。

（明萬曆間尊生館刻本《琵琶記》卷首）

【箋】

〔一〕黄正位：字黄叔，别署尊生館主人，歙縣（今屬安徽）人。明萬曆間著名刻書家，世業刻書，其書坊爲尊生館，刻有《虞初志》、《陽春奏》、《增訂格古要論》、《剪燈新話、餘話》等。

琵琶序

陳繼儒

諺云：『有孝眞女，無孝伯喈。』當伯喈之赴選也，五月之妻房可割，堂上之雙白難捨，情何眞也。及成名後，天高聽杳，辭官辭親之表弗允；魚沈雁稀，倚門倚①廬之望莫慰。雖書館馳夢，月夕抱怨，伯喈其女命何哉？無弗孝之心，有弗孝之行。此糟糠就養，剪髮愼終，築臺盡制，眞女之孝獨彰也。誦《琵琶》一辭，千古令人擊節。傳其事者，懇切處一字一淚。予愧無陽秋衮鉞，漫加蕪品藻，冀爲誤親以死者一針砭耳。

雲間陳繼儒題〔二〕。

（明末蕭騰鴻師儉堂刻本《鼎鐫陳眉公先生批評琵琶記》卷首）

【校】

①『倚』字，底本殘，據文義補。

【箋】

〔二〕題署之後有印章二枚：陰文方章『陳繼儒印』，陽文方章『中醇』。

琵琶記總評〔一〕

闕　名〔二〕

《西廂》、《琵琶》俱是傳神文字，然讀《西廂》令人解頤，讀《琵琶》令人酸鼻。

從頭到尾無一句快活話，讀一篇《琵琶記》，勝讀一部《離騷》經。

純是一部嘲罵譜：贅牛府，嘲他是獸類；遇饑荒，罵他不顧養；饜糠、剪髮，罵他撇下結髮糟糠妻；裙包土，笑他不奔瘞；抱琵琶，醜他乞兒行；受恩於廣才，刺他無仁義。操琴賞月，雖吐孝詞，卻是不孝題目。訴怨琵琶，題情書館，廬墓旌表，罵到無可罵處矣。

（明末蕭騰鴻師儉堂刻本《鼎鐫陳眉公先生批評琵琶記》卷末）

【箋】

〔一〕底本無題名。

〔二〕此文當爲陳繼儒撰。

重訂慕容喈琵琶記序

白雲散仙〔一〕

白雲散仙歸自蓬萊，爲酒食，演《琵琶記》以娱客。客曰：『此南戲之祖，妙哉！』散仙曰：『是戲詞麗調高，謂爲南戲之祖，信矣，然不免誣誑前賢耳。史稱「蔡邕三世同居，父子同朝」，又稱「邕至孝，侍母病，不解衣，廬母墓致瑞」，蓋非貧仰於鄰而賴妻治葬者也。此戲失眞，何以取信於世？』

客曰：『必求其眞則鑿矣，但取其戲之足以動人可也。』散仙云：『瓊臺先生云〔二〕：「每見世人扮雜劇，無端誣賴前賢。伯喈受屈十朋冤。九原如可作，怒氣定衝天。」豈不信哉！本記云：「不關風化體，縱好也徒然。」又謂伯喈棄親不顧，棄妻別娶，事斁彝倫，何關風化？趙氏孤身遠行，入寺乞糧，玷身莫甚焉；牛氏背父從夫，九問十八答，不敬莫過焉，又何關於風化乎？此失之大者，小節未可概舉。由是觀之，似非高明者所作。然詞曲富麗，有非庸流可到。竊意作於高明，而亂於庸流者耳。』客唯唯而退。

散仙就枕，夢一儒者，愀然其容，揖散仙而言曰：『予元進士永嘉高則誠也。嘗編《琵琶記》，以刺東晉慕容喈之不孝，牛金之不義，時爲柳文肅公所責，稿隨焚矣。不意好事者猶錄斷稿，中間殘缺，妄意增補，至訛慕容爲蔡邕，則尤可怪。按慕容覆姓，名喈，字伯喈，鮮卑慕容廆之族。自廆受晉命，爲平州刺史，而鮮卑人多入中國，喈之祖父占籍陳留。喈有文學，應元帝詔，爲議郎。時牛金以小吏私幸母后，竊秉相權，招喈爲壻。喈棄父母於陳留，連遇饑荒，所在盜起，音問不通，卒爲餓殍。其妻趙氏，克養克葬，報夫同歸。事載野史。牛金敗績，國史佚之。今錯爲蔡邕，昧予本意，可勝嘆哉！蓋「慕」、「蔡」字相似，而「容」、「邕」聲相近故也。然東漢無牛相，東晉有牛金，自有不能錯者。抑不知蔡邕雖嘗舉於董卓，爲祭酒，爲侍御史，爲侍書御史，爲尚書，然輔卓以正，未嘗附其所好。若邕筮仕爲議郎時，與卓絕不相知。邕以忠諫靈帝，得罪遠徙，其忠孝大節，載在信史，不可誣也。予豈不知而錯之哉？好事者錯之耳。後人不察，莫不唾其不孝。邕靈有知，不勝忿忿，遂訴冥司，究予之罪。予莫能辨。今賴吾子之明，敢備以告。』散仙曰：『然，請燬之何如？』曰：『燬安能盡？但願以予言更戲，使眞者出，則僞者自熄也，吾與中郎之恨釋然矣。幸毋靳。』予諾而寤，遂援筆更之，而序其事於首簡。

弘治戊午菊花新時〔三〕，白雲散仙書於雙桂堂。

（明末吳興淩延喜刻朱墨套印本《琵琶記》卷末〔四〕）

【箋】

〔一〕白雲散仙：姓名、字號、籍里均不詳。

〔二〕瓊臺先生：即丘濬（一四二一—一四九五），號瓊臺，生平詳見本書卷三《伍倫全備記》條解題。下引其詞，見《伍倫全備記》第一齣《副末開場》【臨江仙】上闋。此爲現存文獻中首次言及丘濬撰《伍倫全備記》，去丘濬逝世僅三年。

〔三〕弘治戊午：弘治十一年（一四九八）。

〔四〕鄭振鐸原藏此本，《西諦（集外）題跋》云：『淩刻《琵琶記》插圖，和他刻的《西廂記》圖作者同出一手，惟刻工則爲鄭聖卿氏。十年前，所見未廣。董康氏嘗以此記插圖附於所謂《影元刊本琵琶記》卷首。余得之，乃至誤認其爲元本原圖，殊爲可笑。然董氏的不誠實的誤人，也令人思之可恨！又民國十八年初歸國時，曾在來青閣見此記一部，渴欲得之，乃爲某有力者購去，爲之不怡者累月。滬變的前數日，錦文堂送來此書，亟爲購之。隨身帶出，幸免罹劫，可謂幸矣！』（《鄭振鐸全集》第十七卷，頁六四八—六四九）

琵琶記凡例

淩濛初

一、《琵琶》一記，世人推爲南曲之祖，而特苦爲妄庸人强作解事，大加改竄，至真面目竟蒙塵莫辨。大約起於崑本，上方所稱依古本改定者，正其謬筆；所稱時本作云云者非，則强半古本，顛倒訛謬，爲罪之魁。厥後徽本盛行，則又取其本而以意更易一二處，然仍之者多，而世人遂不復覩元本矣。即今世所行古曲，如《荊釵》、《拜月》，皆受改竄之冤。觀《拜月》末折【尾聲】云：『中山兔穎端溪硯，斷處完成絕處聯，從此梨園盡可搬。』則豈施君美之舊哉？故舊譜所載，多今《拜月》所無者，可爲痛恨，惜無從得一善本正之。獨此曲偶獲舊藏臞仙本，大爲東嘉幸，亟以公諸人。

毫髮畢遵，有疑必闕，以見恪守。

一、時本《琵琶》，大加增減。如《考試》一折，古本所無；古本後八折，去其三折。今悉遵原本。但其所增者，人既習見，恐反疑失漏者，則附之末帙。

一、曲有不可不用【尾】者，有不可用【尾】者，有可用可不用者，元自有體。今凡見古本無【尾】者，卽妄增一【尾】，殊爲可笑。然恐人所習熟，以不見而駭，則備記上方。其曲之竟異者亦然。

一、東嘉精於調，故凡宜平宜仄處，上去去上處，以入作平處，皆有深意，非苟作者，悉爲拈出，以俟知音。獨其最喜雜用韻，每有三四韻合爲一曲者，亦曲家所深忌。意東嘉之爲人，必善聲律，而地產音舌不甚正者。今失韻處，亦皆拈出，使瑕瑜不掩。

一、曲有宮調，東嘉所作引子、過曲，時不用一宮，時本混刻，難以辨調。又一調雜犯者，時刻止標一牌名，使唱者不得了然。茲悉著某宮引子，某宮過曲，一牌名所犯幾調，俱一一注明，知音者謂此爲《琵琶》作譜可也。

一、此記襯字極多，昧者誤認，易至失調。今覈譜以細書別之，其點板悉遵《九宮譜》，故有與今時清唱板異者，非不知今時板也。

一、白中科諢，宜喜宜怒，上文原自了然，故古本時以一『介』字概之，以俟演者自辨，不屑屑注明，莫以今本致疑也。

一、歷查諸古曲，從無標目。其有標目者（如《末上開場》、《伯喈慶壽》之類），皆後人謬增也。且時本亦互相異同，俱不甚雅。從臞仙本，不錄。

一、曲中妙處，專取當行本色俊語，非取麗藻。今人選曲，但知賞『新篁池閣』、『長空萬里』等，皆不識眞面目。此本加丹鉛處，必曲家勝場，知者自辨。至近時有贋李卓吾批點本，夫眞卓吾且不解曲，況效顰拾唾者，益不足論矣。

一、弘治間有白雲散仙者，以東嘉見夢，謂蔡伯喈乃慕容喈之誤，改之行世，以爲東嘉洗垢，亦一奇也。兹附載其序，以發好事者一笑。

即空觀主人識〔一〕。

（明末吴興淩延喜刻朱墨套印本《琵琶記》卷首）

【箋】

〔一〕題署之後有兩枚陰文方章：『濛初之印』、『初成氏』。

琵琶記跋

淩延喜

曲有當行之體，有自然之節。自元迄今，僅二百餘年，而此脈幾斬。蓋一壞於不識本色者，徒取藻詞，致編摹者以故實詞華堆砌成篇，千章一律，諺所謂『八寸三分帽子，人人可戴』者也。再壞於不識法律者，止欲供聽，不辨襯墊，至於字句增損，平仄錯置，相沿不悟，不知古曲有必不可動移處，遵守恪然而可一一按者，竟蔑之若無，不一考索。

余向爲憤懣，沒由正之。會同叔卽空觀主人度《喬合衫襟記》〔一〕，更悉此道之詳。旋復見考覈《西廂記》，爲北曲一洗塵魔。因請並致力於《琵琶》，以爲雙絕。遂相與參訂，殫精幾年許，始得竣業。此詞壇快事，敢以急公同好，因錄其概如此。

西吳三珠生跋〔二〕。

（明末吳興淩延喜刻朱墨套印本《琵琶記》卷末）

【箋】

〔一〕同叔卽空觀主人度《喬合衫襟記》： 馮夢龍《太霞新奏》『淩濛初』條按語云：『初成天資高朗，下筆便俊，詞曲其一斑也。曾改《玉簪記》爲《喬合衫襟記》，一字不仍其舊。』此劇已佚，淩濛初編《南音三籟》，收有《喬合衫襟記》五套，爲《題詞》、《得詞》、《心許》、《佳期》、《趨會》。《傳奇彙考標目》別本亦著錄，謂演陳妙常事。

〔二〕《日本所藏稀見中國戲曲文獻叢刊》第一輯第一五冊影印日本內閣文庫藏明末朱墨套印本《硃訂琵琶記》，係據淩刻本重刻。該本卷末《琵琶記跋》題署之後，有印章二枚： 陰文方章『淩氏延喜』，陽文方章『弍珠生』。

題琵琶記改刻定本

翔鴻逸士〔一〕

嘗讀漢司馬公《史記》列傳，而知後世作傳奇者，有所自來矣。然千萬思摶換，千萬語粧點，何如子長之所經述也。然子長已不免搏換粧點矣。若然，而古人成蹟，何所據以爲寔證耶？學古者於此有遐思焉，亦惟據其昔所搏換粧點者，按之以理，通之以意，設以身處其地而察其心，斯亦當論之以法也。

予讀《琵琶記》，而多有不得其解者。如伯喈縱列科名，獨不可以屣脫軒冕而去乎？自古朝廷，止有殺畔戾不法之臣，而無殺告歸養親之臣者。一去而謝牛相之婚，牛相其如我何？卽既就婚於牛矣，而朝夕遣使，絡繹於道路，以存問其父母，其①孰禁之？卽令牛禁之矣，而吾既有榮祿，必有侍從，使令吾密使人，蚤迎吾親於別院奉之，牛相將遂罪我耶？卽牛相罪我矣，而牛女之賢，吾之所熟知者，則亦何妨礙之有？此皆事之所得爲而不爲，卒至溝壑其親，道路其妻，此予之始終所不解於《琵琶記》內也。

一日，過考槃薖中，聽碩人之歌〔二〕，叩柴而入。見几上《詞壇清玩》一書〔三〕，其下卷乃改定《西廂定本》，其上卷則所改定《伯喈定本》。予就而翻閱之，比卒業，嘆曰：『一生隨衆人觀場，共作傖父混譁，未之解也，而今解矣。』

薖中碩人語我曰：『吾才何敢自謂過則誠、實甫、漢卿輩，而輒改易元傳耶？夫亦按之以理，通之以意，設以身處其地而察其心，抒我尚論古人之志焉耳。』

予曰：薖中之人，其眞解人也哉！所謂旦暮之遇古人也。予嘗見碩人之所以解《四書》矣，解《五經》矣，解諸子諸史，俱無滯義矣。卽一傳奇，而猶求了然於心，了然於世如此，不惟見識趣之洞朗，而其用志之勤，淑人之意，亦於此可徵也。然則欲玩《琵琶記》者，不必就梨園家登棚而觀，惟按《詞壇清玩》卷内而觀。然欲按《詞壇清玩》卷内而觀，曷若就考槃薖中訪碩人共語之。不得碩人語，而徒譁然與衆共笑哭於梨園棕棚之下，是夜羅也。予幸即薖中而朝徹矣。從棚下則夜羅，即薖中則朝徹。朝徹者，堪與子長上下其議論；夜羅者，傖父而已。觀者其奚適之從？

翔鴻逸士書此於槃阿館中，時辛酉暮春〔四〕。

【校】

①其，大阪大學藏影鈔本無。

【箋】

〔一〕翔鴻逸士：姓名、籍里、生平均未詳。

〔二〕碩人：即徐奮鵬（一五六〇——一六四二），字自溟，號筆峒，別署筆峒生、筆峒山人、槃阿館人、槃薖碩人、薖中碩人、詞壇主人等，書齋名筆峒山房，學者稱筆峒先生，臨川（今屬江西）人。屢試不第，教授山中。著有《刪補詩經》、《古今治統》、《古今道脈》、《徐筆峒先生十二部文集》、《辨俗全書》、《怡偲集》（與其弟奮鸎合著）、《筆峒存言》、《四書統補便蒙解注》、《筆峒生新悟》、《筆峒山房新著知新錄》、《詞壇清玩》等。傳見同治《臨川縣志》卷四三、光緒《撫州府志》卷五九。參見黃霖《徐奮鵬及其〈詩經〉與〈西廂記〉研究》（《中國典籍文化論叢》第八輯，北京大學出版社，二〇〇五）、朱萬曙《槃薖碩人徐奮鵬與伯喈定本》（《文獻》二〇〇〇年第三期）。

〔三〕《詞壇清玩》：含《增改定本西廂記》、《增改定本琵琶記》二種，現存明天啓間刻本，中國國家圖書館藏。

〔四〕辛酉：天啓元年（一六二一）。

蔡伯喈題辭

枕流翁〔一〕

夫人生天壤間，一戲而已矣。造物者以功名、富貴、榮枯、得喪、暌合戲斯人，而斯人者咸爲其所戲而不自知，卒以造物之戲戲其身，不亦悲乎？其中有超然之品，不爲人世之功名、富貴、榮枯、得喪、暌合所戲者，不稱大晤也乎哉？

雖然，功名、富貴、榮枯、得喪、暌合，戲也，而於其中有忠孝、名節、事功、道義關焉，此亦可以戲之也乎？嗚呼！蓋必以忠孝、名節、事功、道義之所關者爲眞，斯能以富貴、榮枯、得喪、暌合之所值者爲戲。先儒謂：『遇則付命於天，道則責成於己。』此可以觀矣。士君子以其付命於天者爲戲，而以其責成於己者爲眞，則又安見造物之所以戲我者，非所以成我者耶？

若夫宦於朝，婚於相府，而失於家庭之近，則戲於造物之所戲，而不能眞吾身之所眞也。世有若此其人者乎，彼直視此身爲何物？吾且執其人以問之，於聖賢名教之內，當置之於奚科？

枕流翁讀《琵琶記》有感而言。

【箋】

〔一〕枕流翁：姓名、籍里、生平均未詳。

琵琶記餘論

楫山浪叟　等〔一〕

楫山浪叟曰：　通《琵琶》一部全記，衹成就一個趙五娘。倘者夫不出，年不荒，糧不被奪，舅姑不雙亡，則此女之孝何從而見？　此女一生所幸遇者，牛氏耳。試思堂上饘粥，背上真容，墓上土木，手上琵琶，盡是心上精誠。天下有如是女子，千古之下，令人高山景行矣。

或曰：　趙至洛陽，如使蔡生拒而不認，將若之何？　曰：　蔡生亦人也，如之何其不認？　倘其不認，吾諒趙必自經於真容之前，以謝舅姑耳，寧知其它邪？

或曰：　蔡認矣，如牛氏爭寵不容，又將若之何？　曰：　牛氏而若似其父也，則趙之遇窮矣。趙之『琵琶詞』轉而爲《白頭吟》矣。趙於此，吾諒其必有所以婉曲而思古人之實獲我心者，彼能艱辛於處阨，亦何難周旋於處順邪？　故傳奇以『琵琶』名，迺所以旌趙五娘也哉！

桑林鳩老曰：　予觀《琵琶記》，而深有恨於牛太師。彼不忍別其女，而忍令人父母別其子，是誠何心？　則蔡生之終身，牛誤之也。雖然，能誤蔡生耳，能誤天下之爲烈丈夫者哉？　張廣才，一山野之老人耳，而救災恤鄰，仗義守墓，不以存沒貳其心。堂堂宰臣，不如癯癯一老，千載之下，不能不令人於邑！

衡門居士云：　古傳蔡邕廬墓，有白兔馴擾於墓傍，說者以爲是孝感所致。噫！　此物胡爲乎來哉？　邕蓋無是婚宦而缺養之事者也。　如果有婚宦缺養之事，則雙親之墓，且有『南山』律之而『飄風』發之者，此物胡爲乎來哉？　或曰：『鳥獸草木之應』，亦特其偶然耳。

【箋】

〔一〕楫山浪叟、桑林鳩老、衡門居士：　姓名、籍里、生平均未詳。

詞壇評〔一〕

適適生〔二〕

適適生云：《西廂》、《伯喈》而外，俊逸無如《玉合》，風韻無如《玉簪》，古雅無如《香囊》，端儼無如《蒙正》，流爽無如《還帶》，映合無如《拜月》，豪氣概無如《紅拂》，發揚無如《韓信》，顯易無如《馮京》，律調無如《王商》，整肅無如《李德武》，此皆自其詞氣言也。　苟按其事實，則《蘇秦》實，《孤兒》實，《韓信》實，《范雎》實，《李靖》實，餘俱不可得而知也。所最可厭者，則或以彼之行事，而駕言於此一人。　又最可厭者，或假鬼神荒唐之說，以斡旋其間，令人心疑惑而莫知所據。　雖然，亦未可以一律拘也。　如彼一人行事，駕言於此一人，如《馮商》事，則亦可以作世人爲善之心；如假鬼神之說，以斡旋其間，如《曇花記》所云云，則亦可以示世人作不善之戒。　則又何必拘拘論哉？　嗚呼！　總之乎，古今事，一戲焉而已矣。

（以上均日本東京大學藏影鈔本明徐奮鵬增改《詞壇清玩·伯喈定本》卷首〔三〕）

【箋】

〔一〕版心題『伯喈詞壇評』。

〔二〕適適生：姓名、籍里、生平均未詳。

〔三〕日本大阪大學藏影鈔本明徐奮鵬增改《詞壇清玩・伯喈定本》卷首亦有以上四文。

伯喈蘇秦論

張鳴愚〔一〕

張鳴愚曰：嘗觀《蘇秦雜劇》並《伯喈》，因謂兩人易地易念則兩善矣。伯喈爲功名而骨肉參商，若遇蘇秦之父，則無遠遊之逼遣；蘇秦爲功名而骨肉冰炭，若值伯喈之遇，則無赴井之慘情。以伯喈觀蘇秦，則不必氣沖斗牛；以蘇秦觀伯喈，則不必悶懷堆積。牛府，伯喈之怨府也，在蘇秦則爲恩門矣，倚玉樹而贅金屋，回首機上之妻，不怡然德色耶？商鞅，蘇秦之仇讎也，在伯喈則爲吉人矣，慰門閭而供定省，回首長亭之别，不歡然整鞭耶？蘇秦之父兄，非讎蘇秦也，特惡名利之韁鎖，而曠庭闈之溫情。令蘇秦翻然換伯喈之心，則曰人生三樂之首，萊衣姜被，無羡青紫矣。伯喈之君相，非讎伯喈也，特以希世之名賢，宜膺非常之嬌寵。令伯喈翻然換蘇秦之心，則曰讀書萬倍之利，受恩朝廷，無念家私矣。造物胡兩扼之，不各快其願？後人常兩哂之，不隨遇而安。

嗟嗟！此之所苦，彼之所甘；彼之所欲，此之所厭。安得易其遇，又易其心，不亦各得也乎哉？第伯喈易念則不孝，蘇秦易念則不武。嗚呼！楊子、墨子，轉念則有父有君；矢人亟人，轉念則一得一失。後昔之蘇、蔡，借境自例，亦寬其憂，如楊、墨之因人反觀，足醒其醉。詩曰：

堪笑蘇秦與伯喈，兩人易地便寬懷。

假饒相遇譚知己，各破煩兮各打乖。

【箋】

〔一〕張鳴愚：字號、籍里、生平均未詳。

玩琵琶記評

徐奮鵬

自古所著傳奇者，累數百種矣。而《西廂》、《伯喈》獨愛而傳，傳而不朽者，則何以故？蓋人生宇宙間，只一情而已。情之到處，何處能忘？情不越哀、樂二端，《琵琶》能令人哀，《西廂》能令人樂。玩《伯喈》而不泫然流涕者，非情也；玩《西廂》而不油然解顔者，亦非情也。高則誠與王實甫、關漢卿，已總挈千萬世哀樂之情，體貼而出，無不各協其致，夫焉得不入於人而傳也。《伯喈》、《西廂》，不過一游戲之詞耳，而乃與《四書》、《五經》並流行天壤，卽儂夫稚兒并婦人女子，亦咸知稱述。嘗謂前人有做到極處者，卽一曲一技可垂也，《三字經》、《千字文》非耶？而況乎道德至善，能無百世師耶？

昔何元朗①謂《拜月亭》勝《琵琶記》，李卓吾亦云然，蓋以《拜月亭》詞曲應口而出，漸近自然耳。然其事緒無裨風教，其詞調不見有典故，歌演終場，亦不能令人墮淚。以此觀之，則南曲當必以《琵琶》壓卷。

高東嘉之詞曲，所以冠諸家者，以其琢句之工，入事之美，而敍述酸楚，曲盡物情，有非諸劇所及者。然考元人辭曲幾二百家，涵虚子一一爲之題評，獨則誠不得與焉。說者謂則誠於腔調律度，多有未諧，是則然矣，然未止此也。詳閱《琵琶記》内，其所可更易者尚多焉。

記内於問答處，可謂體貼周匝矣。第牛相以當朝元老而拗戾不近人情，且出口殊多爲不顧名教之語。此處似當略爲回互，始全大體。

記内雖非邕之實事，而既記名於邕，則不得不肖邕之實，以爲之矣。漢之取士，終四科不變，又安得有狀元名目也？故宜止稱學士，斯爲當耳。

記内備述牛相之拗戾，以致蔡生之失養於親，失義於妻，皆牛之咎也。然牛相能强官之矣，而能禁其魚雁之不達於家乎？能强婚之矣，而能禁其眷屬之不通於京乎？於此見蔡生持昏官之情重耳。如果重孝義者，則飄然逃歸，彼强臣重相，不過褫吾爵耳。吾失其爵，而得孝於親，則固不爵而貴也。爲虞舜計者，竊負而逃，終身忻然，樂而忘天下，卽天子之貴，且敝屣之以全其親也，況區區富貴乎哉？故謂蔡生爲孝者，不過以其宦邸思念不忘之情。然空思空念，果明發二人之懷乎否？卽末有廬墓一段，孝思脱矣，脱矣。

記中稱蔡公逼子出試，此亦人家教子之恆情。然苟如蔡婆語，則子不去，親不孤，此亦可爲世人急子求功名者之戒。末齣生唱云：『可惜二親饑寒死，博得孩兒名利歸。』二語之寄誚，可以猛省，猛省。

記中稱蔡公、蔡婆咽糠而斃，東嘉於此極意體骨肉死別之情，李卓吾亦亟稱此中之妙。但登臺演局，或以侑觴致快，或以酬客送歡，而盡奏此狀，恐令觀聽不堪。故演此記者，宜於此處略之。

記中原有『春闈試士』一齣，設爲試官開試云：『第一場，要作對。』已非體矣。『第二場，要猜謎；第三場，要唱曲。』此成何說話？想東嘉於此，亦慨元末科場試士之陋習，而等之於猜謎、唱曲者乎？大抵作傳奇者，有玩世意，有誚世意，有諷世意。若此類者，皆誚世也。然東嘉於胡元已解矣，又何誚之有？予觀凡傳奇試士者，皆欠雅體，獨《還帶記》所著裴中立入試三場，事頗可觀。

記中如俗所演，生自云：『董卓弄權，呂布把守虎牢三關，因此家書難遣。』觀場者聞此語，遂謂可以亮宥蔡生缺養之由矣。然時既有牛相當國，而又烏說董爲？此處當卽以牛爲董矣。

記中備見趙女辛苦之狀，此非有金玉之心、鐵石之軀者，不能感神。助塋之事，雖涉杳冥，然精誠所格，何所不通？至於請糧、和藥、剪髮、描眞等事，可以興起人間爲媳者之孝心。

記中俱是女人優於男子。如蔡公逼子往試，蔡婆有止意，此女之識見優於男也。如邕之一往不回，竟爲權相所羈，而趙氏送親於家，尋夫於外，此女之精誠優於男也。如牛相之强人子爲己②壻，執拗拘留，殊非人情，而牛女曲諫其父，善成其夫，而將順於趙，此女之淑惠又優於男也。男之可取者，獨有張廣才一人耳。故兹所改《琵琶記定本》，至末端，設爲張太公責蔡邕一段大議論，正以見綱常倫理之在宇宙，男兒之所宜力荷，而卽事勢劇難，且宜勉强致力。正以收束傳奇全部之旨，而且以見作者維風淑世之意也。若夫榮封受表，此亦人間常事，耀耳目之觀耳。觀者幸毋玩蔡、趙、牛而忽張公。

暮春修禊日，槃阿館人記。

【校】

①朗，底本作『郎』，據文義改。

②己，底本作『以』，據文義改。

改琵琶定議

闕名

人曰：『《伯喈琵琶記》，自昔以至今，家傳戸誦，無可改也。』予曰：正爲其自昔以至今，家傳戸誦，而可改也。何也？耳目見聞之熟，相聞其舛謬，而勿之思耳。

如旣託爲蔡邕事，卽當論邕之世。邕處漢末，無制科詞場之事，無狀元之名。今改以四科顯達，承漢制也。而易狀元爲學士，稱蔡實也。

如饑荒困餓，至於雙親以咽糠斃，此豈人心所樂見者？予自孩年聞此，卽切齒有恨於蔡中郎。故茲苦情酸態，不忍著於筆端。雖東嘉體極到處，而卽擅刪之，亦自覺其爲宜者。

如『饑』、『荒』二字等耳，乃曲中動稱饑與荒，成何詞氣？此字法之當換也。（如此類者頗多，并易之。）

如牛府成姻，所唱『攀桂步蟾宫』，其合語云：『這會好個風流壻，偏稱洞房花燭。』首折係生自唱，而乃自夸自幸至此乎？則蔡眞樂就其婚而忘親矣。又如《中秋賞月》，所唱『長空萬里』，其合語云：『惟願取年年此夜，喜得人月雙清。』生口中亦如此唱，不其留戀可樂之景乎？則蔡又眞樂於外而忘親矣。又如賞夏所唱『新篁池閣』，其合語云，生仍唱：『排佳宴，清世界幾人見。』不其志在佳宴之會乎？則蔡眞自爲樂而忘親矣。予於此三處，或改换字面斡旋之，其字面未改换者，則謂宜每合語處衆唱之，始於情妥。

如牛相招壻處，曰『奉旨招壻』，曰『官媒議婚』，曰『激怒當朝』，曰『金閨愁配』，元本於此，何其多事也。且其中詞調，亦覺散贅，無甚雅致，裁而合之，不亦當乎？

如『擻呆打墮』一折，有句云：『這打破砂鍋，分明是你招災攬禍。』夫蔡生既有思親之心，正宜以此情密謀之於牛女，而茲乃惟恐其父之知焉，至於災禍之及，此豈丈夫乎？且『打破砂鍋』之語，成何說話？或云：黄山谷《拙軒頌》亦有此語。然亦非大雅之句也。且此記中所唱，有如此等伴話俗語頗多，殊覺可厭。

如末路張公遇使，散髮歸林，風木餘恨，一本全旨，正在此處觀其結局。而元本詞意至此，絕欠精力，甚宜增意，方見雋永。

如張太公所收趙女之髮，與蔡公所授之杖，正要於伯喈相見時，痛致此意。而元本於末端皆略於此，則大無關會矣。

如張太公既爲高義之士，則伯喈乃其通家子弟，彼以父執臨之，卽宜於末相見時，聲言大義，教人子以孝，方成長者之言。元本於伯喈歸墓，張公徒致賀語媚詞，大非體也。茲一一增而正之。

如趙女攜眞容，彈琵琶，往京尋夫，此傳中大關會處也。而元本於此，只草草著【月兒高】三套語，何其太簡耶！且囊出時所撰琵琶之曲謂何？的宜增之，以見路途所歷盡之苦情也。

如此傳至廬墓，以盡人子之心，而與張太公共說透前事，則全部至此可以止矣，更不必以榮封團圓可也。然俗謂通部多悲情，至末宜以樂事終之。然果有其親饑死之事，則終天之恨也，榮封樂乎哉？

人曰：『其中奉藥、咽糠、遺囑等折，必極苦情，方見趙女之眞孝，固未可刪也。』予曰：固未可刪也，特予不忍見耳，又豈忍言乎？

人曰：『里正之奪也，拐兒之騙也，此不過插科打諢，似可刪矣。』予曰：里正之爲趙女阨也，拐兒之爲蔡生誑也。雖係打諢，實乃關情。但里正之家宜餓死，拐兒之身宜雷擊，必增設此端，方見天理之報，而可以爲作惡者之警。

人曰：『趙女入彌陀寺，已覺穢矣，而又遇兩惡少，不其褻孝女乎？』予曰：趙女有《孝順歌》以歌於惡少之前，天理共在人心，其誰敢侮之？如元本所扮脱衣以賞趙而趙受之，則誠褻矣。茲一切刪改，則成俗中之雅。

人曰：『每齣散場下臺語，有詩四句，方不孤寂，而亦可刪乎？』曰：下臺詩，如『雪隱鷺鷥飛時見，柳藏鸚鵡語方知』等句，可仍也。如『大鵬飛上梧桐樹，自有傍人説短長』，此不惟費解，而惡俗亦甚矣。如此類者，一切刊之。其或有可仍，而特減字以稱雅便者，亦從焉。總之，削諺而歸雅耳。

人曰：『《香囊記》、《投筆記》皆仿《琵琶》而作，然乎，否乎？《拜月亭》、《玉簪記》仿《西廂》而作，然乎，否乎？』曰：創始者難爲功，襲武者易爲力。然《香囊》、《投筆》之視《琵琶》，大約其體製同也，而其中委婉切至之情，結構完密之思，不無少讓焉。《西廂》而下，所述男女風調，惟有《拜月》、《玉簪》可稱，然有能如《西廂》韻致之悠長者乎？宜乎二編之獨傳之久也。

人曰：『《西廂》、《琵琶》稱傳奇之最者，君今猶曰可改，況其下者，將何如哉？』曰：孟子讀《武成》之書，且惟取二三策，矧詞人之曲，何必拘盡仍。盡仍之，則或於理未妥，於事未順，於情未安。衆人混混，或有不知識者，決不隨衆耳目，以紊哆於場下。則茲集之所改錄者，亦酌其理之妥，求其事之順，協其情之安，而後已。至或所改處，或音律之未諧，宫商律吕之未叶，則東嘉元本之音律，昔人已有多議其戾滯者，而又安責備於今日也。

人曰：『《琵琶記》有元本，有浙本，有吴本，有閩本，有蘇本，各各字義不同，傳流亦異，顧安所適從乎？』曰：參酌諸家，酌理而定之，庶乎其不差耳。

人曰：『如梨園優人所演，亦堪悦目矣。』曰：《琵琶記》與《西廂》，只爲梨園家師徒競相傳授，以訛傳訛。至其作法，登壇搖首，皆成惡道。則二編之壞，皆優人壞之乎？間有慧而謙者，能從予言而一一正之，則雖技也，而進乎道矣。

人曰：『果如君之所教，曷不取坊間諸所刻傳奇本而盡正之乎？』曰：予短於聲而不能歌，慳於興而不能舞，昧於律而不能調，淺於識而不能校。第自分每閱一編，則思一編之義，而筆山峯頭，碩人薖中，獨寐寤言，獨寤歌，則於經書子史之暇，游神寄興，不無藉古今傳奇以自豁其爽懷也。故因筆削及之。

【箋】

〔一〕此文當爲徐奮鵬（一五六〇——一六四二）撰。

蔡伯喈考據

徐奮鵬

按史，蔡伯喈，名邕，伯喈其字也。其先三世同居，而邕性至孝。漢熹平中，與楊賜奏定六經文字，自書冊鐫碑，立於太學門外，觀視而摹寫者，車乘一日至千餘。後因避患，往來於吳會間。吳人有燒桐以爨者，邕聞其廚中有火烈之聲，知其所燒者良材也。因請裁以爲琴，有美音，其尾焦，乃名曰『焦尾琴』。漢末，董卓辟之，署祭酒，遷侍御史。媚卓，又遷侍書御史。旋又遷尚書。三日之內，周歷三臺。所著詩、賦、碑、序、書、記等作，凡百四篇，傳於世。後以卓被誅，議邕黨也，拘獄中，以盆死。

嗚呼！邕誠以孝聞矣，曷不移以作忠，而乃失身於卓耶？既失身於卓矣，則失身卽辱親也，乃又云『孝』耶？然予詳觀其始末，并無棄親妻牛之事，亦不聞其妻趙氏云云者。第其執親之喪，廬墓三年，而連理生於塋，則有之耳。邕之父名稜，字伯直，今傳曰從簡，豈以木簡有稜之義耶？邕既無其事，而傳以其事屬邕者，夫亦慇其附董卓而穢之耶？大約傳奇所著，多有假事而託名者。

附　蔡邕女事

伯喈之女名琰，字文姬，少時卽能辨琴絃之斷。初適衛仲道，爲胡騎所獲，在胡中二十年，生二子。曹操素與邕善，遣使以金璧贖之。再嫁董祀。祀爲屯田尉，犯法當刑。文姬蓬首徒行，詣操請罪，文辭清辨，祀因得免。操問曰：『汝家傳多書，能識之否？』對曰：『亡父貽書四千餘卷，罔有存者。今所誦憶，止四百餘篇已耳。乞給紙筆，眞草惟命。』於是繕寫呈送，文無遺語。嗚呼！父罔忠，女罔節，所謂文人無行者，非耶？

《椎蓬剩語》云：『高則誠《琵琶記》，欲以譏當時一士大夫，而託名伯喈。蓋因見唐蔡節度墓銘而云云。初蔡未逢時，得從相國牛僧孺之子繁同遊，後復同登進士第。牛欲以女弟字蔡，蔡已有歸趙矣，力辭不得，因成婚焉。後牛能將順於趙。蔡後仕至節度使。此其姓、事相同，則誠乃不直舉其事，而以之屬伯喈，何與？且謂其父若母以饑死，又何與？』

《大圜索隱》云：『高則誠，字東嘉，與王四相善。王四亦當時名士也，後以顯達改操，遂易其妻周氏，而坦腹於時相不花氏家。東嘉欲挽救而不可得，乃作此奇傳以諷之。而托姓蔡者，以王四少賤，嘗爲人傭菜也。趙五娘者，以姓傳自趙至周而恰五也。牛丞相者，以不花家居牛渚也。記以「琵琶」名，以其中有四「王」字也。所謂張太公者，蓋東嘉自寓云耳。傳奇一出，都人士咸快誦之，東嘉由此名益著矣。東嘉曾發解於元末。』

按所傳二說，未知孰是，乃有《眞細錄》云：『高皇帝定鼎金陵，偶見《琵琶記》而異之。後廉知其爲王四事，遂執王四而置之法曹。』蓋謂天下有如此背親不孝者，無所容於名教之中也。玩此一舉，則其事屬王四者爲眞，而《巵言》因唐人小說而已矣。

《梨園留評》云：『高東嘉作《琵琶記》，初以蔡中郎爲不忠不孝。無何，乃於夢中見蔡中郎，揖而謂之曰：「子能塡我於善行，當有美報，可乎？」東嘉覺而奇之，遂易不忠不孝爲全忠全孝。後東嘉發解焉。』但此語罕見，或好事者爲之耳。

《孝順書》載：『蔡邕事母，侍疾不解襟帶者至七旬。母沒，廬於墓側，有白兔馴擾其傍。』據此，則未可以不孝之名加之邕者。故則誠傳中，多注其思親之意。

詞壇主人備識。

（以上均日本東京大學藏影鈔本明徐奮鵬增改《詞壇清玩·伯喈定本》卷首）

琵琶記序

徐奮鵬

《琵琶記》，說者以爲元高東嘉鄙薄王四易妻周氏而娶不花氏女，又以爲唐蔡節度易妻趙氏而娶牛僧儒女，第此亦不能辨其孰是。但卽其傳中事評之，天下焉有子登仕籍而親爲溝中瘠者乎？卽曰兵戈阻隔風塵，詎不能曲致其力，以爲顧養計者乎？事斷乎未必有也。如有之，則其爲子之罪，能逃於天地之間耶？雖其臨庭泣訴，庶其陳情之表；歸墓遐悰，庶幾攀柏之號，亦何以贖也哉！我高皇帝感是記而執王四，蓋謂滅親亂倫，卽事涉影響，猶在所必懲，況乎天下有實犯其愆若而人者，將亦何說之辭？讀《琵琶記》，而不泫然於明發之懷者，非夫也。昔晉王裒以父之不得其死，讀《蓼莪》而不勝其痛，門人因爲之廢《詩》。竊謂今時有抱瓶罄之恥者，寧忍見蔡邕傳奇哉？

（明金陵光啓堂王荊岑刻本《徐筆峒先生十二部文集》中《彙輯各文》）

題琵琶記

鄭　鄤〔一〕

《琵琶》，字義頗無所取，相傳高則成爲譏友人王四而作，豈其然乎？余觀《說郛》載有唐小說：牛奇章子繁，與同學蔡生同舉進士，才蔡生，欲以女弟適之。蔡已有妻趙矣，力辭不得。後牛氏與趙處，能卑順。蔡仕至節度副使。姓字相同至此。然則，則成何不直舉其人，而托之中郎？豈非表文人無行之差，爲賢者失身之戒乎？親之强赴試，重求官也；子之强就婚，重失官也。官之於人，甚矣哉！

是以古之君子，裹足長安，盟心菽水，終不以蒲車之聘易我羊裘，文繡之榮移於龜曳也。抑豈惟是？悲者極悲，歡者極歡。父子夫妻，不能相共。爽月涼風，賞心樂事，偏不付之，孝義之人艱難歷盡，獨留此寂寞身後名耳？此意最微最刺，讀者當可憮然動入道之思矣。爲詞家祖，豈偶然哉！

若登第受官而泥金無報，最爲脱節。然傳奇不重記實，未足爲疵。惟『早朝』、『數馬』諸白，排冗可厭。雲棲尊者禪悦之餘〔二〕，遊戲三昧，悉點抹之，極爲快事。今仍其本，更删一二不祥語，以便登堂之演。至琵琶彈曲，不減《孝經》衍義，此必不可逸者。作者將無是之取耶？

（《四庫禁燬書叢刊》集部第一二六册影印民國間刊《峚陽草堂文集》卷之九）

【箋】

〔一〕鄭鄤（一五九四—一六三九），生平詳見本書卷十一《選曲》條解題。

〔二〕雲棲尊者：即雲棲袾宏（一五三五—一六一五），俗姓沈，字佛慧，自號蓮池，世稱蓮池大師、雲棲大師。曾改編《琵琶記》並刊刻，今無存。本書卷十四闕名《七筆勾跋語》稱：『萬曆年間，杭州雲棲寺蓮池大師作【駐雲飛·一筆勾】七曲，皆斷頭剖心之語，遂棄秀才爲僧，而中興極樂世界之教。』

（第七才子書）自序

闕　名〔一〕

太史公作《屈原傳》曰：『《國風》好色而不淫，《小雅》怨悱而不亂，若《離騷》者，可謂兼之。』予嘗以此分評王、高兩先生之書。王實甫之《西廂》，其『好色而不淫』者乎？高東嘉之《琵琶》，其『怨悱而不亂』者乎？《西廂》近於《風》，而《琵琶》近於《雅》，《雅》視《風》而加醇焉。故元人詞曲之佳者，雖《西廂》與《琵琶》並傳，而《琵琶》之勝《西廂》也有二：一曰情勝，一曰文勝。

所謂情勝者何也？曰：《西廂》言情，《琵琶》亦言情。然《西廂》之情，則佳人才子，花前月下，私期密約之情也；《琵琶》之情，則孝子賢妻，敦倫重誼，纏綿悱惻之情也。亦有似乎《風》之爲《風》，多采蘭贈芍之詞；而《雅》之爲《雅》，則唯忠孝廉貞之旨。是以同一情也，而《西廂》之情而情者，不善讀之，而情或累性；《琵琶》之情而性者，善讀之，而性見乎情。夫是之謂情勝也。

所謂文勝者何也？曰：《西廂》爲妙文，《琵琶》亦爲妙文，然《西廂》文中往往雜用方言土語，如呼美人爲『顛不剌』，呼僧人爲『老潔郎』之類，而《琵琶》無之。亦有似乎采《風》則言不遺乎里巷，而歌《雅》則語多出於薦紳。是以同一文也，而《西廂》之文豔，乃豔不離野者，讀之反覺其文不勝質；《琵琶》之文眞，乃眞而能典者，讀之自覺其質極而文。夫是之謂文勝也。

有此二勝，而今之人但取《西廂》而批之刻之，而《琵琶》獨置而不論，然則《詩三百篇》竟可登《風》而廢《雅》，有是理與？予既樂此書之有裨風化，且復文情交至如此，因於病廢無聊之餘，出笥中所藏元本，謬爲評論，口授兒曹，使從旁筆記之，更使稍加參較，付之梓人。梓人請所以名此書者，予曰：『《西廂》有「第六才子」之名，今以《琵琶》爲之繼，其即名之以「第七才子」也可。』

名既定，客有詰予者曰：『批評《西廂》者之以「第六才子」名其書也，彼固儼然以施耐庵《水滸》一書，與《莊》、《騷》、馬、杜並列爲第五才子書，而因以《西廂》配之者也。以彼意中所謂「第七才子」，正不知更屬誰氏，先生又何所見而當之以高東嘉？』

予笑曰：才亦何定名之有？客不記序《水滸》者之言耶？序中蓋嘗論列六子矣，而至於《西廂》，則稱是董解元之書，不聞其爲王實甫也。特以所批董解元之《西廂》，爲友人攜去，失其元藁，不能復記憶；又見世俗所傳誦者，皆王實甫《西廂》，而董解元之《西廂》人多不經見，於是遂以王實甫代之。夫以施耐庵爲才，而繼耐庵者未必爲王實甫，乃不難六之以實甫；然則以王實甫爲才，卽繼實甫者不止一高東嘉，而又何妨七之以東嘉哉？

且夫才之爲物也，鬱而爲情，達而爲文。有情所至而文至焉者矣，有情所不至而文亦至焉者矣；有文所至而情至焉者矣，有文所不至而情亦至焉者矣。情所不至而文亦至焉者，文餘於情也；文所不至而情亦至焉者，情餘於文也。情餘於文，而才以情傳；文餘於情，而才亦以文顯。夫文與情，卽未必其交至，而猶足以見其才，又乃況於文與情之交至焉者乎？苟文與情交至，而尚不得以才名，則將更以何者而名才也乎？

昔我先師孔子之刪詩也，《頌》登魯，《雅》登衛，《風》不遺秦，而楚獨無詩。越數百年以後，而司馬子長以《離騷》比諸《風》，又比諸《雅》，自是而江離、杜若之辭，得續《三百篇》之末，不讓《車鄰》、《駟驖》之響，獨列十五國之中。嗚呼！由斯觀之，才若靈均，不幸而不生孔子之時，不克見收於孔子也；猶幸而生司馬之前，卒獲見賞於司馬也。情不可沒，文不可掩，而才亦不可以終遏。自古迄今，才人未始不接踵而出，而特恨世無知才之人。故才嘗爲不知己者屈。然屈於不知己，而終當伸於知己；屈於一時之無知己，而終當伸於數百年以後之知己。則予今日之以才許東嘉，亦竊附於史公之論屈平也云爾。

（清雍正間芥子園校刻本《聲山先生原評繡像第七才子書》卷一）

【箋】

〔一〕此文當爲毛綸撰。毛綸（一六一一前—一六七一後），字德音，長洲（今江蘇蘇州）人。中年以後，雙目失明，自號聲山，以號行。學左丘明著書以自娱，與其子毛宗崗（一六三二—一七〇九）合作，評點《三國志演義》（題《第一才子書》）、《琵琶記》（題《第七才子書》）。毛評本《第七才子書琵琶記》完成於清康熙三年至四年間（一六六四—一六六五），初刻於康熙五年（一六六六），題《繪像第七才子書琵琶記》。現存康熙間金閶古香樓刻本《繪風亭評第七才子書琵琶記》，雍正間映秀堂刻本、映秀堂刻三多齋印本、書林虎文堂刻本（均題《繪風亭評第七才子書琵琶記》），雍正十三年（一七三五）吳門課花書屋刻本（《芥子園重刻繡像第七才子書》據以重印），雍正間天籟堂刻本、金陵張元振聚錦堂刻三益堂印本（題《鏡香園毛聲山評第七才子書》，從周增訂），雍正十三年（一七三五）蘇州書業堂刻巾箱本（題《成裕堂繪像第七才子書》），雍正間刻巾箱本（題《槐蔭堂繪像第七才子書琵琶記》），清經綸堂刻本（題《聲山先生原評第七才子書》），清刻本《琴香堂繡像第七才子書》等。楊恩壽《續詞餘叢話》卷二評云：『《琵琶記》自毛聲山批點，推爲「七才子」，名重詞壇。凡從事倚聲者，幾奉爲不祧之祖。』

第七才子書序

尤侗

或問於予曰：『《六才子書》何以名哉？』曰：『吾惡乎知之？蓋吾聞之，爲莊周、屈原、司馬遷、杜甫、施耐庵、王實甫之書也。』『舍莊周、屈原、司馬遷、杜甫、施耐庵、王實甫，無才子乎？』曰：『有之。』『舍《南華》、《離騷》、《史記》、《杜詩》、《水滸》、《西廂》，無才子書乎？』曰：『有之。』『天地生才，吾不知其幾也，屈指而數，豈惟六哉？然則，曷爲乎獨名六才子？』曰：『凡吾所謂才者，必其本乎性，發乎情，止乎禮義，而非一往縱横，靡靡怪怪之爲也。莊之放也而達，屈之怨也而忠，史之矯也而直，杜之愚也而正，皆有至性存焉。《水滸》盗矣，而近於義；《西廂》淫矣，而深於情。彼各有所長，以是名曰才焉，誰不可也？』

才人之作，至傳奇末矣。然元人雜劇五百餘本，明之南詞乃不可更僕數，大半街談巷說，荒唐乎鬼神，纏綿乎男女，使人目搖心蕩，隨波而溺，求其情文曲致，哀樂移人，風以動之，教以化之者，萬不獲一也。聲山毛子曰：『吾於傳奇，取《琵琶》焉。凡臣之事君，子之事父母，婦之事舅姑，以至夫婦之相規，妻妾之相愛，朋友之相恤，莫不於斯編備之。此東嘉高先生之所爲作也。今夫一闤之市，十家之村，梨園子弟有登臺而唱《琵琶》者，每至饑荒、離别、剪髮、築墳之事，則田夫里嫗、牧童樵叟，無不頰赤耳熱，涕淚覆面，嗚咽咄嗟而不能已。況於吾輩讀其書，而覩忠臣孝子、貞夫烈婦之所爲，有不油然感動、喟然歎興者乎？豈非本乎性，發乎情，止乎禮義，不自見其才，而才無不至者乎？故吾名爲《第七才子書》，無疑也。』於是取而評定之，授管於郎君序始氏〔一〕，使加校訂，參贊其成焉。

予受而讀之，見其發明闡幽，填詞按律，千載陳人，復開生面，既歎高先生之作者不可及，而於毛子重有感焉。毛子以斐然之才，不得志於時，又不幸以目疾廢，僅乃闔門著書，寓筆削於傳奇之末，斯已窮矣。夫古之才人未有不窮者也。莊之隱，屈之沉，司馬之腐，杜之餓，施、王、高三子俱無一命。悲夫！才之必至於窮也，窮而不失爲才也，未可謂不幸也。乃吾觀涵虛子論列元詞，自馬東籬以下，一百八十七人，而東嘉無稱焉。豈東嘉之才，當時有未之或知者乎？三百餘年，毛子出而表章之，而『第七才子』之名始著，則又東嘉之幸也！

或曰：『《琵琶》之爲才子書，既聞命矣；若毛子之評《琵琶》，猶《莊》有郭象，《騷》有王逸，《史》有裴駰，《杜》有虞集，《水滸》、《西廂》之有羅貫中、關漢卿也，其亦可謂才乎？』予曰：『吾向已言之矣，天地生才不知其幾也，屈指而數，六可七，七亦可八也。過此以往，吾又惡乎知之？夫毛子者，未知於七子何若，然固今日左丘、卜子之徒也，其不得名才子乎哉？』

康熙乙巳秋七夕後五日〔二〕，吳儂悔庵題於看雲草堂〔三〕。

【箋】

〔一〕郎君序始氏：即毛宗崗（一六三二—一七〇九），原名宗淵，字序始，號子庵，長洲（今江蘇蘇州）人。毛綸（一六一一前—一六七一後）子。順治八年（一六五一）諸生。與毛綸評點《三國志演義》、《琵琶記》等，著有

《孑庵雜錄》。參見陳翔華《毛宗崗年表簡編》（見《毛宗崗的生平與三國志演義毛評本的金聖歎序問題》附錄，收入周兆新主編《三國志演義叢考》，北京大學出版社，一九九五）、陸林《毛宗崗事跡補考》（載《文獻》二〇一四年第四期）。

〔二〕康熙乙巳：康熙四年（一六六五）。

〔三〕題署之後有印章二枚：陽文方章『悔庵』，陰文方章『課花書屋』。按，金閶古香樓刻本印章爲『看雲草堂』。

第七才子書序

彭　瓏〔一〕

予與毛子德音交有年矣，其錦心繡腸，久爲文壇推重。不幸兩目失視，乃更號聲山，學左丘著書以自娱。其郎君序始從予遊，予喜其能讀父書，以爲有子若此，尊人雖失視，可無憾焉。一日，忽持其手錄《第七才子書》來，告予曰：『此家嚴所口授，兹將付剞劂，乞一言以弁其端。』予取閲之，則批評高東嘉《琵琶記》也。

夫東嘉之果得爲才子與否，吾未之敢知；《琵琶》之果得爲才子書與否，吾未之敢知；後之書比前六子之書，後之才比前六子之才，果相當無愧與否，吾亦未之敢知。但觀聲山之評，則見其標新領異，發人所未及發，解人所不能解。又見其淋淋漓漓爲天下勸義，傷悲之思可以作孝，悱惻之志並可以作忠。於是皇然動容，躍然稱快曰：『斯誠才子之書也已。』聲山之前，無評此書者，而作者之才不出；聲山之前，未嘗無評此書者，而作者之才終亦不出。自聲山評之，而吾讀之，始紬之繹之，擊節而歎賞之。是《琵琶》之爲《琵琶》，非復東嘉昔日之書，而竟成聲山今日之書。然則東嘉之果得爲才子也，《琵琶》之果得爲才子書也，後之書比前之書果無愧，後之才比前之才果相當也。予特以聲山之文信之也，信之以聲山之文，而『第七才子』之名，聲山以屬之東嘉，予即以屬之聲山，夫豈曰過哉？

乃或有爲聲山病者曰：『忌才者天。天惟富之文，故奪之目。今宜收華斂采，庶幾目可望瘥，奈何欲盡吐其胷中之奇，毋乃犯造物之忌，而其盲愈甚。』予曰：否否。左丘作史而盲，子夏不作史亦盲，盲豈盡文之故？且文之有裨風化而起人忠孝者，其不爲天所忌，而適爲天所喜也明矣。至其標新領異之處，實能以慧眼施與天下之人。夫已則無目，而能開天下之目，雖謂之未嘗無目可耳。況今天下盲於心者何限，以聲山之文破其盲，其功德正不可量。吾意目之奪於天者，繼自今，天將終以目還之，未可知也。不然，天奪之其身，必報之後人，異日其郎君以尊人之文食報，請即以予今日之言爲券。

時康熙丙午孟秋望日〔二〕，葑溪浮雲客子題於衣言堂之南軒〔三〕。

（以上均清雍正間芥子園校刻本《聲山先生原評繡像第七才子書》卷首）

【箋】

〔一〕彭瓏（一六一三—一六八九）：字雲客，號一庵，別署浮雲客子、信好老人，署所居爲志矩齋，長洲（今屬江蘇蘇州）人。彭定求（一六四五—一七一九）父。順治十四年丁酉（一六五七）舉人，十六年己亥（一六五九）進士，授廣東長寧知縣。罷歸，以讀書治學爲務。私謚仁簡。著有《志矩齋集》。傳見徐元文《含經堂集》卷二八《墓志銘》、《清史列傳》卷六六、《國朝耆獻類徵初編》卷二一八、《國朝宋學淵源記》卷下等。衣言堂乃長洲彭氏家族堂名。參見文革紅《毛聲山批評〈第七才子書琵琶記〉『浮雲客子序』作者考》（《蘇州大學學報》二〇〇八年第三期）。

〔二〕康熙丙午：康熙五年（一六六六）。

〔三〕題署之後有印章二枚：陰文方章『浮雲客子』，陽文方章『將就軒』。按，金閶古香樓刻本印章爲『衣言堂』。

繪風亭評第七才子書琵琶記題識

古香樓

《琵琶》一書，與《西廂》并稱雙璧，而《琵琶》尤人倫之鼓吹，名教之笙簧也。四方君子至姑蘇者，見六才子書之後，以爲第七才子書定當屬諸《琵琶》，每以未得見《琵琶》新編爲恨。今聲山先生有家藏善本，考訂詳明，批閱精美，令觀者耳目一新。先生祕諸笥中，本坊敦請付梓，以作六才子之繼。雖曰繼之，實則過之，蓋不當以傳奇相目，直宜於屈賦、杜詩間置一席云。

（中國國家圖書館藏清康熙間金閶古香樓刻本《繪風亭評第七才子書琵琶記》內封）

重刻繡像七才子書序

程士任〔一〕

《詩三百篇》流爲騷賦，極於塡詞，而傳奇又塡詞之變也。蓋塡詞之體，多不過數闋，未足以悉始終本末、離合悲歡之致，因借逕往轍，以爲傳奇，臚列貞邪①，描②摹意態，奇正錯出，情文相生，足以決從違，昭鑒戒，固世風之一助也。然而沿襲既多，流風互異，往往曲終奏雅，懲一勸百，求其眞純樸茂，寓至情於倫理，而無失乎溫柔敦厚之旨者，鮮矣。

高君則誠，以淵博之才，具粲花之舌，遣詞寓意，爰作《琵琶》。觀其觸緒興懷，遇物成賦，類皆根據典故，研極性靈，如化工之肖物，古趣盎然，聲情卓絕，凡以自暢其才情，聊假途於中郎耳。史稱中郎值母病，不解襟帶，不寢寐者七旬。母卒，廬墓側，有兔③馴擾，其室旁又木生連理。是記中所云，其非確據也明甚。然而事之所無，未必非情之所有；情之所有，即未必非事之所無。會心人當得意忘象，非可作刻舟求劍觀也。

任④老而閑居，優遊一室。適有聲山評本，忻然寓目，玩前人之品題，擬抽思於繩墨，視彼妖淫纖麗之詞，致不同也，方諸猖狂跛扈之作，詎不遠哉！爰爲壽梓，裁作袖珍，別出繪工，另開生面。展玩周環，豈惟備塡詞之美，擅騷賦之長，卽謂《三百篇》在我掌握也可。

雍正乙卯元旦日〔二〕，耕野程士任自莘甫題於芥子園⑤〔三〕。

（清雍正間芥子園校刻本《聲山先生原評繡像第七才子書》卷首）

【校】

①邪：北京師範大學圖書館藏《成裕堂繪像第七才子書》本作『淫』。

②描：北京師範大學圖書館藏《成裕堂繪像第七才子書》本作『繪』。

③兔：底本作『免』，據文義改。

④任，日本東北大學藏清乾隆三十二年丁亥（一七六七）序周氏琴香堂刻本《琴香堂繡像第七才子書琵琶記》本作『素』。

⑤芥子園：北京師範大學圖書館藏《成裕堂繪像第七才子書》本作『成裕堂』。

【箋】

〔一〕程士任（一六六六—一七三五後）：字自莘，號灌叟，書齋名課花書屋，蘇州（今屬江蘇）人，一説成都（今屬四川）人。兩儀堂書坊主。雍正十一年（一七三三），爲成裕堂刻巾箱本《成裕堂繪像第六才子書西廂記》作序。

〔二〕雍正乙卯：雍正十三年（一七三五）。

〔三〕題署之後有印章二枚：陰文方章『程士任』，陽文印章『自莘』。日本東北大學藏清乾隆三十二年丁亥（一七六七）序周氏琴香堂刻本《琴香堂繡像第七才子書琵琶記》本題署作『乾隆丁亥長至日松陵周素庵書於琴香堂』，後有陰文方章『周約』、陽文方章『素庵』二枚，然全序文字同程序，當據程序而改題。參見黄仕忠《日藏中國戲曲文獻綜録》，頁八八。

（第七才子書）總論

闕　名[一]

《琵琶記》何爲而作也？曰：高東嘉爲諷王四而作也。嘗考《大圜索隱》曰：『高東嘉，名則誠，元末人也，與王四相友善。王四亦當時知名士，後以顯達改操，遂棄其妻周氏，而坦腹於時相不花氏家。東嘉欲挽救，不可得，乃作此書以諷之。而托名蔡邕者，以王四少賤，嘗爲人傭菜也；趙五娘者，以姓傳自趙至周而數適五也；牛丞相者，以不花家居牛渚也；記以「琵琶」名，以其中有四「王」字也。所謂張大公者，東嘉蓋以大公自寓也。』又考《眞細錄》曰：『明祖彙删元人詞曲，偶見《琵琶記》而異之。後廉知其爲王四而作，遂執王四而付之法曹。』合此兩處紀載而觀焉，則《琵琶記》之爲王四而作無疑也。唯其爲王四而作，則意在王四而不在琵琶。使東嘉而意在琵琶也者，則琵琶故事，莫若王昭君塞上所彈之琵琶矣；即不然，又莫如江州司馬舟中所聽之琵琶矣。夫昭君所彈、江州所聽之琵琶，是實有是琵琶之琵琶也；若趙五娘所抱之琵琶，則本無是琵琶之琵琶也。今東嘉舍此實有之兩琵琶不寫，而獨寫此烏有之一琵琶，蓋正以明其意之不在琵琶，而在王四也。意在王四，雖以『琵琶』爲名，而意不在於琵琶；則既以蔡邕爲文，而意又豈眞在蔡邕哉？乃意不在蔡邕，而既偶借蔡邕爲文，恐不善讀書者，遂誤以爲蔡邕之事，是將以譏切王四，而意不免汙衊蔡邕，故東嘉於書中特特設爲必不然之事，以明其事之非蔡邕焉。何謂必不然之事？曰：天下豈有其子中狀元，而其親未之知者乎？此必不然之事也。又豈有其處一統之朝，非有異國之阻，而音問不通，柬書莫達者乎？此又必不然之事也。抑豈有父母年已八十，而其子方娶妻兩月者乎？若云三十而娶，卽又豈有五十生子之婦人乎？此又必不然之事也。以事之必不然者而寫之，總以明其寓言之非眞耳。然事之虛幻，固爲不必有之事；而文之眞至，竟成必有之文。使人讀其文之眞，而忘其事之幻，則才子之才，誠不可以意量而計測也。

或曰：『東嘉初作《琵琶記》，以蔡邕爲不忠不孝，及明祖旣執王四後，乃改爲全忠全孝。』予謂其說甚謬。《琵琶》非有二本，明祖所見之《琵琶》，卽此全忠全孝之《琵琶》也。東嘉寫蔡邕之不忘其家，不棄其舊，蓋欲王四之改過遷善，而以是期之，卽以是諷之也。迨乎諷之而終已不悛，故明祖執而付之法曹耳。不寧惟是，寫蔡邕之義，所以諷王四；寫牛氏之賢，亦所以諷不花氏也。凡君子之見人過而思救者，往往反其事以爲說，不欲斥言其非，有詩人忠厚之意焉。且古本傳奇，寫生旦必成其爲生旦之人，而不寫作淨丑之事。近日塡詞家，不審輕重，捉筆便寫，至有若《爛柯山》之難乎其爲旦，《鴛鴦棒》之難乎其爲生者，斯固東嘉義所不爲也已。

或曰：『唐有蔡節度者，微時嘗與牛僧孺之子游。後同登第，牛欲以女弟字蔡，蔡已有婦趙矣，力辭不解。旣而牛能將順於趙，趙亦無妨於牛，爲一時美談。東嘉感其事而作此書。』予以爲其說又甚謬。若東嘉果爲唐節度而作，則以元人而寫唐事，又何所忌諱，乃不直指其事，而故托之蔡邕耶？其托之蔡邕，則斷斷其爲王四，而非爲唐節度無疑也。

凡作傳奇者，類多取前人缺陷之事，而以文人之筆補之。如元微之之於雙文，既亂之，不能終之，乃托張生以自寓，反以負心爲善補過，此事之大可恨者也。故作《西廂》者，特寫一不負心之張生，以銷其恨。王四負周氏，又事之大可恨者也；故作《琵琶》者，借蔡邕以諷王四，特寫一不負心之蔡邕，以銷其恨。予嘗曠覽古今，事之可恨者正多，擬作雪恨傳奇數種，總名之曰《補天石》，其一曰《汨羅江屈子還魂》，其二曰《博浪沙始皇中擊》，其三曰《太子丹蕩秦雪恥》，其四曰《丞相亮滅魏班師》，其五曰《鄧伯道父子團圓》，其六曰《荀奉倩夫妻偕老》，其七曰《李陵重歸故國》，其八曰《昭君復入漢關》，其九曰《南霽雲誅殺賀蘭》，其十曰《宋德昭勘問趙普》。諸如此類，皆足補古來人事之缺陷。予方蓄此意而未發，及讀吾友悔庵先生所著《反恨賦》，多有先得我心者。可見天下慧心人，必不以予言爲謬，異日當先出一二以呈教。

《琵琶》本意，止在勸人爲義夫。然篤於夫婦而不篤於父母，則不可以訓，故寫義夫，必寫其爲孝子，義正從孝中出也。乃諷天下之爲夫者，而不教天下爲婦者，則又不可以訓，故寫一義夫，更寫二賢婦，見婦道與夫道宜交盡也。是以其文之妙，可當屈賦、杜詩讀；而其文意之妙，則可當《孝經》、《曲禮》讀，更可當班孟堅《女史箴》一篇、曹大家《女論語》一部讀。

讀書者當先觀作者所注意之處。如一部《琵琶記》，其前所注意，只在《官媒議婚》一篇；其後所注意，只在《書館相逢》一篇。蓋前則寫其辭婚相府，後則寫其不棄糟糠，如是而已。乃欲寫其辭婚，不得不寫其辭官；將寫其辭官，不得不先寫其辭試；既寫其辭試，因寫一逼試之蔡公，寫一留試之蔡母，更寫一勸試之鄰叟。凡此種種，皆因辭婚而添設者也。欲寫其不棄妻，不得不先寫其念妻；欲寫其念妻，不得不寫其念親；既寫其念親，因寫一代夫葬親之趙氏，寫一從夫省親之牛女，更寫一聽女迎親之牛相。凡此種種，皆因不棄妻而點染者也。而實則其所注意之處只在一二篇。且不獨一部之中，其注意只在一二篇，卽一篇之中，其注意亦只在一二句。得其注意之所在，然後知何處是陪客，何處是正主；何處是埋伏；何處是照應；何處是正描，何處是傍襯，何處是倒插在前，何處是順補在後。豈特《琵琶》爲然，古今才子之文皆如是，惟有心者自解之。

才子之文，有著筆在此而注意在彼者。譬之畫家，花可畫，而花之香不可畫，於是舍花而畫花傍之蝶，非畫蝶也，仍是畫花也；雪可畫，而雪之寒不可畫，於是舍雪而畫雪中擁爐之人，非畫爐也，仍是畫雪也；月可畫，而月之明不可畫，於是舍月而畫月下看書之人，非畫書也，仍是畫月也。高東嘉作《琵琶記》，多用此法。而彼傖父者，不知其慘澹經營於畫花、畫雪、畫月之妙，乃漫然以爲畫蝶、畫爐、畫書而已也，則深沒作者之工良心苦也。

高東嘉作《琵琶記》，直是左丘明、司馬遷現身。看他正筆，首寫伯喈，次寫趙五娘，次寫牛小姐，次寫蔡公、蔡母，次寫牛丞相，次寫張大公。既極情盡致，而更閒筆寫花，寫月，寫雪，寫琴，寫酒，寫寒門，寫閥閱，寫旅次，寫考場，寫瓊林，寫早朝，寫花燭，寫義倉，寫墳墓，寫寺院，寫道場，寫書館，寫院子，寫梅香，寫老嫗，寫媒婆，寫里正，寫社長，寫糧官，寫試官，寫赴試秀才，寫陪宴官，寫黄門官，寫山神，寫鬼使，寫拐兒，寫和尚，寫馬，無不描頭畫角，色色入妙。眞所謂搏兔搏象，俱用全力者也。

雖云搏兔搏象，俱用全力，而正筆、閒筆又有輕重詳略之分。正筆宜重宜詳，閒筆宜輕宜略。畫家之法，遠水無波，遠山無皺，遠人無目，遠樹無枝，非輕之略之，其理應如是也。蓋其注意者，只在最近之一山、一水、一人、一樹，而其餘則止淡淡著墨而已。今人作傳奇，往往手忙腳亂，不知輕重詳略之理，遂至賓主莫辨，其與《琵琶》，何啻天淵？

《琵琶》用筆之難，難於《西廂》。何也？《西廂》寫佳人才子之事，則風月之詞易好；《琵琶》寫孝子義夫之事，則菽粟之詞難工也。不特此也，《西廂》純用北曲，每折自始至末，止是一人所唱，則其章法次第，井然不亂，猶易易耳；若《琵琶》，則純用南曲，每套必用衆人分唱，而其章法次第，亦自井然不亂，若出一口，眞大難事。試看李日華改《西廂》曲爲南調，雖便於梨園之唱演，然將原曲顛倒前後，畢竟不免支離錯亂，然後歎《琵琶》之妙爲不可及。

作文不難以豔語爲渲染，而難以淡語爲渲染；塡詞不難以麗句入宫商，而難以平句入宫商。何也？蓋曲之體與詩不同。詩體直，直則貴其曲，能運曲於直中，乃爲妙詩；曲體本曲，曲則又貴其直，能運直於曲中，乃爲妙曲。不然，而謳者循腔按板，抑揚頓挫，每至有一字數疊者，若更以雕琢堆砌之詞入之，幾令聽者不知其作何語矣。《琵琶》歌曲之妙，妙在看去直是説話，唱之則協律呂，平淡之中有至文焉。然《琵琶》之平淡則佳，後人學《琵琶》之平淡則不佳。夫唯執筆學之而不能佳，斯不得不以雕琢堆砌掩其短耳。

《琵琶》之平淡，後人勉强學之，究竟不能學者，何也？曰：惟其勉强學之，所以不能學也。文章之妙，妙在自然。昔人論草書法，謂『如古釵腳，不若如屋漏痕』，以其有自然而然之神化也。夫屋漏痕，豈可執筆而摹之者哉？

古之孝子、義夫、貞婦、淑女，其人與骨俱朽矣，而能肖其面目，傳其謦欬，描其神情，令人如覩古人於今日者，獨賴有梨園一技之存耳。奈之何今日作傳奇之人，但好寫神仙幽怪、男女風流之事，而不好寫孝子義夫、貞婦淑女之事耶？故傳奇必如《琵琶》，始可謂之不負梨園。

有傖父者，以《琵琶》之事爲未嘗有是事，而不欲讀。夫文章妙於《莊》、《騷》，而莊生之言，寓言也；屈子之言，亦寓言也。謂之寓言，則其文中所言之事，爲有是事乎，爲無是事乎？而天下後世有心人之愛讀之也，非愛其事也，誠愛其文也。其文既爲他人所無而一人獨有之妙文，則其事不妨便爲昔日本無而今日忽有之奇事，固不必問此事之實有不實有也。若有此文，又實有此事，則無如《左傳》、《史記》矣，而天下後世有心人之愛讀《左》、《史》也，爲愛其事而讀之乎，爲愛其文而讀之乎？苟以爲愛其事也，則古今紀事之文甚多，何獨有取乎《左》、《史》也？其獨有取乎《左》、《史》也者，誠愛其文也，非愛其事也。奈何傖父之沾沾焉，獨以事疑《琵琶》也。

且彼傖父之讀書，亦有時不沾沾計其事者矣。何以見之？吾見其於神仙幽怪、男女風流之事，固明知其無是事而仍喜讀之也。然則何獨至於《琵琶》所載孝子義夫、貞婦淑女之事，乃必以爲無是事而不欲讀也？曰：斯固不足怪也。當日東嘉作此書，不寫神仙幻怪、男女風流之事，而必寫孝子義夫、貞婦淑女之事，是其意原以俟夫天下後世有心人之能讀之，而初不願傖父之亦讀之也。夫天下後世之有心人，必其知文之人也；知文之人，必其知孝知義、知貞知淑之人也。彼傖父者，不但不知文，實不知孝如何孝，義如何義，貞如何貞，淑如何淑，則無怪乎其今日之不欲讀也。傖父今日之不欲讀，正此書之大幸也。此書幸而爲傖父所不欲讀，於是天下後世之有心人咸樂得而讀之也。何也？蓋天下後世之有心人，固早知傖父所不欲讀之書，其書必非神仙幽怪、男女風流之書，而必其爲孝子義夫、貞婦淑女之書也。故惟傖父不欲讀，斯有心人所樂讀也。故曰：此書之幸也。

善讀書者，一眼看去，便看出書中緊要處。因悟當時著書之人，亦只覷得此緊要之處。一手抓住，一口噙住，更不一毫放空，於是其書遂成絕世妙文。今觀《琵琶記》，無一處不緊要，故無一處不妙，乃其所以妙處，只是抓得住、噙得住耳。

文章緊要處，只須一手抓住，一口噙住，斯固然矣。然使才子爲文，但一手抓住，一口噙住，則一語便了，其又安能洋洋纚纚，著成一部大書，而使讀者流連諷詠於其間乎？夫作者下筆著書之時，必現出十分文致，然後書成而人讀之，領得十分文情。是故才子之爲文也，既一眼覷定緊要處，卻不便一手抓住，一口噙住，卻於此處之上下四旁，千迴百折，左盤右旋，極縱橫排宕之致，使觀者眼光霍霍不定，斯稱眞正絕世妙文。今觀《琵琶》文中，每有一語將逼攏來，一筆忽漾開去；

漾至無可攏處，又復一逼；　及逼到無可漾處，又復一開。如是者幾番，方纔了結一篇文字。正如獅子弄毬，猫狸戲鼠，偏不便抓住、噙住，偏有無數往來撲跌，然後獅之意樂，猫之意滿，而人觀之之意亦大快也。

才子作文，有只就本題一二字播弄，更不必別處請客者。如《琵琶記》『喫糠』、『剪髮』兩篇，只就一『糠』字，一『髮』字，便層層折折，播弄出無限妙意。如韓退之《送王秀才序》，始終只拈一『酒』字爲播弄；　蘇老泉《文甫字說》，始終只拈一『水』字爲播弄，豈非出神入妙之筆？《琵琶記》亦用此法，而其出神入妙，更爲過之。

《琵琶》出神入妙處，不特其運意只就本題一字播弄，不必別處請客，卽其運曲，亦嘗就本調一腔播弄，更不多換別腔。近日塡詞家，每喜換腔，此皆因才短手拙，前曲只此一意，後曲亦只此一意，意無轉變，故不得已而借換腔以爲轉變；　且不但前曲與後曲不敢不換腔，只一曲中而依本腔轉接不來，便思犯入別腔，甚至有二犯三犯者，此非其腔之多，正其筆之窘耳。若東嘉之慣用前腔，而腔同而意不同，愈轉愈妙，愈出愈奇，斯其才大手敏，誠有不可及者。

《琵琶》文中有疑合忽離、疑離忽合者。卽如『幾言諫父』一篇，偏不寫其從諫，偏寫其語言觸忤，卻不料有『聽女迎親』一篇，陡然一悔。又如『寺中遺像』一篇，偏不寫其相會，偏寫其當面錯過，卻不料有『兩賢相遘』一篇，突如其來。大約文章之妙，妙在人急而我緩之，人緩而我急之。人急而我不故示之以緩，則文瀾不曲；　人緩而我不故示之以急，則文勢不奇。今觀《琵琶》，其緩處如迴廊渡月，其急處如疾雷破山；其緩處如王丞相營建康，多其紆折，其急處如亞夫將軍從天而降，出人意外，豈非希有妙文！

《琵琶》文中，有隨筆生來，隨手抹倒者。如正寫春花，便接說『春事已無有』；正寫夏景，便接說『西風又驚秋』。正寫嫦娥，卻云『此事果無憑』；正寫囑別，卻云『空自語惺惺』。正寫感歎，卻云『也不索氣苦』；正寫遺囑，卻云『與甚生人做主』。正寫才俊無書不讀，卻云『沒有一字』；正寫御苑名馬無數，卻云『沒有一匹』。正寫杏園春宴，卻云『今宵已醒繁華夢』；正寫黃門待漏，卻云『算來名利不如閒』。至於寫彈琴，卻是不曾彈；寫寄書，卻是不曾寄；寫賣髮，卻是不曾賣；寫築墳，卻是不曾築；寫山鬼，卻云『沒有鬼』；寫松樹，卻云『沒有樹』；寫請官糧，偏失了官糧；寫負眞容，偏失了眞容；寫諫父，而諫時偏諫不聽；寫迎親，而迎時偏迎不著；寫抱琵琶，而牛、趙鬭筍偏不用琵琶；寫入佛寺，而夫婦相會偏不在佛寺。此皆隨筆生來，隨手抹倒者也。隨筆生來，本無忽有；隨手抹倒，是有卻無。此中饒有禪意，何必《西廂》『臨去秋波』之句，始可以悟禪耶？予嘗聞善弈者之言矣。其言曰：凡下第一著時，先算到三著四著，未足爲善弈也。下第一著時，不但算到三著四著，更能算到五六七八著，亦稱高手矣，然而猶未足爲盡善也。善弈者必算到十數著，乃至數十百著，直到收局而後已。如王積薪夜半聽姑婦談弈，不過十數著而全局已竟。然則當其下此十數著時，其心力眼力不止在此十數著而已，在數十百著之後也。人若不能算到全局，而但看此十數著，則無一著不是閒著；若能算到全局，而後看此十數著，則無一著是閒著。《琵琶》之爲文，亦猶是已。嘗見其閒閒一篇，淡淡數筆，由前而觀，似乎極冷極緩，極沒要緊；乃由後而觀，竟爲全部收局中極緊極要、極不可少之處。知此者，庶幾可與縱讀古今才子之文。

文章有步驟，不可失次序。不可闕者，如『牛氏規奴』爲『金閨愁配』張本，『金閨愁配』爲『幾言諫父』張本，『臨妝感歎』爲『勉食姑嫜』張本，『勉食姑嫜』爲『糟糠自厭』張本。若無『才俊登程』，則杏園之思家爲單薄；若無『激怒當朝』，則陳情之不許爲突然；若無『再報佳期』，則『强效鸞鳳』爲無序；若無『丞相教女』，則『聽女迎親』爲無根；若無『路途勞頓』，則『寺中遺像』爲急遽；若無『孝婦題眞』，則『書館悲逢』爲無本。總之，才子作文，一氣貫注，增之不成文字，減之亦不成文字。韓昌黎之《雜說》、《獲麟解》、《送董邵南序》，王荊公之《讀孟嘗君傳》，卽欲增之，惡得而增之？賈誼《治安策》，董仲舒《天人策》，蘇長公《上神宗皇帝書》，卽欲減之，又焉得而減之？

最可怪者，人以《西廂》之十六折爲少，而欲續之；以《琵琶》之四十二齣爲多，而欲删之。夫誠知《西廂》之不必續，則知《琵琶》之不可删矣。鳧脛雖短，續之則傷；鶴頸雖長，斷之則悲。文之妙者，一句包得數篇，則短亦非短；數篇只如一句，則長亦非長。湯若士先生《牡丹亭傳奇》，長至五十餘折，至今膾炙人口，讀之不厭其多。近日吾友悔庵先生有《讀離騷》、《弔琵琶》、《桃花源》、《黑白衛》等樂府數種，每種止三四折，亦復膾炙人口，讀之不覺其少。又何獨疑於《琵琶》？

《琵琶》『書館悲逢』以前之不可删，固有説矣；至於『書館悲逢』以後之不可删，則又有説。續《西廂》者，於『草橋驚夢』之後，補寫鄭恆逼婚、張生被謗、雙文信讒，見之欲嘔，固不如勿續也；不如勿續，則其所續者，删之可也。若《琵琶》，本出一人之手，本未嘗續，何容議删？試觀其寫牛相之别女，牛氏之别父，與『南浦囑别』一篇特特相肖；寫父之念女，女之念父，又與『蔡母嗟兒』、『宦邸憂思』特特相肖。讀者於此，可以通《大學》『絜矩』之心，可以推《中庸》『忠恕』之理，可以悟《論語》『不欲』、『勿施』之情，可以省《孟子》『出爾反爾』之戒。其文之妙如此，如之何其可删也！乃若孝子之廬墓，賢媛之守制，演劇者以爲不祥而删之，在演劇者則可耳。每見村學究教子弟讀書，則讀《尚書》不欲讀《顧命》，讀《戴禮》不欲讀《喪記》，彼不過爲應童子試計，何嘗爲讀書計？夫以有心人而讀《五經》，必不同於村學究。然則以有心人而讀《琵琶》，又豈同於演劇之梨園也？

天下最冤者，莫冤於古人之文被後人改壞，而訛以傳訛，竟曰古人之文本如是，良可痛也！如唐詩『關山同一點』，而村學究乃改『點』字爲『照』字；又如『獨遊亭午時』，而或則改『午』字爲『子』字，豈非點金成鐵耶？《琵琶》俗本之誤，往往有類此者。今悉依家藏元本訂正，一雪古人之冤。

作文命題，最是要緊。題目若好，便使文章添一倍光采；若題目不甚好，則文章雖極佳，畢竟還有可議處。如批評《水滸傳》者，雖極罵宋江之權詐，而人猶或以爲誨盜；批評《西廂記》者，雖極表雙文之矜貴，而人猶或以爲誨淫。蓋因其題目不甚正大也。今《琵琶記》，文章既已絕佳，而其題目又極正大，讀者其又何議焉？

予嘗謂《西廂記》題目不及《琵琶記》，因思《水滸傳》題目不及《三國志》。《水滸傳》寫萑苻嘯聚之事，處處驚人，不如《三國志》寫帝王將相之事，亦復處處驚人。且《水滸》所寫萑苻嘯聚之事，不過因《宋史》中一語，憑空捏造出來。既是憑空捏造，則其間之曲折變幻，都是作者一時之巧思耳。若《三國志》所寫帝王將相之事，則皆實實有是事，而其事又無不極其曲折，極其變幻，便使捏造，亦捏造不出。此乃天地自運其巧思，憑空生出如許奇奇怪怪之人，因做出如許奇奇怪怪之事也。昔羅貫中先生作《通俗三國志》，共一百二十卷，其紀事之妙，不讓史遷，卻被村學究改壞，予甚惜之。前歲得讀其原本，因爲校正。復不揣愚陋，爲之條分節解，而每卷之前，又各綴以總評數段，且許兒輩亦得參附末論，共贊其成。書既成，有白門快友見而稱善〔二〕，將取以付梓：，不意忽遭背師之徒，欲竊冒此書爲己有，遂致刻事中閣，殊爲可恨。今特先以《琵琶》呈教，其《三國》一書，容當嗣出。

予今日之得以《琵琶》呈教也，實我先大人之遺惠也。猶記孩提時，先大人輒舉古今孝義貞淑之事相告。及稍識字，卽禁不許看稗官，亦並不許看諸傳奇。而《琵琶記》獨在所不禁，以其所寫者，皆孝義貞淑之事，不比其他傳奇也。大人既不禁我看，我因得時時看之，愈看愈覺其妙，因大歡喜之。而今乃得自以其幼時所歡喜者，出而就正於四方君子也。然則昔者我先大人於諸傳奇中，而獨許我看《琵琶記》，其愛我不甚深哉？我今願遍告天下父兄子弟，須知《琵琶記》並不是傳奇。人家子弟，斷斷不可把《琵琶記》來當作傳奇看；人家父兄，尤斷斷不可誤認《琵琶記》爲傳奇，而禁其子弟，使不得看也。

予之得見《琵琶記》雖自幼時，然爾時不過記其一句兩句，吟咏而已。十六七歲後，頗曉文義，始知其文章之妙乃至如此，於是日夕把玩，不釋於手。因不自量，竊念異日當批之、刻之，以公同好。不意忽忽三四十年，而此志未遂〔三〕。蓋一來家無餘資，未能便刻；二來亦身無餘閒，未暇便批也。比年以來，病目自廢，掩關枯坐，無以爲娱，則仍取《琵琶記》，命兒輩誦之，而我聽之以爲娱。自娱之餘，又輒思出以公同好。由是乘興粗爲評次，我口説之，兒輩手録之。既已成帙，將徐爲剞劂計。然自愧愚淺之見，不足爲古人增重，亦未敢信今人之必有同好也。今夏之杪，蔣子新又偶過予齋〔四〕，於案頭檢得此書，展看一過，即撫掌稱歎，以爲『聲山氏誠高東嘉之知己矣。且《琵琶》一書，得此快評，直爲孝子義夫、貞婦淑女别開生面，是不特文人墨士窗前燈下所不可少之書，而亦深閨繡闥粧臺鏡側所不可少之書也。盍急壽之梨棗，使四方能讀書之人，每人各攜數帙以歸，除留自玩與留備友人借觀外，一付塾師以誨弟子，一付保母以誨女子，俾皆有所觀法，則爲朝廷廣教化，美風俗，功莫大焉。』予感其言，即進梓人，而以斯言告之。梓人亦以斯言故，遂不日而竣役。予因歎高東嘉《琵琶記》，與羅貫中《三國志》，皆絶世妙文，予既皆批之，則皆欲刻之，以公同好者也；而一則遭背師之徒而中閣，一則遇知音之友而速成。嗚呼！古人之書，誠望後人之能讀之；而一人讀之，尤望與天下之人共讀之。乃或能卽與共讀，或不能卽與共讀，其間豈亦有幸有不幸乎？夫予固不足論，獨念羅貫中何不幸而遭彼背師之徒，高東嘉何幸而遇此知音之友也。《琵琶記》雖是絕世妙文，然今旣習見習聞，天下當已無人不讀，不知卻是并未曾得讀也。卽有一二有心人，亦嘗評之論之，但評之未詳，論之未悉，天下人終有不能讀者。我今更評之論之，庶幾與天下之人共讀之。

所謂有心人評之論之者，如王鳳洲、湯若士、徐文長、李卓吾、王季重、陳眉公、馮猶龍諸先生是已。人試觀諸先生評論在前，則知予今日之贊美《琵琶記》，非出臆說；亦唯觀諸先生評論在前，方知予今日別出手眼，非敢有所蹈襲前人也。謹采輯前賢評語，列之如左。

前賢評語

王鳳洲先生曰：南曲以《琵琶》爲冠，是一道《陳情表》，讀之使人欷歔欲涕。

又曰：《琵琶記》四十二齣，各色的人，各色的話頭，拳腳，眉眼，各肖其人。好醜濃淡，毫不出入。中間抑揚映帶，句白問答，包涵萬古之才，太史公全身現出。以當詞曲中第一品，無愧也。

又曰：『你爹娘倒教別人看管』，此語參人情，按世態，淋漓嗚咽。讀之，一字一淚，卻乃一淚一珠。

又曰：『縱然錦衣歸故里，補不得你名行虧。』蔡母立一宗公案，自作勘語，判盡了詞人刀筆。

又曰：『絳羅深護奇葩小』，乃單語中巧語，巧在一『小』字。

又曰：《琵琶記》當以『蔡母嗟兒』一篇，爲《霓裳》第一拍。看他語語刺心，言言洞骨，絕不閒散一字。半入雍門之琴，半入漸離之筑。淒淒楚楚，鏗鏗鍧鍧，庶幾中聲起雅。

又曰：『幾回夢裏，忽聞雞唱。忙驚問、錯呼舊婦，同候寢堂上。』這般恍惚心緒，似夢似醒，若有若無，舌底模糊，道不出處，卻寫得朗朗淒淒，眞乃筆端有舌。

又曰：吾友胡元瑞云：《琵琶記》『中秋望月』一篇，肌肉太豐，似乎詞勝意不勝。予曰：不然。如『萬點蒼山，何處是。修竹吾廬三徑』，又如『深閨思婦，怪他偏向別離明』，骨肉何嘗不相稱耶？

又曰：『縱認不得是蔡伯喈昔日的爹娘，須認得是趙五娘近日的姑舅。』苦口苦心，憑三寸筆尖寫來，自足碎人心腸。予嘗悶坐齋頭，極想此二句，欲翻案作數語，畢竟他情到詞到，不容人再著筆，只得學坡公之讓退之獨步也。

又曰：『爹猶念女，怎教他爹娘不念孩兒？』金針刺入膏肓，與『你爹娘倒教別人看管』，都只在舌頭上略下轉機。高老慣弄此舌。

又曰：《琵琶記》『兩賢相遘』一篇，幻設婦女之態，描寫二賢媛心口，眞假假眞，立談間而涕泣感動，遂成千載之奇。便卽酈生一朝說下齊七十餘城，從太史公筆端描出，言猶在耳。

又曰：吾友胡元瑞嘗笑蔡中郎大不幸，流離困苦一生，千載後又被高東嘉汙衊，編其再婚牛氏，遂爲里巷唾罵無已時。今讀曲中『衆所誚，人所褒』之句，恨不浮三大白，亟酹蔡小郎地下。

湯若士先生曰：《琵琶記》從頭至尾，無一句快活話。讀如此傳奇，勝讀一部《離騷》。

又曰：《琵琶記》都在性情上著工夫，並不以詞調巧倩見長。

又曰：天下布帛菽粟之文，最是奇文，但不足以悅時目耳。然有志著書人，豈肯與時目作緣者？東嘉此書，不特其才大，其品亦甚高。

又曰：文之妙者，不肯說鬼說夢；然文之妙者，又偏會說鬼說夢，若左丘、司馬是已。今看《琵琶記》『感格墳成』一篇，將沒作有，翻正爲奇，明明說鬼說夢，卻又不是認眞說鬼說夢，正是弄丸承蜩，令人無可捉摸。

徐文長先生曰：《琵琶》一書，純是寫怨。蔡母怨蔡公，蔡公怨兒子，趙氏怨夫婿，牛氏怨嚴親，伯喈怨試、怨婚、怨及第，殆極乎怨之致矣。『詩可以興，可以觀，可以羣，可以怨』，《琵琶》有焉。

又曰：『黯然銷魂者，唯別而已矣。』唐人多朋友送別之詩，元人多夫婦惜別之曲。然寫朋友送別，慷慨悲壯，能令人增長意氣；若寫到夫婦惜別，縱使極情盡致，不過男女繾綣之私已耳。《琵琶》高人一頭處，妙在將妻戀夫，夫戀妻，都寫作子戀父母，婦戀舅姑。如『南浦』一篇，始之以『親在遊怎遠』，而終之以『歸家只恐傷親意』，此其不淫不傷，『發乎情，止乎禮義』者也。不然，爲男子者，出門惘惘，有離別可憐之色，叮嚀顧婦子語，刺刺不休，便不成丈夫；爲女子者，全不注意功名，爲良人勸駕，只念衾寒枕冷，牽衣涕泣，便不成賢媛。

又曰：《琵琶》有囑別之文，《西廂》亦有囑別之文。而《西廂》之文之妙，固在囑別之前，從前寫得鶯鶯極其嬌雅，極其矜貴，蓋惟合之難，故離之難耳。若只寫『長亭送別』一篇文字，便沒氣骨。然仔細看來，《西廂》囑別之文，畢竟只寫得男女繾綣之私，畢竟還遜《琵琶》一著。

又曰：《琵琶記》『才俊登程』一篇，摹寫旅況，丹青所不及。

李卓吾先生曰：元曲崔、蔡二奇，桓、文遞霸。近人往往左袒《琵琶》，以其有裨風化，如發端便主甘旨，猶之唐詩李、杜二家，亞李首杜，謂存《三百篇》遺意。

又曰：『爲著一領藍袍，落後五綵班衣。』豔色逼人，不著古今花草，卻又不減花草。

又曰：『《孝經》、《曲禮》早忘了』，一段禪諦，正不在多，直舉半偈。

又曰：『相遭際，暮年姑舅，薄情夫壻。』是古天竺先生提鉢向壁間，說苦行禪，半偈便了，卻千言萬語不了。

又曰：予嘗聽人說，《琵琶記》多了『金閨愁配』一段。然有這段，纔無滲漏，乃避其虛而故實之，有左丘、太史之致。

又曰：『糟糠自厭』一篇，字字本色，不失古樂府韻調。

又曰：『糟糠自厭』、『代嘗湯藥』、『祝髮營葬』數條，當識其規矱特創，無古無今，在傳奇中高出人一頭地。

又曰：《琵琶記》大率一篇各設一象。如『剪髮』一篇，主一『髮』字，發出許多意思，入巧入細。我疑文人頭髮，亦是空慧的。

又曰：『金釵十二行』，牛僧孺事也，東嘉用之於漢前。蓋詞人調弄筆頭，不復暇計漢、唐。譬之王維雪裏芭蕉，雖闕畫理①，無礙畫趣。

又曰：『他心中愛子，指望功名遂。他眼下無兒，因此埋怨你』二句，排偶平和，其怒不驟不躁，至今使人聽之，猶覺口角甜和。

又曰：俗傳東嘉初作《琵琶》，以蔡中郎爲『不忠不孝』。後夢中郎謂之曰：『子能塡我於懿行乎？願陰爲報。』夢覺，乃易爲『全忠全孝』。予謂是未必然，無亦東嘉書既成，悔其誣誕之非，故作鬼語以自解也。中郎如果有靈，縱不能如六丁神挾雷電而下，將取書去，亦當如犀渚魑魅，直以幽明不相及叱之，豈至如兒女縮怯，作乞憐語耶？亦足供談林中一大噱。

王季重先生曰：『《西廂》易學，《琵琶》不易學。』蓋傳佳人才子之事，其文香豔，易於悅目；傳孝子賢妻之事，其文質樸，難於動人。故《西廂》之後，有《牡丹亭》繼之；《琵琶》之後，難乎其爲繼矣。是不得不讓東嘉獨步。

又曰：《琵琶》曲中，襯字頗多。若必欲勉强刪去，將原本改壞，便不成文字矣。夫『詩言志，歌永言』，既不成文字，又何以成歌曲耶？

又曰：《琵琶》原曲，多爲後人改壞，不特曲爲然也，卽白中亦有之。如『雖可拋兩月夫妻』，俗本將『雖』字改作『豈』字；又如『難道各人自掃門前雪』，俗本削去『難道』二字，豈非點金成鐵手？

又曰：　人道《琵琶》無豔曲，試看『琴訴荷池』、『中秋望月』兩篇，何嘗不豔？

陳眉公先生曰：　人有一勺不需而多酒意者，淡而有味故也；　有一筆不染而多畫意者，淡而有致故也；　有一偈不參而多禪意者，淡而有神故也。　妙人如是，妙文何獨不然？　《琵琶》之文淡矣，而其有味、有致、有神，正於淡中見之。

又曰：　鍾伯敬論詩，每至妙處，便云：　『清空一氣如話。』我於《琵琶》亦云。

又曰：　《西廂》、《琵琶》，譬之畫圖：　《西廂》是一幅著色牡丹，《琵琶》是一幅水墨梅花；　《西廂》是一幅豔粧美人，《琵琶》是一幅白衣大士。

又曰：　《琵琶》曲俱自然合律，而不爲律所縛，最是縱横如意之文。

馮猶龍先生曰：　先儒有言，讀諸葛亮《出師表》而不下淚者，必非忠臣；　讀李密《陳情表》而不下淚者，必非孝子。　今爲更二語曰：　讀王鳳洲《鳴鳳記》而不下淚者，必非忠臣；　讀高東嘉《琵琶記》而不下淚者，必非孝子。

又曰：　傳奇中插科打諢，俗眼所樂觀，名手所不屑。　今之演《西廂》者，添出無數科諢，殊覺傷雅，而實則原本未嘗有也。　《西廂》且然，況《琵琶》乎？　高老自言『休論插科打諢』，彼固不屑以科諢見長。

又曰：　《琵琶》曲多借韻，如『眞文』借用『庚青』，『先天』借用『寒山』之類。　此在善歌者，審其本韻以何爲主，將借韻收入本韻，唱之可耳。夫曲之有韻，亦如詩之有拈，李、杜詩多有不拘拈者。今人作曲，未嘗失韻，而曾不及東嘉之萬一，亦如作詩，未嘗失拈，而曾不及李、杜之萬一也。又曰：詩止平仄二聲，曲則於仄聲內，又必辨上、去、入三聲。有上、去、入可通用者，亦有上、去、入不可通用者。如應用去而用入，則不合腔；應用上而用去，則不起調。又有入聲可借作平聲者，亦有不借作平聲者。如一樣兩入聲字，而一作平，一不作平，各自不同，不得錯認。諸如此類，頗費塡詞者之經營。獨《琵琶記》隨筆寫去，自然合拍，不特文字佳，音律尤佳，允爲南曲之冠。

以上前賢評語，章章如是，而予更有所論次者，舉其引端之旨而暢言之，又舉其未發之旨而增補之者也。予因病目，不能握管，每評一篇，輒命崗兒執筆代書。而崗兒亦時有所參論，又復有舉予引端之旨而暢言之，舉予未發之旨而增補之者，予以其言可采，使亦附布於後，以質高明。

【校】

①雖闕畫理，底本作『漢調盡埋』，據文義改。

【箋】

〔一〕此文當爲毛聲山撰。

〔二〕白門快友：或指南京醉耕堂書坊主人周亮工（一六一二—一六七二）、亮節（一六二二—一六七〇）兄弟，參見陸林《金聖歎與周亮工關係探微——兼論醉耕堂本〈水滸傳〉和〈天下才子必讀書〉的刊刻者》，收入氏著《求是集——戲曲小說理論與文獻叢考》（中華書局，二〇一一，頁一九二）。

〔三〕此文前云『十六七歲』時閲讀《琵琶記》，『竊念異日當批之、刻之，以公同好。不意忽忽三四十年』。據此，則此本康熙五年（一六六六）初刻時，毛綸應在五十五歲以上，則其生年當在明萬曆三十九年（一六一一）之前。

〔四〕蔣子新又：即蔣銘（一六三五—一六六九），字新又，太倉（今江蘇蘇州）人。清庠生。康熙五年至七年（一六六六—一六六八），曾輯録《古文彙鈔》十卷，現存蘇州交翠堂刻本，臺灣大學圖書館藏。參見陸林《金聖歎史實研究》（頁五七五—五七八）。

（第七才子書）參論

毛宗崗

毛序始曰：《琵琶記》篇首標題云『全忠全孝蔡伯喈』，予竊疑焉。生不能養，死不能葬，可謂孝乎？辭官不得，日日思鄉，將『國爾忘家』之謂何，而名之曰忠也？俗傳東嘉以夢警之故，乃改『不忠不孝』爲『全忠全孝』，今觀其文，何嘗是全忠全孝？意者未曾改文字，只改得題目耳。若果曾改文字，則其書中，不應復有無數駡伯喈文字。如：『縱然錦衣歸故里，補不得你名行虧』，是借蔡母口駡之；『怨只怨蔡伯喈不孝子』，是借蔡公口駡之；『思量薄倖人，辜奴此身』，是借趙氏口駡之；『撇父母抛妻不保，三不孝逆天罪大』，是借張公口駡之；『笑伊家短行，無情忒甚』，是又借牛氏口駡之。猶未已也，其自言曰：『不覩親的負心薄倖郎』，又云『似我會讀書的，倒把親撇漾』，又云『撇卻糟糠妻下堂』，人駡之未足，又復自駡。其文字如此，故知其未曾改也。然有罵處，隨有勉强斡旋處。罵之所以刺王四之負心，斡旋之所以望王四之補過。深其文者，借蔡邕以罵王四；易其題者，終不敢以王四誣蔡邕也。

又曰：文章不曲折則不妙。《西廂記》張生終得與鶯鶯配合，全賴紅娘之力，乃妙在鶯鶯偏要瞞著紅娘；《琵琶記》趙氏再得與伯喈團圓，全賴牛氏之賢，乃妙在伯喈偏要瞞著牛氏，其曲折處正是一樣筆墨。然鶯鶯瞞紅娘，不曾猜破，卻是張生道破；伯喈瞞牛氏，伯喈不曾當面說破，卻被牛氏背地聽破。一樣筆墨，又是兩樣文法。

又曰：吾友蔣新又嘗云：『文章但有順而無逆，便不成文章；傳奇但有歡而無悲，亦不成傳奇。』誠哉是言也。然所以有逆有悲者，必用一人從中作鯁，以爲波瀾，如《西廂》有崔夫人作鯁，《琵琶》有牛丞相作鯁。乃夫人作鯁，是賴婚；丞相作鯁，是逼婚。夫人賴婚，到底賴不成；丞相逼婚，竟逼成了。同一波瀾，而《琵琶》文法又變。

又曰：《琵琶》曲多有連用前腔者，此《詩經》文法也。《詩經》每篇幾章，章幾句，往往後章與前章，後句與前句，更不改換，中間只略易一二字，便覺前後淺深不同。《琵琶》之曲，亦猶是爾。

又曰：《西廂》北曲，無『合前』之體。而《琵琶》南曲，多有『合前』者，此亦《詩經》文法也。如『漢之廣矣，不可泳思。江之永矣，不可方思』，又如『懷哉懷哉，曷月①予還歸哉』之類，每章結尾，只是一樣句語，更不改換一字。此蓋風人所注意者在此，故不覺言之重、詞之複，再三唱歎，以足其意。《琵琶》之曲，亦猶是爾。

又曰：《琵琶》曲中所謂言之重、詞之複，再三唱歎，以足其意者，如『高堂稱慶』一篇，連歌『共祝眉壽』，正爲自②此以往，祝壽不可復得，故於此頻頻道之。又如『琴訴荷池』一篇，連歌『清世界幾人見』，是言對景爲歡者，能有幾人見，苦樂不同，正打動孝子思家之意，故言之重也；又頻歌曰『不覺暗中流年換，見光陰易去，省親無時』，正打動孝子愛日之誠，故詞之複也。又如『中秋望月』一篇，頻歌曰『年年此夜，人月雙清』，此在牛氏眼中，見爲人與月俱圓，而伯喈意中，則人正有不能與月俱圓者，故再三唱歎，以寄懷也。又如『拐兒紿誤』一篇，頻祝曰『一家賀喜』，『只說他日再相見』；『聽女迎親』一篇，頻祝曰『耳聽好消息』，『相逢處，好筵席』；『寺中遺像』一篇，頻祝曰『龍神護持、護持他登山渡水』，正以後來不得再相見，無好消息，無好筵席，並不能登山渡水，故連歌之以反襯後文。蓋唯有前之祝，愈覺後之悲，必如是而文情始足也。乃若『廬墓』一篇，頻歌『覷眞容，形衰貌枯；想靈魂，悲咽痛苦』，則以墓中之人，其形容不可復覩，可覩者唯眞容耳，故對墳墓不得不復覽眞容，此皆從孝子心坎中摹寫出來。至於末篇，頻歌曰『料天也會相憐憫』，此則一部書之大結穴也。何也？一部書首篇便有『付之天也』、『俟命於天』、『謝天相佑』等語，中間又有『天付與』、『天須鑒』、『天降災』、『天憐念』、『復把蒼天禱』、『天教夫婦再和諧』、『問天天怎生結果』，無數『天』字，於是終篇亦頻呼『天』字以總結之。夫歷山之淚，號泣於父母，必號泣於旻天；孝子能事親，必能格天。故《琵琶》以天始，以天終也。嗚呼！一傳奇耳，而始終稱天，以大其辭，亦有如《尚書》二典、三謨之始於『欽若昊天』而終於『敕天之命』，《中庸》三十三章之始於『天命之謂性』而終於『上天之載』者。然則《琵琶》一書，又安得以傳奇目之哉？

又曰：《琵琶》文中寫時序先後，一筆不亂。如『臨粧感嘆』一篇，先云『羅襟淚漬』、『錦被羞鋪』，此整襟撚帶、推被起牀之時；次云『綠雲懶去梳』、『鏡鸞羞自舞』，此方是臨粧理髮、對鏡整容之時；後云『輕移蓮步，堂前問舅姑』，然後是梳粧已畢，問寢高堂之時。又如『夢繞親闈』一曲，先云『重門半掩黄昏雨』，是寫黄昏；次云『枕邊萬點思親淚，伴漏聲到曉方歇』，然後從黄昏寫到五更；次云『慵臨青鏡，頓添華髮』，然後又從五更伏枕寫到天明照鏡。又如『琴訴荷池』一篇，先寫晝長日永，是天正午；次寫『晚來雨過』，是天已晚；次寫『新月一鈎』，是天將暝；次寫『玉漏催銀箭』，是夜已闌。又如『中秋望月』一篇，先云『誰駕玉輪來海底』，是月初起；次云『十二闌干光滿處』，是月正午；次云『斗轉星横』，是月已斜。此皆逐篇中之次序也。若總全部而計之，如『朝來峭寒輕透』，是寫早春，然後再寫『清明時候』，然後再寫『風光正暮春』，然後再寫『坐對南薰』，然後再寫『秋容光淨』，然後再寫『黄葉飄飄』，然後再寫『大雪添淒楚』，雖不必在一年之中，而自春而夏而秋而冬，寫來亦復循循有序。嘗讀《五才子書》，將寫六月生辰綱，便先於説三阮時，寫阮小五鬢邊一朵石榴花，用筆最閒細。竊怪今人作文，胡亂下筆，前不顧後，後不顧前。想其讀古人文章，草草看過，故自己下筆，亦草草耳。

又曰：《琵琶》將寫『長空萬里』，先寫『楚天雨過』，亦如將寫『新月一鈎』，先寫『晚來雨過』，蓋以月在雨後，分外皎潔，故寫月必從雨後寫之。然夏月不如秋月，初生之月不如既滿之月。

『長空萬里』，舍花而獨寫月者，意專在乎月也。『新月一鈎』，因荷香而旁及之，是寫花而帶寫月者，意不在乎月也。不惟意不在月，且亦並不在花。夫既不在花，又不在月，則『荷池』一篇，意將安屬？曰：前之注意在琴，而後之注意在枕與扇。借琴以寫其念妻之情，借枕與扇以寫其思親之志，如是而已。唯後之注意在枕與扇，故於前文先寫『夢到家山』，先寫『簟展湘波紈扇冷』，又於丑淨口中寫打扇，寫上眠牀，以引起之；後文又連寫數『眠』字、數『風』字，以映帶而襯染之。唯前之注意在琴，故篇首先寫『翠竹敲風聲』，以引起之；後幅又寫棋聲以陪之，又寫雨過聲，輕雷聲，柳中新蟬聲，菱歌唱晚聲，玉漏聲，笙歌聲，以宕漾而拖逗之。其用筆迴環交互，精妙如此，豈非才子之文？

又曰：嘗讀唐人詩，有一首之內而上下迥別者。如：『越王句踐破吴歸，義士還家盡錦衣。宮女如花滿春殿，只今唯有鷓鴣飛。』上三句，何等熱鬧；末一句，何等悲涼。又如『鱼鳥猶疑畏簡書，風雲應爲護儲胥』，二語何等聲勢；忽接云『徒勞上將揮神筆，終見降王出傳車』，何等掃興。又如『千門柳色垂青鎖，三殿花香入紫薇』，何等華麗；末乃云『官拙自悲頭白盡，不如巖下掩荊扉』，何等涼淡。又如『欲取蕪城作帝家，錦帆應自到天涯』，忽接云『於今腐草無螢火，終古垂楊有暮鴉』，前二語何等雄壯，後二語何等慘寂。諸如此類，未可枚舉。而《琵琶》文中亦多用此法。試觀『十載親燈火』一曲，上半似魁科目，下半忽樂隱淪；『鳳凰池上歸環珮』一曲，上半是丞相罷朝，下半是老叟獨嘆；『官居宮苑』一曲，上半是侍臣隨駕，下半是高士歸林；『月淡星移』

一曲，上半是早朝待漏，下半是客邸思家。此等筆法，正與唐詩相類者也。不但此也，唐詩有卽兩句内而上下迥别者，如『蜀主窺吳向三峽，崩年亦在永安宫』，又如『千尋鐵鎖横江岸，一片降旗出石頭』，上句皆極其雄，下句皆極其憊。又如『高館張燈酒復清，鐘鳴月落鴈歸聲。只言黄鳥堪求侶，無那春風欲送行。』第一句似喜，第二句似悲，第三句又似喜，第四句又似悲。如此之類，亦不可枚舉。而《琵琶》文中又往往有之。試觀『才俊登程』一篇，『雲梯月殿圖貴顯，水宿風餐莫厭貧』，上句熱，下句寒；『思鄉遠，愁路貧，肯如十度謁侯門？行看取，朝紫宸，鳳池鰲禁聽絲綸』，是又上語寒，下語熱。此等用筆，又與唐詩相類者也。不但此也，唐詩又有卽一句内而上下迥别者，如『回首可憐歌舞地』，歌舞本是樂事，乃上著『回首可憐』四字，便黯然銷魂。又如『露冷蓮房墜粉紅』，『蓮房』、『粉紅』，字本極香豔，乃著一『冷』字、『墜』字，亦便黯然銷魂。又如『映堦碧草自春色，隔葉黄鸝空好音』，碧草春色、黄鸝好音，豈非美麗字樣？而著一『自』字、『空』字，便覺神情蕭索。又如『翠華想像空山外，金殿虚無野寺中』，翠華、金殿十分尊貴，野寺、空山十分荒凉，乃並在一句，又著『虚無』、『想像』字，令人愴然傷懷。如此之類，亦復不可枚舉。而《琵琶》文中，又往往有之。試觀『宦邸憂思』一篇，其云『悲傷鷺序鵷行』，『鷺序鵷行』之上，著『悲傷』二字，甚奇；又云『怨香愁玉』，『香』字、『玉』字上，著『愁』字、『怨』字，甚奇；又云『把歡娱翻成悶腸』，『歡娱』與『悶腸』並説，甚奇；至於『新人鳳衾和象牀』，可謂最樂，而上著『依然』二字，其辭若有憾焉，則又甚奇。乃其所尤奇者，『閃殺人花燭洞房，愁殺我挂名金榜』，『洞房』、『金榜』之上，忽著『閃殺』、『愁殺』等字，此從來未有之創句，卽唐詩中亦不可易得。今人熟唱《琵琶》，等閒看過，故不覺其新異耳。夫操縵者將爲人解愠，則寫虞室之琴；將使人墮淚，則奏雍門之瑟；若欲以虞琴與雍瑟雜彈，必不能矣。染翰者將寫嚴寒，則繪北風之圖；將寫炎暑，則描雲漢之象；若欲以北風與雲漢並畫，必不能矣。薦味者將爲人養生，則調甘飴之鼎；將爲人去病，則進苦口之劑；若欲以飴甘與荼苦交陳，必不能矣。獨有文人之筆，可於悲中見喜，可於喜中見悲；可於冷中寓熱，可於熱中寓冷；可於苦中得甘，可於甘中得苦。予初不信，乃於唐詩信之，今於《琵琶》愈信之也。

又曰：《琵琶記》曲白中，極閒處都有針線。如『選士』一篇，試官口中誇稱長安富貴，卻只將食味來說，是正與陳留饑饉、蔡家缺食、里正奪糧、孝婦喫糠等事作反襯。又如寫牛氏富麗，卻云『金鳳斜飛鬢雲𩬅』，又云『起來攜素手，鬢雲亂』，又云『香霧雲鬟』，是正與五娘臨粧感嘆、剪髮賣髮等事作反襯。寫伯喈及第，卻云『布袍脫下換羅衣』，又云『嫦娥剪就綠雲衣』，又云『荷衣穿綠』，又云『紫羅襴，白玉帶』，是正與五娘之典賣衣衫、寸絲不挂，蔡公蔡母之衣衫敝垢、穿著破損衣裳作反襯。至若首篇有『連理芳年，烏飛兔走』之語，於是中間亦有『隔牆花强攀做連理』，與『連理無旁枝，廝趕的皆狐兔』等語以映帶之，而末篇便以『連枝異木』、『白兔如馴』雙結之。此皆極閒中有針線處，讀者勿忽爲閒筆，而不尋其針線之所伏也。

又曰：讀『南浦囑別』一篇，至蔡公、蔡母下場詩，定當墮淚。蓋親與子自此一別，終天不再會矣。或曰：蔡公、蔡母本皆子虛烏有，奈何認眞，爲之淚落耶？曰：其事雖本未有之事，而其情則至不堪之情也。凡人於難爲情之處，而不動念者，其人非大解脱人，必極忍心之人。

又曰：人謂《西廂》寫佳人才子，《琵琶》寫孝子賢妻。我謂《琵琶》之寫孝子賢妻，何嘗不是佳人才子？伯喈沉酣六籍，貫串百家，固是曠世逸才，即趙氏寒門素質，知音染翰，牛氏繡幕奇葩，通詩達禮，豈非絶代佳人？蓋自古及今，眞正才子必能爲孝子義夫，眞正佳人必能爲賢妻淑女。或疑文人往往無行，才女往往失節，東嘉之作《琵琶記》，正欲爲天下佳人才子一雪斯言耳。

又曰：《琵琶記》寫伯喈讀眞容題詞，矍然曰：『句句道著下官我。』因想王四當日見了《琵琶記》，定當作此語。且不獨王四然也，凡天下後世負心人見了《琵琶記》，當無不作此語。故《琵琶》一書，必眞正佳人才子方肯讀，彼不孝不義、不賢不淑之人，決不肯讀。

又曰：《琵琶記》雖有所托諷而作，然不過朋友規諫之意耳。至於朝廷之上、天子之尊，初未敢一語稍涉譏刺也。觀其首篇第一曲，便稱『風雲太平日』；其中篇又云『太平時車書已同，干戈盡戢文教崇』，又云『時清莫報君恩重』，又云『乾坤正，玉柱擎天又何用』；直至卷末，仍以『玉燭調和』、『聖主垂衣』作結，其尊奉朝廷，頌揚天子，可謂至矣。天下後世之著書立説者，皆當以此爲法。

康熙丙午秋日〔一〕。

（以上均清雍正間芥子園校刻本《聲山先生原評繡像第七才子書》卷一）

【校】

①月，底本作『曰』，據《詩經·王風·揚之水》改。

②自，底本作『白』，據文義改。

【箋】

〔一〕康熙丙午：康熙五年（一六六六）。題署之後有如下文字：『雍正乙卯春日七旬灌叟程自莘氏較刊於吳門之課花書屋』，『蘇州閶門外上津橋下塘西山廟前藏板』。

（第七才子書）自序

費錫璜〔一〕

自樂府廢，風詩散，朝廟草野，聲音之道不相屬，無以爲教化之源，而俗由此益漓。上自天子公卿，下至里巷小人，莫不聽而悅之者，惟院本。故院本者，聲音之所在，風俗之所關也。

明初院本盛行者，有《琵琶記》及《荊》、《劉》、《拜》、《殺》五本爲最。《琵琶》所以教孝也，《殺狗》所以①教弟也，《荊釵》、《拜月》所以教節也，《白兔》所以教義也，懲不義以歸於義焉。明三百年風俗淳正，蓋其初黜淫豔之繁詞，而尚質厚之雅音，如此其不苟也。

獨怪蔡中郎，母病三年，衣不解帶，七旬母死廬墓，致馴兔連理之異；在朝止董卓不稱尚父，勸卓不僭車駕，炳炳若是，而被不孝名，似不可解。豈偃蹇不能辭卓之徵辟，後又不能逃遁遠去，起司徒座上之歎，卒就誅戮，以致此耶？讀放翁詩，則其說不自高東嘉始矣。

高郵從西文先生〔二〕，以爲東嘉不但言其不孝，實言其不忠，不忠則不得稱孝，反覆推明東嘉之義，以縮其說，可謂詳且核矣。要之，忠孝出於一本，自先生書出，《琵琶》所以教孝，實所以教忠，豈非大有關於世教之書乎？然先生不自以爲必然，號曰『空山夢說』。夫文章莫幻於傳奇，而人世莫幻於夢。先生說傳奇，自以爲說夢，是以夢幻之境說古今事也。先生於書無所不讀，尤邃於禪，吾謂『空山夢說』，即靈山之說法可矣。

成都費錫璜拜書。

（清雍正間刻《鏡香園毛聲山評第七才子書》卷首）

【校】

①『以』字，底本闕，據上下文補。

【箋】

〔一〕費錫璜（一六六四—一七二三？）：字滋衡，一作滋蘅，新繁（今四川新都）人，僑居江都（今江蘇揚州）。費密（一六二五—一七〇一）次子。與其兄錫琮（一六六一—一七二五）皆有詩名，曾合撰《陪庭偕詠》三卷。以入幕、教塾爲生。著有《漢蒔德銳》、《費滋衡詩》、《掣鯨堂詩集》、《焦螟詞》等。傳見《國朝耆獻類徵初編》卷四二八、民國《新繁縣志·人物列傳》卷八李宗孔《費孝節先生小傳》等。參見林新萍《清初詩人費錫璜研究》（福建師範大學碩士學位論文，二〇一六）。

〔二〕高郵從西文先生：未詳，待考。

跋葉蒼舒序毛聲山批評琵琶記〔一〕

許　濬〔二〕

嘗見今之鶩名而詫於世者，曰：『某人才子，某書奇書也。』乃有耳無目之輩，遂同聲而附之。不知才由情生，奇從庸出，猶是書也。苟風教不關，興感不作，雖才與奇，奚益哉？今夫犀玉珠貝，天下至寶之物也；布帛菽粟，天下至庸之物也。當其飢寒之極，見和璧夜光而不顧，望匹布斗粟而色動者，雖知其至寶也，無補於死亡，即知其至庸也，可救乎身命。吾謂才與奇之道，亦若是焉爾。

昔金子聖歎取《西廂記》而閱之評之，曰：『此才子之書也。』而天下盡以爲才子之書矣。今毛子聲山復取《琵琶記》而閱之評之，曰：『此才子之書也。』而天下亦盡以爲才子之書已。雖然均爲才子之書也，而果無所優劣與？抑知《西廂》、《琵琶》，俱言情之書也。《西廂》近於蕩，蕩則情流於邪矣；《琵琶》近於貞，貞則情歸於正矣。嗚呼！情貞而正，則風教攸關，不才可奇，況復能才？情蕩而邪，乃以誨淫，雖才無取，烏足云奇。此吾所爲心服乎毛子之有具眼也。《西廂》之蕩，固無足論。往往見士女觀演《琵琶》，至《賣髮》等齣，欷歔不禁；至《入贅》等齣，反脣戟手，形於聲色者，豈非情之貞而感之至乎？夫書而至於使人可涕可詈，非奇也乎？奇豈不可傳乎？奇而至於可傳，豈不足爲才子乎？今聲山評之，蒼舒序之，二子之才，豈不更奇也乎？試問天下之喜傳奇者，能知《琵琶》之爲布帛菽粟，方許取聲山所評、蒼舒所序之才子書而讀之。

吴山英曰：『以貞、蕩二字爲《琵琶》、《西廂》定評，深得夫子以「思無邪」一言而蔽《三百篇》之旨。』

（《四庫未收書輯刊》第柒輯第二九册
影印清康熙間刻本許濬《許子文存》）

【箋】

〔一〕葉蒼舒：即葉芳標，一名方標，字蒼舒，號蓮嶼，一作濂峪，吴縣東山（今屬江蘇蘇州）人。葉聲次子，葉芳嘉弟。清初廪貢生。善詩文，家有藏書萬餘卷。後破家財，至貧窮老死。編太湖詩文集《兩朝國雅》。著有《深柳讀書堂詩鈔》、《濂峪存草》、《冰雪篇》、《香草》（以上四種并見《七十二峯足徵集》卷五四）、《碎金集》等。傳見民國葉承慶《鄉志類稿·人物·文學》（江蘇省吴縣東山縣志）。其《毛聲山批評琵琶記序》，未見。

〔二〕許濬（約一六三一—一六八四後）：本姓鄭，育於許氏，字致遠，號懦庵，別署莫釐山人，吴縣東山（今屬江蘇蘇州）人。明季府學生鄭圃弟。曾評輯《四代律存》。著有《許子詩存》、《許子文存》。傳見葉蒼舒《莫釐山人小傳》（附於清康熙間刻本《許子文存》卷首）。

（琵琶記）敍

巴縣山父〔一〕

《琵琶記》五卷，元高則誠撰。相傳諷其友王四之所爲作也。夫有均之文，至詞曲而其流益亟，精其業者，唯元人。余讀明臧晉叔所輯《百種》，意亘闋也。然多所淫於月露之辭，其裨於人心至微倹。抑余聞詞曲家言：『俚質與藻繪難易。』高氏之文，信質矣，而於孝義，往往抒性情之極，而悱惻哀鳴，余每誦之，未嘗不流涕也。今世綦變，救國之聲漫天下，跅弛者至粃糠倫紀，恣慚德，弗恤時，且爲歺窳者所大詬。余閔其於親疏薄厚之量至舛馳，而所褟爲博愛者恐終飾名，而匪激於誠之不容已，蓋矯虛之與涼薄，皆失情之尤者。東西學者，僉謂稗書鼓詞爲能溥濡於化。茲編之刻，殆欲贊彝常之教，而率國人於厚者。是則余無窮之意也。

宣統二年正月，巴縣山父敍。（後附《前賢評語》，略）

（蔡毅《中國古典戲曲序跋彙編》卷五校錄《天隱閣叢書》本《琵琶記》）

【箋】

〔一〕巴縣山父：巴縣（今屬重慶）人，姓名、生平均未詳。

附　譯本琵琶記序

王國維

欲知古人，必先論其世；欲知後代，必先求諸古。欲知一國之文學，非知其國古今之情狀學術不可也。近二百年來，瀛海大通，歐洲之人，講求我國故者亦夥矣，而眞知我國文學者蓋鮮，則豈不以道德風俗之懸殊，而所知、所感亦因之而異歟？抑無形之情感，固較有形之事物爲難知歟？要之，疆界所存，非徒在語言文字而已。

以知之之艱，愈以知夫譯之之艱。苟人於其所知於他國者，雖博以深，然非老於本國之文學，則外之不能喻於人，內之不能慊諸己，蓋茲事之難能，久矣。如戲曲之作，於我國文學中爲最晚，而其流傳於他國也，則頗早。法人赫特之譯《趙氏孤兒》也，距今百五十年；英人大維斯之譯《老生兒》，亦垂百年；嗣是以後，歐利安、拔善諸氏並事翻譯。訖於今，元劇之有譯本者，幾居三之一焉。余雖未讀其譯書，然大維斯於所譯《老生兒》序中，謂元劇之曲，但以聲爲主，而不以義爲主，蓋其所趨譯者，科白而已。夫以元劇之精髓，全在曲辭，以科白取元劇，其智去買櫝還珠者有幾！

日本與我隔裨海，而士大夫能讀漢籍者，亦往往而有，故譯書之事，反後於歐人，而其能知我文學，固非歐人所能望也。癸丑夏日①〔一〕，得西村天囚君所譯《琵琶記》而讀之〔二〕。南曲之劇②，曲多於白，其③曲白相生，亦較北曲爲甚。故歐人所譯北劇，多至三十種，而南戲則未有聞也④。君之譯此書，其力全注於曲。以余之不敏，未解日本文學，故於君文之趣神味韻，余未能道焉。然以君之邃於漢學，又老於本國之文學，信君之所爲，必遠出歐人譯本之上無疑也。

海寧王國維序於日本京都吉田山麓寓廬⑤。

（一九八四年中國戲劇出版社排印本《王國維戲曲論文集》）

【校】

①夏日，大正二年（一九一三）排印本卷首《譯本琵琶記序》作「長夏」。

②之劇，大正二年排印本卷首《譯本琵琶記序》作「之視北劇」。

③其，大正二年排印本卷首《譯本琵琶記序》作『又』。

④則未有聞也，大正二年排印本卷首《譯本琵琶記序》作『之有譯本則自此書始』。

⑤大正二年排印本卷首《譯本琵琶記序》署『孟夏晦日齊州王國維』。

【箋】

〔一〕癸丑：民國二年（一九一三）。

〔二〕西村天囚：即西村時彦（一八六五—一九二四），字子俊，號天囚，晚號碩園。東京帝國大學文學博士，曾任大阪《朝日新聞》主筆、京都帝國大學講師等。撰《楚辭王注考異》、《楚辭纂說》、《屈原賦說》、《楚辭集釋》、《日本宋學史》等。譯戲文《琵琶記》，現存稿本及大正二年（一九一三）排印本，首有王國維《譯本琵琶記序》。排印本有《自序》，謂：『予譯《琵琶記》，日登報章，始自癸丑四月十六日，訖於六月廿日。社中同人以報紙易散逸，胥謀命工。待紙型既成，乃借活版，另用楮紙，橫行排印，成小冊子，總五十部，各取一本，代傳寫也……大正癸丑六月念四，於大阪朝日新聞編輯局北窗，村彥子俊甫。』（見黄仕忠《日藏中國戲曲文獻綜錄》，頁九〇—九一）

附　琵琶記跋〔一〕

吴梅

《琵琶》論者頗多，惟《藝苑卮言》所引《說郛》中唐人小說，最爲可據。謂牛相國僧孺之子繁，與同郡蔡生，邂逅文字交，尋同舉進士。才蔡生，欲以女弟適之。蔡已有妻趙矣，力辭不得。後牛氏與趙處，能卑順自將。蔡仕至節度副使。記中情節本此。世人爲中郎辨誣，謂則誠譏王四而作，嘵嘵不已，殊無謂也。

至就文字論，前人推許已極，無俟贅言。余獨謂記中佳處固多，而迂拙滯鈍、用韻夾雜處，亦復不少。故僅錄五折。他如《陳情》、《賞荷》通體不稱者，且割愛焉。

此記刻本最多，行篋無書，無從校核，僅據毛本鈔錄而已。余舊見一元刻本，爲士禮居物，今爲貴池劉蔥石影刊。又明王伯良有《琵琶古本校注》，悉據元刻，未知與士禮居藏本何若。至高拭、高明之爭，王靜庵《曲錄》中已辨正之，故不論。

霜崖。

（民國十九年上海商務印書館排印本吴梅《曲選》卷一）

【箋】

〔一〕底本無題名。

卷二　戲曲劇本

金元雜劇

關大王獨赴單刀會（關漢卿）

關漢卿（？——一三〇七前），號已齋叟，約生於金末，卒於元大德間（一二九七—一三〇七）。籍里有大都（《録鬼簿》）、燕（《析津志》）、解州（《元明事類鈔》引《元史補遺》）、祁州伍仁村（乾隆《祁州志》）諸説，一般認爲是大都（今北京）人。或云曾爲太醫院尹。撰雜劇六十餘種，現存十七種。《關大王獨赴單刀會》，簡稱《單刀會》，《録鬼簿》著録，現存《元刊雜劇三十種》本、《脈望館鈔校本古今雜劇》本等。

關大王獨赴單刀會跋〔一〕

闕　名〔二〕

雍正乙巳八月十日〔三〕，用元刻本校。

（《古本戲曲叢刊四集》影印明趙琦美鈔稿本《脈望館鈔校本古今雜劇》所收《關大王獨赴單刀會》卷末）

【箋】

〔一〕以下凡《脈望館鈔校本古今雜劇》本雜劇之跋語，底本均無題名，恕不一一箋證。

〔二〕此文當爲何煌撰。何煌（一六六八—一七四五），字心友，一字仲友，號小山，又號仲子，晚稱仲老，長洲（今江蘇蘇州）人。校勘家何焯（一六六一—一七二二）弟。精於校勘，酷愛藏書，其藏書室名語古齋。傳見《皇清書史》卷一三、民國《崇明縣志》卷一二、《江蘇藝文志·蘇州卷》等。雍正三年至七年間，以家藏李開先鈔本元劇及開先舊藏元槧雜劇，校趙琦美藏本元雜劇，用力甚勤。

〔三〕雍正乙巳：雍正三年（一七二五）。

望江亭中秋切鱠旦（關漢卿）

《望江亭中秋切鱠旦》，簡稱《望江亭》，《錄鬼簿》著錄，現存《脈望館鈔校本古今雜劇》本等。

望江亭中秋切鱠旦跋

趙琦美〔一〕

萬曆四十二年甲寅十二月二十日〔二〕，校内本於眞如邸中。清常道人。

（同上《望江亭中秋切鱠旦》卷末）

【箋】

〔一〕趙琦美（一五六三—一六二四）：原名開美，字如白，一字仲朗，改名琦美，字玄度，號清常，別署清常道人、常道人，常熟（今屬江蘇）人。明吏部侍郎趙用賢（一五三五—一五九六）子。就學於國子監，以父蔭，歷官至刑部郎中。藏書室名脈望館。著有《洪武聖政記》、《僞吳雜記》、《容臺小草》、《脈望館書目》等。傳見錢謙益《牧齋初學集》卷六六《墓表》、康熙《常熟縣志》卷五、雍正《昭文縣志》卷六、乾隆《常昭合志》卷七、光緒《常昭合志稿》卷三二等。萬曆四十二年至四十五年（一六一四—一六一七）間，鈔校古今雜劇數百種。

〔二〕萬曆四十二年甲寅十二月二十日：公元一六一五年一月十九日。

錢大尹智寵謝天香（關漢卿）

《錢大尹智寵謝天香》，簡稱《謝天香》，《錄鬼簿》著錄，現存《脈望館鈔校本古今雜劇》本等。

錢大尹智寵謝天香跋

闕　名〔一〕

校過于小谷本〔二〕。

（同上《錢大尹智寵謝天香》卷末）

【箋】

〔一〕此跋當爲趙琦美撰。

〔二〕于小谷：即于緯（一五七七—一六二六後），字長文，號小穀，一作小谷，東阿（今屬山東平陰）人。明東閣大學士于慎行（一五四五—一六〇七）嗣子，封刑部西川清吏司郎中于慎由（一五五〇—一五八六）次子。太學生。萬曆三十五年（一六〇七），以嗣父蔭官中書舍人，歷戶部主事、員外郎。天啓六年（一六二六），任廣東雷州知府。曾刻于慎行《穀城山館全集》。參見邢侗、阮自華編《東阿于文定公年譜》（明末鈔本），趙鐵鋅《晚明藏曲家于小穀編年事輯》（載黃仕忠編《戲曲與俗文學研究》第三輯，社會科學文獻出版社，二〇一七）。

包待制智斬魯齋郎（關漢卿）

《包待制智斬魯齋郎》，簡稱《魯齋郎》，《録鬼簿》著録，現存《脈望館鈔校本古今雜劇》本等。

包待制智斬魯齋郎題注〔一〕

闕　名〔二〕

此本《太和正音》不收〔三〕。

（同上《包待制智斬魯齋郎》卷端）

【箋】

〔一〕以下凡《脈望館鈔校本古今雜劇》本雜劇之題注，底本均無題名，恕不一一箋注。

〔二〕據筆迹，此注當爲趙琦美撰。

〔三〕《太和正音》： 即《太和正音譜》，朱權（一三七八—一四四八）撰，詳見本書卷十三該書解題。

包待制智斬魯齋郎跋

趙琦美

萬曆四十四年十一月十二日長至夜，校于小谷本。清常道人記。

（同上《包待制智斬魯齋郎》卷末）

包待制三勘蝴蝶夢（關漢卿）

《包待制三勘蝴蝶夢》，簡稱《蝴蝶夢》，《錄鬼簿》著錄，現存《脈望館鈔校本古今雜劇》本等。

包待制三勘蝴蝶夢跋

趙琦美

萬曆四十四年十一月十三日長至，未刻校。清常道人。

（同上《包待制三勘蝴蝶夢》卷末）

鄧夫人苦痛哭存孝（關漢卿）

《鄧夫人苦痛哭存孝》，簡稱《哭存孝》，《錄鬼簿》著錄，現存《脈望館鈔校本古今雜劇》本等。

鄧夫人苦痛哭存孝跋

趙琦美

内本校錄。清常記。

（同上《鄧夫人苦痛哭存孝》卷末）

山神廟裴度還帶（關漢卿）

《山神廟裴度還帶》，簡稱《裴度還帶》，《錄鬼簿》著錄，現存《脈望館鈔校本古今雜劇》本等。

山神廟裴度還帶跋

萬曆四十三年乙卯七月初八日，校内本。清常道人。

（同上《山神廟裴度還帶》卷末）

趙琦美

劉夫人慶賞五侯宴（關漢卿）

《劉夫人慶賞五侯宴》，簡稱《五侯宴》，《録鬼簿》著録，現存《脈望館鈔校本古今雜劇》本等。

劉夫人慶賞五侯宴跋

趙琦美

内本校録。清常記。

（同上《劉夫人慶賞五侯宴》卷末）

董秀英花月東牆記（白樸）

白樸（一二二六—一三〇六後），初名恆，字仁甫，一字太素，號蘭谷。祖籍隩州（今山西河曲），金亡後流寓真定（今河北正定）。曾參加大都（今北京）玉京書會。至元十七年（一二八〇），徙居建康（今江蘇南京）。著有詞集《天籟集》。撰雜劇十六種，現存三種。《董秀英花月東牆記》，簡稱《東牆記》，《録鬼簿》著録，現存《脈望館鈔校本古今雜劇》本等。

董秀英花月東牆記跋

趙琦美

萬曆四十三年乙卯二月十九日，校鈔于小穀藏本。于卽東阿谷峯于相公子也。清常道人記。

（同上《董秀英花月東牆記》卷末）

蘇小小夜月錢塘夢（白樸）

《蘇小小夜月錢塘夢》，簡稱《錢塘夢》，《録鬼簿》著録。全本已佚。今存本題《錢塘夢》，始見於明弘治十一年季冬（公元已入一四九九年）金臺岳家刻本《新刊奇妙全相注釋西廂記》卷首，係小説體，非雜劇，當非白樸所撰。

錢塘夢跋〔二〕

閔齊伋〔一〕

錢塘、博陵，風馬牛也，何緣埋玉於此？君亦渡南耶？不知昔人何以置諸《會眞》後也。以其筆機流動，墨花眞豔，姑仍存之。既已夢幻，豈容思議。

閔遇五題。

【箋】

〔一〕底本無題名。此文又見《會眞六幻》之『幻因』《會眞記》附録《錢塘夢》卷末。

〔二〕閔齊伋（一五八〇——一六六二）：生平詳見本書卷十一『會眞六幻』條解題。

附 錢塘夢跋〔一〕

劉世珩〔二〕

鍾嗣成《録鬼簿》載白仁甫撰劇十五種，目有《蘇小小夜月錢塘夢》。仁甫，文舉之子，名樸，字太素，號蘭谷先生，眞定人，贈嘉議大夫、掌禮儀院太卿。閔遇五刻《會眞六幻》，列《錢塘夢》於『幻因』，其所云云，不知正與鍾目合。而諸家所刻《西廂》，如徐士範、陳眉公、羅懋登本，又都附此種，今亦并存。然終是元人之作也。羅本前有《錢塘圖》，内子淑仙〔三〕亦照影橅入，可以知今日錢塘景象，非復當時矣。

夢鳳識。

（以上均民國八年刻《暖紅室彙刻傳劇》本《西廂記附錄十三種》之十《錢塘夢》卷末）

【箋】

〔一〕底本無題名。

〔二〕劉世珩（一八七五—一九二六）：小名奎元，字聚卿，又字蔥石，號檵庵，別署楚園、夢鳳、夢鳳樓主、靈田耕者、枕雷道人、枕雷道士等，室名玉海堂、宜春堂、聚學軒、夢鳳樓等，貴池（今屬安徽）人。廣東巡撫劉瑞芬（一八二七—一八九二）五子。光緒二十年甲午（一八九四）舉人，授江蘇候補道。歷任江寧商會總理、湖北及天津造幣廠監督、直隸財政監理官、度支部左參議等。辛亥（一九一一）後移居上海，築楚園，收藏古籍、文物。彙刻《玉海堂景宋叢書》、《宜春堂景宋元巾箱本叢書》、《聚學軒叢書》、《貴池先哲遺書》、《暖紅室彙刻傳劇》等。著有《貴池二妙集》、《貴池唐人集》、《貴池先哲遺書待訪目》、《秋浦雙忠錄》、《夢鳳詞》等。傳見金天翮《皖志列傳稿》卷八、金梁《近世人物志》、民國《安徽通志稿》等。參見劉尚恒、鄭玲《安徽藏書家傳略·近代收藏出版家劉世珩》（黄山書社，二〇一三），許藝光《劉世珩藏書刻書研究》（山東大學碩士學位論文，二〇一五），王奧博《劉世珩刻書研究——以〈暖紅室彙刻傳奇〉爲核心》（河北大學碩士學位論文，二〇一六）。

〔三〕内子淑仙：即傅春姍（一八七一—一九四三），乳名小紅，一作曉紅、曉虹，字淑仙，一作叔仙，別署暖紅室主、暖紅室主人、暖紅主人、儷蕙夫人，書齋名暖紅室、宜春堂，江寧（今江蘇南京）人。劉世珩繼室。劉世珩妻傅春孅（一八七四—一八九四）姊。

莊周夢蝴蝶（史九敬先）

史九敬先，或作史九散人、史九散仙，真定（今河北正定）人，一說永清（今屬河北）人，卽元中樞左丞相史天澤（一二〇二—一二七五）之子史樟，曾任順天真定萬戶。撰雜劇《莊周夢蝴蝶》，又名《老莊周一枕蝴蝶夢》，《錄鬼簿》著錄，現存《脈望館鈔校本古今雜劇》本等。

莊周夢蝴蝶跋

趙琦美

于小穀本錄校，時丁巳五月二十四日〔一〕。清常。

（《古本戲曲叢刊四集》影印明趙琦美鈔稿本《脈望館鈔校本古今雜劇》所收《莊周夢蝴蝶》卷末）

【箋】

〔一〕丁巳：萬曆四十五年（一六一七）。

張子房圯橋進履（李文蔚）

李文蔚，眞定（今河北正定）人。曾任江州路瑞昌（今江西瑞昌）縣尹。撰雜劇十二種。《張子房圯橋進履》，簡稱《圯橋進履》，《錄鬼簿》著錄，現存《脈望館鈔校本古今雜劇》本等。

張子房圯橋進履跋

趙琦美

乙卯三月二十三日〔一〕，校内本。清常道人。

（同上《張子房圯橋進履》卷末）

【箋】

〔一〕乙卯：萬曆四十三年（一六一五）。

破苻堅蔣神靈應（李文蔚？）

李文蔚撰雜劇《謝玄破苻堅》，《錄鬼簿》著錄，一說即《破苻堅蔣神靈應》，現存《脈望館鈔校本古今雜劇》本等。

破苻堅蔣神靈應跋

趙琦美

校鈔内本，乙卯二月廿一日。清常記。

（同上《破苻堅蔣神靈應》卷末）

呂蒙正風雪破窯記（王實甫）

王實甫（？—一三二四前），一説名德信，大都（今北京）人。撰雜劇十四種，今存《西廂記》、《破窯記》、《麗春堂》三種。《呂蒙正風雪破窯記》，簡稱《破窯記》，《録鬼簿》著録，現存《脈望館鈔校本古今雜劇》本等。

呂蒙正風雪破窯記跋

趙琦美

乙卯五月十二日，校内本。清常記。

（同上《呂蒙正風雪破窯記》卷末）

西廂記（王實甫）

《西廂記》，全名《崔鶯鶯待月西廂記》或《張君瑞待月西廂記》，《錄鬼簿》著錄。王實甫撰，一說王實甫、關漢卿合撰。現存明清版本數十種，以明弘治十一年季冬（公元已入一四九九年）金臺岳氏刻本爲最早。重要之明刻本尚有徐士範校注本、王驥德校注本、淩濛初校注本、閔齊伋校注本等，清刻本以金聖歎《第六才子書》流傳最廣。歷代著錄及版本，參見傅惜華《元代雜劇全目》、傅田章《明刊元雜劇西廂記目錄》（東京大學東洋文化研究所，一九七〇）、陳旭耀《現存明刊西廂記綜錄》等。

新刊奇妙全相注釋西廂記牌記〔一〕

闕　名

嘗謂古人之歌詩，卽今人之歌曲。歌曲雖所以吟詠人之性情，蕩滌人之心志，亦關於世道不淺矣。世治歌曲之者猶多，若《西廂》，曲中之翹楚者也。況閭閻小巷，家傳人誦，作戲搬演，切須字句眞正，唱與圖應然後可。今市井刊行，錯綜無倫，是雖登壠之意，殊不便人之觀，反失古制。本坊謹依經書，重寫繪圖，參訂編次大字魁本，唱與圖合。使寓於客邸，行於舟中，閑遊坐客得此，一覽始終，歌唱了然，爽人心意。命鋟梓刊印，便於四方觀云。

弘治戊午年季冬〔二〕，金臺岳家重刊印行〔三〕。

（《古本戲曲叢刊初集》影印明弘治十一年刻本《新刊奇妙全相注釋西廂記》卷末〔四〕）

【箋】

〔一〕底本無題名。

〔二〕弘治戊午年：明弘治十一年，是年農曆閏十一月，而季冬爲農曆十二月。因此，弘治戊午季冬實爲公元一四九九年一月十二日至二月九日。

〔三〕金臺岳家：未詳。『金臺』當爲京都或北京。

〔四〕明弘治十一年刻本《新刊奇妙全相注釋西廂記》五卷附錄二卷，全名《新刊大字魁本全相參增奇妙注釋西廂記》，北京大學圖書館藏，是現存最早的《西廂記》全刻本。《古本戲曲叢刊初集》據之影印。此書卷下牌記頁另刻『正陽門□（疑作『外』）大街東下小石橋第一巷内岳家□（疑作『行』）移諸書書坊□題』二十五字。『正陽門』、當爲北京正陽門。

新刻出像釋義大字北西廂記引〔一〕

謝世吉〔二〕

余嘗病人之論詞曲者曰：『詞可以冠世，詞可以快心，詞奇而新，詞深而奧。』殊不知詞由心發，義由世傳，作者未必無勞於心，而述者亦未必無補於世也。

坊間詞曲，不啻百家，而出奇拔萃，惟《西廂傳》絶唱。實由元之王實甫所著，而世云關漢卿作者，何其謬焉〔三〕！雖然，亦有由也。大抵《草橋驚夢》以前，迺王氏之所著，以後由漢卿之所續而成也。《奇逢蒲救》，固已逸而樂矣；《月下聽琴》，得非婉而妙乎？《長亭送別》，固已慘而切矣；《草橋驚夢》，得非悲而戚乎？《東閣筵開》、《妝臺柬至》，實甫之錦心寫於此矣；《尺素緘愁》、《鄭恆求配》，漢卿之繡腸見於斯乎〔四〕！

蓋此傳刻不厭，煩詞難革，故梓者已類數種，而貨者似不愜心。胡氏少山深痛此弊，因愳余校錄。不佞構求原本并諸刻，三復校閱，訂爲三帙。《蒲東雜錄》錄於首焉，補圖像於各折之前，附釋義於各折之末。是梓誠與諸刻迥異耳，鑒視此傳，奚以玉石之所混云〔五〕。

萬曆己卯春月〔六〕，江右鄙人謝氏世吉甫識之於少山書堂。

（轉引自黄仕忠《日藏中國戲曲文獻綜錄》頁一〔七〕）

【箋】

〔一〕此文見明謝世吉訂正《新刻考正古本大字出像釋義北西廂》卷首。此書二卷首一卷，明萬曆七年（一五七九）金陵胡氏少山堂刻本，日本御茶水圖書館成簣堂文庫藏。關於此本價值，參見黄霖《中國戲曲最早的評點本》（《復旦學報》社會科學版二〇〇四年第二期）。

〔二〕謝世吉：別署江右鄙人，室名逸樂齋，籍里、生平均未詳。

〔三〕眉批：『時俗以此記爲關漢卿作者，董解元、王十朋續者，誤矣。』該本正文又有眉批：『按《西廂記》始於元時，王實甫所作，未完竟歿。後關漢卿續完，即今灸議妄擬某氏編續者，似非正傳初意也。殊不知自《草橋驚夢》以前，乃實甫之所著，以後乃漢卿之所續而成也。録之以俟後知。』

〔四〕眉批：『序中以本傳大綱作骨者，誠是。』

〔五〕眉批：『觀者明此引，則知此傳矣。』

〔六〕萬曆己卯：萬曆七年（一五七九）。

〔七〕據楊緒容《王實甫西廂記彙評》附録《王實甫西廂記評點本序跋》校補。

重刻西廂記序

徐逢吉〔一〕

古今之聲容色澤以姝麗稱者，豈特一崔氏哉？而崔張之事盛傳於世，得非以爲之記者，其詞豔而富也？崔記俑於元微之，宋王銍、趙德麟輩捆織之，以爲其事出於微之，托張以自況，旁引曲證，遂成讞獄，此亦足償其志淫之罪。金有董解元者，演爲傳奇，然不甚著。至元王實甫，始以繡腸創爲豔詞，而《西廂記》始膾炙人口，然皆以爲關漢卿，而不知有實甫。關漢卿仕於金，金亡不肯仕元，其節甚高。蓋《西廂記》自『草橋驚夢』以前作於實甫，而其後則漢卿續成之者也。夫世之姝麗不獨一崔氏，而獨以其記傳；記作於王實甫不傳，而關漢卿以名傳。關漢卿以文掩其節，而獨以此記傳；元微之作崔張記，遂身蒙其垢，而其記亦傳。嗚呼！天下事有若此，予覩之，竊有感焉，故爲之一刷之。

企陶山人徐逢吉士範題。

（《國家圖書館藏西廂記善本叢刊》第一册影印明萬曆八年序徐士範刻本《重刻元本題評音釋西廂記》卷首）

【箋】

〔一〕徐逢吉：字士範，別署企陶山人，武進（今江蘇常州）人。萬曆十一年癸未（一五八三）進士。參見蔣星煜《論徐士範本〈西廂記〉》（《明刊本西廂記研究》）。

崔氏春秋序〔一〕

程巨源〔二〕

余閱《太和正音譜》，載《西廂記》撰自王實甫，然至『郵亭夢』而止，其後則關漢卿爲之補成者也。二公皆勝國名手，咸富才情，兼喜聲律。今觀其所爲記，豔詞麗句，先後互出；離情幽思，哀樂相仍，遂擅一代之長，爲雜劇絶唱，良不虚也。而談者以此奇繁歌疊奏①，語意重複，始終不出一『情』，又以露圭著迹、調脂弄粉病之。夫事關閨闈，自應穠豔；情鍾怨曠，寧②廢三思？太雅之罪人，新聲之吉士也。遂使終場歌演，魂絶色飛；奏諸索弦，療③飢忘倦，可謂辭曲之《關雎》，梨園之虞夏矣。以微瑕而類全璧，寧不冤也！近有嫌其導淫縱欲，而別爲《反西廂記》者，雖逃掩鼻，不免嘔喉。夫《三百篇》之中，不廢《鄭》、《衛》，桑間濮上，往往而是。阿谷援琴，東山攜麈，流映史冊，以爲美談，惡謂非風教裨哉？曲士之拘拘，祇增達生一鼓掌耳。

余宗仲仁〔三〕，習歌詞曲，謂余金元人之詞信多名家，然不易斯記也。乃搜諸家題詞，刻諸簡端以示余。昔人評『王實甫如花間美人』,『關漢卿如瓊筵醉客』,今覽之,信然。然語有之:『情辭易工。』蓋人生於情,所謂愚夫愚婦可以與知者。今元之詞人,無慮數百十,而二公爲最;二公之塡詞,無慮數十種,而此記爲最。奏演既多,世皆快覩,豈非以其情哉?《西廂》之美則愛,愛則傳也,有以夫!

萬曆上章執徐之歲如月哉生明〔四〕,泰滄程巨源著。

(《日本所藏稀見中國戲曲文獻叢刊》第一輯影印明萬曆二十年壬辰春熊龍峯忠正堂刻、明余瀘東校本《重刻元本題評音釋西廂記》卷首)

【校】

①奏,底本作『奉』,據文義改。

②寧,底本漫漶,據文義補。

③療,底本作『嘹』,據文義改。

【箋】

〔一〕此文首見於明萬曆八年(一五八〇)徐士範刻本《重刻元本題評音釋西廂記》,上海圖書館藏。然字迹有漫漶之處。劉世珩《暖紅室彙刻傳劇》本重刻全文。

〔二〕程巨源:當卽程涓(?—一六〇五後),字巨源,別署二酉生、勳賢里人,休寧(今屬安徽)人。辰州知府程廷策子。諸生。萬曆間,爲休寧葉權(一五二二—一五七八)《賢博編》撰序。萬曆十三年(一五八五),爲《南華眞經副墨》撰序(見《天祿琳琅書目》卷九)。十五年,爲《高宗書女誡馬遠補圖卷》書跋(見陸心源《穰梨館過眼錄》卷二）。十七年，爲《孫子集注》撰序（見楊守敬《日本訪書志》卷七）。三十三年，爲焦竑（一五四〇—一六二〇）所選《四太史雜劇》撰寫《四太史雜劇引》，見本書卷十一該條。著有《千一疏》等。參見蔣星煜《程巨源的〈西廂記〉論——〈崔氏春秋序〉》（《中國戲曲史探微》）。此處署「泰滄程巨源」，或其寓居地。參見王平《明代文人葉權三考》（《安徽師範大學學報》二〇一二年第三期）。

〔三〕余宗仲仁：即程仲仁，生平未詳，或爲休寧（今屬安徽）人。

〔四〕萬曆上章執徐之歲：萬曆庚辰，即萬曆八年。「如月」爲二月，「哉生明」爲初三。

刻重校北西廂記序〔一〕

焦　竑〔二〕

詞曲盛於金元，而北之《西廂》，南之《琵琶》，尤擅場絕代。第二書行於衆庶，所謂童兒牧豎，莫不眩耀，而妄庸者率恣意點竄，半失其舊，識者恨之。頃《琵琶記》刻於河間長君，其人學既該涉，復閑宮徵，故所讐校，號爲精愜，蓋詞林之一快矣。北詞轉相摹梓，踳駁尤繁，唯顧玄緯〔三〕、徐士範〔四〕、金在衡三刻〔五〕，庶幾善本，而詞句增損，互有得失。余園廬多暇，粗爲點定，其援據稍僻者，略加詮釋，題於卷額，合《琵琶記》刻之。風雨之辰，花月之夕，把卷自吟，亦可送日月而破窮愁。知者當①勿謂我尚有童心②也。

萬曆壬午夏〔六〕，龍洞山農撰。謝山樵隱重書於戊戌之夏日〔七〕。

（《日本所藏稀見中國戲曲文獻叢刊》第一輯影印明萬曆二十六年秣陵陳邦

泰繼志齋據萬曆十年龍洞山農刻本校正覆刻本《重校北西廂記》卷首〔八〕）

【校】

①『當』字，李贄《童心說》引龍洞山農《敍西廂》無。

②『心』字後，李贄《童心說》引龍洞山農《敍西廂》有『可』字。

【箋】

〔一〕李贄《焚書》（中華書局，一九七五）卷三《童心說》引此文，題《敍西廂》。此文又見明萬曆間王敬喬三槐堂刻本《重校北西廂記》卷首。

〔二〕焦竑（一五四〇—一六二〇）：字弱侯，號漪園、澹園，別署龍洞山農。祖籍日照（今屬山東），遷居江寧（今江蘇南京）。萬曆十七年己丑（一五八九）殿試第一，授翰林院修撰。因直言抗疏，謫福寧州同知。歲餘大計，復鐫秩，遂不出。福王時追謚文端。著有《易筌》、《禹貢解》、《老子翼》、《莊子翼》、《遜國忠臣錄》、《澹園集》、《焦氏筆乘》、《焦弱侯問答》、《焦氏類林》、《玉堂叢話》等，編纂《熙朝名臣實錄》、《國朝獻徵錄》、《國史經籍志》、《中原文獻》等。傳見《明史》卷二八八。點校《西廂記》、《琵琶記》，原有明萬曆間合刻本，已佚。

〔三〕顧玄緯：即顧起經（一五一五—一五六九），字長濟，更字玄緯，別署九霞山人、羅浮外史，無錫（今屬江蘇）人。以國子生謁選，授廣東鹽課副提舉。曾佐黄佐（一四九〇—一五六六）修《廣東通志》、《廣西通志》。著有《類箋唐王右丞詩集》、《王司馬宮詞補注》、《日省餘錄》、《大學衍義補摘要》、《詩文集》等。輯刻《增編會眞記》四卷、《校記》一卷、《雜錄》四卷，有明隆慶間蘇州衆芳齋刻本，現僅存《雜錄》四卷。參見明顧祖訓《顧伯子葬記》（《中華歷史人物別傳集》第二二冊，線裝書局，二〇〇三）、王世貞《弇州四部稿續稿》卷一一六。

〔四〕徐士範：即徐逢吉，參見本卷《重刻西廂記序》條。

〔五〕金在衡：即金鑾（一四九四—一五八三），字在衡，號白嶼，隴西（今屬甘肅）人。明正德、嘉靖間，隨父僑寓金陵（今江蘇南京）。著有《金白嶼集》、《徙倚軒集》、《蕭爽齋詞》、《蕭爽齋樂府》等。明萬曆七年（一五七九）前校刻《西廂正訛》，已佚。參見朱孟震《河上楮談》卷二『高王二傳奇』條（明萬曆七年序刻本）。

〔六〕萬曆壬午：萬曆十年（一五八二）。是序原本爲萬曆十年龍洞山農刊刻《重校北西廂記》而作。

〔七〕謝山樵隱：姓名、籍里、生平均未詳。戊戌：明萬曆二十六年。

〔八〕萬曆二十六年（一五九八）秣陵陳邦泰繼志齋刻本《重校北西廂記》，與高明《琵琶記》合刻，第一、二册爲《琵琶記》，第三册爲《西廂記》，第四册爲《重校北西廂記考證》（含《會眞記》、《錢塘夢》等）。現藏日本内閣文庫。此繼志齋刻本《重校北西廂記》，與日本無窮會圖書館藏萬曆間刻本、中國社會科學院文學所藏萬曆間刻本、日本天理圖書館藏三槐堂刻本，當均據焦竑點校本重刻，略有差異。

重校北西廂記總評

闕　名

《西廂》久傳爲關漢卿撰，邇來乃有以爲王實甫者，謂至『郵亭夢』而止，或謂至『碧雲天』而止，後乃漢卿所補也。初以爲好事者傳之妄。及閲《太和正音譜》，王實甫十三本，以《西廂》爲首，漢卿六十一首，不載《西廂》，則亦可據。第漢卿所補【商①調·集賢賓】及【挂金索】，『裙染榴花，睡損胭脂皺。紐結丁香，掩過芙蓉扣。線脱眞珠，淚濕香羅袖。楊柳眉顰，人比黄花瘦。』俊語亦不減前。

北曲故當以《西廂》壓卷。如曲中語：『雪浪拍長空，天際秋雲捲；竹索纜浮橋，水上蒼龍偃。』『滋洛陽千種花，潤梁園萬頃田。』『東風搖曳垂楊線，游絲牽惹桃花片，珠簾掩映芙蓉面。』『法鼓金鐃，二月春雷響殿角；鐘聲佛號，半天風雨灑松梢。』『不近諠嘩，嫩綠池塘藏睡鴨；自然幽雅，淡黃楊柳帶棲鴉。』是駢麗中景語。『手掌兒裏奇擎，心坎兒裏溫存，眼皮兒上供養。』『哭聲兒似鶯囀喬林，淚珠兒似露滴花梢。』『繫春心，情短柳絲長；隔花陰，人遠天涯近。香消了六朝金粉，清減了三楚精神。』『玉容寂寞梨花朶，胭脂淺淡櫻桃顆。』是駢麗中情語。『他做了影兒裏情郎，我做了畫兒裏愛寵。』『拄著拐幫閒鑽懶，縫合脣送暖偷寒。』『昨日箇熱臉兒對面搶白，今日個冷句兒將人厮侵。』『半推半就，又驚又愛。』是駢麗中諢語。『落紅滿地胭脂冷，夢裏成雙覺後單。』是單句中佳語。只此數條，他傳奇不能及。

重校北西廂記總評畢。

（《日本所藏稀見中國戲曲文獻叢刊》第一輯影印明萬曆二十六年秣陵陳邦泰繼志齋據萬曆十年龍洞山農刻本校正覆刻本《重校北西廂記》卷首〔一〕）

【校】

①商，底本作『雙』，據宮調改。

【箋】

〔一〕此文鈔錄王世貞《曲藻》中二則，見《中國古典戲曲論著集成》第四冊頁三一、頁二九，文字稍有出入。萬曆間三槐堂刻《重校北西廂記》卷首，明萬曆間書林游敬泉刻本《李卓吾批評合像北西廂記》卷首，均有此文。

重校北西廂記凡例〔一〕

陳邦泰

一、諸本首列『名目』，今類作『題目』，但教坊雜劇并稱『正名』，今改『正名』二字，亦末泥家本色語。

一、舊本以外扮老夫人，末扮張生，淨扮法本作『潔』，扮紅娘曰『旦倈』，亦今貼旦之謂也。按由來雜劇院本，皆有正末（當場男子謂之末，末指事也，俗稱爲末泥）、副末（古謂蒼鶻，故可以撲靚者。靚，蓋狐也，如鶻之可以擊狐，若副末常執磕瓜以撲靚是也）、狚（當場妓女謂之狚。狚，猿之雌者也，又曰猵狚，其性好淫，俗呼爲旦）、孤（當場扮官長者）、靚（傅粉墨者謂之靚，當場善顧盼獻笑者也，俗呼爲淨，非）、鴇（妓之老者曰『鴇』，鴇似雁而大，無後趾，身如虎文，性淫無厭，諸鳥就之即合，俗呼獨豹，今稱鴇者是也）、猱（妓女總稱，猿屬，喜食虎肝腦，虎見而愛之，常負於背以取虱，輒溺其首，虎即死，隨求肝腦食之，故古以虎喻少年，以猱喻妓也）、捷譏（古謂之滑稽，即院本中『便捷譏訕』是也，俳優稱爲樂官）、引戲（即院本中狚也），九色之名。但今名與人俱易，正之寔難，姑從時尚。

一、《中原音韻》，有陰陽，有開合，不容混用。第八齣【綿搭絮】『幽室燈清，幾棍①疏櫺』、『八庚』入『一東』；十二齣『秋水無塵』、『十一眞』入『十二侵』，俱屬白璧微瑕。恨無的本正之，姑仍其舊。

一、詞家間有襯墊字，善歌者緊搶帶疊用之，非其正也。《中原音韻》載【四邊靜】『今宵歡慶』

一折，止三十一字，今諸本俱三十六字，則爲流俗妄增者多矣。又載【迎仙客】『雕簷紅日低，畫棟彩雲飛，十二玉闌天外倚。望中原，思故國，感嘆傷悲，一片鄉心碎』，七句三十二字；今十八齣【迎仙客】，俱作十句，五十八字。甚者襯字視正腔不啻倍蓰，豈理也哉？今有元本可據者，悉削之。

一、曲中多市語、謔語、方語，又有隱語、反語，有拆白，有調侃，不善讀者率以己意妄解，或竄易舊句，今悉正之。

一、雜劇與南曲各有體式，迥然不同。不知者於《西廂》賓白，間效南調，增【臨江仙】、【鷓鴣天】之類，又增偶語，欲雅反俗，今從元本一洗之。

一、『沙』、『波』、『麽』是助詞，『俺』、『喒』、『咱』是『我』字，『您』是『你』字，『恁』是『這般』。『您』、『恁』二字，往往混謄，讀者切須分辯。

一、【絡絲娘煞尾】，隨尾用之。【雙調】、【越調】不唱，悉從元本刪之。

一、諸本釋義，淺膚謬舛，不足多據。予以用事稍僻者而詮釋之，題於卷額，餘不復贅。

一、諸本句讀，於詞義雖通，於調韻不協者，今皆一一正之。

秣陵陳邦泰校錄。

（《日本所藏稀見中國戲曲文獻叢刊》第一輯影印明萬曆二十六年秣陵陳邦泰繼志齋據萬曆十年龍洞山農刻本校正覆刻本《重校北西廂記》卷首（二））

【校】

①榥，底本作『棍』，據《西廂記》文本改。

【箋】

〔一〕明萬曆間書林游敬泉刻本《李卓吾批評合像北西廂記》卷首亦有此文。

〔二〕此本與《重校琵琶記》合刻，藏日本内閣文庫。

王實父西廂記敍

金　鑾〔一〕

《西廂記》爲崔張傳奇，莫詳其始。説者謂：有風流之士，沉思幽怨，托以自露焉爾。董解元者，取而演之，製爲北曲。至王實父乃更新之，始於創見，終於夢思，爲套數凡十有七。仍析而爲二，以條其支；會而爲一，以要其成。顧其委曲藴藉，靡麗華藻，爲古今絶倡。既而關漢卿再續四折，以繫於末，詞雖不迨而意自足，世遂并爲漢卿所製云。

於是薄海内外，咸歌樂之，即其傳寫，豈下千百。惜乎梓行者未免於亥豕，口授者莫辨乎黄王。甚有曲是而名則非，曲非而名則是。亦或迂儒附會，妄自援引，强爲臆説，因仍既久，牢不可破。故雖老於詞宗者，且將忽之，矧其它乎？其尤甚者，淮本是也〔二〕。至吴本之出〔三〕，號稱詳訂，自今觀之，得不補失。何也？蓋由南人不諳乎北律，風氣使之然耳。故求調於聲者，則協以和；求聲於調者，則舛以謬。然則是刻也，固可苟乎？且以一字之譌病及一句，一句之譌病及一篇。姑舉其大者而正之，如以【村裏迓鼓】爲【節節高】，并【耍孩兒】爲【白鶴子】，引【後庭花】中段入【元和令】，分【滿庭芳】一曲而爲二，合【錦上花】二篇而爲一，【小桃紅】則竄附【么篇】，【攪箏琶】則混增五句。習故弊而不知，略大綱而不問，抑又何哉？下逮一字一句，誤者亦夥。今則緝其近似，刪其繁衍，補其墜闕，亦庶幾乎全文矣。

嗟乎！音律之學，古以爲難，雖前輩極力模擬，僅達影響，至於排腔訂譜，自愧茫然。彼以不知而强爲知者，非其罪人歟？余少卽喜歌咏，旁搜遠紹，積五十年，其所得者，不過調分南北、字辨陰陽而已。〔下闕〕

（《國家圖書館藏西廂記善本叢刊》第三冊影印明萬曆二十八年屠隆校正、周居易校刻本《新刊合并王實甫西廂記》卷首〔四〕）

【箋】

〔一〕底本無署名。按張鳳翼《新刊合并西廂序》（明萬曆間刻本《合并西廂》之《新刊合并董解元西廂記》卷首）云：『張雄飛得董本而較，金在衡得實父本而較，梁少白得日華本而較。』然則此序當爲金鑾（一四九四—一五八三）撰。

〔二〕淮本：未詳。

〔三〕吳本：蔣星煜以爲卽明萬曆三十年（一六〇二）李楩校正、吳門殳君素暐暐齋刻本《北西廂記》。聊備一說。參見蔣星煜《屠隆對〈西廂記〉所作校正的依據和得失》（《中國戲曲史鉤沉》，中州書畫社，一九八二）。

〔四〕此書係合并董解元諸宮調《西廂記》、王實甫《西廂記》、李日華《南西廂記》、陸采《南西廂記》四部作品，由周居易編刻，實開明末閔遇五《六幻西廂》、清末劉世珩《暖紅室彙刻傳劇》之先河。

西廂記考跋

陳繼儒

元微之《會眞記》，妙極形容，遂爲千古風流絕調。叔寶此卷〔一〕，是其合作，縮萬象於筆端，寘幻景於片楮，足稱雙絕。至唐伯虎解元，生平頗饒丰韻，故畫工美人。此圖鶯鶯，眞雅韻風流，意更在筆外，錢舞舉、杜檉居退三舍矣。道人一片鐵石心，迺作此語，總是一切色相關吾筆，何關運筆者？聊識一笑。

眉公跋〔二〕。

（中國藝術研究院圖書館藏明刻本《西廂記考》卷首）

【箋】

〔一〕叔寶：即錢穀（一五〇八—一五七八後），字叔寶，一字府卿，號龍泓，長洲（今江蘇蘇州）人。弘治十八年（一五〇五）進士錢玹之子。工書善畫。曾遊文徵明（一四七〇—一五五九）門下，文因其家貧，題其室曰『懸罄』，因自號『罄室子』。酷愛鈔書，幾於充棟，窮日夜校勘，至老不衰，所錄古文金石書幾萬卷。編纂《吳都文粹續集》。著有《三國類鈔》、《南北史摭言》、《隱逸集》、《長洲志》、《懸罄室詩》等。曾爲王驥德校注《新校注古本西廂記》繪插畫。傳見皇甫汸《皇甫司勳集》卷五一《傳》、王世貞《弇州山人四部稿》卷八四《小傳》、焦竑《國朝獻徵錄》卷一一五無名氏撰《傳》、《姑蘇名賢小紀》卷下、《明史》卷二八七、錢謙益《列朝詩集小傳》丁集中、康熙《蘇州府志》卷一八等。

〔二〕題署之後有陽文印章『昝公』。

西廂記考據

闕　名〔一〕

按《西廂記》乃元王實甫撰，始於創見，終於夢思，其委曲蘊藉，靡麗華藻，爲古今絶唱。既而關漢卿再續四折於末，詞雖不逮而意自足，世并爲漢卿所製云，遂令實甫含冤地下，惜哉！查《太和正音譜》，實甫十三本，以《西廂》爲首，漢卿六十一首，不載《西廂》，蓋可據也。

（明萬曆三十年李楩校正、吳門殳君素曄曄齋刻本《北西廂記》卷首〔二〕）

【箋】

〔一〕此文疑爲李楩撰。前半文字與金鑾《王實父西廂記敍》首段略同，『查《太和正音譜》』以下文字，出王世貞《曲藻》。李楩：籍里、生平均未詳。

〔二〕萬曆三十年（一六〇二）李楩校正、吳門殳君素曄曄齋刻本《北西廂記》，僅殘存卷上五出，上海圖書館藏。按殳君素，字質夫，蘇州（今屬江蘇）人。姜紹書《無聲詩史》卷七有小傳，稱其爲錢穀、文休承入室弟子。董捷認爲此本插圖係僞托殳君素所作，見《明清刊〈西廂記〉版畫考析》表三《〈西廂記〉插圖的繪刻者》（河北美術出版社，二〇〇六，頁五六）。

刻李王二先生批評北西廂序

曹以杜〔一〕

勝國時，王實夫、關漢卿簸弄天孫五彩毫，爲崔張傳奇，雖事涉不經，要以跳宕滑稽、牢籠月露之態，直是詞曲中陳思、太白也。三數百年來，流膾人口，代有評者，無足爲王、關吐氣。吳有弇州王先生，楚有卓吾李先生，口吐白鳳，目辯雌黄，虚室生白，品題萬彙。雖《西廂》殘霞零露，亦謂得宇宙中一段光怪，劇精抉微，義所不廢。曾已大發其武庫之森森戈戟者，幻而施墨研朱，一點一綴，王、關譜之曲中，李、王評之曲外。皮髓韻神、濃淡有無之間，延壽之所不能臆寫，昭君之所不能色授也。自來《西廂》富於才情見豪，一得二公評後，更令千古色飛。浮屠頂上助之風鈴一角，響不其遠與？朝品評，夕播傳，雞林購求，千金不得，慕者遺憾。

頃余挾策吳楚，問謁掌故，得二先生家藏遺草，歸以付之殺青。爲自歎王、關功臣，第恐二先生精神又噪動今日之域中，怪見洛陽紙貴也。藉以風化見詬，宋理儒腐氣，上士失笑矣。

庚戌冬月〔二〕，起鳳館主人敍〔三〕。

【箋】

〔一〕曹以杜：字元美，别署起鳳館主人，籍里、生平均未詳。

〔二〕庚戌：萬曆三十八年（一六一〇）。

〔三〕題署之後有印章二枚：陽文方章『曹以杜印』，陰文方章『元美氏』。其後另行，有『黄一彬刻』字樣。黄一彬（一五八一—？），又名君倩，字端甫，歙縣（今屬安徽）人，遷居杭州。黃一楷（一五八〇—一六二二）之弟。刻有《剪燈新話》、《元曲選》、《古雜劇二十種》、《浣紗記》、《彩筆情辭》等。參見劉尚恆《徽州刻書與藏書》（廣陵書社，二〇〇三，頁一五三—一五四）。

新校北西廂記考

闕　名〔一〕

一、考《西廂》事，唐人自有《鶯鶯傳》（《會眞記》），《侯鯖錄》尤詳其爲微之中表無疑。

一、考王實甫，以詞手著名元代。關漢卿同時，亦高才風流人。王嘗以譏謔加之，關極意酬答，終不能勝。王忽坐逝，鼻垂雙涕尺餘，人皆嘆駭，以爲玉筯①。關曰：『是嗓耳，何玉筯爲？』蓋凡六畜勞傷，鼻中流膿，則謂之嗓也。衆大笑曰：『若被王和卿輕薄半世，死後方還得一籌。』〔二〕觀此，王先關卒，《西廂記》未成，故關續之。同時才人，成死後一功臣〔三〕。

一、考宋世雜劇名號，每一甲，有八人者，有五人者。八人有戲頭，有引②戲，有次淨，有副末，有裝旦。五人第有前四色，而無裝旦。蓋旦之色目，自宋已有而未盛。元外院本，止五人，一曰副淨（卽古參軍），一曰副末（又名蒼鶻，可擊羣鳥，猶副末可打副淨），一曰末泥（卽正末），一曰孤裝（卽當場扮官長者），而無生、旦。元時雜劇與院本不同，多用妓樂，旦有數色：所謂裝旦，卽今正旦也；小旦，卽今副旦也；以墨點破其面，謂之花旦。以今億之，所謂戲頭卽生也，引戲卽末也，副末卽外也，副淨、裝旦卽與今淨、旦同。關漢卿所撰雜戲《緋衣夢》等，悉不立生名。今《西廂記》以張珙爲生，當是國初所改，或元末《琵琶》等南戲出而易此名〔四〕。

【校】

①筯，底本作『筋』，據文義改。下同。

②引，底本作『頭』，據《少室山房筆業》卷四一《莊嶽委談下》改。

【箋】

〔一〕此文當爲曹以杜撰。

〔二〕王、關戲謔故事，出自陶宗儀《南村輟耕録》卷二三『嗓』條所載大名王和卿與關漢卿事。據此，曹以杜當認爲王和卿即王實甫。

〔三〕此説當本明胡應麟《少室山房筆叢》卷四一《莊嶽委談下》，該書徵引《南村輟耕録》卷二三文字後，按語云：『觀此，關之爲人可見。王所賦詞亦佳，又以滑稽挑逹與關善，得非即所謂實甫者，以先關卒，故《西廂記》未成而關續之耶？此事理極易推，惜無他據。』

〔四〕此段文字，亦本明胡應麟《少室山房筆叢》卷四一《莊嶽委談下》，文長，不具録。

（新校北西廂記）凡例

闕　名〔一〕

一、奇中有市語、方語、隱語、反語，又有拆白、調侃等語，要皆金元一時之習音也，似無貴於洞曉。不諳者率以己意强解，或至妄易佳句，今盡依舊本正之。

一、雜劇與南北曲賓白，自有體調不同。坊本間效南曲，增【臨江仙】、【鷓鴣天】之類，欲工而反悖，今盡從舊本一洗之。

一、諸本【絡絲娘煞尾】，固互見媸妍，舊本亦或有或略，恨無的本可據，姑仍今刻。

一、『沙』、『波』、『價』、『呵』、『麽』是助辭，『俺』、『咱』、『喒』是『我』字，『您』是『你』字，『恁』是『這般』。唯『您』、『恁』二字，諸本往往混淆，讀者亦須分辨。

一、諸本所刊，率續以《秋波一轉論》、《金釧玉肌論①》、《錢塘夢》、《林塘午夢》〔二〕、《鶯紅弈棋》〔三〕、《蒲東珠玉集》等語。此皆村學究所作，事不相涉，詞不雅馴，徒足令人嘔噦，今皆刪去不錄。

一、坊本白盡訛甚，至增損攙入，不勝讐辯。竟依古本改正，不復載其增損。

一、諸本釋義，有妄牽合故事，或又引述蔓衍，不能摘節明白，致觀者茫茫，今皆刪正。

一、諸本圈句，於詞義亦通，但與牌名調韻不合，今皆一一定正。

一、鳳洲王先生批評。先生揚扢風雅，聲金振玉。《藝苑巵言》中點綴《西廂》百一，未張全錦。茲得之王氏家草〔四〕。

一、卓吾李先生批評。先生品騭古今，一字足爲一史，具載《焚書》、《藏書》等編。《西廂》遺筆，乃其遊戲三昧，近得之雪堂在笥〔五〕。

（以上均中國藝術研究院圖書館藏明萬曆三十八

年曹以杜起鳳館刻《元本出相北西廂記》卷首）

【校】

①論，底本作『侖』，據集名改。

【箋】

〔一〕此文疑爲曹以杜撰。其第一、二、三、四、七、八諸條，與萬曆二十六年（一五九八）陳邦泰繼志齋刻本《重校北西廂記》之《凡例》第五至第十條，文字極爲相近，顯係因襲。

〔二〕《林塘午夢》：諸明刻本均作《園林午夢》，李開先（一五〇二—一五六八）撰，參見本書卷三《園林午夢》條。

〔三〕《鶯紅弈棋》：即《鶯鶯紅娘圍棋闖局》雜劇，或爲詹時雨撰，參見本卷該條解題。

〔四〕王氏家草：意指王世貞（一五二六—一五九〇）家藏遺草。

〔五〕雪堂在笥：意指李贄（一五二七—一六〇二）家藏遺草。雪堂，未詳何指。

附　元本出相北西廂記跋〔一〕

吴　梅

《西廂》槧本最多。余舊藏王伯良校注本、淩濛初卽空本，皆出此本之上。嘗細校一過，詞句間竄改至多，疑坊間射利者所爲。凡句旁用套圍者，皆經改易處也。標名曰『元本』，不過易動人目而已。方諸生謂『今刻本動稱古本，皆呼鼠作朴，實未嘗見古本』云云。方諸生隆、萬間，其言已如此，可見古本之難求矣。惟圖畫精良，工槧亦佳，究勝於近時俗刻萬倍也。論《西廂》刊本，當以碧筠齋爲首，朱石津次之，金在衡、顧玄緯諸刻，亦有可取處。即空觀好與伯良操戈，局度太褊。此外坊刻，等諸自鄶。其有假託名人評校，如湯臨川、徐天池、陳眉公等，所見頗多，概非佳槧。

庚申十月〔二〕，細讀兩過，因跋數語。長洲吴梅。

（《國家圖書館藏西廂記善本叢刊》第一七册影印明末重刻本《元本出相北西廂》卷末）

【箋】

〔一〕底本無題名。《新曲苑》本《霜厓曲跋》有此文。

〔二〕庚申：民國九年（一九二〇）。

題評閱北西廂〔一〕

徐　渭〔二〕

余於是帙諸解，並從碧筠齋本〔三〕，非杜撰也。齋本所未備，余則補釋之，不過十之一二耳。齋本乃從董解元之原稿，無一字差訛。余購得兩冊，都被好事者竊去①。今此本絕少，惜哉！世謂崔張劇是王實甫撰，而《輟耕錄》乃曰董解元。陶宗儀，元人也，宜信之。然董又有別本《西廂》，乃彈唱詞也，非打本，豈陶亦誤以彈唱爲打本也耶？不然，董何有二本也？附記以俟知者②。

又

余所改抹，悉依碧筠齋眞正古本，亦微有記憶不的③處，然眞者十之九矣。白亦差訛甚，不通甚④，卻都忘碧筠齋本之白矣，無由⑤改正也。齋本於⑥典故不大注釋，所注者正在方言、調侃語、伶坊中語、拆白道字，與⑦俚雅相雜、訕笑冷語，入奥而難解者⑧。

（《續修四庫全書》集部第一三五五册影印清初息耕堂鈔本《徐文長佚草》卷七〔四〕）

【校】

①被好事者竊去，李廷謨刻本《北西廂記》同，《重刻訂正元本批點畫意北西廂》本作「偷竊」。

②《重刻訂正元本批點畫意北西廂》本此文末署「漱者」，并有「天池山人」、「金雲山人」二枚陰文方章。漱者，李廷謨刻本《北西廂記》作「識者」，後無方章。

③的，《重刻訂正元本批點畫意北西廂》本作「明」。

④甚，《重刻訂正元本批點畫意北西廂》本作「者」。

⑤無由，《重刻訂正元本批點畫意北西廂》本作「因而」。

⑥「齋本於」三字，《重刻訂正元本批點畫意北西廂》本無。

⑦「與」字，《重刻訂正元本批點畫意北西廂》本無。

⑧《重刻訂正元本批點畫意北西廂》本此文末署「青藤道人」，并有「文長」、「青藤道士」二枚陰文方章。

【箋】

〔一〕《國家圖書館西廂記善本叢刊》第四册影印萬曆三十九年（一六一一）冬王起侯刻本《重刻訂正元本批點畫意北西廂》卷首，有此二篇題語。參見蔣星煜《〈重刻訂正元本批點畫意北西廂〉考》（《中國戲曲史鈎沉》）。按崇禎四年（一六三一）延閣主人李廷謨刻本《北西廂記》卷首，亦有此二段題語。

〔二〕徐渭（一五二一—一五九三）：生平詳見本書卷三《四聲猿》條解題。

〔三〕碧筠齋本：萬曆四十二年（一六一四）山陰朱朝鼎香雪居刻本《新校注古本西廂記》卷首王驥德《例》云：『碧筠齋本，刻嘉靖癸卯，序言係前元舊本，第謂是董解元作，則不知世更有董本耳。』按嘉靖癸卯，即嘉靖二十二年（一五四三）。此本已佚。據陳旭耀《現存明刊〈西廂記〉綜錄》記載，山東師範大學圖書館藏有一部清同治十年（一八七一）鈔本《碧筠齋古本北西廂》，疑爲失傳之碧筠齋本。黄季鴻、王勇《同治鈔本〈碧筠齊古本北西廂〉考論》（《東北師範大學學報（哲學社會科學版）》二〇一一年第二期）、楊緒容《碧筠齊本：今知最早的〈西廂記〉批點本》（《文獻》二〇一八年第二期）認爲此本非碧筠齊古本。錄以備考。

〔四〕此二文收入中華書局編輯部《徐渭集·徐文長佚草》（中華書局，一九八三）卷二。

西廂序〔一〕

徐渭

世事莫不有本色，有相色。本色，猶俗言正身也；相色，替身也。替身者，即①書評中『婢作夫人，終覺羞澀』之謂也。婢作夫人者，欲塗抹成主母而多插帶，反掩其素之謂也。故余於此本中賤相色，貴本色。衆人嘖嘖者，我呴呴也。豈惟劇哉②？凡作者莫不如此。嗟哉，吾誰與語？衆人所忽，余獨詳；衆人③所旨，余獨唾。嗟哉，吾誰與語④？

（同上《徐文長佚草》卷六）

【校】

①「卽」字，《重刻訂正元本批點畫意北西廂》本《自敍》無。

②哉，《徐渭集》作「者」。

③人，底本無，據《徐渭集》補。

④《重刻訂正元本批點畫意北西廂》本、《田水月山房北西廂藏本》本《自敍》，末署「秦田水月」。《田水月山房北西廂藏本》本題署下鈐印章二枚：陽文長方章「文長」，陽文方章「酬字堂」。

【箋】

〔一〕此文收入中華書局編輯部《徐渭集·徐文長佚草》（中華書局，一九八三）卷一。中國社會科學院藏明萬曆三十九年冬刻本《重刻訂正元本批點畫意北西廂》卷首有此文，題《自敍》。《國家圖書館西廂記善本叢刊》第七冊影印明萬曆間刻《田水月山房北西廂藏本》卷首有此文，亦題《自敍》，然闕前半葉。

（重刻訂正元本批點畫意北西廂）凡例

闕　名〔一〕

《西廂》難解處，不在博洽，而在閒冷。故舊釋易曉者不嘖，另載批釋其上，免混賓白，更入眼改觀，一洗舊日見解。記中有疑難乎，亦略疏附以便人。

曲中多市語、謔語、方語，又有隱語、反語，有拆白，有調侃，率以己意妄解，或竄易舊句，今悉正之。

腔調中俱有襯墊字眼，流俗類妄增之，俾正腔失體，今據古削之。可仍者，別以細字，令觀者瞭然。

『沙』、『波』、『麽』，俱語助；『俺』、『喒』、『咱』，俱『我』字。『咱』亦或作語助。『您』是『你』字，『恁』是『這般』。『您』、『恁』二字，往往混謄，茲爲分別。

本首列總目，即雜劇家開場本色。記分五折，折分四套，如木枝分而條析也。復列套內題目於每折下，曰『正名』，提綱挈領，悉古意。

【絡絲娘煞尾】，隨【尾】用之，從古，載每折末。

◎，奇妙，古今不同字並用；○，精華；丶，成響；乚，分載；□，古本多字；△，古本不同字；—，俚惡。胥分辯。

中刻『折』爲『卷』，取式類諸韋編耳。

【箋】

〔一〕此文傳爲徐渭（一五二一——一五九三）撰。

（重刻訂正元本批點畫意北西廂）序〔一〕

諸葛元聲〔二〕

天地咽氣有自然之響，人觸之成聲；聲有自然之節奏，而歌謠出焉。觀風作樂，皆取諸此。歷漢而唐，馳騖聲律，則爲詩，爲詞調，爲歌行。於是鉤玄掞藻，月露風雲，敷俳萬狀，漸失眞旨，以之諷咏則得，以之入金石絃管則難。宋人因之競趨樂府，易詩爲調①，而梨園曲譜實開端焉。嗣此寖盛域中，至元而極矣。故古今較量藝文，賦宗漢，詩宗唐，詞調宗宋，而曲則遜元，各重其至處也。

夫元人詞曲名家，有關漢卿、馬致遠、鄭德輝、宮大用，及夢符、可久諸人。王實甫亦擅聲其間，《西廂傳奇》迺其手筆，而漢卿續成之者也。然實甫在元人詞壇中未執牛耳，而《西廂》初出時，亦不爲實甫第一義，要於嘗鼎一臠，僅供優弄耳。而迄今膾炙人口，戶誦家傳之，即幽閨之貞、倚門之冶，皆能舉其詞，若他人單詞、小令、雜劇往往蕪沒無聞。詞固有幸不幸哉。所以然者，微之擅唐季才名，故《會眞雙文》一出，好事者翕然趨之。及實甫填詞襯語，又克宣洩其男女綢繆慕戀、曠怨抑鬱之至情，故其詞獨傳，傳而獨遠，遂爲一代絕唱耳。

今兹刻遍天下，品騭之亦非一人，然率哺其糟，不咀其華；爬其膚，不抉其髓。甚有禮法繩之若李卓吾者，此何異浴室譏裸、夢中詈人也。大抵本來劇戲，總繫情魔，種種色相寓言，亦亡是公、烏有之例，而必欲援文切理，按疵索瘢，反失之矣。且南北之人，情同而音則殊。北人之音，雄闊直截，內含雅騷；南人之音，優柔悽惋，難一律齊。今以南調釋北音，舍房闥態度而求以艱深，無怪乎愈遠愈失其眞也。

吾鄉徐文長則不然，不豔其鋪張綺麗，而務探其神情，卽景會眞，宛若身處。故微辭隱語，發所未發者，多得之燕趙俚諺謔浪之中。吾故謂實甫遇文長，庶幾乎千載一知音哉！昔伯牙援徽叩絃，何與山水？而子期一俯仰間，盡得其意響，故伯牙惜子期知音，當代無兩。若文長之批評《西廂》，頗類於是。往時所製《四聲猿》，久傳播海內，識者取而匹之元劇，可知已。

苧羅鄉王君起侯父〔三〕，幼抱奇稟，擅華未露。誦讀之暇，一見文長手稿，卽欣然命梓。其欣然有當於心者，亦唯是識見同、才情合也。梓成，問序於余。余既快文長能默契作者，又嘉王君能不吝之，而公諸人人也，故樂爲之引其端云。

東海澹仙諸葛元聲書於西湖之樓外樓。

（以上均《國家圖書館西廂記善本叢刊》第五冊影印明萬曆三十九年冬王起侯刻本《重刻訂正元本批點畫意北西廂》卷首）

【校】

①調，疑當作『詞調』。

【箋】

〔一〕中國藝術研究院藏明刻本《西廂記考》卷首亦有此文。

〔二〕諸葛元聲：號味水，別署東海澹仙，會稽（今屬浙江紹興）人。明諸生。萬曆九年（一五八一）入雲南臨元道賀幼殊幕，四十五年離滇。著有《兩朝平攘録》（現存明萬曆三十四年序刻本）、《滇史》等。

〔三〕苧羅鄉：相傳西施故鄉，在今浙江諸暨。王起侯：字號未詳，諸暨（今屬浙江）人。

題唐伯虎所畫鶯鶯圖次韻〔一〕

史槃〔二〕

自是河中窈窕身，含愁猶帶怨參辰。月臨鏡底應曰美，花到釵頭也讓春。號國丹青定有顧，洛神詞賦謾誇陳。容光一段渾如昨，豈似羞郎憔悴人。會稽史槃〔三〕

（明萬曆三十九年冬王起侯刻本《重刻訂正元本批點畫意北西廂》卷首）

【箋】

〔一〕此詩乃和徐渭之和詩而作，參見本卷《明徐渭和唐伯虎題崔氏真題記》條。

〔二〕史槃（約一五三一—一六二八後）：生平詳見本書卷四《夢磊記》條解題。

〔三〕題署之後有陰文方章『史槃之印』。

徐文長先生批評西廂敘〔一〕

澂園主人〔二〕

《西廂》，單行之書也。其和雅溫純，則《國風》之亞；幽奇委婉，則屈、宋之儔；俊逸清新，則參軍、開府；悠閒秀麗，則彭澤、宣城。至其筆幻心靈，情眞景肖，令人詠之躍然，思之未罄。世人無目，猥駕《琵琶》於其上。余謂東嘉摭實，實甫淩虛，如苧蘿麗質，較姑射仙姿，自有邢、尹之別。或云：『《琵琶》厲俗，《西廂》導淫，子何譽此而抑彼？』是則然矣，抑誠有說。余讀《國風》，知惟聖人而後能好色；讀《西廂》，知惟才人而後能好色。世無聖人，並乏才人，區區俗輩，敢云好色乎哉？然則非以導之，實以懲之也。

評《西廂》者不一人，或摘字句，或攬膚色。獨青藤道人別出心手，略其辭華，表其神理，使世眞知《西廂》之妙，共目爲古今第一奇書者，道人之功也。則道人評語，亦自單行矣。

澂園主人書。

墨濤生曰〔三〕：文長評，已如愷之畫鄰女，刺心而顰矣。若澂公序，更如秦鏡照人，肝膽畢現。《國風》好色一段，足令天下才人吐氣，俗子低眉。其有關世教甚大，不只《西廂》功臣而已。

【箋】

〔一〕此文又見萬曆三十九年（一六一一）冬王起侯刻本《重刻訂正元本批點畫意北西廂》卷首。

〔二〕澂園主人：姓顧，西陵（今湖北宜昌）人，名字、生平均未詳。曾評徐渭《四聲猿》，參見本書卷三《四聲猿引》條箋證。

〔三〕墨濤生：姓名、籍里、生平均未詳。按吳有斐（一六三〇—一六八九），字墨濤，武進（今江蘇常州）人。康熙十六年（一六七七）舉人。著有《閒閒草堂詩集》（現存康熙五十四年刻本）。未詳是否此人。

（徐文長先生批評西廂）跋語

闕　名〔一〕

徐癡此本《西廂》，極好改舊本，而所改之字，無一通者。但中亦有八九分悖謬，一二分强賴者，吾亦委曲將就恕之。然此不能多見者，非余刻也，非余偏惡也，但每過目時，笑一番，哭一番，恨一番，其奈之何？俗語有云：『這一張人皮端的是閻王打盹。』恰恰爲徐駭生此句也。

甲辰中秋前三日識〔二〕。

（以上均清初九宜齋刻、崇善堂印本《徐文長批評北西廂》卷首）

【箋】

〔一〕此文疑爲澂園主人撰。

〔二〕甲辰：康熙三年（一六六四）。

新校注古本西廂記自序〔一〕

王驥德〔二〕

記崔氏不自實甫始也。微之既傳《會眞》，入宋而秦少游、毛澤民兩君子，爰譜《調笑》，實始濫觴。安定之趙復，次第傳語，寄詞鼓子，則節拍有加矣。迨完顏時，董解元始演爲北詞，比之絃索，命曰《西廂》，然第擱彈家言，而匪登場之具也。於是實甫者起，沿用爨弄諸色，組織董記，倚之新聲。董詞初變詩餘，多椎樸而寡雅馴。實甫斟酌才情，緣飾藻豔，極其致於淺深濃淡之間，令前無作者，後掩來喆，遂擅千古絕調。自王公貴人，逮閨秀里孺，世無不知有所謂《西廂記》者。顧繇勝國抵今，流傳既久，其間爲俗子庸工之篡易而失其故步者，至不勝句讀。

余自童年輒有聲律之癖，每讀其詞，便能拈所紕繆，復搤掔而恨，故爲盲瞽學究，妄誇箋釋，不啻嘔噦而欲付之烈炬也。既覓得碧筠齋若朱石津氏兩古本[三]。序碧筠齋者，稱淮干逸史，首署疏注，僅數千言，頗多破的。朱石津，不知何許人，視碧筠齋，大較相同。關中杜逢霖《序》言[四]，朱沒而其友吳厚丘氏手書以刻者[五]，並屬前元舊文，世不多見。餘刻紛紛，殆數十種，僅毗陵徐士範、秣陵金在衡、錫山顧玄緯三本，稍稱彼善。徐本間詮數語，偶窺一斑；金本時更字句，亦寡中窾；獨顧本類輯他書，似較該洽，恨去取弗精，疵繆間出。然總之影響，俗本於古文無當也。

故師徐文長先生，說曲大能解頤，亦嘗訂存別本，口授筆記，積有歲年。余往暨周生讀書湖上，攜一青衣，故善肉聲，鉛槧之暇，酒後耳熱，時令手紅牙，曼引一曲【桃花墮】，而堤柳若爲按拍也。輒手丹鉛，爲訂其譌者，芟其蕪者，補其闕者，務割正以還故吾。余家藏元人雜劇可數百種許，間有所會，時疏數語；又雜采他傳記若諸劇語之足相印證者，漫署上方。久之，遂盈卷帙。既又並微之本傳若王性之氏《辯證》，及顧本所錄諸引篇章有繫本記者，別爲考正一卷，附之簡末，稍爲崔氏及實甫一伸沉冤。

蓋實甫之詞稍難詮解者，在用意宛委，遣辭引帶，及隱語方言，不易強合。憶余入燕，故元大都，實甫枌榆鄉也，舉詢其人，已瘖不能解。故余爲釋句，其微辭隱義，類以意逆；而一二方言，不敢漫爲揣摩，必雜證諸劇，以當左契。大氏取碧筠齋古注十之二，取徐師新釋亦十之二。今之詞家，吳郡詞隱先生寔稱指南〔六〕。復函請參訂，先生謬假賞與。凡再易稿，始克成編。

頃周生嗤我，謂：『惜也，子志鵬翼而修鼠肝！曾是淫哇之靡，而搖其筆端也，謂大雅何？』余曰：『螻螘屎溺，何之非道？今風人學士，孰不爭口賞崔傳？而豕渡之疑若耳食之陋，並塵阿堵，毋偎偎有詩亡之恨乎！余懼其以小道而日淪之澌滅也，故不惜猥一染指，詎敢稱實甫忠臣，聊以爲聽《折楊》、《皇荂》者，下一鼓吹云爾。』

抑舊傳是記爲關漢卿氏所作，邇始有歸之實甫者，則涵虛子之《正音譜》，故臚列在也。獨世謂漢卿續成其後，未見確證。然淄澠涇渭之辨，殊自不廢。兩君子他作，實甫以描寫，而漢卿以琱鏤。描寫者遠攝風神，而琱鏤者深次骨貌。持此以當兩君子三尺，思且過半。即有具眼者，或不以余言爲孟浪也。若編摩之概與詮釋之指，並見《凡例》中，序不能悉。

萬曆甲寅春日〔七〕，大越琅邪生方諸仙史伯良氏書〔八〕。

【箋】

〔一〕題下有陽文方章『方諸館』。

〔二〕王驥德（一五五七？—一六二三）：生平詳見本書卷四《題紅記》條解題。

〔三〕碧筠齋：參見本卷徐渭《題評閩北西廂》條箋證。朱石津氏本：王驥德《新校注古本西廂記》之《例》云：『朱石津本，刻萬曆戊子，較筠本，間有一二字異同，則朱稍以己意更易，然字畫精好可玩。』萬曆戊子，即萬曆十六年（一五八八）。此本已佚。朱石津：生平未詳。

〔四〕杜逢霖：關中（今陝西秦嶺一帶）人，生平未詳。

〔五〕吳厚丘：籍里、生平均未詳。

〔六〕吳郡詞隱先生：即沈璟（一五五三—一六一〇）。

〔七〕萬曆甲寅：萬曆四十二年（一六一四）。

〔八〕署名後有陰文方章二枚：『王驥德印』、『伯良氏』。

新校注古本西廂記序

毛以燧〔一〕

《西廂》，《桑間》、《濮上》之遺也，然幾與吾姬孔之籍並傳不朽。李獻吉至謂〔二〕：『當直繼《離騷》。』夫非以其辭藻濃至，即涉淫靡，有不可得而屏斥者哉？顧其書三百年而傳，而是三百年之中，所爲鼠朴之竄若金根之更者，已紛若列蝟，文人墨士，眶惏瞇目，輒操褊心，概津津稱豔弗置，不問魯鼎之多贋也。於是，其書存也，而其實不啻亡矣。

吾友會稽王伯良氏，博雅君子也。於學無所不窺，而至聲律之閑，故屬夙悟，雅爲吾郡詞隱先生所推服，謂契解精密，大江以南一人。往先侍御令越〔三〕，俾余二三伯仲，同伯良講業署中。鉛槧之暇，口及崔傳，每忼愾爲實甫稱冤。時援故不可解之文以質，而伯良倒囊以示，引據詳博，未嘗不犁然擊節，爲浮大白，一醉高榆叢桂間也。余數從臾伯良：『曷不更署爰書，爲實甫平反地乎？』蓋抵今而始得挈令甲以懸之國門矣。其書毋論校讎之覈，令魯靈光不改舊觀，而疏語以折蜩螗之喙，考說以破笥槌之疑，鉅苞經史，瑣拾稗官，淺叶康衢，精比黍籥，俾字無可姦之律，證有必信之文，破璧復完，羣吠頓息。蓋詞隱夙有此志，而見伯良且先著鞭，輒閣筆自廢，作何平叔語曰：『王輔嗣已注《老子》矣。』汲冢仍新，風流不墜。實甫有靈，當頓顙九原一笑，懷環報之感耳。抑崔氏於王，故有夙緣。自實甫始倡豔辭，性之繼伸宏辯。至伯良，以窮搜冥解之力，踵成兩君子之緒。而又微之觀察，性之僑寄，咸於伯良氏之會稽陵谷邈矣。事若有待，非宇壤間一大奇也哉！伯良時髦，兼修兩漢六代之業，結撰甚富，多勒琬琰。時遊戲爲今樂府，流布海內，久令洛陽紙貴。此第其牙後慧，然不妨爲才士之木屑也已。

萬曆歲在癸丑重陽日，吳郡粲花館主人書〔四〕。

【箋】

〔一〕毛以燧（約一五六六—一六二四後）：字允遂，號瑤山，別署粲花館主人，吳江（今屬江蘇）人。毛瑩（一五九四—一六七〇後）父。諸生，入太學，受業於沈琦（一五五八—一六〇六）、周宗建（一五八二—一六二七）。屢試不第，隱居禊湖。雅好詞曲，工詩文，爲『松陵八駿』之一，與馮夢龍（一五七四—一六四六）同爲韻社社友。著有《粲花館詩集》。天啓五年（一六二五），刻王驥德《曲律》，並作題跋，見本書卷十二《曲律後語》條。傳見乾隆《黎里志》卷九。馮夢龍有《挽毛以燧》詩，收錄於《黎里志》卷三〇《藝文》。

〔二〕李獻吉：即李夢陽（一四七三—一五三〇），初字天賜，後字獻吉，號空同子，慶陽（今屬甘肅）人，後徙開封（今屬河南）。弘治七年甲寅（一四九三）進士，授戶部主事。正德間，因疏劾宦官劉瑾，下獄幾死。瑾誅，起江西提學副使，以事奪職。著有《空同集》等。傳見焦竑《國朝獻徵錄》卷八六（《墓志銘》）、李開先《李中麓閒居集》卷一〇《傳》、袁袠《袁永之集》卷一七《傳》、毛奇齡《西河合集》卷八一《傳》、何喬遠《名山藏》卷三五、《明史》卷二八六等。

〔三〕先侍御：即毛壽南（一五五一—一六一〇？），字宇徵，號仁山，吳江（今屬江蘇）人。毛衢三子，毛以燧父。萬曆十三年乙酉（一五八五），由歲貢順天中式。次年丙戌（一五八六）進士，授山陰知縣。官至陝西道監察御史，尋以疾請歸。纂修《松陵毛氏族譜》。著有《臺省寶鑑》、《仁山詩文集》。傳見徐達源《黎里志》卷七。

〔四〕署名後有陰文方章二枚：『毛以燧印』、『毛氏允遂』。

（新校注古本西廂記）例

闕　名〔一〕

一、記中，凡碧筠齋本，曰筠本；朱石津本，曰朱本；二文同，曰古本。天池先生本，曰徐本；金在衡本，曰金本；顧玄緯本，曰顧本。古今本文同，曰舊本。各坊本，曰諸本，或曰今本、俗本。

一、碧筠齋本，刻嘉靖癸卯，序言係前元舊本，第謂是董解元作，則不知世更有董本耳。朱石津本，刻萬曆戊子，較筠本，間有一二字異同，則朱稍以己意更易，然字畫精好可玩。古本惟此二刻爲的，餘皆訛本。今刻本動稱古本云云，皆呼鼠作朴，實未嘗見古本也，不得不辯。（《雍熙樂府》，全記皆散見各套中，然亦今本，不足憑也。）

一、訂正概從古本，間有宜從別本者，曰古作某，今從某本作某。其古今本兩義相等、不易去取者，曰某本作某，某本作某，今并存，俟觀者自裁。或古今本皆誤宜正者，直更定，或疏本注之下。

一、『注』與『註』通。古注疏之『注』，皆作『注』，今從『注』。

一、元劇體必四折，此記作五大折，以事實浩繁，故創體爲之，實南戲之祖。舊傳實甫作，至『草橋夢』止，直是四折。漢卿之補，自不可闕。然古本止列五大折，今本離爲二十，非復古意。又古本每折漫書，更不割截另作起止，或以爲稍刺俗眼。今每折從今本，仍析作四套，每套首另署曰第一套、第二套云云，而於下方，則更總署曰： 今本第一折、第二折，至二十折而止（此『折』與五大折之『折』不同），以取諧俗。折，取轉折之義。元人目長曲曰套數，皆本古注舊法。（《輟耕錄》云：『成文章曰樂府，有【尾聲】曰套數。』）

一、元人從折，今或作出，又或作齣。『出』既非古，『齣』復杜撰，字書從無此字，亦無此音。今試舉以問人，輒漫應曰『摺』。時戲往往取以標其節目，恬不知怪，是大可笑事。近《詅癡符傳》，以爲『齣』蓋『齝』字之誤，良是。其言謂，牛食已復出嚼曰齝，音笞，傳寫者誤以『台』爲『句』。齝、出，聲相近，至以『出』易『齝』。又引元喬夢符云『牛口爭先，鬼門讓道』語，遂終傳皆以『齝』代『折』。不知《字書》『齝』，本作⿰齒司，又作呞。以『⿰齒司』作『齣』，筆畫誤在毫釐，相去更近，非直台、句之混已也。卽用『⿰齒司』，元劇亦不經見，又剌今人眼益甚。故標上方者，亦止作折。

一、古本，以外扮老夫人，署色止曰夫人。又店小二、法本、杜將軍皆曰外。本又曰潔，張生曰末，鶯鶯曰旦，紅娘曰紅，歡郎曰倈，法聰、孫飛虎及鄭恆皆曰淨，惠明曰惠，琴童曰僕。今易末曰生，易潔曰本，易倈曰歡，店小二直曰小二，亦爲諧俗設也。

一、北詞以應絃索，宮調不容混用，惟楔子時不相蒙（謂引曲也）。記中凡宮調不倫，句字鄙陋，係後人僞增者，悉釐正刪去。

一、記中用韻最嚴，悉協周德清《中原音韻》，終帙不借他韻一字。其有開閉不分、甲乙互押者，皆後人傳誤，今悉訂正。

一、古劇四折，必一人唱。記中第一折，四套皆生唱；第三折，四套皆紅唱，典刑具在。惟第二、四、五折，生、旦、紅間唱，稍屬變例。今每折首，總列各套宮調，並疏用某韻及某唱於下，亦使人一覽而知作者之梗概也。

一、《中原音韻》凡十九韻，記中前四折，各套各用一韻。惟第二折第二套中呂曲，重用庚青一韻，稍稱遺恨。至第五折之重用尤侯、支思、真文三韻，補用魚模一韻，此亦他人續成之一驗也。

一、元劇首折多用楔子引曲，折終必收以正名四語。記中第一、三、四、五折皆有楔子，如【賞花時】、【端正好】等一二曲；每折後，皆有正名等語，古法可見。至諸本益以【絡絲娘】一尾，語既鄙俚，復入他韻；又竊後折意提醒爲之，似搊彈說詞家所謂『且聽下回分解』等語；又止第二、三、四折有之，首折復闕，明係後人增入。但古本並存，又《太和正音譜》亦收入譜中，或篡入已久，相沿莫爲之正耳，今從秣陵本刪去。正名四語，今本誤置折前，並正。

一、今本每折有標目四字，如『佛殿奇逢』之類，殊非大雅。今削二字，稍爲更易，疏折下，以便省檢。第取近情，不求新異。

一、各調曲有限句，句有限字，世並襯𧧃搶帶等字漫書，致長短參差，不可遵守。今一從《太和正音譜》考定，其襯𧧃等字，悉從中細書，以便觀者。襯字以取諧聲，不泥文字，識曲者當自得之。

一、記中曲語，有爲俗子本不知曲，妄加雌黄（如謂『幽室燈青』等曲爲失韻之類），字面妄加音釋者（如『風欠』，音作『風要』之類），悉緒正其枉，並詳載注中。

一、記中，有古今各本異同，義當兩存者，已疏注中。於本文復揭曰『某，古作某』或『今作某』。第省一『字』字及本字，恐觀者未遑檢注，故不避複。

一、唱曲字面，與讀經史不同。故記中字音，悉從《中原音韻》，與他韻書，時有異同。

一、各曲，平仄有法。其入聲字，元派入平、上、去三聲，不能字爲音切，用朱本例，每字加圈以識。惟遇叶韻處，有同聲者加音，無同聲而恐混他音者加反，或止曰叶某字某聲。值難識字面，間加音反。遇入聲亦派入三聲，云『叶音某字』。或一字再見，於前一字加音，後止加圈，以從省例。韻脚字有作他音者，雖易識字亦加音；後有仍押此韻者，曰『後同』。或不盡載，當以類推。賓白遇難識字面，間疏本白下，餘則止於轉借加圈。

一、記中，有一字而具二音，或三四音者，不能遍釋，須人自理會。其易識者，遵古《發》字例，止以圈代音，亦從省例（『發』字例，見《史記》）。二音，如朝（昭）朝（潮）、相（陽平①）相（去聲）、著（張略反）著（直略反）、廝（平聲）廝（入聲）之類，止於後一字加圈（凡入聲之著，盡叶作平聲；廝，盡叶作去聲）。三音，如平聲『强弱』之『强』、上聲『勉强』之『强』、去聲『倔强』之『强』之類，止於後二字加圈。皆本古法，餘可類推。其易混字，如『臉』之或音作檢（如『臉兒淡淡粧』之臉，音檢），或音作斂（上聲，如『把箇發慈悲臉兒蒙著』之臉，音斂），用各不同，於斂音特加區別。俗音字，如『的』字本作上聲，今人盡讀作平聲，概不加音，俟人通融爲用。他如『善惡』之『惡』，《中原音韻》元叶作去聲，加圈則混於『好惡』之『惡』之類，更不著圈。又『更』字之平、去二聲加圈，『那』字之平、上、去三聲加圈之類，皆以便觀者。

一、記中，凡入聲字，俱準《中原音韻》，叶作平、上、去三聲。其中間有其字叶，而施於句中，與本調平仄不叶者，不得不還本聲，及借叶以取和聲（如第一折第一套【賞花時】曲，『人值殘春蒲東郡』之『值』字，元以入叶平，然句中法宜用仄，卻加圈，借作去聲。第四套【錦上花】曲，『怎得到曉』之『得』字，元以入作上，然句中法宜用平，卻加圈，借作平聲之類）。仍疏本曲下，觀者毋訾其失叶。

一、記中，『每』與『們』時通用，『得』與『的』時借用。惟『恁』之爲『如此』也，『您』之爲『你』也，『俺』、『喒』、『咱』之爲『我』也，『咱』又與『波』、『沙』、『呵』、『偌』、『兀地』之爲助語也，皆當分別。

一、各調，句或一字，或二字、三字，以至七字，參錯不一。惟至八九字以外，係加襯字。自來歌者，於一二字句，多誤連上下文，致本調遂少一句；或斷一句爲兩，致本調遂多一韻。今於本文，悉加句讀，令可識別。其有句中字，必不可摘作襯書者，間從大書，亦《正音譜》例也（讀音竇，意盡爲句，從傍斷；意未盡爲讀，從中略斷）。

一、記中，有成語（如『惺惺惜惺惺』之類），有經語（如『靡不有初，鮮克有終』之類），有方語（如『顛不剌』之類），有調侃語（如『渰老』爲眼之類），有隱語（如『四星』爲下梢之類），有反語（如『與我那可憎才』之類），有歇後語（如『不做周方』之類），有掉文語（如『有美玉於斯』之類），有拆白語（如『木寸』、『馬戶』、『尸巾』之類），皆當以意理會。

一、俗本賓白，凡文理不通，及猥冗可厭，及調中多參白語者，悉係僞增，皆從古本刪去。

一、注中，凡曲語襲用董記者，雖單言片詞，必曰董本云云，以印所自出。仍加長圍，恐其與注語前後文相混也。

一、凡注，從語意難解，若方言，若故實稍僻，若引用古詩詞句，時一著筆。餘淺近事，概不瑣贅，非爲俗子設也。

一、凡引證諸劇，首一見，曰『元某人某劇』云云，後止曰『某劇』。亦從董例，以長圍圍之。若見他書者，止曰『某書』云云，更不著圍。

一、凡采用碧筠齋舊注，及天池先生新釋，並不更識別，時間揭一二。筠注曰『古注』，徐釋曰『徐云』，今本直曰『俗注』。凡詞隱先生筆，曰『詞隱生云』，蓋先生自稱也。

一、注中，詞隱先生評語，若參解頗繁，載僅什五。惟時著朱圈處，手澤尚新，今悉標入。

一、考正中，鶯鶯本傳，見《太平廣記》、《虞初志》、《侯鯖錄》、《豔異編》，各文互有異同，俗本轉成譌謬。今悉本四書參定，即有未妥，亦仍舊文，不敢輒易。其彼此不同，宜並存者，間疏上方。

一、王性之，故宋博雅君子，《辯正》作，而千古疑事，爛在目睫。偶附所見，業爲性之補闕，非敢云猥乘其隙也。

一、顧本雜錄唐宋以來詩詞，及題跋諸文，間有佳者。或鄙猥可嗤，或無繫本傳事者，悉刪去。其舊本未收，及各志銘宜采者，俱續補入。

一、逐套注，即附列曲後，一便披閱，亦懼漫寘末簡，易作覆瓿資耳。

一、坊本有點板者，云傳自教坊，然終未確，不敢溷入。

一、本記正譌，共八千三百五十四字（曲，一千八百二十五字；白，六千五百二十九字）。其傳文，及各考正，共三百七十三字。

一、繪圖似非大雅，舊本手出俗工，益憎面目。計他日此刻傳布，必有循故事而附益之者。適友人吳郡毛生〔二〕，出其內汝媛所臨錢叔寶《會眞卷》索詩〔三〕，余爲書《代崔娘解嘲》四絕。既復以賦命，曰《千秋絕豔》，蓋其郡人周公瑕所題也。叔寶今代名筆，汝媛摹手精絕，楚楚出藍，足稱閨閫佳事。漫重摹入梓，所謂未能免俗，聊復爾爾。

例終。

（以上均明萬曆四十二年王驥德校注、山陰朱朝鼎香雪居刻本《新校注古本西廂記》卷首）

【校】

①陽平，底本作『去聲』，據文義改。

【箋】

〔一〕據《新校注古本西廂記自序》，此文當爲王驥德撰。

〔二〕吳郡毛生：卽毛以燧（約一五六六—一六二四後）。

〔三〕汝媛：卽汝文淑（約一五七三—？），字蕙香，室名蕙香居，黎川（今屬江西）人。毛以燧室，毛瑩（一五九四—一六七〇後）母，人稱『汝太君』（《玉臺畫史》）。善畫山水蟲草。傳見乾隆《黎里志》卷一一。錢叔寶：卽錢穀（一五〇八—一五七八後）。王驥德《新校注古本西廂記》每齣均有插圖，款書『長洲錢穀叔寶寫』、『吳江汝氏文淑摹』。

（新校注古本西廂記）附評語

王驥德

《西廂》，《風》之遺也；《琵琶》，《雅》之遺也。《西廂》似李，《琵琶》似杜，二家無大軒輊。然《琵琶》工處可指，《西廂》無所不工。《琵琶》宮調不倫，平仄多舛；《西廂》繩削甚嚴，旗色不亂。《琵琶》之妙，以情以理；《西廂》之妙，以神以韻。《琵琶》以大，《西廂》以化，此二傳三尺。

《西廂》妙處，不當以字句求之。其聯絡顧盼，斐亹映發，如長河之流，率然之蛇，是一部片段好文字，他曲莫及。

《西廂》概言，無所不佳。就中摘其尤者，則『相國行祠』、『風靜簾閒』、『晚風寒峭』、『彩筆題詩』、『夜去明來』數曲，窮工極妙，更超越諸曲之上。巧有獨至，卽實甫要亦不知所以然而然。

諸曲平仄，較《正音譜》，或時有出入，然自不妨諧叶。試錯綜按之，無不皆然，所謂柳下惠則可也。

《中原音韻》所謂字別陰陽，曲中精髓。然以繩《西廂》，亦不能皆合。如【點絳脣】首句第四字，合用陰字，而『遊藝中原』之『原』，與『相國行祠』之『祠』，皆是陽字；【寄生草】末句第五字，合用陽字，而『海南水月觀音院』之『觀』，與『玉堂金馬三學士』之『三』、『何時再解香羅帶』之『香』，皆是陰字。以是知求精於律，政自不易。

《西廂》用韻最嚴，終帙不借押一字。其押處，雖至窄至險之韻，無一字不俊，亦無一字不妥。若出天造，匪由人巧，抑何神也。

記中諸曲，生、旦伯仲間耳，獨紅娘曲，婉麗豔絕，如明霞爛錦，爍人目眥，不可思議。

《西廂》諸曲，其妙處正不易摘。王元美《藝苑卮言》，至類舉數十語以爲白眉，殊未得解。又其旨本《香奩》、《金荃》之遺，語自不得不麗。何元朗《四友齋叢説》，至訾爲『全帶脂粉』。然則必銅將軍持鐵綽板，唱『大江東去』而始可耶？

涵虚子品前元諸詞手，凡八十餘人，未必皆當，獨於實甫，謂『如花間美人』，故是確評〔一〕。

董解元倡爲北詞，初變詩餘，用韻尚間沿詞體。獨以俚俗口語，譜入絃索，是詞家所謂本色當行之祖。實甫再變，粉飾婉媚，遂掩前人。大抵董質而俊，王雅而豔，千古而後，並稱兩絕。陸生傖父，復譜爲《會眞》〔二〕，寧直蛇足，故是螳臂，多見其不知量耳。

實甫要是讀書人，曲中使事，不見痕迹，益見爐錘之妙。今人胷中空洞，曾無數百字，便欲搖筆作曲，難矣哉！

元人稱關、鄭、白、馬，要非定論。四人，漢卿稍殺一等。第之，當曰王、馬、鄭、白。有幸有不幸耳。

往聞凡北劇，皆時賢譜曲，而白則付優人塡補，故率多俚鄙。至詩句，益復可唾。《西廂》諸白，似出實甫一手，然亦不免猥淺。相沿而然，不無遺恨。

今曲以《西廂》、《琵琶》爲青鳳吉光，而二曲不幸，皆遭俗子竄易。又不幸，坊本一出，動稱古本云云，實不知古本爲何物。余嘗戲謂時刻一新，是二曲更落一劫。客曰：『今寧必無更挾彈子後者耶？』余謂：『余固不爲此輩設也。』

《西廂》，韻士而爲淫詞，第可供騷人俠客賞心快目，抵掌娛耳之資耳。彼端人不道，腐儒不能道，假道學心賞慕之而噤其口不敢道。李卓吾至目爲其人必有大不得意於君臣朋友之間，而借以發其端；又比之唐虞揖讓，湯武征誅。變亂是非，顛倒天理如此，豈講道學佛之人哉！異端之尤，不殺身何待？獨云『《西廂》化工，《琵琶》畫工』，二語似稍得解。又以《拜月》居《西廂》之上，而究謂《琵琶》語盡而詞亦盡，詞竭而味索然亦隨以竭，此又竊何元朗殘沫，而大言以欺人者，死晚矣。（頃俗子復因《焚書》中有評二傳及《拜月》、《紅拂》、《玉合》諸語，遂演爲亂道，終帙點汙，覓利瞽者。余戲謂客：『是此老阿鼻之報。』客爲一笑。）

天池先生解本不同，亦有任意率書，不必合窾者；有前解未當，別本更正者。大都先生之解，略以機趣洗發，逆志作者，至聲律故實，未必詳審。余注，自先生口授而外，於徐公子本，采入較多。今暨陽刻本〔二〕，蓋先生初年厓略之筆，解多未確。又其前題辭，傳寫多訛，觀者類能指摘。至以實甫本爲董解元本，又疑董本有二，此尤未定之論。蓋董解元爲金章宗朝學士，始創爲搊彈院本。實甫循董之緒，更爲演本。由元至今，三百餘年；由董至王，亦一百三數十年（董解元，蓋宋光、寧兩朝間人）。時代久遠，流傳失眞，然其本故判然別也。陶宗儀《輟耕錄》所稱董解元作，正指搊彈之本而非誤，誤之者自淮干逸史始也。董本人間絕少，余往從友人劉生乞得，以呈先生。先生詫賞甚，評解滿帙。未及取還，爲人竊去。頃歙中及武林已有刻本。碧筠齋本間有存者，余初從廣陵購得一本，爲吾郡司理竟陵陳公取去。後復從武林購得一本，今存齋頭。而朱石津本尤祕，卽先生存時，亦未之見，余爲友人方將軍誠甫所貽者。憶徐公子本，先生亦從世人，以【綿搭絮】二曲爲落韻；《聽琴》折，擬改『幽室燈青』爲『燈紅』，『下一層兒紅紙，幾榥兒疎櫺』爲『一匙兒糨刷，幾尺兒紗籠』；《問病》折，『眉黛遠山』二句，爲『眉黛山尖不翠，眼梢星影橫參』等語，皆別本所無。蓋先生實不知此調故有中數句不韻一體，故余注本，皆棄去不錄。暨本出，頗爲先生滋喙。余非故翹其失，特不得不爲先生一洗刷之耳。

實甫嘗作《絲竹芙蓉亭》劇，其仙呂·詞一折，風流綺麗，特稱妙絕。吾嘗恨『竚立閒街』諸曲，殊傷莽率。今錄附簡末，以供好事者下一擊節。

【仙呂點絳脣】附　　王實甫《絲竹芙蓉亭》劇（略）

【箋】

〔一〕『涵虚子』六句：朱權《太和正音譜》稱：『王實甫之詞，如花間美人。』

〔二〕『陸生』二句：指陸采《南西廂記》。陸采（一四九七—一五三七），生平詳見本書卷三《明珠記》條解題。

〔三〕暨陽：乃諸暨（今屬浙江）舊稱。萬曆三十九年（一六一一）王起侯刻本《重刻訂正元本批點畫意北西廂》卷首諸葛元聲《序》有『苧羅鄉王君起侯父』之語，則王起侯爲苧羅鄉人，亦卽諸暨人。據此可知，『暨陽刻本』當卽王起侯刻本。

崔娘遺照

闕　名〔一〕

右《崔娘遺照》，見諸家舊本，傳爲宋畫院待詔陳居中所摹。按陶宗儀《輟耕錄》謂於武林見此圖，命盛子昭重摹〔二〕，不知正此本否？祝希哲《跋語》謂曾兩見此圖，大略相類，妖妍宛約，故猶動人，第稍傷肥〔三〕。此本殊清麗不爾。然往觀古周昉輩畫美人，亦多較豐，不似近代專尚瘦弱。吳本又有唐伯虎所摹一紙，則眞傷癡肥，大損風韻。或摹刻屢易，致失本眞，今不並載。稍存此圖，以寄虎賁典刑，俾覽者自得於驪黄牝牡之外云爾。

客問：『舊謂居中之畫稍肥，近否？』余戲謂：『崔娘千古絶豔，然故不甚瘦。』客詰其故，余謂：『子不讀微之《會眞詩》「膚潤玉肌豐」語乎？摹寫姿態，無過此君最眞耳。』客大噱去。並識以備謔資。

【箋】

〔一〕此文當爲王驥德撰。

〔二〕陶宗儀《輟耕録》：見陶宗儀《輟耕録》卷一七『崔麗人』條。《新校注古本西廂記》卷六《新校注古本西廂記考》亦附録，題《元陶九成崔麗人圖跋》。陶宗儀（一三二九—約一四二四），字九成，號南村，黄巖（今屬浙江）人。元末嘗應鄉試，不中，即棄去。後避兵，僑寓松江之南村，因以自號。入明，累辭辟舉，躬耕稼穡，教授生徒自給。工詩文，富著述。編纂《說郛》、《草莽私乘》、《古刻叢鈔》、《遊志續編》，著有《輟耕録》、《書史會要》、《南村詩集》、《滄浪櫂歌》等。傳見孫作《滄螺集》卷四《小傳》（收入焦竑《國朝獻徵録》卷一一五）、王世貞《弇州山人續稿》卷七七《陶氏五隱傳》、何喬遠《名山藏》卷九五、《明史》卷二八五等。參見徐永明《陶宗儀年譜》（二〇一四年浙江古籍出版社《陶宗儀集》附録）。

〔三〕祝允明《跋崔鶯鶯圖》云：『崔娘鶯鶯眞像，乃舊傳本，非宋即元人名手之所得摹也。余向者都下曾從一見之，繼於郟城僧院中見一本，大約相類。妖妍宛約，嬌姿動人，第以微傷肥耳。陶南村說，曾於武林見《崔麗人遺照》，因命盛子昭臨一本，且有趙宜之等題詠甚詳。此豈即其物耶，盛君之臨本歟？或好事重翻盛本，抑因陶說而想像之，以暗中模索而爲之者歟？既識蔑而遊藝之隙，漫書以記吾會云耳。噫！尤物移人，在微之猶不能當。余之德不足以勝妖孽，恐貽趙顔之惑，姑未暇引爾丹青也。』祝允明（一四六一—一五二七），字希哲，號枝山，別署枝指生，長洲（今江蘇蘇州）人。弘治五年壬子（一四九二）舉人，官至應天府通判。未幾致仕，玩世自放。著有《前聞記》、《九朝野記》、《蘇材小傳》、《集略》、《猥談》、《懷星堂集》等。傳見焦竑《國朝獻徵録》卷七五、何喬遠《名山藏》卷九六、《姑蘇名賢小記》卷上、《明史》卷二八六等。

明唐寅題崔娘像〔一〕

王驥德

□□□□□□身，□□□□□□辰。琵琶寫語番成怨，栲栳量金買斷春。一捻腰肢底是瘦，九迴腸斷向誰陳？西廂待月人何在，秋水茫茫愁殺人〔二〕。

按唐寅，字伯虎，又字子畏，别號六如居士，吴縣人。少負儁才，性豪宕不羈。舉南畿鄉薦第一，坐事，充浙江省吏以廢。詩畫皆楚楚絶人。此手摹崔像而繫之詩者，吴本刻置首簡，今伯虎集不載。

【箋】

〔一〕唐寅（一四七〇——一五二四）：生平詳見本書卷十四《伯虎雜曲》條解題。

〔二〕此詩眉批：『伯虎詩，刻本久逸，此得之口傳，失前二句。中復多誤字，未敢臆決。凡同好有存是本者，能以見投，當酬此傳一部。』

明徐渭和唐伯虎題崔氏眞題記

王驥德

仿佛相逢待月身，不知今夕是何辰。行雲總作當年散，胡粉空傳半面春。嫁後形容難不老，畫中臨榻也應陳。虎頭亦是登徒子，特取妖嬌動世人。

徐文長先生，諱渭，別號天池，山陰人。余師也。少穎甚，爲諸生。以古文辭，客胡督府幕中，聲籍一時。卒不遇，以奇死。先生詩文書繪，俱高邁警絕，爲世寶重。往先生居，與予僅隔一垣，就語無虛日。時口及《崔傳》，每舉新解，率出人意表。人有以刻本投者，亦往往隨興偶書數語上方。故本各不同，有彼此矛盾、不相印合者。余所見凡數本，惟徐公子爾兼本〔一〕，較備而確。今爾兼没，不傳。世動稱先生注本，實多贋筆，且非全體也。

此詩和伯虎《題崔像》，蓋先生最喜伯虎『㛹㛹量金』之句。一日過先生柿葉堂，先生朗誦和篇，因命余并次。余勉呈一首，先生謬加賞借，且謂結句『當時不是羞郎面，應悔明珠錯贈人』二語，正得崔娘不寫之恨。今先生逝矣，追憶往事，謦欬猶溫，不勝有山陽之悵。并附以當一慨。

【箋】

〔一〕徐公子爾兼：即徐枳（一五六二—一六三一後），字爾兼，山陰（今浙江紹興）人。徐渭次子。萬曆十四年（一五八六），入贅同郡王道翁家。十六年，入李如松幕。次年，歸鄉，助刻《徐文長集》十六卷與《闕編》十卷。參見王俊《徐渭年表》（《中國書畫》二〇〇四年第八期）。

王實甫關漢卿考

闕　名

按元大梁鍾嗣成《録鬼簿》，載王實甫、關漢卿，皆大都人。漢卿，號已齋叟，爲太醫院尹。或言漢卿嘗仕於金，金亡，不肯仕元，爲節甚高。實甫、漢卿，皆字，非名也。《藝苑巵言》謂：『《西廂》久傳爲關漢卿作，邇乃有以爲王實甫者。』且引《太和正音譜》載實甫詞十三本，以《西廂》爲首，漢卿六十本，不載《西廂》爲據。然《正音譜》係國朝寧藩臞仙所輯，實本之《錄鬼簿》。二人生同時，居同里，或後先踵成，不可考。特其詞較然兩手，略見前《序》及《例》中。《巵言》又謂，或言至『郵亭夢』止，或言至『碧雲天』止。則不知元劇體必四折，《記》中明列五大折；折必四套，『碧雲天』斷屬第四折四套之一無疑。又實甫之《記》，本始董解元，董詞終鄭恆觸階，而實甫顧闕之以待漢卿之補，所不可解耳。

【箋】

〔一〕此文當爲王驥德撰。

附　劉麗華題辭

劉麗華〔一〕

長君嘗示余崔氏墓文，乃知崔氏卒屈爲鄭婦，又不書鄭諱氏，意張之高情雅致，非鄭可驂明矣。崔業已委身，恐亦未必無悔。迨張之詭計以求見，此其宛轉慕戀，有足悲者，而崔乃謝絶之，竟不爲出，又何其忍情若是耶？不然，豈甘眞心事鄭哉？彼蓋深於怨者也。董解元、關漢卿輩，盡反其事，爲《西廂》傳奇，大抵寫萬古不平之憤，亦發明崔氏本情，非果忘張生者耳。此其事或然或否，固不暇論之也。

嘉靖辛丑歲上巳日，金陵劉氏麗華書於凝香館。

按劉麗華，字桂紅，金陵富樂院妓也。刻有《口傳古本西廂記》，此其題辭。范子虛《跋》稱：『麗華光豔無匹，性聰敏端慎。嘗稱説崔氏，心慕效之。又怪不能終始於張，每誦其書，未嘗不撫卷流涕也。』范不知何許人。所云長君，則吳人張姓，蓋雅與麗華狎者。《題辭》中謂崔氏所適之鄭無諱字，及作傳奇不及實甫，皆未的。然第言崔氏蓋深於怨，非果忘情張生者，其詞淋漓悲愴，有女俠之致。又嘉靖辛丑，抵今七十餘年，想像其人，不無美人塵土之感，故采附末簡〔二〕。

（以上均明萬曆四十二年王驥德校注、山陰朱朝鼎香雪居刻本《新校注古本西廂記》卷六《新校注古本西廂記考》）

【箋】

〔一〕劉麗華：字桂紅，金陵富樂院妓女，生活於明嘉靖年間。

〔二〕此按語當爲明王驥德撰。

新校注古本西廂記跋

朱朝鼎〔一〕

嘗觀古今典籍，百千其體，傳奇亦一體也。大都有事實即有紀載，有紀載即有校注。校以正之，使句字之蕪者芟，殘者補；注以解之，使意旨之迷者豁，絕者聯。古人觸疑於睫，莫不求辨於心，而況傳奇。夫傳奇稱最善者，要在濃淡得體，而實不繇粧抹成。近世製劇，淡則嚼蠟無味，濃則堆繡不勻，斯亦無庸校注已。至如《古本西廂》，元劇也。劇尚元，元諸劇尚《西廂》，盡人知之。其辭鮮穠婉麗，識者評爲化工，洵矣！但元屬夷世，每雜用本色語。而《西廂》本人情描寫，此刺骨語，不特豔處沁人心髓，而其冷處著神，閒處寓趣，咀之更自雋永。一二俗子以本語難認，別而意竄易之，徒取豔調，形諸歌吟，而冷與肖，茫然未有會也。是不足爲《西廂》冤哉！且遇崔者，微之也。而《會眞記》以張易元，此古來瀟灑之士，善隱現以俟自明，苟聽其移甲乙、混彩花，而不爲闡晰，則微之與崔娘一片映對心情，鬱勃不得達。昔人有靈，當必嘆百年無知己也。

吾郡方諸生王伯良氏，受業徐文長公。文長解實甫本甚確，梓行於時。伯良宗其說，拓以己意，訂訛剖疑，極校注之妙。而累代諸名流，辯核讚詠，交口作元崔證者，伯良復彙考成集，且彙考中仍不遺校注焉。余參究之餘，見其整而有次，如苗就耨；井而有緒，如絲向理；詳而不漏，如圖輞川。種種具備，非靈心爲根而敷以博雅者，寧有是耶？此眞《西廂》善本也。付剞劂，廣其傳，百世而下，欣慕往蹟，不苦稽覽無地，其在斯編也夫！

萬曆癸丑歲嘉平月，山陰朱朝鼎書於香雪居〔二〕。

（同上《新校注古本西廂記》卷末）

【箋】

〔一〕朱朝鼎：字五淪，別署香雪居主人，山陰（今浙江紹興）人。生平未詳。

〔二〕署名後有陰文方章三枚：「朱朝鼎」、「五淪氏」、「白雲深處」。

附　詞隱先生手札二通[一]

沈璟

頃來兩勤芳訊，僅能一致報柬。何乃又煩先生注念，重以佳集之貺耶？日盥洗莊誦，眞使人作天際眞人之想。豈直時輩不敢稱小巫，遂令元美先生難爲前矣。所寄《南曲全譜》，鄙意僻好本色，殊恐不稱先生意指，何至慨焉辱許敍首簡耶？翹首南鴻，日跂琳璧，爲望不淺耳。王實甫新釋，頃受教已有端緒，俟既脱稿，千乞寄示。或有千慮之一得，可備采擇也。小兒倅薦，至勤呂長公動色相聞，而茲先生亦借齒牙，感矣，感矣！病後不能作字，又屬沍寒，呵凍草復，仰希在宥。

嘉平望日。

其二

昨從瑤山丈所，得先生所致手札，并新咏二册，曠若復面。何先生之不吐棄不佞至此也，感且次骨矣。

頃辱示《西廂考注》，業精詳矣，更無毫髮遺憾矣。眞所謂繭絲牛毛，無微不舉者耶！既承下問，敢不盡其下臆？

蓋作北詞者，難於南詞幾倍；而譜北詞，又難於南詞幾十倍。北詞去今益遠，漸失其眞。而當時方言及本色語，至今多不可解。即《正音譜》所收，亦或有未確處，誰復正之哉？今先生所正，誠至當矣。又以經史證故實，以元劇證方言，至千古之冤，舊爲羣小所竄若衆喙所訾者，具引據精博，洗發痛快。自有此傳以來，有此卓識否也？敬服，敬服！

承諭依《正音譜》，以襯字作細書，甚善，第更乞詳查。每調既以譜爲主，至於入聲字，更查《中原音韻》所謂作平、作上、作去者，截然不可易乃妙。第如『俗人機』之『俗』字，生以其作平難合調，輒妄改作『世』字；而『玉石俱焚』之『石』字，周高安既以爲『石』叶作平，則此句第二字用不得平聲。如此之類，須一一注明，不誤後學，乃盡善耳。

注中會意處，偶題數語。若肯綮處，偶著丹鉛，亦什中之一，未盡揚厲。至偶有鄙見，願與先生商略之者，悉署片紙上方，未知當否。如他日過焦先生〔二〕，不識可以鄙人所標，并就其雌黃否也？

生去冬幾死，今僅存視息，筆硯久塵，不能爲先生玆刻糠粃。刻成，望惠一部。秋深見過之約，山靈實聞此言矣。儻能與呂勤之兄同此行〔三〕，尤勝事也。近無拙刻，無可爲報，愧且奈何！鄴架有《魯齋郎》劇，敢借一錄，不敢失污也。不具。

夏五十有九日。

又別紙云：

小柬封後，猶有【越調・小絡絲娘煞尾】二句體，先生皆已刪之矣。然查《正音譜》，亦已收於【越調】中。且此等語，非實甫不能作。乞仍爲録入於四套後，使成全璧，何如？又言。

詞隱先生，姓沈，諱璟，字伯英，號寧菴，吴江人。第萬曆甲戌進士，仕由吏部郎轉丞光禄。性酷好聲律，著述甚富。詞曲之學，至先生而大明於世。生平折簡，往復盈篋。兩書以余校注崔傳而致。手墨如新，人琴已化，録置後牘，聊存典刑。又先生以注本寄還，諄諄囑其人勿風雨渡江，恐致不虞。越三日而别書之踵問已至，其周慎如此，并識以紀先生之善。傳中評語，係先生自署，故止稱詞隱生云。吾鄉先達姚江孫比部先生〔四〕，音律最精，兼工字學，蓋得之其諸父大司馬公者〔五〕。往以質先生，先生欣然命管，標識滿帙，裨益不淺。是傳之成，微詞隱及比部兩先生雅意良侈。又並識於此。〔六〕

【箋】

〔一〕詞隱先生：　即沈璟（一五五三—一六一〇），生平詳見本書卷四《義俠記》條解題。

〔二〕焦先生：　當指焦竑（一五四〇—一六二〇）。

〔三〕呂勤之：　即呂天成（一五八〇—一六一八），參見本書卷四《金合記》條解題。

〔四〕姚江孫比部先生：　即孫如法（一五五九—一六一五），字世行，號俟居，别署柳城居士，餘姚（今浙江慈谿）人。孫鑨（一五二五—一五九四）子。萬曆十一年癸未（一五八三）進士，授刑部主事，故稱『孫比部』。後因故貶官潮陽典史，遂不出，隱居柳城别墅，以圖史自娱。卒，贈光禄少卿。工書，喜校讎。曾得其叔父孫鑛指教，受沈璟影響，精於曲學，嘗更定新舊傳奇數十種。傳見《明史列傳》卷八〇、《明史》卷二二三等。

〔五〕大司馬公：即孫鑛（一五四三—一六一三），字文融，號月峯，餘姚（今浙江慈谿）人。萬曆二年甲戌（一五七四）狀元及第，授兵部主事。歷官至南京兵部尚書加太子少保、參贊機務，故稱「大司馬」。編纂《紹興府志》，選輯《今文選》，評《史記》、《漢書》等十數種，著有《孫月峯評經》、《書畫題跋》、《月峯先生居業次編》、《孫月峯先生全集》等。傳見《明史列傳》卷八五、萬斯同《明史》卷三三二等。

〔六〕此按語爲明王驥德撰。

附　千秋絕豔賦有序

王驥德

吳郡毛允遂公子，出其内所臨錢叔寶《會眞卷》，周公瑕爲題曰「千秋絕豔」，命予作賦。卷中悉次金元人所爲傳奇，語稍波及。賦曰：

美夫河中麗人，洛下書生。嫓娟蕙質，繾綣蘭情。嫣然色授，睠矣目成。宛轉生前之恨，嬋媛身後之名。爾其漢皋春麗，蕭寺花濃。心勞金屋，人閉珠宫。托嫺辭於尺素，尋芳信於飛鴻。迨夫佼人月下，綺樹牆東。既緘情於麗句，亦示赧於頩容。淒其良夜，黯彼回風。於是酬卓琴兮多露，薦韓香兮下陳。雲捧瑤釵，不負明星之約；妝留角枕，猶嬌在榻之春。乃至王孫之草方青，河橋之柳堪結。殢錦帶於新歡，愴羅巾於生別。投夜弦而留連，報春鴻而淒絕。環一解於中摧，鏡長分於永訣。僭紫玉之張羅，悵青陵之同穴。海塡衛而難平，血啼鵑而不滅。則有南宫詞客，北里騷人，繡腸欲絕，彩筆如新。韻清商於《子夜》，度豔曲於《陽春》。亦有丹青點筆之工，盤薄含毫之史，臆彼多情，圖其有美。高唐片障，崔徽一紙。未若秦嘉之婦，張玄之妹，麗比舜英，才方錦字。抽烏絲之逸藻，聊試喻糜；搨粉本之餘妍，訖傳側理。夫其塗黃乍就，浮渲欲飛。額瞬似語，態弱堪持。嫵然而狎，俯然而思。粲然而笑，蹙然而啼。神情綽約，芳澤陸離。洛水無聲之賦，《金荃》設色之詞。

乃知凡理有窮，惟情無盡。感可決脰，愁堪凋鬢。楚楚短綃，茫茫長恨。俯仰今昔，我輩差近。噫嘻崔娘，窈窕天人。其儷張郎，才地則鈞。嗟紅顏之薄命，怨錦翼之離羣。抱丹誠而不化，詠白首而難陳。卽顦悴之見絕，仍掩抑而含辛。悲絕豔於既謝，寄麗辭於長顰。儻有情之披攬，當三慨於斯文。

代崔娘解嘲四絕

紅箋密約逗西廂，杏子花深夜正長。恰見自禁羞不得，悔將嗔語惱檀郎。

金荷的的照殘妝，誰遣行雲出洞房？花底劉郎元有路，卻攜衾枕恨紅娘。

玉環遙結報雙金，錦字淋漓淚不禁。不爲相思寄愁絕，可憐淒斷《白頭吟》。

紅樓消息斷長安，惆悵尋春已較殘。不是羞郎眞不起，見郎容易別郎難。

右方諸生舊作賦一首，詩四絕。刻成，余謂：『曷不綴之簡尾，俾並崔娘以傳？』生曰：『贅，抑褻也。』余曰：『否。廣平《梅花》，靖節《閒情》，世不以是少二君子也。』輒命小史益之。

友人羅浮居士識〔一〕。

（同上《新校注古本西廂記》卷六《新校注古本西廂記考》）

【箋】

〔一〕羅浮居士：姓名、籍里、生平均未詳。

附　新校注古本西廂記題識

吴　梅

長洲吴氏得沈馥庭先生藏本，價洋蚨二十元，缺卷首圖序。方諸生，爲會稽王伯良别字。此書已爲貴池劉蔥石重刊，余有一跋附後。兹本愈可寶矣。瞿安志。

（同上《新校注古本西廂記》外封墨筆書）

北西廂記序〔一〕

何　璧〔二〕

〔前闕〕①樹羅綺，歌舞絲竹，皆天地種種情物②。天地若無此種種情物，便是一死灰世界，頃刻間地老天荒矣。白香山不云乎『人非土木終有情』。彼嬰兒至懞也，見瓦礫不顧，見蟬蝶則爭捉而嬉之，是知舍無情而逐有情也。《西廂》者，字字皆鑿開情竅，刮出情腸，故自邊會都鄙及荒海窮壞，寧有不傳乎？自王侯士農而商賈卒隸，寧有不知乎？然一登場，卽耆耋婦孺、瘖聾疲癃，皆能拍掌，此豈有曉諭之耶？情也。予尚論情有四種焉：多情則爲才子佳人，情之剛處則爲俠，情之玄處則爲仙，情之空處則爲佛。進乎此，又可以論《西廂》□③。

客曰：『然則世之窰窕於枕席者，皆□□④？』予曰：不。此禪家所謂觸也。夫倚翠偎紅者，知淫而不知好色；偷香竊玉者，知好色而不知風流。乃風流難言矣。名非司馬，詎許挑琴？才不陳思，寧堪留枕？此則可語風流。風流，固情也。世之論情者何瞶瞶也，曰『英雄氣少，兒女情多』，此不及情之語也。予謂天下有心人，便是情癡，便堪情死。惟有英雄氣，然後有兒女情。古今如劉、項，何等氣魄，而一戚一虞，不覺作嚅呢軟態，百煉剛化繞指柔矣。惟其爲百煉剛，方能作繞指柔，此固未易與羅幃錦瑟中人道也。每閱《英雄記》，上兼風□□⑤彩者，予獨爲曹瞞佞一指。彼其朝破□陳，夜賦華屋，上馬斫强賊，下馬擁妖姬。至殘魂剩魄，猶低回銅雀臺上，此眞爲情癡情死者，然亦不失爲鍾情中一大姦雄。視世之淫而好色者，不過如花中蛺蝶、月下杜聿耳。

客撫案曰：『是眞論情也。然非所以論《西廂》也。《西廂》固劇也，其人其事固烏有也。』予曰：唯唯。予曾與諸客觀劇，予指劇曰：『此假劇也，予與子乃眞劇也。』復指場曰：『此小戲場也，予與子所處乃大戲場也。』諸客茫然。噫！庸詎知《西廂》之果劇耶，果假耶？予之序《西廂》，果非劇耶，果眞耶？

萬曆丙辰夏日，渤海何璧撰〔三〕。

【校】

①底本書前闕半頁。

②物字，底本闕，據下文補。

③底本闕一字，疑作『矣』。

④底本闕二字，疑作『情乎』。

⑤底本闕二字，疑作『流神』。

【箋】

〔一〕底本無題名。

〔二〕何璧：字玉長，號渤海逋客，福清（今屬福建）人。尚俠好文。萬曆四十一年（一六一三），應張濤（萬曆十四年進士）邀，至遼東撫臺任幕僚。然終不得志。病逝荊州，臨終念佛坐化。著有《逋客集》。傳見錢謙益《列朝詩集小傳》丁集中。

〔三〕題署之後有陽文方章三枚：『何璧之印』，『玉長』，『俠骨禪心』。

（北西廂記）凡例四條

闕　名〔一〕

一、《西廂》爲士林一部奇文字。如市刻用點板者，便是俳優唱本，今並不用。置之鄴籤蔡帳中，與麗賦豔文何必有間？

一、坊本多用圈點，兼作批評，或污旁行，或題嵛額，灑灑滿楮，終落穢道。夫會心者自有法眼，何至矮人觀場邪？故並不以災木。

一、市刻皆有詩在後，如《鶯紅問答》諸句，調俚語腐，非唯添蛇，眞是續狗。茲並芟去之，只附《會眞記》而已。即元、白《會眞詩》亦不贅入。

一、舊本有音釋，且有郢書燕説之訛，殆似鄉塾訓詁者。今皆不刻，使開帙者更覺瑩然。

（以上均《古本西廂記彙集初集》第六冊影印明萬曆四十四年序丙辰何璧校刻本《北西廂記》卷首）

【箋】

〔一〕此文當爲何璧撰。

西廂序〔一〕

陳繼儒

文章自正體、四六外，有詩、賦、歌行、律、絶諸體，曲特一剩技耳。然人不數作，作不數工。其描寫神情，不露斧斤筆墨痕，莫如《西廂記》。以君瑞之俊俏，割不下崔氏女；以鶯鶯之嬌媚，豈獨鍾一張生？第琴可挑，簡可傳，圍可解，隔牆之花未動也，迎風之戶徒開也。敍其所以遇合，甚有奇致焉。若不會描寫，則鶯鶯一宣淫婦人耳，君瑞一放蕩俗子耳，其於崔、張佳趣，不望若河漢哉？予嘗取而讀之，其文反反覆覆，重重疊疊，見精神而不見文字，即所稱『千古第一神物』，亶其然乎？間以膚意評題之，期與好事者同賞鑒，曰可與水月景色，天然妙致也。

雲間陳繼儒題〔二〕。

【箋】

〔一〕《國家圖書館藏西廂記善本叢刊》第六冊影印明書林慶雲蕭騰鴻師儉堂刻本《鼎鐫陳眉公先生批評西廂記》卷首有此序，多有闕文。上海圖書館藏萬曆四十六年（一六一八）書林慶雲蕭騰鴻師儉堂刻本，則闕此序。

〔二〕題署之後有印章二枚：陰文方章『陳繼儒』，陽文方章『中醇』。按，上海圖書館藏明末蕭騰鴻師儉堂刻本《湯海若先生批評西廂記》卷首《西廂序》，文字全同此文，末署『海若湯顯祖書』。

（鼎鐫陳眉公先生批評西廂記）跋

黄　人〔一〕

金元樂府運用成語，多食而不化，反爲本色語累。獨實父顓歛收北宋、南唐詩餘之精華，如蜂釀春髓，鮫抒霞絲，渾成無迹，人巧極而天工錯。玉茗好勝，欲以奇巧過之，終入晦澀，明璫翠羽，不及一倩盼。此事自關天才，非可腹笥競也。貫華武斷，喧賓奪主，折衡敗律，撦撏無餘。花間美人，横受昭平之刑，爲之眦裂。今得此本，如漢殿傳呼，忽覩王嬙眞面，快甚！

昭文黄人識。

【箋】

〔一〕黄人（一八六六—一九一三）：原名振元，一作震元，後更名人昭，字羡涵，又字慕韓、慕庵，别署江左儒俠、野蠻、夢暗、夢庵、慕雲，中年更名黄人，字摩西，常熟（今屬江蘇）人。光緒七年（一八八一）諸生，屢試不第。二十七年，任東吳大學首任中國文學教習。三十三年，主編《小説林》。宣統元年（一九〇九），入南社。終因病卒於蘇州。著有《石陶梨烟閣詩稿》、《蠻語摭殘》、《摩西詞》、《小説小話》、《中國文學史》等。與沈粹芬合輯《國朝文彙》（即《清文彙》）。二〇〇一年上海文化出版社出版江慶柏、曹培根整理《黄人集》。傳見金天羽《天放樓續文言》卷四《蘇州五奇人傳·黄人傳》（又見《民國人物碑傳集》）。參見龔敏《黄人及其〈小説小話〉之研究》（齊魯書社，二〇〇六）。

重刻北西廂記序

文秀堂（一）

夫崔、張往蹟，元微之《傳》敍悉已。余不暇敍其有無眞贋，特敍其詞。詞曰：《西廂》，志遇合也。始遇則蒲關蕭寺，乃佳人才子之津梁；未合則西舍東牆，實怨女曠夫之天塹。釁除飛虎，盟締乘龍。皓月作良媒，五夜賽風流之詠；瑤琴通密約，七絃成露水之交。既合復違，魂逐郵亭夢寐；一違再合，心傾晝錦榮華。寫幽衷悲切，宛同猿鶴；鳴樂事優游，允協宫商。此誠樂府之奇音，詞場之絶調也。

古本相傳北譜，韻協《中原》；邇來雜以南腔，聲多鄙俚。是集也，櫛句沐字，呼陰吐陽，正訛於亥豕魯魚，比律於金和玉屑，視坊間諸刻大不侔矣。豪俊覽觀，庶可助其清興歟！有詩之興者，更毋曰『是詞也，宣淫者也』，漫土苴棄之乎！

文秀堂謹識。（以上均《國家圖書館藏西廂記善本叢刊》第八册影印明萬曆間金陵文秀堂原刻、金陵十乘樓印本《新刊考正全像評釋北西廂記》卷首〔二〕）

【箋】

〔一〕文秀堂：金陵書坊，坊主未詳。北京大學圖書館藏《新增説文韻府羣玉》二十卷，亦文秀堂刻，著録作明萬曆間刻。此本書名頁署「金閶十乘樓梓」，金閶即今江蘇蘇州。

〔二〕此本卷端題「白阜句曲肩雲逸叟校」，肩雲逸叟，未詳何氏。白阜，今浙江長興有白阜鄉。句曲，即今江蘇句容茅山之舊稱。

（新刻魏仲雪先生批評西廂記）總批

魏浣初〔一〕

張是多情才子，鶯是慧心佳人。當情竇未啓，是兩個好士女。及摽梅實矣，三星燦矣，春色撩人，應求易通。況巧紅導其隙，鄰寓通其徑，怎不作出事來？此事古多有之，美人而不令節，多是才勝德耳。元微之撰其《記》，未甚工緻。《會眞詩三十韻》當在中晚之間，其可傳者以此。（中國藝術研究院藏清初陳長卿刻《新刻魏仲雪先生批點西廂記》卷末附《新刻魏仲雪先生批評會眞記》之末）

【箋】

〔一〕魏浣初（？—一六二九後）：字仲雪，常熟（今屬江蘇）人。萬曆四十四年丙辰（一六一六）進士。歷官至廣東提學參政，崇禎二年（一六二九）致仕。傳見馮舒《懷舊集》卷上。著有《詩經脈講意》、《毛詩振雅》、《踽庵集》、《四如山樓集》、《四留堂雜著》等。現存署名魏仲雪批點之明刻本戲曲，有《西廂記》、《琵琶記》、《投筆記》等，中國國家圖書館均有藏本。

詞壇清玩小引

徐奮鵬

善讀書者，卽冶詞豔曲，可作五經讀也。何也？在悟之耳。如《西廂》一曲，說者等之《鄭》、《衛》，然而《鄭》、《衛》諸詠，聖人不剷也，則以待人之悟也。人生世上，離合悲愉，在男女之情態極多，尤極變，難以筆舌罄。總之乎宇宙是人生一大戲場也，觀場者或撫掌而笑，或點首而思，或感念而泣，均爲戲場迷也。鶯、生迷於場中，是居夢境，至草橋一宿，夢而醒焉。歐陽公云：『開戶視之，不見其處，則醒矣。』夢之時見是色，醒之時見是空，空空色色，色色空空，鶯、生之情蓋如此。人生卽情態極變者，皆如此，知其如此則悟也。悟宇宙中爲一大戲場，又何事戀戀營營於其間？讀《西廂》能作是觀，則雖以冶詞豔曲，卽以作之經讀也可。

薖中碩人漫語。

（傳田章編《增訂明刊元雜劇西廂記目錄》頁

【箋】

〔二〕《槃薖碩人增改定本西廂記》：一名《詞壇清玩西廂記》，天啓元年辛酉（一六二一）序刻本，日本宫原平民舊藏，不詳今歸何所。二十世紀二十年代，日本東京大學文學部支那哲文學研究室據刻本摹鈔，現存東京大學文學部中國文學研究室。傳田章編《增訂明刊元雜劇西廂記目録》，據摹鈔本移録此文。中國國家圖書館藏本卷首無此文。

詞壇清玩西廂記敍〔一〕

巢睫軒主人〔二〕

《西廂》一書，昉自唐《會眞記》。《記》出元微之所著，大約俱微之之事，而托名於張，昔人辨之詳矣。元董解元，卽其事而演爲歌調，風韻忒古，然逐段可歌，特案前之書，非臺上之曲也。王實甫截爲二十摺，每摺意婉詞飄，語灑神曠。梨園子弟據以登壇演弄，欣人耳目，迄今用之。逮陸天池、李日華，又從王本而裁綴焉，大約以王本係北調，而更之爲便南人用也。然陸尚庶幾，而李之淺短，殊失作者之旨，均之去正始之音邈矣。

槃阿館中，有無用先生，謂《西廂》之曲，清遠綿麗，無庸改削。第其白語鄙淺，不與曲稱，可改也。其每摺多一人始終口唱，或有當背唱者①，而亦當面敷陳，不免失體，可改也。且被傳襲既久，優人不通語意，插白作態，皆非本旨，至入惡道，可改也。後附四摺，出關漢卿所續，詞氣卑陋，不及王氏遠甚，可改也。曲中虛字斡旋，京本、閩本、徽本、北本，以及元本，於各句應接不同，或通或碍，可改也。

無用先生於是曲仍其舊，間有累句，即出自王氏原手者，不憚更換，然亦百中之二三耳。至於虛字斡旋者，則遍查各坊本，而酌其通順者從之。又或坊本皆碍，則不憚以己意點掇，然亦十中之二三耳。白語，原本俱無足觀，則止用其意，而大變其詞。至於作法悖謬，或當背唱，或當面敷，或當先演，或當後及，則舉從來諸本之誤，及近日優人之陋，俱不憚變通。後附四摺，較前改易尤多，蓋由欲成其全美，以與前稱也，故不憚裁剪如是，而《西廂》始成全璧矣。

邇者，諸名家多有批點圈評《西廂》者，然於是書亦無所短長。昔徐文長獨自改訂字面，增釋意旨。其增釋處，果解人所未解，而字面改訂者，亦有當有不當也，孰與無用先生之善哉？先生於原本二十摺中，加爲三十摺。其各摺調停，圓映不碍；其加摺，雅暢清明，即以兄實甫而弟漢卿可也。先生雖曰遊戲之筆，坡仙云：『嬉笑怒駡，皆成文章。』

巢睫軒主人敍。

（傳田章編《增訂明刊元雜劇西廂記目録》頁七一《槃邁碩人增改定本西廂記》條附録；一九六三年中華書局上海編輯所影印國家圖書館藏明刻本《槃邁碩人增改定本西廂記》卷首）

【校】

①『唱』字前，國圖藏本闕二頁；『唱者』以下，國圖藏本亦多闕字，文末闕一頁。凡此，均據傳田章編《增訂

明刊元雜劇西廂記目錄》頁七一《槃薖碩人增改定本西廂記》條附錄補入，不一一出校。

【箋】

〔一〕底本無題名。

〔二〕巢睫軒主人：姓名、籍里、生平均未詳。

玩西廂記評

闕　名〔一〕

夫《西廂》傳奇，不過詞臺一曲耳。而至與《四書》、《五經》並流天壤不朽，何哉？大凡物有臻其極者，則其精神卽可以貫宇①宙。曲而至此，則亦云極矣。百代兒女家之精②神，總揭於此中，是以傳也③。

子有《南華》，詞有《西廂》，可曰宇宙內兩奇。然④兩者局雖不仝，而其神氣則頗相似。昔人稱《南華》每篇段中，絖中引線，草裹眠蛇。試詳味《西廂》每篇段中，變幻斷續，倏然博換，倏然掩映，令人覯其奇情，不可捉摹，則見眞與《南華》似。

拘儒者謂，《西廂》第淫詞而已。然依優人口吻歌詠，妄肆增減，臺上備極諸醜態，以博傖父頑童之一笑，如是則謂之淫也亦宜。誠於明窗淨几、琴牀燭影之間，與良朋知音者細按是曲，則風味固飄飄乎欲仙也，淫也乎哉？

《西廂》曲中實有難解處，學不博則不解，趣不活則不解。惟博則知其援引之所自來，惟活則不爲虚字轉境之所碍。

看《西廂》者，人但知觀生、鶯，而不知觀紅娘。紅固女中之俠也。生、鶯開合難易之機，寔操於紅手，而生、鶯不知也。倘紅而帶冠佩劍之士，則不爲荊、諸，即爲儀、秦。

王實甫著《西廂》，至『草橋驚夢』而止，其旨微矣。蓋從前迷戀，皆其心未醒處，是夢中也。逮至覺而曰：『嬌滴滴玉人何處也？』則大夢一夕喚醒，空是色而色是空，天下事皆如此矣。關漢卿紐於俗套，必欲終以晝錦完娶，則王醒而關猶夢。

讀《會眞記》，及白樂天所廣《會眞詩》百韻，俱是始迷終悟，夢而覺也。玩《西廂》至『草橋驚夢』，即可以悟從前情致，皆屬夢境，河愛海欲，一朝拔而登岸無難者。不然，則是書眞導欲之媒，即以付之秦焰也可。

有伉儷嬌美，其相愛之情不減鶯、生，而又以逕輪正合，則遇猶善而德猶完也。但其中便不見許多媚景婉情，即無《西廂》之麗，而有《關雎》之雅。

嘗謂男子堂堂七尺之軀，只一個婦人可以斷送。匹夫溺之，顚趾不保；英雄豪傑⑤溺之，喪心術，喪名節。即不然，溫柔鄉⑥老此生，漫漫宇宙，竟於衾枕中虚去了。言及於此，可爲痛省。樂天贈元稹詩云：『塵應甘露灑，垢得醍醐浴。障要智燈燒，魔須慧刀戮⑦。』旨哉斯言，眞可爲之三復。

居士獨處槃阿館，蓋取『考槃在阿，碩人之薖』。獨寐寤歌，永矢弗過』。所改著《詞壇清玩》，蓋瘖歌也，乃悟而歌詠及之也。因録此數條，爲知者覽。

【校】

①『可以貫宇』四字，底本闕，據傳田章編《增訂明刊元雜劇西廂記目録》頁七一《槃薖碩人增改定本西廂記》條附録補。

②『百代兒女家之精』七字，底本闕，據傳田章附録補。

③『以傳也』三字，底本闕，據傳田章附録補。

④『廂可曰宇宙内兩奇然』九字，底本闕，據傳田章附録補。

⑤『英雄豪傑』四字下，底本闕一頁，據傳田章附録補。

⑥鄉，底本作『卿』，據文義改。

⑦戮，底本作『戳』，據白居易原詩《和夢遊春詩一百韻》改。

【箋】

〔一〕此文當爲徐奮鵬撰。

刻西廂定本凡例

闕　名〔一〕

一、是本曲皆從王、關二氏之舊。王之曲無可改，特其段中，或字句重複，前後語意相戾者，微換易之，然亦十中之一二耳。關所續後四摺，其曲多鄙陋穢蕪，不整不韻，則所改者十之四五矣。

總之，求其義通而詞雅。

一、從來元本，皆分二十摺。兹從前後文事想玩，欲求其事圓而意接，則或從元摺内分段，或另爲新增，演爲三十摺。

一、元本實甫創調頗高，但間有未體貼處。如《鬧道場》一摺，合宅哀慘，而張生獨於老夫人前，直以私情之詞始終唱之，此果人情乎？果禮體乎？又如餞别之時，鶯、生共於夫人、僧人之前，直唱出許多綣戀私情，其於禮體安在？今皆另立機局，巧爲脱活，而曲則依其原韻，善之善矣。至各摺中如此類者，皆如此正之，以成全雅。

一、元本白語，類皆詞陋味短，且帶穢俗之氣，蓋實甫亦工於曲，而因略於此耳。今並易以新卓之詞，整雅之調，綽有風味。至其關會情致處，間注以擔帶語。且諸所增間，又不失之於艱深而皆明顯，可便於觀場者。

一、其中詞曲各句，只在打頭一二虚字，或轉接處一二虚字，斡旋文意。倘一字有碍，即一句難通；一句不通，即數語皆戾。即京本、閩本、徽本、元本、俗本，於此處各相矛盾。兹則遍查諸本，用其文意之通透無礙者。間有諸本字意皆碍，難以適從，則以意增裁，求爲各協。

一、是書自董解元填詞，王實甫注本，逮至陸天池、李日華，各各裁截實甫之本，而漸失作者之旨。邇來海内競宗徐文長碧筠齋本，試詳觀文長所解，果能解人所不及解處。至其所改詞中字面，亦有當，有不當，兹從其當者，間録其所解。

一、此中詞調，原極清麗，且多含有神趣。特近來刻本，錯以陶陰豕亥，大失其初。而梨園家優人不通文義，其登臺演習，妄於曲中插入諢語，且諸醜態雜出。如念『小生隻身獨自處』，捏爲紅教生跪見形狀，並不想曲中是如何唱來意義，而且惡濁難觀。至於佳期之會，作生跪迎態，何等陋惡。茲一換而空之，庶成雅局。

一、它本傳奇，唱依曲牌名轉腔，獨此書不然。故每段雖列牌名，而唱則北人北體，南人南體。大都北則未失元音，而南則多方變易矣。

一、《中原音韻》，有陰陽，有開闔，不容混用。第八摺【綿答絮】『幽室燈清』、『幾榥疎櫺』，八庚入一東；十二摺『秋水無塵』，十一眞入①十二侵，俱屬白璧之瑕。恨無的本正之，姑仍。

一、歌《西廂》者，不得一一拘曲中常牌名。玩《西廂》者，亦不可以常牌名拘其字句之長短，律其語調之多寡。如【攪筝琶】、【四邊靜】，其前後不同，可見。

一、詩曲必論平仄，此正律也。然如晉陶元亮詩，唐駱賓王詩，平仄多有不協處，而詩卻高於今古。徑之平仄整然，不爭毫末，而風味皆不逮焉。則《西廂》内之詞曲，當亦作是觀。

一、通部乃千古稱美之書，而首以『祿命終』一語，煞以『鄭恆苦』一語，則俱不協人意，茲皆爲更掇。

一、是傳每摺開場俱白，然原白多陋。茲多增有調語，皆雅致有韻。

一、鶯、生相寄書詞，原記及見於各集中者，皆清婉妙麗，如元本所載，一何陋也。今考入古者，《會眞詩》迺屬一部中精神命脈所貫，必宜吊入。特鶯無和韻，則不免孤寂。茲以杜牧之所和詩，改爲鶯和詞，亦肖。

一、優人宜習琴。如《聽琴》一摺，卽當實實操弄五絃，一一按詞鼓之。茲集增以琴詞，俱雅當。

一、詞內『沙』、『波』、『麽』是助詞，『兀的不』是方語，『俺』、『喒』、『咱』俱是『我』字，『您』是『你』字，『恁』是『這般』。『您』、『恁』二字，諸本往往混謄，今皆正之。至有用『地』字，則卽『的』字也；用『每』字，則卽『們』字也，皆不可不知。

一、【絡絲娘煞尾】用之舊本，俱覺贅，【雙調】、【越調】不唱。今或用或刪，俱看上文來勢何②如。

上巳日，詞壇主人詳書於芝蘭一丈室深處。

【校】

①入，底本作『八』，據文義改。

②『何』字後，底本闕，據傳田章編《增訂明刊元雜劇西廂記目錄》頁七二《槃邁碩人增改定本西廂記》條附錄補。

【箋】

〔一〕此文當爲徐奮鵬撰。

槃薖碩人增改定本西廂記題記〔一〕

闕　名〔二〕

以上自《總題》以及《午夢》①，共三十二首。其中安頓作法，依原者，皆曰『仍舊』；其有以原摺排易，前後分段者，曰『改掇』；其有摺中作法，原欠雅妥，而茲換易其作法，以求安於情理者，曰『換局』；其有原諸本所無而新添加者，曰『另增』；其有悉依舊曲而特更其訛字者，曰『訂訛』；其有曲中語段未妥而削置之者，曰『微改』；其有白語易原本而加之者，曰『增新』；其有摺位係原本所有，而曲白盡行改定者，則上注『仍舊』兩字，而下曰『皆易』。覽者於中細玩自辨，茲亦不能一一。

（以上均一九六三年中華書局上海編輯所影印國家圖書館藏明刻本《槃薖碩人增改定本西廂記》目錄頁後）

【校】

①目錄中爲『附摺一摺漁翁夢』，故此『午夢』應爲『翁夢』。

【箋】

〔一〕底本無題名。

〔二〕此文當爲徐奮鵬撰。

西廂記序

徐奮鵬

天下惟情而已矣，然情爲才者用也。倘不才而情，則𣪍邁婆娑，枌里蘆阪，登徒子逌然笑之已。天下孰有才情兼極其致，如崔、張兩人者？兩人事見唐人《會眞記》，至董、王、關三氏編而爲《西廂傳奇》。此無論其事之有無、眞僞，而書生旅魂，牽留洛浦峽雲之間，其詩意琴心，逸致遐悰，自不能已。寒儒臥青氈上，大抵楚況多如此。彼孌情弱思，不下章臺、臨邛，矧遇君平、長卿，能介然已耶！此兩人者，造物實富其情而用之於才，才又足以爲情用也。董、王、關三氏，蓋善於選情而長於標才者也。獨惜奇人哲士，往往困守孤廬，永抱荀子難得之恨，而傳予易安之姿，至有以嫫母擯者，可勝嘆哉！世有謂《西廂記》近鄭聲而當放者，此必其情不摯而才自局也。予謂傳奇如此兩人事，其才情當自不沒於天壤，予能無愛其情而高其才！

（明金陵光啓堂王荊岑刻本《徐筆峒先生十二部文集》卷七《彙輯各文》）

西廂記凡例〔一〕

淩濛初

一、《北西廂》相沿以爲王實甫撰，《太和正音譜》於王實甫名下首載之。王元美《卮言》則云：『《西廂》久傳爲關漢卿撰，邇來乃有以爲王實甫者，謂至「郵亭夢」而止，又云至「碧雲天」而止，此後乃漢卿所補也。』徐士範重刻《西廂》則云：『人皆以爲關漢卿，而不知有實甫，蓋自「草橋夢」以前，作於實甫，而其後則漢卿續成之者也。』俱不知何據。元人詠《西廂》詞，【煞尾】云：『董解元古詞章，關漢卿新腔韻，參訂《西廂》的本。晚進王生多議論，把《圍棋》增。』則似謂漢卿翻董彈詞而爲此記，實甫止《圍棋》一折耳，於五本無涉也。又【滿庭芳】云：『王家好忙，沽名吊譽，續短添長，別人肉貼在你腮頰上。』又似乎王續關者。蓋當時關之名盛於王也，亦無從考定矣。但細味實甫別本，如《麗春堂》、《芙蓉亭》，頗與前四本氣韻相似，大約都冶纖麗。至漢卿諸本，則老筆紛披，時見本色，此第五本亦然，與前自是二手。俗眸見其稍質，便謂續本不及前，此不知觀曲者也。茲從周本，以前四本屬王，後一本屬關。

一、評語及解證，無非以疏疑滯、正訛謬爲主，而間及其文字之入神者。至如兜率宮、武陵源、九里山、天台、藍橋之類，雖俱有原始，恐非博雅所須，故不備。近又有注『孤孀』二字云：『孤謂子，孀謂母。』此三尺童子所不屑訓詁也。諸如此類，急汰之。

一、近有改竄本二：一稱徐文長，一稱方諸生。徐，贋筆也。方諸生，王伯良之別稱。觀其本所引徐語，與徐本時時異同。王卽徐鄉人，益徵徐之爲譌矣。徐解牽强迂僻，令人勃勃。王伯良儘留心於此道者，其辨析有確當處，十亦時得二三。但其胷中有痼（如認紅娘定爲幫丁，崔氏一貧如洗之類），故阿其所好，悍然筆削，而又大似村學究訓詁《四書》（如首某句貫下，後某句承上，某句連上看，某句屬下看之類），爲可惜耳。然堪采者一一録上方。伯良云：『其復有操戈者，原不爲此輩設也。』第此刻爲表章《西廂》，未嘗操戈伯良。具眼自能陽秋者，此輩也歟哉？

一、北曲每本止四折。其情事長而非四折所能竟者，則又另分爲一本。如吳昌齡《西遊記》，則有六本；王實甫《破窯記》、《麗春園》、《販茶船》、《進梅諫》、《于公高門》，各有二本；關漢卿《破窯記》、《澆花旦》，亦各有二本，可證。故周、王本分爲五本，本各四折，折各有題目正名四句，始爲得體。時本從一折直遞至二十折，又復不敢去題目正名，遂使南北之體，淆雜不辨矣。

一、北體腳色，有正末、付末、狚、狐、靚、鴇、猱、捷譏、引戲，共九色。然寔末、旦、外、淨四人換粧，其更須多人者，則增付末（亦稱沖末）、旦倈（亦稱沖旦）、副淨（女粧者曰花旦），總之不出四名色。故周王本，外扮老夫人，正末扮張生，正旦扮鶯鶯，旦倈扮紅娘，自是古體，確然可愛。自時本悉易以南戲稱呼，竟蔑北體，急拈出以俟知者，耳食輩勿反生疑也。

一、北曲襯字每多於正文，與南曲襯字少者不同。而元之老作家，益喜多用襯字，且偏於襯字中著神作俊語，極爲難辨。時本多混刻之，使觀者不知本調寔字。徐、王本亦分別出，然間有誤處。茲以《太和正音譜》細覈之，而襯字、寔字了然矣。

一、北體每本止有題目正名四句，而以末句作本劇之總名，別無每折之名。不知始自何人，妄以南戲律之，概加名目（如《佛殿奇逢》、《僧房假寓》之類）。王伯良復易以二字名目（如《遇豔》、《投禪》之類），皆係紫之亂朱，不思北曲非止一《西廂》，可能一一爲之立名乎？

一、此刻止欲爲是曲洗冤，非欲窮崔、張眞面目也。故止存《會眞記》，若《年譜》、《辨證》，及詩詞題詠之類，皆不録。其《對弈》一折（時本所無），不詳何人所增，然大有元人老手，亦非近筆所能，且卽鶯、紅事，棄之可惜，故特附録之，以公好事。

一、是刻實供博雅之助，當作文章觀，不當作戲曲相也，自可不必圖畫。但世人重脂粉，恐反有嫌無像之爲缺事者，故以每本題目正名四句，句繪一幅，亦獵較之意云爾。

一、此刻悉遵周憲王元本〔二〕，一字不易置增損。卽有一二鑿然當改者，亦但明注上方，以備參考。至本文不敢不仍舊也。

自贋本盛行，覽之每爲髮指，恨不起九原而問之。及得此本，始爲灑然。久欲公之同好，乃揚扢未備。兹幸而竣事，精力雖殫，管窺有限。間猶有一二未決之疑（如『病染』非韻，『心忙』宜仄，『打參』宜仄之類），或是本元有詿誤。海内藏書家，倘有善本在此本前者，不惜指迷，亦藝林一快，余必不敢强然自信也。

卽空觀主人識〔三〕。

（《國家圖書館藏西厢記善本叢刊》第九册影印明天啓間烏程淩氏刻朱墨套印本《西厢記》卷首〔四〕）

【箋】

〔一〕此文又見民國五年貴池劉世珩暖紅室《彙刻傳劇》第二種重刻淩濛初卽空觀原刻本《西厢記》卷首。

〔二〕周憲王：卽朱有燉（一三七九—一四三九），生平詳見本書卷三《張天師明斷辰鉤月》條解題。所謂『周憲王本』《西廂記》，始見於此，或係僞托。參見黃季鴻《論周憲王本〈西廂記〉之眞僞》（《社會科學戰線》二〇〇一年第一期）。

〔三〕題署之後有陰文方章二枚：『濛初之印』、『初成氏』。

〔四〕二〇〇五年上海古籍出版社據上海圖書館藏明淩濛初刻初印本影印，題《淩刻套版繪圖西廂記》。

西廂記雜說〔一〕

淩濛初

院本止四折，其中有餘情難概入四折者，則又有楔子。楔子止一二小令，非長套也。其牌名止有【賞花時】、【端正好】耳。四折首必【仙呂】，末必【雙調】，中二折雜用，此一定之規也。亦有二、三折先用【雙調】，而末用別調者，其變耳，十不得一也。

人有見余雜劇，而疑余折數少者。余曰：『此元體，不可多也。』又或有詰之者，曰：『《西廂》何以二十折？』不知《西廂》是五本，正是四折之體。故每四折完，則有題目正名四句，如『老夫人閉春院，崔鶯鶯燒夜香，小紅娘傳好事，張君瑞鬧道場』是也。是一本之體已完，故亦小具首尾。前有【賞花時】二段，楔子也。『遊藝中原』，首折【仙呂】也；『梵王宮殿月輪高』，末折【雙調】也。而【尾聲】終則又別取一韻，以【絡絲娘煞尾】結之，多爲承上接下之詞，以引起下本。如『只因閉月羞花容貌，幾致得翦草除根大小』，爲下飛虎張本是也。

考元劇，有一事而各爲數本者，則情同而本異，如《李亞仙》、《陳琳》、《崔護》之類，余《紅拂》

亦然〔二〕；有數本而共衍一事者，則情聯而本分，如《西廂》之類，余所未脫稿《吳保安》亦然〔三〕。人自目前草草忽過，不知其體，而妄作妄議，止可爲識者一笑。新坊刻，以題目正名及【絡絲娘煞尾】爲贅而删之，則尤可笑；又不識何物，而有存有去，則更可笑。

又北曲無別脚，止末、旦、外、淨。末卽南曲之所謂生也。有副之者，則曰沖末，卽南曲之小生也。末妝秀士，或稱細酸，或稱酸旦。有沖旦，卽南之貼旦。有外旦，是外所扮，卽南老旦。至今《西廂》舊本，首折猶有『外扮老夫人』，可考也。外妝官人，則稱孤①；妝老母，則稱卜；妝村老，則稱孛。而淨妝旦，則稱花旦，或稱茶旦；妝盜賊，則稱邦。總之，止是四脚色而異其名。唱者止一人，非末卽旦。其有前後另是人名而亦唱者，是卽以末、旦脚色換扮之，易名而不易人也。餘人不唱一句，卽沖末、沖旦，亦無唱者。此自北曲之體如此。今塡詞家以南名入北本，有生有丑等字，既已非倫；而一折之中，更唱迭和，悉失北本一人爲椿之法，使深於演北之優人，固知其不可當場也。反有疑余所度者，若何止四折，若何止一人唱，若何無生而止末，若何有孤、卜等爲何物？剌剌問余，余安能人辨之而人解之？先輩云：『王敬夫習三年唱曲乃度曲。』余謂猶少習三年做戲。詳書此，以俟觀者自理會。凌濛初《說》，載閔遇五《會眞六幻·幻因》。

（民國五年貴池劉世珩暖紅室《彙刻傳劇》第二種重刻凌濛初卽空觀原刻本《西廂記》卷四『說』〔四〕）

【校】

①孤，底本誤作『狐』，茲改。下同。

【箋】

〔一〕底本無題名。

〔二〕《紅拂》： 即《北紅拂》，全稱《識英雄紅拂莽擇配》，《遠山堂劇品》著錄，現存明末精刻本。另有一劇《虯髯翁》，全稱《虯髯翁正本扶餘國》，《遠山堂劇品》著錄，現存《盛明雜劇》所收本。

〔三〕《吴保安》： 此劇未見著錄。唐牛肅《紀聞》中有《吴保安傳》（《太平廣記》卷一六六引），《新唐書》卷一九一《忠義傳》采入此事。鄭若庸《大節記》傳奇、沈璟《埋劍記》傳奇均譜此事。馮夢龍《古今小説》有《吴保安棄家贖友》。

〔四〕此本卷首插畫款書『宣統庚戌四月江寧傅春姍橅明淩初成即空觀本新安黄一彬手刻原圖』。宣統庚戌即宣統二年（一九一〇），則此本校錄初刻，當成於是年。劉世珩《彙刻傳劇·西廂記附錄·重編會眞雜錄跋》云：『余於庚子七月刻成《董解元西廂》，庚戌五月刻成《西廂五劇》。』亦可爲證。

西廂記跋〔一〕

劉世珩

唐元微之《會眞記》，文人韻事，傳播藝林。宋趙德麟令時①曾譜《商調·蝶戀花》十闋，以述其事。金章宗時，董解元演之爲《西廂記》，《傳是樓書目》載之，無齣句、關目，行間全載宮調、引子、尾聲，尚是搊彈家本色。元人音韻漸變，多改古本，別創新詞。王實甫有四本，每本四折；關漢卿續一本，亦四折，所謂『西廂五劇』也。

往歲辛丑〔二〕，從繆藝風丈得閔刻本《董解元西廂》〔三〕，分四卷，刻於江寧，覓王、關本未得也。戊申在京師〔四〕，於歸安金鞏伯城所〔五〕，假來《會眞六幻》，曰：幻因，元才子《會眞記》；搊幻，董解元《西廂記》；劇幻，王實甫《西廂記》；賡幻，關漢卿續《西廂記》，附《圍棋闖局》、《五劇箋疑》；更幻，李日華《南西廂記》；幻住，陸天池《南西廂記》，附《園林午夢》。正擬付刊，六弟蘧陸自江寧得閔刻本王、關《西廂記》。王實甫四本，目云：『張君瑞鬧道場』，『崔鶯鶯夜聽琴』，『張君瑞害相思』，『草橋店夢鶯鶯』；關漢卿一本，目云：『張君瑞慶團欒』。均與《點鬼簿》合，元曲之本色也。每本後載有解證。至曲目關白，與《六幻》本間異，而詞曲多同。惟王實甫本『白馬解圍』內，已加入周憲王【賞花時】二折，此本削去，可謂矜慎。惜憲王《羣英雜劇》及黃《序》所謂『四《西廂》兩本』，俱未之見焉。

懷永堂本目錄，每本分爲四章：第一，《驚豔》、《借廂》、《酬韻》、《鬧齋》；第二，《寺警》、《請宴》、《賴婚》、《琴心》；第三，《前候》、《鬧簡》、《賴簡》、《後候》；第四，《酬簡》、《拷豔》、《哭宴》、《驚夢》。續本，《泥金報捷》、《錦字緘愁》、《鄭恆求配》、《衣錦榮歸》；《六幻》本作：《泥金捷報》、《尺素緘愁》、《詭謀求配》、《錦衣還鄉》，亦復微異。《聖歎外書》題目總名：『張君瑞巧做東牀壻，法本師住持南禪地，老夫人開宴北堂春，崔鶯鶯待月西廂記。』題目正名，亦分四章：第一，『老夫人開春院，崔鶯鶯燒夜香，小紅娘傳好事，張君瑞鬧道場』；第二，『張君瑞解賊圍，小紅娘晝請客，老夫人賴婚事，崔鶯鶯夜聽琴』；第三，『張君瑞寄情詩，小紅娘遞密約，崔鶯鶯喬坐衙，老夫人問醫藥』； 第四，『小紅娘成好事，老夫人問由情，短長亭斟別酒，草橋店夢鶯鶯』。續之四章： 『小琴童傳捷報，崔鶯鶯寄汗衫，鄭伯常乾捨命，張君瑞慶團欒』。此本每劇後亦附題目正名，第一本作： 『老夫人閑春院』； 第二本作： 『張君瑞破賊計，莽和尚生殺心』； 第三本作： 『老夫人命醫士，崔鶯鶯寄情詩，小紅娘問湯藥，張君瑞害相思』。較懷永堂本，其佳處又判若天淵矣。與日新堂本目録，第一本『焚香拜月』，第二本『冰絃寫恨』，第三本『詩句傳情』，第四本『雲雨幽會』，第五本『天賜團欒』既異，更與《六幻》本目不同。《六幻》本每本亦作四目： 第一，『佛殿奇逢』、『僧寮假館』、『花蔭唱和』、『清醮目成』； 第二，『白馬解圍』、『東閣邀賓』、『杯酒違盟』、『琴心挑引』； 第三，『錦字傳情』、『妝臺窺簡』、『乘夜踰牆』、『倩紅問病』； 第四，『月下佳期』、『堂前巧辯』、『長亭送別』、『草橋驚夢』； 第五本關漢卿目云： 『泥金捷報』、『尺素緘愁』、『詭謀求配』、『錦衣還鄉』。又元無名氏《圍棋闖局》，閔寓五《五劇箋疑》。《五劇箋疑》，卽指今所得之閔刻本五劇焉。施北研《董西廂跋》云： 『不知實甫五本卽董曲否？』北研未見此書，故有是模糊語。

余先刻董曲，再刻此五本，及元人《對弈》、《五本解證》、《五劇箋疑》，以成全璧。李日華、陸天池之兩《南西廂》，詞曲雖多不類，并仍合《六幻》本之《園林午夢》、《會眞記》詩歌賦說暨閔遇五跋以刻之，藉存《六幻》舊觀。復從《侯鯖錄》中，錄趙德麟詞，附諸卷尾。但《錢塘夢》一篇，前人置諸《會眞》後，誠不可解。錢塘、博陵，風馬牛也，何緣埋玉於此，君亦渡南耶？ 置之可矣。聖歎批六才子，謂：『續編《西廂記》，不知出何人之手？益悟前十六篇之獨天仙化人，永非螺蛳蚌蛤之所得而暫近也者。草橋一夢，正是大好結構，續編造無爲有，自是蛇足。』可見讀書之難，雖聖歎如此淵博，尚未見董曲及此五劇，宜其有續貂之譏。要知王、關藍本於董耳。

時宣統二年庚戌端五，夢鳳樓主識於京師雙鐵如意館。

（同上《西廂記》卷末）

【校】

①時，底本誤作『峙』，茲改。

【箋】

〔一〕底本無題名，據版心題。此文係劉世珩據繆荃孫代撰之文删補改定而成，繆氏原文見後。

〔二〕辛丑：光緒二十七年（一九〇一）。

〔三〕繆藝風：即繆荃孫（一八四四—一九一九），字炎之，號筱珊（一作小山），又號藝風，别署藝風老人，江陰（今屬江蘇）人。同治元年壬戌（一八六二）舉人，光緒二年丙子（一八七六）進士，授翰林院編修，爲國史館纂修。歷任南菁書院、濼源書院、鍾山書院、龍城書院山長，江南高等學堂監督、兩江師範學堂總稽查、江南圖書館總辦、京師圖書館正監督、清史館總纂等。精研金石、版本目録之學。輯録《續碑傳集》及《補遺》、《遼文存》、《常州詞録》等，編《湖北通志》、《順天府志》、《江陰縣續志》等。著有《烟畫東堂四譜》、《烟畫東堂小品》、《藕香零拾》、《藝風堂文集》、《藝風堂藏書記》、《藝風堂金石文字目》等。二〇一三—二〇一四年鳳凰出版社出版張廷銀、朱玉麒《繆荃孫全集》。傳見夏孫桐《行狀》，參見繆荃孫《藝風老人年譜》（民國二十五年北平文祿堂刻本，此譜編至宣統三年，後其子祿保等人於跋中補述至卒年）。

〔四〕戊申：清光緒三十四年（一九〇八）。

〔五〕金鞏伯城：即金城（一八七八—一九二六），原名紹城，字鞏伯，一作鞏北，又作拱北，號北樓，別署藕湖、藕廬、藕湖漁隱，室名逍遙堂，祖籍吳興（今浙江湖州），生於北京。光緒二十八年（一九〇二），赴英國倫敦國王學院（King's College）攻讀法律。回國後，三十一年（一九〇五），任上海公共租界會審廨襄讞委員，尋轉聘爲北京大理院刑科推事。民國後，任衆議院議員、國務祕書等。工詩，精繪畫，民國九年（一九二〇），創立中國畫學研究會，任會長。著有《藕廬詩草》、《北樓論畫》、《畫學講義》、《金北樓遺墨》等。二〇一五年鳳凰出版社出版金紹城著、譚苦盦整理《十八國遊歷日記》、《十五國審判監獄調查記》、《藕廬詩草》（該書附錄《金紹城資料》）。傳見陳寶琛《滄趣樓文存》卷下《墓志銘》、陳寶琛《金拱北先生事略》（民國十八年《美展彙刊》第七期）、唐文治《茹經堂文集》三編卷八《墓志銘》。參見雲雪梅《金城》（河北教育出版社，二〇〇二）。

董王西廂記跋代〔一〕

繆荃孫

唐元微之有《會眞記》，文人韻事，傳播藝林。金章宗時，董解元演之爲《西廂記》，《傳是樓書目》載之，無齣句、關目，行間全載宮調、引子、尾聲，尚是搊彈家本色。元人音韻漸變，多改古本，別創新詞。王實甫有四本，每本四折，仍是元曲本色；關漢卿續一本，亦四折，所謂『西廂五劇』也。

余得閔本董解元《西廂》，分四卷，卽爲刻之。覓實甫本，未得也。丁未客京師〔二〕，於友人假得《會眞六幻》，曰：幻因，元才子《會眞記》；搊幻，董解元《西廂記》；劇幻，王實甫《西廂記》；賡幻，關漢卿續《西廂記》，附《圍棋闖局》、《箋疑》；更幻，李日華《南西廂記》；幻住，陸天池《南西廂記》，附《園林午夢》。擬刻之而未果。

已而，穉弟世瑗得閔本王實甫四本〔三〕，目云『張君瑞鬧道場』，『崔鶯鶯夜聽琴』，『張君瑞害相思』，『草橋店夢鶯鶯』；關漢卿一本，目云『張君瑞慶團圞』。均與《點鬼簿》合，元曲之本色也。日新堂本目錄：第一本『焚香拜月』，第二本『冰絃寫恨』，第三本『詩句傳情』，第四本『雲雨幽會』，第五本『天賜團圓』。《六幻》目云：第一本，『佛殿奇逢』、『僧寮假館』、『花蔭唱和』、『清醮目成』；第二本，『白馬解圍』，『東閣邀賓』，『杯酒違盟』，『琴心挑引』；第三本，『錦字傳情』，『妝臺窺簡』，『乘夜踰牆』，『倩紅問病』；第四本，『月夜佳期』，『堂前巧辯』，『長亭送別』，『草橋驚夢』。關漢卿目云：第五本，『泥金捷報』，『尺素緘愁』，『詭謀求配』，『錦衣還鄉』；并元無名字《圍棋闖局》，亦附焉。每本後皆有解證。并知《會眞六幻》內刻《五劇箋疑》，卽指此五劇。施北研《跋董西廂》有云：『不知實甫五本卽董曲否？』是北研未見此書，有此模黏語也。

余先刻董曲，再刻此五本，並刻《解證》及《五劇箋疑》，以成全璧；而陸天池、李日華之兩南曲，殊覺不類，置之可矣。《六幻》所刻王實甫本『白馬解圍』內，已加入周憲王之【賞花時】兩折，此本削去，可謂矜愼。至憲王《羣英雜劇》，黃《序》所謂『四《西廂》兩本』，俱未得見也。

（《續修四庫全書》第一五七四册影印清宣統二年刻民國二年印本繆荃孫《藝風堂文續集》卷八）

【箋】

〔一〕此文係繆荃孫代劉世珩而作。

〔二〕丁未：光緒三十三年（一九〇七）。

〔三〕劉世瑗（一八八九—一九一七）：字蘧六，一作蘧陸，又字蓬卿，貴池（今屬安徽）人。廣東巡撫劉瑞芬（一八二七—一八九二）六子，劉世珩（一八七五—一九二六）弟。國子監貢生，捐候補同知。民國後，任大理院書記官。喜藏書，藏書樓名『天尺樓』。著有《徵訪明季遺書目》。

西廂記題識

劉世珩

《西廂》本唐元稹《會眞記》。宋安定郡王趙令畤始作鼓子詞，塡【商調·蝶戀花】十二闋述其事。金章宗時，董解元率以方言，復譜成曲，乃優人弦索彈唱者。元王實甫又成雜劇四本，每本四折，關漢卿續一本，亦四折，即所謂『西廂五劇』，已一變而爲般演者。《西廂》實翻董曲，有云『漢卿譔，實甫續成之』，終無定論。王、關皆由金入元，關之名盛於王，或王爲關掩，諸本皆以王譔關續，當仍從其舊也。

庚子、辛丑間，從繆藝風丈得閔刻本《董解元西廂》，刻之江寧旅第。覓王、關《五劇》，竟不可得。嗣在金君拱北許得閲遇五刻《會眞六幻》，亦非《五劇》本。其名『六幻』者，曰『幻因』：《元才子會眞記圖詩賦説》、《錢塘夢》；曰『搊幻』：《董解元西廂記》；曰『劇幻』：王實甫《西廂記》；曰『賡幻』：關漢卿《續西廂記》，附《圍棋闖局》、《五劇箋疑》；曰『更幻』：李日華《南西廂記》；曰『幻住』：陸采《南西廂記》，附《園林午夢》。後又得顧玄緯《增補會眞記雜錄》，徐渭《虛受齋重刻訂正元本批點畫意北西廂》，王驥德《校注古本西廂記》，徐逢吉《重刻元本題評音釋西廂記》，陳繼儒《批評音釋西廂記》，羅懋登《全像注釋重校北西廂記》，《張深之先生正北西廂祕本》，西河毛甡《論定參釋西廂記》。

正擬合校鍥行，適六弟蘧陸在江寧寓中，獲得王、關《西廂五劇》，於客冬寄至京邸，喜不自勝。翻閲一過，惜間有塗抹蠹蝕處。聞文石李君藏有一本，亟假之來，即是《五劇》，印本既精，一無殘缺，尤屬過望。前錄舊目，並載《凡例》，題『即空觀主人識』，不署姓名，末一行鈐『濛初之印』、『初成氏』白文兩方印，知爲淩濛初所校刻。考訂詳審，悉遵元本。如『東閣玳筵開』，『玳筵』不作『帶烟』；『馬兒迍迍行』，『迍迍』不作『逆逆』。一字不易置增損，與別本多所改竄者不同。首列圖畫，亦極古雅。上列眉批，每折後又附解證，用硃墨套印，至爲工緻。

王實甫四本：第一本目作《張君瑞鬧道場雜劇》，第二本目作《崔鶯鶯夜聽琴雜劇》，第三本目作《張君瑞害相思雜劇》，第四本目作《草橋店夢鶯鶯雜劇》。關漢卿續一本，目作《張君瑞慶團圞雜劇》。每目爲一本，每本分四折。考元人造曲入場，以四折爲度，謂之『雜劇』。其有連數雜劇而通譜一事，或一劇，或二劇，或三四五劇，名爲『院本』。此合五劇譜一事，是元人本色，洵善本也。至如徐文長、徐士範、王伯良、陳眉公、羅懋登、張深之、閔遇五諸本，瞠乎後矣。毛西河未見淩初成本，雖有佳處，亦不能過，全謝山深譏之。汲古閣所刻，乃別是一本。大業堂、懷永堂、芥子園各家所刻金聖歎《批第六才子西廂》、《此宜閣增訂金批西廂》，又皆坊間俗本，更不具論。

王伯良序有云：『僅毗陵徐士範、秣陵金在衡、錫山顧玄緯三本，稍稱彼善。徐本間銓數語，偶窺一班。金本時更字句，亦寡中窾。獨顧本類輯他書，似較賅洽，恨去取弗精，疵謬間出。』余於金在衡本雖未得見，而世所稱佳本，搜羅幾無不備。伯良於在衡本頗有包彈，亦何足重？顧玄緯本，多記載崔、張，兼及題詠，無關詞曲。徐士範本、陳眉公本與張深之本、閔遇五本，賓白關目，間有異同，與徐文長虚受齋本、毛西河本，賓白多有不同。汲古閣本，係後人改訂，直是傳奇體裁，齣目、分折與各本迥異。徐士範本，前有首引【西江月】詞、說白、開場詩，一如傳奇家積習，全失雜劇本來。《白馬解圍》折內，均加入周憲王【仙呂·賞花時】二曲。祇王伯良本、張深之本，俱無此二曲，較勝於文長、士範、眉公、懋登、遇五、西河六本，然終遜此《五劇》本。士範、伯良兩本，淩初成並取以參校，其《凡例》中已曾述及。此《五劇》，劇目、曲白，無不以古本爲據，尤在士範、伯良兩本之上，宜其以村學究笑伯良者。唯是伯良校注，頗具苦心，即初成此本，亦時有推重伯良處，要未可厚非也。

徐士範音釋本，目分二十齣：第一齣《佛殿奇逢》，第二齣《僧房假寓》，第三齣《牆角聯吟》，第四齣《齋壇鬧會》，第五齣《白馬解圍》，第六齣《紅娘請宴》，第七齣《夫人停婚》，第八齣《鶯鶯聽琴》，第九齣《錦字傳情》，第十齣《妝臺窺簡》，第十一齣《乘夜踰牆》，第十二齣《倩紅問病》，第十三齣《月下佳期》，第十四齣《堂前巧辯》，第十五齣《長亭送別》，第十六齣《草橋驚夢》，第十七齣《泥金報捷》，第十八齣《尺素緘愁》，第十九齣《鄭恆求配》，第二十齣《衣錦還鄉》。陳眉公批評本、羅懋登重校本，目與徐士範本同。

閔遇五《會眞六幻》本，亦分二十目，每本四目。第一本：佛殿奇逢、僧寮假館、花陰倡和、清醮目成；第二本：白馬解圍、東閣邀賓、杯酒違盟、琴心挑引；第三本：錦字傳情、妝臺窺簡、乘夜踰牆、倩紅問病；第四本：月下佳期、堂前巧辯、長亭送別、草橋驚夢；關漢卿一本：泥金報捷、尺素緘愁、詭謀求配、衣錦還鄉。

王伯良校注本作五折，每折分四套，亦二十目。第一折四套：遇豔、投禪、賡句、附齋；第二折四套：解圍、邀謝、負盟、寫怨；第三折四套：傳書、省簡、踰垣、訂約；第四折四套：就歡、說合、傷離、入夢；第五折四套：報第、酬椷、拒婚、完配。

徐文長虛受齋本，亦作五折，分四套。第一折一套：佛殿奇逢；二套：僧房假寓，前目錄作『假館』；三套：牆角聯吟，前目錄作『花陰倡和』；四套：齋壇鬧會，前目錄作『清醮目成』。第二折一套：白馬解圍；二套：東閣初筵；三套：母氏停婚；四套：琴心挑引。三折一套：錦字傳情；二套：妝臺窺簡；三套：乘夜踰牆，前目錄作『踰垣』；四套：倩紅問病。第四折一套：月下佳期；二套：堂前巧辯；三套：長亭送別；四套：草橋驚夢，前目錄作『驚夜』。第五折一套：泥金報捷；二套：尺素緘愁；三套：鄭恒求配，前目錄作『詭謀求配』；四套：衣錦榮歸。

張深之祕本，有目錄，作一卷四折：奇逢、假館、倡和、目成；二卷四折：解圍、初筵、停婚、琴挑；三卷四折：傳書、窺簡、踰垣、問病；四卷四折：佳期、巧辯、送別、驚夢；五卷四折：報捷、緘愁、求配、榮歸。

毛西河論釋本，分五卷，作二十折。卷之一第一折、第二折、第三折、第四折；卷之二第五折、第六折、第七折、第八折；卷之三第九折、第十折、第十一折、第十二折；卷之四第十三折、第十四折、第十五折、第十六折；卷之五第十七折、第十八折、第十九折、第二十折。一無齣目。

大業堂、懷永堂、芥子園、此宜閣各本，所載之目錄，每本分四章，第一本四章：驚豔、借廂、酬韻、鬧齋；第二本四章：寺警、請宴、賴婚、琴心；第三本四章：前候、鬧簡、賴簡、後候；第四本四章：酬簡、拷豔、哭宴、驚夢；續本四章：泥金報捷、錦字緘愁、鄭恒求配、衣錦榮歸。

汲古閣本，分作三十六齣，而齣目僅三十四齣，第一齣《家門正傳》，第二齣《金蘭判袂》，第三齣《蕭寺停喪》，第四齣《上國發軔》，第五齣《佛殿奇逢》，第六齣《禪關假館》，第七齣《對謔琴紅》，第八齣《燒香月夜》，第九齣《唱和東牆》，第十齣《目成清醮》，第十一齣《亂倡綠林》，第十二齣《警傳閨寓》，第十三齣《許婚借援》，第十四齣《潰圍請救》，第十五齣《白馬起兵》，第十六齣《飛虎授首》，第十七齣《東閣邀賞》，第十八齣《北堂負約》，第十九齣《情傳錦字》，第二十齣《窺簡玉臺》，第二十一齣《猜詩雪案》，第二十二齣《乘夜踰垣》，第二十三齣《回春柬藥》，第二十四齣《病客得方》，第二十五齣《巫姬赴約》，第二十六齣《月下佳期》，第二十七齣《堂前巧辯》，第二十八齣《秋暮離懷》，第二十九齣《草橋驚夢》，第三十齣《曲江得意》，第三十一齣《泥金報捷》，第三十二齣《尺素緘愁》，第三十三齣《詭謀求配》，第三十四齣《衣錦還鄉》。

王伯良本，每折後各附題目正名四句，第一：老夫人閉春院，崔鶯鶯燒夜香，俏紅娘懷好事，張君瑞鬧道場；第二：張君瑞破賊計，莽和尚生殺心，小紅娘晝請客，崔鶯鶯夜聽琴；第三：老夫人命醫士，崔鶯鶯寄情詩，小紅娘問湯藥，張君瑞害相思；第四：小紅娘成好事，老夫人問由情，短長亭斟別酒，草橋店夢鶯鶯；第五：鄭衙内施巧計，老夫人悔姻緣，杜將軍大斷案，張君瑞兩團圓。總目四句：張君瑞要做東牀壻，法本師住持南贍地，老夫人開宴北堂春，崔鶯鶯待月西廂記。金聖歎批本亦有總名四句：張君瑞巧做東牀壻，法本師住持南禪地，老夫人開宴北堂春，崔鶯鶯待月西廂記。每四章後，亦有題目正名四句，第一章：老夫人開春院，崔鶯鶯燒夜香，小紅娘傳好事，張君瑞鬧道場；第二章：張君瑞解賊圍，小紅娘晝請客，老夫人賴婚事，崔鶯鶯夜聽琴；第三章：張君瑞寄情詩，小紅娘遞密約，崔鶯鶯喬坐衙，老夫人問醫藥；第四章：小紅娘成好事，老夫人問由情，短長亭斟別酒，草橋店夢鶯鶯。續四章：小琴童傳捷報，崔鶯鶯寄汗衫，鄭伯常乾捨命，張君瑞慶團圓。

閔遇五本題目正名第一、第五兩本，與金聖歎批本同；第二、第四兩本，與王伯良本同；第三本用【絡絲娘煞尾】，無題目正名四句。徐士範本，第四齣、第八齣、第十二齣、第十六齣，每齣後用【絡絲娘煞尾】；第二十齣用【隨尾】並七言律詩一首，詩曰：『蒲東蕭寺景荒涼，至此行人暗斷腸。楊柳尚牽當日恨，芙蓉猶帶昔年妝。問紅夜月人何處，共約東風事已忘。惟有多情千古月，夜深依舊下西廂。』題目正名列在第一齣、第五齣、第九齣、第十三齣、第十七齣之前。毛西河本則列在第四折、第八折、第十二折、第十六折、第二十折之後，第一、第五與遇五本、聖歎批本多同，第二與伯良本、遇五本同，第三作『小紅娘傳書簡，張君瑞害相思，老夫人命醫士，崔鶯鶯寄情詩』。第四作『小紅娘成好事，老夫人問原因，長亭上送君瑞，草店裏夢鶯鶯』，與伯良、遇五兩本微有不同。此《五劇》本，題目正名四句，第一本、續一本，均與士範本、遇五本、聖歎批本相同。士範、伯良、遇五三本，第二、第四兩目，亦與此同。惟第三作『老夫人命醫士，崔鶯鶯寄情詩，小紅娘問湯藥，張君瑞害相思』，士範、遇五、聖歎三本，多與此不同，僅王伯良、張深之、毛西河三本，與此本同，惟此本作『老夫人閑春院』，張本作『崔鶯鶯寄情詞』，不同者一『開』字與『閑』字、『詩』字與『詞』字之別。徐文長虛受齋本，總名四句在楔子後，正名四句在每折後；第一折四套後無【絡絲娘煞尾】；第二折、第三折、第四折，每折四套後皆用【絡絲娘煞尾】；第五折四套後用【隨尾】，其後有『鄭衙內施巧計，老夫人悔姻緣，杜將軍大斷案，張君瑞慶團圓』四句，四句後又有七律一首，與士範本同。懋登本，正名四句，有在第一出前，有在第五出後；第十二出後、第十七出後中，又少正名四句；十二出後、十六出後，皆用【絡絲娘煞尾】。深之本，正名四句，在卷一目後、

第一折目前，卷二、卷三、卷四、卷五同在目後，第一折目前。創公本既無題目正名，又不用【絡絲娘煞尾】，與各本不同。遇五本，祇第三本用【絡絲娘煞尾】。士範本，每四齣後都用之。西河本，第一卷四折後，有【絡絲娘煞尾】牌名，下注『曲亡』二字；第二卷、第三卷、第四卷，每四折後，皆用【絡絲娘煞尾】；第五卷四折後，用【隨尾】，與文長本同。士範、創公、懋登、遇五、西河五本，皆無題目總名。懋登本後，有七言絶句一首，詩曰：『幾謝將軍成始終，多承老母主家翁。夫榮妻貴今朝足，願得鴛幃百歲同。』又總詩一首，即七言律，與文長、士範兩本相同。

伯良本，列題目總名於二十折後，無【絡絲娘煞尾】。深之本，列題目總名於楔子後，亦無【絡絲娘煞尾】。初成眉批云：『此有【絡絲娘煞尾】者，因四折之體已完，故復爲引下之詞結之，見尚有第二本也。此非復扮色人口中語，乃自爲衆伶人打散語，猶說詞家「有分交」以下之類，是其打院本家數。』伯良《凡例》云：『諸本益以【絡絲娘】一尾語，既鄙俚，復入他韻，又竊後折意，提醒爲之，似搊彈說詞家所謂「且聽下回分解」等語。』竟而削去，太無識矣。詞隱先生《答伯良書》，其別紙亦云：『猶有【絡絲娘煞尾】二句體，皆已刪之。然查《正音譜》，亦已收於【越調】中，且此等語非實甫不能作，乞仍爲錄入於四套後，使成完璧何如？』可見當時詞隱校訂，亦以伯良刪削爲非。又毛西河《論釋》亦云：『院本以四折爲一本，中用【絡絲娘煞尾】聯之，此作法也。且《正音譜》已收《西廂》【煞尾】入譜中，第一本偶亡耳。王伯良將後三曲俱刪去，妄矣。』此《五劇》，分劇目五本，不用題目總名，每本末用【絡絲娘煞尾】，且第一本【絡絲娘煞尾】曲文具在，固勝毛西河本，以視各本，其佳處直判若天淵也。

閔遇五課《五劇箋疑》，明書《五劇》，每本不書折數，又分爲四目，大失元人院本家法。余合各本審定，允推淩初成本爲第一，而士範、眉公之音釋，伯良之校注，遇五之箋疑，各有可取，不妨並存。前刻董曲，今刻《五劇》，得非一大快事！暇當取各本，別作校勘札記。茲以淩本《凡例》、舊目以及原圖，仍列卷首。內子淑仙，又以徐文長、王伯良、羅懋登、張深之、毛西河五本圖像，並周公瑕題字，鉤橅弁諸簡端。有見各家載《西廂記》事，爲輯錄《西廂考據》於前。其關於元、張、鶯、紅，如《會眞記》、《元稹傳》、《事略》、《墓志》、《年譜》、《辨證》、題記、說跋、論賦、制義、詩詞諸作，重編《會眞雜錄》二卷。合以趙德麟【商調·蝶戀花】詞一卷，淩初成五本《解證》一卷，徐士範、陳眉公兩家《音釋》各一卷，王伯良《古本校注》一卷，閔遇五《五劇箋疑》一卷，均爲之校訂刊刻。復益以王和卿《絲竹芙蓉亭劇》一折，晚進王生《圍棋闖局》一折，白太素《錢塘夢》一折，李伯華《園林午夢》一折，李實甫《南西廂記》三十八齣，陸天池《南西廂記》三十七齣，凡十三種附焉，可謂集《西廂》之大成。讀《西廂》者，殆有觀止之歎歟？

昔黃嘉惠刻董曲，其序云：『僅見於四《西廂》，以爲薰蕕共器，識者傷之。』所謂『四《西廂》』者，蓋卽董解元《搊彈西廂》，王和卿、關已齋《正續北西廂》，李實甫、陸天池兩《南西廂》。黃以李、陸兩本與解元、王關兩本並列，故有『薰蕕』之誚。湯若士輯《西廂》詞語《骰譜》摘句，不出董、王、關、李、陸諸本。閔遇五《會眞六幻說》有云：『董、王、關、李、陸，窮描極寫，攧翻簸弄。』卓珂月有《新西廂》，其自序亦云：『不敢與董、王、李、陸諸家爭衡。』是皆可以爲『四《西廂》』作一左證。施北研《跋董西廂》云：『不知實甫五本卽董曲否？』又云：『不知何人，並改南詞，以便演劇。』可知北研於王、關《五劇》及李、陸兩本，或未之見，故作是模黏語。愈以見《五劇》之不易得，而余此刻之可貴耳。

金聖歎云：『《續西廂記》四篇，不知出何人之手？「草橋」一夢，正是大好結構，續篇造無爲有，自是蛇足。益悟前十六篇之獨天仙化人，永非螺螄蚌蛤之所得而暫近也者。』甚矣，讀書之難也！夫關之續，有謂補王未竟之作，或謂關、王合作。元人有數人共爲一劇，此例甚多，無足異者。要之，《五劇》全藍本於董曲，董曲實肇源於趙詞。聖歎抑未見董曲與此《五劇》，而有『蛇足』之論。使其見之，又不知若何贊歎於續編，宜不值一吷也。余因綜論《西廂》之全，而爲之解題如右，要亦讀曲者所不廢云。

宣統二年庚戌端五，貴池南山村農劉世珩識於京師東城西堂子衚衕天祿西堂。

附　西廂記校記

吳　梅

第一本

第一折【油葫蘆】曲云：『雪浪拍長空，天際秋雲捲。竹索纜浮橋，水上蒼龍偃。』諸刻皆作五字四句。李玉《北詞廣正譜》引此，作『又一格』。按：【油葫蘆】第四、第五兩句，俱是七字，元曲如喬孟符《金錢記》云：『眼見的翠盤香冷霓裳罷，可又早紅牙聲歇梧桐下。』張國賓《合汗衫》云：『想當初蘇秦未遇遭貧困，時來可便腰挂黄金印。』概作七字。即實甫他曲，如『無明無夜因他害，不如不遇傾城色』，以及『錦囊佳製明勾引，玉堂人物難親近』，亦皆以七字爲句。今將『雪浪拍』、『竹索纜』六字作襯，則『長空天際秋雲捲，浮橋水上蒼龍偃』，方與【油葫蘆】格相合也。又【後庭花】一曲，『風魔了張解元』下增句，概應五字爲節。蓋【後庭花】一調，按格止有七句，古曲中長短不同者，皆增句也。元呂止庵【後庭花】小令云：『湖山曲水重，樓臺烟樹中。人醉蘇堤月，風傳賈寺鐘。冷泉東行人頻問，飛來何處峯。』此爲一句一字不增者。他如《黄粱夢》、《勘頭巾》、《芙蓉亭》等劇，有增一句者，有增二三句者，皆在末句下增加詞語。《北詞譜》云：『凡增句無不六字者。』而此刻上方眉評又云：『俱須三字爲節。』兩說互異。余謂『飛來何處峯』本是五字，則以五字爲節最爲合格，恐『三』字是『五』字之訛，因依呂曲節句焉。（如王本劇第一折，關續本第一折，所用【後庭花】，皆以五字爲句，三字之訛益信。）

第二折【朝天子】曲云：『煩惱則麼耶唐三藏』，諸刻以『耶』字作襯，斷爲七字句。惟【朝天子】第五句總是五字，周德清小令云：『一縷白雲下』，張小山小令云：『樂在其中矣』，皆五字句。因以『則麼』二字①作爲襯字。

第四折【沉醉東風】曲云：『則願得紅娘休劣，夫人休焦，犬兒休惡』句，按格止應七字。元孫周卿小令云：『腸斷春風倦繡圖』，可證也。故以『紅娘』、『夫人』、『兒』五字作襯。又【錦上花】

曲，係合二支爲一，自『黄昏這一回』起，係【么篇】換頭，應提行書『么篇』二字。但此劇所用【錦上花】，皆二支合一，不分【么篇】，如第三本第三折『爲甚媒人』一曲，第四本第四折『有限因緣』一曲，及關續本第四折『四海無虞』一曲，概不分析，故未敢擅改，有仍舊貫。

第二本

第一折【後庭花】曲，不合格式，明上元金白嶼改爲【元和令帶後庭花】，不爲無見，顧未敢驟改也。又【青哥兒】一曲，雖可增加詞語，然末二語總應七字一句，三字一句，如馬致遠小令云：『翡翠坡前那人家，鼇山下。』白無咎小令云：『紅樹青山綠湖邊，人兒顯。』本劇第三本第一折云：『昨夜彈琴那人兒，教傳示。』又第四本第一折云：『只疑是昨夜夢中來，愁無奈。』又續本第一折云：『對學士叮嚀說緣由，休忘舊。』皆可證也。今云：『情願與英雄結婚姻，成秦晉。』按律，衹『與』字是襯，文義顯然。原刊將『情願』二字作襯，則不合格矣。因爲正之。

楔子中【要孩兒】一曲，按律，係【般涉調煞】，非【要孩兒】也。但沿襲既久，未敢遽易。

第二折【四邊靜】曲，第四句云：『燈下交鴛頸。』按律，止四字句。其有作五字者，僅《西廂》中此處及《長亭》折中『落日山橫翠』二語耳，《北詞譜》列入『又一體』，未敢訂正。

第四折【拙魯速】一曲，按格少二句，《北詞譜》列入第二格，亦未敢訂正。

第三本

第四折【調笑令】曲云：『似這般乾相思的，好撒喏。』按格，應上三下四句法，今以六字節句，將『似這般的』四字作襯，是不合律矣。因作『怎好撒吞』，方合格也。

第四本

第二折『既然泄漏怎干休』一曲，與『月明纔上柳梢頭』一曲，皆題【小桃紅】，但二曲相連，應書【么篇】。原刊兩曲皆書牌名，不合體式，因爲正之。

第三折【叨叨令】曲，按格，應七字節句。原刊將『車兒馬兒敖敖煎煎』諸字概作正，不合格式，因據徐靈昭改訂《長生殿・哭像》例正之。

第四折【水仙子】一曲，據張小山小令正之。（張詞云：『天邊白雁寫寒雲，鏡裏青鸞瘦主人，秋風昨夜愁成陣。思君不見君，緩歌獨自開尊。燈挑盡，酒半醺，如此黃昏。』）

續一本

第二折【白鶴子】下，所用【二煞】、【三煞】、【四煞】、【五煞】諸曲，實皆非【煞】也，蓋用【白鶴子】四支耳，因將【煞】字刪去。又【朝天子】曲，按格，尚少一句，此係原刊之誤，第四句『小夫人須是你見時別有甚閒傳示』云云，本是兩句，原刊將『你見時別有甚』六字作襯，遂成『小夫人須是閒傳示』一語，而【朝天子】乃少一句矣。今爲正之。

元人雜劇喜用襯貼字，持較曲牌定式字格，輒難符合，研訂格律，頗不易易。蓋北詞句調，既無塙譜可遵。《太和正音譜》所錄，正、贈混淆，至有十餘字爲句。《大成九宮譜》亦有出入，所列『又一體』至多，不能一律。又元人方言糅雜，詮解甚難（如『莽村沙』、『支兀另』之類）。校者不知其意之所在，往往分析不當。此北詞雖多，而如南詞之正襯分明、配置合度者，迄未之有也。

《西廂》校訂之善，自徐天池、王伯良外，惟淩初成本號爲精當。楚園先生重刊行世，並譔《解題》、《通釋》，詮次考據，重編《會眞雜錄》，至爲詳審，囑余爲之覆勘。余嘗謂北詞有二類，一曰散套，一曰雜劇。散套無賓白，大抵感物懷人之作，通首不加襯字。（如馬致遠《秋思》詞、張小山《湖上夜歸》詞之類。）雜劇則名手宗工，時逸規範之外，且於襯字上，故作俊語以眩人。此固文人狡獪，而在校者則不可不知。因取李玉《北詞譜》暨元人小令、雜劇，排比是正，以復先生。蓋爲前哲解紛，不欲啓後人之聚訟。先生或不以爲剌謬歟？丙辰七月〔二〕，長洲吳梅校畢并記。

（以上均《古本西廂記匯集初集》第八册影印民國間暖紅室刻本《王關北西廂記》卷首）

【校】

①則麼二字，當作『則麼耶三字』。

【箋】

〔二〕丙辰：民國五年（一九一六）。

崔娘遺照跋〔一〕

閔振聲〔二〕

閱傳奇多矣，乃《西廂》尤爲膾炙人口，蓋亦情文兩絕。若《崔娘遺照》，則奚所辨眞贋也？予素有情癖,譚及輒復心醉。曾於數年前題鶯鶯像云:『翠鈿雲鬢內家粧,嬌怯春風舞袖長。爲說畫眉人不遠，莫將愁緒對兒郎。』又一絶云：『修娥粉黛暗生香，淚眼盈盈向海棠。倚到月斜花影散，一番春思斷人腸。』今觀陳居中所圖，於當日崔娘肖乎？不肖乎？予復有情癡之感，因錄其名人手筆於像之後，以見佳人豔質芳魂，千載如昨，而予之癖，今昔不異云。

花月郎閔振聲爲馮虛兄書并跋〔三〕。

（《國家圖書館藏西廂記善本叢刊》第一〇册影印明天啓、崇禎間朱墨套印本《硃訂西廂記》卷首〔四〕）

【箋】

〔一〕底本無題名。

〔二〕閔振聲（一五九七—一六八〇）：別署蕉迷生、花月郎，烏程（今浙江湖州）人。天啓元年（一六二一）刻有《兵垣四編》等。或云卽閔聲（一五九七—一六八〇），字毅夫，一作毅甫，一字襄子，號雪蓑，原名中正，別署駿有，崇禎十五年壬午（一六四二）副貢，嘗入復社。入清不仕，曾罹莊氏明史案而入獄，後獄解。著有《雪蓑詩稿》、《泌庵集》、《泌庵小言》等。傳見黃宗羲《南雷文定後集》卷三《雪蓑閔君墓志銘》。參見趙紅娟《五位著名閔版刻書家考述》（《江蘇圖書館學報》二〇〇〇年第五期）。

〔三〕馮虛兄：羅忼烈以爲卽閔振聲本人之化身，見其《記明版西廂會眞記》，收入寒聲、賀新輝等編《西廂記新論》（中國戲劇出版社，一九九二，頁二一〇）。趙紅娟以爲卽凌瀛初（一五六二—？），字玄洲，一字彦仙，號馮虛，烏程（今浙江湖州）人。例貢，授興州衛經歷。校刊《紅拂記》，現存泰昌元年（一六二〇）朱墨套印本。參見趙紅娟《五位著名閔版刻書家考述》。

〔四〕鄭振鐸《劫中得書記》云：『《硃訂西廂記》（孫鑛評點，二卷四册，明末諸臣刊本）。此朱墨本《西廂記》，題「孫月峯評點」。余得明刊本《北西廂記》十餘種，所見亦多，卻絶不知有此本。乃乾以此書及《盛明雜劇》見示。余時正在奇窘中，竭阮囊得此書。以《盛明雜劇》余已藏有殘本，且尚有複刻本，不如此書之罕見也。首附圖二十頁，凡四十幅，殆集明代《西廂》圖之大成。其中有從王伯良校注本摹繪者，但多半未之前見。刻工爲劉素明，卽刻陳眉公評釋諸傳奇者。繪圖當亦出其手。素明每嘗署名於圖曰：「素明作」。明代刻圖者多兼能繪事，蓋已合繪、刻爲一事矣。已與近代木版畫作者相類，不僅是「匠」，蓋能自運丘壑，匪徒摹刻已也。』（《鄭振鐸全集》第六卷，頁七八七）按，日本佐伯文庫藏明後期刻湯沈合評《西廂記會眞傳》卷首，亦有此文，文字全同。見香港中文大學《罕傳善本叢書初編》影印本。

硃訂西廂記總評〔一〕

闕　名〔二〕

□腔處，精密工緻；出鄭恆來，更有□趣。

全在紅娘口中描寫鶯之嬌癡、張之狂興，人謂一本《西廂》，予謂是一軸風流畫。

前半本合處妝病，後半本離處妝夢，相思腔調，全在此中迫眞。

卓老謂《西廂記》是化工筆，以人力不及巧至也。付物肖形，奇花萬狀；摹情布景，風流百端。空庭月下，葉落秋空，反復歌詠，不覺凡塵都死，神魂若知所之。卓老果會讀書。

（同上《硃訂西廂記》卷末）

【箋】

〔一〕底本無題名。

〔二〕《硃訂西廂記》卷首署『東海月峯先生孫鑛批點，後學諸臣校閲』。按此本評點，係雜糅容與堂刻本、陳眉公批本之批語而成，當非出孫鑛之手，疑係書賈僞托。

北西廂題辭

陳洪綬〔一〕

今人讀書，不唯不及古人之窮思極慮，即讀古人所評注之書亦然。古人讀書，必有傳授，至於箋注疏釋，考訂句讀，殫一生之力而讀之。經、子以降，雖稗官、歌曲皆然也。今人讀一書，無有傳授，箋注疏釋，考訂句讀，淺躐焉而已。稗官、歌曲與經、子皆然也。此無他，古人視道無巨細，皆有至理，不能苟且嘗之；今人於道無巨細，率苟且嘗之，罕得其理，入理不深。故讀贋本、原本不能辨，往往贋書行而原本沒矣。如文長先生所評《北西廂》，贋本反先行於世，今之眞本出，人未必不燕石題之者，李子告辰有憂之〔二〕。予以爲，今人中果無古人之窮思極慮者乎？子憂過矣。

庚午清秋〔三〕，洪綬書於靈鷲之五松閣〔四〕。

（上海圖書館藏明崇禎四年序延閣主人李廷謨刻本《北西廂》卷首〔五〕）

【箋】

〔一〕陳洪綬（一五九九—一六五三）：幼名蓮子，一名胥岸，字章侯，號老蓮，別署小淨名，晚號老遲、悔遲，別署悔僧、雲門僧，諸暨（今屬浙江）人。崇禎三年（一六三〇）應會試，未中，後捐貲入國子監，召爲舍人。明亡，避難紹興雲門寺，削髮爲僧。後還俗，以賣畫爲生。尤工人物畫，與順天崔子忠（一五七四—一六四四）齊名，世稱「南陳北崔」。著有《寶綸堂集》等。傳見孟遠《傳》（清康熙間刻本《寶綸堂集》附）、朱彝尊《曝書亭集》卷六四《合傳》、毛奇齡《西河全集·傳》卷七《別傳》、《清史稿》卷五〇四、《清史列傳》卷七〇、《國朝耆獻類徵初編》卷四〇四、《國朝先正事略》卷四四、《皇明遺民傳》卷四、《明遺民錄》卷二二、《文獻徵存錄》卷一〇、《昭代名人尺牘小傳》卷一、《兩浙輶軒錄》卷二、《清代七百名人傳》、《國朝畫徵錄》卷一、《國朝書畫家小傳》卷一等。參見黃涌泉《陳洪綬年譜》（人民美術出版社，一九六〇）。

〔二〕李子告辰：即李廷謨，字告辰，號雲爐，別署延閣主人，山陰（今浙江紹興）人。生平未詳。嘗刻徐渭《四聲猿》雜劇，并撰序，參見本書卷三《敘四聲猿》條。

〔三〕庚午：爲崇禎三年（一六三〇）。

〔四〕題署之後有印章二枚：陽文方章「陳洪綬印」，陰文方章「章侯氏」。

〔五〕《北西廂》：或作《北西廂記》，二卷，延閣主人訂正，明崇禎四年（一六三一）序延閣主人李告辰刻，中國國家圖書館、上海圖書館藏。按，蔣星煜據魯濬《西廂序》「告辰李子，茲以初刻多贋，復爲精鋟」，謂此書有初刻與重刻之分；陳旭耀以爲「初刻」指陳洪綬《題辭》中所謂「文長先生所評《北西廂》」（即批點畫意本或田水月山房藏本），故不以此本爲延閣主人李告辰刻。鄭振鐸《西諦（集外）題跋》云：「《北西廂記》，元大都王實甫編，關漢卿續，明山陰延閣主人訂正，明崇禎間刊本，五卷，四冊。數年前，從乃乾處得殘本《北西廂記》一部，卷首附圖絕

小，而氣象極大，實明末最好的美術品之一也。』（《鄭振鐸全集》第十七卷，頁六五〇）

而至者固大有人在也。雖多費，似亦值得。何況此書本來是絕妙的神品麼。插圖二十幅，爲陳老蓮手筆，布局雖

的巧事！欲奪而得之者頗有人在，肆中人以是居奇，價亦昂。然終爲余所有，且因此而更獲得富春堂五種。聞聲

以爲絕對不能見其全了。不料今冬乃在琉璃廠會文齋得見全書一部，爲之狂喜不禁。「物聚於所好」，果眞有這樣

精，惜每頁皆缺損其大半。若破宫折柱然，雖憾不足，乃愈企慕其盛況，一磚一瓦，何莫非憑吊之資。中懷郁郁，總

西廂序

董　玄〔一〕

冬景蕭條，攜酒坐偎紅爐中，覩①雪花片片，撲人衣裾，自謂不勝之喜。況千山烟寂，諸鴉出沒寒粉中，詎敢作人間想耶？於是急抽架上新編，聿得李刻《西廂》妙劇。爾時細一翻閲，祇覺竹石藤木，美人魚鳥，直如桃源洞底，水流花開，界絕人間，別有天地，豈僅僅以雕琢爲工也。且《西廂》落筆之際，實實有一鬼神呵護其間，恍如風雨摽搖，淋漓襟袖，卽作者亦不自知耳。故每每從一二句中而咀咏吟嘯之餘，眞有不禁黯然魂②消，陟然神化，鳥爲悲鳴，水爲嗚咽，月爲慘光，木爲落葉而後已也。值今江山黯淡，故國淒其，萬井烟愁，千村鬼哭，而余僅以一杯消之，此余所以倍多泫然耳。

噫嘻！聲音之道，將爾中絕。故夫振起其響者，則惟湯若士、徐文長；羽翼其衰者，則惟祁幼文先生〔二〕、李告辰兄而已。夫告辰以風流之才，合崔、張風流之事，果爾相當，則刻之義存焉

矣。而兼以陳章侯風流之筆〔三〕，此誠葩繡相映，翠玉相臨，無煩余贅也。忽一日，謁告辰兄。告辰與余素以豪興相契，而亦以見余，托以《西廂》序事，余以首肯而序之。然則世人不具告辰風流之骨、風流之眼者，則斷斷不可刻，亦斷斷不可讀也。

時在辛未春初〔四〕，盟弟董玄天孫山人題於醉月樓〔五〕。

【校】

①覩，底本作『堵』，據文義改。

②魂，底本作『䰟』，據文義改。

【箋】

〔一〕董玄（？—一六五一）：字天孫，別署天孫山人，會稽（今浙江紹興）人。明末，與祁彪佳等結楓社。南明魯王監國，授禮部祠祭司主事。順治八年（一六五一），兵攻舟山，城破，自縊於學宮。傳見翁洲老民《海東逸史》、沈墨庵《舟山後語》等。

〔二〕祁幼文先生：即祁彪佳（一六〇二—一六四五），字幼文，生平詳見本書卷五《全節記》條解題。

〔三〕陳章侯：即陳洪綬（一五九九—一六五二）。

〔四〕辛未：崇禎四年（一六三一）。

〔五〕題署之後有印章二枚：陰文方章『董玄之印』，陽文方章『天孫山人』。

西廂敍

魯　濬〔一〕

天地間自有絕調神遇，斷不容人再睨者，文如子長之《史記》，經如《楞嚴》，小説家如羅貫中之《水滸傳》，曲則王實甫之《西廂》是也。實甫之先，有董解元，亦猶《史記》之有《國策》。北地生謂其直接《離騷》〔二〕，而溫陵至比之於化工〔三〕，殆亦心知其解者矣。

吾鄉徐文長氏舊有批解，余向曾一覩於王驥德所，與今刻小有同異，然大都不隨衆觀場，是其勝也。顧不佞非解中人，獨以詞曲之妙，痛癢著人，政於最淺最俗處會，而《西廂》其尤近者。倘令費解索解，縱工極巧極，穩妥鬭合之極，猶於天然恰好隔一塵耳。史家班、范已不稱，邇所行《西遊記》、《金瓶梅》，更足嘔噦。而三百餘年，詞曲一道，乃有臨川湯若士者，起而與之敵敵也。然而他詩文工力，皆已委謝無餘，蓋其技巧菁華，亦已竭於此矣。昔有高僧觀《西廂》，人問何許最妙，答曰：『「臨去秋波那一轉」最妙。』此別一解也。然禪機道情，於曲行家無涉。

告辰李子，茲以初刻多贋，復爲精鋟貌圖，恰如身在《西廂》者，亦何俟解人乎？文長《四聲猿》最奇辣，其《青霞忠孝記》未行世〔四〕。

東海步兵魯濬阿逸氏題。

（以上均《國家圖書館藏西廂記善本叢刊》第一一册影

（印明崇禎四年序延閣主人李廷謨刻本《北西廂》卷首）

【箋】

〔一〕魯濬：字阿逸，別署東海步兵，山陰（今浙江紹興）人。生平未詳。

〔二〕北地生：即李夢陽（一四七三—一五三〇）。

〔三〕溫陵：即李贄（一五二七—一六〇二）。

〔四〕《青霞忠孝記》：《遠山堂曲品》著錄史槃《忠孝記》，云：『傳沈公青霞者，叔考難兄有《壁香記》，初以宮商稍舛，乃盡更之，沈公浩氣丹忠，恍忽如見。』已佚。而徐渭撰《青霞忠孝記》，僅見此文敍及。青霞，即沈鍊（一五〇七—一五五七），字純甫，號青霞，會稽（今浙江紹興）人。嘉靖十七年戊戌（一五三八）進士，知溧陽。忤御史，調茌平，入爲錦衣衛經歷。以疏劾嚴嵩，觸帝怒，謫佃保安。因被誣棄市。後追謚忠愍。著有《青霞集》、《鳴劍集》、《塞垣尺牘》等。傳見王世貞《弇州山人四部稿》卷八六《墓志銘》（收入焦竑《國朝獻徵錄》卷八一）、徐渭《徐文長文集》卷二六《傳》、林大春《井丹先生集》卷一三《傳》、《明史》卷二〇九等。參見沈存德編《沈青霞先生祠集》（明萬曆四十六年刻本）、王元敬《沈公年譜》（清康熙間寧靜堂刻《沈青霞公集》附錄）。

徐文長先生批評北西廂記凡例

李廷謨

一、刻本迭出，皆鼠朴未辨，殊失眞本，甚至硬入襯書，令歌者氣咽。卽文長暨本，傳寫差訛，反爲先生長喙。校讎嚴確，無如方諸生本，所謂繭絲牛毛，無微不舉，故本閣祖之。

一、評以人貴。吾越文長先生，長於北曲，能排突元人，方語、隱語、調侃語，無不洞曉。批點之中，間有注釋，鏤自己之心肝，臨他人之腑臟，開後學之盲瞽。《西廂》之有徐評，猶《南華》之有郭注也。

一、坊刻有點板者，便歌唱也，然字句塗抹，觀者眼穢。矧《西廂》、《牡丹》，當與孔、孟諸書，永鎮齋頭，扳腔按調，自是教坊者流，不敢溷入，且以清目障也。

一、摹繪原非雅相，今更闊圖大像，惡山水，醜人物，殊令嘔唾。兹刻名畫名工，兩拔其最。畫有一筆不精，必裂；工有一絲不細，必毀。内附寫意二十圖①，俱案頭雅賞，以公同好。良費苦心，珍此作譜。

一、俗刻《蒲東詩》、諸家題詠，深可厭恨。況兹刻一新，崔娘形神俱現，不必以歪詩惡句，反滋唐突也。故本閣自《會眞》而外，並不濫刻，捍木災也。

一、梓人弋利，省工簡費，每多聊略。本閣不刻則已，刻則未嘗不精。家藏諸本，皆紙貴洛陽。翻版難禁，賈者須認延閣原板，他本自然形穢。

一、坊刻首推武林、閶門，然剞劂之工，考核之嚴，無出越人之右。獨恨不能鼎盛，何也？本閣素耽書癖，有志未逮。告諸同調，以藏金移而藏板，奇書雲集，亦一大都會也。渴俟！

延閣主人謹識。

（上海圖書館藏明崇禎四年序延閣主人李廷謨刻本《北西廂》卷首）

【校】

①圖，底本作『圍』，據文義改。

（北西廂）跋語

李廷謨　陳洪綬

予每見文人一詩一文一語言之妙者，恨不即時傳遍天下，誦之歌之而後已，故喜刻書。猶惜書之訛僞者惑世，故喜刻原本，雖千百金不惜。惜耳目不廣，不能盡天下之書而刻之。必將盡天下之書而刻之焉。或有人誚予曰：『經術文章顧不刻，何刻此淫邪語爲？』予則應之曰：『要於善用善悟耳！子不覩夫學書而得力於擔夫爭道者乎？』

庚午秋仲〔一〕，李廷謨題於虎林邸中〔二〕。

使是人當道，人文可大盛矣。晁仲鄰云：『嬉笑怒詈，可以觀用世之才。』予用其言，有以觀李告辰矣。

洪綬書於寄園〔三〕。

【箋】

〔一〕庚午：崇禎三年（一六三〇）。

〔二〕題署之後有陰文印章『告辰氏』。

〔三〕題署之後有陰文印章『陳洪綬印』。

北西廂記跋

范石鳴〔一〕

雲癡子秋宵無緒，月冷風顛，似不勝情。因思選花茵片地，羅古今佳麗於其中，自署風流僉判，司花籍而評跋之。忽崔娘應聲而出，延閣主人曰：『唐案久崩，毋乃老掾作姦，糊塗不律乎？』雲癡曰：否！否！《會眞記》熟人牙吻，是其一生公狀也。吾且以墨圄筆梏，嚇醒草橋夢魄矣。癡煞鶯娘，琴媒詩妁，偷奔花營，惹動蒲東小寇，夢骨猶驚；呆傍張子，投禪薦佛，勾情蓮館，虧煞西廂一宿，病魔卽療。飛虎失策，白馬帥成就白衣郎，折卻全軍辱沒；夫人變臉，半紙書賢於半萬賊，竟思杯酒消除。俏紅娘，錦隊幫丁，繡窩說客，戰書兩下，一次親征，女蕭何合當拜跪；戇惠明，殺性參禪，血心浴佛，戒刀一指，萬馬烟屯，禿先鋒將何犒勞。外而傍閒鑽縫之法本，舌破重圍，以須彌當撮合之山；吸海排山之杜將，兵結佳姻，以刀頭納百年之采。獨惜鄭子，寸木馬戶，蹉跎風月，脂粉無緣，觸堵尋盡。數傳之後，聞與崔家娘齊眉偕好，托浪子而寄語人間，安知非其情報也耶？花衙初放，公案昭然，以王實甫除芙蓉院主，以徐文長領評花錄事，以延閣主人典醉紅仙史，掃淨情塵，打翻魔劫。崔娘有靈，當銜情泉下，思何以酬我。

雲癡道人范石鳴天鼓氏走筆於西湖蓮舫。

李雲爐曰〔二〕：好一位精明判官，但未免有登徒子之病，驚動玉皇帝子，囚之春檻，又坐一番風流罪過也。

（以上均《國家圖書館藏西廂記善本叢刊》第一一册影印明崇禎四年序延閣主人李廷謨刻本《北西廂》卷首）

【箋】

〔一〕范石鳴：字天鼓，號雲癡子，别署雲癡道人。或爲杭州（今屬浙江）人。生平未詳。

〔二〕李雲爐：名字、籍里、生平均未詳。或即李廷謨别署。

（張深之正北西廂祕本）敍

馬權奇〔一〕

此深老愛惜古人也〔二〕！深老今日者，得晞髮踏歌於湖海間，又得遠收太原薄田租，以税粟飯客，老雨苦風，無天涯淪落之感；呼門人鼓箏，侍兒斟酒，以得成此書者，非天子浩蕩恩乎？聞深老善左右射，攬此書時，自不宜醉臥於紫簫紅友之間，辭客伶倌之隊，當張侯蘇公堤上，與虎頭健兒戟射焉，圖所以報天子爾。

己卯莫冬雪中〔三〕，馬權奇題於定香橋〔四〕。洪綬書〔五〕。

【箋】

〔一〕馬權奇（約一五八四—約一六四五）：字巽倩，一作巽緒，號龍友，紹興（今屬浙江）人。崇禎四年辛未（一六三一）進士，官工部主事。國變避兵，死於田間。著有《尺木堂學易志》、《詩經志》、《麟經志》、《老子解》、

《名臣言行錄》等。傳見董欽德輯《會稽縣志》卷二四《人物志》、道光《會稽縣志稿》卷一七、《皇明遺民傳》等。明崇禎十一年（一六三八），曾爲孟稱舜《鴛鴦冢》傳奇撰序。

〔二〕深老：即張道濬（？—一六四二），字深之，一字玄氏，沁水（今屬山西）人。祖父張五典，歷官南京大理寺卿。父張銓（一五七七—一六二一），明萬曆三十二年（一六〇四）進士，官至遼東巡按御史。天啓元年（一六二一）清兵圍攻瀋陽時殉難，謚忠烈。道濬世襲錦衣衛僉事，陞指揮使，再陞都督同知。因上疏獲罪，出戍雁門，後謫浙江海寧。崇禎十五年（一六四二），放歸故鄉，旋病卒。傳見光緒《沁水縣志》卷六。

〔三〕己卯：崇禎十二年（一六三九）。

〔四〕題署之後有印章二枚：陰文方章『馬權奇印』，陽文方章『巽倩』。

〔五〕題署之後有印章『洪綬私印』。洪綬，即陳洪綬。

祕本西廂略則

張道濬

一、詞有正譜，合絃索也，其習俗訛煩者删。

一、字義錯謬，諸本莫考者改。

一、曲白混淆者正。

一、襯字宛轉諧聲，不礙本調者辨。

一、方言調侃，不通曉者釋。

一、圈句旁者，不同俗句；圈字者，不同俗字。

張道濬白〔二〕。

（以上均《古本戲曲叢刊初集》影印明崇禎十二年序刻本《張深之正北西廂祕本》卷首）

【箋】

〔二〕題署之後有印章二枚：陰文方章『張道濬印』，陽文方章『字玄氏』。

附　北西廂祕本跋〔一〕

朱　澐〔二〕

丁卯九月廿二日夜〔三〕，過畏齋小飲。公魯先生出此見示〔四〕，誠祕本也。

朱澐觀並記〔五〕。

（《國家圖書館藏西廂記善本叢刊》第一一冊影印明崇禎十二年序刻本《張深之先生正北西廂祕本》卷末〔六〕）

【箋】

〔一〕底本無題名。

〔二〕朱澐（一八七二—一九三〇）：一名素雲，字雅仙，號紉秋，蘇州（今屬江蘇）人。父朱小元，號吉仙，唱武旦，出吟秀堂。京劇小生，師事鮑福山、徐小香，擅名一時。民國後，與尚小雲合演爲久。傳見王芷章《清代伶官傳》卷下。參見北京市藝術研究所、上海藝術研究所編著《中國京劇史》第三編『人物（上）』（頁四七四—四七五）。

〔三〕丁卯：民國十六年（一九二七）。

〔四〕公魯先生：即劉之泗（一九〇〇—一九三七），字公魯，號畏齋，又號寅白，別署畏齋主人，貴池（今屬安徽）人。劉世珩（一八七四—一九二六）子。光緒二十年甲午（一八九四）舉人，授江蘇候補道。辛亥（一九一一）後，歷任江寧商會總理、湖北及天津造幣廠監督等職，官至直隸財政監理官。精鑒藏，以藏『古今雙玉海，大小兩忽雷』聞世。輯《畏齋藏璽》、《魯庵藏譜》等。

〔五〕題署之後有陰文方章『朱澐素雲』。

〔六〕《中華再造善本》（明代編·集部）據國家圖書館原藏本影印。

較正北西廂譜自序

闕　名〔一〕

余於聲歌一道，似有夙緣。憶丱角時，聞友人清宵婉度，輒低回不忍舍去。少選，亦便能習。歲丙辰〔二〕，謁白門焦太史〔三〕，出《太和正音譜》、德清《中州韻》，相與指究，因悟向來喉間舌底，紕繆良多。太史曰：『曲有九宮，南北皆然。世有南譜，無北譜，子盍補其遺乎？』余苦北譜浩繁，非歷年所不易就。因思《北西廂》者，北劇中之滄瀣也。沿襲舛謬，古人生面，將三寸塵撲之，不可復識，先取而訂正焉。奉以章程，斲諸私臆，其句之長短，字之繁簡，務合九宮。點定粗畢，寄呈焦太史，有札見覆，頗蒙許可。越數年，雲客唐公〔四〕，見而欣賞焉，謬有『實獲我心』之獎，遂命災木，告之同人。夫以無本之學，求有道之正，將以爲實甫之功臣乎？抑以爲實甫之罪人乎？《北九宫》嗣成〔五〕，即當行世。獨恨太史公不及見，不無山高水長之思。因附錄原札，以當弁言云爾。

焦太史札曰：『承寄《西廂》訂本，徵聲按譜，庶幾無憾，足下是中眞苦辛哉！聲歌本乎風雅，詎云小道？若格律不明，靡靡焉用？僕向嘗究心，間擬一爲辨眞，而塵緣荏苒，有志未逮，不圖今日之發吾覆也。足下妙齡，精心如此，《北九宫》何患不成？正患欲速成，手眼或未及耳。此須寬期爲之，務加詳確。需其成，引言嚆矢，吾又何辭焉。秋風挂帆，不惜惠顧爲望。』

【箋】

〔一〕此文當爲張騁夫撰。張騁夫，别署婁梁散人，蘇州（今屬江蘇）人。張野塘孫。三絃名家，撰《校正北西廂譜》、《北九宫》等。

〔二〕丙辰：萬曆四十四年（一六一六）。

〔三〕白門焦太史：即焦竑（一五四〇——一六二〇）。

〔四〕雲客唐公：名字、籍里、生平均未詳。

〔五〕《北九宫》：未見著錄。

（較正北西廂譜）凡例

張聘夫

一、正句讀。《北西廂》棗梨充棟，而善本頗少。卽諸名家各有較訂，以律程之，仍多未恊。惟焦漪園、王伯良二先生所訂本，句義字義，饒有苦心，獨於句讀之不合牌名者，未能正定。卽如首折【油葫蘆】中，『雪浪拍』、『竹索纜』兩句，世人皆以五字句讀，分作四句，不知【油葫蘆】本調第四五句，從無五字格，卽本傳他折可證也。諸如此類，編中疊見，余一一釐正之。

一、别襯字。夫襯字之設，原爲文窮理阻處，稍添幾字，使詞氣聯屬，意義條達耳。今讀者，多以襯字作正文，與本調字句，大不侔矣。兹以大小字一一别出，庶原律面目，較然可認。

一、叶韻脚。古人用韻，宜叶不宜叶，自有定格，非可意爲出入。今塡詞家，隨意搦管，宜叶而不叶，不宜叶而叶，紊亂曲律，莫此爲甚。余以《太和正音譜》爲宗，參以元人諸劇，字考句核，悉爲注明，差無迷謬。

一、辨字音。北曲無入聲，凡入聲字，俱派在平、上、去三聲内。今悉加小圈於字角以别之。另有一字幾音者，如那農多切，那叶那上聲，那奴打切，那奴嫁切之類，亦以小圈别之。其閉口字，則用大圈，照時刻例。

一、正板眼。板者，一定不可移者也，故曰『活腔死板』。板宜在正字上，不宜在襯字上。宜照原律，每一牌名，用幾板，不宜多寡增減。然或襯字太多，不免增出幾板，且有於襯字上用板者，但顧板眼，不論格律，不論文理，甚至割裂上下文，各分半句成腔，眞堪噴飯。欲竟删去，則上腔不能貫下，下腔難以承上。余因設一那板法，如【越調・紫花兒序】中，『則爲那兄妹排連，因此上魚水難同』二句，若照原律，則當於『兄排魚難同』五字上用板，與『玉宇無塵』中『會少離多』二句同。今歌者，每於『連』字下，添一絕板，蓋因中多襯字，難以『排』字竟遞至『魚』字耳。余謂若以『排』字一板，那於『連』字上，則腔自連屬。此類甚多，一一點正，俟高明印可焉。間有襯字過多，必不得已，不妨下一板，謂之『虛板』，以空點如○別之，若襯板然，原不作正板，亦無傷於格也。時俗有上句末字纔打絕板，下句首字又打迎頭，因長短不同，多添惡腔，以奏下板，殊堪厭嘔。此皆緣襯字多處誤加一板，遂以爲原律正板，本應如是，故於無襯字處，亦沿襲成例耳。此類悉爲删正。

一、論格調。今兩都供應曲，只顧腔之轉磨，不論字之平仄，牌同板異，名曰『磨唱』，此種謂之『眞北曲』。吳下登場所唱者，謂之『戲曲』，亦多牌同板異。若茲刻，謂之『絃索調』，牌名板眼，俱畫一，與上二種不同。一遵古調，迴別俗音，不可不辨也。近有按【新水令】、【粉蝶兒】之類，效登場句下板唱法，大失本調體格，可發浩嘆。

一、彙評解。《西廂》一劇，諸家評釋，不下百種，雅俗不同，龍蛇互見。茲特取有本之論，如焦、如王、如徐、如朱，俱標繫焉。

婁梁散人識。

北西廂譜序

鄒　律〔一〕

［前闕］〔二〕訛已耳，而未也。能知《西廂》之疵者，能知《西廂》之妙者也。能操□□□爰書者，能爲實甫之知己者也。

夫曲必有調，調必本之牌名。《西廂》一書，其麗辭豔句，奥義雄譚，所不必言。然而上下之牌名，長短冗繁，多所未協，卽將强調以合牌名乎，强牌名以合調乎？或同是牌名也，而於此協，於彼不協，豈牌名同於別調乎，抑同異不妨兩存，强後人之口以湊合乎？無可解者。

吾謂塡詞家，若不奉紀律，泛泛筆底波瀾，侈紙上月露。卽夫擒玉藻、掞天葩者，亦代不□人，豈不能朝華夕秀，匠心自雄，何至俯首而聽命九宮，拱□□續席元人也？乃實甫□□□□□□□曲之祖，亦復遺議如是。是繇今本之失眞，不待□□。然而鶴頸雖長，疇則斷之；鳧頸雖短，疇則續之。正統閏餘，疇位置之。吾恐操是書者，不能起實甫於九原也。

吾友聘夫張君，夙具慧根，醉心樂府。深憫是書之訛，出於沿習之舊。爰據祕旨於宗工，搜遺文於博眞（？）。手爲校讐，一釐往失。初未嘗私心竄句，有所更弦。第辨其添入之字，別作細行；而句讀間依韻點定，筆有根據，動合章程。然後牌名之矩矱森然，原本之面目畢露。豈惟使讀者以句合法，以法合調，□□可得，不費葛藤。卽數百載而上，實甫□□，當合掌恭敬，拜聘夫爲知己矣。

己卯仲春〔三〕，西神山雪騷鄒律書於御醉（？）樓中〔四〕。

【箋】

〔一〕鄒律：號雪騷，無錫（今屬江蘇）人。生平未詳。

〔二〕底本前闕一頁。

〔三〕己卯：崇禎十二年（一六三九）。

〔四〕題署之後有陰文方章二枚：「雪騷」、「鄒律」。西神山：即無錫惠山。

北西廂譜序

胡世定〔一〕

漢兩司馬爲千古文家兩宗，余於《西廂》、《琵琶》亦云然：《西廂》爲北劇之聖軌，《琵琶》爲南音之極則，秀美豔逸，樸厚眞至，各臻其妙，非後人所能窺一二。但恨盲師俗解，多俚謬乖誤，見之者欲嘔，聽之者欲臥。作者一片苦心，不幾消歇全盡哉！《琵琶》猶賴串演盛行，吳中諸好事者，尚能探繹解索，且曲屬南音，即梨棗家，亦知按譜分名，比櫛字句，雖不能精當款會，而體裁猶不至全訛也。獨《西廂》爲金元舉業，其間方言侃語，多不可解；增調損句，更不易知。且歌者止於絃索叶之，則解人較登場已減十之六七，況其餘止循口中鉢授，麗之絲竹，洋洋靡靡，便自詡旗鼓中原，又何暇顧實甫精神、漢卿面目？即操觚家，案頭無不供奉一則，□極丹鉛，然但能娛悅金粉，飫醉香澤，彼安知譜律爲何物，而能一一詳核之也？

惟我聘夫，寔具深心。痛此道之日湮，乃窮極藝苑，綜博元劇。旁通引據，書窮幾百篋；訂較考釋，時經數十年。而後知向之讀《西廂》者，皆於雲霧中捷足而馳也。因手錄一冊，正句讀，釋疑義，同雲客唐子較而付之梓。不特王、關生面，藉以不枯，而後來之取法斯編者，北劇與有金湯，聘夫之功，其可少歟！

崇禎己卯花朝後二日，秋水伊人一峯胡世定書於殊音閣〔二〕。

【箋】

〔一〕胡世定：字一峯，别署秋水伊人，籍里、生平均未詳。

〔二〕題署之後有印章二枚：陰文方章『磊珂之流』，陽文方章『扆研齋』。

北西廂譜序

浦　庚〔一〕

余與聘夫交廿年矣。戊午之嘉平〔二〕，晤於南都，高情俠骨，一見莫逆，遂訂傾蓋交。自後交益密，不晤則已，晤則必爲平原飲，連牀話，情好之篤，雖骨肉靡間也。

歲丙寅〔三〕，余遊維揚，下榻聘夫家。適聘夫之居停有難，舍聘夫而往都門。余因挈聘夫同歸，謀所居，割基一隅，剖屋數椽，爲終焉之計。每遇春花秋月，兩人無不酣坐長歌，發千古所未有事。壬申〔四〕，又同游長安，與諸陵年少相往還，呼盧蹴踘，無事不暢。癸酉〔五〕，聘夫有豫章游，先出都。余至冬抵家，復聚首，又極快，嗣此而征馬雲帆，各岐南北，晤言之闊，夢寐亦依依也。今年夏抱恙，亟買舟旋里中，而吾聘夫不朽業成矣。曷云乎『不朽業』？聘夫少英敏，有審音之聰，因精鐘呂學。不特絲竹間泠泠餘善，欲逼古人，卽古鉛槧家詞翰，以意逆之，悉能入其胷臆，爲縷縷條析，非僅僅今人之以技授者偶。至《西廂》一書，尤今人所不可及。考訛繹義，費心血幾斗。且嗜古之懷，篤而靡間。卽前於長安時，遍覓古劇，幾覩千種，余望洋心駭。聘夫方醉心湎首，靜坐披閱，足不踰閾，自晨至夕，較對不倦。如是而《西廂》之句讀、音釋，始得其妙。

噫唏！世之披風雲、摘月露者，則有之矣。若引宮刻羽，正章安句，孰有如吾聘夫者哉？藝苑功臣，羣所膺服。愧余以四方人，不克爲剞劂司效一臂，留餘力俟《北九宮》爲護法耳。伏枕呻吟，勉敍廿年道契之始末，見聘夫之醉心此道者深，亦以見余之知聘夫者深也。若以弁序例之，則陋拙病言，余何敢受！

時崇禎戊寅中秋，錫山浦庚長卿甫書於天尺樓〔六〕。

（以上均《國家圖書館藏西廂記善本叢刊》第一三冊影印明崇禎十二年胡世定、唐雲客刻本《校正北西廂譜》卷首）

【箋】

〔一〕浦庚：字長卿，錫山（今江蘇無錫）人。生平未詳。

〔二〕戊午：萬曆四十六年（一六一八）。

〔三〕丙寅：天啓六年（一六二六）。

〔四〕壬申：崇禎五年（一六三二）。

〔五〕癸酉：崇禎六年（一六三三）。

〔六〕題署之後有印章二枚：陽文方章『山水中人』，陰文方章『梁檻』。

五劇箋疑識語〔一〕

閔齊伋

舊本原有注釋，諸家頗多異同，强半迂疏，十九聚訟，將爲破疑乎？適以滋疑也。至有大可商者，漫不置辭；更於大紕繆處，迄無駁正。訛以承訛，錯上鑄錯，無或乎其不智也。世界原是疑局，古今共處疑團。不疑何從起信，信體仍是疑根。我今所疑，孰非前人之確信也；我今所信，孰非來者之大疑也。疑者不箋，箋者不疑。以疑箋疑，疑有了期乎？

湖上閔遇五識〔二〕。

（明崇禎十三年秋烏程閔遇五輯刻校注本《會眞六幻》之『賡幻』關漢卿《續西廂記》附刻《五劇箋疑》卷末）

【箋】

〔一〕底本無題名。

〔二〕題署之後有陰文方章二枚：『閔寓五印』、『以字行』。

〔三〕《五劇箋疑》正文首頁署『湖上閔遇五戲墨』。

（西廂記）雜説[一]

李贄

《拜月》、《西廂》，化工也；《琵琶》，畫工也。夫所謂畫工者，以其能奪天地之化工，而其孰知天地之無工乎？今夫天之所生、之所長，百卉具在，人見而愛之矣。至覓其工，了不可得，豈其智固不能得之與？要之，造化無工，雖有神聖，亦不能識知化工之所在，而其誰能得之？由此觀之，畫工雖巧，已落第二義矣。文章之事，寸心千古，可悲也夫！且吾聞之，『追風逐電之足，決不在於牝牡驪黄之間；聲應氣求之夫，決不在於尋行數墨之士；風行水上之文，決不在於一字一句之奇。』若夫結構之密，偶對之切，依於理道，合乎法度，首尾相應，虛實相生，種種禪病，皆所以語文，而皆不可以語於天下之至文也。

雜劇院本，遊戲之上乘也。《西廂》、《拜月》，何工之有？蓋工於《琵琶》矣。彼高生者，固已殫其力之所能工，而極吾才於既竭。唯作者窮巧極工，不遺餘力，是故，語盡而意亦盡，詞竭而味索然亦隨以竭。吾嘗攬《琵琶》而彈之矣，一彈而嘆，再彈而怨，三彈而向之怨嘆無復存者。此其故何耶？豈其似眞非眞，所以入人之心者不深耶？蓋雖工巧之極，其氣力限量，只可達於皮膚血骨之間，則其感人，僅僅如是，何足怪哉？

《西廂》、《拜月》，乃不如是。意者宇宙之內，本自有如此可喜之人，如化工之於物，其工巧自不可思議爾。且夫世之眞能文者，比其初，皆非有意於爲文也，其胷中有如許無狀可怪之事，其喉間有如許欲吐而不敢吐之物，其口頭又時時有許多欲語而莫可所以告語之處，蓄極積久，勢不能遏。一旦見景生情，觸目興嘆，奪他人之酒杯，澆自己之壘塊，訴心中之不平，感數奇於千載。既已噴玉唾珠，昭回雲漢，爲章於天矣，遂亦自負發狂，大叫流涕，慟哭不能自已，寧使見者聞者切齒咬牙，欲殺欲割，而終不忍藏於名山，投之水火。予覽斯記，想見其爲人。當其時，必有大不得意於君臣、朋友之間者，故借夫婦離合因緣以發其端。於是焉，喜佳人之難得，羨張生之奇遇；比雲雨之翻覆，嘆今人之如出。其才可笑者，小小風流一事耳，至比之張旭、張顛、羲之、獻之，而又過之。

堯夫云：『唐虞揖讓三杯酒，湯武征誅一局棋。』夫征誅、揖讓，何等也，而以一杯一局覷之，至渺小矣。嗚呼！今古豪傑，大抵皆然。小中見大，大中見小，舉一毛端，建寶王刹；坐微塵裏，轉大法輪。此至理，非於戲論。倘爾不信中①，木落秋空，寂寞書齋，獨自無賴，試取《琴心》，一彈再鼓，其無盡藏，不可思議，工巧固可思也。嗚呼！若彼作者，吾安能見之與！

溫陵李贄卓吾子撰。三生石孫樸漫書〔二〕。

（明末刻本《李卓吾先生批評北西廂記》卷首〔三〕）

【校】

①『中』字後，底本衍『不信中』三字，據文義删。

【箋】

〔一〕此文又見李贄《焚書》卷三《雜說》（中華書局，一九六一，頁九六—九七）。

〔二〕孫楼：字號、籍里、生平均未詳。

〔三〕此本現藏中國社會科學院文學所圖書館，殘存上卷，係據萬曆三十八年（一六一〇）虎林容與堂刻本重刻。參見陳旭耀《現存明刊〈西廂記〉綜録》，頁九八。

題卓老批點西廂記〔一〕

醉香主人〔二〕

看書不從生動處看，不從關鍵處看，不從照應處看，猶如相人不以骨氣，不以神色，不以眉目，雖指點之工，言驗之切，下焉者矣，烏得名相？語曰：『傳神在阿堵間。』嗚呼！此處著眼，正不易易。吾獨怪夫世之耳食者，不辯眞贋，但借名色，便爾稱佳。如假卓老，假文長，假眉公，種種諸刻，盛行不諱，及覩眞本，反生疑詫。掩我心靈，隨人嗔喜，舉世已盡然矣，吾亦奚辯？往陶不退語余〔三〕，家藏卓老《西廂》，爲世所未見。因舉『風流隋何，浪子陸賈』二語，疊用照應，呼吸生動，乃評之曰：『一用妙，二用妙妙，三用以至五用，皆稱妙絕、趣絕。』又如『用頭巾語，甚趣』，『帶酸腐氣，可愛』，往往點出，皆人所絕不著意者，一經道破，煞有關情。在彼作者，亦不知技之至此極也。

卓老嘗言：『凡我批點，如長康點睛，他人不能代。』識此而後知卓老之書，無有不切中關鍵、開豁心胷、發我慧性者矣。夫《西廂》爲千古傳奇之祖，卓老所批又爲《西廂》傳神之祖。世不乏具眼，應有取證在，毋曰劇本也，當從李氏之書讀之矣。

崇禎歲庚辰仲秋之朔，醉香主人書於快閣〔四〕。

【箋】

〔一〕此序又見康熙間刻金聖歎評本卷首，見北京大學圖書館編著《不登大雅文庫珍本戲曲叢刊》第一冊影印康熙四十七年蘇州博雅堂刻本，唯『卓老』易爲『聖歎』。

〔二〕醉香主人：蔣星煜《李卓吾批本〈西廂記〉的特徵、眞僞與影響》一文以爲，醉香主人或姓陸。見其《明刊本西廂記研究》（中國戲劇出版社，一九八二，頁九五）。此本圖像中有陸喆、陸棨、陸璽、陸善等款署，可備考證。

〔三〕陶不退：卽陶珽（一五七三—約一六四八），字葛閬，號不退，又號稚圭，別署天台居士，姚安（今屬雲南）人。萬曆十九年辛卯（一五九一）舉人，三十八年庚戌（一六一〇）進士，官至武昌兵備道。編纂《續說郛》、《宋六十家文選》，刊刻《徑山藏》，著有《閬園集》。傳見錢謙益《初學集》卷三一《閬園集序》。陶珽爲李贄弟子，家藏李氏批評《西廂記》，或非無據。

〔四〕題署之後有印章二枚：陰文方章『快閣』，陽文方章『醉香主人』。快閣：其地當在紹興（今屬浙江）。

書十美圖後〔一〕

西湖古狂生〔二〕

夫惟生香難學，曠代所稀，是以繪畫偶精，一時共賞。顧虎頭戲圖鄰①女，不聞擅譽風流；吳道子妙絕鬼神，未見標名窈窕。至於傳奇模肖，更屬優孟衣冠。乃斯冊也，命旨絕去蹊畦，傳神不事筆墨。彼姝者子，眢宇間都有情思；匪直也人，湘素中盡堪晤對。若入代王之夢，依約苕華；

苟居吳子之宮，宛然輕霧。我方涉是耶非耶之想，君無作婉兮孌兮之觀。

庚辰陽月望日〔三〕，書《十美圖》後，西湖古狂生。

（以上均《國家圖書館藏西廂記善本叢刊》第一三冊影印明崇禎間西陵天章閣刻《李卓吾先生批點西廂記眞本》卷首〔四〕）

【校】

①鄰，《桐華閣校本西廂記》卷首作『麗』。

【箋】

〔一〕底本無題名。道光三年（一八二三）長白馮氏刻、吳蘭修校訂《桐華閣校本西廂記》卷首移錄此文，無題署。

〔二〕西湖古狂生：杭州（今屬浙江）人，姓名、生平均未詳。

〔三〕庚辰：崇禎十三年（一六四〇）。

〔四〕鄭振鐸《劫中得書續記》云：『《李卓吾先生批點西廂記眞本》（二卷，存上卷一冊，明末刊本）。余舊藏此本一部，卷首圖像已被奪去。後又收清初刊金聖歎評本《西廂記》，首有「十美圖」，甚精美，即從此本橅印者。然以不得原刊之圖像爲憾。孫助廉得此殘本一冊，祕不示人，且已寄平。余聞之，力促其寄回。乃得歸余所有。圖像原有二十幅，今僅存十幅有半。零縑斷簡，彌見珍異。刊工爲武林項南洲，亦當時名手之一。』（《鄭振鐸全集》第六卷，頁八八五—八八六）中國國家圖書館、清華大學圖書館，以及日本天理圖書館、大谷大學、慶應大學等，均藏此本。『西陵』或指蕭山。

李卓吾先生批點西廂記眞本總評〔一〕

闕　名

莊生《秋水篇》，靖節《閒情賦》，《長卿傳》，當與並傳，具眼者須不作劇本觀也。

（同上《李卓吾先生批點西廂記眞本》卷末）

【箋】

〔一〕底本無題名。

合評北西廂序

王思任〔一〕

傳奇一書，眞海内奇觀也。事不奇不傳，傳其奇而詞不能肖其奇，傳亦不傳。必繪景摹情，冷提忙點之際，每奏一語，幾欲起當場之骨，一一呵活跟前，而毫無遺憾。此非牙室利靈、筆巔老秀、才情俊逸者，不能道隻字也。實甫、漢卿，胡元絶代雋才，其描摹崔、張情事，絶處逢生，無中造有。本一俚語，經之即韻；本一常境，經之即奇；本一冷情，經之即熱。人人靡不膾炙之而尸祝之，良繇詞與事各擅其奇，故傳之世者永久不絶。

固陵孔如氏〔二〕，敏慎士也，非聖賢之書、正大之文不讀。兹刻《會眞》傳奇，請序於予。余以孔如氏素不悦此等奇書，今不惟好之，而且壽之木焉。或者證道於性，虚靜而難守；證道於情，靈動而善入耶？

然合刻三先生之評語者又謂何？大抵湯評玄箸超上，小摘短拈，可以立地證果；李評解悟英達，微詞緩語，可以當下解頤；徐評學識淵邃，辨謬疏玄，令人雅俗共賞。合行之，則庶乎人無不摯之情，詞無不豁之旨，道亦無不虞之性矣。故盡性之書，木鐸海內，而聾聵者茫然不醒；導情之書，挑逗吾儕，而頑冥者亦將點頭微笑。噫！兹刊之有功名教，豈淺眇者而可遽以淫戲之具目之也哉！

笑庵居士王思任題。

【箋】

〔一〕王思任（一五七五—一六四六）：字季重，號遂東，又號謔庵，别署笑庵居士、采薇子，山陰（今浙江紹興）人。萬曆二十二年甲午（一五九四）舉人，次年乙未（一五九五）進士，歷任陝西西平知縣、南工部主事等。崇禎六年（一六三三）遷九江僉事，尋因故黜罷。南明時任禮部右侍郎，進尚書。清順治三年（一六四六），紹興城破，避居山中，絕食而亡。著有《雜序》、《遊唤》等，合輯爲《王季重十種》。傳見錢謙益《列朝詩集小傳》丁集中、張岱《瑯嬛文集·傳》、邵廷寀《思復堂文集》卷二《傳》等。參見王思任自編，王鼎起、王霞起同訂《王季重先生自敘年譜》（清初山陰王圖錫、王圖錫刻本，鈔本）。

〔二〕孔如氏：姓名、生平未詳。今浙江蕭山西興鎮，古稱固陵，疑孔如氏爲蕭山人。

讀西廂記類語〔一〕

李　贄

《西廂》文字，一味以摹索爲工。如鶯、張情事，則從紅口中摹索之；老夫人及鶯意中事，則從張生口中摹索之。且鶯、張及老夫人未必實有此事也，的是鏡花水月，神品！

白易直，《西廂》之白能婉；曲易婉，《西廂》之曲能直。

《西廂》曲文字，如喉中溵出來一般，不見斧鑿痕、筆墨蹟也。

《西廂》、《拜月》，化工也；《琵琶》，畫工也。

作《西廂》者，妙在竭力描寫鶯之嬌癡，張之笨趣，方爲傳神。若寫作淫婦人、風浪子模樣，便河漢矣。在紅則一味滑利機巧，不失使女家風。讀此記者，當作如是觀。

讀《水滸傳》，不知其假；讀《西廂記》，不厭其煩。文人從此悟入，思過半矣。

讀別樣文字，精神尚在文字裹；讀至《西廂》曲，便只見精神，並不見文字耳。咦，異矣哉！

嘗讀短文字，卻厭其多；一讀《西廂》曲，反反覆覆，重重疊疊，又嫌其少，何也？

《西廂》，記耶，曲耶，白耶，文章耶？紅耶，鶯耶，張耶？讀之者，李卓吾耶？俱不能知，倘有知之者耶？

【箋】

〔一〕此文略同於上海圖書館藏萬曆三十八年（一六一〇）夏虎林容與堂刻本《李卓吾先生批評北西廂記》第十齣、第二十齣之總批，文字稍有出入。

湯若士先生敍〔一〕

湯顯祖

病鬼依人，宦情索寞。余守病家園，傲骨日峭。朝語官箴，則漱松風吹去；高人韻士，忙開竹戶迎來。兼喜穠文豔史，時時遊戲眼前，或點或評，不知不識。今日得意慣，塗硃潑墨，春風撲面撩人；明日拂意慣，挾矢操戈，怒氣滿腔唐突。此皆一時無聊病況，初非有意於某爲善而善之，某爲惡而惡之者也。

茲崔張一傳，微之造業於前，實甫、漢卿續業於後，人靡不信其事爲實事。余讀之，隨評之，人信亦信，茫不解其事之有無。好事者輒以旦暮不能自必之語，直欲公行海內，冤哉！毒哉！陷余以無間罪獄也。

嗟乎！事之所無，安知非情之所有？情之所有，又安知非事之所有？余評是傳，惟在有有無無之間。讀者試作如是觀，則無聊點綴之言，庶可不坐以無間罪獄；而有有無無之相，亦可與病鬼宦情而俱化矣。

（以上均明崇禎間固陵孔如氏刻本《三先生合評元本北西廂》卷首〔二〕）

【箋】

〔一〕湯若士：即湯顯祖（一五五〇—一六一六），號若士，生平詳見本書卷四《玉茗堂四夢》條解題。

〔二〕傅惜華《元雜劇全目》著録此本爲『明崇禎間彙錦堂刻本』，蓋據吳希賢編《所見中國古代小説戲曲版本圖録》影印之此書書名頁題署『彙錦堂藏板』。今所見存本均無『彙錦堂藏板』字樣。

王實甫西廂序

王思任

《詩三百》而蔽之以『思』，何也？思起於心，而心不能出。夫其有所憤悱焉，有所感嘆焉，有所呻吟焉，而各隨其思之到，欠以爲聲之工拙，故曰『思』則得之。《國風》，精於思者也，忽一語焉，創之曰『窈窕』。『窈』何解也？『窕』何解也？聞之乎？見之乎？抑有所本乎？嗣後屈原得之曰『要眇』，宋玉得之曰『嫣然』，武帝得之曰『遺世』，太史公得之曰『放誕』，淵明得之曰『閒情』，太白得之曰『擲心賣眼』，少陵得之曰『意遠態濃』，而思路如岷觴漸濫矣。

《西廂》譜元微之事，凡數本，俱可觀，而王實甫獨登峯造極。凡曲皆生首，《西廂》獨首鄭及鶯，以爲有天姥之教，而後發塗山之歌，誨子夜之造也。不從老陰少陰生耦，則無以起奇也。兒女之情，千曲萬曲，非厭襲可嘔，即戾幻不情。間有文章綜錯，不過山異海肴，斷不能出粱肉之上。蓋味至粱肉①，所謂無以尚之，是造物者設味之極思也。此書何以異此？思起於佛殿，終於草橋。既至草橋，亦可罷，得而無已之求，實甫實有以侈之。然觀其詞章，變化高妙，入聖通神，上至九天，下至九淵，而終不出其位。或者實甫身有此事，而借微之以極其思，未可知也。雖然，思之既得，又不如其未得就歡而後賴有夢思。善讀《西廂》者，把臂入林，只當以酒澆之，躍起三尺，曰：『天壤之間，乃有實甫！』

（中國國家圖書館藏明末刻本《王季重先生文集》卷二）

【校】

①肉，底本作『内』，據前文改。

諶庵評西廂記題詞〔一〕

黎遂球〔二〕

《西廂記》評注者，近傳數家，或按北曲舊譜刪正，或穿鑿添改以媚時目，不知以狗續貂、梟續鶴，固爲可恨。卽屈情就法，安知實甫、漢卿當日興趣所屬，無湯臨川『雪景巴蕉』之筆？朱赤粉白，增長減短，正如美人自有眞色。

諶庵先生獨能取元本，傳神寫照，以阿堵中示人。諶庵風流絶世，年少看花長安，擲果滿車，離魂附體，往多傳爲佳話。今則稱方朔小兒，與脈望爲侶，仙才慧業，爲當代詞壇第一。以宋玉、相如賦《神女》、《美人》，故應作寧馨爾爾。

予寄贈諶庵《讀書佳山水》，有云：『每憶文君占杜詩，王郎今讓與西施。』嘗想雙文卽西施現身，諶庵更狠詈吳兒，謂是記改作南腔，如焚琴殺鶴，爲可痛恨。因笑謂：『西施當日，亦未免遭吳兒一劫。今詎庵爲雙文雪恥，又何啻少伯載西施去五湖時？宜其慰藉調笑，憨態百出，嫣然放觜相視也。觀者定羨新婦得配參軍，應不復敢作唐突想。』

（《四庫禁燬書叢刊》集部第一八三冊影印
清康熙間黎延祖刻本《蓮鬚閣集》卷一八）

【箋】

〔一〕詎庵：即王思任（一五七四—一六四六），號詎庵。

〔二〕黎遂球（一六〇二—一六四六）：字美周，番禺（今屬廣東）人。天啓七年丁卯（一六二七）舉人，再應會試不第。時進士鄭元勳（一五九八—一六四五）集四方名士於揚州影園，賦黃牡丹詩，由錢謙益（一五八二—一六六四）品題。黎遂球南還經此，即席成十首，冠於羣賢，時稱『牡丹狀元』。崇禎間，陳子壯（一五九六—一六四七）薦爲經濟名儒，以母老不赴。南明隆武朝，官兵部職方司主事，提督廣東兵援贛州。城破殉難，謚忠愍。著有《易史》、《周易爻物當名》、《蓮鬚閣集》等。傳見徐秉義《明末忠烈紀實》卷一三、徐鼒《小腆紀傳》卷二七等。

北西廂古本序

張明弼〔一〕

天下果有雅正之書乎哉？果有淫邪之書乎哉？琴張子曰：無有也。以雅正之心而緯之，無淫邪非雅正也；以淫邪之心而緯之，無雅正非淫邪也。古之禪衲，有聽淫舍之歌，聞挽郎之唱，而霍然大悟者，非淫歌、挽唱有《首楞》堅固之義也。今之目傾心惑，繫情女鑠者，非其所業孔孟之書，亦有游冶佻㒓之誨也。正邪咸其人爲之，書何功何咎焉？是故詞曲者，詩之餘也。詩之號雅正者，無如《周南》、《召南》。解《周南》者曰：『《關雎》，咏思賢也。』顧吾疑之，何爲不思賢士而思淑女也？且其詞曰『寤寐思服』，曰『輾轉反側』，若以童心附之，是何異於《西廂》之『倒枕搥牀』也？解《召南》者曰：『《死麕》，咏女子之貞潔自守也。』顧吾疑之，凡爲貞女者，決不借人以色。今其詞曰『舒而脱脱』，亦謂之『姑徐徐』云爾。曰『無感我帨』，曰『無使尨吠』，爲女子而令人見其帨，驚其犬，不已太親狎乎？若以童心附之，又何異於《西廂》之『悄悄冥冥』、『潛潛等等』也。『二南』且然，又況《静女》之『歸荑』，上宫之『采唐』，竟爲《麗情》之先鞭也哉！故曰：以淫邪之心而緯之，無雅正非淫邪也。

夫往蹟之淫，誠有之，如『雌鳳乍奔乎琴心，屋茨徐竊乎香氣』，無長者之命，無媒妁之辭。以是爲淫，則誠淫耳。若夫崔、張之事，初以兵婚，解人之難，而撫有其孤，此道學之所不禁也。信誓旦旦，言笑晏晏，青天猶在，老嫗負盟。若使張而別耦，非薄倖乎？崔而改適，非棄節乎？使紅而不善周旋，非敗美乎？夫是以徵詩榻下，遲響絃端。赴義不必規行，蹈禮何煩儒步？其則張之結情，不減於尾生之信也；崔之委身，不殊於《柏舟》之志也；紅之往來其間，不遜於崑崙、黄衫之豪也。以是評之，《雅》、《頌》、《曲禮》，豈勝於是？

且其文詞之愜妙，吾謂與《論語》、《離騷》、《史記》可以並驅。何也？《論語》者，議道之極致也；《離騷》者，寫怨之極致也；《史記》者，敍古之極致也；《西廂》者，詮情之極致也。千萬年以上，千萬年以下，凡良士淑媛，胷中舌底，所欲吐之豔音雋響，《西廂》皆以尺管膠粘而絲貫之，不遺釐寸。他人卽殫思弊毫，自驚得句，還繹是書，不過其賸詞剩緒而已。豈非詮情之極致，與《論語》諸書并不腐於天壤者哉！以其事則不戾於經，以其詞則自踞乎絕，文人雅士何爲而不可讀是書也？

吾友陽羨陳太史〔二〕，詞情雙妙，顧曲稱最，嘗悼古本浸淫，將掩崔、張之色，因廣搜諸本，定爲一書，而屬序於予。予戲語之曰：『是書也，非本淫邪之書，而雅正之書也。君較定之功，當與注《離騷》諸書者角久遠，異時得無配食崔、張之席乎哉？

（中國國家圖書館藏明崇禎間刻本《張公亮先生癸甲螢芝集》卷一）

【箋】

〔一〕張明弼（一五八四—一六五二）：字公亮，號琴牧，自號琴張子、琴張居士，金壇（今屬江蘇）人。崇禎二年（一六二九）入復社。六年癸酉（一六三三）舉人，十年丁丑（一六三七）進士，授廣東揭陽知縣，官至戶部陝西司主事。輯評冒襄《樸巢詩選》。著有《評琴張子禪粟林》（周鑣評）、《琴張子螢芝集》、《張公亮先生癸甲螢芝集》、《榕城二集》、《螢芝全集》等。傳見顧景星《白茅堂集》卷四〇、乾隆《金壇縣志》卷八、光緒《金壇縣志》卷九等。參見柯愈春《清代戲曲家疑年考略（一）·張明弼》（《文獻》一九九六年第三期）。

〔二〕陳太史：即陳于鼎（一五九九—一六六一），字爾新，號實庵，別署南山逸史，室名嘯齋，宜興（今屬江蘇）人。天啟元年辛酉（一六二一）舉人。崇禎元年戊辰（一六二八）進士，選庶吉士，授編修，因居鄉不謹而罷職。弘光時，官翰林院掌院正詹事，遷左春坊左庶子。順治二年（一六四五）降清，北上，授弘文館編修。旋革職南還，僦居京口。十六年，因交通鄭成功（一六二四—一六六二）入獄；十八年，處決。工詩詞，精音律。撰《麟旨定》。編撰《西廂記》簡本《待月記》（含《佛殿》、《解圍》、《聽琴》、《草橋》四出），已佚（見張明弼《癸甲螢芝集》卷二《和陳實庵待月記四詠》）。撰雜劇十種，現存《半臂寒》、《長公妹》、《中郎女》、《京兆眉》、《翠鈿緣》，收入鄒式金《雜劇新編》。傳見顧予咸《翰林院左庶子陳公墓表》（《亳州陳氏家乘》卷一一、柳詒徵《里乘》第一輯）、徐鼒《小腆紀傳》卷六三《貳臣傳》等。參見柯愈春《〈北西廂古本〉校定者陳實庵》（《文獻》一九九一年第二期）、陸勇强《清代曲家疑年考辨》（《戲曲藝術》二〇〇四年第一期）。

題北西廂記

鄭　鄤〔一〕

不讀《西廂記》，不知文情之至也。不有如此情，不可以言文；不有如此文，不能以寫情。文不至而言情，其情必蠢；情不至而言文，李十郎人日【宜春令】，何足道哉？元氏《會眞記》，情之未至者也。考其軼事，多有遺恨。董、王演爲傳奇，意在補雙文之缺；而實甫止於驚夢，不及榮歸，此意尤微；關漢卿從而綴成之，非也。若傳訛本，多填雜字。近日改爲南調，尤足嘔穢。余問時歈，率以北調爲苦；及詢知音故老，則云惟南教坊尚有傳者，所存亦不過數人，年皆近耄矣。

夫漢唐之樂府、宋人之詞、元人之曲，今皆不入歌場。遞沿而下，將何所底？偶得張長君善本〔二〕，戲爲點校以傳，獨删去首齣【賞花時】小引。嘗慨昔人都無忌諱，今殊不然，則亦猶通俗之義也。

（《四庫禁燬書叢刊》集部第一二六冊影印民國間刊《峚陽草堂文集》卷之九）

【箋】

〔一〕鄭鄤（一五九四—一六三九），生平詳見本書卷十一《選曲》條解題。

〔二〕張長君：本書卷二《西廂記》所載《附劉麗華題辭》中有『長君嘗示余崔氏墓文』，其後按語中稱：『所云長君，則吳人張姓，蓋雅與麗華狎者。』張長君具体生卒年和生平不詳。

跋西廂記

羅明祖〔一〕

情寡自屬微之。西廂時，崔非有狂童之贈也，倘琴心不動，則不墮風流之案矣。自作之孽，反以尤物加人而以補過。蓋崔之拒而弗見，正自恨其一念之差，輕以身付匪人，遂至中道棄捐。然不女非不婦也。其怏怏逮斃，豈復泛泛情瀾？今觀之生平，始而忤璫，終而媚璫，未必不陰受佳人之幽魂顛倒矣。東嘉自謂《琵琶》有關風化，不知實甫之麗筆旖旎，大意要人慎終於始，不啻《詩》之有《鄭》、《衛》也。《草橋驚夢》，其大夢耶？其大覺耶？

（《四庫禁燬書叢刊·集部》第八四冊影印清順治十年古處齋刻本《羅紋山先生全集》卷四）

【箋】

〔一〕羅明祖（一六〇〇—一六四三）：字宣明，號晝人，别署紋山，永安（今屬福建）人。天啓七年丁卯（一六二七）舉人，崇禎四年辛未（一六三一）進士，授華亭知縣。遷繁昌、蕭山、襄陽。棄官歸鄉，創紋山書院。著有《羅紋山先生全集》。傳見李世熊《羅紋山先生傳》（清順治十年鄧可權序刻本《羅紋山先生全集》卷首）等。

詳校元本西廂記序

黄　培〔一〕

王實甫、關漢卿《西廂記》，千秋不刊之奇書也。歷年既久，或經俗筆增減，迂僻點竄；或伶人便於諧俗，遂至日訛日甚。予留心殆二十年，惟周憲王及李卓吾本差善〔二〕。崇禎辛巳，乃於朱成國邸見古本二冊〔三〕，時維至正丙戌三月，其精工可侔宋板，蓋不啻獲琛寶焉。借校，盡五日始畢。擬發刻未遑，而日月逝矣。不永其傳，究將湮廢。萬事已矣，亦復何所事哉！謹壽諸棗梨，期垂久遠，俾具眞鑒者，不爲時本所亂，亦大快事。噫！是亦摩詰之所謂空門云爾。

有謂北曲每本止四折，其情事長而非四折所能竟，則另分爲一本。故周本作五本，本首各有題目正名四句，末以【絡絲娘煞尾】結之，爲承上接下之詞。察每本四折，雜劇體耳，全本或未然。得覩元刻，益悉偏執之隘，故拈出之。凡曲中時本錯誤字，略注於上。其易鑒別與白中字句，不盡及。

含章館主人封岳識。

（《國家圖書館藏西廂記善本叢刊》第一八冊影印清順治間含章館刻本《詳校元本西廂記》卷首）

【箋】

〔一〕黃培（一六〇四—一六六九）：字孟堅，號封岳，別署含章館主人，卽墨（今屬山東）人。祖父黃嘉善（一五四九—一六二四），官至兵部尚書，加封太子太師。襲祖蔭，出任錦衣衛指揮僉使。明亡不仕。康熙八年（一六六九），因所著《含章館詩集》案，以『背負本朝，心懷明季』之罪被處死。參見宋璉《錦衣衛提督街道都指揮同知墓志銘》，收入卽墨市政協文史資料研究委員會編印《黃培文字獄案》（青島市新聞出版局，二〇〇一）。

〔二〕周憲王：卽朱有燉（一三七九—一四三九），生平詳見本書卷三《張天師明斷辰鈎月》條解題。

〔三〕朱成國：成國公乃明代世襲公爵，始封於明成祖朱棣靖難名將朱能（一三七〇—一四〇六）。崇禎間所謂『朱成國』，當卽朱純臣（？—一六四四），萬曆三十九年（一六一一）襲爵，崇禎三年（一六三〇）加太傅，九年總京營，十七年三月爲李自成軍所殺。

（貫華堂第六才子書西廂記）序一曰慟哭古人

金聖歎〔一〕

或問於聖歎曰：『《西廂記》何爲而批之、刻之也？』聖歎悄然動容，起立而對曰：嗟乎！我亦不知其然，然而於我心則誠不能以自已也。今夫浩蕩大劫，自初迄今，我則不知其有幾萬萬年月也。幾萬萬年月，皆如水逝雲卷，風馳電掣，無不盡去，而至於今年今月而暫有我。此暫有之我，又未嘗不水逝雲卷、風馳電掣而疾去也，然而幸而猶尚暫有於此。幸而猶尚暫有於此，則我將以何等消遣而消遣之？我比者亦嘗欲有所爲，既而思之，且未論我之果得爲與不得爲，亦未論爲之果得成與不得成。就使爲之而果得爲，乃至爲之而果得成，是其所爲與所成，則有不水逝雲卷、風馳電掣而盡去耶？夫未爲之而欲爲，既爲之而盡去，我甚矣嘆欲有所爲之無益也。然則我殆無所欲爲也。夫我誠無所欲爲，則又何不疾作水逝雲卷，風馳電掣，頃刻盡去，而又自以猶尚暫有爲大幸甚也？甚矣，我之無法而作消遣也。

細思我今日之如是無奈，彼古之人，獨不曾先我而如是無奈哉？我今日所坐之地，古之人其先坐之；我今日所立之地，古之人之立之者，不可以數計矣。夫古之人之坐於斯，立於斯，必猶如我之今日也，而今日已徒見有我，不見古人。彼古人之在時，豈不默然知之，然而又自知其無奈，故遂不復言之也。此眞不得不致憾於天地也，何其甚不仁也！既已生我，便應永在；脱不能爾，便應勿生。如之何本無有我，我又未嘗哀哀然丐之曰：『爾必生我。』而無端而忽然生我，無端而忽然生者又正是我。無端而忽然生一正是之我，又不容之少住。無端而忽然生之又不容少住者，又最能聞聲感心，多有悲涼。嗟乎，嗟乎！我眞不知何處爲九原，云何起古人？如使眞有九原，眞起古人，豈不同此一副眼淚同欲失聲大哭乎哉！

乃古人則且有大過於我十倍之才與識矣。彼謂天地非有不仁，天地亦眞無奈也。欲其無生，或非天地；既爲天地，安得不生？夫天地之不得不生，是則誠然有之，而遂謂天地乃適生我，此豈理之當哉？天地之生此芸芸也，天地殊不能知其爲誰也；芸芸之被天地生也，芸芸亦皆不必自知其爲誰也。必謂天地今日所生之是我，則夫天地明日所生之固非我也；然而天地明日所生，又各各自以爲我，則是天地反當茫然不知其罪之果誰屬也。夫天地眞未嘗生我而生而適然是我，是則我亦聽其生而已矣。天地生而適然是我，而天地終亦未嘗生我，是則我亦聽其水逝雲卷、風馳電掣而去而已矣。我既前聽其生，後聽其去，而無所於惜，是則於其中間幸而猶尚暫在，我亦於無法作消遣中隨意自作消遣而已矣。得如諸葛公之躬耕南陽，苟全性命，可也，此一消遣法也；既而又因感激三顧，許人驅馳，食少事煩，至死方已，亦可也，亦一消遣法也。或如陶先生之不願折腰，飄然歸來，可也，亦一消遣法也；既而又爲三旬九食，飢寒所驅，叩門無辭，至圖冥報，亦可也，又一消遣法也。天子約爲婚姻，百官出其門下，堂下建牙吹角，堂後品竹彈絲，可也，又一消遣法也。日中麻麥一餐，樹下冰霜一宿，說經四萬八千，度人恆河沙數，可也，亦一消遣法也。何也？我固非我也。未生已前，非我也；既去已後，又非我也。然則今雖猶尚暫在，實非我也。既已非我，我欲云何？抑既已非我，我何不云何？

且我而猶望其是我也，我決不可以有少誤；我而既已決非我矣，我如之何不聽其或誤，乃至或大誤耶？誤而欲以非我者爲我，此固誤也；然而非我者，則自誤也，非我之誤也。又誤而欲以此我作諸鄭重，極盡寶護，至於不免呻吟啼哭，此固大誤也；然而非我者則自大誤也，非我之大誤也。又誤而至欲以此我窮思極慮，長留痕迹，千秋萬世，傳道不歇，此固大誤之大誤也；然而總之，非我者則自大誤大誤也，非我之大誤大誤也。

既已誤其如此，於是而以非我者之日月，誤而任我之唐喪，可也；以非我者之才情，誤而供我之揮霍，可也。以非我者之左手，誤爲我摩非我者之腹；以非我者之右手，誤爲我撚非我者之鬚，可也。非我者撰之，我吟之；非我者吟之，我聽之；非我者聽之，我足之蹈之，手之舞之；非我者足蹈而手舞之，我思有以不朽之，皆可也。硯，我不知其爲何物也。既已同①謂之硯矣，我亦謂之硯，可也。墨，我不知其爲何物也。筆，我不知其爲何物也；紙，我不知其爲何物也；手，我不知其爲何物也；心思，我不知其爲何物也。既已同謂之云云矣，我亦謂之云云，可也。窗明几淨，此何處也？人曰此處，我亦謂之此處也。風清日明，此何日也？人曰今日，我亦謂之今日也。蜂穿窗而忽至，蟻緣檻而徐行，我不能知蜂蟻，蜂蟻亦不知我。我今日而暫在，斯蜂蟻亦暫在；我倏忽而爲古人，則是此蜂亦遂爲古蜂，此蟻亦遂爲古蟻也。我今日天清日朗，窗明几淨，筆良硯精，心撰手寫，伏承蜂蟻來相證照，此不世之奇緣，難得之勝樂也。若後之人之讀我今日之文，則眞未必知我今日之作此文時，又有此蜂與此蟻也；夫後之人而不能知我今日之有此蜂與此蟻，然則後之人竟不能知我之今日之有此我也。後之人之讀我之文者，我則已知之耳，其亦無奈水逝雲卷、風馳電掣，因不得已，而取我之文，自作消遣云爾。後之人之讀我之文，卽使其心無所不得已，不用作消遣，然而我則終知之耳，是其終亦無奈水逝雲卷、風馳電掣者耳。

我自深悟：夫誤，亦消遣法也；不誤，亦消遣法也；不誤不妨仍誤，亦消遣法也。是以如是其刻苦也。刻苦也者，欲其精妙也。欲其精妙也者，我之孟浪也。我之孟浪也者，我既了悟也。我既了悟也者，我本無謂也。我本無謂也者，仍即我之消遣也，我安計後之人之知有我與不知有我也？嗟乎！是則古人十倍於我之才識也，我欲慟哭之，我又不知其爲誰也。我是以與之批之刻之也。我與之批之刻之，以代慟哭之也。夫我之慟哭古人，則非慟哭古人，此又一我之消遣法也。

【校】

①同，底本作『固』，據下文例改。

【箋】

〔一〕金聖歎（一六〇八—一六六一）：名采，字若采；又名人瑞，法號聖歎，別署唱經子、唱經先生、涅槃學人、大易學人，室名沈吟樓、貫華堂、唱經堂，長洲（今江蘇蘇州）人。弱冠，以張人瑞名補吴縣庠生。後屢試未第，以塾師爲生。善扶乩。順治十八年（一六六一），以『哭廟案』被斬首。著有《唱經堂才子書》、《沈吟樓詩選》、《金聖歎才子尺牘》等。批點《水滸傳》、《西廂記》、《天下才子必讀書》、《唐才子詩》、《大題才子書》、《小題才子書》等。傳見廖燕《二十七松堂集》卷一四《傳》、《碑傳集補》卷四四、《清代七百名人傳》、《皇清書史》卷二二、闕名《哭廟紀略》、闕名《辛丑紀聞》等。參見徐朔方《金聖歎年譜》（《晚明曲家年譜·蘇州卷》），陸林《金聖歎史實研究》。

（貫華堂第六才子書西廂記）序二曰留贈後人

金聖歎

前乎我者爲古人，後乎我者爲後人。古人之與後人，則皆同乎？曰：皆同。古之人不見我，後之人亦不見我，既已皆不見，則皆屬無親，是以謂之皆同也。然而我又忽然念之：古之人不見我矣，我乃無日而不思之；後之人亦不見我，我則殊未嘗或一思之也。觀於我之無日不思古人，則知後之人之思我必也；觀於我之殊未嘗或一思及後人，則知古之人之不我思，此其明驗也。如是則古人與後人，又不皆同。蓋古之人，非惟不見，又復不思，是則眞可謂之無親。若夫後之人之雖不見我，而大思我。其不見我，非後人之罪也，不可奈何也。若其大思我，此眞後人之情也，如之何其謂之無親也？是不可以無所贈之，而我則將如之何其贈之？

後之人必好讀書，讀書者必仗光明。光明者，照耀其書，所以得讀者也。我請得爲光明，以照耀其書，而以爲贈之。則如日月天既有之，而我又不能以其身爲之膏油也，可奈何？後之人既好讀書，讀書者必好友生。友生者，忽然而來，忽然而去，忽然而不來，忽然而不去。此讀書而喜，則此讀之，令彼聽之；此讀書而疑，則彼讀之，令此聽之。既而並讀之、並聽之，既而並坐不讀，又大歡笑之者也。我請得爲友生，並坐並讀，並聽並笑，而以爲贈之。則如我之在時，後人既未及來；至於後人來時，我又不復還在也，可奈何？後之人既好讀書，又好友生，則必好彼名山大河、奇樹妙花。名山大河、奇樹妙花者，其胷中所讀之萬卷之書之副本也。於讀書之時，如入名山，如泛大河，如對奇樹，如拈妙花焉；於入名山、泛大河、對奇樹、拈妙花之時，如又讀其胷中之書焉。後之人既好讀書，又好友生，則必好於好香、好茶、好酒、好藥。好香、好茶、好酒、好藥者，讀書之暇，隨意消息，用以宣導沉滯，發越清明，鼓蕩中和，補助榮華之必資也。我請得化身百億，既爲名山大河、奇樹妙花，又爲好香、好茶、好酒、好藥，而以爲贈之。則如我自化身於後人之前，而後人乃初不知此之爲我之所化也，可奈何？後之人既好讀書，必又好其知心青衣。知心青衣者，所以霜晨雨夜，侍立於側，異身同室，並興齊住者也。我請得轉我後身，便爲知心青衣，霜晨雨夜，侍立於側，而以爲贈之。則如可以鼠肝，又可以蟲臂，偉哉造化，且不知彼將我其奚適也，可奈何？

無已，則請有說於此。擇世間之一物，其力必能至於後世者；擇世間之一物，其力必能至於後世，而世至今猶未能以知之者；擇世間之一物，其力必能至於後世，而世至今猶未能以知之，而我適能盡智竭力，絲毫可以得當於其間者。夫世間之一物，其力必能至於後世者，則必書也；夫世間之書，其力必能至於後世，而世至今猶未能以知之者，則必書中之《西廂記》也；夫世間之書，其力必能至於後世，而世至今猶未能以知之，而我適能盡智竭力，絲毫可以得當於其間者，則必我比日所批之《西廂記》也。夫我比日所批之《西廂記》，我則眞爲後之人思我，而我無以贈之，故不得已而出於斯也。我眞不知作《西廂記》者之初心，其果如是，其果不如是也。設其果如是，謂之今日始見《西廂記》，可；設其果不如是，謂之前日久見《西廂記》，今日又別見聖歎《西廂記》，可。總之，我自欲與後人少作周旋，我實何曾爲彼古人致其矻矻之力也哉？

（以上均《不登大雅文庫珍本戲曲叢刊》第一冊影印清康熙四十七年蘇州博雅堂刻本《貫華堂繪像第六才子西廂記》卷一（二））

【箋】

（一）金聖歎批評《西廂記》，現存清順治間貫華堂原刻本《貫華堂第六才子書西廂記》。據原刻本翻刻或重刻之版本，有清康熙間大業堂刻本、文苑堂刻本、四美堂刻本、世德堂刻本、俞氏博雅堂刻本、懷永堂刻巾箱本，雍正間成裕堂刻巾箱本、三槐堂刻巾箱本，乾隆間書業堂刻本、文德堂刻本、寶淳堂寫刻本，嘉慶間文盛堂刻本、三槐堂刻本，光緒間善成堂刻本等。此外，鄒聖脈彙注本（題《繡像妥注第六才子書》），有乾隆間樓外樓刻本、尚友堂刻本、九如堂刻本，同治間刻本等；鄧汝寧注本（題《靜軒合訂評釋第六才子西廂記文機合趣》、《增補箋注繪像第六才子書西廂記》、《吳吳山三婦評箋注釋第六才子書》），有乾隆間新德堂刻本、致和堂刻本、周氏琴香堂刻本，嘉慶間致和堂刻本、尚美堂刻本、五雲樓刻本、文苑堂刻本，道光間文苑堂刻巾箱本等；周昂增訂本，有清乾隆六十年（一七九五）此宜閣刻朱墨套印本，光緒二年（一八七六）如是山房刻本等。參見傅曉航《金批西廂諸刊本紀略》（《戲曲研究》第二〇輯，文化藝術出版社，一九八六）。諸本金聖歎原序及《讀法》、《總評》等文字略同，不一一出校。

讀第六才子書西廂記法

金聖歎

一、有人來說：『《西廂記》是淫書。』此人後日定墮拔舌地獄。何也？《西廂記》不同小可，乃是天地妙文。自從有此天地，他中間便定然有此妙文。不是何人做得出來，是他天地直會自己劈空結撰而出。若定要說是一個人做出來，聖歎便說：此一個人，即是天地現身。

二、《西廂記》斷斷不是淫書，斷斷是妙文。今後若有人說是妙文，有人說是淫書，聖歎都不與做理會。文者見之謂之文，淫者見之謂之淫耳。

三、人說《西廂記》是淫書，他止爲中間有此一事耳。細思此一事，何日無之，何地無之？不成天地中間有此一事，便廢卻天地耶？細思此身，自何而來，便廢卻此身耶？一部書，有如許纚纚洋洋無數文字，便須看其如許纚纚洋洋是何文字，從何處來，到何處去，如何直行，如何打曲，如何放開，如何捏聚，何處公行，何處偷過，何處慢搖，何處飛渡。至於此一事，直須高閣起不復道。

四、若說《西廂記》是淫書，此人只須扑，不必教。何也？他也只是從幼學一冬烘先生之言，一入於耳，便牢在心。他其實不曾眼見《西廂記》，扑之還是冤苦。

五、若眼見《西廂記》了，又說是淫書，此人則應扑乎？曰：扑之亦是冤苦，此便是冬烘先生耳。當初造《西廂記》時，原發願不肯與他讀，他今日果然不讀。

六、若說《西廂記》是淫書，此人有大功德。何也？當初造《西廂記》時，發願只與後世錦繡才子共讀，曾不許販夫皂隸也來讀。今若不是此人揎拳捋臂，拍櫈搥牀，罵是淫書時，其勢必至無人不讀，曳盡天地妙祕，聖歎大不歡喜。

七、《世說新語》云：『《莊子·逍遙遊》一篇，舊是難處。』開春無事，不自揣度，私與陳子瑞躬，風雨聯牀，香爐酒杯，縱心縱意，處得一上。自今以後，普天下錦繡才子，同聲相應，領異拔新，我二人便做文公、許史去也。

八、聖歎《西廂記》，秖貴眼照古人，不敢多讓。至於前後著語，悉是口授小史，任其自寫，並不更曾點竄一遍，所以文字多有不當意處。蓋一來雖是聖歎天性貪懶，二來實是《西廂》本文，珠玉在上，便教聖歎點竄殺，終復成何用？普天下後世，幸恕僕不當意處，看僕眼照古人處。

九、聖歎本有『才子書』六部，《西廂記》乃是其一。然其實六部書，聖歎只是用一副手眼讀得。如讀《西廂記》，實是用讀《莊子》、《史記》手眼讀得；便讀《莊子》、《史記》，亦只用讀《西廂記》手眼讀得。如信僕此語時，便可將《西廂記》與子弟作《莊子》、《史記》讀。

十、子弟至十四五歲，如日在東，何書不見？必無獨不見《西廂記》之事。今若不急將聖歎此本與讀，便是眞被他偷看了《西廂記》也。他若得讀聖歎《西廂記》，他分明讀了《莊子》、《史記》。

十一、子弟欲看《西廂記》，須教其先讀《國風》。蓋《西廂記》所寫事，便全是《國風》所寫事。然《西廂記》寫事，曾無一筆不雅馴，便全學《國風》寫事，曾無一筆不雅馴；《西廂記》寫事，曾無一筆不透脱，便全學《國風》寫事，曾無一筆不透脱。敢療子弟筆下雅馴不透脱、透脱不雅馴之病。

十二、沉潛子弟，文必雅馴，苦不透脱；高明子弟，文必透脱，苦不雅馴。極似分道揚鑣，然實同病別發。何謂同病？只是不換筆。蓋不換筆，便道其不透脱；不換筆，便道其不雅馴也。何謂別發？一是停而不換筆，一是走而不換筆。蓋停而不換筆，便有似於雅馴，而實非雅馴；

走而不換筆，便有似於透脫，而實非透脫也。夫眞雅馴者，必定透脫；眞透脫者，必定雅馴。問誰則能之？曰《西廂記》能之。夫《西廂記》之所以能之，只是換筆也。

十三、子弟讀得此本《西廂記》後，必能自放異樣手眼，另去讀出別部奇書。遙計一二百年之後，天地間書，無有一本不似十日並出。此時則彼一切不必讀、不足讀、不耐讀等書，亦既廢盡矣，眞一大快事也。然實是此本《西廂記》爲始。

十四、僕昔因兒子及甥姪輩，要他做得好文字，曾將《左傳》、《國策》、《莊》、《騷》、《公》、《穀》、《史》、《漢》、韓、柳、三蘇等書，雜撰一百餘篇，依張侗初先生《必讀古文》舊名，只加『才子』二字，名曰《才子必讀書》。蓋致望讀之者之必爲才子也。久欲刻布請正，苦①因喪亂，家貧無貲，至今未就。今既呈得《西廂記》，便亦不復更念之矣。

十五、文章最妙，是目注彼處，手寫此處；若有時必欲目注此處，則必手寫彼處。一部《左傳》，便十六都用此法。若不解其意，而目亦注此處，手亦寫此處，便一覽已盡。《西廂記》最是解此意。

十六、文章最妙，是目注此處，卻不便寫，卻去遠遠處發來，迤邐寫到將至時，便且住；卻重去遠遠處更端再發來，再迤邐又寫到將至時，便又且住。如是更端數番，皆去遠遠處發來，迤邐寫到將至時，即便住，更不復寫出目所注處，使人自於文外瞥然親見。《西廂記》純是此一方法，《左傳》、《史記》亦純是此一方法。最恨是《左傳》、《史記》急不得呈教。

十七、文章最妙，是先覷定阿堵一處，已卻於阿堵一處之四面，將筆來左盤右旋，右盤左旋，再不放脱，卻不擒住。分明如獅子滚毬相似，本只是一個毬，卻教獅子放出通身解數，一時滿棚人看獅子，眼都看花了，獅子卻是並沒交涉。人眼自射獅子，獅子眼自射毬，蓋滚者是獅子，而獅子之所以如此滚，如彼滚，實都爲毬也。《左傳》、《史記》便純是此一方法，《西廂記》亦純是此一方法。

十八、文章最妙，是此一刻被靈眼覷見，便於此一刻放靈手捉住。蓋於略前一刻亦不見，略後一刻便亦不見，恰恰不知何故，卻於此一刻忽然覷見，若不捉住，便更尋不出。今《西廂記》若《千字文》，皆是作者於不知何一刻中，靈眼忽然覷見，便疾捉住，因而直傳到如今。細思萬千年以來，知他有何限妙文，已被覷見，卻不曾捉得住，遂總付之泥牛入海，永無消息。

十九、今後任憑是絶代才子，切不可云：此本《西廂記》，我亦做得出也。便教當時作者而在，要他燒了此本，重做一本，已是不可復得。縱使當時作者，他卻是天人，偏又會做得一本出來，然既是别一刻所覷見，便用别樣捉住，便是别樣文心，别樣手法，便别是一本，不復是此本也。

二十、僕今言靈眼覷見，靈手捉住，卻思人家子弟，何曾不覷見，只是不捉住。蓋覷見是天付，捉住須人工也。今《西廂記》，實是又會覷見，又會捉住。然子弟讀時，不必又學其覷見，一味只學其捉住。聖歎深恨前此萬千年，無限妙文，已是覷見，卻捉不住，遂成泥牛入海，永無消息。今刻此《西廂記》，遍行天下，大家一齊學得捉住，僕實遥計一二百年後，世間必得平添無限妙文，眞乃一大快事。

二十一、僕嘗粥時，欲作一文，偶以他緣，不得便作。至於飯後，方補作之，僕便可惜粥時之一篇也。此譬如擲骰相似，略早略遲，略輕略重，略東略西，便不是此六色，而愚之夫尚欲爭之，眞是可發一笑。

二十二、僕之爲此言何也？僕嘗思萬萬年來，天無日無雲，然決無今日雲與某日雲曾同之事。何也？雲只是山川所出之氣，升到空中，卻遭微風，蕩作縷縷。既是風無成心，便是雲無定規，都是互不相知，便乃偶爾如此。《西廂記》正然，並無成心之與定規，無非此日，佳日閒窗，妙腕良筆，忽然無端，如風蕩雲。若使異時更作，亦不妙，另自有其絕妙，然而無奈此番已是絕妙也，不必云異時不能更妙於此，然亦不必云異時尚將更妙於此也。

二十三、僕幼年最恨『鴛鴦繡出從君看，不把金針度與君』之二句，謂此必是貧漢自稱王夷甫，口不道阿堵物計耳。若果知得金針，何妨與我略度？今日見《西廂記》，鴛鴦既繡出，金針亦盡度，益信作彼語者，眞是脫空謾語漢。

二十四、僕幼年曾聞人說一笑話云：昔一人苦貧特甚，而生平虔奉呂祖。感其至心，忽降其家，見其赤貧，不勝憫之，念當有以濟之。因伸一指，指其庭中磐石，爍然化爲黃金。曰：『汝欲之乎？』其人再拜曰：『不欲也。』呂祖大喜，謂：『子誠如此，便可授子大道。』其人曰：『不然，我心欲汝此指頭耳。』僕當時私謂，此固戲論耳。若眞是呂祖，必當便以指頭與之。今此《西廂記》，便是呂祖指頭，得之者，處處遍指，皆作黃金。

二十五、僕思文字，不在題前，必在題後。若題之正位，決定無有文字。不信但看《西廂記》之一十六章，每章只用一句兩句寫題正位，其餘便都是前後搖之曳之，可見。

二十六、知文在題之前，便須恣意搖之曳之，不得便到題；知文在題之後，便索性將題拽過了，卻重與之搖之曳之。若不解此法，而誤向正位，多寫作一行或兩行，便如畫死人坐像，無非印板衣摺，縱復費盡渲染，我見之，早向新宅中哭鍾太傅矣。

二十七、横、直、波、點聚，謂之字；字相連，謂之句；句相雜，謂之章。兒子五六歲了，必須教其識字；認得字了，必須教其連字爲句；連得五六七字爲句了，必須教其布句爲章。布句爲章者，先教其布五六七句爲一章，次教其布十來多句爲一章。布得十來多句爲一章時，又反教其只布四句爲一章，三句爲一章，二句乃至一句爲一章。直到解得布一句爲一章時，然後與他《西廂記》讀。

二十八、子弟讀《西廂記》後，忽解得三個字亦能爲一章，二個字亦能爲一章，一個字亦能爲一章，無字亦能爲一章。子弟忽解得無字亦能爲一章時，渠回思初布之十來多句爲一章，眞成撒吞耳。

二十九、子弟解得無字亦能爲一章，因而回思初布之十來多句爲一章，盡成撒吞，則其體氣便自然異樣高妙，其方法便自然異樣變换，其氣色便自然異樣姿媚，其避忌便自然異樣滑脱。《西廂記》之點化子弟不小。

三十、若是字，便只是字；若是句，便不是字；若是章，便不是句。何但不是字，一部《西廂記》，眞乃並無一字。豈但並無一字，眞乃並無一句。一部《西廂記》，只是一章。

三十一、若是章，便應有若干句；若是句，便應有若干字。今《西廂記》不是一章，只是一句，故並無若干句；乃至不是一句，只是一字，故並無若干字。《西廂記》其實只是一字。

三十二、《西廂記》是何一字？《西廂記》是一『無』字。趙州和尚，人問：『狗子還有佛性也無？』曰：『無。』是此一『無』字。

三十三、人問趙州和尚：『一切含靈，具有佛性，何得狗子卻無？』趙州曰：『無。』《西廂記》是此一『無』字。

三十四、人若問趙州和尚：『露柱還有佛性也無？』趙州曰：『無。』《西廂記》是此一『無』字。

三十五、若又問：『釋迦牟尼還有佛性也無？』趙州曰：『無。』《西廂記》是此一『無』字。

三十六、人若又問：『「無」字還有佛性也無？』趙州曰：『無。』《西廂記》是此一『無』字。

三十七、人若又問：『「無」字還有「無」字也無？』趙州曰：『無。』《西廂記》是此一『無』字。

三十八、人若又問：『某甲不會。』趙州曰：『你是不會，老僧是無。』《西廂記》是此一『無』字。

三十九、何故《西廂記》是此一『無』字？此一『無』字，是一部《西廂記》故。

四十、最苦是人家子弟，未取筆，胷中先已有了文字。若未取筆，胷中先已有了文字，必是不會做文字人。《西廂記》無有此事。

四十一、最苦是人家子弟，提了筆，胷中尚自無有文字。若提了筆，胷中尚自無有文字，必是不會做文字人。《西廂記》無有此事。

四十二、趙州和尚，人不問『狗子還有佛性也無』，他不知道有個『無』字。

四十三、趙州和尚，人問過『狗子還有佛性也無』，他亦不記道有個『無』字。

四十四、《西廂記》正寫《驚豔》一篇時，他不知道《借廂》一篇應如何；正寫《借廂》一篇時，他不知道《酬韻》一篇應如何。總是寫前一篇時，他不知道後一篇應如何。用煞二十分心思，二十分氣力，他只顧寫前一篇。

四十五、《西廂記》寫到《借廂》一篇時，他不記道《驚豔》一篇是如何；寫到《酬韻》一篇時，他不記道《借廂》一篇是如何。總是寫到後一篇時，他不記道前一篇是如何。用煞二十分心思，二十分氣力，他又只顧寫後一篇。

四十六、聖歎舉趙州『無』字說《西廂記》，此眞是《西廂記》之眞才實學，不是禪語，不是有無之『無』字。須知趙州和尚『無』字，先不是禪語，先不是有無之『無』字，眞是趙州和尚之眞才實學。

四十七、《西廂記》止寫得三個人：一個是雙文，一個是張生，一個是紅娘。其餘如夫人，如法本，如白馬將軍，如歡郎，如法聰，如孫飛虎，如琴童，如店小二，他俱不曾著一筆半筆寫，俱是寫三個人時，所忽然應用之傢伙耳。

四十八、譬如文字，則雙文是題目，張生是文字，紅娘是文字之起承轉合。有此許多起承轉合，便令題目透出文字，文字透入題目也。其餘如夫人等，算只是文字中間所用之、乎、者、也等字。

四十九、譬如藥，則張生是病，雙文是藥，紅娘是藥之炮製。有此許多炮製，便令藥往就病，病來就藥也。其餘如夫人等，算只是炮製時所用之薑、醋、酒、蜜等物。

五十、若更仔細算時，《西廂記》亦止爲寫得一個人。一個人者，雙文是也。若使心頭無有雙文，爲何筆下卻有《西廂記》？《西廂記》不止爲寫雙文，止爲寫誰？然則《西廂記》寫了雙文，還要寫誰？

五十一、《西廂記》止爲要寫此一個人，便不得不又寫一個人。一個人者，紅娘是也。若使不寫紅娘，卻如何寫雙文？然則《西廂記》寫紅娘，當知正是出力寫雙文。

五十二、《西廂記》所以寫此一個人者，爲有一個人，要寫此一個人也。有一個人者，張生是也。若使張生不要寫雙文，又何故寫雙文？然則《西廂記》又有時寫張生者，當知正是寫其所以要寫雙文之故也。

五十三、誠悟《西廂記》寫紅娘，止爲寫雙文；寫張生，亦止爲寫雙文，便應悟《西廂記》決無暇寫他夫人、法本、杜將軍等人。

五十四、誠悟《西廂記》止是爲寫雙文，便應悟《西廂記》決是不許寫到鄭恆。

五十五、《西廂記》寫張生，便眞是相府子弟，便眞是孔門子弟。異樣高才，又異樣苦學；異樣豪邁，又異樣淳厚。相其通體，自内至外，並無半點輕狂，一毫姦詐。年雖二十已餘，卻從不知裙帶之下有何緣故。雖自説『顛不剌的見過萬千』，他亦只是曾不動心。寫張生直寫到此田地時，須悟全不是寫張生，須悟全是寫雙文。錦繡才子，必知其故。

五十六、《西廂記》寫紅娘，凡三用加意之筆：其一，於《借廂》篇中，峻拒張生；其二，於《琴心》篇中，過尊雙文；其三，於《拷豔》篇中，切責夫人。一時便似周公制禮，乃盡在紅娘一片心地中，凜凜然，侃侃然，曾不可得而少假借者。寫紅娘直寫到此田地時，須悟全不是寫紅娘，須悟全是寫雙文。錦繡才子，必知其故。

五十七、《西廂記》亦是偶爾寫他佳人才子。我曾細相其眼法、手法、筆法、墨法，固不單會寫佳人才子也，任憑換卻題教他寫，他俱會寫。

五十八、若教他寫諸葛公白帝受託，五丈出師，他便寫出普天下萬萬世無數孤忠老臣滿肚皮眼淚來。我何以知之？我讀《西廂記》知之。

五十九、若教他寫王昭君慷慨請行，琵琶出塞，他便寫出普天下萬萬世無數高才被屈人滿肚皮眼淚來。我讀《西廂記》知之。

六十、若教他寫伯牙入海，成連徑去，他便寫出普天下萬萬世無數苦心力學人滿肚皮眼淚來。我讀《西廂記》知之。

六十一、《西廂記》必須掃地讀之。掃地讀之者，不得存一點塵於胷中也。

六十二、《西廂記》必須焚香讀之。焚香讀之者，致其恭敬，以期鬼神之通之也。

六十三、《西廂記》必須對雪讀之。對雪讀之者，資其潔清也。

六十四、《西廂記》必須對花讀之。對花讀之者，助其娟麗也。

六十五、《西廂記》必須盡一日一夜之力，一氣讀之。一氣讀之者，總覽其起盡也。

六十六、《西廂記》必須展半月一月之功，精切讀之。精切讀之者，細尋其膚寸也。

六十七、《西廂記》必須與美人並坐讀之。與美人並坐讀之者，驗其纏綿多情也。

六十八、《西廂記》必須與道人對坐讀之。與道人對坐讀之者，歎其解脱無方也。

六十九、《西廂記》前半是張生文字，後半是雙文文字，中間是紅娘文字。

七十、《西廂記》是《西廂記》文字，不是《會眞記》文字。

七十一、聖歎批《西廂記》是聖歎文字，不是《西廂記》文字。

七十二、天下萬世錦繡才子，讀聖歎所批《西廂記》，是天下萬世才子文字，不是聖歎文字。

七十三、《西廂記》不是姓王字實父此一人所造，但自平心斂氣讀之，便是我適來自造，親見其一字一句，都是我心裏恰正欲如此寫，《西廂記》便如此寫。

七十四、想來姓王字實父此一人，亦安能造《西廂記》？他亦只是平心斂氣，向天下人心裏偷取出來。

七十五、總之世間妙文，原是天下萬世人人心裏公共之寶，決不是此一人自己文集。

七十六、若世間又有不妙之文，此則非天下萬世人人心裏之所曾有也，便可聽其爲一人自己文集也。

七十七、《西廂記》便可名之曰《西廂記》。舊時見人名之曰《北西廂記》，此大過也。

七十八、讀《西廂記》，便可告人曰讀《西廂記》。舊時見人諱之曰『看閒書』，此大過也。

七十九、《西廂記》乃是如此神理，舊時見人教諸忤奴於紅氍毹上扮演之，此大過也。

八十、讀《西廂記》畢，不取大白酬地賞作者，此大過也。

八十一、讀《西廂記》畢，不取大白自賞，此大過也。

（同上《貫華堂繪像第六才子西廂記》卷二）

【校】

①苦，底本作『古』，據文義改。

貫華堂第六才子書西廂記總評〔一〕

金聖歎

《西廂》者何？書名也。書曷爲乎名曰《西廂》也？書以紀事，有其事，故有其書也；無其事，必無其書也。今其書有事，事在西廂，故名之曰《西廂》也。西廂者，普救寺之西偏屋也。普救寺則武周金輪皇帝所造之大功德林也。普救寺有西廂，而是西廂之西，又有別院，別院不隸普救而附於普救，蓋是崔相國出其堂俸之所建也。先是，法本者，相國之所剃度，是即相國之門徒也。相國因念，誠得一日避賢罷相，而芒鞋竹杖，舍佛安適矣。然身願爲倉卒客，不願門徒爲倉卒主人，而於是特占此一袈裟，以爲老人菟裘。而不虞落成之日，不善頌禱，不聞歌，乃聞哭，不得以玉帶賭鎮山門，而竟以丹旐將諸煢獨，此老夫人所以停喪得於寺中之故也。故西廂者，普救寺之西偏屋也，西廂之西，又有別院，則老夫人之停喪所也。乃喪停而豔停，豔停而才子停矣。夫才子之停於西廂也，豔停於西廂之西故也；豔之停於西廂之西也，喪停故也。乃喪之停於西廂之西也，則實爲相國有自營菟裘故也。夫相國營菟裘於西廂之西，而普救寺之西廂，遂以有事，乃至因事有書，而令萬萬世人傳道無窮。然則出堂俸，建別院，又可不慎乎哉！

聖歎之爲是言也，有二故焉。其一教天下以慎諸因緣也。佛言一切世間，皆從因生，有因者則得生，無因者終竟不生。不見有因而不生，無因而反忽生；亦不見瓜因而荳生，荳因而反瓜生。是故如來教諸健兒，愼勿造因。嗚呼，胡可不畏哉！語云：『其父報仇，子乃行劫。』蓋言報仇必殺人也，而其子者，不見負仇，但見殺人，則亦戲學殺人；殺人而國且以法繩之，子畏抵法也，遂逃命萑蒲中，萑蒲中又無所得食也，則不得已仍卽以殺人爲業矣。若是乎仇亦愼勿報也。蓋聖歎現見其事已數數矣。現見其父中年無歡，聊借絲竹陶寫情抱也，不眴眼而其子手執歌板，沿門唱曲，若是乎謝太傅亦愼勿學也。現見其父憂來傷人，願引聖人托於沉冥也，不眴眼而其子罵座，被驅墜車折脅，若是乎阮嗣宗亦愼勿學也。現見其父家居多累，竹院尋僧，略商古德也，不眴眼而其子引諸髡奴，汙亂中冓，若是乎張無垢亦愼勿學也。現見其父希心避世，物外田園，方春勸耕也，不眴眼而其子擔糞服牛，面目黧黑，若是乎陶淵明亦愼勿學也。如彼崔相國，當時出堂俸，建別院，一時座上賓客，夫孰不嘖嘖賢者，是眞謂之內祕菩薩，外現宰相，而已不覺不知，親爲身後之西廂月下，遠遠作因。不然而豈其委諸曰雙文爲之乎？委諸曰才子爲之乎？委之雙文，雙文無因；委之才子，才子無因。然則西廂月下之事，非相國爲因，又誰爲之？嗚呼！人生世間，舉手動足，又有一毫可以漫然遂爲乎哉？

其一教天下以立言之體也。夫老夫人守禮謹嚴，一品國太君也，雙文千金國豔也，卽阿紅亦一時上流姿首也。普救寺者，河中大刹，則其堂內堂外，僧徒何止千計，又況八部海涌，十方雲集，此其目視手指，心動口說，豈復人意之所能料乎哉？今以老猶未老，幼已不幼，雖在斬然衰絰之中，而其縱縱扈扈，終非外人習見之恆儀也，而儼然不施帟幕而偪處此，爲老夫人者，豈三家村燒香念佛嫗乎？ 不然，胡爲無禮至此？ 聖歎詳覩作者，實於西廂之西，別有別院，此院必附於寺中者，爲挽弓逗緣，而此院不混於寺中者，爲雙文遠嫌也。 君子立言，雖在傳奇，必有體焉，可不敬與？

（清順治十三年貫華堂原刻本《貫華堂第六才子書西廂記》卷四）

【箋】

〔一〕底本無題名，爲《貫華堂第六才子書西廂記》卷四《西廂記》篇名後評語。 清乾隆間周昂改題爲《序西廂》，見《古本西廂記彙集初集》第六册影印乾隆六十年（一七九五）此宜閣刻朱墨套印本《此宜閣增訂金批西廂》卷首。

題聖歎批點西廂序〔一〕

汪溥勳〔二〕

看書不從生動處看，不從關鍵處看，不從照應處看，猶如相人不以骨氣，不以神色，不以眚目，雖指點之工，言驗之切，下焉者矣，烏得名相？ 語曰：『傳神在阿堵間。』嗚呼！ 此處著眼，正不易易。 吾獨怪夫①世之耳食者，不辯眞贋，但聽名色，便爾稱佳。 如卓老、文長、眚公種種諸刻，盛行於世，亦非眞本。 及覩眞本，反生疑詫。 掩我心靈，隨人嗔喜，舉世已盡然矣，吾亦奚辯？

今覩聖歎所批《西廂》祕本，實爲世所未見。 因舉『風流隋何，浪子陸賈』二語，疊用照應，呼吸生動，乃評之曰：『一用妙，二用妙妙，三用以至五用，皆稱妙絕趣絕。』又如『用頭巾語，甚趣』，

『帶酸腐氣，可愛』，往往點出，皆人所絕不著意者，一經道破，煞有關情。在彼作者，亦不知技之至此極也。聖歎嘗言：『凡我批點，如長康點睛，他人不能代。』識此而後知聖歎之書，無有不切中關鍵，開豁心胷，發人慧性者矣。夫①《西廂》爲千古傳奇之祖，聖歎所批又爲《西廂》傳神之祖。世不乏具眼，應有取證在，幸毋曰劇本，當從《史記》、《左》、《國》諸書讀之可也。

時康熙癸巳②〔三〕，天都汪溥勳廣淵氏題於燕臺之旅次〔四〕。

（《不登大雅文庫珍本戲曲叢刊》第一册影印清康熙四十七年蘇州博雅堂刻本《貫華堂繡像第六才子西廂記》卷首）

【校】

①夫，致和堂刻本《箋注第六才子書釋解》作『乎』。

②癸巳，大業堂刻本《貫華堂繪像第六才子西廂記》、致和堂刻本《箋注第六才子書釋解》作『己酉年』。

【箋】

〔一〕康熙八年（一六六九）序大業堂刻本《貫華堂繪像第六才子西廂記》卷首有此序，題《第六才子書西廂記序》（惜未見，據傅曉航《金批西廂諸刊本紀略》，載《戲曲研究》第二〇輯）。中國藝術研究院藏清乾隆間致和堂刻本《箋注第六才子書釋解》卷首亦有此序，題《題聖歎批第六才子西廂原序》。此文與前錄明崇禎間西陵天章閣刻本《三先生合評元本北西廂》卷首《題卓老批點西廂序》一文，字句略同，顯係書賈鈔襲改易。

〔二〕汪溥勳：字廣淵，天都（今安徽歙縣）人。清德化（今江西九江）知縣汪作霖長子。順治十四年丁酉（一六五七）舉人，康熙六年丁未（一六六七）進士，授內閣中書。參與編纂《玉牒》五年，以勞致疾，卒於官。參見《安徽人物大辭典・歙縣》。此文疑爲書商托名。

〔三〕康熙癸巳：康熙五十二年（一七一三）。如據大業堂刻本《貫華堂繪像第六才子西廂記》、清乾隆間致和堂刻本《箋注第六才子書釋解》作『康熙己酉年』，則爲康熙八年（一六六九）。

〔四〕《箋注第六才子書釋解》本文末附注：『右序字字珠璣，語語會心，眞看書之要訣也。今坊刻借作李卓吾本敍者，誤。』

重刻繪像第六才子書序〔一〕

呂世鏞〔二〕

原夫鏤月裁雲，卓吾興『化工』之歎；驚心動魄，聖歎有『才子』之稱。發作者之巧，睛點僧繇；傳崔徽之眞，毫添顧愷。豈殊講學，不言性而言情；若共論文，亦中規而中矩。訾綺語《閒情》之賦，寧識《風詩》；悟『秋波臨去』之詞，方知禪義。是不獨綠么小部，聲聲《花》外之傳；紅豆妖姬，粒粒《酒邊》之記而已。

茲因以三餘，縮之短本。珍藏懷袖，敢云徑寸之珠；佐以文房，還共吉光之羽。扁舟選勝，載同文蛤香螺；蠟屐探幽，攜並錦囊奇句。娛騷人之目，底須略略頻彈；皎韻士之心，不啻堂堂低唱。幸等之《左》、《國》、《莊》、《史》，觀其掀天蓋地之才；毋徒因月露風雲，求之減字偷聲之末。

康熙庚子歲仲冬上浣，豐溪呂世鏞題於西郊之懷永堂。

（清康熙五十九年懷永堂刻巾箱本《懷永堂繪像第六才子書西廂記》卷首）

【箋】

〔一〕清乾隆間琴香堂刻本《繡像第六才子書西廂記》卷首有此序，末署『乾隆丁亥歲孟夏上浣松陵周約題於雁宕村之琴香堂』。乾隆丁亥歲，卽乾隆三十二年（一七六七）。光緒十年（一八八四）廣州登雲閣朱墨套印本《繪像第六才子書》（一題《評點西廂記傳奇》）卷首有此序，末題『光緒甲申季冬上浣南城劉慶崧書』。光緒甲申，卽光緒十年（一八八四）。光緒二十五年石印本《增像第六才子書》卷首亦有此序，末題『光緒二十五年歲次己亥仲春下澣吳朱文熊書』。

〔二〕呂世鏞：室名懷永堂，豐溪（今屬江西竹溪）人。生平未詳。康熙四十八年（一七〇九）刻《四書正體校注字音》。尚刻有宋胡安國《春秋傳》三十卷。

聖歎六才子書刪評序〔一〕

余扶上〔二〕

聖歎先生評點才子書七，余知其四：《孟子》、《左傳》、《水滸》、《西廂》。然《孟子》板焚，不得見；卽《左傳》，亦僅從諸選本領其大略。所得全讀者，《水滸》、《西廂》二本，惜卷帙繁多，累月日不能竟，而《西廂》尤甚。山居無事，取其評刪之，繕寫得四十餘葉。因讀而序之，曰：

先生眞異人哉！自有書以來，批點之者無慮數十百家，字爲釋，句爲解，莫不自謂有造後學。

自先生起，不必解之釋之，而無不解、無不釋也，且亦覺不解不釋之勝於解之釋之也。人謂先生天分優甚，然以意逆志，不輕放過一字，亦若大費研索，而探喉而出，絕無分毫囁嚅，又似不得以學力加之。先生眞異人哉！

夫今之與古，相去幾何時矣。前後異代，彼我異情，自敵以下，且覿面若秦越，況遙遙隔世如古人，其言語之無端無緒，其情事之或卽或離，舉不自知，而不能以告人者。自先生批之，覺古人鬚眉欲活，古人肺腸苦揭，兩人若一人，兩心若一心。何也？紫陽云：『昔有盜發霍光家奴之冢，其奴猶生，出語廢立時事，較《漢書》尤悉。』吾不知先生批點時，作者曾出自冢中，親爲告語否？抑亦世間眞有轉劫輪迴，如佛氏所云『再來者』，批者人卽作者人與？

語云：『腐草化螢。』又有見箏弦化龍者。先生未批以前，《水滸》賊書，《西廂》淫書。今而知《水滸》之變幻離奇，直進於《易》；《西廂》之纏綿濃鬱，直進於《詩》。倘亦先生之有以化之與？且虛虛實實，正正奇奇，反側變化，極文章之樂事者，在當日則如砂之蒙金，璞之錮玉，闇淡而不見。一旦從批點上跳躍而出，令三尺子亦約略能言其概，則先生之嘉惠來學，功倍作者，其足俎豆於不祧，又奚疑耶？以予服膺先生而復有所刪，非刺謬也，正欲便於觀覽，使目中無時不見有先生之書，是亦俎豆先生之一端也。太史公曰：『假令晏子而在，執鞭亦所欣慕。』余於先生亦云。

（《清代詩文集彙編》第一六一冊影印清康熙間乙可亭刻本《十松集偶梓·十松文集》卷一）

【箋】

〔一〕卷首目録題『聖歎外集删評序』。

〔二〕余扶上：字羣若，號十松，桐城（今屬安徽）人。康熙間縣學生，以著書授徒爲事。著有《十松集》、《方言訂誤》、《正史彙集》等。傳見馬其昶《桐城耆舊傳》卷八、道光《桐城續修縣志》卷一一、民國《安徽通志稿》卷一〇。

附　貫華堂第六才子書西廂記題識〔一〕

郭象升〔二〕

《西廂記》金批本流播世間，眞同恆河沙數。而原刻本標『貫華堂』者，則已無人見之。偶於坊市覩此本，審爲貫華堂原刻，爲之一驚。試問其價，意以爲必昂貴也，則曰十圓五角耳。蓋彼商賈自不能知也，遂擲付十圓，攜之而歸。此尚非初印，故略有漶損之□，然已屬天壤難遇之書矣。

（轉録自傳曉航《金批西廂諸刊本紀略》，《戲曲研究》第二〇輯，頁二二七）

【箋】

〔一〕底本無題名。

〔二〕郭象升（一八七八或作一八八一—一九四二）：字可階，號允叔，晚號雲史、雲舒、雲叟，晉城（今屬山西）人。宣統元年己酉（一九〇九）拔貢。民國間歷任山西大學文科學長、山西省立教育學院院長、山西省立國民師範學校校長、山西圖書館館長等。著有《郭允叔詩文鈔》、《淵照林火預防雜著》、《雲舒文集》、《左庵集箋》等。參見《民國人物大辭典》、《中國美術家人名辭典》。

合訂西廂記文機活趣全解序

鄧溫書〔一〕

嘗聞前輩陳慧生有言，文機活潑潑地，非胷中有瀟灑不窮之趣，則爲文不免烟火塵氛，迷障人目。故《西廂記》一書，興致流麗，攻舉業者，不可不讀之以活潑其文機也。無如世之讀《西廂》者，輒曰『可解不可解』。嗚呼！『可解不可解』之論，吾不解其何自而起也。夫《西廂記》本可解，而非不可解也。自見解其文機者言之，則《西廂》中之活趣，皆可不言而心解也。自不得解其文機者言之，則《西廂》之活趣，茫乎其未有解也。不然，則誤爲之解，其所謂解，解其所解，而非吾之所謂解也。噫！使執是以爲解，則《西廂》中之活趣，不幾終於弗解矣乎？故金聖歎先生以文解，毛西河先生以曲解，雖所解不同，而《西廂》遂譟然其已解，是可藥乎『可解不可解』解之病也。然其病至今猶未解也。蓋以《西廂》多北方鄉語，卽當時作者能解，而必不能自解其解。雖閱有明諸名公參解之後，數百年來，亦罕有人能得其解。於是《西廂》可解之書，將與『可解不可解』者，同類而共解焉。可慨也！

予非能解《西廂》者。但以《西廂》一書，當以活趣之解解，不當以不活趣之解解，是殆不可不解。且吾讀書，每斥『不求甚解』之說，遂力參爲《文機活趣全解》，而實不過解《西廂》之解，而非故爲之强解也。獨是《西廂》一書，解者無慮數十家，而今皆已瓦解，止行聖歎一解。但其意可解，而其詞仍多未解。故予悉全搜以爲之解，所冀後有解人，讀『活趣』之解，則解其所已解，因以解其所未解，遂至於無乎不解，而不復言『可解不可解』。是可與語《西廂》之解也已，是可與語金、毛之解也已。予於是爲轉一語曰：《西廂記》可以解，無不可解。

雍正五年丁未歲重陽後一日，齊昌鄧溫書汝寧氏漫題於德馨居之山房〔二〕。

【箋】

〔一〕鄧溫書：字汝寧，齊昌（今湖北蘄春）人。生平未詳。

〔二〕題署之後有印章二枚：陰文方章『鄧溫書印』，陽文方章『汝寧』。

題合訂西廂記文機活趣全解序

何聞廣〔一〕

予於雍正九年之夏，偕知友鄧君汝寧先生，同遊於坑南山水之原。攀虬龍以乘風涼，踞虎豹以解炎熱。歡欣踴躍，宛然有桃源洞裏之樂。而快然談笑之下，因論及《西廂》一書。時吾友鄧君博學遊藝，瀟灑不拘，輒不禁歌之而善。予於斯，遂不啻心曠而神怡，得意而忘言。迨遊賞之餘，興盡而還，敬取其書以玩之。由是讀其文則曲折如意，吞吐多姿；咏其詞則長短相雜，錯綜入古。況察其字，則字字累珠，一字一玉；嚼其音，則節奏鏗鏘，聲口嘹喨。且會其情，則有鏡花水月，天花亂墜之巧；究其思，則有機到神流，筆歌墨舞之趣；更契其神，則有口不可得而言，心可得而會之妙。於斯時也，融於心者，恍如神遊乎其際矣。忽不禁喟然興歎曰：若論其書，雖不得與帝典王謨並傳於天地，然論其文，既經金、毛諸先生分別評點，固云美矣；而又經鄧君竭智盡神，旁搜遠集，加意參訂注釋，更見全璧。猗歟休哉，觀止矣，蔑以加矣！雖有他集，不敢請矣。如是令人讀之，則內可以開人之靈思妙想，智慧日生；外可以助人之筆機飛舞，矯健古蒼。其有裨於人之文心筆情者，至遠且大也，不亦可與韓、柳、歐、蘇之文，並傳今古而不朽者哉！

蓋是集也，歷代相沿，以至我聖天子之朝，文教誕敷，人才蔚起，舉天下之才人學士，亦皆相賞而不厭。卽推之千萬世以後，又豈復有或遺者歟？予雖不才，亦得竊比金、毛、鄧諸先生之意，而爲之一序，以助不朽云。

時雍正九年歲次辛亥初夏望二日，善邑會教弟何聞廣譽海氏頓首拜題〔二〕。

（以上均《傅惜華藏珍本戲曲叢刊》第二册影印清乾隆十七年新德堂刻本《合訂西廂記文機活趣全解》卷首〔三〕）

【箋】

〔一〕何聞廣：字譽海，籍里、生平均未詳。

〔二〕題署之後有印章二枚：陰文方章『聞廣』，陽文方章『譽海』。

〔三〕此書全名《靜軒合訂評釋第六才子西廂記文機合趣》，內封署『潭水劉大登庚訂』、『齊昌鄧汝寧集解』。劉大登，潭水（今屬廣東陽春）人，字號、生平均未詳。據傅惜華《元雜劇全目》，此書尚有乾隆間致和堂刻本，題

《增補箋注繪像第六才子西廂釋解》；嘉慶間五雲樓刻本，題《增補箋注繪像第六才子西廂釋解》等。

（箋注第六才子書釋解）凡例

闕　名〔一〕

一、《西廂記》一書，刻者無慮數十家，大都增改原文十之四五。惟《第六才子書》爲正，但其批繁於文，音義未備，連篇累牘，折數未分。今合參諸本，上層注以參釋，下層悉依金批，支分節解，每折標明，是書稱全璧矣。間有曲白中易一二字者，皆出古本。評語中删一二句者，取便鈔寫，非敢妄自增删也，曉人當自領之。

一、《西廂記》一書，大抵多北方鄉語，南人率敢任意改竄，以未得解故耳。若不注之參釋，有不可以意會者。今悉依諸本參入，庶無脱略之虞。讀者諒余之苦心可也。

一、《西廂記》一書，引用故事，及引用元詞甚多，若不注明出自何人事實，用自何人詩詞，非啓後生以不求甚解之病乎？程子曰：『得於辭而不達其意者有矣；未有不得於辭，而能通其意者也。』故集中參評釋義，不憚瑣瑣置解，雖或哂其迂而拙，弗恤也。

一、《西廂記》一書，正者十六折之文，語語化工，堪與《莊子》、《史記》並垂不朽。續者四折之文，語多痕迹，俚而未化，但亦是元詞，可玩而不可忽也。若必隨聲附和，痛訾爲不成文理，則妄極矣。今正者曲白，悉依聖歎原本；續者曲白，參以西河古本，參釋詳明。予止恐世之耳食者，借爲口實故耳。

一、《西厢記》中參釋，大約得力於有明諸名公者居多，而毛西河解者，頗中肯綮。聖歎評者，則稱全構。故集中另單備志評釋名家姓氏，不敢忘所自也。

一、《西厢記》是北詞，故每折止標二字。至如『佛殿奇逢』之類，是南曲科例，非北曲科例也。今止標二字於每折之中，而附南曲科例於目錄之下，俾閱者一見了然云爾。

一、《西厢記》繪像，昉自趙宜之跋《雙鶯圖》，以及陳居中、唐伯虎皆有之也。是集每折必繪圖像於首，列詩詞於後。世謂諧俗，不知正復古也。其畫譜皆仿元筆，詩詞亦雋妙可人，洵足備案頭珍玩也。

一、續《西厢記》後，他本尚有王生《圍棋》一折，《錢塘夢》、《園林午夢》二篇，《批評蒲東詩》數十首，雜出不倫，蓋必是後人所添，非元人作者本色也。所謂魚目，恐其混珠，本不欲列之，以眩閲者心目。間有博雅好事者，不妨錄之以備覽可也。至外附佳文二十首，足見才人狡獪伎倆，無所不可。讀是集者，尤不可不讀是文。

一、毛西河《西厢》古本，曲白多與聖歎本不符，且嘗有駁聖歎批者。今取其解與聖歎合者從之，其解與聖歎悖者去之。或有駁聖歎說，雖未甚當，而引證確切可參者，亦必附之存參，以廣才識，幸無訾①雜說之矛盾也。

一、《西厢記》原本，不列作者姓氏，乃《北西厢記》竟列『元大都王實父著』，何也？今參諸本，亦不敢妄以姓名列之，但姑仍原本之舊云爾。

一、《西廂記》顏曰『文機活趣』，何也？乃所以涉趣也。邇來士子攻舉子業，研心經史，精枯神敝，最是困人。人一困，則意趣便不森發，文焉得工？學者誠取是書，細玩而吟詠之，則描神寫景處，自有一種仙風道骨，如生龍活虎之不可捉摸矣。孰謂涉趣無補於文哉？涉者，言乎博而不有也。

一、《西廂記》乃寄情消遣之書，非導淫蕩志之書。讀者不可作無是事觀，亦不可作有是事觀。但細玩其行文之關鍵照應，闔闢抑揚，斯得之矣。聖歎云：『文者見之謂之文，淫者見之謂之淫。』亶其然乎！

一、《西廂記》妙在有生情，貴乎能悟入。昔李九我發解後，參拜畢松波先生。師密語曰：『禪家在悟，文家亦在悟。子今不必專讀書，但靜坐三數月後，再將理齋先生《賢哉回也》全章題文，諷詠數遍，所得多矣。』由是觀之，可見讀書不能悟入，便生龍活虎，皆成土木；作文若有生情，則落花水面，盡是文章。指點須要機鋒，領受必須夙慧，豈不然哉？今聖歎所評《西廂》，便是指點機鋒也。熟讀之，何患不能發人慧性耶？

一、正《西廂記》十六折筆法，如化工之肖物，眞人巧極，天工錯，窈冥變幻，而莫知其端倪也。昔王元美評古文有云：『《檀弓》、《考工》、《孟子》、《史》、《國》聖於文，班氏賢於文，《莊》、《列》、《楞嚴》、《維摩詰》鬼神於文。』今觀《西廂記》，其洵聖於文者乎，賢於文者乎，鬼神於文者乎？然天之繫星漢也，山之尚草木烟雲也，水之承風也，皆至文也。自非得達觀先覺者，以爲之指點其機鋒，又孰從而知其技之至斯極哉？

一、鄙見每斥『讀書不求甚解』之說，非斥靖節先生『不求甚解』之言也。蓋先生所言，每有會意，便欣然忘食，則所謂不求甚解者，正不穿鑿附會之謂也，何斥之有？所斥者，在今之鹵莽滅裂者耳。所以邵氏《皇極經世書》有曰：『天下言讀書者不少，能讀書者少。若得天理眞樂，何書不可讀，何堅不可破，何理不可精？』

一、鄙見以讀書用功宜活。窮通順逆，遭境不一，憤鬱憂愁，諸情易擾，安可不善自排解，尋一出路？予生艱苦備嘗，病難畢閱，幸得偷生至今者，以胸中時挾一編無字書，自唱自咏，不復計有人世險阻故耳。此一編之助我救我，功良多矣。辛丑歲〔二〕，周遊江左諸郡，通都大邑，得廣接夫賢人君子，親其緒論。復好買未見新書，恣所覽擇，遂彙成是編。夫吾輩搦三寸管，宜舒千古恨，不有奇書一卷，何由掃盡十丈紅塵，躋身霄外？況鹿有苹，呼羣而共食，予又曷敢自私乎哉？

一、《西廂記》名家，無慮數十種，今略舉所知者，姓氏開列於後。

董解元詞（爲是記所本），王實甫、關漢卿（俱元時作《西廂》者），徐文長先生（諱渭），汪然明，李卓吾先生（諱贄），李日華先生（諱去華），徐天池先生（即文長），湯若士先生（諱顯祖），陳眉公先生（諱繼儒），孫月峯先生（諱鑛），徐士範先生，王伯良先生（諱驥德②），丘瓊山先生（諱濬），唐伯虎先生（諱寅），蕭孟昉先生，董華亭先生（諱其昌），金在衡先生，梁伯龍先生，焦漪園先生，詞隱生（即沈璟），邁軸碩人，何元朗（良俊），黃嘉惠，劉麗華（金陵富樂院妓），李笠翁（諱漁），尤展成（諱侗），金聖歎先生（《第六才子書》出），王斲山先生

（文恪公之文孫也），毛西河先生（諱甡，字大可），錢西山先生，沈君徵先生（諱寵綏，明崇禎人）。

一、聖歎先生批評《西廂記》文法，多有補前賢所未發者。今略摘一二，附録於首，以便觀覽。烘雲托月（《驚豔》篇首評語）。用筆在未用筆前，排蕩之法（《借廂》篇首評語）。明攻棧道、暗度陳倉（《借廂》篇中評語）。淺深恰妙之法，設身處地，龍王掉尾（《酬韻》篇中評語）。文章家無實寫之法（《鬧齋》篇中評語）。移堂就樹，月度迴廊，羯鼓解穢（《寺警》篇首評語）。正反婉激盡半（《賴婚》篇首評語）。作文最爭落筆（《賴婚》篇中評語）。寫景是人（《琴心》篇中評語）。那輾（《前候》篇首評語）。筆墨加一倍法，鏡花水月，一幅作三幅看（《前候》篇中評語）。得過便過，空中樓閣（《鬧簡》篇中評語）。曲折（《賴簡》篇首評語）。生葉生花、掃花掃葉，三漸三得，二近三縱，兩不得不然，起倒變動之法，實寫一篇、空寫一篇（俱是《後候》篇首評語）。抑揚頓挫之法（《後候》篇尾總批中語）。妙事妙文（《酬簡》篇首評語）。用一層有兩層筆墨，應接連處不接連，不應重沓處又重沓（《酬簡》篇中評語）。快事快文（《拷豔》篇首評語）。補筆，沈鬱頓挫（《拷豔》篇中評語）。【端正好】寫別景、【脱布衫】寫坐景（《哭宴》篇中評語）。入夢狀元坊、出夢草橋店，入夢之因、入夢之緣，入夢所借（《驚夢》篇中評語③）。

（清嘉慶間致和堂刻本《箋注第六才子書釋解》卷一）

【校】

①眥，北京師範大學藏文苑堂刻本《箋注第六才子書釋解》卷首《凡例》作『以』。

②『德』字，底本脱，據文義補。

③『語』字，底本脱，據文義補。

【箋】

〔一〕此文當爲鄧汝寧撰。此文又見清嘉慶、道光間文苑堂刻巾箱本《吴吴山三婦評箋注釋第六才子書》卷首。

〔二〕辛丑歲：乾隆四十六年（一七八一）。

讀西厢記法〔一〕

毛奇齡〔二〕

毛西河曰：詞有詞例，不捻詞例，雖引經據史，都無是處，以詞中義類事實、句調語調各不同也。董詞爲是記所本，元劇爲是記所通。以曲辨曲，以詞定詞，何不得者？故其中論次，多引曲文以著詞例云。

每折中，調有限曲，曲有限句，句有限字，此正所謂宫調出入、章句通限、字音死生也。凡於中通宫換調，並曲文襯塏搶帶等事，字例宜分別，但舊本一概混書。且凡宫譜所列，與元詞按之，每有參錯，借加務頭，標十七宫調，不標出入。元劇則有出入矣，然不標何宫何調，譜則既標出入、宫調，而又不詳。如中呂用南呂【乾荷葉】，譜及之；雙調用之，譜未及之也。且舊有轉用宫調例，如正宫【道合】，可出入中呂宫，遂以行【道合】，並轉用中呂宫之【賣花聲煞】，此最微妙，義今不詳。正宫章句通限，雖有一定，而元詞襯字每倍句，塏句每倍章，即務頭所定字句不拘者，一十四章。考元詞每不止此，如中宫【六么序】，雙調【收江南】、【梅花酒】、【川撥棹】等，皆在一十四章之外。即名同律異，如【端正好】一目，而正宮、仙呂，各有不同，務頭明辨之。然往見元劇楔①子，或標【仙呂】，實【正宮】； 或標正宮，實仙呂。且有本正正宮，么仙呂，兩宮並見，何所定據？ 且更有變體，如仙呂【混江龍】、雙調【攪箏琶】、越調【綿搭絮】等，間雜無韻排語一二十句，名曰『帶唱』，而譜皆無有此。無怪乎第十三折楔子，王伯良疑正宮爲誤； 而『幽室燈青』、『眉似遠山』諸曲，何元朗至訾爲失韻而不之察也。蓋譜既難據，而元詞又急難辨晰，不能取準。誠恐照譜律曲，照宮律調，分別襯垲，標明通換，反多紕繆。況世多妄人，每好刪舊文以就私臆。幸正襯混列，彼猶忌平仄短長之或有礙，若明明別出，則凡襯垲字恣爲刪改，不可底矣。且是書重文章，其爲宮調長短，則聽之元劇與宮調舊譜，以俟知者。

北音備《中原音韻》，與經史讀例不同。若逐字音注，則凡入聲俱分隸三聲，無不當轉押者，不勝注矣。故祇注難字、兩讀字，並借叶字。其他字畫煩省，義類通假，概不拘限。蓋曲字不同，有從便者，如『裏』爲『里』、『著』爲『着』類； 有從通者，如『們』爲『每』、『得』爲『的』類； 有從異者，如『磋』爲『彫』、『蹴』爲『踨』類； 有從變者，如『朘』讀『梭』類。使必較古字，正古音，盡失之矣。

至若陰陽死生，則雖元詞，亦罕有合者。茲但略摘其所知者於卷中，餘任自然，無容深論。鹵略者，以不求解而存《西廂》； 敏悟者，以好解而反亡《西廂》。何也？ 以解之不得，則改竄從此生也。《西廂》猶近古，正惟其耐由繹耳。今請繙《西廂》者，勿先繙論釋，祇就本曲字句尋求指歸，志意相逆，文詞不害，徐而罔然，又徐而涣然，然後知以我定詞而詞亡，不如以詞定詞而詞存也〔三〕。

（清嘉慶間致和堂刻《箋注第六才子書釋解》卷二）

【校】

①楔，底本作『褉』，據文意改。

【箋】

〔一〕此文實節錄自《毛西河論定西廂記》卷首《西廂記雜論十則》，參見本卷該條。

〔二〕毛奇齡（一六二三—一七一三或一七一六）：字大可，後改名甡，字兩生，又字于一、齊于、僧開、僧彌，晚字初晴、晚晴、春晴、秋晴、老晴、春莊、春遲，號西河、河右，別稱小毛生、毛十九，別署阿憐翁，蕭山（今屬浙江）人。崇禎十年（一六三七）諸生。明亡，入山寺爲僧。康熙初，爲怨家所陷，易名王彥，字士方，流亡十餘年。後輸貲爲廩監生。康熙十八年（一六七九），舉博學鴻儒科，授翰林院檢討、國史館纂修。二十四年，托疾乞假，次年歸鄉。晚年僦居杭州，專心著述。撰寫詩學、易學、春秋學、禮學、樂學、四書學等著作一百餘種，有《西河合集》。傳見毛奇齡《自爲墓志銘》（《西河合集·墓志銘十一》）、施閏章《學餘堂文集》卷一七《傳》、盛唐《傳》（《西河合集》卷首）、全祖望《鮚埼亭集外編》卷一二《別傳》、《清史稿》卷四八一、《清史列傳》卷六八、《國朝耆獻類徵初編》卷一一九、陸邦烈《事略》（《國朝先正事略》卷三二）、《鶴徵前錄》卷二三、《清代七百名人傳》、《清儒學案小傳》卷三、《文獻徵存錄》卷一、《國史文苑傳稿》卷二、《昭代名人尺牘小傳》卷一〇、乾隆《蕭山縣志》卷三七、民國《蕭山縣志稿》卷一六等。參見周懷文《毛奇齡研究》附錄《毛奇齡年譜》（山東大學博士學位論文，二〇一〇）、胡春麗《毛奇齡生平考辨》（《古籍研究》總第六四卷，鳳凰出版社，二〇一六）。

〔三〕此文後有《聖歎讀法四十三則摘要》，係摘録金聖歎《讀第六才子書西廂記法》，不録。

（成裕堂繪像第六才子書西廂記）序〔一〕

程士任〔二〕

觀夫鳳吹流聲，耑需寸管；月華漾①彩，必藉微雲。故綺語豔思，恆因端於往迹；秉簡贈芍，亦共著於風詩。研極賦情，不過托爲揮灑；戲遊翰墨，無非假作筌蹄。實父才埒班、楊，學闚東壁；情深溫、李，意寓《西廂》。加以貫華之品評，益使菁英之如揭。曲從天上，不待被諸管絃；文到妙采，足以濬茲神智。爰申鏤繪，裁作袖珍，巧類棘猴，光侔照乘。俾夫能文才士，契彼靈心；作賦騷人，挹斯絶豔。芳詞在譜，適供玩月評花；好句如仙，雅稱驅愁破寂。至於會眞待月，不殊有美之詞；蕭寺留雲，詎外無邪之旨。存乎玄覽，別有會心。

時雍正癸丑歲仲春，耕埜程士任自莘甫題於成裕②堂〔三〕。

（清雍正十一年成裕堂刻巾箱本《成裕堂繪像第六才子書西廂記》卷首）

【校】

①漾，《槐蔭堂繡像第六才子書西廂記》卷首《序》作「呈」。

②成裕，《槐蔭堂繡像第六才子書西廂記》卷首《序》作「槐蔭」。

【箋】

〔一〕雍正十一年（一七三三）槐蔭堂刻巾箱本《槐蔭堂繡像第六才子書西廂記》卷首及清乾隆間松陵周氏琴

香堂刻本《第六才子書西厢記》卷首，均有此序。參見黄仕忠《日藏中國戲曲文獻綜録》，頁二一一。

〔二〕程士任：字自莘，籍裡，生平不詳。

〔三〕題署之後有印章二枚：陰文方章『程士任印』，陽文方章『自莘』。

樓外樓訂正妥注第六才子書序〔一〕

闕　名〔二〕

凡書不從生動處看，不從關鍵與照應處看，猶如相人不以骨氣，不以神色，不以眉目，雖指點之工，言驗之切，下焉者矣，烏足名高？語曰：『傳神在阿堵間。』嗟夫！此處著眼，正不易易。吾竊怪夫世之耳食者，不辯眞贋，但聽名色，便爾稱佳。如卓老、文長、周公種種諸刻，盛行於世，亦非眞本。及覩眞本，反生疑詫。掩我心靈，隨人嗔喜，舉世盡然矣，吾亦奚辯？

今覩聖歎所批《西厢》祕本，實爲世所未見。因舉『風流隋何，浪子陸賈』二語，疊用照應，呼吸生動。乃一評曰妙，再評曰妙妙，三評以至五評，皆稱妙絶趣絶。又如『用頭巾語，甚趣』；『帶酸腐氣，可愛』，往往點出，皆人所絶不著意者，一經道破，煞有關情。在彼作者，亦不知技之至此極也。聖歎嘗言：『凡我批點，如長康點睛，他人不能代。』識此而後知聖歎之書，無有不切中關鍵，開豁①心胷，發人慧性者矣。夫《西厢》爲千古傳奇之祖。聖歎所批又爲《西厢》傳神之祖。世不乏具眼，應有如揚子雲者，幸毋作稗官野史讀之，當從《史記》、《左》、《國》諸書讀之可也②。

（清乾隆四十七年壬寅刻本《樓外樓訂正妥注第六才子書》卷首〔三〕）

【校】

①豁，底本作『割』，據文義改。

②《雲林別墅繪像妥注第六才子書》卷首序末有題署：『時乾隆乙巳年題於雲林別墅』。

【箋】

〔一〕底本無題名。此文與前錄明末西陵天章閣刻本《李卓吾先生批點西廂記眞本》卷首醉香主人《序》相校（又見本卷前汪溥勳《題聖歎批點西廂序》），唯『聖歎』二字，明末刻本作『卓老』，并有個別字句稍異，當係鈔襲改易。清乾隆五十年乙巳（一七八五）刻本《雲林別墅繪像妥注第六才子書》卷首有此文，亦無題名。

〔二〕此文當爲鄒聖脈改易。鄒聖脈（一六九二—一七六二，或一六九一—一七六三），字宜彥，號梧岡，別署雲林別墅主人，室名寄傲山房，連城（今屬福建）人。諸生，屢躓場屋，遂棄舉子業，潛心著述與校注版籍。著有《寄傲山房詩文集》、《五經備旨》、《書畫同珍》、《寄傲山房塾課新增幼學故事瓊林》、《鑒史瓊林》等。參訂毛評本《三國演義》，校注《西廂記》。傳見余一軾《梧岡鄒老先生傳》（清乾隆間刻本鄒景陽編《酬世錦囊全集》、宣統三年重修《龍足鄉范陽鄒氏族譜》卷二一）。參見謝江飛《蒙學大家鄒聖脈考論》（收入《四堡遺珍》，廈門大學出版社，二〇一四）。

〔三〕中國藝術研究院藏本有內封，分行題『壬寅年新刊／繡像妥注第六才子書西廂／記原本／樓外樓藏板』。『壬寅』即乾隆四十七年（一七八二）。一說此書有康熙四十七年（一七〇八）樓外樓刻本，日本關西大學長澤文庫藏，見黃仕忠《日藏中國戲曲文獻綜錄》，頁二九，著錄似誤。

樓外樓訂正妥注第六才子書凡例〔二〕

闕名

一、貫華堂原本字句，不拘譜法多寡。余得卽空觀主人日新堂本，將襯字細一分，不與本調實字相混，今依之。後之作詞曲者，庶知遵循云。

一、原本字句精妙，傍用磊〇，讀者往往不知句數。今改用止於每句之下，用一〇，則雅俗皆得而讀之矣。

一、叶切字音，彙載卷首，讀者苦難查對。今復補於各折之上層。

一、記中有方語、市語、隱語、反語，又有拆白、調侃等語，要皆金元一時之習音也，儘有昔然而今不然者矣。讀者固不能洞曉，亦無貴於洞曉，以意得之可也。

一、『沙』、『波』、『價』、『呵』、『麽』，是助語辭。『俺』、『咱』、『喒』，是『我』字，『您』是『你』字。『恁』是『這般』，然亦有當作思念解者。

一、看塡詞與他書不同，塡詞多借用成語，若字櫛而句比，寸積而銖累，鮮有不死句下者。昔靖節先生讀書不求甚解，貴在會意，豈眞不解之謂哉？謂不死句下，只求大意之所在也。《西廂》文方言俗語，錯見紛出，矧南北異地，古今異宜，可强爲解乎？所賴讀者神而明之，得其意之所在，卽以己地之方言，代而解之，無不可者。譬之『噯喲』二字，此亦俗言之常，無難解也。苟思有以解之，則其義隨聲而異：卒然起者，爲驚聲、惜聲；歛而伸之，爲忍痛之聲；急暴大呼，則爲毒痛之聲；軟語微蹙，則又爲兒女子快活之聲。豈一端所可盡乎？只在脣吻間，審其輕重緩急，以意會之而已。世之評釋《西廂》者，揣意摹情，莫妙於聖歎，其間事迹方言，則有所未及，在博雅固非其所須，而淺學實茫無所入。因取徐文長、王伯良、袁了凡、卽空觀主人諸先生所輯，妥而注之，附以音義，去其謬誤，可解者解之，或從而兩存之；不可解者，存以俟之，非敢藉口靖節不求甚解，亦無幾異於不求解云爾。

一、他本注釋有妄牽合故事，刪之；有用其成語非用其事者，亦載其事，使知本語之來歷；其事有雅訓者，錄之頗詳，觀者亦有因此而得彼之樂與？

一、金批中引用內典，衰朽之夫，未之學也，觀者但以意會亦得①。

（清乾隆四十七年壬寅刻本《樓外樓訂正妥注第六才子書》卷首）

【校】

①乾隆五十年乙巳刻本《雲林別墅繪像妥注第六才子書》卷首《例言》末，署「雲林別墅主人識」。

【箋】

〔一〕乾隆五十年乙巳（一七八五）刻本《雲林別墅繪像妥注第六才子書》卷首《例言》，文字與此文略同，唯各條次序稍異。

西厢記序

朱　璐〔一〕

六經之文，如日月經天，如江河行地，昭垂來許，千載尚已。降迨《左》、《國》子史，其言皆自成一家，宏深奥衍，意不相襲，亦足傳耳。惟楚騷爲詞賦創體，文章之道，至此一變，乃千百年傳誦之者，與《左》、《國》子史無有低昂者，何歟？以其托意深厚，情文兼至，神而明之，不僅尚其辭也。

吾以爲《西廂》之妙，亦有然者。蓋塡詞雖屬小技，立言不擇伶倫。昔王遂東先生序之曰〔二〕：『登峯造極，俱在第一層，尖上取舌。此書成後，千古人學問盡呆，資質俱鈍。』可謂論之當矣。今細爲紬繹，其搖筆灑墨時，有仙氣迴翔紙上。故其爲文，無非雪痕鴻爪，鏡花水月，若蜃樓海市，憑空結撰而成。使人讀之，如遇若耶佳豔，一種天然雅澹，悉在脂塗粉捏、香團玉削之外。

近閱吴中改本一帙〔三〕，逐段注解，逐篇評論，立意命詞，大都宗《南華》、《御寇》，而才分有未逮焉者。使得良師友磨礱陶鑄之，幾登作者之壇。惜其任以己意，盡將原本割裂改塗，每一展看，腸欲爲嘔，目欲爲眩。試舉一節言之。《琴心》篇云：『疏簾風細，幽室燈清。壹層紅紙，幾眼疏欞。』乃添改云：『外邊疏簾風細，裏邊幽室燈清，中間幾眼疎欞。』類而推之，較是有甚者。夫文章之妙，全在引而不發，令人會晤而得，此作者之苦心，讀者之樂事也。使過接之痕畢露，則森秀之致盡失，若牙儈較斗量升，數一數二，何可聽聞？今有仙子臨凡，而欲以澗草溪花朦朧插戴者，固不可得也；即欲以翠翹金鳳莊嚴致飾者，亦不可得也。改《西廂》者，改之而當，不過翠翹金鳳，所謂『刻鵠不成』；改之而不當，流爲澗草溪花，是爲『畫虎不成』矣。夫《莊》之後不可作廣莊，《史》之後不可作後史，唐之後不可作擬唐，寧《廂》之後而可作改《廂》者？是亦多見其不知量也。

然其一翻評注苦心，議論風生，煞有可觀，不容泯沒。予因特檢原本，取其評注之得當者，另錄一編，間有缺略散漫者，附以臆見，稍爲增損，使覽之者如疏決河堤，悉遵故道；如擺設棋枰，復安成局。又取明季諸先正各本，凡評論之有裨於文藝者彙錄焉，如宋儒注疏《論》、《孟》，單心射的，人懸正鵠，紫陽從而裒集之。夫今而後讀是編者，庶幾張洞庭之樂，焚迷迭之香，白玉爲案，珊胡爲管，夷光挹露，鄭袖研硃，每讀一過，暢浮大白。竟一日讀之可也，竟千百年讀之可也。作《西廂》讀之可也，作《左》、《國》子史讀之無不可也。彼不知讀《西廂》者，即不能讀《左》、《國》子史者也；善讀《左》、《國》子史者，必能日取《西廂》，一唱三歎者也。

山陰朱璐景昭氏撰。

【箋】

〔一〕朱璐：字景昭，山陰（今浙江紹興）人。生平未詳。

〔二〕王遂東：即王思任（一五七四—一六四六）。此語不見於現存之王氏《西廂序》。

〔三〕吳中改本：或指金聖歎評本。

讀西廂記法

朱璐

作文最忌手拈一題，前半是此意，後半亦是此意也；手拈兩題，前篇是此意，後篇亦是此意也。如操執歌板，捱門彈唱，總不能脱【駐雲飛】一套，極爲可厭矣。《西廂》必變幻莫測，不使重複雷同，如《傳書》、《訂約》等篇，可類推也。

作文最忌題是此意，而文亦止此一意也；題有此意，而文反失此一意也。如膠柱鼓瑟，如刻舟求劍，牽纏粘滯，讀之徒增煩悶。《西廂》必翻騰開拓，另闢生面，如《投禪》、《解圍》等篇，可類推也。

作文最忌字句鄙俚也，如月露風雲，固屬浮靡可厭；若杜撰牽强，亦足貽笑大方。《西廂》必出語矜貴，落筆典重，雄偉蒼秀之氣，迥異諸書，如《遇豔》、《解圍》等篇，可類推也。

作文最忌起勢不張也，如韓淮陰之登壇對，如鄧高密之仗策言，如諸葛忠武之隴中計，矢口而談，便探驪珠。故起勢得，則通篇覺增神彩；起勢失，則通篇便減氣色。《西廂》每於起勢處，必有怒濤峻嶺之勢，如《寒盟》、《巧辯》等篇，可類推也。

作文最忌餘勇不勁也，如千巖必拱絶巘，如羣川必赴大海，將閣筆時，而能恣意飛翔，斯爲文家妙境。《西廂》每於篇終曲盡，淋漓之致，使筆酣墨舞，如《踰牆》、《旅夢》等篇，可類推也。

作文最忌氣不充也，如山遊者轉入谷口而劃然天開，如溪行者適逢水盡而蔚然雲起。若首尾結構而中無縱橫穿插之妙，如潢汙坑阜，復何可觀？《西廂》每中一篇，務令峯回路轉，使人應接不暇，如《投禪》、《省簡》等篇，可類推也。

《劍掃》云〔一〕：《西廂記》興致流麗，情思逶迤。學他描神寫景，必先細味沉吟。如曰寄趣本頭，空博風流種子。

山陰朱璐識。

（以上均《綏中吳氏藏鈔本稿本戲曲叢刊》第一冊影印舊鈔本《朱景昭批評西廂記》卷首下欄）

【箋】

〔一〕《劍掃》：即陸紹珩《醉古堂劍掃》。陸紹珩，字湘客，松陵（今江蘇吳江）人。明天啓間，流寓北京。纂輯《醉古堂劍掃》，現存天啓四年（一六二四）刻本。清人改題《小窗幽記》，托名陳繼儒撰。參見李小龍《書砦・梁山泊——〈醉古堂劍掃〉的命運》（《文史知識》二〇一四年第五期）、成敏《從〈醉古堂劍掃〉到〈小窗幽記〉——版本變化及其背後的文化風尚變遷》（《中國文化研究》二〇一四年冬之卷）。

西廂記識語〔一〕

闕名〔二〕

蔡寬夫曰〔三〕：『秦漢以前，字書未備，既多假借，而音無反切，平仄皆通用。自齊梁後，既拘以四聲，又限以音韻，故士率以偶儷聲調爲工，文氣安得不卑弱？惟陶淵明、韓退之，時時擺脱俗忌，蓋惟以筆力勝之。」王實甫《西廂記》一味憑尚筆氣，質恁自然。如『水月觀音現』改『水月菩陀院』，『東閣玳筵開』改『東閣帶烟開』，拘泥音律字句，已失文氣之本來面目。善讀書者，當以寬夫之論三復之。

（同上《朱景昭批評西廂記》卷首下欄《西廂記》目錄後）

【箋】

〔一〕底本無題名。

〔二〕此文疑爲朱璐撰。

〔三〕蔡寬夫：南宋人，有二：一名啓，臨安（今浙江杭州）人，歷官東平知府。著有《詩話》，現存《宋詩話輯佚》本。一名居厚，歷任檢點試卷官、太學博士侍郎。著有《詩史》。此處引文略見胡仔《苕溪漁隱詩話》卷一八。

（朱景昭批評西廂記）鍾氏原序

鍾□□〔一〕

間閲韓、柳、歐、蘇之文，與夫《西廂》之文，知天地間都是文章，惟轉移作用之權操之自人耳。如有餓夫於此，使投以珠玉，則僵仆傴僂之下，必塊然而無用；若進之以膏粱，餔啗三咽，飽騰生色矣。又有貴介於此，使進以膏粱，則剝烹燔炙之餘，或攢眉而相向；若投之以珠玉，緹巾十襲，珍藏無斁矣。夫餓夫、貴介，非不知膏粱之與珠玉同，其鄭重而喜好不同者，物貴適用也。然自造物而言，二者總屬天地之精華，彼視爲膏粱、視爲珠玉，不過轉移作用之妙耳。故韓、柳、歐、蘇之文，餓夫之膏粱也；《西廂》之文，貴介之珠玉也。自解人視之，神理才情同歸一轍，未嘗以優劣論也。

景昭氏曰：此序精切詳明，固無間然矣。昔王季重序《西廂記》，云：『兒女之情，千曲萬曲，非厭襲可謳，卽幻戾不情。間有文章綜錯，不過山異海肴，斷不能出粱肉之上。蓋味至粱肉，所謂無以尚之，是造物者設味之極思也。《西廂》登峯造極，何以異此？』參於此言，則《西廂》又珠玉而兼並膏粱者也。焦弱侯有曰：『讀人好文章，如喫飯八珍，雖美而易厭。至於飯，一日不可無，一生喫不厭。蓋八珍乃奇味，飯乃正味也。』吾謂《西廂記》亦有然也。

【箋】

〔一〕鍾□□：名字、籍里、生平均未詳。

西廂記序

錢　錀〔一〕

予讀《漢書》，知甘脆爲腐腸之藥，設以爲引年之昌陽，則矯矣；詞學爲雕蟲之技，設以爲文字之總持，則誤矣。而不知非然也。蓋甘脆而和以沆瀣，尚何腐腸之足憂？詞學而參以名理，又何雕蟲之可限？卽以《西廂》論。《西廂》者，才子佳人之書也。世不之察，而以氍毹上扮演之，其褻也固矣。間有賞識之者，不過於誦讀之餘，行歌散詠，適其清興而已。至名理所寓，舉皆習矣而不察，察焉而不精也。

予友朱君景昭，凡周、秦、兩漢、晉、唐、宋、明諸書，無不博綜淹貫。當操觚染翰，洋洋纚纚，數千言立就，要必矩矱先型，未嘗稍越於玉步玉趨之外。予每覽著述，知其必有祕笈存焉。辛亥秋日〔二〕，出其手錄《西廂記》一編示予，大都采輯諸家評論，而參附以己意焉者。凡讀書行文之法，條分縷析，綱舉目張，靡不燦然具備，令人讀之，耳目爲之一新，胷襟爲之一曠。不必博騖汗牛，遠求充棟，而文章軌範，悉準於是。

予因佩服景昭之用心甚深，竊窺祕笈之即在是也。昔杜當陽癖愛《左傳》，而注疏詳明；梁昭明雅喜陶集，而選評精切。雖前人好尚，各有異同，而名理淵源，要歸於正。珍是編也，即羽翼《左》、《史》，表裏《莊》、《騷》可耳。小技云乎哉？

易水錢綸季平氏撰。

【箋】

〔一〕錢綸：字季平，易縣（今屬河北）人。順治十二年乙未（一六五五）歲貢，任河南河内縣縣丞。康熙十四年（一六七五），降補江南碭縣管河主簿。傳見民國《新城縣志》卷一二。

〔二〕辛亥：康熙十年（一六七一）。

錄西廂記序

張　珩〔一〕

天下之文，一至理之所爲也。得其理者，惟上自六經，下逮子史已耳。《西廂》之作，雖以佳人才子之書，男女慕悦之詞，其中大而深沉敦厚，細而淵源曲折，無美不具，無微不燭，其殆本六經子史而統其至理者乎？故是編之成，愚者固失其愚，即智者亦失其智。吾不知實甫當日，何以有此錦心繡口，一吐其胷中之奇藴？

余自幼心焉篤好，第僅知其文章之工雅，情意之綢繆，初未知經天緯地，張皇幽眇，邁千古而首出，冠曠代而獨隆，一至於此也。今甲子歲〔二〕，舌耕於居易齋中。朱景昭先生者，胷藏二酉，學富五車，出其珍藏《西廂》一本，以己意而合衆人之説，以衆説而參一己之意，丹黄評定，巨細精粗，幽深曲折，開卷展讀，靡不了然。第覺其文情精者愈精，曲者愈曲，洵非淺鮮之比。

吾因是而有感於今之讀書者焉。大則名登天府，出其手著以傳誦於一時；小則皓首蓬窗，亦挾其一編以愉快於一己。彼泯泯無聞，空老於他人之章句，亦何可勝道哉！昔范曄手錄《漢書》，删繁就簡，成一家言，亦深有見於此也。今涵泳是編，六經子史，精微深奥，固可游刃而解，凡肆應倡酬，汪洋浩瀚，無不可染翰而成。若謂義屬塡詞，以雕蟲小技目之者，皆門外漢耳。因特手錄，置之几案，焚香默誦。非曰陶情，亦欲得其至理之所在云。是爲序。

齡江張珩楚材氏撰。

（以上均《綏中吴氏藏鈔本稿本戲曲叢刊》第一册影印舊鈔本《朱景昭批評西廂記》卷首下欄）

【箋】

〔一〕張珩：字楚材，齡江（今屬四川）人。生平未詳。

〔二〕甲子歲：康熙二十三年（一六八四）。

（朱景昭批評西廂記）題跋

陳正治〔一〕

余於庚戌之秋〔二〕，自覃①懷旋里，與天台袁君孝廉，萍逢途次，攬轡交譚，歡然浹洽。及盤桓逾旬，知其宿學高才，愧莫之及。尤長於古文辭詩歌，余降心求教。袁君云：『子專舉子業，苟於是道精一分，究於制藝減一分。』余深佩此言，自兹以往，凡一切無益之書，擯置弗讀。惟《西廂》一書，未免戀戀，不能忘情，然不過愛其虚圓爽秀，初未知其有裨於藝壇運用也。

壬子仲冬〔三〕，復至覃懷，見景昭先生案頭，手錄《西廂記》一編，逐段注評，逐字校正，細爲尋繹。凡讀書行文，至理妙境，燦然俱備。其脈絡條貫，大都與《左》、《國》、《莊》、《騷》，相爲表裏。填詞至此，洵未可作小道觀也。

楊子雲嘗謂：『雕蟲小技，壯夫不爲。』蘇長公論之曰：『文之爲物，如繫風捕影，能使是物了然於心者，蓋千萬人而不一遇也，况能使之了然於口、於手乎？』雄好爲艱深之詞，以文淺易之說，其《太玄》、《法言》，皆是物也。終身雕蟲，但變其音節，便謂之經，可乎？屈子作《離騷》，蓋《風》、《雅》之再變者，雖與日月爭光可也，可以其類詞賦而謂之雕蟲乎？余謂長公此論，雖由其識見高深，實善啓千古讀書法門者爾。士君子凡有著述，苟能行乎所當行，止乎所不可不止，使姿態横生，機神曲暢，卽途歌巷語，隻字單詞，神而明之，無非妙諦。始信文章一道，古也、今也，文也、詞也，無二理也。景昭先生不以臆説爲鄙，另錄一編，欣然付余。贈貽雅愛，豈亦陳主授麈、呂虔解佩之意乎？特跋數言，以志弗諼。

蕭山陳正治綺函氏撰。

劉夢得嘗愛終南、太華，以爲此外無奇；女几、荊山，以爲此外無秀。及見九華，始悔前言之失。昔有友人，狂蕩自負，生平癖愛《史記》。一日謂人曰：『日者讀《史記》將竟，無書以消永晝，奈何？』彼時惜不以《西廂》一編示之，若使其細爲紬繹，應亦悔出言之謬。

蘇子由曰：『太史公行天下，周覽名山大川，與燕趙間豪俊交游，故其文疏蕩，頗有奇氣，豈常執筆學爲如此之文哉？其氣宛乎其中，而溢乎其貌，動乎其言，而不自知也。』方正學嘗論《西廂》行文，『時有仙氣，繚繞筆端』。王季重論《西廂》『文情蕩漾，隨其意興』。二公之論，正與子由論《史記》之語，適爲恰合。

古來文字好者，都不見安排之迹，一似信口説出，自然妙也。其間體制非一，但本於自然，不安排者，便覺好。如柳子厚比韓退之不及，只爲太安排也。《西廂》一書，全在信口説出，不見安排爲妙爾。

世路中人，或圖功名，或治生産，或憂子孫，盡是正經，爭奈天地間好風月，好山水，好書籍，好花木，了不相涉，豈非枉卻一生？人於經書子史，研究者固多，若《西廂》往往忽略輕看，蹉過好書籍，亦是一生缺然處〔四〕。

昔堯夫氏踰河汾，涉淮漢，周流齊、楚、宋、鄭之墟，而曰：『道在是。』

鳥窮則啄，獸窮則角，人窮則詐。

宣帝時，魏相《諫伐匈奴書》有曰：『郡國守相，多不實選，風俗猶薄，水旱不時。按今年子弟殺父兄，妻殺夫者，凡二百二十二人，臣愚以爲此非小變也。』

桓帝欲褒崇梁冀，有司奏請入朝不趨，劍履上殿，謁贊不名，比蕭何；封邑四縣，比鄧禹；賞賜金錢、奴婢、車服、甲第，比霍光，以殊元勳。冀猶以所奏禮薄，意不悦。冀一門，前後七侯、三皇后、六貴人、二大將軍夫人，女食邑稱君者七人，尚公主者三人，其餘卿、將、尹、校五十七人。冀專擅威柄，幾二十年，天子拱手，不得有所親與。帝既不平之，召諸尚書發其事，使具瑗將千餘，入圍冀第，收大將軍印綬。冀及妻壽皆自殺。悉收梁氏、孫氏（妻族），無少長皆棄市。收冀財貨，斥賣，合三十餘萬萬，減天下租稅之半，散其苑囿，以業貧民。

梁冀與妻孫壽，對街爲宅，殫極土木，互相誇競；又廣開園圃，采土築山，深林絶澗，有若自然，奇禽馴獸，飛走其間。嘗起兔苑於城西，亙數十里，移檄郡縣，調發生兔，刻其毛以爲識〔五〕。

此『一鼻孔出氣』一語，最有意味，讀書人最宜理會。朱夫子注書，多有與作書人一鼻孔出氣處。如注《國風》『焉得萱草，言樹之背。願言思伯，使我心痗』，云：『焉得忘憂之草，樹之北堂，以忘吾之憂乎？然終不忍忘也。是以寧不求此草，而但願言思伯，雖至於心痗而不辭耳。』補出『終不忍忘』，『寧不求此草，使願言思伯』二句，若開門見山，此是與《國風》婦人作詩時一鼻孔出氣也。如注《大雅》『無俾城壞，無獨斯畏』，云：『有德則得是五者之助，不然則親戚畔之而城壞，城壞則藩垣屏翰皆壞而獨居，獨居而所可畏者至矣。』補出『城壞則藩垣屏翰皆壞』，使『無獨斯畏』一句，若開門見山，此是與《大雅》穆公作詩時一鼻孔出氣也〔六〕。

（同上《朱景昭批評西廂記》卷末）

【校】

①覃，底本闕，據地名補。

【箋】

〔一〕陳正治：字綺函，蕭山（今屬浙江）人。康熙二十年辛酉（一六八一）貢生，參見民國《蕭山縣志稿》卷二三。

〔二〕庚戌：康熙九年（一六七〇）。

〔三〕壬子：康熙十一年（一六七二）。

〔四〕『劉夢得』以下至此四段，當爲陳正治評《西廂記》語。

〔五〕『昔堯夫氏』以下五段，適爲一頁，不詳何人所作，亦不詳爲何而作，疑係誤鈔闌入者。

〔六〕此段疑亦爲陳正治評《西廂記》語。

論定西廂記自序

毛奇齡

《西廂記》者，塡詞家領要也。夫元詞亦多矣，獨《西廂記》以院本爲北詞之宗，且傳其事者，似乎有異數存其間焉。昔元稹爲《會眞記》，彼偶有托耳。杜牧、李紳輩，即爲詩傳之。逮宋，而秦觀、毛澤民，即又創爲詞作【調笑令】焉。暨乎趙安定郡王，撰成【商調】鼓子詞，凡一十二章，俾謳師唱演，謂之『傳奇』。至金章宗朝，有所謂①董解元者，不傳其名氏，實始爲塡北曲，名曰《西廂記》，然猶是搊彈家唱本也。嗣後，元人作《西廂》院本，凡幾本，而後乃是本以傳。繼此則又有陸天池、李日華輩，復疊演南詞，導揚未備。天下有演之博、傳之通，如《西廂》者哉？

或曰：『《西廂》，豔體詞。其詞比之經之《風》，騷之《九歌》，賦之《高唐》、《美人》，詩之《同聲》、《定情》、《董嬌嬈》、《宋子侯》以下，其在詞則《江南》、《龍笛》等也。』雖不必盡然，然絕妙詞也。

特刻繁板漶，魯魚亥豕。舊時得古本《西廂記》，爲元末明初所刻，曲眞而白清，爲何人攫去久矣。萬曆中，會稽王伯良作《較注古本西廂記》，音釋考據，尚稱通覈。然義多拘葸，解饒傅會。揆厥所由，以其所據本爲碧筠齋、朱石津、金在衡諸譌本，而謬加新訂，反乖舊文。雖妄題曰『古』，實鼠璞耳，然猶孔陽丑頊之間也。今則家爲改竄，戶起删抹，拗曲成伸，强就狂臆，漫②不知作者爲何意，詞曲爲何物，宮調爲何等。換形吠聲，一唱百和，數年後是書獨遭秦炬矣。

予薄游臨江〔一〕，閟閉蕭寺，客有語及者，似生憂患。因就臨江藏書家，遍搜得周憲王、大觀堂本凡二本，他無有矣。既而返臨安，又得碧筠齋、日新堂、卽空觀、徐天池、顧玄緯諸本，凡八本，然而猶是魯衛也。且擬爲論列，以未遑，卒捨之去。既後，則驟得善本於蘭溪方記室家，與向所藏本頗相似，特不署所序名。鐫字委刓而幅窄，稱爲元至正舊本，而重授刻於明永樂之一十三年〔二〕。較之碧筠齋諸本刻於嘉靖以後者，頗爲可信。且曲白皦皦，與元詞準，比諸傳譜與《雍熙樂府》諸所載曲，尤稱明晳。遂丐實之篋而攜之歸。

越二年，復以避人，故假居山陰白魚潭，乃始與張氏兄弟約爲論列〔三〕。出篋所實本，并友人所藏王伯良本，并他本。竟以蘭溪本爲準，矢不更一字，寧爲曲解，定無參易。凡論一折，限一晝，凡二十二晝不足。已而之吳，寓邵明府署，又凡二十晝，合四十二晝。蓋既悲時曲之漫填，而又懼是書之將終迷於世也。於是論序之，以存填詞一線焉。

西河毛甡撰。

【校】

①謂，底本作『爲』，據文意改。

②『漫』字後文字，底本原闕，據楊緒容《王實甫〈西廂記〉彙評》補錄。

【箋】

〔一〕臨江：卽江西。毛奇齡客居江西，約在康熙四年（一六六五）至五年，受施閏章（一六一八—一六八三）

之邀，於白鷺書院講學。見周懷文《毛奇齡年譜》（《毛奇齡研究》附録，山東大學博士學位論文，二〇一〇年，頁二二三—二二四）。

〔二〕此處所言蘭溪方記室家所藏永樂十三年（一四一五）據元至正舊本重刻本《西廂記》，前人從未提及，今亦已不可見。

〔三〕張氏兄弟：即張杉及其兄梲。張杉（一六二一—一六八〇），字南士，山陰（今浙江紹興）人。著有《主山樓填詞》。傳見毛奇齡《西河合集·墓志》卷一四《山陰張南士墓志銘》（《國朝耆獻類徵初編》卷四四七）。

崔孃遺照跋〔一〕

毛奇齡

鶯像前不可考。宋畫院陳居中爲《唐崔麗人圖》，則始事也。然詳其圖跋，大抵泰和中有趙愚軒者，宦經蒲東，得崔氏遺照於蒲之僧舍，因購摹之，則居中實摹舊者。其後陶九仍又得居中畫於臨安，而趙待制雝，倩禾中畫師盛懋重臨，卽今所傳刻本耳。若明唐六如改爲之像，見吳趨坊本《西廂》。而近年吾越陳老蓮，又改爲之，則皆非舊矣。

予論《西廂》成，客有攜居中刻畫，强予臨此。予曰：花無成豔，葉無定影。取滕王所圖，爲東園書蝫；得楊子華所爲畫，以當謝監堦前之葯，亦無不可。特尤物難擬，每趣愈下。予恐今茲所傳，欲比之『爲郎憔悴』之後，而猶未得焉。

丙辰上巳〔二〕，齊于氏跋〔三〕。

【箋】

〔一〕底本無題名，置於《崔孃遺照》之後。《崔孃遺照》，署「宋畫院待詔陳居中摹本，西河僧開重臨」，後鈐陽文方章二枚：「毛甡之印」，「大可齊于」。

〔二〕丙辰：康熙十五年（一六七六）。

〔三〕題署之後有印章二枚：陽文方章「大可氏」，陰文方章「毛奇齡印」。

（毛西河論定西廂記）序

吴興祚〔一〕

古樂之失傳久矣。《皇華》四篇亡於晉，《樂安世》軼於魏。六季三唐，凡詩歌之播樂者，五調相沿，盡遺其契注拍序之法。而宋樂引慢，變爲搊彈；金元樂院本雜劇，又變爲道念、筋斗、科泛，然猶雜劇之遺也。今南曲興而北音衰，院本雜劇又亡矣。舊傳院本祇《西廂記》耳，雖不能歌，猶幸宮譜未滅，伊羊令吾，庶幾鐸音灰綫，可以尋其微而會其義。而今則僞本盛行，竄易任意，朱紫混列，淄澠莫辨，宜西河之奮而起，起而爲之論也。顧西河善音律，嘗欲考定樂章，編輯宮徵，而蹉跎有待，洪鐘之響發於寸莛，豈其志與？

嘗按元制以塡詞十二科取士，其間所傳遺劇，如東籬、漢卿、德輝、仁甫，彬彬稱盛。然欲如《西廂》之經文緯質，出風入雅，粹然一歸於美善，仍所罕有。蓋一代之文所傳有幾，而今俗人以竄易亡之，可乎？世有以《西廂》爲豔曲者，吾不得知。若以謂才子之書，惟才子能解之，則世不乏才，毋亦慎爲其眞者而已矣。

時康熙丙辰仲春，延陵興祚伯成氏題〔二〕。

【箋】

〔一〕吳興祚（一六三二—一六九七）：字伯成，號留邨，別署清泉主人，漢軍正紅旗人，原籍山陰（今浙江紹興）。清康熙間貢生，授江西萍鄉知縣，官至歸化城右翼漢軍副都統。編纂《宋元詩聲律選》，著有《史遷句解》、《留邨詩鈔》等。傳見《清史列傳》卷九、《清史稿》卷二六〇、《碑傳集》四冊卷一四及卷六四等。

〔二〕康熙丙辰：康熙十五年（一六七六）。吳興祚在福建按察使任上。題署之後有印章二枚：陽文方章『伯成』，陰文方章『清泉主人』。

西廂記考實〔一〕

闕名〔二〕

『西廂記』三字，標目也。元曲末必有『正名題目』四句，而標取末句。如雜劇有《城南柳》，因『題目』末句曰『呂洞賓三度城南柳』也。此名《西廂記》，因『題目』末句曰『崔鶯鶯待月西廂記』也。推此，則明曲之謬，如徐天池《漁陽三弄》，而題目末句曰『曹丞相神仙八洞』者，不知凡幾矣。特目列卷末，今誤列卷首，如南曲開演例，非是。

原本不列作者姓氏，今妄列，若著、若續，皆非也。說見左。

或稱《西廂》爲王實甫作，此本涵虛子《太和正音譜》也。涵虛子爲明寧王臞仙，其譜又本之元時大梁鍾嗣成《錄鬼簿》。故王元美《巵言》亦云：『《西廂》久傳爲關漢卿作，邇來乃有以爲王實甫者。』

明隆、萬以前，刻《西廂》者，皆稱《西廂》爲關漢卿作。雖不明列所著名，然序語悉歸漢卿。如金陵富樂院妓劉麗華刻『口授《古本西廂》』，在嘉靖辛丑，尚云：『董解元、關漢卿爲《西廂傳奇》。』而海陽黃嘉惠刻《董西廂》〔三〕，在嘉、隆後，尚云：『《董西廂》爲關漢卿本所從出。』且引『竹索纜浮橋』等語，爲漢卿襲句。則久以今本屬關矣。但《正音譜》載元曲名目，其於漢卿名下，凡載六十本，而不及《西廂》，不可解也。

或稱《西廂》是關漢卿作，王實甫續。他不可考，嘗見元人詠《西廂》詞，其【滿庭芳】有云：『王家好忙，沽名弔譽，續短添長，別人肉貼在你腮頰上。』又【煞尾】云：『董解元古詞章，關漢卿新腔韻。參訂《西廂》有的本，晚進王生多議論，把《圍棋》增。』則是在元時，已有稱王續關者。但今按《西廂》二十折，照董解元本填演，其在由歷，不容增《圍棋》一關目；而在套數，又不容於五本之外，特多此一折也。且《圍棋》一折，久傳人間，亦殊與實甫所傳雜劇手筆不類。則意漢卿亦曾爲《西廂記》，有何人王生者，增《圍棋》一折，故有此謿。實則漢卿《西廂》非今所傳本，王生非實甫，增一折亦非續四折也。故詞隱生云：『向之所謂王續關者，則據元詞王增關之說而傅會之者也。今之所爲關續王者，則卽向時王續關之說而顛倒之者也。』此確論也。

或稱《西廂》爲王實甫作，後四折爲關漢卿續。此見明周憲王所傳本。又《點鬼簿》目標王實甫名，則云：『張君瑞鬧道場，崔鶯鶯夜聽琴，張君瑞害相思，草橋店夢鶯鶯。』標關漢卿名，則云：『張君瑞慶團圞。』故徐士範重刻《西廂》，則云：『人皆以爲關漢卿，而不知有王實甫。蓋自「草橋」以前，作於實甫，而其後則漢卿續成之者也。』且《卮言》亦云：『或言實甫作至「草橋夢」止，或言至「碧雲天」止。』於是向以爲王續關者，今又以爲關續王，眞不可解。

《西廂》作法，斷不得止『碧雲天』者。元曲有院本、有雜劇。雜劇限四折，院本則合雜劇爲之，或四劇，或五劇，無所不可。故四折稱一劇，亦稱一本。『碧雲天』者，第四本之第三折也，而謂劇與本有止於三折者乎？若其不得止『草橋』者，《西廂》關目，皆本董解元《西廂》，『草橋』以後，原有『寄贈』、『爭婚』，以至『團圞』，此董詞藍本也。元例傳演，皆有由歷。由歷一定，即『李白嚇蠻』，本傳所無；『張儀激秦』，與史乖反，亦不得不照由歷。所謂主司授題者，授此耳。今由歷在董，董未止，何敢輒止焉？且院本雖合雜劇，然仍分爲劇，如《西廂》仍作五本是也。但每本之末，必作【絡絲娘】【煞尾】二語，繳前啓後，以爲關鎖，此作法也。今《西廂》第一本【煞尾】已亡，第二、第三、第四本猶在也。第四本【煞尾】云：『都則爲一官半職，阻隔得千山萬水。』此正起末劇得官報喜之意，而謂『夢覺』即止，作者閣筆耶？且《西廂》，閨詞也，亦離合詞也。不特董詞由歷不可更易，即元詞十二科中，有所謂『悲歡離合』者，雖《白司馬青衫淚》劇，亦必至完配而後已。公然院本而離，而不合科例謂何？

《西廂》果屬王作，則必非關續。按關與王皆大都人，而關最有名，嘗仕金，金亡，不肯仕元。

雖與王同時，而關爲先進。關向曾爲《西廂》矣，惡晚進者增一折，而紛紛有詞，豈肯復爲後進續四折乎？且今之據爲王作者，以《正音譜》也。若據《正音譜》，則并無可爲續者。按《譜》所列，每一劇必注曰「一本」，一本者，四折也。今實甫《西廂記》下，明注曰「五本」，則明明實甫已全有二十折矣。且兩人成一本，元嘗有之，如馬東籬《岳陽樓》劇，第三折花李郎，第四折紅字李二；范冰壺《鷫鸘裘》劇，第二折施君美，第三折黄德潤，第四折沈拱之類。然皆有明注，此未嘗注曰後一本爲何人也。凡此皆所當存疑，以俟世之淹雅有卓識者。今不深考古，而妄肆褒彈，任情刪抹，且曰若編、若續，若佳、若惡，若是、若否。嗟乎！吾不知之矣。

參釋曰：董解元《西廂》爲搊彈家詞，其人仕金章宗朝爲學士，去關、王百有餘年，而時之爲《西廂》者宗之。今董本具在也。碧筠齋、徐天池輩，不經見董詞，初指今所傳本爲《董西廂》，則尤謬誤之甚者。古之不易考，每如此。

【箋】

〔一〕此篇底本在卷一正文前，無題名，據蔡毅《中國古典戲曲序跋彙編》擬定此名。

〔二〕此本卷首署「西河毛甡（字大可）論定（並參釋）」，則此文當爲毛奇齡撰。

〔三〕海陽黄嘉惠：參見本書卷十四《董解元西廂引》條箋證。

西廂記雜論十則〔一〕

毛奇齡

詞有詞例。不稔詞例，雖引經據史，都無是處，以詞中義類、事實、句調、語調各不同也。董詞爲是記所本，元劇爲是記所通。以曲辨曲，以詞定詞，何不得者？故其中論次，多引曲文，以著詞例。

從來諸詞注不引一字，正坐不識詞例耳。

從來諸詞譜所載曲，亦多與原本不合，總屬竄入。

初意欲彙集諸本，錄其各不相合、兩有可通者於行間，如較古文例，若本作若。既而彙諸本從無善者，大抵非已經改竄，卽訛錯耳。其爲世稱善，實無足取者，名見《序》中。

諸本惟王伯良本稍善，以其引據有根柢也，惜其引據頗密而解斷全疏。因取其所引元詞，省予未搜者，十分之一。若其解斷，則百取一焉，然亦必明注曰『王伯良本』、『王本』。其他諸本，則萬無一取，又何足當標識者？則但統稱之曰『諸本』、『他本』、『俗本』，或作『別作』而已。至若弇陋無知，妄肆刪易，冒稱古本翻，偶有辨及，然更非『他』與『俗』所得名也。嗟乎，彼又安足以與此！

每折中，調有限曲，曲有限句，句有限字，此正所謂宮調出入、章句通限、字音死生也。凡於中通宮换調，並曲文襯墊搶帶等字，例宜分別，但舊本一概混書。且凡宮譜所列，與元詞按之，每有參錯。借如務頭，標十七宮調，不標出入。元劇則有出入矣，然不標何宮何調。譜則既標出入、宮調，而又不詳。如中呂用南呂【乾荷葉】，譜及之；雙調用之，譜未及之也。且舊有轉用宮調例，如正宮【道合】，可出入中呂宮，遂得以【道合】並轉用中呂宮之【賣花聲煞】，此最微妙，義今不詳。至若章句通限，雖有一定，而元詞襯字每倍句，墊句每倍章，卽務頭所定字句不拘者，一十四章。考元調每不止此，如中呂【六么序】，雙調【收江南】、【梅花酒】、【川撥棹】等，皆在一十四章之外。卽名同律異，如【端正好】一名，而正宮、仙呂，各有不同，務頭明辨之。然往見元劇楔子，或標仙呂，實正宮；或標正宮，實仙呂。且有本正正宮，么仙呂，兩宮並見，何所定據？且更有變體，如仙呂【混江龍】、雙調【攪箏琶】、越調【綿搭絮】等，間雜無韻排語一二十句，名曰『帶唱』，而譜皆無有此。無怪乎第十三折楔子，王伯良疑正宮爲誤；而『幽室燈青』、『眉似遠山』諸曲，何元朗至訾爲失韻而不之察也。蓋譜既難據，而元詞又急難辨晰，不能取準。誠恐照譜律曲，照宮律調，分別襯墊，標明通換，反多紕繆。況世多妄人，每好刪舊文以就私臆。幸正襯混列，彼猶忌平仄短長之或有礙，若明明別出，則凡襯墊字，恣爲刪改，不可底矣。且是書重文章，其爲宮調長短，則聽之元劇與宮調舊譜，以俟知者。

北音備《中原音韻》，與經史讀例不同。若逐字音注，則凡入聲俱分隸三聲，無不當轉押者，不勝注矣。故衹注難字、兩讀字，並借叶字。其他字畫煩省，義類通假，概不拘限。蓋曲字不同，有從便者，如『裏』爲『里』、『著』爲『着』類； 有從通者，如『們』爲『每』、『得』爲『的』類； 有從異者，如『磋』爲『彫』、『蹴』爲『跐』類； 有從變者，如『睃』讀『梭』、『揉』讀『猱』類。使必較古字，正古音，盡失之矣。 至若陰陽死生，則雖元詞，亦罕有合者。 兹但略摘其所知者於卷中，餘任自然，無容深論。

世謂繪像爲諧俗，不知正復古也。 不見趙宜之跋《雙鴛圖》乎？

附載《會眞記》及諸詩歌詞令，以逮王性之《辨證》諸錄，亦從來刻《西廂》者之不庸已也。 但所載過冗，徒累卷帙。 今但載本記，餘擇其尤繫者，以備搜考。

鹵略者以不求解而存《西廂》，敏悟者以好解而反亡《西廂》。 何也？ 以解之不得，則改竄從此生也。《西廂》猶近古，正惟其耐由繹耳。 今請翻《西廂》者，勿先翻論釋，祇就本曲字句，尋求指歸，志意相逆，文詞不害，徐而罔然，又徐而涣然。 然後知以我定詞而詞亡，不如以詞定詞而詞存也。 世實多眞解會人，鄙識弇促，妙義層累，豈無補苴所未備，疏辟所難通者？ 踵事增華，是所望於嗣此者爾。

西河氏。

（以上均《國家圖書館藏西廂記善本叢刊》第一九册影印清康熙十五年浙江學者堂刻本《毛西河論定西廂記》卷首〔一〕）

【箋】

〔一〕此文第一、第六、第七、第十段數段文字，又見清致和堂刻《箋注第六才子書釋解》卷二，題『讀西廂記法』，字句稍有差訛。

〔二〕民國間武進董氏誦芬室據學者堂原刻本石印重刊。

論定西廂記跋〔一〕

毛奇齡

從來賦《西廂》辭，自唐人數詩後，宋有詞，金、元有曲。金爲董解元《西廂》，元卽是本也。《董西廂》爲是本由歷，本宜並觀，今卷繁，不能載矣。且其中相同處，亦約略引證入《論定》內，無可贅者。特舊刻卷末，有無名氏詩，凡百餘首，從夫人自敍借居寄柩，以至張生衣錦，皆紀一律，其詞最俚淺，明係俗子譜入。且徒費梨棗，無裨考覈，概從刪去。祇附唐宋迄今詩詞二十四首，以備餘覽。尚有唐伯虎題像一首，並徐文長和題一首，以本闕二句，不便補錄。

西河氏識。

（同上《毛西河論定西廂記》卷末）

【箋】

〔一〕底本無題名。

（毛西河論定西廂記）後跋

陸進〔一〕

元陶九仍謂金章宗朝有《董解元西廂記》，時代未遠，尚罕解者，況今雜劇曲調之煩乎？則元曲在當時，已早有慮其失解，而以今日而欲辨定其宫調，解會其語辭，參伍科條，訂析疑奥，我知其難也。第古文佶倔，不乏通貫，編簡蝕蠹，端有補覈。況宫商儼然，詞句具在，世固有相距久遠，而比肩接踵，理解未墜者。惟夫妄人改竄，反稱古本，而原文施易，遲久滅没。此西河先生所爲顧《西廂》而爽然憂乎？

顧西河在淮西，曾以《西廂》舊本屬予較刻，而逡巡未就，致令夜光之璧，幾没田兊。幸山川有神，珪璋特達，微言渺論，昭然可見於天下。是雖崔徽之未亡，抑亦作者之難泯也。惜是刻限幅，未能備載西河所論。而同時訂析，如延陵明府及其小阮季蓮，往有附載，今悉删去，以俟後之踵其事者至。西河嘗曰：『前人稱《西廂五劇》，皆詞家手裁，斷不容增減一字。』其云『五劇』，則前後並列，未嘗軒輊而叮嚀增減，若猶恐後人之多不肖而杜其端者。其用心如此，然則後之讀是書者，可以念矣。

餘杭陸進謹跋。

（中國國家圖書館藏清康熙間學者堂刻本《西廂記》卷首）

【箋】

〔一〕陸進（一六二五—？）：字藎思，餘杭（今屬浙江）人。因居杭州北墅，人稱『北門大陸子』。清貢生，選溫州府學訓導，康熙間任永嘉教諭。工詩詞，與其弟陸雋齊名。編《西陵詞選》，合編《東白堂詞選》。著有《樵海詩鈔》、《巢青閣集》等。傳見嘉慶《餘杭縣志》卷二七、《今世説》卷二、鄧之誠《清詩紀事初編》卷七等。

西來意序

金　堡〔一〕

佛以一音演説法，衆生隨類各得解。衆生各以一音演説，衆生亦各各隨類得解。辟支佛聞環珮聲得悟道，情冥到不離有無處所，不墮有無處所，總不使一塵闌隔。衆生遇聲著色，爲有爲無，自是根性不同，領受亦別一等。是雨，阿修羅見是兵器，龍見是珠，閻浮提人見是水。

若《西廂記》，又以一音演説法，一切衆生亦各隨類得解。雪鎧道人不爲《西廂》轉〔二〕，更欲轉《西廂》於一切衆生情場熱鬣中下一貼清涼散。人生有情，因地那便，心如牆壁。但令熱處冰銷，鬣時火滅，慾海茫茫，回頭即岸。全副是斬關奪隘手段，不必別立名題。一切衆生亦隨類得解。譬如淳于髡，一斗亦醉，一石亦醉。説到羅襦襟解，微聞薌澤也。沒甚閒言長語，能使威王罷長夜之飲，領兵殺賊，擒了王便休。

雪道人代王實甫現身演説，不脱聲聞，不著聲聞；不離緣覺，不受緣覺。具菩薩心，還大覺乘，一片婆心，故是衆生慈母。但有一説：路上有花兼有酒，一程分作兩程行。也得便宜，也落便宜。澹歸者裹，吃飯三扒兩咽，『正撞著五百年風流業冤』，便與他一掌，『嬌滴滴玉人兒何處也』。發去舊主家作使下，衆生亦隨類得解，不干澹歸事。（雪道人從漸處入門，澹大師從頓處下手。）

時康熙己未歲八月望日，丹崖澹歸今釋題。

【箋】

〔一〕金堡（一六一四—一六八〇）：字道隱，又字澄印，號衛公，受戒後法名性因，後更名今釋，字澹歸，別署舵石翁、甘蔗生、借山野衲、茅坪衲僧，室名夢蝶庵、遍行堂，仁和（今浙江杭州）人。崇禎九年丙子（一六三六）舉人，十三年庚辰（一六四〇）進士，授臨清知縣。南明時任兵科、禮科給事中。南明亡，削髮爲僧。康熙十三年（一六七四），任廣東韶州丹霞寺住持。著有《遍行堂集》、《菩薩戒疏隨見錄》、《丹霞澹歸禪師語錄》、《嶺海焚餘》、《丹霞日記》等。撰《遍行堂雜劇》，已佚。傳見盛楓《嘉禾徵獻錄》卷三九、《皇明遺民傳》、徐鼒《小腆紀傳》卷三二、康熙《仁和縣志》卷二〇等。參見吴天僑《澹歸禪師年譜》（香港佛教志蓮圖書館，一九九一）。

〔二〕雪鎧道人：即潘廷章（一六一二—一七〇二後），號梅巖，別署雪鎧道人，生平詳見本卷《西廂說意》條箋證。

序西來意

徐繼恩〔一〕

中唐元、白齊名。白學士參歸宗，見鳥窠禪道佛法，唯恐勿遑；而元八乃更以《會眞記》著。《會眞記》者，豈非江州司馬《長恨歌》耶？後五百年，更有董生塡爲樂府，驚辭絕豔，獨擅風騷，托始西來，終歸夢覺。梅巖曰：『此可以語道矣。』

夫道抑何常之有？性語之而得空，情語之而得幻。樓子纏情，歌郎引淚，則孰非道哉？昔人聞小豔詩，悟西來意。夫小豔之於詩，亦猶董子之於辭曲也。舍衛國兄弟三人，並由情種因緣，證阿修羅果。婆須蜜女柰女，青蓮華苾蒭女，又皆以色身說法。淨名經曰佛，爲增上慢人，說淫怒癡爲非道耳。若離增上慢人，淫怒癡性，無非佛性，以有下劣實几珍御，以有驚異黧奴白牯。木人起舞，石女興歌，於文字語言，不作文字語言相者，始可與論斯旨矣。

先是，有以『臨去秋波』演爲制義〔二〕，相尋別院，自擅奇書，人爭慕之。此編出，而才人學人另開戶牖，俾慾海沉淪，猛然得渡。然則黃山谷綺語一流，豈復墮泥犁地獄乎？亦以相救云爾。潘子梅巖避世，矜尚名節，研味理學，逃空耽寂者深矣，於言情之書，拈示乃爾。窺潘子之學，悟潘子之旨，則肉絲競奏，皆爲梵唄；傀儡登場，悉現菩提，不必向天津橋畔作弱弄矣。

時康熙庚申清和月，五雲衲弟淨挺拜題。

【箋】

〔一〕徐繼恩（一六一五—一六八四）：字世臣，號逸亭，一號墨香，別署止巖，仁和（今浙江杭州）人。崇禎十五年壬午（一六四二）貢生。弘光中舉明經。入清後爲僧，法名淨挺，一作靜挺，字俍亭，主浙江杭州雲棲寺。著有《雲溪近稿》、《十笏齋詩鈔》、《毛詩別解》、《逸亭易論》、《雲溪俍亭挺禪師語録》、《心經句義》、《俍亭和尚閱經十二種》、《漆園指通》等。傳見《皇明遺民傳》、《文獻徵存録》卷六、《儒林集傳録存》、《明遺民録》卷三〇、徐鼒《小腆紀傳》卷五八等。

〔二〕有以『臨去秋波』演爲制義：明西蜀壁山來鳳道人有《新增秋波一轉論》，見弘治十一年季冬（公元已入一四九九年）金臺岳家刻本《新刊奇妙全相注釋西廂記》卷首。清尤侗（一六一八—一七〇四）有《鶩黯怎當他臨去秋波那一轉》，見清康熙間刻本《西堂全集·西堂雜俎》一集；黄周星（一六一一—一六八〇）有《秋波六義》，見清康熙間刻本《夏爲堂別集·文》。

梅巖手評西廂序

查嗣馨〔一〕

有極莊嚴文字，又有妙莊嚴文字。莊嚴至矣，妙莊嚴則又過之。《孟子》『王何必曰利』一章，可謂莊嚴；如『賢者樂此，不賢者有此不樂』，以及『易羊好樂』、『色貨俱可王』，可謂妙莊嚴矣。韓文《佛骨表》，以莊嚴失之；《鱷魚文》，以妙莊嚴得之。元曲首推《琵琶》、《西廂》。《琵琶》，莊嚴者也；《西廂》，妙莊嚴者也。卽如《西廂》，紅娘以孔氏之書、周公之禮責張生，此之爲莊嚴；至『一家兒喬坐衙，説幾句衷腸話』，『夤夜入人家，非奸做賊拿』，此之爲妙莊嚴。以『人而無信』責夫人，此之爲莊嚴；至『何必一一苦追求，得好休時便好休，女大不終留』，此之爲妙莊嚴。

昔呆庵語日庵六晝夜〔二〕，於書只七卷，五經而外，一曰東坡，一曰《西廂》。其論《西廂》，與凡等迥絶，謂自『佛殿』至『草橋』，純寫《關雎》『樂而不淫，哀而不傷』之旨。《關雎》不淫不傷，何等莊嚴，而瑟瑟鐘鼓、寤寐反側，各以極其哀樂之致而止，則妙莊嚴孰甚？《西廂》極其哀樂，而不入於淫傷，何以異是？且匪直此也。卽五經之蘊，盡寓其中。《易》首『乾坤』，高卑定位，莊嚴矣；至陰陽必戰，血辨玄黃，何其莊嚴入妙！《書》先咨警吁咈，莊嚴矣；以拜手賡歌終之，則又莊嚴入妙。《禮》『毋不敬』，固莊嚴也；而曰『儼若思』，遂使莊嚴入妙。《春秋》『春王正月』，最莊嚴也；書元年而不書卽位，愈覺莊嚴入妙。

日庵以是手評《西廂》數過，自謂飄飄欲仙，惜俱失去，然亦僅得其概耳。梅巖子獨出慧眼，詮成妙理。自『佛殿』煩惱起頭，終歸『夢覺』，『發乎情，止乎禮義』，又脱乎禮義、超乎情，力能空諸一切，如秋月澄輝，游龍戲海，縱横出沒，不可方物，大地山河，一塵不染，可謂莊嚴入妙。非妙莊嚴之筆，不能發妙莊嚴之旨。近可紹徽《周》、《召》二南，遠堪覲光於《書》、《易》，卽云孔氏之書、周公之禮，又豈必外是而他求哉？梅巖未聞六書夜語，而超脱過之，回語呆庵，又將卷舌而退矣。

時康熙丁未七月既望，題於微山草堂，日庵居士查嗣馨。

【箋】

〔一〕查嗣馨：字魯生，號日庵，一號師遽，別署日庵居士，海寧（今屬浙江）人。崇禎十五年壬午（一六四二）舉人，任浙江會稽知縣，遷山東臨淄知縣。曾入復社。入清不仕。著有《崇善堂文集》、《明心錄》等。傳見吳山嘉《復社姓氏傳略》。

〔二〕呆庵：卽敬中普莊，台州（今屬浙江）人。浙江杭州徑山寺住持。著有《呆庵普莊禪師語錄》，一名《敬中和尚語錄》，崇禎三年（一六三〇）刻。

西來意小引

蔣　薰〔一〕

嗚呼！夢之由來久矣。然古夢眞，今夢幻。眞者，正夢也；幻者，邪夢也。粤稽黄帝夢風后力牧，高宗夢傅説，孔子夢周公，皆實有其人、有其事，著之爲經，不同小説家。自楚襄遇巫女，陳思感甄氏，邪夢日多，幻而不眞。

吾謂五帝三王以後，舉世多白面紅顔，情緣覯接，人安得不夢夢耶？當此時，欲以覺破夢夢者，不覺以夢破夢覺者，不夢此佛入東土，而丈餘金人見夢於漢明帝也。佛法既行，大衆始知有夢等於如泡如電。元人塡詞百種，雖不皆以夢傳奇，莫非唤醒色慾界，譬諸鄭衛之邪，可附雅頌之正。乃雪鎧道人則於《西廂》一夢，獨得西來意也。若曰：『吾將轉戲諢場，洗脂粉色，令優人换本來面目，天下自是亦少夢矣。』雪道人固儒者乎？乃能善説佛法如此。

澮歸、佷亭兩老和尚〔二〕，余少時好友也，爲雪道人詮西來本旨，俱屬現身説法。而余獨好説夢，有子瞻之癖，因戲爲偈曰：『才子佳人夢幾回，乾坤劫後未成灰。老僧唤破空饒舌，爭似法聰打諢來。』試以質之兩公，請再下一轉語，幸弗大喝一聲，使我三日耳聾。

時康熙庚申秋月，申庵居士蔣薰題。

【箋】

〔一〕蔣薰（一六一〇—一六九三）：字南弦，一字聞大，號毅庵、丹崖，別署申庵居士、南村退叟，海寧（今屬浙江）人，一說嘉興（今屬浙江）人，寄籍海寧。崇禎九年丙子（一六三六）舉人，屢試不第。順治十二年（一六五五），任縉雲儒學教諭，遷甘肅伏羌知縣。因忤上官，革職。著有《留素堂詩集》、《留素堂詩刪》、《留素堂文集》等。傳見朱彝尊《曝書亭集》卷七五《墓志銘》、《國朝耆獻類徵初編》卷二二六、《紫峽文獻錄》卷下、光緒《嘉興縣志》卷二一、光緒《縉雲縣志》卷六、《清詩紀事初編》卷七等。

〔二〕滄歸：即金堡（一六一四—一六八〇）。俍亭：即徐繼恩（一六一五—一六八四）。

（西來意）序

褚廷琯〔一〕

昔張新建相公見臨川《四夢》，語之曰：『君辨才若此，何不用之講學？』臨川曰：『某日在此講學。師所講者，性；某所講者，情。』夫情與性，豈有二也？生而靜者，謂之性；感而動者，謂之情。程子曰：『人生而靜，以上不容說。』然則可說者，特其情耳。情有迷明，猶神有夢覺。但使眞性常存，則迷者可明，夢亦必覺。

今人但於夢中說夢，不知向夢中求覺，所以靜處難說，動處愈難說也。唯上根人從靜中觀動，雖動不擾，此常醒①不夢者也，是爲先覺。次根人從動中取靜，擾極思歸，夢而忽醒者也，亦稱後覺。若動時罔察，日與物馳，自等禽魚，終焉流浪，此爲下根，昧然罔覺者也。

梅巖潘子欲爲下根人覺迷，不使老生舌本作强，特借《西厢》標指，直欲破盡塵緣，還歸本際，使芸芸大夢中盡向雞鳴一覺，此夜氣初回，認情最切處也。由以證性，不遠矣。臨川《四夢》，俱本『草橋』，但從幻生夢，又復幻中生幻，深入迷津，出路少遲，固不若當前一覺，尤爲猛省也。推爲『都講』，當亦莫與爭鋒。

寓村硯民褚廷琯〔二〕。

【校】

①醒，底本作『惺』，據文義改。下同。

【箋】

〔一〕褚廷琯（一六一〇前—一六七〇後）：字硯耘，一字硯民，别署寓村硯民，嘉興（今屬浙江）人。崇禎六年癸酉（一六三三）舉人。入清，杜門不出。以草書擅名，兼寫墨蘭竹石，孤冷有幽韻。傳見《國朝耆獻類徵初編》卷四七〇、《嘉禾獻徵録》卷四六、《皇清書史》卷二六、孫靜庵《明遺民録》、光緒《嘉興縣志》卷二五等。

〔二〕伏滌修、伏蒙蒙輯校《西厢記資料彙編》頁三一九—三二〇有此序，注出於『清康熙十九年潘廷章評本《西來意》卷首』，末署『時康熙己未歲八月望日寓村硯民褚廷館題』。按，『館』當作『琯』。康熙己未，即康熙十八年（一六七九）。

西厢說意序

俞汝言〔一〕

聞學道人不作綺語〔二〕，豈唯不作，亦不復索解。古尊宿隔簾聞墮釵聲，亦云破戒，蓋謂此也。

梅巖學道有年，空諸一切，方將情種因緣，盡歸寂滅，茲復於情緣窟中，撥草尋根，反起一重魔障。從來大根人，出入三昧，顯諸解脱意，若生龍乃於清淨海中，作百般游戲，愈覺圓通自在。昔裴公美醉心祖道，而晚年托鉢歌姬之院，自謂可説法渡人。白香山妙解乘理，至攜羣粉狐，至牛奇章宅中鬭歌。坡老挾妓，訪辨才大師，借伊拍板門槌，參破老禪。蓋出水蓮胎，曾無污染，正不妨從情緣窟中了徹眞旨，便可將竿頭百丈規一時打破，不必遶牀三匝，復作噓噓聲也。試還詰之梅巖，梅巖曰：『竿木隨身，逢場作戲，何用豐干饒舌！』

時康熙已未年正陽月佛誕日，大滌山人俞汝言右吉氏題。

【箋】

〔一〕俞汝言（一六一四—一六七九）：字右吉，號漸川，別署大滌山人、漸川老農、漸川遺民，海鹽（今屬浙江）人。明諸生，入復社。入清不仕，隱居著書。著有《左氏晉軍將佐表》、《禮服沿革》、《漢官差次考》、《崇禎大臣年表》、《明世家考》、《春秋平義》、《春秋四傳糾正》、《俞漸川集》等。傳見盛百二《柚堂文存》卷四《傳》、魏禧《魏叔子文集》卷一八《墓表》、《清史列傳》卷六八、《皇明遺民傳》卷四、黄容《明遺民録》卷六、徐鼒《小腆紀傳》卷五八、《碑傳集》卷一三六、《國朝耆獻類徵初編》卷四一四、《兩浙輶軒録》卷二、《國朝學案小識》卷一二、《清儒學案小傳》卷二一等。

〔二〕雪道人：即潘廷章（一六一二—一七〇二後），號梅巖，生平詳見下條箋證。

西廂說意

潘廷章（一）

《西廂》何意？ 意在西來也。以佛殿始，以旅夢終，於空生而即於空滅，全爲西來示意也。生自西來，滅亦從西去，來前去後，烏容一字，而其中所構諸緣，俱在西廂，故即以『西廂』名之。西廂者何？ 普救佛殿之西偏也。佛殿爲大乘，其偏則爲小乘。繫之佛殿以西，是雖小乘，猶不失西來之意云爾。大乘者，無上覺也。其法不由緣覺聲聞而得，曾何有乎悲思聚散？ 提唱衍演，作諸勞塵幻影，礙彼虛空乎？ 而無明作勞，無由斷滅，因於有生滅心，求無生滅義，遂以悲思聚散，提唱衍演，極諸勞塵幻影，而終歸無有。蓋從緣覺覺，從聲聞聞，以彼小乘，通於大乘云爾。其俱繫之普救者，愍彼一切世間，魔女魔民，無明作勞，慾海茫茫，愛河浮溢，顛倒沉溺，莫能超脫，特爲現緣覺聲聞身說法，而使皆得度，故以普救爲義，救之如何。

世尊曾言之，觀彼世間，解結之人，不見所結，云何能解？ 便當諦審，煩惱根本，何生何滅？ 不知生滅，云何知有不生滅性？ 因於六結而現六塵，因於六塵而得六人，因於六人而返六根。何意《西廂記》揭示此旨？

佛殿撚花，空王示豔，則色入也（入一）。於時明暗相發，結爲狂華（結一）。名爲見知，則有蓉面柳腰，髩雲眉月，來何所從，去猶未遠。爲嗔爲喜，爲笑爲顰，流逸奔目。若彼虛空，曾何色相？

當其無相，而入有相；　當其有相，而入變相。眼亂魂飛，不可撲滅，得一妄塵（塵一），非眞覺性。

聯詩送意，聞琴感心，則聲入也（入二）。於時動靜相擊，結爲幻音（結二）。名爲聞知，則有鶯聲燕語，別鵠離鸞，贈怨無端，寫愁難已。非肉非絲，非金非竹，流逸奔耳。若彼虛空，曾何音響？當其此響，而感彼響；　當其後響，而續前響。錐耳裂腸，不可銷歇，得一妄塵（塵二），非眞覺性。

園夜焚燒，齋壇拈爇，則香入也（入三）。於時吹息相感，結爲幻臭（結三）。名爲齅知，則有金爐寶鼎，結雲成蓋，因心動搖，隨風縹緲。非霧非烟，非蘭非麝，流逸奔鼻。若彼虛空，曾何氣息？當其無息，而成有息；　當其滅息，而復生息。展幽達冥，不可斷絕，得一妄塵（塵三），非眞覺性。

東閣酬勞，長亭宴別，則味入也（入四）。於時恬變相參，結爲妄味（結四）。名爲嘗知，則有鳳膏龍炙，玉液金波，臟神失驚，輪腸塞滿。爲土爲泥，爲愁爲淚，流逸奔口。若彼虛空，曾何滋味？當其無滋，而後有滋；　當其有滋，而若無滋。飲苦茹酸，無能辨別，得一妄塵（塵四），非眞覺性。

明月佳期，幽歡定愛，則觸入也（入五）。於時離合相摩，結爲妄體（結五）。名爲覺知，則有羅襦薌澤，墜珥開襟，愛戀無已，驚魂難定。疑雨疑風，疑雲疑月，流逸奔身。若彼空虛，曾何體受？　當其無體，而至有體；　當其異體，而至合體。魄併魂交，不可離遏，得一妄塵（塵五），非眞覺性。

草橋旅夢，曠野幽尋，則法入也（入六）。於時寤寐相感，結爲妄因（結六）。名爲意知，則有馭風奔月，打草驚蛇，城不能閾，水不能限。疑鬼疑人，疑兵疑馬，流逸奔意。若彼虛空，曾何憶想？

當其是想，而入非想；當其非想，入非非想。離無造有，生有滅無，不可億量，得一妄塵（塵六），非眞覺性。

忽焉曉鐘初動，荒雞非惡；遽然寐成然覺，猛醒回頭。昭昭大夢，非覺而惡知其夢？非大覺而又惡知其大夢？因念前者，種種勞塵，無邊幻影，皆屬流根，非本根出。一旦業盡緣空，愛銷幻滅，煩惱破除，識想何有？即色滅色，色空眞見（根一）；即聲滅聲，聲空眞聞（根二）；即香滅香，香空眞齅（根三）；即味滅味，味空眞嘗（根四）；即觸滅觸，觸空眞覺（根五）；即意滅意，意空眞知（根六）。流根既淨，本根乃現，乃始得以眞覺性，證無上覺路也已。

夫《西廂》，始於佛空，終於夢覺。除是空則忽夢，夢則未覺耳。當其空前無色也，覺後非緣也，則其間之爲色與緣者，曾幾何時，而忘色與緣者，無窮期矣。然則有生滅者暫，而無生滅者常也。以有生滅心，求諸無生滅義，而使夢者皆覺，覺不復夢，咸登大覺焉。此固西來之本意，而命《西廂》者所由託始也。是雖小乘，詎不終歸於大乘乎？故曰：《西廂》可以入藏渚山。

恆忍雪鎧道人，本名潘廷章，號梅巖氏，述於渚山樓，時康熙十八年孟秋七夕〔一〕。

【箋】

〔一〕潘廷章（一六一二—一七〇二後）：字美含，號梅巖，別署雪鎧道人、雪道人、海峽樵人，法名恆忍，室名渚山樓，海寧（今屬浙江）人。明諸生。入清後，隱居不仕。著有《渚山樓集》、《硤川志》。傳見《硤川續志》卷六、光緒《嘉興府志》、民國《海寧州志稿》卷二九等。參見張小芳《〈西來意〉作者潘廷章考》（《中華戲曲》第三九輯，文化藝術出版社，二〇〇九）。

〔二〕康熙十八年：一六七九年。日本天理圖書館藏本此文後鈐有『廷章之印』、『潘氏美含』朱印，見《日本所藏稀見中國戲曲文獻叢刊》第二輯影印本。

西廂三大作法

闕　名〔一〕

一、用大起落。大起處，在『正撞著五百年風流業冤』一句；大落處，在『嬌滴滴玉人何處也』一句。前一句，陡然而接；後一句，嗒然而盡。未有前一句時，無《西廂》也；自有此一句，而凡自《假寓》以後，至《驚夢》，皆自空中鬬出，所謂『五百年業冤』，自生煩惱。既有後一句時，又無《西廂》也；自有此一句，而凡自《長亭》以上，至《佛殿》，又皆從空中滅去，所謂『嬌滴滴玉人』，原無實相。華從空生，卽從空滅。業冤不盡，大覺不開。觀其一起一落，作書者具何等心眼也！

一、具大體段。合全部爲十六折，其意止有八折，因而重之，爲十六折。猶夫《易》書，其理止有八卦，因而重之，爲十六卦。而六十四，四千九十六卦之變，皆於是成焉。（六十四者，四其十六也；四千九十六者，六十四其六十四，而究餘夫十六之數也。）如《奇逢》一折，因而重之，有《鬧會》之一折。《奇逢》，崔、張初會於佛殿也；《鬧會》，崔、張再會於佛殿也。初會無心，再會有心。無心妄緣，有心緣妄，皆佛殿之業也，作一遙對。《假寓》一節，因而重之，有《請宴》之一折。《假寓》，紅娘奉夫人之命而來也；《請宴》，紅娘又奉夫人之命而來也。前命請僧，後命請張。請僧而藉寇，請張而揖盜，皆夫人之疎也，作一遙對。《聯吟》一折，因而重之，有《聽琴》之一折。《聯吟》，雙文月下至花園也；《聽琴》，雙文月下再至花園也。初至而賡句，再至而聞琴。詩以送志，琴受心挑，皆雙文之不戒也，作一遙對。《踰牆》一折，因而重之，有《佳期》之一折。《踰牆》，雙文召張生也；《佳期》，雙文就張生也。召張生以詩，就張生亦以詩。彼詩何以忽厲其色，此詩何以忽昵其情？此雙文之不測也，作一遙對。《停婚》一折，因而重之，有《送別》之一折。《停婚》，夫人宴張生也；《送別》，夫人又宴張生也。前宴而盟解，後宴而交離。彼亦一把盞，此亦一把盞，皆張生之勞塵也，作一遙對。《解圍》一折，因而重之，有《驚夢》之一折。《解圍》，掠雙文也；《驚夢》，又掠雙文也。初掠之而形存，終掠之而影滅。存亦非眞，滅亦非幻，皆張生之見妄也，作一遙對。《傳情》一折，因而重之，有《問病》之一折。《傳情》，雙文遣紅過張生也；《問病》，雙文又遣紅過張生也。前過而以柬來，後過而以方去。柬以誠投，方從假使，紅之所由受顛倒也，作一遙對。《窺簡》一折，因而重之，有《巧辯》之一折。《窺簡》，雙文詰紅也；《巧辯》，夫人詰紅也。雙文詰而雙文之假破，夫人詰而夫人之怒降（平聲）。假破而私成，怒降而姻定，紅之所由稱敏辯也，作一遙封。此皆作者顯然相犯，隱然相生，立一以定體，兼兩以致用，而與大《易》十六卦反對之用，同其變化者也。至若以佛殿始，以草橋終，則又乾父坤母，孕藏六子，雖與互對，而不爲互對者矣。此《西廂》之至奇也。

一、作大開闔。凡文字必先開而後闔，傳奇尤必始開而終闔，而《西廂》不然。《西廂》則先闔而後開，始闔而終開；小闔則小開，大闔則大開；蓋直以闔爲開，以開爲闔者也。通本有四開闔，而崔也、張也、紅也，皆求爲闔者也，法本也、惠明也、白馬將也、孫飛虎也，亦皆爲闔之人也。不爲闔者，止一夫人耳，而亦終於爲闔者也。其截然而爲之開者，則其中四人爲之，又皆求爲闔，而終於爲闔之人也。當張生之至逆旅也，不過一宿，乃急求閒散而走寺中。小姐之在居停也，諒已有日，適又思閒散而遊殿上。瞥然一見，臨去回頭，何其不謀而同，無端而合，此卽從闔爲人手者也。及假寓東牆，託憑青鳥，忽得峻拒之詞，幾疑昨所見人，隔在巫山，遠在天上，視之若近，圖之甚難。遂借紅娘作一閃，以逆起向後之勢也，此一小開闔也。乃未幾而牆陰贈答，未幾而花宫目成，又未幾而退賊壘門，許婚堂上，公私相協，旦夕乘龍，浸浸乎其闔矣。忽而夫人敗盟，大勢盡去。此借夫人作一閃，以截斷前後之勢也，是又一開闔也。幸而侍兒善誘，書生至誠，挑之以琴而心動，達之以簡而心益動。崔雖善假，終於報章，明月三五，昭昭彤管。此非母氏所得禁當，而侍妾所能從臾者也，又浸浸乎其合矣。及玉人飛渡，金宵頓失，如江如漢而不可求，胡帝胡天而不可卽，而張始氣盡於此也已。此就雙文作一閃，以捲起從前之勢也，是又一開闔也。逮靈虆偷傳，祕辛顯授，兩人之眞心假意，一時折證；半年之萬想千思，一筆勾除，勢固已大闔矣。況乎鳩媒舌巧，抵節爭盟，夫人因而悔心，予婚遂有成議，勢固已大闔而無不闔矣。乃贈策求名，星言夙駕，攬袪遵路，把酒離筵。向以爲室邇而人遐者，今且人遐而室更遠矣。迨陽關暮出，故國雲迷，旅舍青燈，不堪回首，而邯鄲一枕，遽然夢破。於是歡愉悲憂，綢繆繾綣，一時都盡。此又就張生作一閃，以放散通前通後之勢也，是一大開闔也。蓋不闔則不開，不大闔則不大開。他書段段以闔作結，

《西廂》段段以開作結；他書煞尾以大闔作大結，《西廂》煞尾以大開作大結。《易傳》曰：『物不可窮也，故受之以未濟終焉。』而不謂作《西廂》者，竟悟其旨，此不可於傳奇中求之，尤不可於著書中求之，此《西廂》之至奇也。

【箋】

〔一〕此文當爲潘廷章撰。日本天理圖書館藏本此文與其後二文連寫，版心鐫《西廂作法》，末鈐有『法名恆忍』、『亦稱梅巖』二印，參見黄仕忠《日藏中國戲曲文獻綜錄》頁一一。

西廂只有三人

闕 名〔一〕

《西廂》只有三人，一張生，一雙文，一紅娘。三人有三副性情，三種作用。雙文性情，即張生所道『多情』二字；其作用，即紅娘所稱『撒假』二字。觸處看來多情，觸處看來撒假。張生性情，即雙文所稱『志誠』二字；其作用，即雙文所謂『懦』字。一味志誠，所以成得事來；一味懦，所以急成不得事來。紅娘性情，即張生所云『鶻伶』二字；其作用，即紅娘自道『殷勤』二字。惟鶻伶則心眼尖利，事事瞞他不得；惟殷勤則意思周密，事事缺他不得。一個多情，一個志誠，兩相固也；一個撒假，一個懦，又兩相制也。中間放著一個鶻伶、殷勤底，一邊去憐懦，一邊去捉假；一邊爲懦用，一邊爲假用。

《西廂》只有三人，故只有三人唱。唱者，與其有辭也。有情而後有辭；欲盡其情，而後能盡其辭。張之有辭，所以寫張之情，尤以寫崔之情；崔之有辭，所以寫崔之情，尤以寫張之情。而崔之情有崔之辭所不能盡，張之情有張之辭所不能盡者，紅則爲之旁寫之；而崔之情有張之辭所不能盡，張之情有崔之辭所不能盡者，紅則爲之參寫之。而紅之辭盡，而紅之情亦盡，而崔、張之情亦遂無不盡。是故夫人，家之督也，而不必有辭也；法本，居停主也，亦不必有辭也；白馬將，大功臣也，亦不必有辭也。何也？情不與存焉也。獨其間惠明之得唱，則與惠明有辭矣。惠明寧有情乎？惠明之有辭，蓋截前後際而不與中參者也。彼自爲億萬世英雄鍊膽，十方國智識斷魔，大千界男女銷劫，故特與之高唱猛喝，作獅子吼聲，爲普天下設法也。雖然，惠明不去，則白馬不來；白馬不來，則山門不守；山門不守，則崔、張必死；崔、張必死，則情緣不盡；情緣不盡，則劫業不銷。故特與之高唱猛喝，作獅子吼聲，爲《西廂記》說法也，非夫人、法本、白馬之所得例也。

《西廂》只有三人，其實只爲兩人而設。兩人者，崔也，張也。然而無紅，則崔、張之事必不成，崔、張之情亦必不出。夫崔、張之事，不過男女之事；則崔、張之情，亦不過男女之情。然事有同倫，而情有萬族，其間之或喜或悲，或怨或慕，或與或距，或合或離，非此一人則挑逗不靈，亦非此一人則旋轉不捷。故必有此一人，而後兩人之情出，兩人之事亦成也。譬如天地之理，不外陰陽，陰陽之體，成於對待。其間或盈或虛，或消或息者，則成於參互錯綜之用。是故崔、張對待之體也，紅娘參互錯綜之用也。而其間之或喜或悲，或怨或慕，或與或距，或合或離，皆紅爲之參互錯綜，有以極情之變而生其文者也。不然，崔、張便如奇偶兩體，板板對待，即使陡然作合，不過如村老爲兒女完姻，拜堂已畢，生事都盡，惡知男女情中，有如許消息盈虛之致，足以成變化而行鬼神哉？然則《西廂》爲二人而設，又未必不爲一人而用也。

【箋】

〔一〕此文當爲潘廷章撰。

讀西廂須其人

潘廷章

讀《西廂》當別具心眼，非尋章摘句可求也，非舞文弄筆可學也，當於坐雪窮源處得之，當於鏡花水月中遇之。樸直人讀不得，雕巧人尤讀不得；優俳家讀不得，稗乘家尤讀不得；跳浪子讀不得，冬烘先生尤讀不得。須《騷》賦名家讀，須良史才讀，須伶利聰明人讀，須眞正風流才子讀，須蓋世英雄讀，須理學純儒讀，須大善智識讀。

《西廂》一書，昔人稱爲化工，一字一句，都有天然節奏。其旨溫厚，一些尖纖用不著；其氣和雅，一些叫囂用不著；其味沈凝，一些浮滑用不著；其思深曲，一些徑遂用不著。卻亦委實難讀，驚采絕豔有之，佶屈聱牙有之，婉細和柔有之。其婉細和柔，似《古詩十九首》；驚采絕豔，似《離騷》；其佶屈聱牙，則似《左傳》。宇宙自有文字來，《十三經》外，凡子史騷賦、樂府詩律，以及塡詞歌曲，繁然並興，每一格中，必有一至極者，冠絕羣流。如歌曲中《西廂》，允爲方員之至，譬猶時鳥變聲，水風成縠，偶然神會所成，非擬議思維可到，極好人尋思，極耐人咀味，當如獨繭抽絲，漫尋端緒；雪竇品茶，辨之色味之外可也。近者僞本突出，縱其諧浪之習，演成一片風魔，豈曰效顰，實爲唐突，奪朱亂雅，全失天然之致。歌曲雖小道，是亦宇宙來文字一大厄也。今悉從田水月、碧筠齋元本點定，絕不竄易一字，庶廬山之面目復存乎，俟與知味者共嘗之。

讀古人書，須觀作此書者如何貯意，觀此書從何處入手，從何處結束，而後古人之意可得而求也。如《西廂》入手，可以不在佛殿，則閒園別館，無處不可停喪，崔、張邂逅，何門不可曳裾？而作者必欲於普救之西廂也。相逢不在佛殿，則《西廂》可以不讀也。《西廂》結束，全在《草橋》科白中一『覺』字。前者都是夢，此時方覺。夢中多幻，覺後無文，故《西廂》終於《草橋》也。若『驚』、『覺』二字可以抹去，則《西廂》可以不讀也。吾不知具何眼眶，而必欲閱此一書；吾不知主何肺腸，而必欲竄此一書。其意不可以告錦繡才子，並未可以遍告天下錦繡才子也。必如伯牙學琴，待成連刺船而去，然後得之；必如康子琵琶，不近樂器十年，而後可以語之。

梅巖氏漫識。

（以上均《國家圖書館藏西廂記善本叢刊》第二〇冊影印清康熙十九年刻本《西來意》卷首〔一〕）

【箋】

〔一〕此本爲清潘廷章撰輯，現存康熙十九年（一六八〇）序潘氏渚山堂刻本，一名《元本北西廂》，又名《夢覺關》。

附 西廂辨僞

褚元勛〔一〕

《西廂記》不知何人所作，或云王實甫，或云董解元。《輟耕錄》則載董作，陶宗儀①元人也，當非漫傳。（今董有別本《西廂》，乃彈唱詞，非打本也。）漱者《敍》則云：『得之董解元原稿。』尤可徵也。

《西廂》一書，昔人稱爲化工，非騷人詞客擬議思維可到。爲王、爲董，造物或者假手其間，以發其靈奇慧巧。卽使董、王能作，輟筆之後，卽欲復作，一字不能。此如天籟所發，疾徐和怒，時至氣行，卽有過量、不及量處，亦無從追易也。

近有貫華堂僞本，將原本從頭竄易，全非本來面目。而猶冠以《西廂》二字，何異山魈冒竊人形，意欲取媚於人，到底本相盡露。貫華才子，其無始稟受來，祇有小說伎倆。故童年一見《水滸傳》，如逢故我，因遂沐浴寢處其中。卽有竄易，自見鋒穎，人亦以此見許。彼遂矜誇自得，便將此一副伎倆，逐處施去。施於小題，一《水滸》也；施於《西廂》，亦一《水滸》也。夫小題爲昔聖賢傳神寫照，其不可以放浪自喜也，固矣。若夫《西廂》，爲言情之書，筆筆風雲，字字波俏，情在或出或沒之間，意在若近若遠之際，其靈洞恍惚，使人捉著猶將飛去。而才子所說《西廂》異是。其寫張生，必粗狠莽撞，渾身是一個李逵；其至熊狐綏綏之狀，又似西門慶。其寫小姐，必易笑易哭，渾身是一個潘金蓮；做張做勢，又似閻婆惜。其寫紅娘，鬼頭鬼腦，渾身是一個時遷；忽然狠毒，又似石秀。祇因才子止有一副《水滸》伎倆，心眼不能少變，遂欲將《西廂》作一例看。不知《水滸》與《西廂》，人物事情，各各不同。《水滸》一味爽快，《西廂》一味飄逸。《水滸》飄逸處亦皆爽快，《西廂》爽快處亦皆飄逸。將來一例看不得，才子未免多此一事，以至出乖露醜。彼猶喋喋於《左》、《史》、《莊》、《騷》，又將誰欺哉？世或不察，存僞失眞，因略舉紕繆，列爲四端，以質原詞。苟有耳目，自能辨析。然舛錯甚多，何堪殫述？

鴛湖褚元勛芳型氏偶筆。

（同上《西來意》卷末〔二〕）

【校】

①宗儀，底本作『儀客』，據人名改。

【箋】

〔一〕褚元勛：字芳型，一作方瀛，嘉興（今屬浙江）人。褚鳳翔祖父。生平未詳。參見光緒《嘉興縣志》卷二三褚鳳翔傳。鳳翔有《大愚稿》、《大愚稿二集》存世。

〔二〕後有詳細辨謁內容，不錄。

跋會眞記後

翁　罍〔一〕

《會眞記》是藝苑瓊花，《西廂記》是詞場忍草。《會眞》爲《西廂》宿海，不可不並存以察其故。

《會眞記》著意描摹，情詞雙絕，終是文人之筆。《西廂記》從空指點，有拈花微笑之致。殆因張『善補過』一語，而特爲嗔醒者耶？夫以始亂之、終棄之，而號爲『補過』，何如始因之、卒空之，爲兩忘而化於道也。昔僧璨設禮，請二祖懺罪。師曰：『將罪來與汝懺。』璨曰：『已了不見罪。』草橋夢破之後，更有何過可補？特人在夢中，幻復生幻，不自知過；及其既覺，罪福皆空，將何處更求解脱？試問西來本旨，曰：『如是如是。』

鹽官翁嵩元音氏偶跋。

（同上《西來意》附録）

【箋】

〔一〕翁嵩（一六四六—？）：字元音，鹽官（今屬浙江海寧）人。康熙十五年丙辰（一六七六）進士。《詞綜補遺》收録其詞一首。

（西來意）附記語録一則

王廷昌 等

昔丘瓊山至南海寺，見一僧面壁趺坐。公曰：『是參何案？』僧曰：『祇爲「臨去秋波那一轉」，未曾下得一轉語。』此案至今未有道得。近見《北游集》中，世祖皇帝常語弘覺禪師曰：『請和尚將「臨去秋波那一轉」下一轉語。』師曰：『不是山僧境界，此語殊欠擔當。』上顧首座曰：『天岸何如岸？』曰：『不風流處也風流。』又未免騎驢覓驢。

今竊於岸語下更作一轉：『留得廬山一片石，此身何處不風流？』渚山師曰：『又來多事。』渚山一日在普救上堂，學者進曰：『如何是西來意？』師曰：『隨喜到上方佛殿。』復進曰：『如何是西歸意？』師曰：『千種相思對誰說？』又進曰：『如何是西來復西歸意？』師曰：『臨去秋波那一轉。』使當日面壁老僧，覿面受偈，便當撇下蒲團矣。

掌記弟子王廷昌、廷彥、廷珍、廷獻撰述〔一〕。

（同上《西來意》卷首）

【箋】

〔一〕王廷彥：字冠英，號嵾山，海寧（今屬浙江）人。康熙二十年辛酉（一六八一）武舉，授四川建昌衛千總。王廷珍：字瀛飛，海寧（今屬浙江）人。貢生。著有《文度詩鈔》。王廷獻（一六五二—一七〇七）：字幼拔，號文在，海寧（今屬浙江）人。康熙二十六年（一六八七）舉人，三十年（一六九一）進士，授四川酆都縣知縣。官至刑部陝西清吏司郎中。著有《谷河詩鈔》、《河洛異同》、《易經制義》、《綱鑒論斷》等。傳見曹宗載《紫硤文獻錄》卷下、王德浩纂《硤川續志》卷六。

（西來意）記事

潘景曾 等〔一〕

一、《西廂》書緣情證性，即色歸空，而以鼓歌將其妙旨，所謂『言之不足故長言之，長言之不足故嗟嘆之，且不知其手之舞之、足之蹈之』矣。誠宇宙一大奇書也。家大父啓五百年未洩之祕，使作者心目始露，閲者手眼頓開，又宇宙一大奇緣也。拂塵清談，等於拈花微笑。或比之郭象之注《莊》，輔嗣之闡《易》，不啻道里矣。

一、家大父避迹河汾，逃虛耽寂，盡空一切。獨於古今記載之林，不能謝卻，研思端理，寒暑忘倦。自《左》、《史》而下，纂述評論，不止數十種，以身隱焉文，未敢問世。是書初因僞本突出，耳食者競相傳誦，特爲標指覺迷。是書便可入藏，禮俗之士猶誤認爲詞曲，故寧久緘笥中。而從游諸公，互相傳寫，見知者靡不解頤，因不敢私爲帳祕，强而行之，非其志也。

一、樂府降爲歌曲，今之歌曲，古之樂府也，於開闢來，實爲創格。自院本盛行，世儒概以淫哇目之，實甫遂不堪爲秦漢作者奴矣。不知其原實出於古樂府，一經詮發，遂可與經史並垂。昔雲間趙桂舟先生〔二〕，嘗啓家大父曰：『吾於元人得兩書焉：於豪俠得《水滸傳》，於性情得《西廂記》。元文一代蕪靡，直以二書補之。』蓋天運趨而日變，文運趨而日新，河嶽英靈不鍾於正文，而見於詞說，可以觀老蒼之意矣。

一、《西廂》之名舊矣，冠以《西來意》，如何？張生云：『小生自西洛而來。』此卽其意也。蓋西洛者，西方極樂界也，其地無有根塵色相，並無憂愁苦惱。蒲東者，震旦國也。自極樂界而來震旦，始見微塵種種，以色身演説，而使皆得度，此命書之意也，要於本文未嘗增損。近代評論不一家，莫善於田水月與玉茗堂、延訂閣諸本，雖手眼各見，而廬山之面目常存。是書之稱『西來意』，猶其稱田水月與玉茗堂、延訂閣也。

一、瞜城陸君揚〔三〕，近代之段善本也，不獨精諧音律，而於詞義考究尤深。間嘗與家大父論及《長亭送別》中『量這大小車兒如何載得起』一語，當於『這大』二字下落一贕板作句，『小車兒』另斷作句。人皆順口接去，此特領意微妙，其視錦繡才人，奚但上下牀間哉？其他訂訛不一，如『馬兒迍迍行、車兒快快隨』，皆其所論定，謂皆得之元本。本文已經論及，不敢沒其慧眼，特命表而存之。

一、天地間缺限之事可憾，無端附益之事尤可憾。如人身之有贅疣，日月之有珥蝕，傷於氣體不小。《西廂》續四折，且不論其文詞之工拙，總不宜說起有此。查日庵先生《快樂編》中〔四〕，載周顛仙降於乩，有客進問：『續《西廂》四折何如？』周曰：『笑死了。』『續』一字之剌，勝於三千之刑。

一、是刻楮板精良，刷印朗潔，文房珍玩，如有翻刻，千里必究。

孫男景曾、絅曾、慶曾謹識。

（《國家圖書館藏西廂記善本叢刊》第二〇冊影印清康熙十九年刻本《西來意》卷首附錄）

【箋】

〔一〕潘景曾、絅曾、慶曾：潘廷章諸孫，生平未詳。

〔二〕趙桂舟：雲間（今屬上海）人，名字、生平均未詳。

〔三〕陸君揚：名曜，字君揚，一作君暘，以字行，嘉定（今屬浙江）人。明末清初著名北曲彈奏家。宋琬（一六一四—一六七三）、陳維崧（一六二五—一六八二）、錢芳標（一六三五—一六七九）等均有詩詞相贈，盛贊其技藝。參見錢芳標《湘瑟詞》卷四《法曲獻仙音·弘軒席上聽楊郎紘索兼感陸君暘》（自注：『是夕奏羅貫中《陳橋》、王實甫《蒲東》曲。』）（《續修四庫全書》集部第一七二五册影印清康熙間刻本，頁三三九）

〔四〕查日庵：卽查嗣馨。

元本北西廂序

任以治〔一〕

以《西廂》爲淫詞，此固正論。然觀《詩經》中，如《鄭》、《衛》之變風，不必論已，而風始《關雎》，子以『不淫』、『不傷』，示學者以善讀之法。故《鄭》、《衛》可以不删，《西廂》其卽尼山録《鄭》、《衛》以示懲創之意歟？

何以見其示懲創之意？曰：讀其開首一齣，固已提挈了然矣。普救爲何人敕建？老夫人云：『則天娘娘命夫主蓋造。』以崔委身女主，且職居宰輔，不能匡正其淫惡，而又逢君佞佛，釁血塗膏，況復侵國課之餘脂，私蓋别院，豈眞能出堂俸爲避賢地哉？故生此不貞之女，卽於此地顯示報應。此『西廂待月』所由來，而佛法之所以有靈也。他日夫人云：『這等事不是我相國人家做出來的。』嗚呼！亦知相國自作之孽歟？

此意予得之方外人評本，而竊以爲《西廂》之意，在懲惡而勸善，可與尼山録《鄭》、《衛》之旨參觀也。至金評，不特大旨失卻，并曲調亦不知，坊間盛行，殊屬可笑。爰梓原本以覺世云。

乾隆戊戌夏日，於越任以治題。

【箋】

〔一〕任以治（一七五八—一八二七）：字軒芝，一字憲茲，號雁城，室名怡山草堂，蕭山（今屬浙江）人。乾隆五十四年己酉（一七八九）拔貢，嘉慶五年庚申（一八〇〇）恩科順天舉人。道光初，任鑲白旗官學教習，候選知縣。嘉慶十二年（一八〇七），重修《蕭山任氏家乘》。著有《經訓官窺》、《葚音子百篇》、《藝林小史》、《舊雨叢談》、《秋燈詩話》、《怡山集》、《怡山制藝》等。傳見同治十三年（一八七四）任炳炎等纂修《蕭山任氏家乘》卷五、任渠編《蕭山任氏遺芳集》等。

元本北西廂序〔一〕

闕　名〔二〕

《西廂》，歌曲也，實卽古之樂府。自院本盛行，碩儒輒同爲淫哇，而實甫之奇文，遂不堪與秦漢後作者比列矣。不知天運與文運，必趨而日新，斯固歷朝後，勢不得不另闢一徑途，而要自臻其極至者。

是書向有玉茗堂、延訂閣及碧筠軒諸本，雖手眼各出，而廬山之眞面常存。自聖歎書出，而割裂改換，音調全乖，曲白皆非，文理頓塞。坊間之盛行，以無人出原本，而一一指示之也。斯豈欲與聖歎爲難哉？亦曰復實甫之舊觀，使奇文不終埋沒於穢朽中云爾。

【箋】

〔一〕底本無題名。

〔二〕此文當爲任以治撰。

金評西廂正錯序

任以治

貫華堂主人金聖歎，名人瑞，吳縣諸生。時吳俗多逋賦，巡撫朱公昌祚上聞，得嚴旨，一時大譁，禍不測。金挺身自承，死西市。其生平用筆，大椎規仿《華嚴》。所評以《莊》、《騷》、《史記》、《杜詩》，及《西廂》、《水滸》，爲『六才子書』，號『外篇』。《西廂》尤盛行。惜其不解曲本，關目動輒改換，又强作解事，竄易字句，更且横分枝節，種種謬誤，不勝枚舉，全失天然之致。今略附條辨於後。夫以天造地设之《西廂》，而妄庸人亂之，歌曲雖小道，不可謂非文字之厄也。茲悉從田水月、碧筠軒北曲原本點定，絕不竄易一字，庶廬山眞面復存，願與天下知音者共正之。

乾隆戊戌仲夏下浣，於越任以治雁城氏書於怡山草堂。

（以上均《古本西廂記匯集初集》第四冊影印清乾隆四十三年序鈔本《西來意》卷首〔一〕）

【箋】

〔一〕此本書衣題作『元本西廂記』，當據潘廷章《西來意》本刪削改定。參見張小芳《〈西廂記〉評本〈西來意〉之兩種刊本》（《文獻》二〇〇九年第四期）、陳旭耀《日本天理圖書館藏四種〈西廂記〉刊本考》（黄仕忠主編《戲曲與俗文學研究》第一輯，社會科學出版社，二〇一六）。

西廂記演劇序

李書雲〔一〕

天下有人才相若，而所遇有幸有不幸者，一則膾炙人口，一則塗抹面目，借名混俗，而眞本《蘭亭》，反置高閣。如傳奇中《琵琶》、《西廂》，其彰明較著矣。彼時兩人所作，豈上下哉？《琵琶》眞率白□①，無敢增損隻字，而梨園於音律中又復細爲推敲，吐文人之氣，省觀者之聽，誠盡善矣。《西廂》風華流麗，實爲填詞家開山，自南曲興而北音衰，北詞漸次失傳，又每折一人獨唱，繞梁之聲不繼，遂爲案頭之書。

坊本又多□錯，本來鉤畫，不可復覩，而好□者必不能舍，釀成諸害。李日華擅易南曲，但諧音韻，竄其好詞，湯若士所謂『卻愧王維舊雪圖』，害一。至逢場插科打諢，俗惡不堪，又李本之所不載，害二。弋陽腔雖唱本文，而舉動乖張，傷風敗俗，令人噴飯，害三。坊刻四種，董、王合璧，當矣，以陸、李混珠，何哉？害四。《西廂印》、《鴛鴦扇》、《後西廂》〔二〕，若類不可勝述，人各有才思，何不自闢丹章，而必以《西廂》爲名，□爲可厭，害五。

間中偶有分晰，俾生、旦、淨、丑得以各擅其長，元本一字不更，於意不背。汪子蛟門〔三〕，每折批評，相與鼓掌。思得佳麗，問答合拍，吟得句匀，念得字眞，間以絲竹，一洗排場惡習，耳目可以一新，實甫亦可含笑九淵。不數月而蛟門作古人矣〔四〕，予能無挂劍之義哉？付之梓人，應有□心者。

然有説焉：《琵琶》則趙女之孝思，《西廂》爲崔氏之淫奔，文人立意，相去本自雲泥。則《西廂》爲俗筆顛倒，足爲文人無行者之戒。至男女幽期，不待父母，不通媒妁，祇合付之草橋一夢耳。而續貂者必欲夫榮妻貴，予以完美，豈所以訓世哉？故後四折不録。

廣陵李書雲題於祕園。

（清康熙間李書樓參酌、朱素臣校訂刻本《西廂記演劇》卷首〔五〕）

【校】

①底本闕一字，或作『描』。

【箋】

〔一〕李書雲（一六一八—一七〇一）：名宗孔，字書雲，以字行，一字書樓，號祕園，江都（今屬江蘇揚州）人。順治三年丙戌（一六四六）舉人，次年進士，官至大理寺少卿。自置家班，康熙二十二年（一六八三）曾演出《西廂記》全本。編纂《宋稗類鈔》，與朱素臣合編《音韻須知》。著有《奏疏》、《問奇一覽》、《字學七種》等。

〔二〕《西廂印》：程端撰，《曲海總目提要》卷二五著録，原本南北《西廂》二劇，而情節則自撰居多。《鴛鴦扇》：卜不矜撰，見《嘉興府志·秀水文苑傳》（參見趙景深《明清曲談》）。《後西廂》：薛旦撰，《今樂考證》著録。此三劇均佚。

〔三〕汪子蛟門：即汪懋麟（一六四〇—一六八八），字季角，號蛟門，書齋名十二研齋，原籍休寧（今屬安徽），寓居江都（今屬江蘇揚州）人。康熙十二年癸丑（一六七三）舉人，十五年丙辰（一六七六）進士，授內閣中書。後以刑部主事入史館，充纂修官，旋罷歸。著有《百尺梧桐閣集》、《百尺梧桐閣遺稿》、《錦瑟詞》。傳見徐乾學《刑部主事季角汪君墓志銘》(《碑傳集》卷五九轉録)。

〔四〕汪懋麟卒於康熙二十七年(一六八八)四月十八日,故此書當刻成於是年或稍後。

〔五〕此本未見,據伏滌修、伏蒙蒙《西廂記資料匯編》録入(頁三一八—三一九),參校周錫山《西廂記注釋彙評》(頁三四〇—三四一)。

西廂記序〔一〕

闕名

龍圖既啓,縹緗成千古之奇觀;鳥迹初分,翰墨繼百年之勝事。文稱漢魏,迺漸及乎風謡;詩備晉唐,爰遞通於詞曲。潘江陸海,筆有餘妍;宋豔班香,事傳奇態。遂以兒女之微情,寫崔、張之故事。或離或合,結構成《左》、《穀》文章;爲抑爲揚,鼓吹比廟堂清奏。既出風而入雅,亦領異而標新。錦繡横陳,膾炙騷人之口;珠璣錯落,流連學士之衷。而傳刻之文,祇從漢本;謳歌之子,未覩清書。謹將鄴架之陳編,翻作熙朝之别本。根柢於八法六書,字工而意盡;變化乎蝌文鳥篆,詞顯而意揚。此曲誠可謂銀鈎鐵畫,見龍虎於毫端;蜀紙麝煤,走①鴛鴦於筆底。付之剞劂,以壽棗梨。既使三韓才子,展卷情怡;亦知海内名流,開函色喜云爾。

康熙四十九年五月吉旦。

(《日本所藏稀見中國戲曲文獻叢刊》第一輯影印清康熙四十九年序刻本《滿漢西廂記》卷首)

【校】

①『走』字，底本闕，據京都永魁齋刻《滿漢西廂記》補。

【箋】

〔一〕此序底本爲滿漢對照，此處僅錄漢文。

滿漢西廂記識語〔一〕

郜　鶚〔二〕

《西廂記》至此已告終。但市之所售，多有續本，蓋使讀者以團圓而終，俾以喜劇留於腦際，取天下有情人皆成眷屬之意，故亦不失作者原意。希閱者取而讀之，有益無害。

歲在甲午孟秋〔三〕，潭州郜鶚志於京師。

（清京都永魁齋刻《滿漢西廂記》卷末）

【箋】

〔一〕底本無題名。底本以漢字細筆鈎寫，由左至右，與底本正文同。

〔二〕郜鶚：潭州（今湖南長沙）人。姓名、生平均未詳。

〔三〕甲午：康熙五十三年（一七一四）、乾隆三十九年（一七七四）、道光十四年（一八三四）、光緒二十年（一八九四），均爲甲午。此文疑作於光緒二十年。

增訂西廂序

闕　名〔一〕

時鳥有聲，候蟲有響，此天地自然之音也，何年無之，何月、何日無之。然而鳥之屬，如倉庚，如反舌，如鶗鴂，聞其聲，不問而知其爲倉庚、反舌、鶗鴂也。蓋終古此倉庚、反舌、鶗鴂，則終古此倉庚、反舌、鶗鴂之聲而已。蟲之屬，如蛙，如蛄，如蜩螗，如蟋蟀，聞其響，不問而知其爲蛙與蛄，與蜩螗、蟋蟀也。蓋終古此蛙與蛄，與蜩螗、蟋蟀，則終古此蛙與蛄，與蜩螗、蟋蟀之響而已。

人之生於天地間也，少而亹亹達之於口，長而洋洋灑灑筆之於書，爲天地宜自然之籟，無異一時鳥也，無異一候蟲也。然而人之所以異於物者，非如蟲鳥之祇乘時而鳴、應候而作也。有情以引其緒，有理以樹其臬，是故性靈所自稟也，心思所自有也，口吻所自具、筆墨所自抒也。人之不同如其面，合百千億萬眾，無一相肖者，此如倉庚之不通乎反舌，反舌之不通乎鶗鴂也，如蛙、蛄之不通乎蜩螗，蜩螗之不通乎蟋蟀也。而必欲指其類以區之，則彼一人之聲，此一人之響，層見迭出，擬之倉庚、反舌、鶗鴂而不似也，擬之蛙、蛄、蜩螗、蟋蟀而亦不似也。其動於不自已，而若有爲之鼓之者，則正如蟲鳥之乘時應候，而問之時鳥，時鳥不知，問之候蟲，候蟲不覺也。

少霞曰：　天下慧心人，有喻此意者，尋聲索響，以爲倉庚、反舌、鶗鴂，則卽倉庚、反舌、鶗鴂也，倉庚、反舌、鶗鴂不相妨也；　以爲蛙、蛄、蜩螗、蟋蟀，則亦蛙、蛄、蜩螗、蟋蟀也，蛙、蛄、蜩螗、蟋蟀亦不相妨也。惟其然，而有實甫之《西廂》，何不可有聖歎之《西廂》？有聖歎之《西廂》，何不可有我之《西廂》？惟其然，而讀實甫之《西廂》，焉能不讀聖歎之《西廂》？讀聖歎之《西廂》，又焉能不讀我之《西廂》？是爲序。

【箋】

〔一〕此文當爲周昂撰。周昂（一七三二—一八〇一），字千若，號少霞，生平詳見本書卷七《玉環緣》條解題。

（此宜閣增訂金批西廂）例言

闕　名〔一〕

一、實甫、聖歎雖屬天才，然白璧之瑕，殊難阿好，索垢求疵，特爲二家羽翼，非有意操戈也。

一、世所傳實甫《西廂記》，多爲聖歎改竄。今仍聖歎改本，而原本曲白有不可删者，隨處附入，庶通體貫串。

一、此本用套板，批句法字法，注在句下；至批文法，及當時情事與文章眉目，或注在行間，或注在書頭；批詞曲，則批在每曲下。其墨板圈點，悉仍其舊。

一、聖歎讀《西廂》法爲八十一條，湊九九之數，大是可笑，其中白嚼處多不足存。有十數條不礙文義，可備觀覽者，姑存之〔二〕。

一、今袖珍《西廂》開頭一序，係儷體文字，庸劣之筆，可云佛頭著糞。又於《會眞記》後，雜録唐人雙文本事詩，及後人弔古諸作，甚屬無謂，故亦汰之。至繡像，更屬稗官小説家惡習，例從删。

一、書中偶易詞曲一二處，附列曲下，乃一時興之所至，不忍拋置。其他心所不慊者尚多，有好事再爲删潤，庶稱全璧。

一、《西廂》評注校訂諸家，有周憲王、朱石津、金白嶼、屠赤水、徐士範、徐文長、王伯良及趙氏諸本，迨卽空觀主人集其成，而説乃大備。至聖歎批本後出，而各家俱爲積薪。今兼收並取，卽其言未的，亦有附録者，以廣見聞也。

【箋】

〔一〕此文當爲周昂撰。

〔二〕此宜閣本卷首，有《删存讀西廂法》十二則，卽金聖歎《西廂記讀法》第三、十五、十六、十七、二十二、二十五、二十六、四十四、四十五、四十七、四十八、五十六諸條。

贈古人上篇

闕　名〔一〕

不窮者天地，遞嬗者古今。人於其間爲息爲消，而在己則爲我，在人則爲物，物我同盡。而後乎我爲後人，前乎我爲古人。古人與後人在天地古今中，固無日不水逝雲卷、風馳電掣而去也。然而後人未來，則此水逝雲卷、風馳電掣之勢，獨於古人證之。而古人既隨水逝雲卷、風馳電掣而去，其不隨水逝雲卷、風馳電掣而去，則古人恃有其書在也。古人之書，古人之心具焉，古人之文寓焉。讀古人書，而古人之心，以我之心印焉；古人之文，以我之文會焉。此古人之書，所以點之注之，而垂諸不朽，則後人之爲德於古人何如哉？

夫以物予人曰贈，以言予人曰贈，人已往而追而表揚之，斯則贈之義尤大者。然則古人已往，而後人爲德於古人，以言表揚之，欲不謂之贈不可得也。然古人已隨水逝雲卷、風馳電掣而去，不預望後之人爲之表揚而有贈言也。而後人自有不能已於心者，則正以此水逝雲卷、風馳電掣之中，幸而適有此我。我既不欲隨水逝雲卷、風馳電掣而去，則必籌夫水不能逝，雲不能卷，風不能馳，電不能掣，而常留於天地，常留於古今，此非恃我言以留之，不可必也。是故古人之書不必藉吾言以留，而吾之言實藉古人以留。吾言藉古人之書以留，則古人之書亦何嘗不藉吾言以留。韓子有言：『莫爲之前，雖美弗彰；莫爲之後，雖盛弗傳。』是可知古人以書貽我，我以言贈古人，二者固有相須之勢焉。

然古人生數千百年之前，其自爲一書，與後之人直風馬也。後之人無端取而雕鏤腸胃，貫串血脈，使古人未及明言之處，如眉列面，如髮在梳，一似有此書不可無此批，起古人於九原饟鼓軒舞，有不暢然意滿者哉？是故賞其奇而有言，以云贈也；摘其謬而有言，亦以云贈也。蓋當沉吟往籍，寄懷緜邈，我以心印古人之心，而古人於我，既若以情來，則我以文會古人之文，而我於古人，安得不爲興往？興之所至，琅琅達之。所以作者一人，而批者常不限一家。如丁敬禮之論，謂：『文之佳惡，吾自得之，後世誰相知定我文者？』則是文章評次，祗屬之並生之人，而無與後來之彥，將使古人一隨水逝雲卷、風馳電掣而去，而其心即冥以沉，其文即昒以沒，千百載後，其孰能慰古人者？

且亦思後人之求慰古人，正非獨爲古人起見也。蓋處水逝雲卷、風馳電掣之中，我亦安必其鼎鼎百年者？芸芸萬輩，後起杳不相知。其如可晤對者，止有古人，則古人固我友也；其如可步趨者，亦止有古人，則古人固我師也。我以古人爲師友，而古人之言，其善者贊一辭，其不善者參一解，此亦古人之所心許也。

是故如實甫之創《西廂》一書，彼初不料數百年後有聖歎爲之評論，而聖歎之書非卽實甫之書；聖歎非卽實甫之書，而實不外實甫之書。聖歎既以實甫之書爲書，更不料百六七十年後，復有我爲撼樹之蚍蜉，而嘵嘵焉强聒而不舍，而聖歎之書愈以彰，卽實甫之書愈以著。夫我之聒而不舍，亦因夫水逝雲卷、風馳電掣，當我之世，實無計以留之故，卽古人所爲消遣法中，而旁通曲鬯，孜孜焉以從事於此。其或隨水逝雲卷、風馳電掣而去，與不隨水逝雲卷、風馳電掣而去，我皆不敢知。而特以人生日衆，踵事日增，卽安知一二百年，或三四百年後，不復有繼我而起者之爲我刪其繁冗，挈其簡要，別出機杼者，則我之增訂此書，不敢爲聖歎之繼聲，亦未始非後人之錞于也。

至於師心自用，指瑕索瘢之處，剝無完膚。曹子建云：『蘭茝蓀蕙之芳，衆人所好，而海畔有逐臭之夫；咸池六莖之發，衆人所樂，而墨翟有非之之論。』夫蘭茝蓀蕙不因逐臭而改其芳，咸池六莖不因非之而易其美，而不知有海畔之臭，轉以見蘭茝蓀蕙之芳；有墨翟之非，乃愈表咸池六莖之美。準之人情，不其然乎？且夫筆與墨，固文人心思才力之所見端也。然而古人有古人之心思，我有我之心思；古人有古人之才力，我有我之才力。不能以我之心思才力，爲古人之心思才力，亦並無容以古人之心思才力，爲我之心思才力。蓋心思才力，天未嘗獨厚於古人，獨靳於我，夫亦各盡焉耳。夫此心思才力，托諸筆墨以見，所謂不隨水逝雲卷、風馳電掣而去者也，而還思心思才力皆造無爲有之物。

故卽如未有《西廂》以前，實甫何以忽然而特創？未批《西廂》以前，聖歎何以忽然而加評？殊不知鏡花水月，卽使實甫不作此書，聖歎不批此書，一種靈機妙緒，自隱約於天地古今，而惜爲躁心人棄之，鈍根人昧之也。嗚呼！我亦躁心人也，我亦鈍根人也，一知半解，古之人有言，所謂只可自怡，不堪持贈者也。而敢爲附驥，其言或且驚世駭俗，誠不望此一知半解，可得後人之曲諒也。願與古人少作周旋，而水逝雲卷，風馳電掣，俱聽之而已。

【箋】

〔一〕此文當爲周昂撰。

贈古人下篇

闕　名〔一〕

或謂少霞曰：聖歎作消遣法，而批《西廂》，贈後人，原以金針普度，沾丐來兹也。若古人，則近者數百年，遠者數千年，水逝而水且涸矣，雲卷而雲且散矣，風馳而風且息，電掣而電且滅矣。杳杳邈邈，冥冥默默，將與誰質對，共誰取證乎？是不如貽贈後人所謂知心之侶，猶可得什一於千百，而遥遥相望於數百數千年後，一話一言，或不靳其音徽也。

少霞曰：不然。天下之物，無論其孰貴孰賤；天下之言，無論其孰重孰輕。然而持以予人，則不論物爲何如物，言爲何如言，而要必有所主。蓋確然信其人之能勝是物，能稱斯言，而後我持贈之心方不負，而後我持贈之舉始不至如明珠暗投，爲人鄙夷而不屑也。

諺有之曰：『寶劍贈與烈士，紅粉贈與佳人。』夫此庸庸萬衆，其爲男子與，孰是不愧烈士者？其爲女子與，孰是可號佳人者？此卽並世而生，比閭而居，猶未可必得，而況遲之久而或數百年後，或遲之又久而數千年後，凡爲男子，可遂以烈士目之；凡爲女子，可卽以佳人稱之乎？吾以知其難矣。夫意中無烈士，而我出寶劍以待烈士，則必有非烈士而謾藏此寶劍者，而寶劍不足貴；意中無佳人，而我出紅粉以待佳人，則必有非佳人而消受此紅粉者，而紅粉不足珍。不然而以寶劍紅粉爲公器，任人之自爲取攜。嗚呼！執途人而告之，彼此已漠不相屬，況求諸異代，其又安可必哉！

至於古人則異焉。名之所在，實必副之。荊軻、聶政，吾未嘗見其人也，然其人之爲烈士，古今無異辭；西施、王嫱，吾未嘗見其人也，然其人之爲佳人，亦古今無異辭。夫如荊軻、聶政，而我以寶劍贈之，寶劍豈不得所主乎？如西施、王嫱，而我以紅粉贈之，紅粉豈不得所主乎？然而荊軻、聶政之爲烈士，祇可於古人中求之，後人則安見復生如荊軻、聶政也者？西施、王嫱之爲佳人，亦祇可於古人中求之，後人則安見復生如西施、王嫱也者？卽使生有荊軻、聶政、西施、王嫱其人，而我則骨已朽，魂已化，豈能於夢寐之中親爲授受，如郭璞之錦乎？

嗚呼！荊軻、聶政、西施、王嫱，後來誠未可逆料；而已往之荊軻、聶政、西施、王嫱，其人其事，至今有餘慕焉。我不能起荊軻、聶政而贈以寶劍，苟以言表揚之，如淬寶劍而授之也，不必荊軻、聶政復生也；我不能起西施、王嫱而贈以紅粉，苟以言表揚之，如奩紅粉而奉之也，不必西施、王嫱復生也。夫不必荊軻、聶政、西施、王嫱復生，而我之所以爲贈者，但使有言如寶劍，有言如紅粉，則後之遥慕乎荊軻、聶政、西施、王嫱，猶得藉寶劍之遺烈，紅粉之遺芬，遞推遞衍，以作薪傳，將累千萬禩，當必有聞風而興者。然則贈古人卽所以贈後人。蓋贈後人者，無所主者也，不可必之勢也；贈古人者，得所主者也，有可必之數也。繼自今，願後人之無委嘉貺於蠹簡也，庶幾不負私衷也夫。

【箋】

〔一〕此文當爲周昂撰。

哭後人上篇

闕名〔一〕

聖歎之《西廂》批本，渠所謂留贈後人者也。嗚呼！聖歎之用心苦矣，其待後人亦可云厚矣。後之人震其名，鮮有能讀其書者，其辜聖歎也實甚。少霞蓋循覽篇首兩序，而淚未嘗不涔涔下也，喟然嘆曰：『夫古人則何煩我之慟哭哉！』古人在當日，天賦才華，幸而遇於世，功名富貴，煊赫一時；其或不幸而不遇，寄情墳索，雅意纂修，單詞片語，比於潛德幽光，垂諸奕禩，不乏賞音。即如有元詞人，凡百餘家，而以北詞譜《西廂》，與實甫分道揚鑣者，前有董解元一編。乃聖歎獨取實甫之作，列之才子書中。實甫有知，當且劇喜大慰，更無忳鬱拂其心，雖感激私衷，或致英雄墮淚。然而作書與批書，皆古今絕調，奇莫奇於此，快莫快於此，困抑之文人學士，聞之未有不爲之收淚者。何況從尚論之餘，別有神交之處，心心相印。如聖歎之於實甫，則其所云『慟哭古人』，爲已慟乎，抑爲實甫慟乎？爲已慟，是不病而呻也。且使讀古人書而憑弔興感，輒行慟哭，則左氏之瞽、馬遷之腐，以迨施耐庵輩，何一不當慟哭者？聖歎於此，直將淚盡而繼之以血也。爲實甫慟乎？則我思昔人讀《離騷》、讀《漢書》，皆取以爲下酒物，如實甫之《西廂》，以酒酬之可也，已讀之而浮大白可也，安用此潸然者爲？

乃吾謂古人不必哭，其可哭而大慟者，正在後之人。何言之？凡文之不深於情者，必非文之至。《西廂》之文，深於情者也。傖父不知尋味，至以淫書目之，此其可慟者一也。凡文必擇事而爲之，擇題而爲之，亦必非文之至。批《西廂》之文，不論何事，不論何題，洋洋纚纚，一篇自有一篇章法，其中大抵皆行文金針。傖父泥於批《西廂》之名，遂謂此只是《西廂》中情節，埋沒無限苦心，此其可慟又一也。小夫孺子，血氣未定；市儈村氓，志趣卑污，嘖嘖於錦心繡口，軟玉溫香，而神爲之動，情爲之移，其外皆冥然罔覺。遂以此書擲諸茵榻，挾諸舟車，置之茶前酒後，與彈詞小說無異，此其可慟又一也。然猶曰：『此小夫孺子、市儈村氓也。』乃至壯夫宿老，名公鉅卿，大半同於小夫孺子、市儈村氓之所爲，此非其更可慟者乎？

然此之所謂可慟，不過不知珍重也。自實甫《北西廂》創作，而以不便登場演唱之故，李日華卽其原詞，改頭換面，旗鼓一新，於是本來面目，幾幾埋沒。苟非聖歎加意批出，實甫之《西廂》何以得還舊觀？此則少霞所爲大慟者也。不獨少霞慟，普天下千萬世錦繡才子亦無不慟。而李氏拾實甫牙慧，以其書貽諸久遠，而得不隨水逝雲卷、風馳電掣而去，然則後人之沉痼惛愚，而甘隨水逝雲卷、風馳電掣而去，不且齊聲一大慟哉！嗚呼！少霞之淚，卽聖歎之淚；聖歎之淚，卽實甫之淚。悠悠千載，知己難逢；閱世生人，斯文誰屬？未審增評者畢此，更何法以消遣也。

【箋】

〔一〕此文當爲周昂撰。

哭後人下篇

闕　名〔一〕

則有疑我慟哭後人，爲榮古而薄今，貴耳而賤目，視古人皆智而後人皆愚也，視古人皆賢而後人皆不肖也，其說近於矯，其情過於激。少霞欷歔太息而言曰：是誠有之。雖然，我之初設是想也，亦懼後世之於我乎唾罵，而當世之人且將於我乎剸之刃也。而我且悍然不顧，欲正告之天下後世者，正以斯世之相率甘於聾瞶，不有以震其聾，驚其瞶，則造物之生人，聰明可以黜而不用，故吾於此，亟欲以一言發人深省也。且夫聲色貨利，後人無事肯讓古人，而獨至文章學問，則甘讓古人。非獨讓之已也，一切古人所有著述，吟之誦之，揚之贊之，伏而跪拜之，恭敬奉持而曲護之，不敢有異説也，不敢有岐論也。即今之讀《西廂》者，亦不乏矣。問之彼，而彼必曰：『實甫眞才子也，《西廂》一書，非才子何能作？聖歎眞才子也，批《西廂》一書，非才子何能批？』嗚呼！彼豈知實甫者哉？微特實甫不能知，亦豈知聖歎者哉？夫讀《西廂》而不知實甫之所作，聖歎之所以批，此正吾之所欲爲後人哭者也。

今夫人死則涕泣隨之，後人未生，則哀心何自感，而涕淚何由至？抑知哭泣之哀，非獨死喪之戚也。孔子泣麟，爲道窮也。厥後途之窮而阮籍哭，命之窮而唐衢哭，乃至亡羊岐路，而楊朱亦哭。情之所感，有不自知其然而然者。若我讀古人書而慟哭後人，則非直所謂道之窮，命之窮，途之窮，以及臨岐路而莫所適從也。

人自有生以來，其體則性，其用則情，而性之體，情之用，統具於心。男女居室，人之大倫，情之所不容已，性之所不容已也。《西廂》一書，其道男女之事，雖不可以居室之大倫言，然男女之情不可謂不篤。而冬烘先生轉以此爲溺人情性，壞人心術，噤不敢道，束不令覷，此殆非人情不可近者。夫不近人情則情可滅，情可滅則性可毁，滅情毁性而心於是死矣。嗟夫！嗟夫！哀莫大於心死。日生之數卽日死之數，未生而具死之幾，非死而極哀之致，芸芸萬輩，恨不與水俱逝，與雲俱卷，與風俱馳，與電俱掣。有心者於此，非夫人之爲慟而誰爲哉？夫情有障，障不深則障必不能撤；情有魔，魔不重則魔必不能降。依古達人杰士不爲情溺者，見情之至，斯見性之至，而大覺於是可證，此不在宗禪乘、誦寶誥以度迷津也。魔障緣情而生，不可溺其事，而不可不味其言。蓋見色謂之色，見空謂之空，色與空惟人之自取云耳。夫無況之字，不典之音，猥瑣①糺煩，不可究詰，此稗官小說之通病也，聖歎亦不能擺落至盡。獨《琴心》一篇，諄諄於先王之制禮，所以坊天下，而於徇情之處，示閑情之方，宏氣偉理，卓然懿訓。其言非宋五子之言，而其言則宋五子之理。通斯旨也，夫何障之不撤，何障之不降乎？而其餘鏡花水月之言，不可舉是以例乎？惟是後生小子未由領此，而父兄師長又莫爲解惑指迷而舉隅待反。是埋沒後人之聰明，可慟；而埋沒古人之心思，尤可慟。然則吾之慟哭後人，爲後人哭，仍爲古人哭也。

猶憶余童時好閱是書，今年已耄及，又病且七年，行且隨水逝雲卷、風馳電掣而去矣。迺於病亟時，尚手此編，點之注之，批之抹之，豈非障猶未盡撤，魔猶未盡降乎？古人如俟我於泉臺，當必有破涕爲笑者。

【校】

①瑣，底本作『鎖』，據文義改。

【箋】

〔一〕此文當爲周昂撰。

西廂辨

闕　名〔一〕

實甫以西廂爲普救寺之西偏屋，張生所寓，聖歎亦仍其說，余於此不能無辨。蓋《會眞記》中所載西廂，係崔宅中屋，雙文之外臥室也。其『明月三五夜』之詩，曰『待月西廂下』，雙文自言在西廂下待月也；牆外爲張所寓，故曰『隔牆花影動』也。且《記》中載張生從東牆攀援杏樹，得達西廂，爾時紅娘寢於牀，是豈張寓乎？至朝隱而出，暮隱而入，同安於曩所謂西廂者幾一月，則西廂乃二人淫媾之地，與寺屋無涉也。特初定情，則崔至張所，料是開角門而出耳。實甫誤始於《借廂》，待《寺警》、《解圍》之後，又誤於老夫人有『移來家下書院安歇』之命，夫既移至家下，則是張生離卻西廂矣。此《請宴》曲內，紅娘所以云『再不要西廂和月等』也。且書院安歇，並無牆垣之隔，故聽琴之夕，雙文直至窗外。實甫失於照應，而《寄簡》之詩，不能易『待月西廂』句，而更爲之辭也。乃至《賴簡》，而并以『跳牆』爲關目，夫既移至書院，尚何牆之待踰？此又自相矛盾者也。

要之，張本寓普救寺中西偏屋，非卽西廂也；入與雙文淫媾，則在西廂。實甫添設情節，中間更移居書院，而又不相照應，仍若在西廂者。種種錯謬，互見迭出，惜聖歎於此處亦未有以正之。□《借廂》曲內，原有『只近西廂』之語，則張生所借，本係普救寺中貼近西廂之屋，豈屋之靠西者概可謂之西廂耶？特既移書院，則不能曲爲之說耳。總之，《會眞記》中之西廂，專指崔屋，而實甫《借廂》之西廂，則指寺屋矣。崔屋、寺屋，俱無關輕重，但如作畫家界畫，不可不清也。

【箋】

〔一〕此文當爲周昂撰。

序西廂

闕　名〔一〕

《西廂》者何？書名也。書曷爲乎名曰《西廂》也？書以紀事，有其事，故有其書也；無其事，必無其書也。今其書有事，事在西廂，故名之曰《西廂》也〔二〕。

西廂者，普救寺之西偏屋也。普救寺則武周金輪皇帝所造之大功德林也。普救寺有西廂，而是西廂之西，又有別院，別院不隸普救而附於普救，蓋是崔相國出其堂俸之所建也。先是，法本者，相國之所剃度，是即相國之門徒也。相國因念，誠得一日避賢罷相，而芒鞋竹杖，舍佛安適矣。然身願爲倉卒客，不願門徒爲倉卒主人，而於是特占此一袈裟，以爲老人菟裘。而不虞落成之日，不善頌禱，不聞歌，乃聞哭，不得以玉帶賭鎮山門，而竟以丹旐將諸縈獨，此老夫人所以停喪得以寺中之故也。故西廂者，普救寺之西偏屋也。西廂之西，又有別院，則老夫人之停喪所也。乃喪停而豔停，豔停而才子停矣。夫才子之停於西廂也，豔停於西廂之西故也；豔之停於西廂之西故也，喪停故也。乃喪之停於西廂之西也，則實爲相國有自營菟裘故也。夫相國營菟裘於西廂之西，而普救寺之西廂，遂以有事，乃至因事有書，而令萬萬世人傳道無窮。然則出堂俸，建別院，又可不慎乎哉〔三〕！

聖歎之爲是言也，有二故焉。其一教天下以慎諸因緣也。佛言一切世間，皆從因生，有因者則得生，無因者終竟不生。不見有因而不生，無因而反忽生；亦不見瓜因而荳生，荳因而反瓜生。是故如來教諸健兒，慎勿造因。嗚呼，胡可不畏哉！語云：『其父報仇，子乃行劫。』蓋言報仇必殺人也。而其子者，不見負仇，但見殺人，則亦戲學殺人；殺人而國且以法繩之，子畏抵法也，遂逃命萑蒲中，萑蒲中又無所得食也，則不得已仍即以殺人爲業矣。若是乎仇亦慎勿報也。蓋聖歎現見其事已數數矣。現見其父中年無歡，聊借絲竹陶寫情抱也，不眴眼而其子手執歌板，沿門唱曲，若是乎謝太傅亦慎勿學也。現見其父憂來傷人，顧引聖人托於沉冥也，不眴眼而其子罵座，被驅墜車折脅，若是乎阮嗣宗亦慎勿學也。現見其父家居多累，竹院尋僧，略商古德也，不眴眼而其子引諸髡奴，汙亂中冓，若是乎張無垢亦慎勿學也。現見其父希心避世，物外田園，方春勸耕也，不眴眼而其子擔糞服牛，面目黧黑，若是乎陶淵明亦慎勿學也。如彼崔相國，當時出堂俸，建別院，一時座上賓客，夫孰不嘖嘖賢者，是眞謂之內祕菩薩，外現宰相，而已不覺不知，親爲身後之西廂月下，遠遠作因。不然而豈其委諸曰雙文爲之乎？委諸曰才子爲之乎？委之雙文，雙文無因；委之才子，才子無因。然則西廂月下之事，非相國爲因，又誰爲之？嗚呼！人生世間，舉手動足，又有一毫可以漫然遂爲乎哉〔四〕？

其一教天下以立言之體也。夫老夫人守禮謹嚴，一品國太君也，雙文千金國豔也，即阿紅亦一時上流姿首也。普救寺者，河中大刹，則其堂内堂外，僧徒何止千計，又況八部海涌，十方雲集，此其目視手指，心動口說，豈復人意之所能料乎哉？今以老猶未老，幼已不幼，雖在嶄然衰絰之中，而其縱縱扈扈，終非外人習見之恆儀也，而儼然不施⿱䜌巾幕而偪處此，爲老夫人者，豈三家村燒香念佛嫗乎？不然，胡爲無禮至此？聖歎詳覩作者，實於西廂之西，別有別院，此院必附於寺中者，爲挽弓逗緣，而此院不混於寺中者，爲雙文遠嫌也。君子立言，雖在傳奇，必有體焉，可不敬與〔五〕？

【箋】

〔一〕此文爲金聖歎（一六〇八—一六六一）撰，原係順治十三年（一六五六）刻本《貫華堂第六才子書西廂記》卷三《西廂記》篇名後總評，周昂改題爲《序西廂》。

〔二〕此段周昂眉批云：『《西廂》一書，道男女會合之私。今卽此二字，欲以文序之，將鋪陳棟宇，作一篇《西廂賦》乎？抑敍述張、崔歡合之情，拾《會眞記》、實甫諸曲之牙慧乎？才人於此，固自別有領會。』

〔三〕此段周昂眉批云：『金公主意，是爲崔相國出堂俸、建別院，適爲後日敗壞門風之地，借此垂戒後人耶？抑以此簸弄筆墨耶？不過爲第三段「因」字發凡。而第二段中，又多方引喻，推波助瀾，遂使覽者目眩神迷，性靈不得自主。聖歎其文妖乎！』

〔四〕此段周昂眉批云：『大抵傳奇情節，離合悲歡，全是作者心上打算出來。一部《西廂記》，爲張、崔之苟合作也。萍水相逢，彼此風馬，驀遭兵警，天賜良緣。使無賴婚一節，則合矣，合則《西廂記》畢矣，故以賴婚作一波折。既而雙文貽詩、訂會，其勢又將合矣，合則《西廂記》又畢矣，乃於鬧簡又作一波折。非當日情事定如此，亦從

《會眞記》中體貼一過，本有此兩層事耳。若拷訊阿紅，則記中本未有此情節。若照記中兩次別離，及後以詩辭見，殊苦轇輵，故以拷紅。』

〔五〕文後周昂總批云：『前《慟哭古人》、《留贈後人》，是批《西廂記》總序，此二篇又是《西廂記》總序。序《西廂記》而歸咎故相，文章力爭上游法也。以二「因」字揭之，别具法眼。蓋相國不建别院，母女何以僑寄蒲東？不僑寄蒲東，飛虎何以率兵圍寺？飛虎不圍寺，雙文何以許配張□□（君瑞）？至鶉奔遺垢，中道棄捐，子孫孽報，祖宗豈能預料？沿流溯源，則雖非相國之咎，而幾若相國有以致此。然此猶相國身後事也。彼溧陽公主年十四而嬖於侯景，時蕭家父子不尚在臺城乎？及身遇之，孽報尤酷，豈以其捨身同泰會，設無遮視，出堂倖，建别院，皈依我佛，尤懇摯與！○或問少霞曰：敍《西廂記》而歸罪崔相國，曷言乎其爭上游法也？答曰：古人作文，心擇體要。敍《西廂記》，則必志西廂之緣起，平平鋪敍，曷有當於義例？況「開春院」已罪老夫人，則序内更以何人爲命意所屬？乃於題外弄出主腦耶？』

序西廂

闕　名〔一〕

西廂者，普救寺之西偏屋也，其名始見《會眞記》中，而實甫譜張、崔男女會合之事，卽舉此名其書。至聖歎加評而序《西廂》緣起，乃歸咎於故相之出堂倖，建别院，而標二『因』字以垂世鑒。其義嚴，其詞正，是眞語者，是實語者，願一切衆生於前世緣、後世緣，俱作如是觀而已。乃少霞讀是書，而沉吟於『西廂』二字之名，則又别有慨焉。

嗚呼！地以人重，非獨西蜀子雲亭、南陽諸葛廬也。古今來男求女，女説男，雲期雨約之地，無不有之，其事見於《春秋》，而播於《國風》。期桑中，要上宫，衛之風也；《野有蔓草》，鄭之風也；《東門之池》，陳之風也。以男女野合之地譜入風謡，而聖人删詩，並存其篇什，豈以爲義有所係，亦惟是男女之欲同於飲食，列其詞於載籍，任貞者見之謂之貞，淫者見之謂之淫焉耳。夫男女會合之地，蚩蚩者無論已。上之極於宫闈，則秦有阿房，隋有迷樓，卽結綺、臨春、望仙諸閣，亦無日不爭妍鬬寵其間。而漢代裸遊之館，且示義於宣淫，然皆與玉貌絳脣，同逐灰飛而烟滅。其留於載籍，挂諸齒頰，並被諸管絃者，惟李三郎與楊太眞耳。華清宫之同浴，長生殿之私誓，溫香軟玉，隱約行間，讀其書，演其事，千載下有餘慕焉。其他蕩子佚女，往來歡會之處，問其遺迹，鮮有存者。而西廂乃以一椽之合，若轉同於魯靈光之巋然，或以爲張之才，崔之貌，佳人才子，絶代風流，故其名至今不可磨滅。夫以才子佳人故，而遂令西廂之名，同於靈光之巋然獨存，則亦思古今來才子何限？佳人何限？而張生之爲才子，若藉西廂以見；雙文之爲佳人，亦若藉西廂以見。則非西廂之借重於張、崔，而實張、崔之借重於西廂；則非西廂之地以張、崔重，而實張、崔之人以西廂重也。

夫此一椽之舍，當日之翼然於蘭若西偏者，方張生西赴關中，已在暮雲黃葉之間，況歷數千百載，而頹垣遺址，渺不可追，又曷言乎其足重者？曰：是不然。地之所以重，非其人之事爲之，乃其人之文爲之也。何者？此一椽之舍，非青瑣丹墀也，無右平左墄也，非有履禮之闥與自在之窗也；壁不必以椒塗，而欄干不必玉，屈戌不必金也，又非如阿育王之修羅，宜有八萬四千魔女爲之護持也。而其名且歷劫不磨者，則以當日實甫之一縷心精，一寸筆花，一盂墨瀋，無非爲張、崔之歡會於西廂而起。乃至當寢而倚枕以凝神，曰惟西廂之故；當食而停箸以構思，曰惟西廂之故。且至花前月下，茶罷酒闌，而爲之四顧，爲之躊躇，曰惟西廂之故。或居家，而門庭廁溷皆置紙筆，其著《西廂》，勤苦如左太沖，未可知也；或出行，而小奚攜錦囊以隨，得句輒投，其製《西廂》，閒適如李長吉，未可知也。迨《西廂》之書成，而讀是書者，遂恍然若檻檻間見張、崔同憑焉，堦砌間見張、崔同行焉，即几案間，茵榻間，如見其偎紅而倚翠，並肩而疊股焉。而於是西廂之名，遂歷諸千百世而如新。故魯靈光、魏景福，當時揚厲鋪張，不過沿習於文人學士之口，不如此一椽之舍，地則唐代蒲東，屋則僧寮外院，而千百世之文人學士，以逮村氓市儈，嬰孩穉女，隸卒倡優，無不知所爲西廂者。由斯以言，西廂得張、崔之事以傳，而實則張、崔之事轉賴西廂以傳；則是西廂得實甫之筆墨以傳，而實則實甫之筆墨轉賴西廂以傳。況實甫之書成，而人以《北西廂》名之；李、陸之改本行，而人以《南西廂》名之；乃至聖歎之評點定，而人以聖歎之《西廂》名之。則西廂非獨志其地，兼以志其書；志其書，而非地以人重也，亦非人以地重也，所重固在文也。所重在文，而後知西廂非當日之僧舍，乃文人學士之蜃樓也。

夫北里有志，空記狹邪；東牆竊窺，不留姓氏。獨西廂，則其地傳且其人傳，其事傳而其書亦因之以俱傳。古往今來，太空冥冥，而此若虹霓之點綴，終古不泯於人間。惟知爲文人學士之蜃樓，則雖變幻不測，無不歸於虛空粉碎，一切前因後果，亦俱如夢如泡，了無罣礙，尚何一地一椽之足重耶？嗚呼！推斯意也，如使『空卽是色』，則以西廂爲燕壘蜂房，直夷諸何鼻地獄也可；其謂『色卽是空』，則以西廂爲雲階月地，直置諸忉利天宮，亦何不可？

（以上均清乾隆六十年此宜閣刻朱墨套印本《此宜閣增訂金批西廂》卷首）

【箋】

〔一〕此文當爲周昂撰。

（蘇州西廂）識語

蘇州文起堂〔一〕

沈旭輪先生云〔二〕：古人遠遊者，歸必以彼中土產珍奇之物餉其親匿。如俞安期見檳榔樹，陸平原登銅雀臺，輒皆以不得相致爲恨也。今若有人從蘇州來，而不惠我虎丘社一瓶、聖歎書一部，我眞不能無憾於爾也。

蘇州文起堂。

（清乾隆間蘇州文起堂影印常熟此宜閣刻本《貫華堂第六才子書西廂記》卷首〔三〕）

【箋】

〔一〕蘇州文起堂：明代長洲人張獻翼（一五三四—一六〇一）故居。張獻翼著有《文起堂集》十卷。清代爲書坊名，主人或姓張。

〔二〕沈旭輪：籍里、生平均未詳。

〔三〕此本未見，據周錫山《西廂記注釋彙評》錄入（頁三五八）。

（桐華閣校本西廂記）敍

吳蘭修〔一〕

壬午秋夜〔二〕，與客論詞。有舉王實甫《西廂記》者，余曰：『字字沈著，筆筆超脫，元人院本，無以過之。惜後人互有刪改，至金氏則割截破碎，幾失本來面目耳。』客究其說，悉臚答之。次日，秀子璞請別著錄〔三〕。乃出《六十家》本、《六幻》本、琵琶本、葉氏本（以上互有異同，今皆謂之『舊本』）、金聖歎本重勘之〔四〕。大抵曲用舊本十之七八，科用金本十之四五，雖非實甫之舊，而首尾略完善矣。子璞解人，其視此爲何如也？

桐花閣主吳蘭修序。

（清道光三年長白馮氏刻、吳蘭修校訂《桐華閣校本西廂記》卷首〔五〕）

【箋】

〔一〕吳蘭修（一七八五或一七八九—一八三九）：原名詩捷，字石華，改名蘭修，字清觀，號荔村，一號古榆，別署桐花閣主，嘉應（今廣東梅州）人。嘉慶十三年戊辰（一八〇八）舉人，道光元年（一八二一）署番禺縣學訓導，遷信宜教諭。後任廣州學海堂學長兼粵秀書院監院，嘗自榜其門曰『經學博士』。藏書甚富，藏書處名守經堂。著有《南漢紀》、《南漢地理志》、《南漢金石志》、《考定南漢事略》、《宋史地理志補正》、《方程考》、《端溪硯史》、《荔村吟草》、《桐花閣詩集》、《桐華閣詞》等。傳見《清史列傳》卷七二、《碑傳集三編》卷三八、《清代疇人傳》卷一五、《續粵東文苑傳》、《梅水詩傳》卷二、光緒《嘉應州志》卷二三等。

〔二〕壬午：道光二年（一八二二）。

〔三〕秀子璞：即秀琨，字子璞，長白（今屬吉林）人。隸漢軍籍。姓馮氏，英廉之姪孫。先世浙江嘉興人，徙山東，後遷遼東。咸豐初，以郡丞需次粵東。工畫山水。著有《聽秋堂集》。傳見張鳴珂《寒松閣談藝瑣錄》、民國《奉天通志》卷二一四等。

〔四〕《六十家》本：即毛晉《六十種曲》本。《六幻》本：即明閔齊伋編刻《會眞六幻》之《劇幻·王實父西廂記》。琵琶本：未詳。葉氏本：疑即葉堂《納書楹曲譜》所收本。

〔五〕此書北京師範大學圖書館藏本，內封題《北曲西廂記》，有陽文方章牌記：『道光壬午長白馮氏刻。』此馮氏當即秀琨。書末牌記云：『羊城西湖街簡書齋刊刻。』《古本西廂記彙集初集》第十三冊影印本，書末附錄《石華先生書》二通：第一通署『癸未燈節後五日邗江舟次吳蘭修頓首』，按癸未爲道光三年（一八二三）；第二通署『六月十三日機廬舟次蘭修頓首』。後附《芝房師書》，署『友生邵詠拜復』，中云：『朔風漸厲，諸惟珍重不宜。』然則此書當始刻於道光二年（一八二二）秋後，刻成於次年秋。

（桐華閣校本西廂記）附論十則

闕名〔一〕

客曰：金氏分節無當乎？曰：曲有宮律，【仙呂】之與【中呂】，【雙調】之與【越調】，不相犯也；曲有節奏，起調之與尾聲，換頭之與歇拍，不相亂也。今使歌者截一曲之半以爲前曲之歇拍，又截一曲之半以爲後曲之換頭，則聽者皆知其失調矣。客曰：以文義按之，金氏所分亦有未盡非者。曰：曲之帶白者，其詞多斷；曲之接板者，其意相連。金氏强作解事，可云鹵莽。至『待颺下教人怎颺』，本七字句，乃分『待颺下』三字爲一節，是何說也？

客曰：金氏妄改，可得聞歟？曰：如《驚豔》云：『你道是河中開府相公家，我道是南海水月觀音院。』（改云：『這邊是河中開府相公家，那邊是南海水月觀音院。』）《借廂》云：『我若共你多情小姐同鴛帳，怎捨得你疊被鋪牀？』（改云：『我若與你多情小姐同鴛帳，我不教你疊被鋪牀。』）『你撇下半天風韻，我拾得萬種思量。』（改云：『你也掉下半天風韻，我也彫去萬種思量。』）《酬韻》云：『隔牆兒酬和到天明，方信道惺惺自古惜惺惺。』（改云：『便是惺惺惜惺惺。』）『便是鐵石人，鐵石人也動情。』（删去疊『鐵石人』三字。）《寺警》云：『便將蘭麝熏盡，只索自溫存。』（改云：『我不解自溫存。』）『果若有出師的表文，嚇蠻的書信，但願你筆尖兒橫掃了五千人。』（改云：『他眞有出師的表文，下燕的書信。只他這筆尖兒敢橫掃五千人。』）《請宴》云：『受用些寶鼎香濃，繡簾風細，綠窗人靜。』（改云：『你好寶鼎香濃』云云。）『請字兒不曾出聲，去字兒連忙答應。』（改云：『我不曾出聲，他連忙答應。』）《賴婚》云：『誰承望你卽卽世世老婆婆，教鶯鶯做妹妹拜哥哥。』（改云：『眞是積世老婆婆，甚妹妹拜哥哥。』）《前候》云：『一納頭安排著憔悴死。』（改云：『一納頭只去憔悴死。』）《鬧簡》云：『我也回頭看，看你個離魂倩女，怎發付擲果潘安？』（改云：『今日回①頭看，看你那離魂倩女，怎生的擲果潘安。』）《拷豔》云：『我只道神鍼法灸，誰承望燕侶鶯儔？』（改云：『定然是神鍼法灸，難道是燕侶鶯儔。』）『猛凝眸只見你鞋底尖兒瘦。』（改云：『怎凝眸』。）『那時間可怎生不害半星兒羞？』（改云：『那時間不曾害半星兒羞。』）《哭宴》云：『兩意徘徊，落日山横翠。』（改云：『兩處徘徊，大家是落日山横翠。』）《驚夢》云：『愁得陡峻，瘦得唓嗻，卻早掩過翠裙三四褶。』（改云：『愁得陡峻，瘦得唓嗻，半個日頭早掩過翠裙三四褶。』）此類不可枚舉。至如《借廂》云：『過了主廊，引入洞房，你好事從天降。』（改云：『曲廊洞房』。）『軟玉溫香，休道是相偎傍。』（改云：『休言偎傍』。）《請宴》云：『聘財斷不爭，婚姻立便成。』（改云：『聘不見爭，親立便成。』）《琴心》云：『靡不有初，鮮克有終。』（改云：『靡不初，鮮有終。』）《驚夢》云：『瞅一瞅著你化爲醯醬，指一指教你變做醬血，騎著一匹白馬來也。』（删去三『一』字。）過爲減字，幾不成語。大凡曲之委折，拍之緩緊，全在襯字。金氏以論文之法繩之，宜其左也。

客曰：然則，金本皆非歟？曰：金本科白簡淨，書札尤雅，舊本所不及也。改曲亦有佳者。如《借廂》云：『若今生不做並頭蓮，難道前世燒了斷頭香？』（舊本云：『若今生難得有情人，則除是前世燒了斷頭香。』）《寺警》云：『我便知你一天星斗煥文章，誰可憐你十年窗下無人問。』（舊本云：『學得來一天星斗煥文章，不枉了十年窗下無人問。』）『你休問小僧敢去也那不敢，我要問大師眞個用僧也不用僧？』（舊本云：『你那裏問小僧敢也那不敢，我這裏啓大師用僧那不用僧。』）『就死也無憾，我便提刀仗劍，誰還勒馬停驂。』（舊本云：『劣性子人皆慘，捨著命提刀仗劍，更怕我勒馬停驂。』）『便是言詞賺，一時紕繆，半世羞慚。』（舊本云：『我將不志誠的言詞賺，倘或紕繆，倒大羞慚。』）《琴心》云：『將我雁字排，連著他魚水難同。』（舊本云：『則爲那兄妹排連，因此上魚水難同。』）《賴簡》云：『我也不去受怕擔驚，我也不圖浪酒閒茶。』（舊本云：

『恁的般受怕擔驚，又不圖甚浪酒閒茶。』）『小姐你息怒回波俊文君，張生你遊學去波渴司馬。』（舊本云：『從今悔非波卓文君，你與我學去波漢司馬。』）《後候》云：『甚麼義海恩山，無非遠水遙岑。』（舊本云：『將人的義海恩山，都做了遠水遙岑。』）『他不用法灸神鍼，他是一尊救苦觀世音。』（舊本云：『雖不會法灸神鍼，猶勝似救苦難觀世音。』）《哭宴》云：『留戀應無計，一個據鞍上馬，兩個淚眼愁眉。』（舊本云：『留戀別無意，見據鞍上馬，閣不住淚眼愁眉。』）凡此，皆勝舊本。取長棄短，分別觀之可也。

客曰：《六十家》本，《鬧齋》之【錦上花】二曲，《寺警》之【賞花時】二曲，《酬簡》之【後庭花】一曲，金氏刪之，當歟？曰：五曲鄙俚，亙出二手，刪之是也。然尚有後人妄增者，如《驚豔》起調之【賞花時】二曲，《前候》起調之【賞花時】一曲，《酬簡》起調之【端正好】一曲，雖是楔子，可別自爲韻，然另用一人唱，究礙本例。且其詞淺薄，斷非實甫之舊，《六幻》本刪之，是也，今從之。

客曰：《六十家》本，《請宴》之【快活三】一曲，《賴婚》之【慶宣和】、【雁兒落】二曲，《後候》之【調笑令】一曲，《哭宴》之【小梁州】一曲，皆攙生唱，何也？曰：此妄人所亂，金氏正之，是已。

客曰：舊本《驚夢》之【喬[2]木查】五曲，作旦上場唱，【甜水令】、【折桂令】二曲，旦間唱。金本以【喬木查】四曲作旦內唱，餘皆生唱，孰是？曰：金本是也。

客曰：舊本《哭宴》闌入老僧，何也？曰：舊白可笑，無逾此者。然亦足見舊本爲俗人竄改，多非實甫之舊矣。

客曰：金氏評語何如？曰：猥瑣支離，此文字中野狐禪也。

客曰：金氏淫書之辯非歟？曰：作傳奇者，兒女恩怨，十常七八，大抵文人寓言，若以禮法繩之，迂矣。然金氏必文其名曰《才子書》，至欲並其人其事而曲護之，則悖甚。

客曰：然則傳奇僅爲兒女作乎？曰：其言情也，柔而善入；其立辭也，婉而多諷。『言者無罪，聞者足戒』，是亦詩人之旨也。至於表揚節義，可歌可泣，是在作者善於擇題矣。

客曰：毛西河評本何如？曰：求之數年，迄未得見。聞其辯別詞例甚精，它日得之，當再訂此本也〔二〕。

（同上《桐華閣校本西廂記》卷首）

【校】

①回，底本作『爲』，據文義改。

②喬，底本作『鴛』，據王驥德《新校注古本西廂記》改。下同。

【箋】

〔一〕此文當爲吳蘭修撰。

〔二〕此段在『十則』之外，北京師範大學圖書館藏本無此段。《古本西廂記彙集初集》第十三冊影印本附刻於另頁，據以補錄。

（桐華閣校本西廂記）跋

邵　詠〔一〕

吾友吳石華學博，擅淹通之名，尤工詞曲，有井①水處，無不識柳屯田也。嘗謂元曲以《西廂記》爲最，惜金氏改本盛行百餘年，無敢議一字者。乃集諸家舊本，校而正之。今秋北上，以稿付子璞。子璞亦精於此事者也，擊節稱快，亟付梓人。余鈍甚，無記曲之能，而旅館挑燈，恬吟竟夕，覺金氏饒舌，都有傖氣。亦足見石華善讀古人書，家藏三萬卷，皆未嘗草草忽過也。

電白邵詠跋。

【校】

①『井』字後，底本衍『華』字，據文義删。

【箋】

〔一〕邵詠：字子言，號芝房，電白（今屬廣東）人。乾隆五十六年辛亥（一七九一）優貢生，任韶州府訓導、順德訓導。能詩工畫。著有《電白縣志》、《馮魚山年譜》、《芝房詩存文存》、《印譜》等。傳見汪兆鏞《嶺南畫徵略》卷七。

（桐華閣校本西廂記）跋

秀琨

石華先生闢守經堂，藏書三萬卷，寢食以之。余與先生遊數年，隨舉一書，皆能徹其原委，究其得失，浩乎莫能窮其奥也。

一日，論王實甫院本，琨爲擊節，固請錄之。三日而畢，以稿授余。乃知讀書不可鹵莽，院本且然，況其他哉！

今秋先生北行，琨恐失此稿，遂刻之。正如崑山片玉，已足珍玩，異日先生哂我，所不顧也。

道光二年十月，長白秀琨跋。四明范濬素庵校字〔二〕。

（以上均同上《桐華閣校本西廂記》卷末）

【箋】

〔一〕秀琨：生平詳見本卷《（桐華閣校本西廂記）敍》條箋證。

〔二〕范濬：字素庵，四明（今浙江寧波）人。阮元《揅經室續集》卷七有《别醫者范素庵濬》，可知其爲醫人。

汪鐵樵小楷西廂記跋〔一〕

汪士驤〔二〕

此爲松生三兄重書《西廂記》第二冊也〔三〕。前冊因行寬字大，置之行笥中不合忖度，旋爲其友人攜去，爰重爲書此。歲月如馳，自鈔始至蕆事，幾及匝歲而成，以視前冊，則有燕瘦環肥之別矣。書博一粲。

丁亥長至日〔四〕，鐵樵弟驥記。

（上海圖書館藏清道光間寫本《汪鐵樵小楷西廂記》第二冊卷末〔五〕）

【箋】

〔一〕底本無題名。

〔二〕汪士驥（一七八七—一八六一）：字鐵樵，號鐵叟，別署老鐵、暮園遁叟，錢塘（今屬浙江杭州）人。襲世職，授杭州城守營千總。年老休致，以子榮照世襲。咸豐十一年（一八六一），杭州再陷，全家投水死。擅詩文，工篆隸，晚年作小楷尤精。手書《西廂記》，現存清道光間寫本，上海圖書館藏。傳見《清史稿》卷四九三、張景祁《浙江忠義錄》卷七、陳繼聰《忠義紀聞錄》卷二四、《皇清書史》卷一八等。

〔三〕松生：姓名、籍里、生平均未詳。

〔四〕丁亥：道光七年（一八二七）。

〔五〕第二冊正文卷末，有陽文方章『許氏漢卿珍藏』。

汪鐵樵小楷西廂記題簽〔一〕

寶石齋主〔二〕

此冊爲松生所藏。甲辰春日〔三〕，得於錢唐蕭氏，爰記於此以志快。

寶石齋主。

【箋】

〔一〕底本無題名。

〔二〕寶石齋主：姓名、籍里、生平均未詳。

〔三〕甲辰：道光二十四年（一八四四），或光緒三十年（一九〇四）。

汪鐵樵小楷西廂記題簽〔一〕

周兆之〔二〕

松生成此兩種書，用去白金數百，始得到手。物故後，爲賈人購去，可慨也。

周兆之。

（以上均同上《汪鐵樵小楷西廂記》卷首）

【箋】

〔一〕底本無題名。

〔二〕周兆之：字號、籍里、生平均未詳。

汪鐵樵小楷西廂記跋〔一〕

董　鋆〔二〕

右《會眞記》一冊，吾鄉汪君鐵橋爲松生書，楷法嚴謹，行次整齊，絕似平原《麻姑仙壇記》所謂

『神妙欲到秋毫顛』也。

丙申春〔三〕，鏡溪董鋆觀并識。（同上咸豐間鈔本《汪鐵樵小楷西廂記》第二册卷末）

【箋】

〔一〕底本無題名。此段跋語之後，有陽文方章『許氏漢卿珍藏』。

〔二〕董鋆：字鏡溪，錢塘（今屬浙江杭州）人。傳見潘衍桐《兩浙輶軒錄》卷一七。道光間與姚燮爲友，詩詞唱和。

〔三〕丙申：道光十六年（一八三六）。

附　汪鐵樵小楷西廂記題識〔一〕

許福昺〔二〕

《趙次閑書漢隸縮本》及《汪鐵樵小楷西廂記》，乃顧君巨六所藏〔三〕，余愛其精妙，遂蒙見贈。爰付裝池，志而藏之。

淳齋。壬申冬月上浣〔四〕。

《西廂記》爲誨淫之作，卽以辭藻論，不如《牡丹亭》、《桃花扇》遠甚。元微之乃薄倖狂且，不知情爲何物，其人尤無足取。特以鐵樵小楷精工，可供摩挲，存之，姑備一格。此眞所謂玩物也已矣。

淳又記。

此數冊，乃顧巨六兄之貽。然余所費亦巨，不亞於所謂松生者。戊寅秋〔五〕，漢卿記於淳齋。

（上海圖書館藏清道光間寫本《汪鐵樵小楷西廂記》卷首）

【箋】

〔一〕底本無題名。

〔二〕許福昺（一八八二—一九四九後）：字淳齋，號漢卿，别署淳翁，原籍淮安（今屬江蘇），生於山東。曾任清朝刑部主事。辛亥（一九一一）後，歷任南京造幣廠事務長、大通中國銀行分行經理、清江浦中國銀行經理、南京中國銀行行長、天津大陸銀行總經理等。傳見李元信《環球中國名人傳略·上海工商各界之部》（上海環球出版公司，一九四四）。

〔三〕顧君巨六：即顧鰲（一八七九—一九五六），字巨六，廣安（今屬四川）人。光緒二十九年癸卯（一九〇三）舉人。三十一年赴日本留學，畢業於日本法政大學法政科。歸國後歷任內閣中書等。辛亥後，任袁世凱北京總統府顧問、立法院事務局局長、國民會議事務局局長等。後棄政從商，爲著名收藏家。卒於上海。

〔四〕壬申：民國二十一年（一九三二）。此則題識之前，有陽方方章『福昺』。

〔五〕戊寅：民國二十七年（一九三八）。

附　汪鐵樵小楷西廂記跋〔一〕

許福昺

傳奇佳構林立，惟《牡丹亭》意境空靈，詞華婉縟，爲古今獨步之作。次則《四聲猿》、《桃花扇》、《長生殿》各有所長，而《燕子》、《春燈》亦復當行出色。至《西廂記》，則等諸自①鄶以下，存而不論可矣。此乃平情之論，閱者幸勿以方頭幅巾哂之。

淳齋漫識。

（同上《汪鐵樵小楷西廂記》第二册卷末）

【校】

①『自』字後，底本衍一『自』字，據文義删。

【箋】

〔一〕底本無題名。第二册正文卷末，有陽文方章『許氏漢卿珍藏』。

附　汪鐵樵小楷西廂記跋〔一〕

許福昺

據鐵樵自跋作於丁亥，應爲道光年間作。董鋆跋於丙申年。是帙距今已百餘歲矣。鐵樵自跋謂此記書成，幾及匝歲。古人於一事之微，不肯苟且如此，非近今學者所可及也。

淳齋讀竟，又識。

作細書如作大字，觀其字裹行間，綽有餘裕，可見功力之深。況筆致得歐、顔之髓，工整而不失古趣，非院體書所可比擬。宜松生以厚直酬之。

（同上《汪鐵樵小楷西廂記》第三册卷末〔二〕）

【箋】

〔一〕底本無題名。

〔二〕此冊正文末頁董鋆跋語之後，有陽文方章一枚：『許氏漢卿珍藏』。

西廂詮注序〔一〕

味蘭軒主人〔二〕

《西廂》爲千古傳奇之祖，聖歎所批又爲《西廂》傳神之祖。此二語，原序中殆包括盡之矣，復何言哉？顧刊是書者，不乏數十家，而典故注釋，有失之太繁者，有失之太簡者，甚至議論雜出，紛然聚訟於其間，幾莫辨其孰非而孰是。凡此種種，若不重加釐定，不惟閲者不能了然於心目，卽作者、批者之妙，不亦與之俱隱乎？

余不揣固陋，每於茶半香初，取諸善本，謬爲參訂，删其繁，補其簡，間又附以管見，辨論其是非。書成，名之曰《西廂詮注》。

噫嘻！注而曰詮，無非冀閲者一目了然，共徵明晰耳。雖然，萬物之理無窮，一人之識有限。以今視昔，覺諸家之繁簡是非，尚未折衷於至當；而以後視今，又安知余之删之、補之、辨論之者，果能一一盡善否耶？漫付剞劂，希得當代名流摘其疵謬，而更加郢正焉。斯又余之深幸也夫。

道光己酉年仲冬月望日，味蘭軒主人自述。

【箋】

〔一〕底本無題名。

〔二〕味蘭軒主人：姓名、籍里、生平均未詳。或疑爲吴鳳堦（一八三六—？），字儀本，號霞軒，行一，仁和（今浙江杭州）人。咸豐九年己未（一八五九）舉人，官工部員外郎。工畫蘭。著有《味蘭室詩鈔》。傳見《清代科舉人物家傳資料彙編》。由時代看，當非其人。

（西廂詮注）例言

闕　名〔一〕

一、《西廂》一書，前代名家諸本各異，惟以金聖歎先生所批《第六才子書》爲正。此本悉依金批，復參諸本評解注典，集刊上層。其間偶有新增，亦皆本諸經籍，以備參考。

一、《西廂》曲韻，多有叶音，今依鄒梧岡先生《妥注》原本而注切之。至書字音義有不易曉者，亦皆切音釋義，俾閱者一見了然。間有與鄒本不同者，則因介在疑似，考之字典，酌更數處耳。

一、《醉心篇》雖非《西廂記》内正文〔二〕，然才人之繡口錦心、靈思妙緒，洵屬奇可共賞。附於集中，願讀《西廂記》者並讀此文，寓目會心，當獲益不淺也。

一、《西廂》繡像，前人刊本有詆爲稗官小説家惡習而删之。按是書繪像，昉自趙宜之跋《雙鶯圖》，以及陳居中、唐伯虎，皆有之也。今繪雙女小像於首卷，而復於每折前爲繪圖像，其畫譜皆仿元筆，既係意遵古法，而又格翻新樣，眉目較清，諒無妨諧俗也。

（以上均清道光二十九年味蘭軒刻巾箱本《西廂詮注》卷首）

【箋】

〔一〕此文當爲味蘭軒主人撰。

〔二〕《醉心篇》：一題《六才子西廂文》，始見於貫華堂原刻本《貫華堂第六才子書西廂記》之翻刻本或重刻本附錄。陳維崧（一六二五—一六八二）曾校訂此文，題《才子西廂文醉心篇》。清康熙四十七年（一七〇八）蘇州博雅堂刻本《貫華堂繡像第六才子書》附錄《醉心篇》，首有范濱《醉心篇序》：『今夫日往月來，歷萬古而常新者，天地之景象也。水流戶轉，運動而不可窮竭者，文人之心胷也。蓋惟天地有常新之景象，而飛潛動植，莫不因時各呈其奇，而見者不以爲陳迹也。亦惟文人有不竭之心胷，而耳聞目覩，偶有觸發，而不能自止焉，而覽者皆以爲妙文也。一二老師宿儒，專守一經，謂此外皆勿寓目，而庶免於騖外有情焉。果爾，則宇宙間亦當平平無奇，而春不必有春光之爛熳，夏不必有夏雲之奇峯矣。然豈有是理乎哉？昔蘇子瞻嬉笑怒駡，皆成文章；歐陽公撰《唐書·藝文志》，稱作者不盡合道。然皆怪偉宏麗，要使好奇者不能忘焉，故其書並存而不廢也。凡世間稗官小說，詞場曲部，每足以發明經史子集之餘緒，而經常不易之說，又須以才子之筆出之。嗚呼！此《西廂》之所以作也，此聖歎之所以評也，此又余之所以往復於其文而有《醉心篇》也。世有知此編者，豈曰《西廂》之文哉，亦曰天地之景象而已矣，文人之心胷而已矣。青溪釣者范濱題。』范濱，字渭涯，順天（今屬北京）人。官內閣中書。清乾隆五十九年甲寅（一七九四）舉人，任典籍。傳見道光《上元縣志》卷一〇。

（西廂引墨）序

戴問善〔一〕

《西廂》何書也？曰：才子佳人書也。才子佳人而必爲淫豔之詞，何也？曰：不淫不足以盡才子佳人之情，不豔不足以盡才子佳人之致，實無以盡筆墨之興也。

然則不淫豔不爲才子佳人乎？曰：才子者，衣冠中之廢人也；佳人者，巾幗中之罪人也。男女睽而其志通，君子、淑女乃古今來第一才子佳人，誰敢以才子佳人之名奉之哉？至於才子佳人，不過淫豔者之標目而已。

然則此書何以傳也？曰：此亦天地間之至文也。自有天地，世無一人無此心，人無一日無此事，而獨謂必不可有此文哉？

此書也，但爲此事作乎？曰：吾惡乎知之？詩曰『懷人』，騷曰『求女』，詞曲雖風騷之餘，諒未足語此。大凡古人著書，類必有磊塊不平之氣，與夫固結不解之情。情動乎中而形於言，至淫豔而筆墨之興盡矣，至令人悟其非淫非豔，而文章之能事畢矣。雖然，吾安得起才如聖歎者，與天下共明其不淫不豔哉？即如聖歎所云，亦救火抱薪者也。

一日至書房，見有《第六才子書》在案頭，問，云『買自小市破書中』。意大不怡，頗欲有言。既而思之，爲子弟者，教以通文義，而能禁其不讀《西廂》哉？因取而與墨選雜置之，爲之標其關鍵節目，指其起結伏應，清其脈絡氣機，何處相對，何處相映，間亦示以理趣，期與墨卷相發明，題曰《西廂引墨》。俾知雖淫豔之詞，有理有法，上通乎《史》、《漢》，而下有益於應試之文，務以分讀者之目而移其心，其視才子佳人，不過淫豔者之標目而已，亦救弊之苦心也。以示吾家子弟之讀《西廂》者，且以告天下凡爲子弟之讀《西廂》者。

光緒六年歲在上章執徐中伏日，諗庵甫自序於蔚蘿學署之尋行數墨書室。

【箋】

〔一〕戴問善（一八二二—一八九七）：字華使，號諗庵，晚號清淨老人，南皮（今屬河北）人。道光二十九年己酉（一八四九）舉人。後屢試不第。同治中，選任新城縣教諭。光緒元年（一八七五），陞補蔚州學正。後以老乞休，卒年七十七。著有《左傳謠》、《明淨書室詩文集》等。曾參與纂修光緒《蔚州志》。傳見民國《滄縣志》卷八、民國《南皮縣志》卷九、《續刻滄州戴氏族譜》等。

書西廂後

戴問善

昔者聖人設卦立爻，而飲食男女盡其性；鑄鼎象物，而魑魅魍魎遁其形，此開闢之大文也。書契以來，等而下之，至於文人游戲之詞，其相去能以億計乎？然無益人心，有傷風化，其文必不傳，傳亦不久，理固然已。

淫書至《金瓶梅》而極，而其言孝弟則字字血淚，誅奸邪則句句肺肝，豈非古人故以此快閱者之目而怵其心哉？若《西廂》已膾炙人口，又豈古人故以此快閱者之目而蕩其心哉？必有義以出此矣。閒散心則秀才瞥見，做好事則暴客風聞，工詩詞則酬韻聽琴，善書算則傳書遞簡。自《借廂》至《坐衙》，纔五六日耳，而湖海飄零之游客，繡幃深鎖之貴人，已杯酒言情，湖山密約。自《佳期》至《長亭》，止月餘耳，而淚眼愁眉，全無迴避；牽腸挂肚，不復羞慚。香美娘之處分，付之侍妾；國太君之處分，聽之賤婢。爲之上者，居何等乎？《易》曰：『履霜堅冰至。』禹曰：『必有以酒亡其國者。』吾儕小人，皆有閭廬，其可畏孰甚於此？作者猶復以《寺警》許婚，曲爲之地；以《驚夢》陶寫，諱言其終，尤得詩人忠厚之遺，倘所謂變而不失其正者乎？吁！所以傳矣。至於窮穢褻之狀，如啓苞符；摹闇昧之形，不逢不若。尤當座置一編，以爲爾室之相，於修齊非小補也，而忍作淫詞豔曲讀哉！

處暑日，諗庵甫又題〔一〕。

（以上均《傅惜華藏古典戲曲珍本叢刊》第一册影印清光緒六年朱墨稿本《西廂引墨》卷末）

【箋】

〔一〕題署之後有印章二枚：陽文方章『華使』，陰文方章『戴氏問善』。

第六才子書釋解序〔一〕

夢畹生〔二〕

丁亥花誕〔三〕，輕寒薄煖，鎮日垂簾。偶偕賓江閣內史讀《西青散記》〔四〕，至雙卿諸小詩，不禁喟然而嘆曰：『嗟乎哉！古今來才子無媒，名媛失路，竟如是哉！夫天之生一佳人，非若生凡鱗常介、雜花細草之無足重輕也，亦非若生庸夫俗子、販商市儈之無關得失也。既有色矣，尤必賦以才，俾詠絮頌柳，筵傳佳話；既有才矣，尤必鍾以情，俾吟風弄月，獨抒綺思；既有情矣，尤必與以德，俾懷冰履棘，永矢芳心。宜乎靈秀所鍾，碧翁之特破八萬年前之成例矣。而乃因鸞笯鳳，叱燕嗔鶯。既有色，偏不使以色稱；既有才，偏不使以才顯；既有情，偏不使以情傳；既有德，偏不使以德著。身埋蓬顆，伊鬱終身，千古有心人，夫亦當同聲一哭矣。』

內史曰：『以卿所云，則與爲《西青》之雙卿，何若爲《西廂》之雙文乎？夫以雙文之色、之才、之情，幾何不可與雙卿媲？而乃蕭館聽琴，良宵拜月，士兮耽色，女也兜情，豔迹流傳，藉藉詞人之口，則竊以爲樹中之女貞，固不若花中之夜合矣。』

予曰：『子無怨，子無怨。今有上清仙子謫下塵寰，才思泉流，千言立就，而又發情止禮，如璧持躬，錦繡其才，金玉其品，邇其之才、之情、之德固宛乎一雙卿也，而世之愛其才、慕其情者，惟以譽雙文者譽之。嗚呼，冤已！然前既有玉鈎詞客舍千萬億有色、有才、有情之佳人，而獨乎①雙卿之德，則後豈無因重其德而色以稱，才以顯，情以傳，俾不負碧翁之特破八萬年前成例者，而何羨乎雙文？而何羨乎雙文之僅以色稱，以才顯，以情傳，而獨不以德重歟？』言未既，小婢以浣花箋進，則碧梧館主方彙録《西廂》文、《西廂》詩、《西廂》酒籌諸小品〔五〕，而匄敍於余。內史屑麝拂箋，請記今日之語。爰就水精簾下，抽穎而綴諸簡端。

光緒歲次丁亥孟春之月，申左夢畹生戲述。

【校】

①『乎』字前，疑闕『重』字。

【箋】

〔一〕底本無題名。

〔二〕夢畹生：即黄協塤（一八五三—一九二四），字式權，號夢畹，别署夢畹生，生平詳見本書卷十二《粉墨叢談》條解題。

〔三〕丁亥：光緒十三年（一八八七）。

〔四〕賓江閣爲史：《西青散記》：史震林（一六九二—一七七八）著。金壇人，字公度，乾隆二年恩科進士，曾任淮安府學教授。該書記了十五位與賀雙卿相關人物，深賞雙卿其人其詩。

〔五〕碧梧館主：姓名、籍里、生平均未詳。

第六才子書釋解識語[一]

守閒居士亦僧氏[二]

吾鄉金聖歎先生著作之餘，撰有《會眞記》一書，繪聲繪色之工，膾炙人口，幾數百年。讀之者，或爲增注，或爲加批，標新領異，各手一編。晷餘縱覽，阿堵傳神，未有不眉飛色舞者。賓江閣內史復精繪圖像，弁之書首，其一種生動之姿，栩栩然躍於紙上。披覽幾週，髣髴情形，愛不釋手。蓋《會眞記》固才子之手筆。吾知是編出，而繪者之名亦將附其書以傳矣。

時光緒丁亥長至後一日，古越守閒居士亦僧氏識。

【箋】

〔一〕底本無題名。

〔二〕守閒居士亦僧氏：蘇州（今屬江蘇）人。姓名、生平均未詳。

（繪像增注第六才子書釋解）繪像跋

惜紅生[一]

《會眞記》一書，非僅緣情而作，皆係文士寓言，備抒胷臆，爲千古有心人痛哭之場，而繪色繪聲，各臻其妙，能令百世下閱者爲之拍案驚奇。茲復各繪一圖，弁諸卷首，不特卷中人之意態摹寫畢眞，即當日之離合悲歡，無不活現紙上。按圖披覽，朗若列眉，而筆法之精妙，尤爲活虎生龍，有令人不可思議者也。噫！雙文遠矣，而雙文之才、之情、之色，固賴是書以傳，即其逸事豔迹，亦將籍是圖以俱傳。

光緒歲次著雍困敦且月雙蓮節〔二〕，東武惜紅生跋於涵碧樓之南窗。

（以上均清光緒十四年上海石印本《繪像增注第六才子書釋解》卷首〔三〕）

【箋】

〔一〕惜紅生：東武（今山東諸城）人。姓名、生平均未詳。

〔二〕光緒歲次著雍困敦：光緒戊子（十四年，一八八八）。

〔三〕中國國家圖書館藏此書，别題《吳吳山三婦合評西廂記》。

馬丹陽三度任風子（馬致遠）

馬致遠（一二六四前—一三二四前），號東籬，大都（今北京）人。撰雜劇十五種。《馬丹陽三度任風子》，簡稱《任風子》，《録鬼簿》著録，現存《脈望館鈔校本古今雜劇》本等。

（任風子）跋

趙琦美

内本、世本，各有損益，今爲合作一家。清常道人記，時萬曆四十三年孟春人日。

（《古本戲曲叢刊四集》影印明趙琦美鈔稿本《脈望館鈔校本古今雜劇》所收《馬丹陽三度任風子》卷末）

江州司馬青衫淚（馬致遠）

《江州司馬青衫淚》，簡稱《青衫淚》，《録鬼簿》著録，現存《脈望館鈔校本古今雜劇》本等。

（青衫淚）跋

闕名

校過于小谷本。

（同上《江州司馬青衫淚》卷末）

羅李郎大鬧相國寺（張國賓）

張國賓，一作張國寶，藝名喜時營，大都（今北京）人。鍾嗣成《録鬼簿》云曾任『教坊勾管』。撰雜劇四種。《羅李郎大鬧相國寺》，一名《相國寺公孫汗衫記》，簡稱《羅李郎》、《汗衫記》，《録鬼簿》著録，現存《脈望館鈔校本古今雜劇》本等。

（羅李郎）題注

闕　名

《太和正音》，無名氏。

（同上《羅李郎大鬧相國寺》卷端）

相國寺公孫汗衫記（張國賓）

《脈望館》本無署名。《録鬼簿》著録，現存《脈望館鈔校本古今雜劇》本等。

（汗衫記）跋

趙琦美

萬曆乙卯五月晦日〔一〕，校内本。清常道人琦。

（同上《相國寺公孫汗衫記》卷末）

【箋】

〔一〕萬曆乙卯：明萬曆四十三年（一六一五）。

西遊記（吴昌齡）

《西遊記》作者，一説吴昌齡，一説楊訥，參見孫楷第《吴昌齡與雜劇西遊記》（民國二十八年《輔仁學志》第八卷第一期，收入《滄洲集》）、熊發恕《〈西遊記雜劇〉作者及時代考辨》（《四川師範大學學報》一九九〇年第六期）、田同旭《〈西遊記〉雜劇作者應歸吴昌齡》（《淮海工學院學報》二〇〇八年第二期）、李小龍《〈西遊記〉命名的來源——兼談〈西遊記雜劇〉的作者》（《北京師範大學學報》二〇一六年第六期）等，當以吴昌齡撰較是。

吴昌齡（一二六〇？—？），西京（今山西大同）人。《録鬼簿》列於『前輩已死名公才人』。孫楷第《元曲家考略》載一吴昌齡於元延祐年間任婺源知州，稱『或即曲家吴昌齡』。著雜劇十一種，現存《東坡夢》。錢曾《述古堂藏書目》（誤『吴』爲『王』）、曹寅《楝亭書目》，均著録吴昌齡撰《西遊記》；臧懋循《元曲選》、梁廷枏《曲話》，均著録吴昌齡撰《西天取經》六本。參見張繼紅、郭建平《吴昌齡生平考》（《中華戲曲》一九九六年第二期）。

《西遊記》，現存明萬曆四十二年（一六一四）序刻本，署元吴昌齡撰，日本宫内廳書陵部藏，《日本所藏稀見中國戲曲文獻彙刊》第二輯據以影印，日本東京斯文會據以排印，《古本戲曲叢刊初集》、《續修四庫全書》均據排印本影印。

西遊記小引

彌伽弟子〔一〕

曲之盛於胡元固矣。自《西厢》而外，長套者絕少。後得是本，乃與之頡頏。嗟乎！多錢善賈，長袖善舞，非元人大手筆，曷克臻此耶！特加珍祕，時以自娱。嘗攜之遊金臺，偶爲友人持去。未幾而友人物故，索之竟成烏有。劍去張華，鏡辭王度，惋惜者久之。迨歸而懷念不置。忽一日，復得之故家敝簏中，捧玩之下，喜可知也。然帙既散亂，字多漫滅。苦心讎校，積有歲時，遂於宫商鐘吕之間，摘陰陶帝虎之繆矣。但天庭異藻，不當終祕之枕中，迺謀而授諸梓，庶幾飛毬舞盞時，稍爲絲肉一助云爾。若曰顧曲之周郎，辨撾之王應，則吾豈敢？

萬曆甲寅歲孟秋望日〔二〕，彌伽弟子書於紫芝室。

【箋】

〔一〕彌伽弟子：　姓氏、字號、籍里均不詳。

〔二〕萬曆甲寅：　萬曆四十二年（一六一四）。

楊東來先生批評西遊記總論

蘊空居士〔一〕

一、《太和正音譜》備載元人所撰詞目〔二〕，有吳昌齡《東坡夢》、《辰鈎月》等十七本，而《西遊記》居其一焉。然僅見鈔錄祕本，未經鏤板盛行。

一、涵虚子記元詞一百八十七人，以馬東籬、張小山等十二人爲最，而以貫酸齋、鄧玉賓等七十人次之，悉著題評，極其典核，謂昌齡之詞『如庭草交翠』。至董解元、趙子昂、盧疎齋、鮮于伯機、馮海粟、班彦功、王元鼎、董君瑞、查德卿、姚牧庵、高則誠、史敬先、施君美、汪澤民等凡五百人，不著題評，抑又其次。虞道園、張伯雨、楊鐵崖等，俱不得借齒牙，其取舍可謂嚴矣。而昌齡爲所推重如此，非詞家之擅長挾兩挾者耶？

一、昌齡嘗擬作《西廂記》，已而王實甫先成，昌齡見之，知無以勝也，遂作是編以敵之。幽豔恢奇，該博玄雋，固非培井之蛙所能揆測也。其於《西廂》，允稱魯衛。

一、《西廂》乃一段風情佳話，是編合天人、神佛、妖鬼而並舉之，滔滔莽莽，遂成大觀。有悲切處，有激烈處，有滄宕處，有痛快處，有會心處，有聳異處，有綿邈處，有絕倒處。且賓白典贍條妥，不見扭造，而板眼、務頭、套數、出沒，俱屬當行。

一、北調僅《西廂》二十折，餘俱四折而止，且事實有極冷淡者，結撰有極疎漏者。獨是編至二十四折，富有才情，最堪吟咀。嘗見俗伶所演《西遊》，與此大不相同，殊鄙褻可笑。是編出，而桃花扇底增一巨麗之觀，庶可與俗伶洗慚矣。

一、卷中不無小疵，要是璜考珠纇，奚損照乘連城。即如：『布衣中跳到洪州路，倒不如借住在步兵廚。』『攄一縷白練，寫兩行紅字，赴萬頃清流。』『趁著這一江春水向東流，離了上源頭，則願你有了下場頭。』『塵昏了老絹帛，金黄了舊血痕。這的是一番提起一番新，與我那十八年的淚珠都證①了本。』『俺孩兒經卷能成事，你說甚文章可立身。』『我不申口内詞，你自想心間事。』『英雄將生扭得稱居士。』『讀那孔夫子文字，著他們拜如來，節外生枝。』『曉來登眺，眼前景物週遭。石洞起雲清露冷，金縷生寒秋氣高。故國迢遙，恨厭眉梢。』『漢明帝佛始來中國，唐太宗僧初入外夷。』『你若要西天取經，先去這東土忘機。』『休言道仗你釋伽威，則尋思念彼觀音力。』『爲足下常有殺人機，因此上與師父留下這防身計。』『蛩帶秋聲鳴屋角，雁拖雲影過江南。』『有時俯視溪流看，更嶮似軍騎贏馬連雲棧。有時鶴淚青松澗，更慘似琵琶聲裏君恩斷。』『身邊有數的人，眼前無數的山。』『見一幅畫來的也情動，見一箇泥塑的也心傷。』『宰下肥羊安排的五味香，與俺那菜饅頭的老兄騰了肚腸。』『對一溪春水，臥半畝閒雲。』『腳根牢跳出陷人坑，手梢長指破迷魂陣。』『他不能求扁鵲，安肯問胡孫？你正是明醫了三十載，暗換了一城人。』『當日棄卻黄金鋪地，今日倒騎著白鹿朝天。』『雖然是眼下工夫，也要箇夙世良緣。比著他十萬里取經的不甚遠。』語語皆抽祕逞妍，他傳奇不能方駕。

一、弇州《藝苑卮言》，凡詞家悉加月旦，或摘其佳語，或標其名目，可謂詳贍矣。至昌齡，則僅舉其所撰《東坡夢》、《辰鈎月》而稱之，竟不及是編，何以故？夫弇州該覽羣籍，纖巨靡遺，豈是編尚未之覩耶？茲役也，蒐中郎之祕檢，發汲冢之鴻輝，弇州而在，當爲撫掌。

勾吴蘊空居士書於宙合齋。

（以上均《日本所藏稀見中國戲曲文獻叢刊》第二輯影印明萬曆間刻本《楊東來先生批評西遊記》卷首）

【校】

①證，底本作『徵』，據文義改。

【箋】

〔一〕蘊空居士：或爲陸西星（一五二〇—一六〇六），字長庚，道號潛虛，別署蘊空居士、方壺外史，興化（今屬江蘇）人。諸生，與同鄉宗臣（一五二五—一五六〇）爲友。屢試不第，遂棄舉業，隱身入道，皈依全眞教。編纂《興化縣志》。著有《南華眞經副墨》、《方壺外史》、《楞嚴經述旨》、《楞嚴經說約》、《三藏眞詮》等。編修章回小說《封神演義》。傳見康熙《興化縣志》卷一〇、咸豐《重修興化縣志》卷八等。參見柳存仁《陸西星、吴承恩事迹補考》（《和風堂文集》下册，上海古籍出版社，一九九三）、陽明《道教養生家陸西星與他的〈方壺外史〉》（四川大學出版社，一九九五）、周全彬《陸西星年表》（蔣門馬點校《南華眞經副墨》附錄，中華書局，二〇一〇）。

〔二〕《太和正音譜》：明朱權（一三七八—一四四八）撰，參見本書卷十三該條解題。

布袋和尚忍字記（鄭廷玉）

鄭廷玉，彰德（今屬河南安陽）人。撰雜劇二十二種。《布袋和尚忍字記》，簡稱《忍字記》，《錄鬼簿》著錄，現存《脈望館鈔校本古今雜劇》本等。

《忍字記》題注

趙琦美

于穀峯先生查元人孟壽卿作〔一〕。

（《古本戲曲叢刊四集》影印明趙琦美鈔稿本《脈望館鈔校本古今雜劇》所收《布袋和尚忍字記》卷端）

【箋】

〔一〕于穀峯：即于慎行（一五四五—一六〇七），字可遠，更字無垢，號穀峯，東阿（今屬山東）人。于緯（一五七七—一六二六後）父。隆慶二年戊辰（一五六八）進士，授編修，官至禮部尚書、太子少保兼東閣大學士。傳見《明史》卷二一七。

楚昭公疏者下船（鄭廷玉）

《楚昭公疏者下船》，簡稱《疏者下船》，《録鬼簿》著録，現存《脈望館鈔校本古今雜劇》本等。

疏者下船跋

趙琦美

内本録校。時萬曆四十四年丙辰二月廿八日，清常趙琦美識。

（同上《楚昭公疏者下船》卷末）

疏者下船跋

闕　名〔一〕

經俗改壞，與元刻迥異，不可讀。

（同上《楚昭公疏者下船》卷末）

【箋】

〔一〕此文當爲何煌（一六六八—一七四五）撰。

看財奴買冤家債主（鄭廷玉）

《看財奴買冤家債主》，簡稱《冤家債主》，《録鬼簿》著録，現存《脈望館鈔校本古今雜劇》本等。

冤家債主跋

趙琦美

甲寅十二月廿五日校内本〔一〕。清常記。

（同上《看財奴買冤家債主》卷末）

【箋】

〔一〕甲寅：萬曆四十二年。是年十二月廿五日，乃公元一六一四年一月二十四日。

冤家債主跋

何煌

雍正乙巳八月二十六日燈下〔一〕，用元刻校勘。仲子。

（同上《看財奴買冤家債主》卷末）

【箋】

〔二〕雍正乙巳：雍正三年（一七二五）。

宋上皇御斷金鳳釵（鄭廷玉）

《宋上皇御斷金鳳釵》，簡稱《金鳳釵》，《錄鬼簿》著錄，現存《脈望館鈔校本古今雜劇》本等。

（金鳳釵）跋

趙琦美

于小谷本。

（同上《宋上皇御斷金鳳釵》卷末）

好酒趙元遇上皇（高文秀）

高文秀，東平（今屬山東）人。府學生員。早卒。撰雜劇三十二種，人稱『小漢卿』。《好酒趙元遇上皇》，簡稱《遇上皇》，《錄鬼簿》著錄，現存《脈望館鈔校本古今雜劇》本等。

遇上皇跋

清常道人

于小穀本錄校。丁巳六月十七日〔一〕。清常道人。

（同上《好酒趙元遇上皇》卷末）

【箋】

〔一〕丁巳：萬曆四十五年（一六一七）。

劉玄德獨赴襄陽會（高文秀）

《劉玄德獨赴襄陽會》，簡稱《襄陽會》，《錄鬼簿》著錄，現存《脈望館鈔校本古今雜劇》本等。

《襄陽會》跋

趙琦美

萬曆乙卯仲秋二之日〔一〕，校内。清常記。

（同上《劉玄德獨赴襄陽會》卷末）

【箋】

〔二〕萬曆乙卯：萬曆四十三年（一六一五）。

保成公徑赴澠池會（高文秀）

《保成公徑赴澠池會》，簡稱《澠池會》，《錄鬼簿》著錄，現存《脈望館鈔校本古今雜劇》本等。

（澠池會）跋

趙琦美

萬曆四十三年七月初八日，校内本。清常記。

（同上《保成公徑赴澠池會》卷末）

大婦小婦還牢末（李致遠）

李致遠，生平未詳。撰雜劇《大婦小婦還牢末》，簡稱《還牢末》，《錄鬼簿》著錄，現存《脈望館鈔校本古今雜劇》本等。

還牢末題注

闕　名〔一〕

別作馬致遠，非也。依《太和正音》，作無名氏。

（同上《大婦小婦還牢末》卷端）

【箋】

〔一〕據筆迹，此注當爲趙琦美撰。

還牢末跋

闕　名〔一〕

此一回是動人仗義，好行方便一節。

（同上《大婦小婦還牢末》卷末）

【箋】

〔一〕據筆迹，此文當爲趙琦美撰。

降桑椹蔡順奉母（劉唐卿）

劉唐卿，太原（今屬山西）人。曾任皮貨所提舉，其活動年代約在元世祖至延祐年間。撰雜劇二種。《降桑椹蔡順奉母》，一名《摘椹養母》，簡稱《降桑椹》，《録鬼簿》著録，現存《脈望館鈔校本古今雜劇》本等。

（降桑椹）題注

闕　名〔一〕

《太和正音》作《蔡順分椹》。

（同上《降桑椹蔡順奉母》卷端）

【箋】

〔一〕據筆迹，此注當爲趙琦美撰。

（降桑椹）跋

趙琦美

内本録校。道人清常記。

（同上《降桑椹蔡順奉母》卷末）

河南府張鼎勘頭巾（孫仲章）

孫仲章，大都（今北京）人。曹楝亭本《録鬼簿》注稱『或云李仲章』，天一閣本《録鬼簿》作『李仲章』。《録鬼簿》、《太和正音譜》載其撰雜劇《白頭吟》、《遺留文書》二種，皆佚。《元曲選》選録《河南府張鼎勘頭巾》，題爲孫仲章作，一説爲陸登善撰。《河南府張鼎勘頭巾》，簡稱《勘頭巾》，《録鬼簿》著録，現存《脈望館鈔校本古今雜劇》本等。

（勘頭巾）題注

闕　名〔一〕

《太和正音》作無名氏。

（同上《河南府張鼎勘頭巾》卷端）

【箋】

〔一〕據筆迹，此注當爲趙琦美撰。

（勘頭巾）跋

趙琦美

萬曆四十四年十一月十四日，朝賀冬節。四鼓起，侍班梳洗之餘，校于小谷本。清常道人記。

（同上《河南府張鼎勘頭巾》卷末）

張孔目智勘魔合羅（孟漢卿）

孟漢卿，一作益漢卿，亳州（今屬安徽）人。《張孔目智勘魔合羅》，簡稱《魔合羅》，《録鬼簿》著録，現存《脈望館鈔校本古今雜劇》本等。

（魔合羅）跋

趙琦美

校過于小穀本，丁巳六月初八日〔一〕。清常。

【箋】

〔一〕丁巳：明萬曆四十五年（一六一七）。

魔合羅跋

何　煌

用李中麓所藏元槧本校訖了〔一〕。清常一校爲枉廢也。仲子。雍正乙巳八月二十一日〔二〕。

（以上均《古本戲曲叢刊四集》影印明趙琦美鈔稿本《脈望館鈔校本古今雜劇》所收《張孔目智勘魔合羅》卷末）

【箋】

〔一〕李中麓：即李開先（一五〇二—一五六八）。

〔二〕雍正乙巳：雍正三年（一七二五）。

尉遲恭單鞭奪槊（尚仲賢）

《尉遲恭單鞭奪槊》，簡稱《單鞭奪槊》，《録鬼簿》著録，現存《脈望館鈔校本古今雜劇》本等。

（單鞭奪槊）題注

闕　名〔一〕

《太和正音》名《敬德降唐》。

（同上《尉遲恭單鞭奪槊》卷端）

【箋】

〔一〕據筆迹，此跋當爲趙琦美撰。

蘇子瞻風雨貶黄州（費唐臣）

費唐臣，大都（今北京）人。雜劇作家費君祥子。撰雜劇三種。《蘇子瞻風雨貶黄州》，《録鬼簿》著録，現存《脈望館鈔校本古今雜劇》本等。

（貶黄州）跋

闕　名

録于小谷本。

（同上《蘇子瞻風雨貶黄州》卷末）

【箋】

〔一〕據筆迹，此跋當爲趙琦美撰。

立成湯伊尹耕莘（鄭光祖）

鄭光祖（？—一三二四前），字德輝，平陽襄陵（今屬山東襄陵）人。以儒補杭州路吏。病逝後，火葬於西湖靈芝寺。撰雜劇十八種。《立成湯伊尹耕莘》，或即《録鬼簿》所著録的《伊尹扶湯》。現存《脈望館鈔校本古今雜劇》本等。

《立成湯伊尹耕莘》跋

趙琦美

《太和正音》有《伊尹扶湯》，或卽此，是後人改今名也。然詞句亦通暢，縱不類德輝，要亦非俗品。姑置鄭下，再考。清常。

萬曆四十三年孟夏十九日校録内本。清常道人琦識。

（同上《立成湯伊尹耕莘》卷末）

鍾離春智勇定齊（鄭光祖）

《鍾離春智勇定齊》，簡稱《智勇定齊》，《録鬼簿》著録，現存《脈望館鈔校本古今雜劇》本等。

（智勇定齊）題注

闕　名〔一〕

《太和正音》作《無鹽破環》。

（同上《鍾離春智勇定齊雜劇》卷端）

【箋】

〔一〕據筆迹，當爲趙琦美撰。

程咬金斧劈老君堂（鄭光祖）

《程咬金斧劈老君堂》，簡稱《老君堂》，《録鬼簿》著録，現存《脈望館鈔校本古今雜劇》本等。

（老君堂）跋

闕　名〔一〕

是集，余於内府閱過，乃系元人鄭德輝筆，今則直置鄭下。

（同上《程咬金斧劈老君堂》卷末）

【箋】

〔一〕據筆迹，此跋當係趙琦美撰。

醉思鄉王粲登樓（鄭光祖）

《醉思鄉王粲登樓》，簡名《王粲登樓》，《録鬼簿》著録，現存《脈望館鈔校本古今雜劇》本等。

醉思鄉王粲登樓跋

闕　名

一本，【水仙子】下，有【殿前歡】、【喬牌兒】、【挂玉鈎】、【沽美酒】、【太平令】五曲。

醉思鄉王粲登樓跋

何煌

雍正三年乙巳八月十八日，用李中麓鈔本校，改正數百字。此又脱曲廿二，倒曲二，悉據鈔本改正補入。錄鈔本不具全白。白之繆陋不堪，更倍於曲，無從勘正。冀世有好事通人，爲之依科添白。更有眞知眞好之客，力足致名優演唱之，亦一快事。書以俟之。

小山何仲子記。

（以上均《古本戲曲叢刊四集》影印明趙琦美鈔稿本《脈望館鈔校本古今雜劇》所收《醉思鄉王粲登樓》卷末）

死生交范張雞黍（宮天挺）

宮天挺，字大用，大名開州（今屬河南濮陽）人。曾任學官、釣臺書院山長。爲權豪所中，事獲辨明，亦不見用，卒於常州。撰雜劇六種。《死生交范張雞黍》，簡稱《范張雞黍》，《錄鬼簿》著錄，現存《脈望館鈔校本古今雜劇》本等。

（范張雞黍）題注

趙琦美

于本作費唐臣。

（同上《死生交范張雞黍》卷端）

死生交范張雞黍跋

何　煌

雍正己酉秋七夕後一日〔一〕，元槧本較。中缺十二調，容補錄。耐中。

（同上《死生交范張雞黍》卷末）

【箋】

〔一〕雍正己酉：雍正七年（一七二九）。

紅梨記（張壽卿）

張壽卿，東平（今屬山東）人。曾任浙江省掾。撰雜劇《紅梨花》，全名《謝金蓮詩酒紅梨花》，《録鬼簿》著録，現存明萬曆間刻《古名家雜劇》本、明萬曆間刻《古雜劇》本、明萬曆間刻《元曲選》本、明崇禎間刻《古今名劇合選·柳枝集》本，及明末刻朱墨套印本《校正原本紅梨記》附刻本（《古本戲曲叢刊初集》據以影印）。

紅梨花雜劇跋

闕名

沒照應，沒關合，擘頭說起，驀地結煞，似不宜於時目也。然一種雋永之味，如太羹玄酒，如布帛菽粟，令人於沖淡中，愈咀嚼愈覺有味，則非元人伎倆不能。

（《古本戲曲叢刊初集》影印明末刻朱墨套印本《校正原本紅梨記》附刻本《紅梨花雜劇》卷末）

雁門關存孝打虎（陳以仁）

陳以仁，字存甫。杭州（今屬浙江）人。以家務雍容，不求聞達。撰雜劇二種。《雁門關存孝打虎》，簡稱《存孝打虎》，《錄鬼簿》著錄，現存《脈望館鈔校本古今雜劇》本。

（存孝打虎）跋

趙琦美

丁巳年〔一〕，借于小谷本錄校。清常記。

（《古本戲曲叢刊四集》影印明趙琦美鈔稿本《脈望館鈔校本古今雜劇》所收《雁門關存孝打虎》卷末）

【箋】

〔一〕丁巳：萬曆四十五年（一六一七）。

東堂老勸破家子弟（秦簡夫）

秦簡夫，大都（今屬北京市）人。撰雜劇五種。《東堂老勸破家子弟》，簡稱《東堂老》，《錄鬼簿》著錄，現存《脈望館鈔校本古今雜劇》本等。

（東堂老）跋

趙琦美

萬曆四十三年乙卯孟春十三日四鼓校内本。清常道人琦記。

（同上《東堂老勸破家子弟》卷末）

陶母剪髮待賓（秦簡夫）

《陶母剪髮待賓》，簡稱《剪髮待賓》，《錄鬼簿》著錄，現存《脈望館鈔校本古今雜劇》本等。

（剪髮待賓）跋

闕　名

于小谷本錄校。

（同上《陶母剪髮待賓》卷末）

孝義士趙禮讓肥（秦簡夫）

《孝義士趙禮讓肥》，簡稱《趙禮讓肥》，《錄鬼簿》著錄，現存《脈望館鈔校本古今雜劇》本等。

（趙禮讓肥）跋

趙琦美

內本錄校。清常記。

（同上《孝義士趙禮讓肥》卷末）

劉玄德醉走黄鶴樓（朱凱）

朱凱，字士凱。曾任浙江省掾。與鍾嗣成（約一二七九—約一三六〇）交好，爲《錄鬼簿》作序。撰雜劇二種，編《昇平樂府》、隱語集《包羅天地》及《謎韻》。《劉玄德醉走黄鶴樓》，簡稱《黄鶴樓》，《錄鬼簿》著錄，現存《脈望館鈔校本古今雜劇》本等。

（黄鶴樓）跋

趙琦美

內本錄校。道人清常。

《錄鬼簿》有《劉先主襄陽會》，是高文秀所作。意者即此詞乎？當查。清常道人，丁巳十二月十九日〔一〕。

（同上《劉玄德醉走黄鶴樓》卷末）

【箋】

〔一〕丁巳：萬曆四十五年。是年十二月十九日，爲公元一六一八年一月十五日。

講陰陽八卦桃花女（王曄）

王曄，字日華，又字南齋，杭州（今屬浙江）人。與朱士凱有《題雙漸小卿問答》，編《優戲録》。撰雜劇三種。《講陰陽八卦桃花女》，簡稱《桃花女》，《録鬼簿》著録，現存《脈望館鈔校本古今雜劇》本等。

《桃花女》題注

闕　名〔一〕

《太和正音》作《智賺桃花女》。

（同上《講陰陽八卦桃花女》卷端）

【箋】

〔一〕據筆迹，此題注當爲趙琦美撰。

萬曆乙卯仲秋朔，校内本。清常。

(同上《講陰陽八卦桃花女》卷末)

(桃花女)跋

趙琦美

宋太祖龍虎風雲會(羅貫中)

羅貫中，號湖海散人，太原(今屬山西)人。或謂東原(今屬山東)、錢塘(今屬浙江)、廬陵(今屬江西)人。元至正二十四年甲辰(一三六四)尚在世。或謂名本，即《三國志通俗演義》小説作者。撰雜劇三種。傳見《録鬼簿續編》。

《宋太祖龍虎風雲會》，簡稱《風雲會》，《録鬼簿續編》著録，現存明萬曆間陳與郊編刻《新續古名家雜劇》本、明萬曆間尊生館刻《陽春奏》本(《古本戲曲叢刊四集》據以影印)、明萬曆間息機子刻《古今雜劇選》本、明萬曆間顧曲齋刻《古雜劇》本(《古本戲曲叢刊四集》據以影印)、《脈望館鈔校本古今雜劇》本(《古本戲曲叢刊四集》據以影印)等。

（風雲會）題注　　闕名

《太和正音》作無名氏。

《太和正音》無名氏凡一百一十摺，此所編號，依其次也。第一號。

（同上《宋太祖龍虎風雲會》卷端）

呂洞賓三度城南柳（谷子敬）

谷子敬，字號未詳，金陵（今江蘇南京）人。元末任樞密院椽史，明洪武初戍源州。治《周易》，通醫學。能詩工曲。撰雜劇五種。傳見《録鬼簿續編》。

《呂洞賓三度城南柳》，簡稱《城南柳》，《録鬼簿續編》著録，現存明萬曆間息機子刻《古今雜劇選》本（《古本戲曲叢刊四集》據以影印）、《脈望館鈔校本古今雜劇》本、明萬曆間刻《元曲選》本等。

（城南柳）跋

趙琦美

校過于小穀本。丁巳六月初八日記〔一〕。清常。

（同上《吕洞賓三度城南柳》卷末）

【箋】

〔一〕丁巳：萬曆四十五年（一六一七）。

馬丹陽度脱劉行首（楊訥）

楊訥，原名暹，字景賢，一作景言，後改名訥，號汝齋。先世爲蒙古族人，徙居錢塘（今浙江杭州）。自幼從姐夫楊鎮撫，人以楊姓稱之。與賈仲明相交甚厚。善琵琶，好戲謔。明永樂間，與湯舜民入直，以備顧問。卒於金陵（今江蘇南京）。撰雜劇十八種，現存《劉行首》。《録鬼簿續編》於楊景賢名下著録《西遊記》一劇。

《馬丹陽度脱劉行首》，簡稱《劉行首》，一名《柳梢青》，《録鬼簿續編》著録，現存明萬曆間陳與郊編刻《新續古名家雜劇》本、《脈望館鈔校本古今雜劇》本、明萬曆間刻《元曲選》本等。

（劉行首）題注

闕名

《太和正音》作無名氏。

（同上《馬丹陽度脱劉行首》卷端）

圍棋闖局（詹時雨）

詹時雨，字號、籍里、生平均未詳。《錄鬼簿續編》有小傳，謂其「隨父宦遊福建，因而家焉。爲人沉靜寡言，才思敏捷，樂府極多。有《補西廂弈棋》并「銀杏花凋殘」、「鴨腳黃」諸南呂行於世。」《補西廂弈棋》，當卽《圍棋闖局》。或以爲元晚進王生撰。參見張人和《〈西廂記〉論證》（東北師範大學出版社，一九九五，頁一七九—一八一）。

《圍棋闖局》，全名《鶯鶯紅娘圍棋闖局》，一題《鶯鶯紅娘著圍棋》、《鶯紅下棋》，又題《對弈》。現存明弘治十一年季冬（公元已入一四九九年）金臺岳家刻本《新刊奇妙全相注釋西廂記》附刻本，崇禎十三年（一六四〇）秋烏程閔遇五輯刻校注《會眞六幻》之『賡幻』關漢卿《續西廂記》附刻本，民國八年（一九一九）暖紅室刻《彙刻傳劇西廂記》附錄本等。

（圍棋闖局）識語

閔齊伋

前四爲王實父，後一爲關漢卿，《太和正音譜》明載，王弇州、徐士範諸公已有論矣。乃元人詠《西廂》詞有云：『董解元古詞章，關漢卿新腔韻，參訂《西廂》的本。晚進王生多議論，把《圍棋》增。』豈實父之後，又出一晚進王生耶？抑其人意在左關右王而爲是也，耳食者因此便有關前王續之説？然《圍棋》之詞，板直淡澀，不唯遠遜實父，亦大不逮漢卿，其爲另一晚進無疑。姑附諸此，博詞家彈射。

閔遇五識。

附　圍棋闖局跋〔一〕

劉世珩

《對弈》一折，爲時本所無。觀其詞意賓白，似在牆角吟詩之後，不知如何析作另一折。閔遇五《會眞六幻》本附入『賡幻』；凌初成本以鶯紅事棄之可惜，故特附錄；王伯良《古本西廂記考》附刻《絲竹芙蓉亭》劇，以爲王實甫所著，而於此折，獨又遺之。閔本題作《圍棋闖局》，款署『晚進王生』，名未詳。凌初成本則作元人增《對弈》，與閔題異。其《西廂・凡例》言，元人詠《西廂》詞【煞尾】云：『董解元古詞章，關漢卿新腔韻，參訂《西廂》的本。晚進王生多議論，把《圍棋》增。』則似謂漢卿翻董彈詞而爲此記，實甫止《圍棋》一折耳。又言『《對弈》一折，不詳何人所增，然大有元人老手，亦非近筆所能』等語。按《錄鬼簿》，王實甫十四本，並無此目。淩初成《例言》，亦不敢遽定爲實甫者，僅題作元人增《對弈》。閔遇五本題『晚進王生』，或因元人詠《西廂》詞【煞尾】所云然也。今目從二本並書，各爲注明，而以《圍棋闖局》爲折目，當亦讀曲者所毋譏焉。

夢鳳識。

（以上均民國八年暖紅室刻本《彙刻傳劇西廂記》附錄十三種之八《圍棋闖局》卷末）

【箋】

〔一〕底本無題名。

諸葛亮博望燒屯（無名氏）

《諸葛亮博望燒屯》，簡稱《博望燒屯》，現存《脈望館鈔校本古今雜劇》本等。

（博望燒屯）跋

趙琦美

萬曆四十三年乙卯二月廿九晦日，校内本。大約與《諸葛亮挂印氣張飛》同意。此後多管通一節。筆氣老幹，當是元人行家。

清常道人記。

（《古本戲曲叢刊四集》影印明趙琦美鈔稿本《脈望館鈔校本古今雜劇》所收《諸葛亮博望燒屯》卷末）

錦雲堂美女連環記（無名氏）

《錦雲堂美女連環記》，簡稱《連環記》，現存《脈望館鈔校本古今雜劇》本等。

（連環記）跋

趙琦美

四十三年正月朔旦起，朝賀待漏之暇校完。清常道人記。

（同上《錦雲堂美女連環記》卷末）

鄭月蓮秋夜雲窗夢（無名氏）

《鄭月蓮秋夜雲窗夢》，簡稱《雲窗夢》，現存《脈望館鈔校本古今雜劇》本等。

趙琦美

（雲窗夢）跋

于小谷本錄校。清常。

（同上《鄭月蓮秋夜雲窗夢》卷末）

硃砂擔滴水浮漚記（無名氏）

《硃砂擔滴水浮漚記》，簡稱《浮漚記》，現存《脈望館鈔校本古今雜劇》本等。

趙琦美

（浮漚記）跋

清常道人校內本，時乙卯三月初二日（一）。

（同上《硃砂擔滴水浮漚記》卷末）

【箋】

〔一〕乙卯：萬曆四十三年（一六一五）。

劉千病打獨角牛（無名氏）

《劉千病打獨角牛》，現存《脈望館鈔校本古今雜劇》本等。

《劉千病打獨角牛》跋

趙琦美

萬曆四十三年仲春二十三日，校内本。清常道人志。

（同上《劉千病打獨角牛》卷末）

施仁義劉弘嫁婢（無名氏）

《施仁義劉弘嫁婢》，簡稱《劉弘嫁婢》，現存《脈望館鈔校本古今雜劇》本等。

（劉弘嫁婢）跋

趙琦美

校内本過。清常道人，乙卯季春五之日〔一〕。

（同上《施仁義劉弘嫁婢》卷末）

【箋】

〔一〕乙卯：萬曆四十三年（一六一五）。

王翛然斷殺狗勸夫（無名氏）

《王翛然斷殺狗勸夫》，簡稱《殺狗勸夫》，現存《脈望館鈔校本古今雜劇》本等。

（王翛然斷殺狗勸夫）題注

顧何之〔一〕

《録鬼簿》作『王翛斷殺狗勸夫』，蕭德祥著。顧何之記。

（同上《王翛然斷殺狗勸夫》卷端）

【箋】

〔一〕顧何之：字號、籍里、生平均未詳。

狄青復奪衣襖車（無名氏）

《狄青復奪衣襖車》，現存《脈望館鈔校本古今雜劇》本等。

（狄青復奪衣襖車）跋

趙琦美

乙卯七月五之日〔一〕，校内本。清常。

（同上《狄青復奪衣襖車》卷末）

【箋】

〔一〕乙卯：萬曆四十三年（一六一五）。

摩利支飛刀對箭（無名氏）

《摩利支飛刀對箭》，簡稱《飛刀對箭》，現存《脈望館鈔校本古今雜劇》本等。

（飛刀對箭）跋

萬曆四十三年乙卯三月十六日，校錄内本。清常記。

趙琦美

（同上《摩利支飛刀對箭》卷末）

閥閱舞射柳蕤丸記（無名氏）

《閥閱舞射柳蕤丸記》，現存《脈望館鈔校本古今雜劇》本等。

（閥閱舞射柳蕤丸記）跋

内本與世本稍稍不同，爲歸正之。時萬曆四十三年乙卯仲春念有一日也。清常道人。

趙琦美

（同上《閥閱舞射柳蕤丸記》卷末）

逞風流王煥百花亭（無名氏）

《逞風流王煥百花亭》，簡稱《百花亭》，現存《脈望館鈔校本古今雜劇》本等。

（百花亭）跋

董其昌〔一〕

細按是篇，與元人鄭德輝筆意相同，其勿以爲無名氏作也。思翁記。

（同上《逞風流王煥百花亭跋》卷末）

【箋】

〔一〕董其昌（一五五五—一六三六）：字玄宰，號思白，别署思翁、香光居士，華亭（今屬上海）人。萬曆十七年己丑（一五八九）進士，改庶吉士，授編修。官至南京禮部尚書，加太子太保，謚文敏。著有《容臺文集》、《畫禪室隨筆》等。傳見《明史》卷二八八。

趙匡義智娶符金錠（無名氏）

《趙匡義智娶符金錠》，現存《脈望館鈔校本古今雜劇》本等。

（趙匡義智娶符金錠）題注

闕名

《太和正音》不收。

（同上《趙匡義智娶符金錠》卷端）

（趙匡義智娶符金錠）跋

趙琦美

萬曆四十三年正月初三日，校内本。清常記。

（同上《趙匡義智娶符金錠》卷末）

包待制智賺生金閣（闕名）

《包待制智賺生金閣》雜劇，簡稱《生金閣》，《録鬼簿續編》著録，現存明萬曆間息機子刻《古今雜劇選》所收本、《脈望館鈔校本古今雜劇》本等、明萬曆間刻《元曲選》本（誤題『元武漢臣撰』）。

（生金閣）題注

闕　名〔一〕

（同上《包待制智賺生金閣》卷端）

《太和正音》不收。

【箋】

〔一〕據筆迹，此題注當爲趙琦美撰。

（生金閣）跋

趙琦美

乙卯四十三年孟春三之①〔一〕，校内本。清常道人。

（同上《包待制智賺生金閣》卷末）

【校】

①『之』字後，疑脱『日』字。

【箋】

〔一〕乙卯：萬曆四十三年（一六一五）。

張公藝九世同居(無名氏)

《張公藝九世同居》，簡稱《九世同居》，現存《脈望館鈔校本古今雜劇》本等。

(九世同居)跋

趙琦美

此冊與于小谷本大同小異，又別錄一冊。丁巳四月十五日[一]，清常道人。

(同上《張公藝九世同居》卷末)

【箋】

[一]丁巳：萬曆四十五年(一六一七)。

十八國臨潼鬭寶(無名氏)

《十八國臨潼鬭寶》，簡稱《臨潼鬭寶》，現存《脈望館鈔校本古今雜劇》本等。

（臨潼鬭寶）跋

趙琦美

萬曆四十三年五月初八日，校鈔内本。清常道人。

（同上《十八國臨潼鬭寶》卷末）

田穰苴伐晉興齊（無名氏）

《田穰苴伐晉興齊》，現存《脈望館鈔校本古今雜劇》本等。

（田穰苴伐晉興齊）跋

趙琦美

内本校鈔，時乙卯二月廿二日〔一〕。清常記。

（同上《田穰苴伐晉興齊》卷末）

【箋】

〔一〕乙卯：萬曆四十三年（一六一五）。

後七國樂毅圖齊（無名氏）

《後七國樂毅圖齊》，現存《脈望館鈔校本古今雜劇》本等。

（後七國樂毅圖齊）跋

四十三年二月二十六日，校内本。清常道人。

趙琦美

（同上《後七國樂毅圖齊》卷末）

運機謀隋何騙英布（無名氏）

《運機謀隋何騙英布》，現存《脈望館鈔校本古今雜劇》本等。

（運機謀隋何騙英布）跋

乙卯五月初九日〔一〕，校内本。清常。

趙琦美

（同上《運機謀隋何騙英布》卷末）

【箋】

〔一〕乙卯：萬曆四十三年（一六一五）。

隋何賺風魔蒯徹（無名氏）

《隋何賺風魔蒯徹》，現存《脈望館鈔校本古今雜劇》本等。

（隋何賺風魔蒯徹）跋

趙琦美

萬曆四十三年四月十九日，校録内本。清常道人。

（同上《隋何賺風魔蒯徹》卷末）

韓元帥暗渡陳倉（無名氏）

《韓元帥暗渡陳倉》，簡稱《暗渡陳倉》，現存《脈望館鈔校本古今雜劇》本等。

（暗渡陳倉）跋

趙琦美

萬曆四十三年乙卯二月廿日，校内本。清常記。

（同上《韓元帥暗渡陳倉》卷末）

司馬相如題橋記（無名氏）

《司馬相如題橋記》，現存《脈望館鈔校本古今雜劇》本等。

（司馬相如題橋記）跋

趙琦美

萬曆四十三年七月廿三日漏下二鼓，校于小谷本。

于相公云：『不似元人矩度，懸隔一層。』信然！相公，東阿人，拜相見朝後便殂。觀其所作《筆塵》，智涇渭了了。惜也不究厥施云。清常道人琦美。

《録鬼簿》有關漢卿《昇仙橋相如題柱》，當不是此册。四十五年丁巳十二月十八日，清常又題。

（同上《司馬相如題橋記》卷末）

馬援撾打聚獸牌（無名氏）

《馬援撾打聚獸牌》，現存《脈望館鈔校本古今雜劇》本等。

（馬援撾打聚獸牌）跋

趙琦美

萬曆四十三年五月初六日，校内本。清常道人記。

（同上《馬援撾打聚獸牌》卷末）

雲臺門聚二十八將（無名氏）

《雲臺門聚二十八將》，現存《脈望館鈔校本古今雜劇》本等。

（雲臺門聚二十八將）跋

四十三年四月十一日，校錄内本。清常道人。

趙琦美

（同上《雲臺門聚二十八將》卷末）

鄧禹定計捉彭寵（無名氏）

《鄧禹定計捉彭寵》，現存《脈望館鈔校本古今雜劇》本等。

（鄧禹定計捉彭寵）跋

乙卯三月廿五日〔一〕，校内本。清常道人。

趙琦美

（同上《鄧禹定計捉彭寵》卷末）

【箋】

〔一〕乙卯： 萬曆四十三年（一六一五）。

陽平關五馬破曹（無名氏）

《陽平關五馬破曹》，現存《脈望館鈔校本古今雜劇》本等。

趙琦美

（陽平關五馬破曹）跋

乙卯五月廿三日，校内本。清常道人。

（同上《陽平關五馬破曹》卷末）

走鳳雛龐掠四郡（無名氏）

《走鳳雛龐掠四郡》，現存《脈望館鈔校本古今雜劇》本等。

趙琦美

（走鳳雛龐掠四郡）跋

内本校録。清常記。

（同上《走鳳雛龐掠四郡》卷末）

周公瑾得志娶小喬（無名氏）

《周公瑾得志娶小喬》，現存《脈望館鈔校本古今雜劇》本等。

（周公瑾得志娶小喬）跋

趙琦美

乙卯孟秋十有一日，校内本。清常記。

（同上《周公瑾得志娶小喬》卷末）

張翼德單戰呂布（無名氏）

《張翼德單戰呂布》，現存《脈望館鈔校本古今雜劇》本等。

（張翼德單戰吕布）跋

萬曆四十三年乙卯仲春二十有八日，清常道人校内府本。

趙琦美

（同上《張翼德單戰吕布》卷末）

關雲長大破蚩尤（無名氏）

《關雲長大破蚩尤》，現存《脈望館鈔校本古今雜劇》本等。

（關雲長大破蚩尤）跋

萬曆四十三年歲次乙卯孟秋之月二十有二日，大雨中，校内本。清常道人。

趙琦美

（同上《關雲長大破蚩尤》卷末）

陶淵明東籬賞菊（無名氏）

《陶淵明東籬賞菊》，現存《脈望館鈔校本古今雜劇》本等。

趙琦美

（陶淵明東籬賞菊）跋

内本校録。道人清常記。

（同上《陶淵明東籬賞菊》卷末）

立功勳慶賞端陽（無名氏）

《立功勳慶賞端陽》，現存《脈望館鈔校本古今雜劇》本等。

趙琦美

（立功勳慶賞端陽）跋

萬曆四十二年甲寅正月廿一日，燈下校本。清常道人。

（同上《立功勳慶賞端陽》卷末）

衆僚友喜賞浣花溪（無名氏）

《衆僚友喜賞浣花溪》，《也是園藏書目》著録，現存《脈望館鈔校本古今雜劇》本（《古本戲曲叢刊四集》據以影印，《孤本元明雜劇》據以校録）。

（衆僚友喜賞浣花溪）跋

趙琦美

萬曆四十三年孟春廿有五日校，山東于相公子中舍小穀本鈔校。清常道人琦。

（同上《衆僚友喜賞浣花溪》卷末）

徐茂公智降秦叔寶（無名氏）

《徐茂公智降秦叔寶》，現存《脈望館鈔校本古今雜劇》本等。

（徐茂公智降秦叔寶）跋

乙卯孟秋四之日，校内本。清常琦。

（同上《徐茂公智降秦叔寶》卷末）

趙琦美

小尉遲將鬬將將鞭認父（無名氏）

《小尉遲將鬬將將鞭認父》，現存《脈望館鈔校本古今雜劇》本等。

（小尉遲將鬬將將鞭認父）跋

乙卯四月廿一日，校内本。清常記。

（同上《小尉遲將鬬將將鞭認父》卷末）

趙琦美

八大王開詔救忠臣（無名氏）

《八大王開詔救忠臣》，現存《脈望館鈔校本古今雜劇》本等。

（八大王開詔救忠臣）跋

趙琦美

乙卯七月十一日，校内本。清常道人。

（同上《八大王開詔救忠臣》卷末）

十探子大鬧延安府（無名氏）

《十探子大鬧延安府》，簡稱《延安府》，現存《脈望館鈔校本古今雜劇》本等。

（延安府）跋

趙琦美

萬曆四十三年乙卯七月十九日，校内本。清常道人①。

（同上《十探子大鬧延安府》卷末）

【校】

①『人』字，底本闕，據人名補。

張于湖誤宿女眞觀（無名氏）

《張于湖誤宿女眞觀》，現存《脈望館鈔校本古今雜劇》本等。

（張于湖誤宿女眞觀）跋

趙琦美

乙卯四月初七日，校鈔于小谷本。清常道人記。

（同上《張于湖誤宿女眞觀》卷末）

趙匡胤打董達（無名氏）

《趙匡胤打董達》，現存《脈望館鈔校本古今雜劇》本等。

（趙匡胤打董達）跋

趙琦美

內本校錄。

丙辰三月十五日，清常記。

（同上《趙匡胤打董達》卷末）

海門張仲村樂堂（無名氏）

《海門張仲村樂堂》，現存《脈望館鈔校本古今雜劇》本等。

（海門張仲村樂堂）跋

趙琦美

萬曆四十三年乙卯七月初十日，校内本。是日瑞王成婚〔一〕，並記。清常道人琦。

（同上《海門張仲村樂堂》卷末）

【箋】

〔一〕瑞王：朱常浩（一五九一——一六四四）明神宗庶出第五子，萬曆二十九年（一六〇一）封瑞王。

認金梳孤兒尋母（無名氏）

《認金梳孤兒尋母》，簡名《認金梳》，《也是園藏書目》著錄，現存《脈望館鈔校本古今雜劇》本（《古本戲曲叢刊四集》據以影印，《孤本元明雜劇》據以校錄）。

（認金梳孤兒尋母）跋

闕　名[一]

于小谷本。

（同上《認金梳孤兒尋母》卷末）

【箋】

[一]據筆迹，此跋爲趙琦美撰。

王文秀渭塘奇遇記（無名氏）

《王文秀渭塘奇遇記》，簡名《渭塘奇遇》，《也是園藏書目》著錄，現存《脈望館鈔校本古今雜劇》本（《古本戲曲叢刊四集》據以影印，《孤本元明雜劇》據以校錄）。

（王文秀渭塘奇遇記）跋

趙琦美

于小穀本錄。此村學究之筆也，姑存之。時丁巳六月初七日。清常記。

（同上《王文秀渭塘奇遇記》卷末）

秦月娥誤失金環記（無名氏）

《秦月娥誤失金環記》，現存《脈望館鈔校本古今雜劇》本等。

（秦月娥誤失金環記）跋

趙琦美

于小穀本錄校。大略與《東牆記》不甚相遠。乙卯二月廿二日，清常道人記。

（同上《秦月娥誤失金環記》卷末）

梁山五虎大劫牢（無名氏）

《梁山五虎大劫牢》，現存《脈望館鈔校本古今雜劇》本等。

（梁山五虎大劫牢）跋

趙琦美

乙卯孟夏三之日，校内本。清常記。

（同上《梁山五虎大劫牢》卷末）

梁山七虎鬧銅臺（無名氏）

《梁山七虎鬧銅臺》，現存《脈望館鈔校本古今雜劇》本等。

（梁山七虎鬧銅臺）跋

趙琦美

萬曆四十三年乙卯正月十八日三鼓，校内本。清常記。

（同上《梁山七虎鬧銅臺》卷末）

王矮虎大鬧東平府（無名氏）

《王矮虎大鬧東平府》，現存《脈望館鈔校本古今雜劇》本等。

（王矮虎大鬧東平府）跋

趙琦美

乙卯三月十二日，校内本。清常記。

（同上《王矮虎大鬧東平府》卷末）